I0597549

LES FRANÇAIS.

PROVINCE.

TOME TROISIÈME.

Salle
4988

IMPRIMERIE
Schneider et Langrand
rue d'Erfurth, 1.

LES FRANÇAIS.
PROVINCES.
TOME III.
LORAINE
BÉARN
BRETAGNE
INDE FRANÇAISE
CORSE
ANTILLES FRANÇAISES
LES FRANÇAIS SONT ÉGAUX DEVANT LA LOI

LES

FRANÇAIS

PEINTS PAR EUX-MÊMES,

ENCYCLOPÉDIE MORALE

DU DIX-NEUVIÈME SIÈCLE.

PROVINCE.

TOME TROISIÈME.

PARIS.

L. CURMER, ÉDITEUR.

49, RUE DE RICHELIEU,

AU PREMIER.

M DCCC XLII.

BIBLIOTHÈQUE NATIONALE

A

MESSIEURS

A. ACHARD, E. AUBERT, GEORGE D'ALCY,
É. DE LA BÉDOLLIERRE,
A. CERFBERR DE MEDELSHEIM, A. DE COURCY,
G. DE LA LANDELLE, L. DELATRE,
A. LEGOYT, F. MORNAND, OLD-NICK,
CH. ROMEY, ROSEVAL,

L'ÉDITEUR RECONNAISSANT.

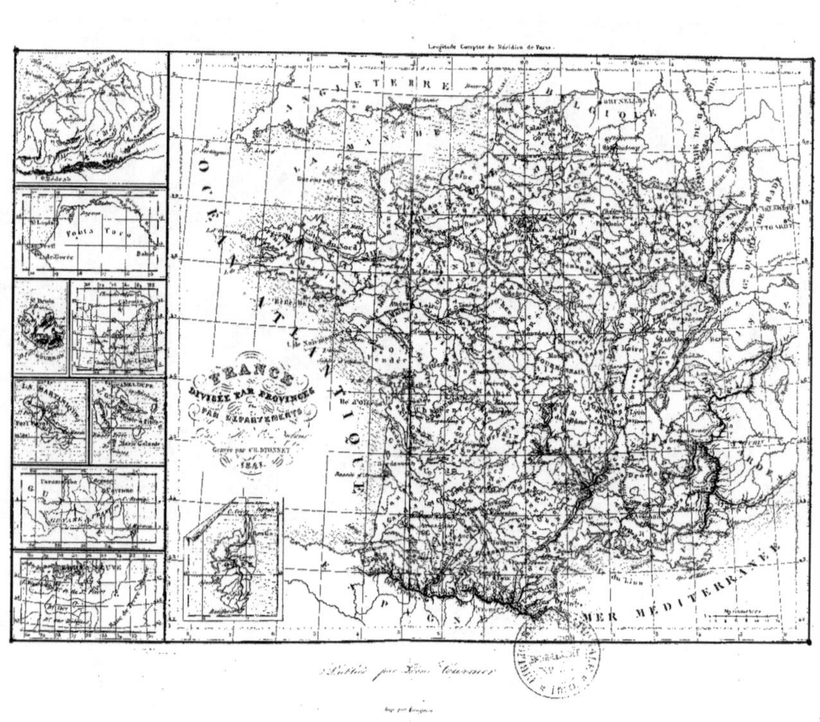

Longitude Comptée du Méridien de Paris.
ANGLETERRE
BELGIQUE
OCÉAN ATLANTIQUE
MANCHE
MER MÉDITERRANÉE
FRANCE
DIVISÉE PAR PROVINCES
ET PAR DÉPARTEMENTS
Gravée par CH. DYONNET
1841
Publié par Léon Fournier

INTRODUCTION.

C'est la nature des lieux et du climat qui détermine l'histoire des nations. Élevons-nous par la pensée à une hauteur d'où nous puissions embrasser d'un coup d'œil la France entière, et nous verrons que la place qu'elle occupe au centre de l'Europe, entre l'Espagne et la Hollande, l'Angleterre et l'Allemagne, l'appelait à être le théâtre des plus grands événements. Il fallait qu'elle eût un peuple de héros pour pouvoir se maintenir indépendante au milieu de tant de rivaux intéressés à sa perte. Sa situation topographique lui imposait les travaux de la guerre comme une condition d'existence, en même temps que son climat si tempéré, si varié, lui permettait les travaux de la paix : l'agriculture, le commerce et les arts.

Jamais pays ne fut plus nettement ni plus avantageusement délimité par la nature. A l'est et au nord le Rhin, à l'ouest l'Océan, au midi les Pyrénées et la Méditerranée, au sud-est les Alpes. De quelque côté que l'on se tourne, la France est bornée par des montagnes, ceinte par des fleuves ou des mers. C'est une immense citadelle destinée à défendre l'Europe ou à la dominer. C'est elle qui tient en respect l'Angleterre ; c'est elle qui surveille les États-Unis. D'une main elle touche à l'Afrique, de l'autre à l'Amérique. Elle n'a qu'un pas à faire pour être en Égypte ; ses vaisseaux peuvent, par l'isthme de Suez, toucher en quelques jours aux côtes de l'Indus. Ses flancs sont entourés d'une multitude d'îles, comme une frégate environnée d'essaims de chaloupes. De hautes montagnes de marbre et de granit d'où jaillissent des fleuves sont les colossales fontaines qui arrosent ses vallons, ses

champs, ses prairies. Voyez! son sein se pare des richesses végétales de toutes les
zones. Ici s'étendent des forêts de sapins qui échangeront leurs branchages pour des
voiles et deviendront des forêts de mâts; là des touffes de grenadiers mêlent
leurs rubis aux oranges qui brillent sur un fond de verdure, comme des fruits d'or
sur un feuillage d'émeraudes. Le maïs, le froment, le millet, l'orge, le lin déploient
leurs flots superbes autour de la riche demeure du laboureur et du fermier. La
vigne a remplacé les chênes druidiques; la douce grappe mûrit où végétait le gland
amer. Voyez! les villes s'élèvent aussi pressées que les tentes dans les camps des
Arabes. Là, habitent mille races diverses et autrefois ennemies; réunies sous le
même sceptre, elles composent maintenant la plus homogène des nations. Les premiers qui se présentent sont des Flamands; après eux vient une colonie de Danois
ou hommes du Nord (*Normands*), pirates fameux qui cessèrent de donner la
chasse aux navires, pour la donner aux royaumes, et capturèrent tour à tour l'Angleterre, l'Italie, la Palestine; à côté des Normands, les Bretons, derniers restes
des premiers habitants de la Gaule, de ces Celtes dont ils ont conservé les mœurs
et la langue, langue dérivée du sanscrit et la plus ancienne de l'Europe; puis les
Gascons, Bascons ou Basques, peuplade moitié celtique moitié phénicienne; puis
les Provençaux, descendants des Phocéens et des Romains, compatriotes d'Homère
et de Virgile; puis les Bourguignons ou Burgondes, intrépides soldats de Charles le
Téméraire, tourbillon qui emportait des villes dans son cours, et qui vint enfin se
briser contre les rochers libres de la Suisse; puis les Alsaciens, les Lorrains, tribus
allemandes par le sang, françaises par les idées et par le cœur. Ainsi notre population est à la fois danoise, grecque, celtique, allemande; mais elle est surtout latine
et germanique; l'élément latin et l'élément germanique sont ceux qui ont prévalu
chez nous dans le champ de la politique comme dans celui de la littérature.

Jetons maintenant un coup d'œil sur notre histoire. Dès la plus haute antiquité,
les habitants de la Gaule se distinguèrent par leur valeur. Trois cent soixante ans
avant Jésus-Christ, notre roi Brennus, qu'alléchaient sans doute les trésors de l'Italie, comme l'odeur du sang allèche le tigre, parut devant Rome, terrible avant-cou-
reur d'Attila et d'Alaric. Il tenait dans ses mains les destinées du monde; il n'avait
qu'à parler, et Scipion et César, et Auguste et Constantin, n'eussent jamais été.
Il hésita, et Camille, ou plutôt le génie tutélaire de la ville éternelle, le mit en fuite.
César vengea l'honneur de Rome en s'emparant des Gaules; mais cette conquête,
suivie d'autres encore, ruina le vainqueur. A dater de ce jour, Rome, épuisée par
ses victoires, affaiblie par son agrandissement, perdit l'offensive, et ne fit plus que
déchoir. La Gaule cependant devint une de ses provinces; les classes aisées, avides
de dignités et de plaisirs, adoptèrent la langue et la religion des maîtres; le peuple,
incorruptible parce qu'il était pauvre, resta attaché aux coutumes de ses pères. Vers
486, quand Rome, cette Bastille du monde ancien, fut tombée sous les coups des
révolutionnaires du Nord, et que l'Europe eut secoué ses chaînes, les Francs, une des
peuplades les plus belliqueuses de la belliqueuse Germanie, passèrent le Rhin, prirent
Soissons, et nous imposèrent leurs mœurs et leurs institutions. Depuis lors nous avons
deux nationalités, nous sommes à la fois Latins et Francs; et tous nos actes et tous nos
travaux portent ce double cachet. A Clovis succéda Charlemagne; nous l'attendions

depuis deux siècles : il nous trouva debout sous les armes, et prêts à combattre à ses côtés. Plus habile que les Romains, il ne fit point de quartier aux ennemis de notre civilisation naissante; il les convertit ou les massacra. Il rendit au pouvoir monarchique sa beauté et sa grandeur; il comprima l'ambition des papes en se faisant couronner solennellement roi d'Italie. Il préluda aux croisades par ses expéditions contre les Sarrasins d'Espagne et par ses autres guerres de religion. Après qu'il eut sauvé le trône d'une ruine certaine, affermi l'autel, rétabli les lois, encouragé les lettres, sa mission étant remplie, il se retira dans la cathédrale d'Aix-la-Chapelle, et s'y endormit du sommeil de l'éternité. Charlemagne se couche dans la tombe, et saint Bernard se lève. La croix devient une arme dans ses mains, et il l'oppose au croissant. L'Europe, comme au temps d'Agamemnon, jette un cartel à l'Asie, et une lutte furieuse s'engage entre les deux colosses. Saint Louis poursuit par zèle religieux le plan qu'une politique profonde avait dicté à Charlemagne; il court exterminer dans leurs foyers ces peuples d'Orient qui plus tard devaient prendre Constantinople et assiéger Vienne. Des générations entières s'expatrient et meurent au pied du saint tombeau qui a été le berceau de la civilisation. Après deux cents ans d'exploits pareils à ceux qui ont fourni au Tasse la plus belle épopée des temps modernes, la France se repose; elle cède pour quelque temps la suprématie à ses rivaux. Mais sa gloire n'est éclipsée par personne, pas même par Charles-Quint, cet empereur universel à qui le hasard avait donné plus de royaumes que François Ier n'avait de provinces. Sous Louis XIV, la France se rapproche de ses frontières naturelles; par sa puissance, par son activité, elle se replace à la tête des nations. Les faibles successeurs du grand roi la ravalent à leur niveau; mais bientôt elle se redresse, foule aux pieds les ennemis de sa gloire, se déclare libre, et appelle tous ses fils au banquet de l'égalité. Malheureusement le banquet devint une orgie sanglante où la plupart des convives furent égorgés; alors, un homme au regard d'aigle se leva, et, étendant la main, commanda le silence et rétablit l'ordre. Il nous montra les Alpes et le Rhin couverts d'armées étrangères, et nous fit tourner contre elles le glaive que nous dirigions contre nous-mêmes. « En Italie ! » dit l'homme du destin, et notre drapeau flotte au Capitole. « En Égypte ! » dit-il encore, et nous bivouaquons parmi les ruines de Thèbes. « En Autriche ! » et nous voilà maîtres de Vienne. « En Prusse, en Espagne, en Portugal ! » et Berlin, Madrid, Lisbonne, nous ouvrent leurs portes. « En Russie ! dit-il enfin : écrasons, avant qu'il ait des dents, cet ours polaire qui pourrait nous déchirer un jour ! » Mais son génie l'abandonne à la frontière; le démon des tempêtes fait marcher contre nous une armée d'ouragans et d'avalanches; l'incendie leur allié nous enveloppe de ses réseaux ardents. Que peuvent le courage et les boulets contre des géants de glace et de feu? Nos braves périssent engloutis par les neiges, comme autrefois les soldats de Cambyse périrent engloutis par les sables. La France est envahie, mais non conquise; le souvenir de nos victoires paralyse nos ennemis : quoique vaincus, nous sommes encore invincibles. Ici finit la période guerrière de notre histoire; notre épée est restée suspendue au rocher de Sainte-Hélène. Une nouvelle ère s'est ouverte pour nous; nous serons encore les conquérants du monde; mais, conquérants pacifiques, nous régnerons par la puissance de nos lumières, par la sagesse de notre liberté. Voilà les armes avec lesquelles nous devons combattre désormais ; ce sont les seules dignes d'un peuple éclairé. Souvenons-nous de notre origine multiple, rappelons-nous que tous nos voisins sont nos parents ; fraternisons avec eux ; qu'il n'y ait plus d'étrangers ni d'ennemis pour nous ; prêtons-leur nos lumières et nos institutions ; sachons nous rendre aussi utiles par nos bienfaits que nous avons été redoutables par nos exploits. Malheur à nous si ce rôle, auquel nous nous essayons déjà depuis 1830, ne nous paraissait pas assez beau ! Nous mériterions de retomber dans ces ténèbres et cette barbarie d'où nous avons eu tant de peine à sortir, et où tant d'autres peuples sont encore plongés.

Avant la Révolution française, la France était divisée en trente-deux grands gouvernements provinciaux ; mais d'après une division adoptée pour l'économie politique du royaume, il y avait quarante et un gouvernements généraux, renfermant deux cent quatre-vingt-treize provinces et pays d'état. On appelait pays d'état, celles des provinces qui avaient le droit de consentir et de répartir elles-mêmes leurs impôts ; on en comptait sept : l'Artois, la Bourgogne, la Bretagne, la Franche-Comté, le Languedoc, la Provence et le Roussillon. Les autres étaient divisées en trente-trois généralités, dont vingt étaient subdivisées en élections. Une généralité était l'étendue d'un bureau du trésorier de France ; les pays d'élection étaient ceux qui avaient des tribunaux où l'on jugeait en première instance sur les impôts. Un gouvernement général renfermait plusieurs provinces, et chaque province avait un gouverneur général et des lieutenants généraux. Chaque ville et chaque communauté avait un maire ; dans les grandes villes siégeait un conseil de mairie, composé d'échevins, de prévôts des marchands et des quartiniers. La France était aussi partagée en juridictions ecclésiastiques, et contenait dix-huit archevêchés, cent dix-huit évêchés, quarante mille paroisses, mille trente et une abbayes et onze cent soixante-deux prieurés des deux sexes, seize maisons de congrégation et six cent soixante-dix-neuf chapitres ; le nombre des individus du clergé était de quatre cent dix-huit mille sept cents.

Le gouvernement était une monarchie tempérée par les prérogatives des parlements. Les lois émanaient du souverain, mais elles devaient être enregistrées dans les parlements pour être exécutoires. L'état se composait du clergé, de la noblesse et du peuple, appelé le tiers état ; des députés de ces trois ordres, nommés par les provinces, formaient les états généraux du royaume, que les rois ne convoquaient que dans des cas extraordinaires. La justice était administrée par treize parlements, dix-huit cours des aides, onze chambres des comptes, deux conseils supérieurs, quatre conseils souverains, trente-deux cours des monnaies, huit cent vingt-neuf présidiaux, sénéchaussées, bailliages, cinquante-deux mille justices seigneuriales, un tribunal des maréchaux de France appelé Table de Marbre, une prévôté de l'hôtel du roi et des juridictions consulaires.

Le 15 janvier 1790, par un décret de l'assemblée nationale, confirmé par Louis XVI, les trente-deux gouvernements provinciaux qui formaient la grande division administrative de la France furent répartis en départements, dont le nombre est aujourd'hui de quatre-vingt-six.

La FLANDRE, aujourd'hui le département du Nord, fut conquise par Louis XIV. *Lille*, sa capitale, fut remise au roi en 1715, par les états généraux des Provinces-Unies.

L'ARTOIS et sa capitale *Arras* ont pris leur nom des *Atrebates*, peuples de la Gaule Belgique, célèbres au temps de César. Ce gouvernement, aujourd'hui le département du Pas-de-Calais, fut cédé à la France l'an 1678, par le traité de Nimègue.

Le nom de PICARDIE n'est pas ancien et ne se trouve dans aucun monument avant la fin du treizième siècle. *Amiens*, capitale du gouvernement, aujourd'hui chef-lieu du département de la Somme, a pris son nom des peuples *Ambiani*.

La NORMANDIE forme aujourd'hui les départements du Calvados, de l'Eure, de la Manche, de l'Orne et de la Seine-Inférieure. Au temps des empereurs romains, elle faisait partie de la Gaule Celtique, et sous Honorius elle forma la province nommée seconde Lyonnaise. Philippe-Auguste l'annexa à la couronne de France, l'an 1205. Sa capitale était *Rouen*.

L'ILE-DE-FRANCE comprend aujourd'hui les départements de l'Aisne, de l'Oise, de la Seine, de Seine-et-Oise et de Seine-et-Marne. Ce gouvernement avait pris son nom du pays compris entre les rivières de l'Oise, de la Seine, de la Marne et de l'Aisne, qui forment une presqu'île; mais par la suite ses limites s'étendirent beaucoup plus loin. La capitale de ce gouvernement et de tout le royaume était *Paris*.

La CHAMPAGNE, aujourd'hui les départements des Ardennes, de l'Aube, de la Marne et de la Haute-Marne, devait son nom aux grandes plaines qui s'étendent depuis la Brie jusqu'aux confins de la Lorraine, et que Grégoire de Tours décrit en parlant des *champs Catalauniques*. La Champagne fut réunie à la couronne par le roi Jean, en 1561. *Troyes*, qui en était la capitale, avait pris son nom des *Tricasses*, peuples celtes dont César n'a point parlé, mais qu'Auguste a dû établir en corps de peuple ou de cité, puisqu'il fut le fondateur de leur principale ville, à laquelle il donna son nom en l'appelant *Augustomana*.

La LORRAINE, aujourd'hui les départements de la Meurthe, de la Meuse, de la Moselle et des Vosges, tirait son nom de *Lotharii regnum* (royaume de Lothaire). Ce duché, composé des territoires des anciens peuples *Mediomatrices et Leuci*, fut, après la mort de Stanislas, en 1766, réuni à la couronne de France. Sa capitale était *Nancy*.

L'ORLÉANAIS, aujourd'hui les départements d'Eure-et-Loire, du Loiret et de Loir-et-Cher, fut réuni à la couronne sous Louis XIII. *Orléans* était la capitale de ce gouvernement.

La TOURAINE, sa capitale *Tours* et ses peuples, appelés *Tourangeaux*, ont pris leur nom des anciens *Turones* ou *Turoni*. Lorsque l'empire romain fut entièrement ruiné en Occident, les Visigoths s'emparèrent de Tours sous le règne d'Euric. Plus tard, Clovis, après avoir vaincu et tué Alaric près de Poitiers, se rendit maître de Tours, où il alla en dévotion au tombeau de saint Martin, regardé comme le saint tutélaire des Gaules. Ce fut Henri III, fils de Jean, qui céda la Touraine à saint Louis par le traité de 1259. Ce gouvernement est aujourd'hui le département d'Indre-et-Loire.

Le BERRY et sa capitale *Bourges* tirent leur nom des anciens *Bituriges*. Ce duché, aujourd'hui les départements du Cher et de l'Indre, fut réuni par Charles VI à la couronne.

Le NIVERNAIS, aujourd'hui le département de la Nièvre, fut réuni par Louis XII à l'autorité de la couronne. Sa capitale était *Nevers*.

Le BOURBONNAIS, aujourd'hui le département de l'Allier, tire son nom de la ville de Bourbon, en latin *Burbo*. La seigneurie de Bourbon fut érigée en la personne de Louis, fils de Robert, en duché-pairie, par Philippe de Valois, l'an 1529. Sa postérité prit, suivant l'usage du temps, le surnom de *Bourbon*, et elle règne aujourd'hui en France, en Espagne, à Naples et à Lucques. Avant que *Moulins* devînt capitale du Bourbonnais, cet honneur appartenait à Bourbon-l'Archambault.

La MARCHE, aujourd'hui le département de la Creuse, tirait son nom de sa position sur les confins, ou *marches*, du Poitou et du Berry. Ce comté, réuni à la couronne par François Ier l'an 1551, avait pour capitale *Guéret*.

Le LIMOUSIN et sa capitale *Limoges* ont tiré leur nom des peuples *Lemovices*. Cette province était dans l'origine sujette des rois de Neustrie jusqu'à ce que Eudes, duc d'Aquitaine, s'en rendit maître et souverain. Sous le règne de Charles V, elle fut réunie à la couronne, et forme aujourd'hui les départements de la Corrèze et de la Haute-Vienne.

L'AUVERGNE tire son nom des peuples *Arverni*, qui étaient les plus puissants et les plus aguerris parmi les Celtes. Par le partage fait entre les enfants de Clovis, et plus tard entre les enfants de Clothaire Ier, cette province demeura aux rois d'Austrasie. Par la suite, l'Auvergne échut avec toute l'Aquitaine à Charles le Chauve, et le pays était gouverné par des comtes soumis aux ducs de la première Aquitaine. Ce ne fut que sous François Ier que le duché d'Auvergne fut réuni à la couronne. La capitale de ce gouvernement, aujourd'hui les départements du Cantal et du Puy-de-Dôme, était *Clermont*.

Le MAINE, auquel le *Perche* était joint, tirait son nom, comme celui du *Mans*, sa capitale, des peuples celtiques *Cenomani*. Cette province, aujourd'hui les départements de la Mayenne et de la Sarthe, est restée depuis Louis XI réunie à la couronne.

L'ANJOU et sa capitale *Angers* ont pris leur nom des peuples celtes *Andes* ou *Andegavi*, cités dans les Commentaires de César et dans les anciens géographes. Louis XI prit possession de l'Anjou et le réunit à la couronne. Ce gouvernement est aujourd'hui le département de Maine-et-Loire.

La BRETAGNE, aujourd'hui les départements des Côtes-du-Nord, du Finistère, d'Ille-et-Vilaine, de la Loire-Inférieure et du Morbihan, avait reçu son nom des Bretons, qui furent contraints d'abandonner l'île de la Grande-Bretagne, vers le milieu du cinquième siècle, à cause de l'invasion des Anglais et des Saxons. François Ier unit la Bretagne à la couronne, du consentement et à la prière des états de la province, l'an 1552. *Rennes* en était la capitale.

Le POITOU et sa capitale *Poitiers* ont pris leur nom des anciens peuples *Pictones* ou *Pictavi*. Ce fut seulement sous le règne de Charles VI que le Poitou fit partie de la couronne. Ce gouvernement comprend aujourd'hui les départements des Deux-Sèvres, de la Vendée et de la Vienne.

L'AUNIS, aujourd'hui département de la Charente, tirait son nom du mot latin *Alnisium*. *La Rochelle*, sa capitale, fut soumise par Louis XIII, et depuis ce temps la province fit partie de la couronne.

La SAINTONGE et ANGOUMOIS, aujourd'hui le département de la Charente-Inférieure, ne faisaient qu'un seul gouvernement. La Saintonge et la ville de *Saintes*, sa capitale, ont tiré leur nom des peuples *Santones*. Ce pays fut repris aux Anglais par Charles V, qui l'incorpora au royaume. L'Angoumois fut, après la mort de Charles de Valois, réuni au domaine.

L'ALSACE. Le nom de cette province se prononçait et s'écrivait autrefois *Elsass*, mot allemand qui signifie les habitants des environs de la rivière d'*Ell*, qu'on écrit aujourd'hui *Ill*. Conquise et réunie à la France sous Louis XIV, elle avait pour capitale *Strasbourg*, et les départements du Haut-Rhin et du Bas-Rhin en ont été formés.

La FRANCHE-COMTÉ, composant actuellement les départements du Doubs, du Jura et de la Haute-Saône, était l'ancienne *Sequania*, qui fit partie de la préfecture romaine dont le siége était à *Besançon*. Louis XIV la soumit en 1674, et elle fut cédée à la France, en 1678, par le traité de Nimègue.

La BOURGOGNE, formant aujourd'hui les départements de l'Ain, de la Côte-d'Or, de Saône-et-Loire et de l'Yonne, tirait son nom des peuples *Burgondiones*, qui l'occupèrent dans le cinquième siècle. Louis XI la réunit à la couronne. Sa capitale était *Dijon*.

Le LYONNAIS, dont on a formé les départements de la Loire et du Rhône, était anciennement habité par les *Segusiani*. Cette province, après avoir été soumise à des comtes, puis à des archevêques, fut réunie à la couronne par Philippe le Bel en 1507. *Lyon* en était la capitale.

Le LANGUEDOC correspond à peu près à la première Narbonnaise des Romains. Ce pays forme aujourd'hui les départements de l'Ardèche, de l'Aude, du Gard, de l'Hérault, de la Haute-Garonne, de la Haute-Loire, de la Lozère et du Tarn. Au onzième siècle, cette contrée prit du nom de sa capitale celui de comté de Toulouse, qui fut annexé à la couronne en 1270, sous Philippe le Hardi.

Le ROUSSILLON, aujourd'hui le département des Pyrénées-Orientales, tirait son nom de la ville de *Ruscino*, colonie romaine et capitale des *Sardones*. Par le traité de paix des Pyrénées, conclu l'an 1669 entre Louis XIV et Philippe IV, ce dernier céda à la France la souveraineté du comté de Roussillon, dont la capitale était *Perpignan*.

La province de FOIX, aujourd'hui le département de l'Arriége, prenait son nom de sa ville capitale. Elle était l'un des domaines de Henri IV; mais ce prince, parvenu au trône, réunit, l'an 1607, le comté de Foix à la couronne.

La GUYENNE, qui tirait son nom de celui d'Aquitaine, était la plus grande province de la France. Elle est représentée aujourd'hui par les départements de l'Aveyron, de la Dordogne, du Gers, de la Gironde, du Lot, de Lot-et-Garonne, des Landes, des Hautes-Pyrénées et de Tarn-et-Garonne. Louis XI, après la guerre dite du *bien public*, céda à son frère Charles le duché de Guyenne, l'an 1469; mais après la mort de ce prince, l'an 1472, on réunit à la couronne ce duché, dont la capitale était *Bordeaux*.

Le BÉARN et la NAVARRE française, aujourd'hui le département des Basses-Pyrénées, formaient un seul gouvernement. Louis XIII, après avoir soumis, l'an 1620, le Béarn, le réunit à la couronne ainsi que la partie de la Navarre possédée par ses prédécesseurs, les princes de la maison d'Albret. La capitale de la Navarre était *Pau*.

Le DAUPHINÉ, aujourd'hui les départements des Hautes-Alpes, de la Drôme et de l'Isère, était anciennement habité par les *Allobroges*, peuple puissant et guerrier, que les Romains ne soumirent qu'après de longues et sanglantes guerres. Dans la suite, cette province passa par alliance dans la famille des ducs de Bourgogne, et de celle-ci dans la maison de La Tour-du-Pin. Humbert II, dernier prince de cette famille, étant sans enfants, céda, en 1343, ses états au prince Philippe, fils puîné du roi de France Philippe de Valois, à la condition de porter le nom de *Dauphin*. Le prince Philippe ayant renoncé à ses prétentions sur le Dauphiné, Philippe de Valois nomma dauphin, en 1349, son petit-fils Charles, fils aîné du duc de Normandie, qui devint roi de France sous le nom de Charles V. C'est depuis cette époque que les rois de France ont donné le nom de dauphin à leurs fils aînés, héritiers présomptifs de la couronne. La capitale de cette province était *Grenoble*.

La PROVENCE tire son nom de *Provincia*, que les Romains donnèrent à cette partie des Gaules qu'ils conquirent la première. Ce beau pays, formant aujourd'hui les départements des Basses-Alpes, des Bouches-du-Rhône et du Var, fut réuni à perpétuité à la couronne, en 1487, sous Charles VIII. Sa capitale était *Aix*.

L'île de CORSE fut cédée par les Génois à la France, en 1768. Par le traité de Tolentino, en 1797, le pape renonça à ses prétentions sur le comtat Venaissin et celui d'*Avignon*. Ces pays, réunis à la France, ne faisaient pas partie des trente-deux gouvernements provinciaux.

Tout ce que la France possède en Asie se trouve dans l'Inde. Ce ne sont que de petites fractions de territoire séparées les unes des autres par de vastes provinces qui dépendent des Anglais. L'ensemble de nos possessions dans cette partie du monde forme le gouvernement de Pondichéry, subdivisé en cinq districts, savoir : 1° Pondichéry, dans la province de Karnatic; chef-lieu, Pondichéry ; 2° Karical, dans la même province ; chef-lieu du même nom ; 3° Yanaon, dans le pays des Circars septentrionaux; chef-lieu, Yanaon ; 4° Chandernagor dans le Bengale; chef-lieu, Chandernagor ; 5° Mahé, dans le Malabar; chef-lieu, Mahé.

En Afrique, la France possède les régences d'Alger et de Constantine, et une partie de la Sénégambie. Les villes principales de toutes ces possessions sont : Alger, Constantine, Saint-Louis, Gorée, Portendik. Dans les parages de l'Océan indien, nous avons l'île Bourbon et l'île Sainte-Marie.

L'Amérique française offre deux divisions géographiques principales, savoir : la partie continentale, et la partie insulaire. La première comprend la Guyane, chef-lieu, Cayenne ; villes principales : Kourou, Sinnamary ; la seconde comprend la Martinique, chef-lieu, Fort-Royal ; la Guadeloupe; chefs-lieux, Basse-Terre et Pointe-à-Pître ; les îles appelées le Groupe des Saintes, Marie-Galande, Petite-Terre, Désirade, Saint-Martin, la Grande-Miquelon, la Petite-Miquelon et Saint-Pierre.

L. DELATRE.

COIFFURES BRETONNES

LE BRETON.

INTRODUCTION.

Quelques fanatiques amants de la Bretagne, tardifs partisans de son indépendance, ne nous pardonneront pas d'avoir présenté le Breton comme un des membres de la grande famille française, et verront peut-être en nous un traître envers la patrie. Ceux-là crieraient volontiers, comme le grand agitateur de l'Irlande : « Hurrah pour le rappel ! » Il ne manquerait, hélas ! à leur faconde patriotique, qu'un auditoire et des applaudissements. En attendant des jours meilleurs, ils se contentent de protester contre les expressions de « réunion de la Bretagne à la France, » dont tous les historiens abusent depuis trois siècles avec une perfide obstination. Il serait, suivant eux, aussi juste de dire : « La réunion de la France à la Bretagne. » Et en effet, poursuivent ces généreux enthousiastes en s'enflammant graduellement au feu de leur propre éloquence, quand la duchesse Anne porta en dot sa couronne au monarque français qu'elle acceptait pour époux, le contrat de mariage fut un traité de paix entre deux nations également souveraines, qui presque toujours avaient été rivales, et qui étaient au moment de recommencer leur éternelle querelle. Mais aucune d'elles n'abdiqua sa nationalité et ne consentit à être absorbée par l'autre. La Bretagne stipula les conditions de son obéissance aux successeurs de sa bonne duchesse; elle garda sa coutume, son parlement, ses franchises, et, comme garantie suprême, ses états composés des trois ordres, qui, assemblés tous les deux ans, s'opposaient aux empiétements du pouvoir royal, et réglaient seuls les charges et impositions du pays. Ce traité de paix, elle en a religieusement observé tous les articles; mais la France l'a déchiré dans un jour de colère. Depuis cinquante ans, la Bretagne est traitée en province conquise; sa langue bien-aimée est proscrite; des divisions arbitraires lui sont imposées; on voudrait lui faire oublier son beau titre de duché que lui avaient conservé les rois de France, et jusqu'à son vieux nom de Bretagne, auquel on a substitué des dénominations barbares, telles que celles de Finistère et de Loire-Inférieure. Frémissante comme la Pologne, elle cède à l'abus de la force, mais, dégagée par cela même des obligations qu'elle avait contractées, elle garde son droit imprescriptible, elle attend. — Si l'on s'avisait à Saint-Pétersbourg de publier les portraits des Russes peints par eux-mêmes, ne serait-ce pas une atroce dérision de faire figurer dans cette galerie les opprimés de Varsovie? et le Polonais qui se rendrait complice de cette déloyauté ne mériterait-il pas d'être honni comme un félon et un transfuge?

L'argumentation nous paraît sans réplique, et nous essayerions vainement de la combattre. Aussi n'oserions-nous pas affronter de pareils reproches, si nous pensions trouver beaucoup d'esprits armés de cette indépendante et inflexible logique. Heureusement pour nous, la philosophie pratique des faits accomplis compte plus d'adeptes, et la Bretagne s'est résignée à faire partie de la France. Quand la révolution passa son niveau sur tous les priviléges, ceux des provinces comme ceux des castes, la Bretagne résista d'abord avec énergie; son parlement, gardien vigilant et fidèle des libertés du pays, refusa obstinément d'enregistrer les édits royaux qui les abolissaient, et il fallut envoyer des troupes pour forcer le sanctuaire de la justice. Lorsque le comte de Thiard, chargé d'exécuter cet acte audacieux, entra dans Rennes avec ses régiments, une vive effervescence agitait toutes les classes de la population. Depuis les salles du palais jusqu'aux cellules des couvents, depuis les salons des dames de la noblesse jusqu'aux réduits les plus abjects, un cri unanime de malédiction s'éleva contre les armes françaises, et la débauche elle-même, comme purifiée par une étincelle de patriotisme, eut l'étrange pudeur de fermer ses antres aux violateurs du pacte d'union... Cependant, le parlement continuait à siéger, accueillant les députations de tous les corps de métiers et de professions qui venaient lui prêter l'appui des sympathies publiques, et l'encourageaient à persévérer dans son refus. Enfin, le 10 août 1788, le comte de Thiard gravit les degrés du palais avec un grand appareil militaire, pénétra au sein de la vénérable assemblée, et commanda au greffier d'enregistrer sous ses yeux les lettres patentes dont il était porteur. Cette journée solennelle fut le 18 brumaire des constitutions bretonnes; mais il y eut ici plus de dignité dans la résistance, plus de fermeté aussi dans l'attaque elle-même. Les magistrats bretons ne se dispersèrent pas devant les

baïonnettes, et ne s'enfuirent pas par les croisées; ils se couvrirent devant l'homme
d'épée, et restèrent silencieux et calmes à leur poste, comme des sénateurs sur leurs
chaises curules. Toutefois, les événements marchaient vite; ils emportèrent en peu
de temps les doléances provinciales; et, bien que dans la chouannerie il y ait eu pour
plusieurs un vieux ferment de sentiment national, ce ne fut pas, on doit en convenir, au nom de nos *fueros* que s'engagea la véritable lutte. Le comte de Botherel, procureur général syndic aux états de Bretagne, protesta le dernier contre
l'atteinte violente portée aux *droits, franchises et libertés* du pays; car lui aussi
parlait de droit et de liberté. Son éloquent pamphlet fut brûlé en place publique
par la main du bourreau, et avec lui s'éteignit le dernier espoir, la dernière
réclamation de la nationalité bretonne. Si haut, si sacré que fût l'intérêt de cette
nationalité, la révolution française remuait de telles idées, que chacun devait y
trouver un intérêt plus puissant encore. La noblesse, directement attaquée, s'al-
liait avec la royauté, jusqu'alors sa constante ennemie, et vouait à la personne
du monarque cet attachement chevaleresque, cette religion du royalisme, qui
a eu ses prodiges et ses martyrs. Le clergé, dépouillé de ses biens et persécuté
dans sa conscience; le paysan, menacé par les réquisitions et frappé dans la
personne de ses pasteurs, avaient en vérité de bien autres griefs que l'attentat
légal commis à l'égard de la constitution. Quant aux habitants des villes, au tiers
état, emporté par le grand mouvement du dix-huitième siècle, épris des théories
nouvelles de centralisation et d'égalité, il ne s'apercevait pas que les institutions
de la Bretagne étaient déjà si libérales, qu'elle avait plus à perdre qu'à gagner au
nivellement. Ainsi des souffrances ou des sympathies communes avec les autres
provinces amenèrent un besoin d'expansion qui ouvrit toutes les barrières pour
rendre la mêlée générale; des préoccupations plus vives firent oublier la légalité
et l'histoire; et la dernière expression de la nationalité celtique expira sans vengeance, ayant seulement pour oraison funèbre la protestation solitaire du noble
comte de Botherel !

Il fut robuste, il fut glorieux, ce vieux chêne druidique à jamais couché dans
la poussière. Sa chute n'a point découvert ses racines, et la pioche de l'antiquaire
se fatigue à en chercher les ramifications dans les entrailles du passé. L'épée de
César et celle de Charlemagne lui avaient fait au tronc de larges blessures; mais les
armes de leurs débiles successeurs s'émoussaient sur sa rude écorce, et pour l'a-
battre enfin il a fallu recourir à la cognée révolutionnaire. Aujourd'hui, la France
se penche avec intérêt vers le colosse renversé; l'historien fouille le sol qui l'a
porté, l'artiste admire cette séve puissante qui ne peut plus se renouveler que
de la rosée du ciel, mais qui jaillit encore çà et là, parmi la mousse et le
gui, en verdoyantes frondaisons; le poëte écoute avec ravissement la voix des
oiseaux qui chantent, pour la dernière fois peut-être, dans sa couronne flétrie.

Il est à peu près démontré que les Bretons sont les descendants directs des habitants de l'ancienne Gaule, et que leur province présente le remarquable phénomène d'un pays qui depuis deux mille ans et plus est le séjour de la même race
et entend parler la même langue. Il est même permis de conjecturer, avec d'esti-

mables écrivains, que cette race est la première qui ait peuplé les Gaules, en sorte que les échos des vallées bretonnes n'auraient connu à l'homme, comme au rossignol, qu'un seul langage depuis le commencement du monde. L'histoire ne remonte pas aussi haut, mais elle nous montre les populations de l'Armorique s'adossant à l'Océan pour repousser les invasions successives ; douées d'une sorte d'élasticité puissante, tour à tour comprimées par les légions romaines ou les bandes des rois francs, elles réagissaient avec une force nouvelle, et reculaient leurs trop étroites limites. On s'étonne de voir la facilité avec laquelle une nation si jalouse, si opiniâtre dans sa résistance aux influences du dehors, se laissa pénétrer par le christianisme ; mais, tout en l'embrassant avec transport, elle conserva beaucoup de traditions et de pratiques de l'ancien culte, la plupart sanctifiées par quelque application aux croyances nouvelles. L'extrémité de la péninsule donnait asile à des émigrés de l'île de Bretagne, qui, traversant la mer pour fuir le joug des Saxons, étaient certains d'être accueillis en frères sur le rivage opposé. Ces réfugiés furent assez nombreux pour donner à leur nouvelle patrie le nom de celle qui les chassait de son sein : c'est d'eux que date la haine des Bretons pour les Anglais, que nos paysans appellent encore aujourd'hui des Saxons (Saozon). Dans cette autre Bretagne qu'on a longtemps nommée *la Petite*, il n'y avait pas, comme par tout le reste de la France et presque de l'Europe, deux races distinctes, l'une victorieuse et l'autre vaincue ; mais bien une seule famille, à qui l'exil rendait des enfants longtemps séparés, dont tous les membres parlaient la même langue, et avaient à beaucoup d'égards les mêmes doctrines et les mêmes usages. L'homogénéité était si parfaite, que les princes et les évêques étaient choisis, tantôt parmi les émigrés insulaires, tantôt parmi les armoricains, sans que l'histoire fasse mention d'aucune jalousie d'origine. Aussi les institutions du moyen âge n'eurent-elles pas en Bretagne ce caractère d'âpreté et d'oppression qui a laissé dans toute la France de si profonds ressentiments, et qui fait que de nos jours encore les mots de féodalité et d'ancien régime produisent sur les masses l'effet de la *banderilla* écarlate sur les taureaux d'Andalousie. Il n'y avait pas de serfs en Bretagne : le contrat qui liait le propriétaire au colon était tout à l'avantage de celui-ci ; c'était le bail à domaine congéable, ou le convenant, que la révolution française proscrivit comme un contrat féodal, dans sa première fièvre de nivellement, mais qu'elle rétablit bientôt en reconnaissant hautement son erreur. Un fait tout récent prouve bien mieux que ne feraient nos paroles ce qu'on doit penser du système qui a si longtemps régi la propriété en Bretagne : au mois d'août 1840, les domaniers de la commune de Crozon (Finistère) se sont soulevés pour résister aux désirs de quelques propriétaires qui voulaient substituer le régime du Code civil à celui de la coutume ; et, le croirait-on, en plein dix-neuvième siècle, la force armée a été appelée pour disperser des rassemblements de paysans qui trouvent oppressive la liberté moderne, et demandent qu'on leur laisse la part plus véritablement libérale que leur avait faite le moyen âge.

Ayant à parler de l'état présent de la Bretagne, nous n'avons pas cru pouvoir nous dispenser de présenter ces sommaires considérations sur un passé auquel elle tient encore par tant de sentiments, d'usages et de souvenirs. Les mœurs d'un peuple, tantôt la cause et tantôt le résultat des événements, sont toujours inséparables de son histoire.

Nous essayerons d'abord de peindre l'habitant des campagnes, le paysan : c'est le Breton par excellence, et sa calme et noble figure doit dominer tout notre travail. Puis, au sortir de la chaumière, nous introduirons le lecteur dans la grande salle du manoir, et nous lui montrerons, groupés autour de l'immense cheminée, tous les membres de la famille patriarcale du châtelain. Enfin nous terminerons par une rapide excursion dans les villes de la Bretagne.

LES CAMPAGNES.

La Bretagne est l'une de nos plus vastes provinces ; le développement de son littoral est immense ; elle s'avance dans les flots comme la proue d'un navire, et du haut de ses falaises on voit flotter à l'horizon des îles innombrables, débris arrachés du continent par quelque catastrophe oubliée. Sur ses flancs convulsivement déchirés, la mer se brise avec une effroyable violence ; elle pénètre jusqu'au cœur du pays par un grand nombre de rivières, larges et profondes à leur embouchure, humbles ruisseaux dès que le flux a atteint sa limite : la nature semble avoir creusé ces vallées pour que l'Océan y puisse épancher sa fureur, et ne s'acharne pas à saper les barrières de rochers qui protégent le reste du territoire. De la pointe Saint-Mathieu, extrémité du vieux monde, à Ingrande sur la Loire, la Bretagne a près de quatre-vingt-dix lieues ; sa largeur, de Saint-Malo aux confins du Poitou, est de cinquante lieues environ. Sa population est toute maritime ou agricole. Elle se divise administrativement en cinq départements ; mais là n'est pas sa division morale, et pour fixer les bornes immobiles de la langue et des mœurs, il est indispensable de remonter aux anciens évêchés. Nantes, Rennes, Dol, Saint-Malo et Saint-Brieuc composaient la haute Bretagne ; Vannes, la Cornouaille ou Quimper, le Léon et Tréguier la basse Bretagne, appelée aussi Bretonnante. Ces expressions sont encore en usage

FERMIER DE CONCARNEAU
(Bretagne)

et le seront longtemps ; il y a en effet tant de radicales différences entre la haute et la basse Bretagne, qu'il faut des mots divers pour les désigner, et que le nom seul de Breton ne présenterait à l'esprit qu'un sens vague et indéterminé. La langue constitue la plus notable différence ; une ligne tirée de l'embouchure de la Vilaine à Châtel-Audren, entre Saint-Brieuc et Guingamp, séparerait assez bien les deux parties de la province : en deçà de cette ligne, on n'entend parler que le français ou un patois bâtard ; mais le paysan de la basse Bretagne a conservé l'antique idiome, et les Celtes, ses pères, ne reconnaîtraient qu'en lui seul leurs traits et leur sang. Quand dans l'âge heureux des vacances nous regagnions le foyer paternel, le plus beau moment du voyage était celui où, en approchant de Guingamp, nous entendions pour la première fois de petits mendiants chanter le refrain d'*ann hini goz*, en gambadant autour de la diligence. Alors seulement nous nous croyions dans la patrie ; et d'ailleurs, à ce gai signal, tout semblait prendre une face nouvelle. Ce n'étaient plus ces maisons de boue des environs de Rennes, ni ces croix de bois peint, ni ces mesquins clochers à la flèche d'ardoise, dont un coup de vent courbe la débile charpente ; mais partout le granit, jusque dans les dentelures et les festons élégants des clochers de village, et la route elle-même était souvent taillée dans le roc. Les coteaux devenaient plus fréquents, les champs plus divisés, les talus de séparation plus hauts et mieux garnis d'arbres d'émonde ou d'ajoncs aux fleurs d'or, les paysages plus variés et plus mobiles ; toute la campagne était un bocage, un pêle-mêle de landes, de riches moissons, de bois, de ruisseaux, de rochers et de prairies, qui s'éparpillaient sous nos yeux comme les grains du kaléidoscope. Les paysans que nous rencontrions n'étaient plus affublés de cette blouse malpropre qui rend pareils à des palefreniers les cultivateurs des trois quarts de la France ; leur chapeau s'élargissait, leurs cheveux s'allongeaient pour retomber en boucles sur leur veste aux larges pans ; les guêtres et les braies gauloises se substituaient peu à peu au disgracieux pantalon. Enfin nous découvrions d'un côté la mer, de l'autre les bleus sommets des montagnes d'Arrez, ces deux horizons de la basse Bretagne ; et tandis que les commis voyageurs et les touristes de grand chemin se récriaient sur les trente-deux côtes du fameux relais de Belle-Isle-en-Terre au Pontou, ou s'étonnaient de traverser un pays où l'on parle une langue *inintelligible, quoique douce*[1], nous contemplions avec bonheur cette terre poétique, si bien appelée, par un de ses plus aimables enfants, le gracieux auteur de *Marie,* une terre de granit recouverte de chênes !

N'en déplaise aux adversaires de la langue bretonne, elle ne paraît pas avoir notablement reculé depuis plusieurs siècles ; seulement on ne la parle pas en tous lieux avec la même pureté, et souvent l'adjonction d'une foule de mots français dont les désinences seules sont changées en fait une sorte de jargon qu'on nomme du breton de curé, expression qui correspond assez exactement à celle de latin de cuisine. Soit mépris de la langue maternelle, soit oubli partiel pendant les longues années d'études et de séminaire, il est certain que la plupart des prédicateurs la traitent

---

[1] Cette remarque judicieuse, qui décèle un rare talent d'observation, est consignée en toutes lettres dans une relation de M. Alphonse Karr, et doit être recommandée aux aiguillons de ses Guêpes.

avec un sans-façon déplorable : c'est l'éternel sujet de querelle entre le clergé et les antiquaires. L'idiome breton a en outre pour ennemis jurés le préfet ou le sous-préfet, représentant naturel du système d'aplatissement général connu sous le nom de centralisation, et surtout le maître d'école, lequel, ni plus ni moins que l'empereur Nicolas, punit sévèrement le crime de l'enfant qui a prononcé quelques mots dans la langue que lui a apprise sa mère ; mais il a aussi d'ardents apologistes, de passionnés zélateurs qui en font dériver toutes les langues du monde, et ne sont pas embarrassés pour démontrer que le grec ἵππος, le latin *equus,* le français *cheval,* l'anglais *horse* et l'allemand *pferd,* ont évidemment pour racine le celtique *marc'h.* Cela vous paraîtra fort clair quand vous saurez que les deux règles de la science étymologique sont les suivantes : 1° ne tenir aucun compte des voyelles ; 2° tenir peu de compte des consonnes. (Voir le traité de M. Ledeist de Botidou.) De plus, il est bien constaté que l'on parlait breton dans le paradis terrestre : quand notre première mère présenta la fatale pomme à son époux, celui-ci lui en demanda seulement un morceau, en breton *a'tam,* d'où lui vint le nom d'Adam ; et quand le fruit resta engagé dans son gosier, et y forma cette grosseur transmise à tous ses descendants sous la dénomination de pomme d'Adam, sa compagne lui offrit de l'eau en lui disant, toujours en breton, *ev,* bois, *et le nom lui en est resté.* Le brave et naïf La Tour d'Auvergne, dans ses Origines gauloises, a rapporté cette conversation oubliée par la Genèse, et peut-être était-il plus fier de ses découvertes de linguistique que du titre de premier grenadier de France.

Quoi qu'il en soit de ces exagérations plaisantes, la langue bretonne a un haut intérêt historique qu'il serait moins déraisonnable d'outrer que de méconnaître. Elle se divise en autant de dialectes qu'il y avait d'évêchés bretonnants, indépendamment de celui que parlent les habitants du pays de Galles en Angleterre ; et bien que toutes les racines soient les mêmes, les différences sont assez sensibles pour que le dialogue devienne difficile entre les habitants de deux diocèses, et surtout entre le Léonard et le Vannetais. Mais, outre ces distinctions principales, on remarque de canton en canton mille nuances d'expressions et d'accent que l'oreille du paysan saisit avec une finesse aussi merveilleuse que celle de la marchande d'herbes d'Athènes ; il lui arrivera souvent de dire à son interlocuteur : « Vous parlez le breton de telle paroisse. » Du reste, cette observation n'est pas spéciale à la langue, elle mérite d'être complétement généralisée. La basse Bretagne est éminemment le pays de la variété ; elle est à chaque pas différente d'elle-même. Aussi tous les jugements absolus qu'on porte sur elle sont-ils nécessairement faux. Par exemple, elle passe proverbialement pour une terre stérile ou au moins inculte, et certes celui qui traversera les landes de Guiscriff et de Lan Roc'hou, ou certaines plaines du Morbihan où l'on fait des lieues entières sans rencontrer un être vivant, aura le cœur serré de cet aspect de désolation. Mais aussi que sont la Beauce et la Touraine auprès de ces riches campagnes de Pont-l'Abbé ou de tout le littoral du Léon, fécondées par les algues marines et les exhalaisons mêmes des flots ; auprès de ces champs de Roscoff qui furent autrefois une ville, où dans l'étroite enceinte des murailles en ruines cent parcelles de terre nourrissent autant de familles, et don-

FERMIÈRE BRETONNE

(Concarneau).

nent à l'industrieux travailleur plusieurs récoltes par année ? Toute la commune de Roscoff n'est qu'un grand jardin potager sillonné d'innombrables clôtures ; et cependant il n'existe à proximité aucun centre de consommation ; mais ces aventureux jardiniers savent trouver au loin les débouchés qui leur manquent. Chaque ferme, dans la nuit du dimanche au lundi, fait partir une charrette remplie des plus beaux légumes, que d'infatigables chevaux traînent presque sans s'arrêter jusqu'à Brest, à Rennes, à Nantes, à Angers même.

Il en vint une, par une sorte de bravade, jusqu'à Paris ; ce qu'elle contenait fut enlevé à la barrière, et son conducteur racontait ingénument qu'il regrettait d'avoir été empêché, par l'empressement des acheteurs, de voir le milieu de la grande ville. Mais sitôt que la charrette est vide, on repart, et les chevaux reprennent d'eux-mêmes le chemin de leurs pâturages. Les Roscovites sont connus par toute la Bretagne, et remplissent souvent d'une extrémité à l'autre l'office de commissionnaires. Sobres et réservés en allant, ils reviennent mutins et querelleurs, faisant des pauses fréquentes aux cabarets de la route, et rattrapant au grand galop le temps perdu dans ces libations successives. Ils tiennent à rentrer au logis avant la fin de la semaine ; les plus attardés arrivent en grande hâte le samedi soir, et le dimanche les revoit tous, purifiés des souillures de leur vie vagabonde, assister dévotement à la messe paroissiale. Depuis deux ans environ, le *vapeur* qui lie une correspondance hebdomadaire entre Morlaix et le Havre leur a encore donné de nouvelles habitudes : plusieurs s'embarquent avec leurs denrées, et le *marché de Bretagne*

a désormais appris aux ménagères du Havre ce qu'il faut penser de la stérilité de notre province.

On conçoit que les mœurs de cette population voyageuse ne sauraient être celles du reste de la Bretagne ; mais chaque canton, souvent chaque paroisse a les siennes ; vous sautez un ruisseau, tout est changé : aspects, costumes, usages, système de culture, jusqu'à la physionomie et la stature des habitants. A quelques lieues de Roscoff, en prolongeant le littoral du Finistère, on rencontre une race d'hommes toute nouvelle ; on croirait voir une peuplade de pillards grecs sur un promontoire de Morée. Leurs cheveux en dés-
ordre, qu'agite la brise de la mer, s'échappent de dessous une calotte bleue ; une veste de *berlinge*, échancrée autour du cou, s'applique sur leurs reins ; leurs larges braies, arrêtées au genou, laissent en tout temps à découvert des jambes sèches et nerveuses, insensibles aux intempéries de l'air comme aux piqûres des ajoncs. Ces hommes ont été longtemps la terreur des marins, qui les redoutaient plus encore que les récifs dont est bordée leur côte inhospitalière.

Quand les tempêtes, si fréquentes dans ces parages, chassaient quelque navire en détresse, la plage se couvrait de pirates improvisés, désertant, dans l'espoir du pillage, la ferme, la charrue, l'église même. Une joie féroce éclatait au moment où le navire venait enfin se briser sur les écueils ; tous alors fondaient sur leur proie, volaient la cargaison, dépouillaient les naufragés et parfois les maltraitaient avec la dernière brutalité. C'étaient peut-être des compatriotes, sortis la veille des ports de Brest ou de Morlaix ; dans une foire, dans un cabaret, on se serait fait scrupule de leur dérober une pièce de monnaie ; mais la tempête est le ministre du ciel, et ne faut-il pas ramasser la manne envoyée par la Providence ? Ces mœurs se sont bien adoucies ; mais si l'on ne maltraite plus les personnes, si même les naufragés sont généralement l'objet de soins empressés, il n'est pas encore facile de persuader aux riverains de Kerlouan et de Guissény que les débris ou le chargement d'un navire échoué ne sont pas la propriété légitime du premier occupant ; c'est pour eux comme un principe d'équité naturelle ; le prêtre et le procureur du roi y ont souvent

perdu leurs sermons et leurs réquisitoires. Cependant, il y a quelques années, le curé
de Landéda obtint un glorieux triomphe. Un dimanche, au milieu de la grand'messe,
l'assistance, distraite de son recueillement par la nouvelle d'un naufrage, se précipita
en foule sur la grève, et procéda lestement au sauvetage, en appliquant sa doctrine
favorite sur la charité bien ordonnée. Le bâtiment était chargé de toile ; chacun fit
sa provision, et, après l'avoir déposée dans sa ferme, s'en revint au bourg, sans remords, pour chanter les vêpres, croyant avoir fait une chose irréprochable. Le curé
ne pensait pas de même. Il monta en chaire ; l'indignation le rendit éloquent ; ses
paroissiens se retirèrent émus et troublés par la généreuse énergie de ses reproches ;
et le lendemain matin, il trouva entassés dans le jardin du presbytère, au grand
préjudice de ses plates-bandes, tous les ballots de toile, fruit du pillage de la veille.

Les mêmes déprédations ont été en usage sur d'autres points de la Bretagne, particulièrement dans l'île de Sein, dont les habitants ont été longtemps appelés les
démons de la mer.

L'île de Sein, à toutes les
époques, a vivement frappé
l'imagination populaire : au
temps des druides, elle était le
sanctuaire des neuf vierges consacrées. En face d'elle s'élèvent
les gigantesques rochers de la
pointe du Ràz, bastions inaccessibles, que la mer ronge en
écumant, autour desquels elle
s'engouffre avec un bruit qui
rend sourd, et à des profondeurs qui donnent le vertige.
C'est l'un des plus grandioses
et des plus sauvages aspects de
la nature. L'île de Sein et la
pointe du Raz sont pour les
Bretons Charybde et Scylla ;
c'est le passage le plus fécond
en désastres. Quand le marin
s'en approche, il fait le signe
de la croix en disant :

Va Doue, va sikourit evid tremen ar Raz,
Rak va lestr a zo bihan, hag ar mor a zo braz !

« Mon Dieu, protégez-moi pour passer le Raz, car mon navire est petit et la mer est
grande ! » Un chroniqueur raconte naïvement que les habitants de l'île de Sein
n'ont de vin que ce que la mer leur en jette par les fréquents naufrages des vais-

seaux. Dans une circonstance récente, la population de cet îlot fatal s'est glorieusement réhabilitée aux yeux de l'humanité ; malgré l'antipathie des races, elle a donné, sous la conduite de son curé, à un équipage anglais en péril l'assistance la plus courageuse, et le gouvernement britannique a reconnu sa noble conduite par un envoi de médailles honorifiques et de récompenses pécuniaires.

Ces îles semées tout à l'entour de la basse Bretagne, et tantôt isolées, tantôt réunies en archipel comme ceux de l'Iroise et des Glénans, ont pour la plupart une physionomie intéressante, et laissent d'impérissables souvenirs dans l'esprit des rares visiteurs qui les abordent. La plus éloignée du continent est celle d'Ouessant, ou de l'Épouvante (en breton Heussa).

Les mœurs bénignes de ses habitants ne justifient pas ce nom terrible, qui paraît avoir tiré son origine des récifs dont la côte est bordée. Une partie de l'île est fertile ; de gras pâturages y nourrissent une race célèbre de petits chevaux, qui paissent en liberté et à demi sauvages : madame la duchesse de Berri en possédait, en 1830, un charmant attelage. On ne saurait voir ces lieux paisibles sans former un moment le vœu d'y passer ses jours, sans se dire comme l'apôtre au Thabor : « On est bien ici ! » Là point de troubles, ni d'inquiétudes ; point de juges, et partant point de procès ; point de douaniers non plus : le pauvre peut, sans avoir rien à craindre du fisc, « tremper son doigt dans l'eau de la mer, et en laisser tomber une goutte dans le vase de terre où cuisent ses aliments[1]. » Le curé exerce avec douceur une autorité presque absolue : il faut bien qu'on s'habitue à se passer du reste du monde, puisque souvent l'état de la mer rend pendant des semaines entières toute communication avec le continent impossible. Les querelles de parti, les disputes littéraires, les luttes de la pensée et des intérêts paraissent vaines comme des rêves, quand on a mis le pied sur ce terrain tranquille et ignoré, où l'on ne voit d'autre agitation que celle des flots ; et le plus grand inconvénient de cet isolement n'est-il pas quelque malentendu tel que celui que Gresset a si plaisamment raconté dans son Carême impromptu ?

[1] *Paroles d'un Croyant.*

Comment ne pas parler aussi de Houat et de Hédik, ces deux îles jumelles, qui n'ont qu'un même pasteur, en sorte que, lorsqu'on célèbre la messe dans la première, on hisse un drapeau pour signaler les diverses parties du sacrifice, auquel assiste de loin, agenouillée sur la plage, la population de Hédik? L'île de Batz, en face du port de Roscoff, est encore un champ curieux d'observations, et malgré les communications journalières que permet son extrême proximité de la terre, elle conserve ses mœurs pures de tout alliage, protégées qu'elles sont par le plus exclusif patriotisme. Quoique le sol en soit bien cultivé, elle est d'un aspect singulièrement triste; on y chercherait vainement un arbre ou un ruisseau. Tous les hommes sont marins, et passent conséquemment la plus grande partie de leur vie hors de l'île : ils n'y viennent que pour prendre quelques instants de repos dans l'intervalle de deux campagnes. Les rudes travaux de l'agriculture échoient donc nécessairement aux femmes, et elles sont assez robustes pour n'être pas au-dessous de cette tâche. Les *îliennes* de Batz, comme on les appelle, sont remarquablement fortes et belles;

c'est elles qui dirigent le soc et recouvrent la semence; qui, le jour indiqué par le maire, se répandent parmi les rochers pour recueillir le varech; qui, sur un autre signal de l'autorité, s'arment de leurs faucilles et abattent les riches moissons dont la plaine est couverte; car, contrairement au reste de la Bretagne, cette plaine est sans aucune clôture, et afin de prévenir les empiétements sur le sillon du voisin, la récolte doit être faite par tous le même jour. Une longue-vue sous le bras, quelques hommes assistent à ces travaux sans y prendre part; mais nul ne songe à leur reprocher leur oisiveté; n'ont-ils pas, eux, labouré l'Océan plus péniblement encore, et enrichi le ménage d'épargnes gagnées au péril de leur vie? Les hommes et les femmes de l'île de Batz ont l'air d'appartenir à deux classes distinctes; les premiers, souvent capitaines ou officiers de la marine marchande, portent à terre la redingote et le chapeau de soie; ils sont plus instruits que beaucoup de bourgeois, et connaissent plusieurs langues. Leurs femmes sont toutes de simples paysannes, qui ne comprendraient pas un mot de français. Elles se vantent qu'elles sauraient repousser *le Saxon* s'il insultait leurs rivages. On raconte qu'elles ont un jour réussi à l'éloigner par une ruse de guerre, en disposant leurs ribots comme une batterie de canons, avec des charrues pour affûts, du côté où paraissaient quelques voiles suspectes, et se rangeant derrière, à cheval sur des bestiaux, avec les vieillards et les invalides qui seuls pouvaient seconder leur vaillance : cette démonstration eut un plein succès, l'ennemi crut la côte gardée et se retira[1]. Elles ne défendent pas moins bravement leur honneur que leur nationalité. Un douanier trop sensible, qui avait espéré pouvoir spéculer en sûreté sur l'absence des maris, paya cher son audace amoureuse : il fut enterré vif sous un monceau de fumier. Quand elles apprennent le désarmement d'un bâtiment de l'État, les épouses et les sœurs vont jusqu'à Brest à la rencontre des membres de leur famille ; l'empressement de les revoir après quelques années d'absence n'est peut-être pas le seul motif du voyage ; elles veulent aussi les arracher aux séductions des guinguettes, où s'engloutit d'ordinaire le décompte des marins congédiés. Après les premiers embrassements, tous reprennent ensemble le chemin de leur île. Vers la fin de la journée, à quatre lieues environ du but, ils s'arrêtent au pied d'un menhir druidique, surmonté d'une croix : image frappante de la religion en Bretagne ; alors chacun des marins s'aide tour à tour des épaules de ses camarades, monte le long du bloc de granit, se cramponne aux bras de la croix, et de là, comme d'un magique observatoire, contemple avec délices le sol de la patrie, les blancs contours de l'île de Batz !

Nulle part l'amour du pays n'est plus ardent que chez ces *îliens*, cosmopolites cependant par leur profession. Ils se plaisent à orner leur église de petits navires suspendus en guise de lustres, de chapelets d'œufs d'autruche, et de tableaux ex-voto : l'un d'eux y a déposé les fers qu'il porta, captif d'une puissance barbaresque. Pendant la révolution, on en vit un parvenir au grade de capitaine de vaisseau : il quitta le service pour aller finir ses jours au milieu de ses compatriotes ; et dans l'humble cimetière de l'île, on montre avec orgueil aux étrangers la tombe du capitaine Gueguen. Puis, on leur fait remarquer une maison blanche qui domine tout le village : c'est la demeure du *chevalier*. On désigne ainsi un homme dont le nom a retenti par toute l'Europe, dont le portrait est au musée de Versailles, comme rappelant une des gloires de la France : Tremintin, l'héroïque pilote, qui, refusant d'abandonner son commandant Bisson, au moment où celui-ci mettait le feu aux poudres pour ne pas tomber entre les mains des pirates, sauta avec lui, mais échappa par miracle à l'explosion. Mandé à Paris pour être félicité sur sa conduite, présenté au roi, décoré de la croix d'honneur et nommé enseigne de vaisseau, le modeste pilote breton avait hâte de regagner son île : il n'en est plus sorti, une blessure reçue dans la commotion ne lui permettant pas de naviguer désormais. Vainement le ministre de la marine lui avait offert de lui faire épouser à Paris, ainsi qu'il le raconte, une *belle demoiselle* ; il a préféré une de ces robustes îliennes que nous avons dépeintes ;

[1] Ce trait est historique, au moins dans ses principales circonstances ; mais il eut lieu à l'île de Groix, et c'est à tort qu'on l'applique souvent à celle de Batz.

elle n'entend que le breton, et nous l'avons vue nous-même pétrissant de ses pieds
nus les ingrédients immondes des mottes qui remplacent à l'île de Batz le bois de
chauffage. Heureux de son modeste choix, oublié du monde qu'un moment il a tant
occupé, la simplicité de ses goûts lui a fait une richesse de ses appointements d'enseigne, et il s'estime l'un des plus fortunés mortels du globe.

Il y a deux siècles, les îles de la Bretagne étaient encore presque païennes,
lorsque Michel Lenobletz et le père Maunoir, les derniers saints de la légende
bretonne, entreprirent tour à tour de les évangéliser. L'histoire de leurs missions
frappe d'étonnement le lecteur moderne, qui s'imagine lire, dans les lettres édi-
fiantes, le récit des premières prédications du christianisme chez les Natchez ou les
habitants du Paraguay, et ne peut croire que, si près de lui dans le temps et dans l'espace, il ait existé des peuplades appartenant à une civilisation tellement différente de
la nôtre. Quelques-unes avaient des mœurs féroces ; d'autres au contraire, dans une
bienheureuse innocence, semblaient réaliser l'utopie poétique de l'âge d'or. Le succès des missionnaires fut immense ; on vit, près de Mollènes, Michel Lenobletz monter sur une barque pour haranguer la multitude, comme son divin prédécesseur au
lac de Génézareth, et toute une flottille de pêcheurs, avides d'écouter la bonne nouvelle, se rassembler des divers points de l'horizon autour de la chaire flottante. A
l'île de Sein il ne fut pas moins bien accueilli ; il transforma si complétement les
sauvages *démons de la mer*, que depuis son passage cette île ne fut plus célèbre que
par ses vertus, et que, suivant l'expression touchante d'un légendaire, « elle est
aussi exempte de vices qu'elle l'est naturellement de bêtes venimeuses. »

La religion seule a constitué l'unité de la basse Bretagne ; c'est le lien commun
des habitants de ses diverses régions ; elle s'est infiltrée dans le sang breton, et forme
la partie saillante du caractère national. Mille croix de pierre, dressées à tous les

carrefours, disent au voyageur la piété des ancêtres; le salut respectueux, accompagné d'un signe de croix, qu'elles reçoivent de chaque passant, disent la piété des descendants. Le pâle mineur de Poullaouen se signe chaque matin avant de s'engloutir dans les entrailles de la terre; le marin se signe en apercevant un trop fameux écueil; le pilote, en prenant la conduite du navire confié à son expérience; le jeune homme, en mettant dans l'urne une main tremblante, pour en tirer le billet fatal qui doit décider de sa destinée. L'enfant du littoral, quand il va se baigner à la mer, trempe d'abord sa main droite au premier flot, et conjure par un signe de croix la puissance terrible qu'il bravera ensuite avec sécurité. Que la cloche de midi vienne à tinter au milieu des bruyants débats d'une foire, aussitôt les marchés les plus animés sont interrompus, les jeux s'arrêtent, les querelles se taisent; tous les fronts se découvrent, et toutes les lèvres murmurent l'*Angelus*. — Sur la grève de Saint-Michel, entre Morlaix et Lannion, la mer parvenue à une certaine hauteur s'épanche avec une impétuosité telle, que le promeneur surpris ne saurait lui résister ni la fuir; mais une croix est là qui l'avertit du danger, une croix si vénérée que le paysan se découvre devant elle pendant l'espace de cinquante pas.

Scellée sur un rocher, elle est deux fois par jour entièrement recouverte par le flux; tant que ses bras s'étendent encore au-dessus des ondes, la plage est sûre, et l'on peut y errer sans crainte; mais si on attendait qu'elle eût complétement disparu, il serait trop tard! — Nous venons de voir le matelot de l'île de Batz embrasser la croix afin d'apercevoir sa patrie; ici la croix est un signe de salut, sur lequel le voyageur doit avoir constamment les yeux fixés : ne sont-ce pas là les plus belles, les plus touchantes des allégories ?

Le dimanche, en basse Bretagne, n'est pas un jour d'ennui, comme dans les pays protestants, ni de travail pénible, comme dans les campagnes sans foi du centre de la France : c'est véritablement un jour de fête, mêlé de divertissements profanes et d'exercices religieux. A l'appel de la cloche, les hameaux se dépeuplent, et la paroisse entière se répand, dans ses beaux habits, sur les chemins et les sentiers qui conduisent au bourg. Ce bourg n'a souvent que quatre ou cinq toits, l'église, le presbytère, la mairie qui comprend l'école, une ferme et une auberge. On s'assemble dans le cimetière, à l'ombre de quelques vieux ifs ; les parents, les amis se rejoignent, se questionnent, devisent des nouvelles du pays, des espérances de la récolte, tandis qu'au dehors les jeunes gens se livrent aux jeux favoris des quilles ou de la boule. Le dernier son de la grand'messe coupe court aux jeux et aux conversations ; on entre en foule sous la voûte de l'église, pour en ressortir bientôt, croix et bannières en tête, avec la procession qui fait le tour du cimetière. Il y a ordinairement dans chaque paroisse une famille de gentilshommes de campagne, aimés et amis du paysan ; la châtelaine et ses filles ont le premier rang à la procession, immédiatement après le curé ; le maire, cultivateur aisé, vient ensuite, un peu en avant du seigneur châtelain et de ses fils ; ceux-ci sont suivis d'une longue file de paysans ; une autre file de femmes termine la marche. Dans l'église, on observe aussi un ordre invariable ; les sexes n'y sont jamais confondus ; un banc d'œuvre est réservé à la famille du châtelain, des bancs plus modestes aux membres du conseil municipal et du conseil de fabrique ; les simples fidèles se rangent autour de la balustrade et dans les chapelles latérales, tandis que les femmes, un chapelet sur les genoux, se tiennent humblement accroupies au bas de la nef. Après l'Évangile, le recteur monte en chaire, et, entre son prône et son sermon breton bourré de citations latines, il publie pompeusement, mais sans trahir l'anonyme des donateurs, la liste des munificences de la semaine. « Un particulier a donné une queue de cheval à saint Éloi, un autre une *moche* de beurre à saint Derbot, un autre deux petits cochons à saint Antoine, un autre un boisseau de pommes de terre aux trépassés. *Pater noster.* » L'auditoire reste grave, et qu'y a-t-il en effet de risible dans cette dîme volontaire offerte à l'église par le cultivateur, avec l'intention d'honorer un saint pour lequel il a une dévotion particulière ? Puis, le sermon fini, tandis qu'un *Credo* discordant, chanté à tue-tête, ébranle la voûte sonore, le bedeau distribue aux notables d'énormes quartiers de pain bénit, et une file de six ou huit quêteurs serpente autour des bancs et des piliers, en faisant sauter quelques liards dans des plats de cuivre, et provoquant, qui au nom de saint Pierre, qui de saint Guénolé, qui du patron de la paroisse, la paresseuse générosité des fidèles ; le quêteur des trépassés rapporte seul à la sacristie une abondante cueillette. Dans quelques paroisses, le grand fabricien vient toucher l'épaule d'une des assistantes avec une quenouille, et l'invite de cette manière à donner le dimanche suivant des écheveaux de fil à l'église ; les dames du manoir ont leur tour comme les autres, et jamais on ne s'est dispensé d'obtempérer à cette invitation symbolique.

A la sortie de la messe, le bedeau monte sur les marches de la croix pour vendre
à l'encan tous les objets donnés en nature, dont le prix est versé dans le trésor
de la fabrique. Cependant, avant de regagner leurs villages, hommes et femmes se
répandent dans le cimetière, et prient, agenouillés sur une tombe, pour l'âme des
parents défunts. La piété pour les morts est extrême en Bretagne; la religion et la
poésie l'entretiennent, et la ballade raconte l'effrayante punition du contempteur
des tombeaux, du don Juan breton qui, dans une orgie du carnaval, s'était coiffé
d'une tête de mort. Il ne se fait rien d'important dans la vie sans qu'un pieux
souvenir se reporte vers les trépassés; ils sont de toutes les fêtes; ils n'ont pas cessé
d'être de la famille. Le mendiant n'a pas de plus sûr moyen d'appeler l'aumône du
passant que de lui dire : « Je prierai Dieu pour *vos morts*. » Expression sublime et
véritablement attendrissante! Quel est l'homme, en effet, qui n'a pas ses morts bien
aimés, comme il a son père, ses sœurs ou ses enfants? Le remerciement ordinaire
du pauvre est un *De profundis*, ou cette phrase qu'il prononce en baisant sa main
droite : « Que Dieu pardonne aux trépassés ! » Aux réunions de la chaumière, après
les contes, les causeries et les ballades, le *De profundis* est aussi le dernier chant
de la veillée, le vrai chant du départ et de la séparation. La Bretagne semble s'être
approprié cette hymne funèbre de l'humanité, qui est devenue pour elle comme un
cantique national. Mais c'est le soir de la Toussaint que la piété pour les morts se manifeste avec le plus de vivacité. L'Église, par une magnifique inspiration, a fait suivre

immédiatement la fête de tous les Saints de la Commémoration de tous les Morts ;
elle a pensé qu'après avoir contemplé la gloire des élus, les fidèles prieraient plus
ardemment pour faire partager cette gloire aux âmes souffrantes. Le glas funèbre
succède, par une brusque transition, aux joyeux carillons, et ce rapprochement des
deux voix de la cloche nous a toujours paru une plus frappante image de la destinée humaine que la roue mythologique de la Fortune. — A la sortie des vêpres
et de l'office des morts, le paysan breton demeure longtemps comme pétrifié sur
le tombeau de ses proches ; il emplit d'eau bénite, et quelquefois de lait, le creux
de leur pierre, et croit leur procurer ainsi un rafraîchissement. Rentré dans sa
ferme, il allume un grand feu, prépare des crêpes pour son souper, et ne se
couche pas sans laisser la porte entr'ouverte, l'âtre en flamme et la table abondamment servie : les âmes doivent venir se réchauffer encore une fois au foyer de la
famille, et prendre leur part du repas. Cependant les cloches poursuivent toute
la nuit leur inégal tintement ; la bise de novembre mugit dans les sapins, et au
milieu de ses rafales on croit entendre les plaintes et les actions de grâces des
trépassés.

Toutefois, il est une cérémonie plus imposante encore, et qui ne reparaît qu'à de
plus rares intervalles. Quand on creuse de nouvelles tombes dans la poussière humaine des vieux cimetières, on recueille avec soin les ossements anonymes que rencontre la pioche, et on les entasse dans une sorte de chapelle en forme de tombeau,
qui se nomme le reliquaire. Mais le reliquaire s'emplit à son tour, et, tous les sept
ans, les débris qu'il contient sont enfouis à jamais dans une fosse commune, assez
profonde pour que leur repos soit désormais inviolable. Lorsqu'arrive le jour de ce
jubilé des morts, une immense affluence se presse dans l'église, puis se rue aux
abords du reliquaire, bientôt dévasté : alors commence une scène d'une étrange et
lugubre poésie. Chaque fidèle s'empare d'un fragment de squelette ; hommes et
femmes, vieillards et jeunes filles, joignent sur un ossement leurs mains crispées
d'où pend un chapelet, et suivent à pas lents le *recteur* qui tient dans les siennes
une tête de mort. Ainsi la procession fait le tour du cimetière, au bruit des glas et
des chants funèbres entrecoupés par les gémissements de la multitude. Rendu sur
le bord de la fosse, le curé se retourne, élève en l'air, sur tant de têtes attentives, la
tête desséchée, et, l'apostrophant avec véhémence, il lui demande ce qu'elle a été
pendant sa vie, peut-être la tête d'un élu, peut-être celle d'un réprouvé.... Il développe avec force cet effrayant dilemme, et décrivant alternativement les tourments
de l'enfer et les joies du paradis, il fait passer son auditoire par les impressions les
plus vives et les plus diverses. En terminant son allocution, dont plusieurs passages
ont été accueillis par des redoublements de sanglots, il laisse tomber cette tête muette
qu'il a vainement interrogée sur sa destinée : à ce moment l'émotion générale est
parvenue à son paroxysme ; ce n'est plus avec des soupirs et des larmes, c'est en
poussant des cris à fendre le cœur que tous les assistants s'avancent sur le bord de
la fosse béante, et lui jettent sa pâture d'ossements. Bientôt tout s'apaise, les fidèles
se dispersent, et le silence du cimetière n'est plus troublé que par les derniers
travaux du fossoyeur.

Chaque paroisse a dans l'année un dimanche plus beau que tous les autres,
celui de sa fête patronale, que, par une locution touchante, on appelle le jour du
Pardon, ou simplement *le Pardon*. Plusieurs semaines à l'avance, on a mis à l'encan
le droit de porter à la procession matinale les bruyantes clochettes, les bannières,
les croix, les drapeaux de diverses couleurs, les petites statues des saints grotes-
quement habillées et perchées au bout de longs bâtons, enfin les reliques du patron.
C'est encore le bedeau qui remplit, du pied de la croix du cimetière, le rôle de commissaire priseur ; il égaye par ses quolibets la cérémonie, apostrophe les tièdes,
raille leur avarice, et appelle la vergogne en aide à la dévotion. Nous-même, dans
notre enfance, mêlé aux fils de la Cornouaille, nous avons mis à ces pieuses enchères, et nous avons payé *un écu* l'honneur de tenir un des étendards de Dirinon.
Nous n'aurions pu prétendre à la grande bannière : les plus robustes paysans ont
peine à faire cent pas avec elle ; un seul pouvait facilement, le corps renversé en
arrière, ses longs cheveux balayant presque le sol, l'abaisser horizontalement pour
la faire entrer ou sortir par la porte basse de l'église. Les Bretons aiment passionnément ce violent exercice de la bannière, qui leur coûte quelquefois, par les efforts
qu'il nécessite, la santé ou même la vie. D'un autre côté, nous étions trop jeune
pour prêter nos épaules au reliquaire d'argent qui renferme les précieux restes de
sainte Nonne ; le brancard qui le supportait était soutenu par deux graves conseillers
municipaux, revêtus d'une aube blanche, et la tête surmontée d'un bonnet de coton.
— Les pardons sont le rendez-vous général des paysans des paroisses voisines, et
ces réunions, moitié profanes et moitié religieuses, ont un attrait puissant pour toutes
les positions et tous les âges. La jeune fille étale son plus brillant costume, le mendiant ses plaies les plus hideuses, le magister son plus savant magnificat. A la sortie

des offices, tout est en liesse du presbytère à l'auberge ; le recteur festoie le châtelain et ses fils, le
maire et ses adjoints, le prédicateur et les autres
confrères qui ont contribué à donner de l'éclat aux
cérémonies. Les lutteurs s'étreignent, les joueurs de
quilles doublent l'enjeu ordinaire, les enfants courent
à travers champs à la poursuite d'un vieux coq que
le plus agile rapportera en triomphe. Debout sur des
barriques, les sonneurs de bombarde et de *biniou*
président jusqu'au coucher du soleil aux danses nationales, aux rondes, aux passe-pieds, aux joyeux
jabadau, et, attablés sous des tentes, les vieillards puisent dans le cidre doux et le vin
violet des jouissances qui leur ôtent bientôt le regret et le sentiment de toutes les autres.

Les plus beaux pardons sont ceux de Sainte-Anne d'Auray au diocèse de Vannes,
de Notre-Dame-du-Folgoat en Léon, de Rumengol en Cornouaille, et de Saint-Jean-
du-Doigt en Tréguier. Une foule de pèlerins, le bâton blanc à la main, s'y rendent
de tous les points de la Bretagne, souvent pieds nus, chantant des cantiques et édi-
fiant les populations qu'ils traversent. Ce sont des marins échappés au naufrage, des
convalescents, des familles affligées ou reconnaissantes. Les uns accomplissent un vœu

exaucé ; d'autres, plus confiants et plus pieux encore, n'attendent pas l'effet de leurs
prières, et veulent les renouveler devant l'autel de la bonne sainte Anne. Il y a, dans le
vœu, un calcul et un doute ; c'est une sorte de contrat aléatoire passé avec la Divinité.
Mais l'ardente prière qui se prodigue sans conditions et sans réserves, l'action de grâces
qui suit spontanément le bienfait sont de plus sublimes manifestations de la foi. Les
pèlerins sont partout bien reçus ; aux yeux des Bretons, ils ont quelque chose de saint.
Près de Saint-Jean-du-Doigt, ils étaient accueillis, naguère encore, au manoir du
Mescouez, dont le propriétaire leur faisait laver les pieds à l'eau chaude pour les
délasser des fatigues de la route. Mais pendant la fête ils sont trop nombreux pour
pouvoir être logés dans les auberges ou les maisons hospitalières, et ils campent dans
le cimetière. C'est à ces grandes assemblées qu'il faut se rendre pour embrasser d'un
coup d'œil les costumes riches, élégants ou bizarres, des divers cantons de la Bretagne ; la mêlée est générale, et présente le tableau le plus pittoresque.

Il faut renoncer à décrire le costume breton ; le chapeau à larges bords, entouré de
plusieurs rangs de chenille, un habit assez semblable à celui des bourgeois de Molière,
trois ou quatre gilets superposés, une ceinture de cuir ou d'étoffe à carreaux, des *bra-
gou braz* (culottes bouffantes), des guêtres longues ou des bas de laine, des souliers à
boucle, tels en sont, à peu près, les principaux traits ; mais que de variétés dans les

formes et les couleurs! Le paysan de Saint-Pol est habillé en vert de la tête aux pieds;
celui de Lesneven en bleu, celui de Plougastel en rouge cramoisi, celui de Saint-
Tegonek en noir, celui des montagnes de Cornouaille en brun. Les costumes
des femmes ne sont pas moins variés; celui du canton de Fouësnant est particulièrement célèbre, de même
que la beauté des filles qui le
portent.

Autrefois, à Saint-Jean-du-
Doigt, dans la soirée qui pré-
cédait la fête, un ange s'élançait, une torche à la main, du
haut du clocher, et disparais-
sait après avoir mis le feu à
l'immense bûcher préparé en
l'honneur de saint Jean; aujourd'hui, hélas! c'est une
pièce d'artifice en carton qui
imite le rôle du messager céleste. Toute la Bretagne s'illumine en même temps, et semble un vaste miroir où le firmament étoilé se contemple et
s'admire. Il n'est pas de hameau si obscur qui n'élève son
bûcher au lieu consacré par un
usage immémorial; pas de
mendiant si pauvre et si cassé
par l'âge qui n'y apporte au
moins le tribut de quelques
sarments. Quand tout le vil-

lage est rassemblé, le doyen met solennellement le feu au monceau de fagots, de
genets secs et d'ajoncs, et, tandis que la flamme monte en tourbillonnant, il récite
des prières auxquelles répond l'assistance, tantôt en marchant processionnellement
autour du brasier, tantôt assise sur des bancs, où l'on laisse toujours vides quelques
places pour les morts. Les prières terminées, les divertissements sont permis; les
enfants se soumettent, par gageure ou partie de plaisir, à l'épreuve du feu, et sautent
à travers la flamme; les hommes tirent des coups de fusil, les jeunes filles courent
à toutes jambes pour visiter neuf feux dans la soirée, certaines alors d'être mariées
avant un an. Cependant, avant de se retirer, le doyen met aux enchères, au profit
des pauvres, les cendres éteintes qui, répandues sur les champs de l'acheteur, rendront abondante la récolte du blé noir, et chacun emporte un tison de saint Jean,
qui garantira sa chaumière de l'incendie.

On conçoit combien furent vives les souffrances d'une population si religieuse, si

attachée aux pratiques extérieures, quand la révolution française ferma les temples
et proscrivit le culte et ses ministres. Toutes les parties de la Bretagne n'ont pas traversé cette crise avec la même résignation ; des bandes nombreuses s'armèrent dans
le diocèse de Vannes, et secondèrent le mouvement insurrectionnel de la Vendée ;
plus tard l'expédition désastreuse de Quiberon appela de ce côté toutes les horreurs
de la guerre civile. Mais l'extrémité de la péninsule resta calme, et attendit en gé-
missant des jours meilleurs. Beaucoup de prêtres n'avaient pas quitté le pays, et
continuaient la nuit, de ferme en ferme, à exercer leur courageux ministère ; ils
trouvaient un asile sûr à chaque porte où ils frappaient, et l'hospitalité ne fut jamais
plus empressée en Bretagne que dans ces temps où elle était un crime. Nous avons
habité un manoir dont le salon fut bien souvent converti en chapelle, où le recteur,
sortant de la cachette à secret qui lui avait été ménagée dans une alcôve et où il se
blottissait pendant les visites domiciliaires, célébrait furtivement la messe et bénis-
sait les mariages. Sa présence n'était point un mystère pour les paysans du voisinage ;
on avait même soin de les en avertir, et cependant aucune indiscrétion ne vint révéler
sa retraite ; à plus forte raison n'avait-il aucune délation à craindre. Chose étrange !
dans ces jours où la robe du prêtre donnait la mort comme la tunique de Nessus, il
se trouva des hommes qui l'empruntèrent pour s'en faire un moyen de salut. Plusieurs des Girondins proscrits au 51 mai se réfugièrent en basse Bretagne, où, se donnant pour des ecclésiastiques fugitifs, ils furent reçus avec le plus sympathique dévouement. Afin de soutenir leur personnage, ils furent obligés d'administrer des
simulacres de sacrements, d'écouter des confessions ; et plus d'une grand'mère se
souvient aujourd'hui d'avoir dévoilé à un membre de la convention nationale sa
conscience troublée de jeune fille.

On a reproché au clergé breton de ne pas user de son influence pour détruire les
croyances superstitieuses répandues en foule dans les campagnes ; mais elles sont
pour la plupart si innocentes, elles colorent si poétiquement l'existence de l'homme
des champs, souvent même elles ont un sens pratique et moral si apparent, que
nous ne saurions blâmer la tolérance qui leur est quelquefois accordée. Comme
les Écossais, comme les Scandinaves et tous les peuples du Nord, les Bretons ont
un ardent amour du merveilleux qui, le soir, leur fait distinguer mille formes dans
la forme indécise des buissons et des nuages, qui leur fait entendre mille voix
étranges dans la grande voix de la mer, ou le bruissement de la feuillée. La jeune
fille, en allant puiser de l'eau à la fontaine, y a rencontré la *corrigan* (la fée) pei-
gnant ses cheveux blonds ; l'enfant, en ramenant son troupeau à l'étable, a aperçu
la bande maligne des *cornandonet* (nains ou lutins) dansant autour d'un dolmen
et chantant leur chanson favorite : « lundi, mardi, mercredi, et jeudi et vendredi. »
Ils se gardent bien d'ajouter samedi et dimanche, le premier de ces jours est consacré à la vierge Marie, le second est le jour du Seigneur ; tous deux sont néfastes
pour l'engeance maudite des nains. L'imagination frappée de ces récits traditionnels, qui remontent aux temps des druides, le jeune pâtre arrive tout effrayé
au seuil de la ferme ; il affirme qu'il a vu tournoyer la ronde magique, et a fui à
toutes jambes pour éviter d'être englobé dans le cercle des *cornandonet* et forcé

de danser en si mauvaise compagnie. — Le druidisme, qui n'a opposé, comme doctrine, qu'une très-faible résistance aux apôtres du christianisme, a été, comme poésie, infiniment plus vivace : il subsiste encore dans le culte des pierres et des fontaines. Ses créations n'étaient pas belles et voluptueuses comme celles du génie de la Grèce ; elles empruntaient à l'âpreté du climat, au voisinage des mers du nord quelque chose de terrible et de sauvage. Entre la naïade de la vallée de Tempé et la triste et malfaisante corrigan des fontaines bretonnes, il y a la même différence qu'entre les colonnes de marbre du Parthénon et le granit brut des dolmens et des menhirs. Dans les premiers siècles de l'Église, les évêques et les conciles firent une guerre déclarée à ces opiniâtres souvenirs de la religion vaincue ; aujourd'hui l'on n'a plus à craindre que les idoles abattues se relèvent : le danger est ailleurs, et l'on peut laisser s'effacer d'elles-mêmes ces merveilleuses réminiscences, qu'on regrettera peut-être quand elles auront disparu. Les superstitions de la Bretagne sont innombrables ; nous n'en finirions pas si nous voulions seulement raconter celles relatives à quelque objet particulier, par exemple, aux abeilles, que dans certains cantons on entend bourdonner par milliers dans tous les courtils. On balaye le devant des ruches le matin du Jeudi saint, on les met en deuil si la mort a visité la ferme. On pense que leur prospérité est liée à celle de la religion, en sorte qu'il n'y eut jamais autant d'essaims que dans l'année du grand jubilé. En outre, il est généralement admis que les abeilles ne butineraient pas volontiers pour le compte d'un seul maître ; et cette croyance favorise de la manière la plus louable l'esprit d'association. Un fermier aisé choisit un pauvre pour partenaire ; le premier fait les frais d'achat et d'établissement, le second installe les ruches à sa porte, et Dieu se charge de nourrir les abeilles. La nature entière n'est-elle pas leur domaine? toutes les fleurs des prairies ne leur doivent-elles pas le tribut de leurs sucs et de leurs parfums? Cependant, l'hiver venu, l'opération se liquide, et les bénéfices sont également partagés entre le commanditaire et le gérant. Et ne craignez pas que celui-ci abuse de la confiance ou de l'éloignement de son associé ; il sait trop bien que le commerce des ruches ne saurait prospérer sans la bonne foi la plus parfaite. Ainsi ces naïves croyances sont un bienfait pour le pauvre en même temps qu'une garantie pour le riche : n'y aurait-il pas crime à les combattre pour rendre à chacun l'indépendance de son égoïsme?

Toutefois, nous n'étendons pas notre protection jusqu'aux diseurs d'oracles, aux Calchas de village qui exploitent l'ignorance ingénue, promettant, moyennant finance, un beau garçon à l'épouse stérile, un bon numéro au jeune homme, au chef de famille la guérison de sa femme ou de sa génisse. En Bretagne comme partout il y a des charlatans qui spéculent sur la crédulité des simples ; les sorciers se gardent bien d'avouer tout haut leur mystérieuse puissance : le recteur ne se gênait pas pour fulminer contre eux, du haut de sa chaire, un anathème périlleux pour leur crédit ; ils se donnent seulement pour *guérisseurs* ou *rebouteurs*, suivant qu'ils rançonnent plus spécialement les maladies ou les accidents. La partie sérieuse de leur profession se borne à quelques vulgaires préceptes de l'art vétérinaire ; les sortiléges et les consultations burlesques sont d'un usage beaucoup plus général.

Il y a quelque temps, dans une paroisse du Bas-Léon, des fermiers remarquèrent qu'une de leurs vaches, rentrée le soir à l'étable, enflait à vue d'œil d'une manière tellement alarmante, qu'ils mandèrent le guérisseur en toute hâte. Le cas était pressant, et l'Esculape villageois fit ce qu'en semblable occurrence font beaucoup de ses confrères à diplômes : ne sachant sauver le malade, il crut devoir sauver du moins l'honneur de la science, en ordonnant un remède impossible, comme les voyages aux eaux à un moribond. Il déclara donc gravement que l'animal ne pouvait se rétablir que si on lui faisait avaler sans délai une cervelle de pie. A pareille heure de la nuit, cette déclaration était peu consolante : le fermier consterné voulut essayer d'une autre démarche, et alla réveiller le propriétaire du manoir voisin. Celui-ci, homme d'esprit et d'expérience, ne tarda pas à reconnaître que le sujet avait été *météorisé* par le dégagement du gaz hydrogène, accident que produit quelquefois l'absorption du trèfle mouillé, et résolut *in petto* de mystifier le sorcier ; il prit donc à son tour un ton d'oracle, pour annoncer que la bête était possédée du démon, mais qu'il saurait mettre en fuite l'esprit malin. En effet, pratiquant habilement une ponction au flanc de la vache, il ordonna au guérisseur d'en approcher la chandelle de résine que celui-ci tenait serrée dans la fente d'une baguette de coudrier, et le gaz enflammé s'échappa aussitôt en langues de feu qui jetèrent l'effroi dans le cœur des témoins de l'opération. Tous se précipitèrent en désordre vers la porte, fuyant dans toutes les directions, jetant les hauts cris et croyant littéralement avoir le diable à leurs trousses. Plus effrayé que tous les autres, parce que sa conscience n'était pas bien nette, le guérisseur courait à travers champs, franchissait les ruisseaux et les haies sans oser se retourner. Enfin il arriva épuisé à son antre, se blottit haletant dans son lit clos, où, pour la première fois de sa vie de sorcier, il eut toute la nuit les plus fantastiques visions. Depuis cette soirée fameuse, on ne doute pas dans la paroisse de la puissance d'évocation du facétieux châtelain ; mais le pauvre guérisseur a perdu tout crédit. Comment croire à un sorcier qui a peur de se trouver en face du diable ?

La crédulité a ses excès, mais elle sied à l'ignorance mieux que la présomption orgueilleuse. Le paysan breton a la science de Socrate : il sait qu'il ne sait rien, et c'est pour cette raison qu'il est si facile à tromper. Il ne peut croire qu'on abuse, pour propager l'erreur, de la supériorité d'intelligence ou de lumière, et répugne particulièrement à l'idée que l'on puisse mentir dans un livre ; ce n'est pas lui qui comprendrait cet aphorisme d'un illustre diplomate : « La parole a été donnée à l'homme pour l'aider à déguiser sa pensée. » Aussi ajoute-t-il une foi aveugle à ce qui lui est dit par une personne qu'il suppose instruite, et par-dessus tout à ce qui est imprimé ; sa sincérité est la source de sa confiance, et l'on ne peut parvenir à lui persuader qu'un livre n'est que le dire isolé d'un homme, et que l'*écriture moulée* n'est pas plus infaillible que la parole. Il y a une haute leçon dans une manière si ingénue de juger la presse, cette voix solennelle, aux incalculables retentissements, qui ne devrait en quelque sorte se produire qu'avec les garanties du serment. Quelle puissance n'aurait-elle pas pour le bonheur du monde, si, conformément à la croyance du paysan breton, elle ne pouvait jamais être que l'écho de la vérité ?—Il se reconnaît volontiers inférieur à la classe policée par l'éducation, et pour lui ce qui caractérise cette classe, c'est qu'elle parle français dans ses rapports journaliers ; on l'étonne beaucoup en lui apprenant qu'il y a des provinces où le français est aussi la langue des campagnes. Et cependant il l'entend bien souvent, il le parlerait au besoin, mais avec répugnance et pour ainsi dire en désespoir de cause. Parfois les habitants des villes s'épuisent en pénibles efforts pour entretenir avec lui une conversation en breton ; il les laissera faire, et se gardera bien de les tirer d'embarras en avouant tout simplement qu'il sait le français presque aussi bien qu'eux-mêmes. Si vous le rencontrez sur un chemin, il vous saluera sans vous connaître ; mais si vous voulez lui rendre politesse pour politesse, vous devrez lui adresser la parole en breton, et surtout lui faire une question. Que de fois, sur la route d'une foire ou d'un pardon, rencontrant des paysans à chaque pas, nous avons répété à tout nouveau passant les mêmes formules d'interrogation banale, afin de ne pas manquer aux règles de cette civilité rustique ! Dans les villes, tout inconnu est un étranger ; mais pour les peuples simples et hospitaliers, l'inconnu lui-même est un membre de la famille, qu'on ne saurait laisser passer sans fraterniser en quelques mots. D'ailleurs, pour peu que vous ne soyez pas pressé, ces quelques mots deviendront un long entretien ; le paysan breton, avec son air grave et recueilli, est essentiellement causeur : s'il vous voit un fusil sur l'épaule, il vous indiquera où gît le lièvre, où se tiennent les perdrix ; si vous n'avez en main que la canne du voyageur, il vous servira de guide ; il vous forcera, s'il est à cheval, d'y monter à sa place : « C'est un déshonneur, dira-t-il, que moi qui ai autrefois mendié mon pain aux *tudjentil* (gentilshommes), je reste à cheval pendant qu'ils sont à pied. »

Puis, arrivé au détour qui conduit à sa ferme, il vous suppliera d'y entrer un moment pour vous reposer, et accepter une jatte de son meilleur lait. Mais n'attendez pas de lui d'aussi bons offices, si vous ne pouvez lui parler sa langue et le remercier d'un *Bennoz Doué d'é-hoc'h* (Dieu vous bénisse)! A peine daignera-t-il dans ce cas vous montrer votre chemin d'un air maussade.

C'est surtout dans les foires qu'est remarquable cette affectation bizarre de paraître ignorer le français; là, il est vrai, elle est plus qu'une manie paresseuse, elle est presque une spéculation. Aux foires célèbres de Morlaix, de la Martyre et du Folgoat, se rendent un grand nombre de maquignons normands, qui chaque année emmènent dans les pâturages du Cotentin les plus fougueux étalons et les plus belles pouliches de la Bretagne. Ils emploient comme intermédiaires une sorte de courtiers-interprètes qui s'acquittent de leur mission avec une plaisante activité. Malgré tous leurs efforts, les marchés durent un temps incroyable; le courtier reproche en breton au vendeur les défauts de sa bête, vante en français ses qualités à l'acheteur; il adjure le premier d'être plus raisonnable, proteste, en se retournant vers le second, qu'on lui offre une superbe affaire; il saisit à chaque instant leurs mains droites, les presse l'une sur l'autre; il s'agite, se démène, s'éloigne, revient, discourt avec une verve bruyante et intarissable, en mêlant ensémble les deux langues, et sue sang et eau avant la fin de la négociation. Le Normand y met presque autant de vivacité, il paye bouteille sur bouteille pour attendrir son vendeur; mais celui-ci reste impassible, sans reculer d'un écu; il a l'air désintéressé dans le débat, et n'oppose aux ruses, aux jurons, aux lazzis moqueurs de son adversaire, qu'un flegme imperturbable et une niaiserie étudiée. Il espère toujours, en prolongeant la lutte, que le Normand finira par se trahir, et ne perd pas un mot des instructions que reçoit le diligent interprète. Enfin, une légère concession faite à propos termine le débat: le Normand lève la main, la laisse retomber avec force sur la paume calleuse du Breton; celui-ci en fait autant à son tour; ce

sont les signatures du traité, dont les ratifications seront échangées au cabaret voisin. Ce choc alternatif des mains droites est la formalité substantielle de tous les marchés, de tous les paris; elle les rend inattaquables, et jamais un paysan breton ne niera un engagement qu'il aura scellé de cette manière. Du reste, à l'exception des tours de maquignonnage pour lesquels la morale de Lacédémone est en usage par tous pays, il est généralement probe et esclave de sa parole, quelquefois même d'une excessive délicatesse. Lors de la vente à vil prix des biens nationaux, un grand nombre de cultivateurs de basse Bretagne achetèrent leurs fermes pour les conserver aux familles dépossédées, et l'on en connaît qui mirent chaque année de côté le prix du fermage, et offrirent, au retour des anciens propriétaires, de leur tenir compte de tout l'arriéré.

Le paysan breton est cependant très-attaché à l'argent, et de la façon la moins raisonnable, car c'est beaucoup plus pour l'argent en lui-même, à la manière d'Harpagon, que pour les jouissances qu'il procure. Il est souvent enfouisseur, et cachera dans un champ, dans l'intérieur d'un mur, sous une pierre de la cheminée, le produit d'une récolte heureuse ou de la vente de ses bestiaux, plutôt que d'améliorer son bien-être ou de rien changer à son train de vie. De là vient sans doute la croyance répandue dans les campagnes, à l'existence d'une foule de trésors perdus. C'est surtout dans les montagnes de la Cornouaille, dans les cantons les plus pauvres en apparence, que se rencontrent ces mystérieux thésauriseurs; et il a fallu que la loi démonétisât les pièces de 6 francs pour faire sortir de leurs retraites tant d'écus de toutes les dates et de toutes les effigies, dont beaucoup n'avaient pas vu le jour depuis des siècles. Sans cette mesure, on n'aurait jamais soupçonné la masse énorme de numéraire qui dormait dans les chaumières bretonnes; c'était par pleines charretées qu'il circulait sur les routes et assiégeait les caisses des percepteurs.

L'occasion eût été belle pour les industriels de grand chemin. Mais la profession de voleur n'est guère connue en Bretagne, celle de mendiant est plus profitable et moins compromettante. On se souvient cependant d'un certain Lagadek, chez qui l'organe de l'acquisitivité était développé à un degré éminent, et qui a longtemps effrayé ou réjoui le pays de ses drolatiques aventures, à la façon de Cartouche. Bien qu'il fût armé et qu'il commandât une bande, il évita constamment de répandre le sang, et n'était heureux que s'il pouvait joindre au vol quelque espièglerie. Pris et repris vingt fois, il glissait aux mains des gendarmes comme une anguille; il annonçait par lettre sa visite aux personnes dont il convoitait le coffre-fort ou l'argenterie, et ne manquait jamais de parole. Un jour, rencontrant une vieille femme qui pleurait à la porte d'une chaumière, il lui demanda avec bonté la cause de ses larmes. « *Allas*, dit-elle, mon mari a été malade, nous n'avons pu payer notre ferme, et les huissiers vont arriver tout à l'heure pour nous chasser et vendre nos meubles. — Combien vous manque-t-il, ma bonne femme? — Cent écus, mon bon monsieur, et j'ai vainement cherché quelqu'un qui consentît à nous les prêter. — Je vous les donne, reprit aussitôt Lagadek en joignant l'effet à la promesse; ayez seulement soin de vous faire remettre une quittance en forme. » Et il s'éloigna rapidement, comme pour se dérober aux expressions de la reconnaissance de la vieille. Une heure après, tout était joie dans le hameau, où l'on s'extasiait sur la générosité de cet inconnu qui ne pouvait être moins qu'un prince ; et les recors, nantis de la somme, regagnaient tranquillement la ville, tout en regrettant d'avoir perdu cette occasion d'instrumenter, quand Lagadek, bien secondé, les aborde à l'angle d'un bois, et leur fait, à sa manière, commandement de lui rembourser ses cent écus, sans plus, avec menace d'expropriation forcée. La résistance était hors de saison, et c'est ainsi que le charitable voleur fit à bon marché le bonheur de toute une famille. Tant de vertus ne l'ont pas empêché de finir ses jours au bagne de Brest, il y a peu d'années. Cet homme avait conservé dans tous les désordres et les vicissitudes de sa vie de bandit plusieurs des qualités saillantes de ses compatriotes : le respect pour la religion, la plus imprudente franchise et la compassion pour le malheur. Du reste, la cupidité est bien moins souvent que la jalousie ou la vengeance le mobile des crimes qui se commettent en Bretagne ; il y a du Corse dans le sang de ces montagnards de la Cornouaille, et quand ils sont surexcités par une passion violente, leurs mœurs si douces, si bienveillantes, font place à la férocité du sauvage.

Le culte du passé, la fidélité à la tradition, tel est, croyons-nous, le caractère dominant du paysan breton, celui qui résume tous les autres, et qui explique ses bonnes comme ses mauvaises qualités. On a pu rapprocher ingénieusement trois noms célèbres, et imaginer je ne sais quelle philosophie celtique, hardie, impatiente, aventureuse, que représenteraient, en se donnant la main à travers les siècles, Pélage, Abailard et Lamennais. Mais ce n'est là qu'un de ces jeux de l'esprit, fort à la mode dans notre époque de généralisation, et nous ne saurions faire une règle de ces trois exceptions tristement glorieuses. Le génie breton n'est point si entreprenant ; sa principale force est passive ; il conserve et résiste, mais il n'innove pas, et cette disposition obstinément stationnaire se symbolise en quelque sorte dans l'attitude favorite de l'habitant des campagnes, qui se croise les bras, même en marchant, sitôt qu'il ne travaille plus. Il semble serrer ainsi contre son cœur tout le trésor des traditions qu'il remettra intact à ses enfants, comme un dépôt. Ne lui parlez pas de progrès, car vous ne seriez pas compris ; ne lui dites pas de faire mieux que ses pères, car vous lui demanderiez presque une impiété. Il ne doit que les continuer ; s'ils ont laissé tel champ ou telle portion de champ sans culture, s'ils ont labouré ou récolté de telle manière, s'ils ont eu telle croyance ou telle habitude, sans doute ils avaient de bonnes raisons pour cela : toute votre logique viendra échouer contre ce singulier argument de piété filiale. Aussi ne s'établit-il jamais hors de la paroisse où il est né : obligé de quitter sa ferme, il en cherchera une autre autour du même clocher ; il se soumettra aux plus dures conditions plutôt que de franchir un ruisseau qu'il s'est accoutumé à considérer comme la limite de sa patrie. Une lieue plus loin, il se trouverait exilé ; changer d'évêché surtout, ce serait passer en pays ennemi. Un des usages les plus anciens, qui attestent le mieux, et cette ténacité de la tradition, et ce patriotisme de clocher, est le jeu, nous devrions dire le combat de la *soule,* qui brave le double anathème du clergé et des gendarmes. On a plusieurs fois décrit cette lutte étrange, par laquelle les habitants de deux paroisses voisines se disputent, avec un acharnement souvent fatal à quelques-uns des joueurs, un ballon de cuir dont la possession ne semble pas digne de tant d'efforts. Une lutte du même genre vient clore tous les ans, le 15 du mois de mai, le pardon de saint Servais dans la paroisse de Duault. Près de cette chapelle est un petit ruisseau qui sépare les évêchés de Quimper et de Vannes. Une foule de Vannetais s'y rendent pour obtenir du saint une récolte abondante; après les cérémonies religieuses, ils achètent du marguillier la bannière processionnelle, et se mettent en marche pour la transporter dans leur diocèse; mais les Cornouaillais les attendent en force au bord du ruisseau; la mêlée s'engage, et la bannière est mise en pièces par tous les assistants, qui s'empressent d'en conquérir chacun un lambeau. Ceux qui ne peuvent en approcher brandissent leurs bâtons en l'air, et demandent avec de grands cris, débris confus du paganisme, une bonne récolte pour eux, et des gelées pour les champs de leurs voisins. *Iou, Iou, hij ar reo!* Dieu, Dieu, secoue la gelée! Un écrivain du dernier siècle décrit cet usage tel qu'il se pratique encore aujourd'hui; il ajoute qu'on commettait environ deux cents hommes pour empêcher le désordre, mais que d'ordinaire cette troupe, trop peu nombreuse, était repoussée par les combattants, qui retrouvaient de l'unanimité contre l'intervention de la police. En 1766, l'évêque de Cornouaille défendit au recteur de Duault d'ouvrir la chapelle de saint Servais le jour de la fête; le prêtre voulut obéir, mais les Vannetais l'enlevèrent de son presbytère, et, le plaçant sur leurs bâtons, qui formaient une sorte de brancard, ils le portèrent jusque dans la chapelle, dont ils brisèrent les portes, et où ils le forcèrent d'officier.

Ainsi la puissance de la tradition est telle, qu'elle triomphe souvent de la religion elle-même. Il y a des pèlerinages que le clergé interdit sévèrement sans pouvoir diminuer la faveur dont ils jouissent. Près du bourg du Pontou, à une demi-lieue à peine de la grand'route de Brest à Paris, est une antique chapelle dédiée à saint Laurent, et devenue la propriété particulière de la famille d'un prêtre *jureur*. Cette flétrissure et l'absence de tout culte religieux depuis un demi-siècle, n'ont point fait oublier ses titres à la vénération des fidèles. Chaque année, dans la soirée du 9 août, une foule de dévots s'y rendent des paroisses environnantes, et après avoir fait sur les genoux le tour du cimetière, ils entrent en rampant dans un four pratiqué sous l'autel, pour rappeler le supplice du feu infligé à saint Laurent, baisent la pierre humide de l'âtre, s'y frottent les mains, et ressortent par l'étroite ouverture qu'assiégent d'autres pèlerins impatients. Puis, se dépouillant complétement de leurs vêtements, ils se plongent à l'envi dans la fontaine voisine; l'eau de source, s'échappant avec abondance des flancs du rocher, retombe en cascade sur leur tête, et sa fraîcheur saisissante arrache des cris aux plus intrépides baigneurs. Si un voyageur se trouvait conduit sans préparation parmi ces groupes d'hommes nus poussant des clameurs confuses ou des invocations dans une langue inconnue, et se livrant avec une sorte de frénésie à ces ablutions au milieu de la nuit, sous une grotte entourée de chênes séculaires, il se croirait transporté par un rêve dans quelque île sauvage de la Polynésie. Mais un druide, reparaissant sur la terre, ne serait point étonné de ce spectacle ; aïeul de vingt siècles, il reconnaîtrait encore ses descendants. Seulement il maudirait la prière chrétienne qui, par une anomalie dont la Bretagne offre mille exemples, accompagne aujourd'hui une cérémonie toute païenne dans son principe. La vertu de ces ablutions est de préserver ou de guérir des rhumatismes ; quelques-uns des pèlerins les plus fervents, et conséquemment les moins frileux, s'offrent à recevoir une seconde douche pour compte d'autrui, et l'on peut utiliser à peu de frais leur complaisance en se baignant par procuration. Au coup de minuit, la foule abandonne la fontaine pour se porter dans une prairie, où commencent aussitôt, à la clarté de la lune ou à celle des cierges empruntés à la chapelle, des luttes qui durent plusieurs heures. Des vieillards, les juges du champ, ont procédé dans de longs conciliabules à l'admission des concurrents, à leur classement suivant leur âge. Les hommes mariés sont formellement exclus. Il n'y a point de prix, ou plutôt il n'y en a qu'un digne de la valeur des combattants : on lutte pour l'honneur de la paroisse. Quand les préparatifs sont terminés, d'anciens lutteurs réduits au rôle de hérauts crient *lice, lice,* comme on le faisait dans les tournois, et rangent en rond les milliers de spectateurs. Cette opération s'exécute avec un ordre merveilleux ; et cependant l'autorité est absente, elle dort, elle ignore absolument ce rassemblement nocturne, et n'y est pas même représentée par l'écharpe d'un adjoint ou le sabre rouillé d'un garde champêtre ; mais, grâce à la tradition, le pouvoir respecté de quelques lutteurs caducs sait maintenir le bon ordre mieux que ne le feraient dans Paris des centaines de baïonnettes. Les spectateurs des deux premiers rangs se tiennent accroupis sur leurs talons, les autres sont debout, tous suivent avec l'anxiété des Romains et des Albins, au moment de leur duel national, les péripéties d'un combat dont l'issue décidera quelle paroisse aura le droit de mépriser les autres pendant une année. Enfin les vainqueurs sont salués d'applaudissements assez sonores pour étouffer les imprécations des partisans du courage malheureux. Alors les gradins vivants du cirque se décomposent ; des groupes nouveaux se forment en attendant le jour ; les uns écoutent le flux de paroles intarissable des improvisateurs populaires, d'autres dansent à la voix, en poussant de temps en temps et en cadence des cris sauvages ; d'autres emplissent les tentes des taverniers ; et quand le soleil se lève, les femmes, qui n'avaient pas encore paru, viennent se mêler à la fête, et, les cheveux épars, la gorge à peine couverte d'un mouchoir indiscret qui remplace mal la chemise qu'elles ont dû ôter, courber aussi leur tête sous les flots de l'eau lustrale.

Nous avons indiqué quelques usages, quelques traits de caractère du paysan breton ; mais jusqu'à présent nous n'avons pas décomposé cette formule complexe, nous n'avons pas dit en combien de castes diverses se subdivise cette humble caste des habitants de nos campagnes. Nous aurons beau rétrécir le champ de l'observation, le réduire à une seule paroisse prise au hasard, nous y trouverons encore la variété, non celle qui naît du changement, et que produit le caprice d'un peuple mobile, mais, au contraire, cette variété antique qui résiste, par l'horreur même du changement, au principe niveleur du nouvel état social. Cultivateurs, mendiants, tailleurs, cordiers, etc., que de classes essentiellement distinctes, moins par leurs professions

que par leurs mœurs ! les cultivateurs se considèrent comme une espèce de noblesse ; ils observent encore dans leurs partages le droit d'aînesse, afin de ne pas
morceler l'exploitation rurale : le fils aîné, en succédant à la ferme, s'oblige seulement à nourrir et entretenir ses frères et sœurs, et à les doter quand ils se marient.

Après eux la caste la plus honorée est celle des mendiants, figures étranges,
dont la religion a ennobli les haillons, que le fermier accueille et vénère comme
les hôtes et les amis du bon Dieu. Rebuté partout ailleurs, le mendiant est, en
Bretagne, l'objet d'une sorte de culte ; il a place à la table et au foyer, et paye
l'hospitalité qu'il reçoit en prières, en nouvelles et en chansons. Le tailleur est
voué au ridicule et au mépris ; il faut, dit le proverbe, neuf tailleurs pour faire
un homme, *nao kemener evit ober eunn den ;* et quand on nomme sa profession,
on ajoute communément : *sauf votre respect,* comme si l'on rougissait de la parole
prononcée. Et cependant il est jovial, spirituel et galant ; il est le colporteur de tous
les cancans, le messager de toutes les amours, l'entremetteur de tous les mariages,
l'improvisateur de tous les épithalames, et les jeunes filles le dédommagent par
leurs sympathies et leurs confidences des mépris hautains des hommes. Mais qui
dira les misères morales, la dégradation sociale des cordiers, ces tristes parias de
la Bretagne ? Flétris du nom de *kakous* (caqueux), on ne leur a pas pardonné la
lèpre qui rongeait leurs ancêtres ; ils vivent presque aussi isolés, sans avoir part
aux fêtes et aux joies du village, sans pouvoir échapper à l'aversion héréditaire

qu'ils inspirent. Et si nous avions le loisir de peindre ces quatre principales
figures du groupe rustique, dont chacune mériterait une étude spéciale, il nous
resterait à parler des tribus nomades de sabotiers et de charbonniers, qui n'ont
d'autre asile qu'une hutte dans les forêts, et qui brûlent, en partant, leur demeure
d'un jour, pour s'en construire une semblable dans le nouveau bois qu'on leur
donne à exploiter ; du pauvre *pillawer,* qui, toujours seul, et partout étranger,
descend des montagnes d'Aréz, et va quêter de ville en ville des chiffons pour les
papeteries ;

du fiévreux mineur de Huelgoat, qui vit à quatre cents mètres sous terre, et
voit à peine une fois par semaine le soleil qui éclaire les cascades, les sapins et les
ravissants coteaux de sa patrie.

Ainsi, l'inégalité des conditions et des rangs, et les préjugés de la naissance, sont
plus frappants peut-être dans les campagnes de Bretagne qu'au sein d'une capitale. On
a dit avec raison que, dans le mouvement qui a produit nos révolutions successives et
qui se continue sous nos yeux, il y a plus de passion jalouse pour l'égalité que d'a-
mour pour la liberté ; que les Français s'accoutumeraient plus volontiers à être égaux
dans la servitude, que classés et hiérarchisés sous une constitution libre. C'est tout
le contraire en basse Bretagne, où l'inégalité est partout, dans les mœurs comme
dans la nature, mais où l'amour de l'indépendance s'est perpétué avec cette ténacité
particulière à la race celtique. Le paysan breton n'éprouve point le sentiment de

l'envie à la vue du noble ou du riche ; il ne se trouve point humilié par l'ombre du manoir féodal qui se projette sur sa chaumière ; il n'a pour le châtelain que de l'affection et du respect, mais il réserve sa haine pour le garde-chasse qui arrête ses pas, et pose des limites à sa liberté. Quelques écrivains ont voulu voir en lui un démocrate fervent et concentré, un sans-culotte jusqu'à eux incompris, et dont ils ont paru fiers de découvrir le véritable caractère ; ils auraient eu raison si par là l'on n'entendait que l'impatience du joug et l'horreur de la servitude ; s'il est vrai, au contraire, que l'esprit démocratique consiste surtout dans l'opposition aux priviléges, aux distinctions sociales et dans la passion du nivellement, quelque talent qu'ils aient mis au service de ce paradoxe, ils se sont, nous ne craignons pas de le dire, complétement égarés.

Tout à l'heure, en parlant des tailleurs et des mendiants, nous avons indiqué à peine le rôle de chanteurs publics que les individus de ces deux classes, successeurs dégénérés des anciens bardes, remplissent encore aujourd'hui, souvent avec plus de succès que d'honneur. On nous permettra quelques développements sur ces chants populaires, qui occupent tant de place dans la vie morale de nos campagnes, et qui sont, à vrai dire, notre seule littérature, si toutefois on peut donner ce nom à des productions transmises de bouche en bouche, sans le secours de l'écriture. La poésie est le délassement journalier du paysan breton ; il chante, ainsi que l'alouette, parce que son cœur est plein de notes, parce que la poésie enlève sur ses ailes celui qui chante, et le fait planer au-dessus du sillon pénible de la réalité. Les pardons et les fêtes, les jeux et les danses n'ont qu'une saison : les chansons sont de toute l'année, comme le travail dont elles reposent. Quand l'automne a dépouillé les arbres, que la semence a été confiée à la Providence, que les pluies de novembre ont creusé les chemins, ou que la neige étend son blanc manteau sur la terre durcie, la famille se resserre autour de l'âtre ; les femmes ont repris leurs fuseaux, et le cultivateur, devenu tisserand, lance et saisit tour à tour la navette agile : tout à coup l'on entend la voix du vieux aveugle qui murmure une prière à la porte ; on s'empresse de lui ouvrir, de le débarrasser de sa besace, de lui offrir un escabeau dans le foyer, et quand il a réchauffé ses mains et séché ses haillons, nouvel Homère, il acquitte en chantant la dette de sa reconnaissance. La chanson est, en Bretagne, la forme de la tradition ; elle célèbre toutes les gloires du pays, elle gémit sur tous ses malheurs ; sans autre garantie de durée que la transmission orale, elle traverse les siècles ; elle renoue la chaîne des temps, elle est l'histoire intime, épisodique de la province. La mémoire du Breton est opiniâtre comme sa volonté ; il chante encore les derniers hymnes du druidisme, et les ballades du moyen âge. Les noms des rois et des princes ne se rencontreront presque jamais dans sa bouche : le peuple était trop loin d'eux pour s'intéresser à leurs destinées. La poésie populaire procède à l'inverse de l'histoire écrite ; celle-ci ne met trop souvent en relief que les actions des princes, leurs combats et leurs successions ; c'est le développement d'une généalogie royale plutôt que l'histoire d'une nation. La poésie populaire, au contraire, néglige les sommités sociales, et c'est dans les rangs inférieurs qu'elle va chercher ses héros. De tant de chefs et de monarques qui, depuis vingt siècles, ont gouverné, envahi ou combattu la Bretagne, le paysan n'a retenu que deux noms : celui de César, qui ouvrit la carrière des guerres nationales, et celui de la duchesse Anne, qui la referma. Mais qu'un jeune homme de Pouldregat, l'un de ces Bretons auxiliaires qui aidèrent Guillaume à conquérir l'Angleterre, ait péri dans un naufrage en regagnant sa patrie, l'élégie sauvera de l'oubli sa mémoire, et huit siècles après, les chanteurs de Cornouaille diront encore les malheurs de Sylvestic, et l'anxiété de sa mère, et les pleurs de sa douce fiancée Manna. De même, ce n'est pas dans le roi Judicaël, ou le conquérant Nomenoë, ou l'obstiné duc de Mercœur, que les souvenirs populaires ont personnifié la lutte glorieuse que la Bretagne a soutenue contre la France, mais dans un obscur chevalier Lès Breiz, dont mille ballades ont célébré les exploits, et qui, couronné d'une merveilleuse auréole, est devenu le centre de tout un cycle de chants nationaux. Le poëte le montre, suivi d'un petit page pour toute escorte, mais protégé par sainte Anne de l'Armorique, attaquant, après un défi héroïque, trente chevaliers français, qu'il abat ou disperse ; puis il ajoute dans la joie d'un sauvage patriotisme :

« Il n'eût pas été bon Breton dans le cœur, celui qui n'eût pas ri de tout son « cœur [1]

« En voyant l'herbe rougie du sang des Français maudits ;

« Et le seigneur Lès Breiz assis, et se délassant à les regarder.

« Ce chant a été fait pour garder à jamais le souvenir du combat,

« Et pour être chanté par les gens de la Bretagne en l'honneur du seigneur Lès « Breiz.

« Puisse-t-il être chanté partout, pour réjouir ceux du pays ! »

Le peuple a de même oublié les grands événements des croisades et les noms de leurs chefs ; mais il a des larmes encore pour les infortunes de la dame du Faouet, chassée ignominieusement du manoir de la famille, tandis que son mari combattait en Palestine, et attendant pendant sept ans, en gardant des troupeaux sur la montagne, le retour de son bien-aimé.

[1] Breizad mad 'n hé c'halon na vijé,
Neh awalc'h hé c'halon na c'hoarzé,

O kwelet ar geot bag hen ruiet
Gant gwad ar Gallaouet milliget ;

Ann otrou Lez-Breiz en hé goansé
Hag o tiskuiz, o sellout out-hè.

Da zalc'hont sonj mad deuz ann emgann
Ma bet savet ar Barzonek-man ;

Da veza kanet gant tud a vreiz
Ha d'ann enor ann otrou Lez-Breiz.

Ha ra vezo kanet tro-var-dro,
Da lakat laouen ann dud ar vro !

L'ÉPOUSE DU CROISÉ [1].

Ou bien dans une chambre avec mes damoiselles,
Qui des plus tendres soins toujours l'entoureront ;
Votre épouse prendra ses repas avec elles,
Et dans le même lit elles reposeront.

Bientôt des chevaliers nombreux, armés en guerre,
Pour chercher le seigneur arrivaient au Faouet ;
Tous montaient hauts coursiers, tous portaient la bannière ;
Sur leur épaule à tous la croix rouge brillait.

A peine du manoir s'éloignait sa monture,
Que déjà son épouse essuyait durs propos :
« Quittez cet habit rouge, habillez-vous de bure,
Et dans la lande allez, et gardez mes troupeaux.

[1] Keit a vinn d'ar Brezel, lec'h ered d'inn monet.
Da biou e roinn-me va dousik da viret ?
— Digasit-hi d'am zi, va breurik, mar keret,
Me hi lako er gambr, gant va dimezelet ;

Me hi lako er gambr gant va dimezelet,
Pe barz ar zal enor, gaut ann itronezet.
En eunn hevelep pod a vo gret d'hé o bouet,
E'nn hevelep gwélé é ielint da kousket.

Benn eunn nehend gudé, kaer vijé da gwelet
Porz maner ar Faouet leun a dujentilet ;
Peb kroas ruz var ho skoas, peb marc'h bras, peb banniel
Evit klask ann otrou o fonet d'ar Brezel.

Ne oa et pellik meur er mez dionz annt i,
Ma on laret d'hé greg kalz a brezegou kri :
— Diwiskit ho prouz ruz, hag unan gwnen gwisket,
Ha ieffet-u d'al lann da beuri al loenet.

— Jè n'ai jamais gardé les troupeaux, ô mon frère !
Pardonnez, qu'ai-je fait pour tant vous offenser ?
— Si vous ne voulez pas bientôt me satisfaire,
Ma lance que voici saura vous y forcer. »

Pendant sept ans entiers elle versa des larmes,
Puis après les sept ans se remit à chanter ;
— Un jeune chevalier, qui revenait des armes,
Entendit vers le ciel sa douce voix monter.

« Mon page, halte-là ! retiens nos haquenées ;
J'entends sur la montagne une bien douce voix,
Comme une voix d'argent, et voilà sept années
Depuis que je l'ouïs pour la dernière fois.

Fille de la montagne, à vous bonheur et joie !
Avez-vous bien dîné, que vous chantez ainsi ?
— Oh ! oui, j'ai bien dîné du pain que Dieu m'envoie,
D'un morceau de pain noir que je mangeais ici.

— Trouverai-je au manoir un accueil favorable,
Dites-moi, belle enfant qui gardez les troupeaux ?
— Oh ! oui, vous trouverez bon accueil, bonne table,
Une bonne écurie où loger vos chevaux,

Et pour vous reposer un lit de plume fraîche,
Comme avec mon époux jadis était le mien…
Quand je ne couchais pas au milieu de la crèche,
Quand je ne mangeais pas à l'écuelle du chien.

Ho tigaré, va breur, petra em' euz-me gret
Mé né m'oun bet biskoaz da viret al loenet.
— Mar né m'oc'h bet biskoaz da ziwal ann denvet,
Aman zo va goaf hir a ziskoue o d'eoc'h monet.

Bet é épad seiz bloas, né ré nemet wela.
Enn divez ar seiz bloas, n'em lakas da gana.
Hag eur marc'hek iaonank, o tont deuz ann armdé
A glevas eur vouez dous kana var ar méné.

Arz, va pacbik bihan, krog er brid va marc'h mé ;
Me glev eur vouez arc'hant kana var ar méné ;
Me glev eur vouezik dous var ar méné kana ;
Hirio a zo seiz bloas m'er c'hleviz diveza.

— Deiz mad a laran d'eoc'h, plac'h iaonank ar méné,
Ha merniet mad hoc'h euz, pa ganit ken gé zé?
— Ia, merniet mad em'enz, a drugaré Doné :
Gant eunn tam bara zec'h, em'euz debret a mé.

— Livirit, plac'hik koant, o tiwal ann denvet,
Ebarz ar maner ze c'halfenn hni kemeret ?
— O ! ia, zur, va otrou, digemer a keffet
Hag eur marchosi kaer da lakat ho ronset.

Enr gwélé mad a blun ho pezo da kousket,
Evel d'ommé gwech all, pa oan gant va priet ;
Ne gouskenn ket neuze er c'hraou touez al loenot,
Nag èr skudel ar c'hi oa gret d'in va bouet.

— Je vois à votre main l'anneau du mariage,
Dites-moi, belle enfant, où donc est votre époux?
— Mon époux fait la guerre en un lointain rivage;
Il avait cheveux blonds, cheveux blonds comme vous.

— S'il avait cheveux blonds comme moi, jeune femme,
Voyez, n'est-ce pas lui qui devant vous paraît?
— Oui, c'est lui! je suis bien ton amie et ta dame;
Oui, c'est toi! je suis bien la dame du Faouet!

— Laisse là ces troupeaux errer sur la montagne,
Et vers notre manoir marchons hâtivement. —
Bonjour à toi, mon frère! Où donc est ma compagne,
Que j'avais à tes soins confiée en partant?

— Toujours vaillant et beau! Mais repose ta tête.
Elle est à Keronik, et nos dames aussi;
Elle est à Keronik, où brillante est la fête;
Quand elles reviendront, tu la verras ici.

— Tu mens, car tu l'avais lâchement asservie
Comme une mendiante à garder tes troupeaux;
Tu mens par tes deux yeux, tu mens; car mon amie
Est là, près de la porte, et pousse des sanglots.

Honte à toi! fuis au loin, fuis vite ma colère;
Ton cœur, homme maudit, est gros de déshonneur!
Si je ne respectais la maison de ma mère,
Je plongerais ici mon glaive dans ton cœur! »

Pé lec'h eta, va merc'h, pé lou'h eo uo prlet,
Pa gwelan en ho tourn al liamm hoc'h euret?
— Va friet, va otrou, a zo et d'ann armé;
E'n devoa bleo melen, melen evel ho ré.

Mar én doa bleo melen, kerkouls evel d'on-mé,
Lakit evez timad na vijé mé a vé.
—la, me a zo oc'h itroun, ho tous, hag ho priet,
Va hano zo, 'vit gwir, itroun euz ar Faouet.

— Lezit al loenet-ze, ma ieffemp d'ar maner,
Hast ez-euz var 'non-mé da erruont d'ar ger.
— Eur vad did-è, va breur, eur vad did a lavan;
Penaoz ia va friet, em' oa laket aman?

— Asezit-ta, va breur, kadarn a koant bepred!
Et eo da Keronik, gant ann intronnezet.
Et eo da Keronik, lec'h a zo stal meurbet.
Pa zistroio d'ar ger, amun a vo kavet.

Gaou a lavarez d'in; rak te c'heuz hé kaset
'Vel eur c'hos koskerez da beuri al loenet;
Gaou a lavarez d'in, e kreiz ta zaou lagat,
Rak hé ma 'dren an nor, eno oc'h huanat.

Tec'h tu-zé, gant ar vez! tec'h kuit, den milliget!
Karget é ta kaloun a gwall hag a péc'het;
Mar né vé ket aman ti va mam a va zad,
Me lakafé va c'hlean da ruia gant ta gwad!

Ainsi, chaque siècle ajoutait au trésor poétique de la Bretagne; après les guerres du moyen âge, la ligue aussi et la chouannerie ont eu leurs chanteurs, qui, fidèles au système de leurs devanciers, ont transmis le souvenir d'une grande époque dans le modeste et harmonieux récit de quelque épisode local. La ballade affectionne particulièrement la forme du dialogue; elle met tous ses personnages en scène; elle n'est jamais descriptive, mais dramatique; elle n'a aucun respect pour les unités de temps et de lieu, et ses brusques transitions font croire à des lacunes quand on n'est pas familiarisé avec son allure indépendante et spontanée. Elle a cela de remarquable, qu'elle ne se sert jamais d'épithètes, ces brillants lambeaux qui trop souvent ne font que recouvrir à moitié la pauvreté de la pensée. De nos jours encore la mine d'or n'est pas épuisée; si riche que soit la mémoire des chanteurs populaires, cette richesse n'exclut pas l'inspiration, et n'a pas rendu leur génie paresseusement stérile. Lorsqu'un meurtre, une épidémie, un accident tragique a vivement impressionné l'imagination, il se trouve des voix qui étendent et perpétuent ces émotions fugitives. L'air et les paroles jaillissent ensemble du cerveau de l'improvisateur, car les Bretons ne comprennent guère la poésie qu'intimement unie à la musique. Parfois la chanson est une aumône qui en appellera beaucoup d'autres; une famille ruinée par un incendie ira quêter de ferme en ferme de quoi rebâtir sa chaumière, en chantant ses propres infortunes, charitablement rimées par un mendiant de profession. D'autres fois, elle vient en aide à la prédication, elle exalte toutes les vertus populaires, elle stigmatise toutes les actions coupables, elle répand des préceptes de morale et de religion. On l'a même vue, quand le choléra désolait nos campagnes, s'employer avec un merveilleux succès à propager des préceptes d'hygiène. Elle est plus persuasive que les sermons, les proclamations et les livres, parce que seule elle est séduisante, et que seule elle a une véritable publicité.

Mais elle ne se borne pas à transmettre des enseignements et des traditions; les Bretons distinguent deux formes bien différentes de la poésie : le *gwerz*, grave, historique ou dramatique, est toujours empreint d'une certaine solennité qui le fait écouter avec recueillement; le *sôn* est plus dégagé, plus léger, plus gracieux; tantôt badin, tantôt mélancolique, suivant la disposition d'esprit de son auteur, il ne s'inspire pas d'un événement, mais d'une fantaisie, il ne se propose aucun but; c'est, comme on dit dans le jargon moderne, *de l'art pour l'art*, à l'inverse du *gwerz* qui pourrait s'appeler, dans le même jargon, de la *poésie humanitaire*. Le *sôn* est une idylle de Théocrite, une élégie de Millevoye, parfois aussi une chanson de Désaugiers. Le plus souvent c'est l'expression vive, actuelle, des sentiments intimes du chanteur; c'est la prière de l'espoir, le cri de la jouissance, la plainte amère de la déception. L'amour timide, l'amour triomphant, l'amour déçu, n'est-ce pas la triple et l'éternelle source de la poésie? On est toujours poëte quand on aime; la nature alors se transforme, la matière s'anime, et le cœur trouve des échos partout. Le paysan breton exprime souvent ce sentiment avec beaucoup de délicatesse, et les objets qui l'entourent lui fournissent un luxe de comparaisons presque oriental. Il a vécu depuis son enfance au milieu des oiseaux et des fleurs sans soupçonner la beauté de la nature, mais elle se révèle à lui en même temps que l'amour;

alors, pour la première fois, il trouve harmonieuse la voix du rossignol, tendre celle de la tourterelle ; il admire les splendeurs de la rose, et là neige odorante des buissons d'aubépine.

Ces idylles sentimentales, composées dans la solitude, ne devraient avoir pour confidentes que les belles qui les ont inspirées : elles tombent dans le domaine public par une indiscrétion de l'amour. Il est triste de reconnaître que, dans tous les rangs de la société, la vanité du poëte trahit d'ordinaire les secrets de son cœur. Combien ne voit-on pas d'obscurs et d'illustres amoureux imprimer en transparents hexamètres les délices d'une passion partagée, et divulguer sans pudeur des mystères qui devraient dormir ensevelis dans le souvenir ? Comme si les plus beaux vers n'étaient pas assez payés par une larme ou un sourire de la femme aimée, comme si l'admiration du public ne devait pas les déflorer aussi bien que ses dédains, comme si ce n'était pas une indiscrétion odieuse, que de permettre aux passants de contempler l'image qui resplendit au foyer de la chambre obscure ! Pardonnons donc, par égard pour lord Byron ou Lamartine, pardonnons aux amants des Arabella et des Elvire de basse Bretagne d'avoir laissé les chanteurs populaires colporter les effusions de leur tendresse. Ces chants sont de toutes les fêtes ; on les applaudit aux noces, aux pardons, aux fileries, aux veillées de la chaumière. Nous en traduirons une qui pourra donner une idée du genre :

Plus éclatante que la rose,
Elle brillait sur le gazon,
Comme le soleil, quand il pose
Son pied au bord de l'horizon.

C'était fleur de mélancolie !
Hélas ! elle entra dans mon cœur,
Et dans mon cœur la maladie
Est entrée avec cette fleur.

Et c'est en vain que je m'efforce
De l'en arracher maintenant :
Je n'en aurai jamais la force,
Car je suis faible et languissant.

D'un homme encor je n'ai pas l'âge,
Je ne suis qu'un jeune écolier :
J'étais parti de mon village
Pour m'en aller étudier,

Et ma peine sera cruelle
Cette année, et jusqu'au trépas
Mon cœur sera brisé, — car celle
Que j'aimais tant ne m'aimait pas!

Quand viendront les feuilles aux branches,
On verra fleurir les buissons,
Les verts buissons d'épines blanches,
Et les cœurs des jeunes garçons ;

Les belles fleurs, dans la prairie,
Heureuses, s'épanouiront,
Et les jeunes cœurs, dans la vie,
Comme elles se réjouiront.

Moi seul, à la douleur fidèle,
D'un rocher faisant mon séjour,
J'irai bâtir une tourelle
Près du toit où dort mon amour.

Et là, contemplant sa demeure,
Je pleurerai le temps passé,
Jusqu'à ce qu'à la fin je meure,
Victime d'un astre offensé.

J'étais allé sous sa fenêtre,
Pour chanter un peu mon souci,
Et j'entendis, au haut d'un hêtre,
Les oiseaux qui chantaient aussi.

Et leurs chansons semblaient me dire :
« Que te servira ta douleur?
« Jeune homme, quel est ton délire
« De te mettre tristesse au cœur?

« N'as-tu pas tout en abondance ?
« Pourquoi te plaindre de ton sort ?
« Tu vis aux lieux de ta naissance ;
« Aucun de tes parents n'est mort :

« Près de toi, ton père et ta mère
« Habitent encor maintenant ;
« Dieu t'a donné, dans ta chaumière,
« Et nourriture et vêtement.

« Et nous, famille vagabonde,
« Qui chantons de tout notre cœur,
« Nous ne possédons rien au monde!
« Mets donc un terme à ton malheur.

« Ton âge invite à l'allégresse,
« Il n'est point fait pour la douleur ;
« Ami, cesse tes pleurs, et laisse,
« Laisse ta jeune âme au bonheur! »

Nous avons essayé de peindre, comme nous le connaissons, comme nous l'aimons, le paysan de la Basse-Bretagne ; nous l'avons montré religieux, probe, hospitalier, gracieux dans ses usages, élégant dans son costume, délicat dans ses sentiments : ces qualités valent bien quelques notions d'instruction primaire. On nous accusera peut-être d'avoir flatté son portrait, d'avoir laissé les défauts dans l'ombre, pour ne faire ressortir que les beaux traits du modèle. A cela nous aurons une réponse facile : les vices du Breton sont ceux de tous les hommes, ils n'ont rien de spécial et de caractéristique, et nous n'avons vu dès lors aucune utilité à lui faire faire devant le public un scrupuleux examen de conscience. Mais ses qualités lui appartiennent en propre, et c'est par elles que sa personnalité se distingue : il a su conserver, dans un siècle de matière et de prose, les deux plus beaux présents du ciel, les deux plus nobles attributs de l'âme humaine, les éternels ornements du monde : la Foi et la Poésie.

Nous dirons peu de chose des paysans de la Haute-Bretagne ; c'est un terrain d'alluvion, une population de transition et de nuances, sans physionomie tranchée, sans pureté de race. Ceux des environs de Saint-Malo et de Fougères sont presque des Normands ; ceux des campagnes de Rennes et de Vitré diffèrent à peine des Manceaux ; vers Ancenis et Nantes, ce sont des Angevins ou des Vendéens. La Haute-Bretagne, par sa position intermédiaire, s'est trouvée fatalement destinée à être de siècle en siècle le champ de bataille de toutes les prétentions rivales ; elle n'avait point de ceinture de rochers pour protéger son indépendance ; elle a été vingt fois envahie, elle a vingt fois changé de maîtres, et a dû perdre de bonne heure, à ce frottement douloureux avec les nations voisines, la langue et les traditions antiques. Seulement, à l'embouchure de la Loire, entre le joli port du Croizic et les dunes de sable qui recouvrent le village englouti d'Escoublac, on remarque une peuplade étrange qui, malgré ses habitudes voyageuses, est restée pure de tout alliage. Sur une péninsule sablonneuse, sans arbres, sans pâturages, presque sans végétation, vivent répartis en une demi-douzaine de villages les robustes *Paludiers* du bourg de Batz. La récolte du sel est leur seule ressource. Ils sont séparés de la terre par un vaste marais, véritable labyrinthe de chaussées et de canaux d'irrigation, où le voyageur s'égare, bien que rien ne limite la vue ; mais un cours d'eau salée l'arrête à chaque pas : c'est comme une plaine coupée de mille clôtures, dont les chemins et les champs seraient inondés, en sorte qu'on ne pourrait plus mar-

MARIÉE DU BOURG DE BATZ

(Bretagne).

cher que sur les talus de séparation. A chaque point d'intersec-
tion de ces talus, le sel amoncelé
en cône s'élève comme une blanche tente, et donne de loin à
tout le marais l'aspect d'un camp
endormi, dont les vigilants douaniers semblent être les sentinelles.
La mer et le soleil sont les indispensables ouvriers du Paludier. La première lui obéit régulièrement : deux fois par jour elle
se répand par une infinité de
méandres dans les voies qu'a ouvertes devant elle l'industrie de
l'homme; souple et docile, elle
prend toutes les allures, circule
rapidement dans les canaux, respecte la plus humble écluse, et va
s'étendre stagnante dans les cases
d'échiquier des salines. C'est alors
au soleil à jouer son rôle; si sa
chaleur est intense, quelques
heures suffiront pour mûrir la récolte, et le saulnier recueillera à larges pelletées la
manne que la mer bienfaisante aura laissée sur la terre en s'évaporant dans les cieux.
Mais le fisc est là, qui s'adjuge aussitôt la part du lion; le propriétaire prend pour
fermage les trois quarts de ce qui reste, et le pauvre colon, esclave de tous les caprices de la température, et pressuré par l'impôt, n'a le plus souvent qu'une bien
précaire existence. Et cependant, nulle race n'est plus belle ni plus digne du bonheur : une magnifique stature, des traits nobles et bienveillants, des mœurs douces
et pures, les recommandent à l'intérêt de l'observateur sérieux aussi bien que du
touriste superficiel; ils séduisent au premier abord, ils attachent à mesure qu'on les
connaît davantage. Il n'est pas de ville de Bretagne, d'Anjou ou de Basse-Normandie
où on ne les ait parfois rencontrés, avec leurs amples vêtements de toile blanche
et leurs chapeaux bizarrement relevés, conduisant une file de mulets chargés de sel.
Mais c'est chez eux, c'est à une noce ou dans l'église un jour de grande fête, qu'on
est frappé de l'éclat de leurs admirables costumes : leur chapeau à cornes est ombragé
de chenilles des plus vives couleurs; un large collet, élégamment rabattu sur les
épaules comme dans les portraits de Raphaël, tranche sur l'étoffe foncée de leur
veste grecque; un gilet de drap blanc se croise sur leur poitrine; plusieurs autres
gilets, bleus et bordés de broderies rouges, s'y appliquent les uns sur les autres; des
culottes bouffantes de toile fine, serrées au genou par une rosette flottante, des bas
blancs et des sandales d'un jaune pâle complètent leur ajustement.

Enfants et vieillards, riches et pauvres, ont identiquement le même costume, on devrait dire le même uniforme. Les femmes sacrifient trop, dans leur toilette d'apparat, la grâce à la richesse ; elles dissimulent complétement leurs formes sous une sorte de cuirasse avancée, recouverte de drap d'or. Leur coiffe s'arrondit en diadème sur le sommet de leur tête, d'où retombent deux bandeaux exactement semblables à ceux des sphinx et des statues égyptiennes. Et ce n'est pas le seul souvenir de l'Orient qu'on retrouve avec surprise sur cette plage occidentale : un sol aride et nu rappelle les déserts de la Judée. Quand, par une chaude soirée d'été, la fille du Paludier se dirige, une amphore sur la tête, vers la citerne creusée dans le sable, l'étranger, témoin de cette scène d'une simplicité biblique, remonte le cours des siècles, se transporte sous un autre climat, et rêve à la Samaritaine s'acheminant vers le puits de Jacob.

Fille de Paludier.

PAYSAN DU BOURG DE BATZ

(Bretagne).

LES MANOIRS.

Si la Bretagne est la province de France qui a conservé vivants le plus de souvenirs du passé, elle est aussi celle qui renferme le plus de ruines ; et ces deux propositions, en apparence contradictoires, s'expliquent cependant l'une par l'autre. Partout ailleurs, les ruines elles-mêmes ont eu le temps de disparaître sous le marteau des spéculateurs ; ou bien des intérêts nouveaux sont venus restaurer et recrépir les édifices abandonnés. Les couvents sont devenus des usines, les châteaux se sont peuplés de l'aristocratie des privilégiés de la finance. Il en a été différemment en Bretagne : le granit n'y est pas, comme au centre de la France, une pierre précieuse, et son peu de valeur a protégé contre le vandalisme de la bande noire les monuments ou les demeures de nos aïeux. D'un autre côté, si l'on y rencontre dans la médiocrité et même la misère beaucoup de familles jadis puissantes, on ne voit point qu'elles aient eu pour héritiers les hauts barons du négoce et de l'industrie. Cela est particulièrement vrai de la Basse-Bretagne, où l'on ne remarque aucun grand centre industriel, où le commerce maritime a déchu au lieu de progresser, depuis l'union avec la France ; où les fortunes rapides sont inconnues. On l'a dit souvent avec vérité : la richesse ne saurait être stationnaire ; elle doit s'accroître sous peine de se dissiper. Or, la classe de nos gentilshommes de campagne se serait crue déshonorée en cherchant à l'accroître ; la dissiper était plus noble, et bien peu d'entre eux profitèrent du bénéfice d'une ordonnance des états, qui, dans l'espoir d'arrêter une décadence déjà avancée, permit à la noblesse de Bretagne de se livrer à des actes de commerce. Sterne raconte, avec sa sensibilité exquise et sa gracieuse bonhomie, l'histoire de ce marquis d'E....., qui, entouré de ses enfants, vint reprendre, devant le parlement assemblé à Rennes, son épée qu'il avait déposée pour aller rétablir sa fortune dans les colonies, et remarquant sur la lame une tache de rouille, y laissa tomber une larme en disant : « Je saurai trouver quelque autre moyen de l'effacer. » Mais ces exemples furent rares ; la plupart des propriétaires appauvris, ne pouvant plus soutenir le rang dont les précipitait peut-être une hospitalité trop prodigue, prirent peu à peu les habitudes et le costume de simples paysans, et l'on en voyait plusieurs, à la fin du dernier siècle, ceindre l'épée en quittant la charrue, pour se rendre à pied et en sabots aux états de Bretagne. Aujourd'hui, de ces manoirs innombrables qui couvrent tout le sol de la province, les plus beaux, les plus célèbres, ceux qui portent le nom de châteaux sont inhabités et tombent en ruines ; d'autres, et c'est le plus grand nombre, sont devenus d'humbles métairies ; dans quelques-uns enfin se continue encore pour deux ou trois générations la placide existence des aïeux.

Les paysans bretons ne confondent jamais le *château* avec le *manoir ;* mais c'est plutôt chez eux un sentiment que le résultat d'une comparaison, et ils seraient fort en peine d'expliquer ce qui constitue la différence. Elle tient à la fois de l'importance historique et monumentale de l'édifice, des traditions plus ou moins poétiques qui s'y rattachent, et de la splendeur des familles qui l'habitaient. Généralement le château était sérieusement fortifié dans la vue d'une agression ; il a soutenu des siéges ou pouvait en soutenir. Le manoir est plus modeste : ses tourelles et ses mâchecoulis ne doivent passer que pour d'inoffensifs ornements d'architecture. Nous demandions un jour à un paysan du bas Léon le chemin du *manoir* de Tremazan. « Ce n'est pas un manoir, nous dit-il en relevant fièrement la tête, c'est un château. *Ne ket eur maner, eur c'hastel eo.* » Puis, désireux de poursuivre la conversation avec ce puriste en sabots, comme nous ajoutions : « C'est un beau château, n'est-ce pas ? » il reprit, avec une ineffable expression de mélancolie : « *Bed e bet, aotrou !* Il l'a été, monsieur. » Il ne dit pas un mot de plus, et nous continuâmes notre route sous l'impression de ces simples et éloquentes paroles. Et quand apparut devant nos yeux, au bord de la mer, l'antique demeure de Tanneguy du Châtel, son donjon dégradé, ses douves à demi comblées, ses remparts si vastes, que des décombres d'un seul angle on a bâti tout un village, nous vîmes que le paysan avait eu doublement raison ; que c'était bien là un noble château, mais qu'il n'avait plus que la beauté des ruines !

Moins glorieux, mais toujours debout, le manoir n'a eu « ni cet excès d'honneur ni cette indignité. » Son propriétaire l'habite en toute saison, et ne va pas deux fois par an à la ville. Il a soixante-cinq ans, huit enfants, et 12,000 livres de revenu, en y comprenant sa part au milliard de l'indemnité. Dans sa jeunesse, il a guerroyé misérablement à l'armée de Condé ; il n'a dû la conservation de son manoir qu'à la fidélité du vieux fermier de la famille, qui s'en était porté le complai-

sant acquéreur; ou bien, mieux avisé, il n'a jamais quitté le pays, et a traversé
paisiblement les plus mauvais jours, protégé par l'obscurité de sa vie et l'affection
de ses paysans. Il se nomme communément M. de Kerlouarnek. Il est inutile d'a-
jouter que ce nom euphonique est aussi celui de son habitation. C'est un long bâtiment d'un seul étage, irrégulièrement percé, construit en pierres de taille, et souvent replié en équerre; il est flanqué d'une tourelle dont le toit bleu s'élève en
pointe du milieu des chênes et des châtaigniers; un petit bois de futaie l'abrite
contre le vent de la mer; la direction semblable de toutes les branches supérieures
indique assez de quel côté soufflent habituellement les tempêtes, et a plus d'une fois
servi de boussole au voyageur égaré. Sur le devant, une vaste cour, entourée des
bâtiments de servitude, donne accès par deux portes cintrées de dimensions
inégales, la porte noble et celle des manants; la clef de voûte de la plus haute supporte un écusson armorié, dont les empreintes sont à demi effacées par le temps,
et sur les lourds battants de chêne, des pieds de chevreuil ou de sanglier, des
oiseaux de proie cloués les ailes étendues, annoncent la demeure d'un chasseur.
Une avenue à quatre rangées d'arbres conduit à la grand'route, et se termine par
quatre piliers entre lesquels sont disposés des bancs de pierre, pour les pèlerins ou
les voyageurs fatigués. D'autre part, des murs couverts de lierre et de mousse
blanche ceignent un grand jardin soigneusement cultivé, mais sans la plus légère
intention de flatter la vue : seulement, si la dame du lieu croit aimer les fleurs,
des bordures de buis imiteront sous ses fenêtres une croix de Malte ou de Saint-
Louis, et dessineront ce qu'elle appelle son parterre. L'art des jardins est inconnu en
Bretagne; on n'y sait point mettre à profit, pour le plaisir des yeux, les ressources
merveilleuses d'un sol qui présente naturellement à sa surface ces pentes, ces eaux,
ces rochers, qu'ailleurs on s'efforce de se procurer à si grands frais. Une chapelle plus
que modeste, et le colombier féodal qui se tient debout au sommet de la prairie
voisine, comme une sentinelle d'avant-poste, complétent les dépendances du manoir.

A l'intérieur, deux pièces seulement méritent d'être citées : la salle et la cuisine.
La première montre avec orgueil, appendus à ses sombres boiseries, les portraits
d'une longue suite d'ancêtres, tous aussi nobles qu'obscurs, et dont M. de Kerlouarnek n'est pas moins fier qu'un don Ruys Gomez de Silva. Mais il serait plus embarrassé s'il lui fallait rappeler en détail les titres de leur illustration; car son arbre
généalogique, qui contribue aussi à la décoration de la salle, est extrêmement la-
conique dans ses énonciations, et se contente de mentionner que Guy de Kerlouarnek, dont l'origine se perd dans la nuit des temps, vivait en 1241; qu'il eut de son
mariage avec Armelle de Koatroc'hou un fils nommé Hervé de Kerlouarnek, sieur
de Koankoatinkern, de Krec'hkoskerguen, de Kervernlostallen, et autres lieux; que
celui-ci épousa Azénor de Kerdû, et ainsi de suite. Au haut des panneaux, quelques peintures érotiques contrastent singulièrement avec l'aspect sévère du reste de
l'ameublement; souvent encore des tapisseries de haute lice présentent à l'admiration des visiteurs les victoires d'Alexandre, les fables de La Fontaine, ou des scènes
de bergers en costume d'opéra-comique. Un vieux bahut qu'envierait M. Dusomme-
rard; une console plus moderne, en bois de rose chargé d'ornements de cuivre;

quelques chaises gothiques, une pendule d'Allemagne, dont l'éternel coucou se
venge de sa captivité en assourdissant les oreilles de son chant monotone ; des fauteuils jadis en soie brochée, mais dont une housse blanche dissimule constamment
la décrépitude ; un baromètre circulaire encadré d'or ; tout cela meuble à peine
la grand'salle, qui paraît toujours froide et nue. Mais sa particularité la plus remarquable est une immense cheminée, dans laquelle un géant entrerait sans se
baisser ; une plaque blasonnée occupe le fond de l'âtre ; le granit des chambranles
et du manteau est couvert de sculptures en relief, et souvent bariolé de diverses
couleurs ; au-dessus, le bois d'un cerf dix cors, fixé à la muraille entre le portrait
de Charles X et celui du pape régnant, projette ses rameaux en saillie. Il ne
tiendra qu'à vous d'entendre M. de Kerlouarnek deviser longuement sur les aventures de ce cerf fameux, le dernier qui ait paru dans le pays, et d'apprendre
comment, il y a quarante ans, l'animal étant sur ses fins se jeta à la nage dans
l'étang que vous apercevez de cette croisée. M. de Kerlouarnek s'élança tout habillé à sa suite ; il eut la gloire de l'atteindre avant les chiens, et se vante depuis,
à toute occasion, d'avoir forcé un cerf à la nage. Sous ce précieux trophée brûle
pendant six mois de l'année un feu à rôtir des bœufs entiers pour les héros d'Homère ; un homme robuste a peine à remuer les quartiers de chêne et de hêtre
qu'on lui donne à dévorer, et l'on a vu conduire des bêtes de somme dans le
salon pour ne les décharger que dans le foyer même.

La cuisine a une cheminée plus vaste encore, qui est à elle seule comme un appartement ; on s'y asseoit sur des bancs, des deux côtés de la chaudière où l'on fait
cuire alternativement le repas des maîtres, celui des valets et celui de la basse-cour ;
M. de Kerlouarnek s'y établit tous les soirs pour fumer sa pipe ; il en fait les honneurs à ses hôtes, et c'est de là qu'il distribue ses ordres pour le lendemain. Rien
de bruyant et d'animé comme la cuisine du manoir : le tournebroche, presque
en permanence, n'a de repos que les jours maigres ; les volailles qu'on engraisse
pour le sacrifice, le geai emprisonné dans sa cage d'osier, ou la pie libre et vo-
leuse, les chiens de chasse se disputant un os sous la table, les caquets des servantes,
le bruit des sabots ferrés sur les dalles de pierre, font du matin au soir une effroyable cacophonie ; et le grillon familier, sorte de lare du foyer domestique, s'épuise
en vains efforts pour faire entendre sa partie dans ce concert. Après les éclats de rire
du souper, la scène change tout à coup de caractère, et devient grave et recueillie,
car la famille entière du châtelain vient d'entrer dans la cuisine pour sanctifier en
commun la fin de la journée. On commence par une lecture en breton de la vie du
saint, puis serviteurs et maîtres s'agenouillent bruyamment ensemble : madame de
Kerlouarnek récite les prières du soir, et vingt voix fortes ou nazillardes bourdonnent
les répons du *Pater* ou des Litanies. La salle et la cuisine sont les seules pièces
destinées à la vie sociale : tous les appartements supérieurs ne sont que de froids
dortoirs. Que pourrait faire dans sa chambre M. de Kerlouarnek, lui qui n'écrit
jamais une ligne, et qui ne lit que sa gazette ? Aussi s'en échappe-t-il au point du
jour pour n'y rentrer qu'après le souper et la prière. Ce n'est pas le soin de sa
toilette qui pourrait l'y rappeler : la veste de velours, le gilet de velours et le pan-

talon de velours ne composent-ils pas un costume bon à toutes les heures du jour
comme à toutes les époques de l'année ? En rentrant de la chasse ou de ses tournées
de propriétaire, quand il a déposé son gibier sur la table de la cuisine, et mis son fusil
au port d'armes, il passe aussitôt dans le salon ; il y trouve les dames de l'endroit travaillant de l'aiguille dans une embrasure, ou faisant cercle avec une nombreuse compagnie : ce sont des convives venus de loin, à pied, à cheval, ou dans les plus étranges
carioles. Une maîtresse de maison ne mériterait pas ce nom, si, surprise à l'improviste,
elle éprouvait le moindre embarras de l'arrivée de ces hôtes, et ne pouvait pas ajouter
huit à dix couverts à son dîner. C'est à midi que, conformément aux hospitalières
traditions, l'on dîne dans le manoir breton : ne faut-il pas consulter avant tout les convenances de ses voisins, qui peuvent ainsi, en toute saison, regagner leurs pénates
avant la nuit? Celui qui, à la campagne, prend son principal repas à cinq ou six
heures, est un égoïste perverti par le séjour des villes : il ne veut pas avoir d'amis.

Sans s'étonner aucunement de cette invasion de visiteurs, la châtelaine s'est donc
contentée de faire mettre une ou deux allonges à la table à manger, qui bientôt se
trouve simplement, mais abondamment servie. La basse-cour et le jardin, les ga-
rennes et l'étang du voisinage en ont fait les principaux frais. Le mets national en
permanence d'un bout à l'autre du repas, est le *fars de blé noir*, sorte de *pouding*
qui a le privilége d'exciter ou de vives sympathies ou des répulsions non moins prononcées. Le tout est arrosé de copieuses libations d'un excellent bordeaux. M. de
Kerlouarnek ne connaît pas d'autre vin ordinaire, et l'un de ses principes d'hygiène est de n'y mettre jamais d'eau. La conversation passe tour à tour des plus
petites nouvelles de la localité aux plus grands intérêts de l'État; on fait des vœux
ardents pour le renversement du ministère, le rétablissement d'une jument poussive
ou la mort d'un lièvre sorcier dont les ruses mettent tous les matins chiens et chasseurs
en défaut. Abonné de la Quotidienne, depuis sa fondation, M. de Kerlouarnek prend
encore au sérieux le journalisme, et reçoit chaque jour de la main du facteur rural
des opinions toutes faites sur les hommes et sur les choses. C'est pour lui que le
rédacteur de la rue Neuve-des-Bons-Enfants élabore tant de mensonges *bien pen-
sants*, tant de tirades d'une généreuse indignation, tant de monstrueux *on dit*,
dont la forme dubitative paraît au vieux gentilhomme une garantie évidente de
sincérité ; c'est pour lui que le feuilletonniste lui-même se croit tenu d'être austère ;
qu'il déplore vertueusement, en sortant du bal masqué, la décadence du goût et la
dépravation des mœurs, et trouve moyen d'exciter à la haine et au mépris du gouvernement, en rendant compte du plus innocent vaudeville. L'insidieuse réclame,
ce Protée de la publicité, est toute-puissante sur son âme candide; il ne doute
pas des vertus du Kaïffa d'Orient, et dans le *mouvement d'attention*, la *sensation
profonde*, les *félicitations nombreuses* dont un journal qui sait son métier (et ils
le savent tous) gratifie le plus obscur orateur de son parti quand il demande la
parole, qu'il en abuse ou qu'il la cède, M. de Kerlouarnek voit une preuve con-
cluante des consolants progrès de ses opinions. Et cependant, malgré son ingénuité
parfaite, il tranche volontiers de l'esprit fort avec une vieille voisine fidèle à
Louis XVII, et dont la bibliothèque se compose d'une collection de prédictions mys-

térieusement colportées de douairière en douairière. La bonne dame croit ferme-
ment que Paris, la ville maudite, est condamnée à périr en expiation de ses crimes ;
elle ne met pas en doute que cette nouvelle Babylone ne doive se réveiller un beau
matin sous une pluie de feu ou un linceul de cendres, et cherche tous les jours
dans son journal, daté de Paris, si Paris existe encore. M. de Kerlouarnek raille
agréablement cette crédulité pusillanime ; mais il a des discussions bien autrement sérieuses avec M. de Penanharz, son voisin, son meilleur ami, qui, sur la foi
de la Gazette de France, s'est soudainement épris d'un violent amour pour la réforme électorale et le suffrage universel. C'est surtout aux approches d'une élection que les débats deviennent graves entre les deux hidalgos. A cette époque, tout
est en fermentation dans les campagnes bretonnes ; les émissaires des deux camps
se croisent et parfois se rencontrent sur le même seuil ; on se dispute, on s'arrache les électeurs paysans ; on les parque dans une auberge, on leur distribue des
cigares, on les fait boire et manger aux frais du candidat, on leur glisse dans la
main un vote tout écrit. Le paysan se laisse faire, reçoit des deux côtés, déjeune à
droite, dîne à gauche, promet toujours, et vote ensuite à son idée : c'est plus consciencieux que s'il aliénait véritablement son suffrage. On envoie au loin des voitures prendre à domicile les vieillards et les infirmes ; la maladie elle-même n'est
pas une excuse suffisante pour s'abstenir ; il s'agit de l'honneur du parti bien plus
que de tel ou tel candidat, et une main fiévreuse peut encore déposer un bulletin
et déterminer la victoire. M. de Penanharz est un des vaillants champions de ces
luttes acharnées ; il endoctrine les métayers, presse les curés d'user de leur influence, et prêche la guerre sainte dans les manoirs. C'est particulièrement auprès
de son ami qu'il épuise ses sollicitations ; mais vainement il lui représente que les
chances sont presque égales de part et d'autre, et qu'une voix peut tout décider :
M. de Kerlouarnek reste inébranlable. L'amitié, la logique et l'esprit de parti ont
beau réunir leurs assauts, ils ne parviennent pas à lui persuader qu'un serment
n'est qu'une formalité vaine, et plutôt que de se souiller de ce qui lui paraîtrait
un parjure, il a renoncé à exercer ses droits électoraux. D'autres suivent son
exemple, les *libéraux* triomphent ; M. de Penanharz en garde huit jours rancune à
son loyal et obstiné voisin ; mais une partie de chasse les rapproche, et la paix est
signée pour trois ans.—Un industriel parisien, un homme qui, pour avoir fait fortune dans l'exploitation du privilége d'un théâtre, s'était écrié un matin en voyant
le rôle de ses contributions de fraîche date : « Et moi aussi, je dois être législateur, »
acheta naguère un château en Basse-Bretagne, y donna des dîners et des fêtes, et les
élections approchant, alla mendier des voix de porte en porte ; il eut la malencontreuse idée de frapper à celle du manoir de Kerlouarnek, et quand il eut énoncé
le motif de sa visite : « Monsieur, lui dit d'un ton fort poli l'incorrigible châtelain,
je ne vais jamais aux élections depuis 1830 ; mais si je pensais que vous eussiez la
moindre chance d'être élu, j'irais voter contre vous. » Il faut pardonner au meilleur des humains cette boutade un peu brutale ; c'est la seule fois de sa vie qu'il
lui soit arrivé de manquer aux lois de l'hospitalité, et peut-être croyait-il que ces
lois ne sont pas faites pour les opulents solliciteurs.

Avant la révolution de juillet, M. de Kerlouarnek était maire de sa commune ; aujourd'hui c'est un paysan qui a l'honneur de ceindre l'écharpe municipale, pour appeler sur les nouveaux époux toutes les bénédictions du Code civil. Nous connaissons un quinteux vieillard qui ne sacrifia qu'avec les plus vifs regrets cette rustique magistrature ; il espérait du moins en conserver certaines prérogatives, mais le nouveau dignitaire ayant pris le pas sur lui à la procession, il fut saisi de ce sentiment de fureur jalouse qu'eût éprouvé César s'il s'était vu le second dans un village, et qui enflamma la bile du chantre de la Sainte-Chapelle, lorsqu'il trouva le lutrin fatal installé devant son banc. Alors, possédé du démon de la vengeance, il approcha son cierge allumé du dos qui l'offusquait, et mit le feu à la longue chevelure qui ombrageait les épaules de monsieur le maire. M. de Kerlouarnek est un homme de trop bon sens pour avoir conçu un seul instant une jalousie de cette nature ; c'est lui au contraire qui s'efface devant son successeur, et le force à prendre *le rang qui lui appartient en Europe*. Il sait qu'il possède toujours l'amour et le respect de ses anciens administrés ; son nom et ses bienfaits lui ont fait une magistrature inamovible et héréditaire. Il partage avec le recteur l'autorité morale ; il est le conseiller le mieux écouté, le conciliateur le plus habile. La loi, qui défend d'enseigner et de guérir sans diplôme, ne défend pas encore d'exercer sans brevet le saint ministère de la justice. Et puis les paysans bretons ont pour la noblesse même une vénération particulière, une sorte de culte traditionnel d'affection et de reconnaissance. Il est vrai que cette noblesse de nos campagnes est ce qu'il y a au monde de plus populaire ; ce n'est pas elle qui assiégeait les antichambres de Versailles, laissant pressurer ses vassaux par « un avide intendant au cœur dur et cruel, » comme dit M. Scribe. On cite bien l'exemple d'une dame de Kergournadec'h, qui, préférant la cour de Louis XV au séjour de son magnifique château, y fit mettre le feu pour ôter à son fils, devenu majeur, la tentation d'y retourner ; mais pour contraste à cette ignominie, combien ne citerait-on pas de manoirs qui, depuis plusieurs siècles, ont été habités sans interruption par la même famille ! Adonnée elle-même à l'agriculture, la noblesse de Bretagne a toujours vécu au milieu des cultivateurs ; elle les reçoit à sa table, s'asseoit à la leur, et ne dédaigne pas de prendre sous le chaume part à leur frugal repas. Souvent un enfant vient inviter tout le manoir à manger des crêpes que fera sa mère ; une jeune fille demande la châtelaine pour lui annoncer en rougissant son mariage, et la prier de lui faire le *grand honneur* d'assister avec sa famille au banquet des noces. Chacun des habitants du manoir a dans la paroisse un filleul ou une filleule, ordinairement choisi parmi les plus pauvres, et pour eux cette paternité chrétienne n'est point, comme dans les villes, une formalité sans conséquences, oubliée dès la sortie de l'église ; c'est un lien sérieux qui impose des obligations pour toute la vie. Combien de pauvres enfants, condamnés par leur naissance à l'abjection et à la misère, ont dû à l'assistance généreuse d'une marraine d'être entretenus au collége ou au séminaire, de se racheter de la conscription, d'apprendre un état, et deviennent un jour les serviteurs dévoués ou les fermiers de leurs bienfaiteurs, et parfois les curés de leur paroisse ! La vénération des paysans bretons pour la noblesse va même en quelques endroits jusqu'à la superstition ; on croit qu'elle a le pouvoir de guérir certaines maladies, comme les rois de France guérissaient les écrouelles, et pour fortifier un enfant rachitique, on a plus de confiance dans les frictions d'une main noble que dans toutes les conjurations des sorciers et toute la science des docteurs. Et c'est si bien à la noblesse, indépendamment de la position sociale, qu'est attaché ce merveilleux talisman, que les plus humbles descendants des maisons déchues le possèdent dans sa plénitude : il existe à Plougaznou, à quatre lieues de Morlaix, un vieux mendiant nommé Robichou de Kerhar, qui s'en est fait une industrie. Quand il apprit, dans les glorieuses années de l'empire, que l'on créait une aristocratie nouvelle, le commerce des frictions n'était pas florissant, ceux qui étaient dans le cas d'y recourir préférant quelque difformité au périlleux honneur d'être propre à la guerre ; il pensa donc que le moment était venu d'aliéner à beaux deniers comptants sa noblesse, au lieu de l'exploiter misérablement en détail, et se mit en quête d'un acquéreur. Il lui semblait que c'était une marchandise dont la défaite devait être avantageuse, puisqu'elle avait repris tant de faveur dans les hautes régions. Mais la plupart de ces *hommes de sang royal*, *tud goat roïal*, comme les appellent encore aujourd'hui les autres paysans, sont plus fiers de leur illustre origine que le sordide descendant des Kerhar : témoin ce pauvre pêcheur de Plouezoc'h, qui, appelé à rendre témoignage devant la justice, exigeait qu'on lui donnât sa qualité d'écuyer ; témoin encore ce paysan de la Cornouaille, qui, la rapière au côté, vient tous les ans, à la Saint-Michel, s'asseoir sans façon à la table de son propriétaire, en portant pour loyer de sa ferme un sac d'écus qu'on ne lui a jamais fait l'affront de compter.

Il est temps que nous revenions à la famille de Kerlouarnek, dont nous n'avons jusqu'à ce moment fait connaître que le chef. Madame de Kerlouarnek est une alerte ménagère, qui fait mouvoir sans frottement et sans bruit les mille ressorts du vaste établissement qu'elle dirige ; elle doit pourvoir chaque jour à la subsistance d'une trentaine de personnes, elle s'efforce de concilier les ressources d'un budget bien réduit avec les traditions de l'antique hospitalité, et pour nouer, comme elle dit, les deux bouts de l'année, elle a besoin de beaucoup d'ordre et d'industrie. Sincèrement attachée à son mari, dévouée à ses enfants, bienveillante pour tout le monde, elle n'a pas le loisir d'être sentimentale ; elle ne croit pas aux vapeurs ni aux attaques de nerfs. Le jardin et la laiterie sont particulièrement sous sa dépendance ; elle met son amour-propre à fabriquer le meilleur beurre du pays, et elle en fournit toutes les bonnes maisons de la ville voisine. Levée dès le point du jour, livrée du matin au soir aux soins les plus minutieux et les plus pénibles, sans jamais se permettre aucune distraction, elle n'accuse pas pour cela la civilisation d'injustice, et rirait fort si elle savait que des écrivains compatissants demandent en son nom l'émancipation des femmes. Jusqu'à ce qu'elle ait atteint la quarantaine, elle gratifie tous les deux ans son époux d'un nouvel héritier ; cet événement périodique n'excite plus d'alarmes ni de vives émotions ; il n'y a rien de changé au manoir, ce n'est qu'un Kerlouarnek de plus. Elle ne s'arrête guère dans ce pieux accomplissement du premier précepte de la Genèse que lorsqu'elle a pour continuateur une de ses filles ; nous avons vu une châtelaine bretonne et sa fille *cadette* faire un tendre échange de nourrissons : l'une allaitait son frère, l'autre son petit-fils.

Les mauvais plaisants comparent à l'arche de Noé le manoir de Kerlouarnek. Le fils aîné de la maison se marie à vingt-cinq ans, avec quelque héritière du voisinage, qui lui est destinée depuis son enfance ; il prend dès lors la direction des travaux agricoles, pour lesquels il aidait depuis longtemps son père ; mais celui-ci, qui devient à ce moment *le bonhomme Kerlouarnek*, se réserve expressément le chapitre des plantations : c'est l'avenir de la propriété, on ne saurait le confier à des mains novices ; d'ailleurs c'est son occupation favorite, il croit toujours qu'il s'en acquitte avec une habileté particulière, et que ses voisins *plantent mal*. Les autres enfants, de toutes les tailles, répandent dans le manoir une joie bruyante ; passant du sein de leur mère sur les genoux des servantes, bientôt mêlés aux jeux des petits paysans, la première langue qu'ils ont apprise est toujours le breton ; ils s'embrouillent en grandissant dans les locutions françaises, se créent à leur usage un patois bizarre, et quand, l'âge des études venu, ils partent pour les colléges de Pontcroix et de Saint-Pol-de-Léon, la confusion a cessé, et ils se trouvent en possession des deux idiomes qu'ils parleront alternativement toute leur vie. Jusqu'à l'âge de quinze ou seize ans, leur destinée ne donne à leurs parents aucune sollicitude ; mais alors ceux-ci s'aperçoivent pour la première fois que la fortune est modique, et la lignée nombreuse, et quand M. de Kerlouarnek se rassure en disant que la bénédiction de Dieu est sur les grandes familles, sa femme lui répond que plus il y a d'étourneaux, plus ils sont maigres. C'est elle qui se préoccupe de procurer une carrière à ses enfants, ce dont leur père s'inquiète peu tant qu'il y a du pain sur la planche. Sous la restauration, la marine et l'armée s'offraient tout naturellement à cette population luxuriante ; mais aujourd'hui qu'il est du plus mauvais ton de servir le gouvernement, ce n'est pas chose facile pour madame de Kerlouarnek, qui a toujours vécu loin des villes et n'a aucune expérience du monde, de colloquer convenablement ses cinq ou six garçons. Elle se souvient cependant qu'elle a dans Paris un cousin, ancien émigré, qui, ayant fait à Londres ou à Hambourg son éducation commerciale, a réussi dans la carrière des affaires, et se trouve à la tête d'un grand établissement industriel ; elle lui écrit pour lui recommander timidement un de ses fils, et le loyal gentilhomme accueille avec empressement son jeune et inexpérimenté neveu à la mode de Bretagne. Celui-ci est de la sorte merveilleusement placé ; la bienveillance et les conseils ne lui feront pas défaut ; souvent, à la vérité, manquant d'air dans son laborieux réduit, sa pensée se reportera avec mélancolie vers les bruyères du pays, vers le clocher natal, vers le foyer chéri du manoir ; souvent, comme l'étudiant de Saint-Pol, il déposera sa plume pour se livrer aux illusions enchanteresses de la rêverie ; mais peut-être son cœur se laissera prendre aux charmes d'une jolie cousine, et il suffira d'un peu d'amour pour le réconcilier avec l'exil ! De leur côté, ses frères, dans des positions diverses, s'efforcent de suppléer par leur travail à l'insuffisance du patrimoine : l'un s'embarque mousse sur un navire de commerce, pour devenir un jour capitaine au long cours ; un autre minute des baux dans une étude de notaire. Ainsi s'éparpille la famille de Kerlouarnek ; il ne reste au manoir que le fils aîné, celui qui doit mener à

son tour, mais dans une médiocrité bien peu dorée, l'existence de châtelain. Peut-être
lui faudra-t-il un jour suivre l'exemple de ce sire de Coatélès, qui, ruiné par de nobles
prodigalités, fit placer à la porte trop bien connue de son manoir l'inscription suivante,
si expressive dans son laconisme : *Passants, passez, le revenu est mangé*. Encore
une génération, et l'on ne pourra effectuer les partages qu'en vendant à des étrangers l'antique berceau de la famille ; ce sera un jour de deuil dans tout le pays,
que celui où les descendants des sieurs de Kerlouarnek s'éloigneront, pour n'y
plus revenir, de la demeure de leurs pères. Hélas ! ce jour est déjà venu bien souvent ! le sol de la Bretagne est jonché de manoirs abandonnés, et quand le voyageur, étonné de trouver déserte une habitation encore entière, demande au fermier
voisin quel en est le propriétaire, il reçoit pour toute réponse ces mots qui disent
bien des choses : « Elle est vendue ! »

Qu'importe, en effet, le nom du bourgeois enrichi qui perçoit aujourd'hui les
revenus du manoir, et qui le revendra demain comme un objet de commerce, s'il
trouve à réaliser un bénéfice ? Il a commencé par le déshonorer en abattant ces vieux
arbres, contemporains de l'édifice, et dont ses prédécesseurs n'eussent jamais permis qu'on approchât la cognée ; en revanche, il a relevé les barrières, et son garde,
personnage nouveau dans le pays, verbalise sans pitié contre la vache du pauvre
et les glaneurs de bois mort. Quelque légitime que soit son titre de propriété, il
ne parvient pas à le faire respecter, et passe toujours pour usurpateur. Les paysans ne le connaissent pas, ne l'ont jamais vu ; ils n'ont de rapports qu'avec son
receveur, qui vient tous les ans, à jour fixe, s'installer dans la grand'salle abandonnée, pour exiger rigoureusement le prix des fermages. Les anciens propriétaires se
seraient gênés eux-mêmes plutôt que de refuser des tempéraments à leurs fermiers
après une épizootie ou une mauvaise récolte ; mais ce temps n'est plus : l'homme
noir à lunettes doit rendre des comptes, et il ne saurait attendre. S'il prend fantaisie à l'acquéreur de venir habiter le manoir, quoi qu'il fasse, il conserve chez
lui le caractère d'intrus ; il peut bien succéder au châtelain, mais jamais le remplacer. Il vit isolé, sans trouver hors de son enclos d'affections ou de sympathies ;
il est étranger aux mœurs, aux croyances, au langage des paysans ; le dimanche,
il ne chante pas au lutrin, il ne figure pas à la tête de la procession ; le banc d'œuvre, où traînent encore dans la poussière quelques missels armoriés, reste vide pendant les offices ; ou si parfois sa femme vient y prendre place, seule de toute la
paroisse elle ne pourra pas s'agenouiller en sortant sur les tombeaux des aïeux. En
Bretagne, la vie du manoir, comme celle de la chaumière, est toute de tradition, et
quand celle-ci a été brisée, les bienfaits eux-mêmes ne parviendraient pas à la renouer. Mais il est rare que l'acquéreur l'essaye : s'il envie la popularité de ses devanciers, si par de maladroites démonstrations il s'efforce de la conquérir, c'est dans
l'intérêt égoïste de quelque ambitieuse candidature. Nous nous rappelons un trait
qui fait, selon nous, merveilleusement ressortir les différences de caractère que nous
venons d'indiquer. Un émigré breton, se trouvant sans toit à son retour, redemanda
humblement les os de ses pères qui reposaient dans la chapelle du manoir. L'acquéreur sembla comprendre cette pieuse réclamation ; il commanda des fouilles, décou-

vrit plusieurs cercueils de plomb et les mit à la disposition du proscrit dont il gardait le patrimoine ; mais il avait eu soin d'en constater le poids, et se fit payer avant livraison la valeur du plomb qui protégeait depuis des siècles ces nobles dépouilles.

Reposons notre pensée sur de plus fraîches images. Il n'est pas rare de rencontrer dans les manoirs bretons une jeune personne d'un esprit cultivé, supérieure par son éducation et ses manières à tous ceux qui l'entourent. Elle a été élevée à Quimper, dans la communauté du Sacré-Cœur, ou confiée à la tendresse d'une grand'mère habitant une ville ; les études terminées, elle a dit adieu au monde qu'elle avait à peine entrevu, qui déjà s'apprêtait à lui faire fête, et est revenue s'ensevelir au milieu des vulgaires détails d'un établissement de campagne. C'est bien elle qui aurait le droit de se dire *incomprise*, car autour d'elle nul ne parle sa langue ; elle n'a plus à sa disposition un piano ni une bibliothèque ; elle ne peut plus cultiver les arts qui semblaient devoir embellir sa vie ; seulement un petit buvard, posé, dans sa chambrette, sur une simple table de bois blanc, qui lui sert pour sa correspondance et reçoit la confidence de ses pensées, indique assez toute la distance qui sépare la jeune fille des autres habitants du manoir. Si vous, leur hôte de passage, retenu par leurs instances et leur bon accueil, vous voulez écrire une lettre pour expliquer la prolongation de votre absence, adressez-vous à mademoiselle de Kerlouarnek ; seule elle pourra vous fournir le matériel de l'art épistolaire ; sans elle, vous seriez contraint de demander à la cuisinière du papier de ménage, et d'arracher une plume à l'aile d'une volaille. — Sa mère a l'activité incessante qui ne laisse point de place à la réflexion ni à l'ennui ; son père a les émotions de la chasse, les intérêts de l'agriculture, la politique, et des amis ; ses jeunes frères ont l'enfance et ses joies ; mais elle, quelles distractions a-t-elle pour abréger les longs jours de l'été, et les longues soirées de l'hiver ? Et cependant ne la plaignez pas, la noble fille, car elle accepte sans murmure son humble destinée ; bien plus, elle est heureuse, elle a trouvé le secret de charmer toutes ses heures, d'effacer tous les regrets, de prévenir toutes les inquiétudes ; son secret est la bienfaisance ! C'est elle surtout que tous les malheureux bénissent comme une providence : elle enseigne et catéchise leurs enfants, elle préside aux distributions hebdomadaires ; partout où gémit une infortune, on est sûr de la rencontrer ; la nuit, sous la pluie, sous la neige, par les mauvais chemins, elle court, ses pieds délicats chaussés dans de lourds sabots ; elle va soigner elle-même les malades, porter à tous les affligés des aumônes, des secours ou des consolations. Souvent elle a marché plus d'une heure pour assister au dernier soupir d'un moribond qui a demandé à voir encore une fois à son chevet l'ange du manoir. Quand un convalescent ou un blessé vient la remercier de ses soins, elle sollicite pour salaire le chant de quelques ballades bretonnes ; son âme est faite pour sentir leurs beautés naïves ; peut-être aussi ces chants rêveurs caressent-ils à son insu ce je ne sais quoi de tendre, d'harmonieux et de vague, que renferme toujours le cœur d'une jeune fille.

Mais mademoiselle de Kerlouarnek n'a jamais jeté un regard curieux ou inquiet sur ce point obscur de son cœur ; elle n'a point de dot, elle est probablement destinée à vieillir sans famille près de son frère ; elle le sait et ne s'en alarme pas. Si cependant un jeune homme s'est rencontré, assez noble de sentiments pour chercher à lui plaire, assez heureux pour y parvenir; le jour de son mariage sera pour tout le pays un jour d'allégresse publique. Pendant les fêtes de la noce, le manoir semble s'être élargi, et l'on est effrayé du nombre d'hôtes qu'il peut contenir; c'est alors surtout qu'il justifie le proverbe suivant lequel les maisons bretonnes sont élastiques pour recevoir des amis. Au matin du grand jour, une longue file de calèches surannées, de chars à bancs suspendus sur l'essieu, d'immenses cabriolets et d'autres équipages près desquels seraient fiers les coucous de Bicêtre, transporte au bourg les fiancés et leur suite. Les cochers, dans leurs plus beaux costumes, portent au bras et au chapeau des rosettes flottantes de rubans; ils retiennent leurs chevaux au pas, au milieu des groupes de cultivateurs accourus de tous côtés, et d'où se détachent de jeunes paysanes qui présentent par la portière des bouquets de fleurs à la future épouse. Mais quand la cérémonie est terminée, et que le joyeux carillon ébranle les airs, c'est au triple galop qu'en dépit des cahots de la route on ramène au manoir les héros de la fête. Le Rubicon est passé, il ne faut plus regarder en arrière, et la folle rapidité de la course n'est sans doute encore qu'une faible image de l'empressement des époux. Bientôt commence dans la grand'salle un splendide et interminable banquet; quand enfin le dessert arrive, un aimable vieillard se lève, et, d'une voix chevrotante, chante, sur un air connu, les louanges de la mariée. Seul, de tous les conviés, il n'est membre d'aucune des deux familles, mais il est l'ami de tout le monde, et l'on ne saurait se marier gaiement sans entendre ses vœux et ses couplets. Il est depuis trente ans en possession glorieuse de cet emploi; il a combiné, permuté toutes les métaphores fleuries, toutes les épithètes gracieuses; il connaît à fond les vifs effets du refrain et les subtilités du madrigal; cent fois il a fait rimer *amour* avec *beau jour;* cent fois il a entrelacé deux noms dans ses stances, comme dans un chiffre poétique; cent fois, hélas! il a fait croire à des présages de bonheur, qui devaient tous être infaillibles! Sa verve est encore inépuisable, et il garde en réserve pour son dernier couplet un rapprochement inattendu, un souvenir attendrissant qui fait venir des pleurs dans tous les yeux féminins de l'assemblée. Son succès alors est complet; on le complimente avec effusion en sortant de table, et la mariée lui exprime sa reconnaissance en présentant un front pur à son baiser presque paternel. D'ailleurs rien ne dispose mieux les jolies invitées de la noce aux plaisirs qui vont suivre le repas que quelques chaudes larmes d'émotion. Pendant trois jours, les festins, les danses, les charades, les jeux, remplissent de bruit et de mouvement la salle, ordinairement si paisible; mais après le dîner donné à tous les prêtres des environs, la société se disperse comme une volée d'oiseaux, non sans se promettre de se rassembler avant peu dans un autre manoir pour un retour de noces, et chacun des jeunes gens emporte dans le cœur ou dans la tête une fraîche image qui le rendra bien exact aux réunions suivantes. Bientôt la nouvelle mariée elle-même part chargée de bénédictions, et madame de Kerlouarnek reste presque seule au manoir pour réparer le désordre que laissent les fêtes, et pleurer en silence la fille qu'elle a perdue!

Mais nous commettrions une injuste omission si nous ne comprenions pas dans

la famille du châtelain breton le vieux domestique qui, pendant plusieurs générations, a été plutôt l'ami et le respectueux conseiller que le serviteur de ses maîtres.
Ici le nom d'un homme dont la cendre est encore tiède vient se placer naturellement sous notre plume ; pourquoi ne le prononcerions-nous pas? Et pourquoi ne
nommerions-nous pas aussi la noble famille qui a mérité l'amour et la fidélité cen-
tenaire d'un tel homme? Il n'est personne en Basse-Bretagne qui n'ait entendu
parler du vénérable Delille, que Walter Scott semble avoir pris pour modèle quand
il a tracé le portrait de son immortel Kaleb. Il disait complaisamment qu'il n'avait
jamais servi que deux maîtres : le roi et M. de Kerdrel. Le roi était mort plusieurs
fois ; deux fois aussi Delille, les larmes aux yeux, avait fermé ceux de M. de Kerdrel.
Mais son dévouement infatigable ne se brisait pas à l'angle d'un tombeau ; il se
reportait tout entier sur l'héritier d'un nom chéri, et ne devait pas s'affaiblir tant
qu'une goutte de sang circulerait dans ses veines : le roi est mort, vive le roi !—Il
a vécu quatre-vingt-quinze ans, sans que l'hiver de l'âge, en dépouillant sa tête, ait
pu refroidir son cœur ; il s'est attaché comme le lierre aux pierres bien-aimées du
manoir de Kerdrel, et la dernière pensée du vieillard a été pour les bienfaiteurs de
sa jeunesse. Ce n'est pas sans attendrissement qu'on a trouvé dans son testament
la suprême manifestation d'un amour qui voulait se survivre à lui-même. Il a
demandé qu'une partie de ses épargnes fût consacrée à faire dire des messes pour
les deux générations qui l'ont précédé sous les ifs du cimetière, et des messes aussi
pour les *jeunes maîtres* qui leur ont succédé, « afin, ajoutait le naïf et pieux tes-
tateur, qu'ils ne fassent jamais de sottises. » Puis, respectueux jusque dans la mort,
il a exprimé le vœu d'être enterré, non pas dans la même tombe que M. de Kerdrel, mais *couché à ses pieds*, comme si souvent il avait dormi ! — La paroisse de
Lannilis a honoré la mémoire du fidèle serviteur et s'est honorée elle-même en
assistant tout entière à ses funérailles.

Si la mort du serviteur est un événement douloureux pour les campagnes qui
environnent le manoir, quelle est donc la sombre tristesse qui s'y répand quand le
châtelain a cessé de vivre? Il faut avoir été témoin de ses obsèques pour comprendre tout ce qu'il y a de sensibilité sous la rude enveloppe de nos paysans, et
pour juger, par la vivacité des regrets populaires, combien était bon, simple et
chéri de tous, ce gentilhomme breton dont nous avons esquissé le portrait. Ici encore nous devons renoncer à décrire, et nous borner à raconter. Il y a quelques
mois à peine, le propriétaire du manoir du Mesconez, cet hospitalier vieillard que
nous avons vu laver les pieds des pèlerins de Saint-Jean-du-Doigt, est venu mourir
à Morlaix. Quand cette triste nouvelle fut connue, ce fut un deuil général dans les
paroisses de Plougaznou et de Plouezoc'h ; deux mille paysans vinrent d'une distance de trois et quatre lieues pour assister au service funèbre, et la police en émoi
eut peine à s'expliquer cette irruption soudaine de la campagne sur la ville. Puis,
près des restes de cet homme obscur, on vit la reconnaissance et l'affection du
peuple produire une scène analogue à celles qu'au convoi des citoyens illustres
amène souvent l'exaltation de la jeunesse parisienne ; quatre cents jeunes gens se
présentèrent pour porter à bras, jusqu'au cimetière de ses pères, le corps du vieux

châtelain; les deux paroisses, au moment d'en venir aux mains pour se disputer cet honneur, furent calmées difficilement par l'intervention de la famille; et ceux qui soutenaient le cercueil ne cédaient leur tour que quand les bras leur tombaient de fatigue !

Mais écoutons le poëte breton, qui, en racontant les derniers moments du bon *seigneur*, fait sa plus touchante oraison funèbre [1].

« Après avoir été confessé, il a dit au prêtre :

« Ouvrez à deux battants la porte de ma chambre, afin que je voie les gens de ma maison,

« Ma femme et mes enfants tout autour de mon lit,

« Mes enfants, mes métayers et mes serviteurs,

« Et que je puisse, en leur présence, recevoir Notre Seigneur avant de quitter ce monde.

« Sa dame et ses enfants, et tous ceux qui étaient là pleuraient,

« Et lui, si calme, les consolait et leur parlait si doucement !

« Taisez-vous, ne pleurez pas, Dieu est le maître; ô mon amie !

« Oh ! taisez-vous, mes petits enfants ! la vierge Marie vous protégera.

« Mes métayers, ne pleurez pas; gens de la campagne, vous le savez,

« Quand le blé est mûr, on le moissonne; quand vient l'âge, il faut mourir.

« Taisez-vous, bons habitants de la campagne; taisez-vous, chers pauvres de ma paroisse,

« Comme j'ai pris soin de vous, mes fils prendront soin de vous.

« Comme moi ils vous aimeront, et ils feront le bien de notre pays.

« Ne pleurez pas, ô bons chrétiens ! nous nous reverrons bientôt ! »

---

[1] Goude ma oa bet koveset,
D'ar belek he' n deuz lavaret

Digorit frank dor va gambr né,
Ma welin ann dud va ai mét

Va friet ha va bugalé
Trô-var-dro denieuz va gwélé;

Va bugalé, va merourien,
Ker kouls ha va servichourien;

M'ar gellin 'n ho tonez kenterei
Hou Aotrou' barz mont diouz ar bed.

Ann itroun hag he vugalé,
Ha kement oa eno, wélé;

Hag hen, ken kreiz, ho frealzé,
Ha ken sioulik a gomzé :

Tévit, tévit, na welit ket,
Doué ar mestr, o va friet !

Ho! tévit, va bugaligou,
'Nn itronn Vari ho tiwallo !

Va merourien, na welit ket;
Tud var ar meaz, gouzoud a rit,

Pa daré ann ed, vé médet;
Pa deu ann 'oad, 'mervel zo red !

Tévit, tud vad divar ar mez,
Tévit, beurien kez va farrez.

'Vel em' euz bet sonj ac' hanoc'h,
Va sotret ho do sonj ouz oc'h.

Evel d'on-mé, hd ho karo,
Hag ober a rint mad hor bro.

Ne welit ket, kristenien mad,
Ni 'n'em gavo, 'henn eur pennad.

. . . .
. . . .

Puis tout à coup le poëte met en scène de tardifs visiteurs qui, venus de loin pour savoir des nouvelles du malade, trouvèrent le manoir vide, et remarquèrent, fraîches encore, les traces de la funèbre charrette.....

« Et quand ils arrivèrent au cimetière, leur cœur se fendit de douleur en voyant,
« En voyant le fossoyeur le descendre à jamais dans la tombe froide.
« A genoux derrière, la dame, vêtue de noir, sanglotait,
« Et ses enfants poussaient des cris déchirants en s'arrachant les cheveux,
« Et dix mille personnes en faisaient autant, — mais surtout les pauvres! »

Pa want digwet gant ar veret,
Ranno ho c'haloun da gwelet,

Gwelet ar c'hleucher ho tisken
Enn toul douar kriz, da viken.

'Nn itroun var lerc'h, gwisket ë du,
Var ho daou lin, o wela dru;

Hag hé vugalé, ioual ken,
Hag o chachat bleo denz ho fenn;

Deg mil den ober kemend-all,
Hag ann dud paour ispisial!

LES VILLES.

La langue française ne fournit aucune expression qui permette de désigner les *habitants des villes* autrement que par une ingrate périphrase. Nous nous garderions bien de les appeler des citoyens : ce serait enlever d'un trait de plume les droits de cité à la plus grande partie de nos compatriotes. D'ailleurs ce mot qui représentait une idée si nette, si tranchée dans les républiques anciennes, qui a causé tant de jalousies, de dissensions et de guerres, est presque vide de sens dans les sociétés modernes. Quelques journalistes imberbes ou surannés, qui en sont encore aux souvenirs du collége ou de 93, peuvent seuls, en se drapant fièrement dans leur phrase, se servir de cette locution romaine : le bon sens public en a fait justice, et il n'arrivera à personne de la prononcer dans la conversation usuelle. Nous préférerions celle de *citadins*, qui, sortie de la même racine, a cependant une si-gnification beaucoup plus restreinte ; mais il nous semble qu'elle se prend en mau-vaise part, et qu'elle a une valeur légèrement épigrammatique : la preuve en est qu'on ne saurait y accoler sérieusement une épithète tant soit peu favorable. Et si, faisant violence à l'étymologie, nous nous résignons à appeler *bourgeois* les habi-tants des villes, n'employons-nous pas encore une expression compromettante, qu'ont déshonorée les sarcasmes des mauvais plaisants? On a dit que tant que deux femmes ne se sont pas appelées *vilaines*, on peut les réconcilier ; de même on ne doit pas dés-espérer de rétablir l'harmonie dans le plus discordant ménage, jusqu'à ce qu'une trop romanesque épouse se soit avisée de déclarer à son mari qu'il a l'air ou l'es-prit bourgeois.

Les bourgeois de la Bretagne, puisqu'il faut pourtant les appeler par leur nom, ne comprennent pas leur pays. Ils n'ont jamais eu la curiosité ou le loisir d'y faire un voyage; ils ne connaissent pas ses sites pittoresques, ses vieux monuments en ruine, ses vieilles mœurs encore debout. Ils préfèrent un bon pavé à un joli paysage, et font plus d'attention aux réverbères qu'aux étoiles. Ils sont les instigateurs ou les complices de toutes les mesures qui doivent dépoétiser la Bretagne et effacer sa physionomie ; ils empierreraient volontiers les chemins avec des fragments de croix et de menhirs. Ils n'aiment pas le paysan, qu'ils méprisent du haut de leurs peu opulents comptoirs ; et comme sa langue les gêne dans leurs marchés de grains, de miel ou de beurre, ils voudraient faire disparaître ce dernier symbole d'une nationalité perdue, cette sauvegarde des croyances et des usages du passé ! C'est grâce à eux, c'est du moins sans réclamation de leur part, qu'ont été répandus sur notre pauvre province tant d'opinions calomnieuses, tant de fabuleux dictons, et qu'il a été généralement admis par toute la France que le paysan breton était une espèce de sauvage, sordide habitant d'une lande inculte, et presque aussi stupide que les brutes qui étaient censées partager sa demeure et ses repas : comment l'auraient-ils défendu, puisqu'ils dédaignent de l'entendre? Ils ne voient rien au-dessus des bienfaits de l'instruction primaire, et leur patriotisme voudrait hâter le moment où le pieux, l'élégant, le poétique cultivateur de la Cornouaille ne se distinguera plus du vigneron de Surènes. Du reste, ils s'intitulent encore libéraux, comme aux beaux jours de la restauration; ils sont abonnés du *Siècle,* que, par un louable sentiment d'économie, ils ont depuis peu substitué au *Constitutionnel,* et voltairiens sans avoir jamais lu Voltaire.

Sauf un très-petit nombre d'exceptions, toutes les villes de Bretagne sont des ports. Nantes est la seule qui soit à la fois industrielle, commerçante et aristocratique. Elle a son faubourg Saint-Germain dans le cours Saint-Pierre et les rues aboutissantes, sa Chaussée-d'Antin dans le quartier Graslin, aux hautes et modernes constructions ; elle a des régions bruyantes et animées, des trottoirs, des boutiques étincelantes et des becs de gaz dans ce qu'elle se complaît à nommer sa rue Vivienne ; elle a aussi une population d'ouvriers remuants, toujours prêts à répondre à l'appel de l'émeute et à chanter la Marseillaise. Nantes est une ville aux vives antipathies, que déchirent sans cesse les passions politiques. Placée au centre du mouvement de résistance à la révolution française, elle a tremblé plusieurs fois à l'approche des armées vendéennes; elle a été décimée par les proscriptions de Carrier ; elle a vu l'entrée triomphale de Charette, et peu après elle a retenti du bruit des balles républicaines, qui renversaient sur la place de Viarmes le triomphateur de la veille. En 1832, elle a caché pendant plusieurs mois la duchesse de Berri, dans une humble maison faisant face au château qui devait bientôt la recevoir prisonnière. Témoin de toutes les luttes des partis, elle a dû se passionner fortement d'un côté ou de l'autre : aussi la guerre civile est-elle, pour ainsi dire, en permanence dans la société nantaise. La noblesse ne se contente pas de bouder innocemment comme dans le reste de la France : elle est hostile et frémissante; elle voit dans tout fonctionnaire du gouvernement un ennemi irréconciliable ; elle évite comme une souillure le contact des opinions contraires à la sienne ; elle s'isole au haut de ses fières répugnances, et garde comprimée toute l'énergie de ses instincts rebelles. Elle n'examine pas, elle ne compare pas : elle suit aveuglément des sympathies et des haines ; elle n'aperçoit ce qui se passe autour d'elle qu'à travers le prisme décevant de l'esprit de parti ; elle ne s'avoue pas sa faiblesse, elle attribue les mécomptes du passé à quelque circonstance fatale, à une faute, à un contre-ordre, et conserve pour l'avenir d'invincibles espérances. Honteux de leur oisiveté, impatients de ressaisir les tronçons d'une épée brisée, quelques jeunes gens, quelques vieux chefs de bandes voudraient se précipiter tête baissée dans une lutte même désespérée ; ils sont capables des plus extravagantes tentatives et des plus généreux dévouements. La noblesse de Nantes passe assez tristement l'hiver dans ses grands hôtels du quartier de la cathédrale ; au printemps, elle va se retremper au foyer même des insurrections vendéennes, dans ses terres du Bocage, où chaque croix, chaque buisson rappelle un combat ou une embuscade ; elle roule alors commodément sur ces belles routes stratégiques, construites contre elle et dont elle maudit les bienfaits. Puis, aux mois de juillet et d'août, les plus mondains se réunissent, avec quelques Parisiens errants, aux bains de mer de Pornic, chétive bourgade sans ombrage, dont la mode a su faire un rendez-vous de plaisance ; ils y mènent la vie joyeuse des eaux, que diversifient les bals, les concerts, les promenades en mer et les visites à l'abbaye de l'île de Noirmoutier, si célèbre par l'aventure galante du comte Ory. Cette coterie légitimiste a pris sous son patronage l'établissement de Pornic ; elle y exerce une sorte de domination jalouse, y parle haut de ses regrets et de ses vœux, et reçoit fort mal les frelons libéraux qui se fourvoient dans cette ruche bourdonnante d'élégants conspirateurs. — Vous êtes sans contredit charmante, mademoiselle ; votre regard est fin, votre sourire adorable, votre conversation séduisante ; vous obtenez le succès que rencontrent le plus rarement les jolies femmes, et lorsqu'on vous voit, on songe plus encore à vous aimer qu'à vous plaire ; et cependant, si vous avez le malheur d'être fille d'un préfet ou d'un receveur général, croyez-moi, vous n'irez pas aux bains de Pornic ; vous ne vous exposerez pas aux dédains d'une société exclusive, qui se croit chez elle, qui verrait en vous une intruse, et dans votre père un mouchard. Les jeunes gens eux-mêmes ne daigneraient pas vous trouver jolie ; le soir, si vous vous compromettiez dans le salon, sachez-le bien, ils vous laisseraient *sur votre chaise* : le mot est dur, mais il est exact ; et, de votre siége solitaire, vous verriez s'ébattre devant vous les valseuses quadragénaires et les comtesses édentées qui ont sur vous au bal l'immense avantage de *penser bien*.

Dans les temps ordinaires, les négociants de Nantes sont distraits des préoccupations politiques par les émotions et les soucis du commerce : ils ressemblent alors à tous les négociants du monde. Ils passent leur vie dans les cercles ou à la bourse ; et pour eux celle-ci commence à sept heures du matin, devant l'hôtel des postes ; elle se continue sur la Fosse, Tortoni de l'endroit, au milieu des omnibus et des charrettes attelées de bœufs qui menacent à chaque instant d'écraser les négociateurs ; à une heure enfin s'ouvre son palais officiel, monument grec pareil à toutes les bourses de France et de Navarre. L'éternel lieu commun de deux personnes qui s'abordent : « Y a-t-il quelque chose de nouveau ? » a trois acceptions bien différentes, suivant les heures de la journée : le matin, il est relatif aux événements que le courrier de Paris annonce ; à midi, il signifie invariablement : Est-il arrivé un navire au bas de la rivière? Plus tard seulement, il peut s'entendre des nouvelles de la ville. Les négociants nantais déplorent l'interdiction de la traite des noirs, dont il a été fort difficile de leur faire perdre l'habitude. Leur préoccupation la plus générale est aujourd'hui l'état de la Loire ; il n'en est aucun qui n'ait inventé un merveilleux système pour améliorer son cours, et qui ne critique amèrement tous les essais, fort malheureux du reste, qu'on a tentés jusqu'à ce jour. N'en déplaise aux admirateurs de ses rives, cette pauvre Loire est un triste fleuve : ce n'était pas la peine de venir de si loin pour étaler sa misère et son manteau troué. Elle a eu ses jours de gloire et de force ; mais maintenant c'est un maigre vieillard dont les os percent la peau ridée, qui n'a qu'un sang rare et paresseux dans ses trop larges artères, qui s'affaisse dans le lit somptueux de son ancienne opulence, se relève languissamment pour retomber de nouveau épuisé, et dépose son fardeau flottant sur tous les bancs de la route. Parfois, il est vrai, il lui prend des retours de jeunesse ; les pluies d'automne ou les neiges des Cévennes lui rendent sa vigueur passée ; elle se venge alors des mépris prodigués à sa décrépitude, ses bords ne lui suffisent plus ; elle s'enfle comme la grenouille de la fable, et crève bientôt comme elle. Tandis que messieurs des ponts et chaussées s'évertuent à resserrer le fleuve appauvri dans des digues malencontreuses, un homme qui a su ajouter un lustre commercial à l'un des plus beaux noms de la France, M. le marquis de Larochejacquelein, a attaqué le mal d'une manière plus directe et plus audacieuse : il a semblé vouloir résoudre le problème de la navigation sans eau. Ses bateaux à vapeur, légers comme une feuille de liége, ne devaient pas connaître d'obstacles ; d'ailleurs, des cantonniers d'invention nouvelle, disposés le long de la rivière, se tiennent là tout prêts à leur creuser un passage. Nous avons le regret de dire que le problème n'est pas encore résolu : nous le savons par expérience, ayant passé une nuit au beau milieu de la Loire, en dépit des leviers et des gratteurs de sable ; et peut-être lui avons-nous gardé trop de rancune pour cette glaciale impression de voyage.

Parfois, l'étranger rencontre dans les rues de Nantes, au milieu de tout ce bruit et ce mouvement d'une ville commerçante, un beau vieillard de haute taille, d'une noble physionomie encadrée de longs cheveux blancs, et d'une démarche encore militaire, que tout le monde salue quand il passe : c'est Cambronne, le héros de Waterloo, à qui l'on a prêté le fameux mot : « La Garde meurt et ne se rend pas ; » l'un des hommes, sans contredit, qui ont eu le plus de popularité en France. Nantes se glorifie aussi à juste titre d'avoir donné à notre jeune armée une de ses réputations les plus pures et les plus complètes, un homme de science, de pensée et d'action tout à la fois, l'intrépide et déjà illustre Lamoricière. Sur la route de Clisson, avant d'arriver à ce gracieux village italien que dominent le donjon féodal et les gigantesques murailles du château du connétable Olivier, le voyageur doit s'arrêter au bourg du Palet ; à deux cents pas sur la gauche, il remarquera une éminence escarpée, où s'élèvent, du milieu des vignes, quelques ruines et quelques croix tumulaires : ces ruines sont celles de la maison où est né Pierre Abailard.

Ainsi, par ses illustrations comme par son aspect, Nantes est une ville toute française : on n'y retrouve la Bretagne que dans les affiches de quelques publications pittoresques à la porte des libraires. Elle est fort peu littéraire pourtant, la politique et le commerce y absorbant toute l'activité des esprits. Elle est passablement infatuée de son importance, et se donne des airs de capitale ; elle a des promenades, mais sans promeneurs, une bibliothèque sans lecteurs, un théâtre sans spectateurs, un musée sans peintres, un cabinet d'histoire naturelle où l'on montre pour toute curiosité une peau d'homme tannée. Elle a aussi une société des Beaux-Arts, où l'on est admis moyennant cotisation, et où l'on joue fort bien au billard.

La première ville que vous rencontrerez en quittant Nantes pour vous enfoncer dans la Bretagne, est la triste sous-préfecture de Savenay, célèbre par le désastre de l'armée vendéenne ; là, si vous nous en croyez, au lieu de continuer à voyager sur cette route désespérante, où vous ne verriez que des landes coupées çà et là de quelques maigres champs de blé noir, vous tournerez à gauche en vous rapprochant du fleuve, vous traverserez la plaine immense de Montoir, où paissent confondus des troupeaux de moutons, de corbeaux et de mouettes, et, après avoir assisté, à Saint-Nazaire, à l'union de la Loire et de l'Océan, vous vous croirez reculé de plusieurs siècles lorsque vous entrerez dans l'enceinte murée de la place forte de Guérande.

PAYSANNE
DES ENVIRONS DE GUÉRANDE.

C'est une ville qui ne ressemble à aucune autre, et où l'on a besoin de faire effort sur soi-même pour se rappeler le temps dans lequel on a le bonheur d'être garde national et contribuable. Ici les propriétaires sont encore des gentilshommes; le juge, un sénéchal; les gendarmes, des archers; et les douaniers, des employés de la gabelle. Tout fait croire au moyen âge : ces remparts à mâchecoulis, flanqués de seize tours imposantes; ces manoirs ombragés d'arbres qui s'élèvent dans l'intérieur même des murs, et qui ont conservé leur nom féodal; ces costumes étranges de paysans et d'artisanes, qui ont l'air d'un anachronisme. Il n'y a point de spectacle plus curieux, plus attachant, que d'assister un jour de grande

Paludière, costume de deuil.

fête à la sortie des offices. Vers les portes occidentale et méridionale de la ville se dirigent à flots pressés les élégants paludiers de Saillet, vêtus comme ceux du bourg de Batz, sauf la couleur de la veste qui est d'un rouge éclatant, tandis que, chez leurs voisins, elle est constamment sombre. Par les deux portes opposées se retirent les cultivateurs, race toute différente, d'un type moins noble et moins beau, fidèle aussi cependant à son costume traditionnel, dont toutes les parties sont moins amples, les formes plus étriquées, les couleurs moins vives. Ces deux populations ne se trouvent mêlées qu'à l'église ; elles vivent du reste étrangères l'une à l'autre, la première dans ses marais, la seconde dans ses champs, sans jamais s'allier entre elles par des mariages. Comme la mer et la terre, leurs nourrices respectives, elles semblent devoir se toucher éternellement sans se confondre. — Le soir, sur les carrefours et les places, les artisans, les ouvrières, les servantes des bourgeois s'égayent en dansant à la voix des rondes dont le répertoire est extrêmement varié. Nous avons retenu l'une d'elles, qui nous a paru empreinte d'une mélancolie naïve et touchante.

Sur la branche du chêne
Beau rossignol chantait.

Chante, rossignol, chante
Si tu as le cœur gai ;

Le mien n'est pas de même,
Il est bien affligé.

Pierre, mon ami Pierre,
En guerr' s'en est allé,

Pour un bouquet de rose
Que j' lui ai refusé :

Je voudrais que la rose
Fût encore au rosier,

Et que mon ami Pierre
Fût encore à m'aimer !

Une avenue circulaire règne autour des murs de Guérande : l'œil découvre de ce boulevard toute la république des marais salants, et les dunes envahissantes des sables d'Escoublac, et l'oasis bas-bretonne du bourg de Batz, et les mâts des navires norwégiens et des pêcheurs de Terre-Neuve qui viennent charger du sel dans le port du Croizic, et, par-dessus ces aspects variés, l'horizon sans bornes de la mer. A deux lieues au large, apparaît, comme une balise, la blanche tour d'un phare, construit sur l'écueil nommé *le Four*, que les flots baignent de tous côtés. L'imagination s'épouvante à la pensée que cette étroite bastille est habitée. Séquestré du monde entier, muni de provisions pour plu-

Jeune fille du Croizic.

JEUNE PAYSANNE

(Guérande).

sieurs semaines, le mauvais temps pouvant intercepter les communications, un homme vit là suspendu entre le ciel et l'abîme, sans autre société que celle des goëlands, sans autre musique que leurs cris plaintifs, sans autre soin que celui de garder et d'éclairer son cachot aérien, et d'être son propre geôlier. Lorsqu'il illumine sa cellule, ce n'est point pour appeler à lui les voyageurs, mais au contraire pour les avertir de l'éviter, comme le lépreux agitait sa sonnette afin qu'on prît la fuite à son approche. Et cet homme était libre de son choix! et ce n'est pas pour ses crimes que la société l'a repoussé, ni par la nécessité qu'il a été jeté sur un îlot mille fois plus désert et plus triste que celui de Robinson, ni à la suite de violents chagrins qu'il s'est réfugié dans la solitude, ni par austérité religieuse que, nouveau Siméon Stylite, il a élu domicile au haut de cette colonne ; non, c'est tout simplement *pour gagner son pain* qu'il a accepté, qu'il a ambitionné une pareille geôle ; et ce captif, ô misère ! a, sur notre sol de liberté, des envieux qui convoitent son héritage !

De Guérande, vous vous dirigerez sur la Roche-Bernard pour y passer cette profonde rivière indignement flétrie du nom de *la Vilaine ;* là, suivant la disposition de vos idées , vous admirerez davantage ou la coquetterie et les formes séduisantes des jeunes filles de la Roche, ou les récifs qui bordent le fleuve, ou ce pont téméraire, prodige de l'industrie moderne, dont l'unique arceau, assez élevé pour que les navires puissent passer dessous toutes voiles déployées, unit à leur sommet deux rives étonnées de leur subit rapprochement. Puis, laissant à gauche l'humble port de Sarzeau, où naquit l'auteur de Gil Blas, et les quatre cents îles des lagunes du Morbihan, vous verrez Vannes, la ville monacale, silencieuse et morne comme un cloître, et ne rappelant plus que par son nom [1] la puissance des anciens Vénètes. Mais si son port envasé, que visitent à peine quelques rares caboteurs, ne peut pas faire comprendre la splendeur de leur marine, ils ont su donner l'éternité à leurs monuments, et transmettre jusqu'à leurs descendants les plus reculés leur âpre génie d'indépendance. Hoche et César ont rencontré les mêmes résistances, en face des mêmes dolmens. Mille impressions diverses saisissent le voyageur, quand il parcourt ces belliqueuses campagnes, où chaque village porte un nom historique. C'est Carnac et ses immenses avenues de menhirs, éternel problème que se lèguent, sans pouvoir le résoudre, les générations d'antiquaires, véritable forêt de pierres, où l'observateur s'incline, frappé d'étonnement, comme devant les ruines de Balbek. C'est Locmariaker et ses blocs gigantesques, Gavr'enès et sa grotte souterraine, où l'on a récemment découvert des sépultures gauloises. C'est Saint-Gildas de Rhuis, retraite d'Abailard après ses malheurs ; c'est Quiberon, fatal promontoire, sur lequel vint se briser le dernier effort de l'émigration. Voici le moulin qui, sous son toit modeste, vit naître Georges Cadoudal ; voici le champ des martyrs, où dorment, autour de l'héroïque Sombreuil, tant de victimes de nos discordes ; voici la plaine d'Auray, où Charles de Blois perdit la vie et la couronne de Bretagne, où Chandos fit prisonnier ce rude chevalier breton qui devait être le plus illustre des conné-

[1] En breton, Wenned.

tables de France. Les caravanes paisibles des pèlerins de Sainte-Anne traversent
pieds nus ces champs de bataille ; ils portent à leurs chapeaux un petit miroir
taillé en forme de cœur, comme pour indiquer que les chrétiens se voient et se re-
flètent dans le cœur les uns des autres. Aux environs d'Auray habitent encore un
frère et une sœur de Georges, le premier, général de l'armée française, la seconde,
simple paysanne, tous deux liés d'une étroite amitié, malgré la distance sociale
qui les sépare ; tous deux, dans le château ou la chaumière, voués au culte
des mêmes souvenirs ; tous deux, aussi, prêts à donner le reste de leur vie pour la
cause qui a fait le malheur et la gloire de leur famille. Sur un sol tant de fois ensanglanté, les images de la guerre civile vous poursuivent sans cesse. Ces taillis,
dont la route est bordée, recèlent peut-être des réfractaires, qui aiment mieux
traîner une existence nomade et toujours menacée, que de porter une autre co-
carde que celle de leurs pères. Prêtez l'oreille aux chants des meuniers ou des pâtres,
vous entendrez redire la plainte du prêtre exilé, qui, sur la terre étrangère, confiait
aux oiseaux ses douleurs pour qu'ils s'en fissent les messagers. « Tourterelles, ros-
« signols de nuit, au retour du printemps, allez chanter à la porte de mes enfants.
« Que ne puis-je y voler avec vous, et comme vous traverser la mer pour revoir
« mon pays ! » Ou bien, sur un air plus mâle, la ballade célébrera la fin glorieuse de
Tinténiac, enseveli dans son triomphe au combat de Koatlogon, et mort entre les
bras de Julien Cadoudal ; elle ven-
gera les chouans de toutes les calomnies de leurs ennemis, et fera
connaître les mobiles de l'insurrection en deux mots précieux
pour l'historien : « Les vieillards
« et les jeunes filles, et les petits
« enfants, et tous ceux qui sont
« trop faibles pour combattre,
« ceux-là diront, avant de s'endor-
« mir, un *Pater* et un *Ave* pour les
« chouans. Les chouans sont des
« gens de bien, de vrais chrétiens :
« *ils se sont levés pour défendre*
« *notre pays et nos prêtres.* » —
Ainsi, trouvant à chaque pas des
émotions nouvelles, rêvant tour
à tour aux druides, aux chevaliers, aux chouans ou aux pèlerins, vous cheminerez à travers
les landes du pays de Vannes,
jusqu'à ce qu'enfin vous vous ré-
veilliez dans cette cité moderne,
aux constructions régulières ,

Femme des environs de Lorient.

qu'un arsenal maritime n'a pas consolée du désastre de la compagnie des Indes, et qui, de tant de richesses promises par le génie aventureux de Law, n'a recueilli en réalité que le beau nom de Lorient.

Quimperlé vous attend au confluent de deux rivières, et vous introduit dans la poétique Cornouaille; ce doux ruisseau de l'Ellé, qui mêle à l'Izôl ses eaux murmurantes, il a été chanté par M. Brizeux; il remonte vers Arzanno, où l'aimable poëte a passé les plus beaux jours de son enfance, où il répondait la messe du vieux curé son instituteur et son hôte, où il aima cette humble Marie, qu'ont immortalisée des vers qu'elle ne sait pas lire. C'est aussi dans les environs de Quimperlé, sa patrie, que l'ingénieux et patient collecteur des ballades bretonnes, M. Th. de la Villemarqué, a écrit sous la dictée des paysans la plus grande partie de ces chants populaires qui sont désormais une des gloires de la Bretagne. Enfin, vous voici dans Quimper-Corentin, la cité rivale de Carpentras et de Brives-la-Gaillarde dans les facéties parisiennes. Sa réputation était déjà notoirement établie du temps de La Fontaine :

> On sait assez que le destin
> Adresse là les gens quand il veut qu'on enrage :
> Dieu nous préserve du voyage !

Paysanne des environs de Quimper.

Théodore Leclercq, pillant une fantaisie de Piron, a aussi assigné Quimper pour résidence à l'un des plus ridicules personnages de ses proverbes, et il n'est pas de vaudevilliste qui ne se soit permis de donner le coup de pied de l'âne à cette pauvre ville inoffensive. Cependant, ses gracieux aspects, les charmants paysages qui l'entourent, sont bien faits pour désarmer la critique. Il est peu généreux à nous de révéler un trait *inédit*, qui semblera peut-être à quelques esprits mal faits prêter encore à la raillerie; mais comment résister à la tentation de dire, à propos de Quimper, notre petit commérage? c'est un des produits du pays. D'ailleurs, comme cela se pratique en pareil cas, nous aurons soin de recommander le secret à chacun de nos lecteurs. Donc, il y a peu d'années, à la sollicitation d'un député du cru, un ministre fit don à la cathédrale de Quimper-Corentin d'un tableau représentant le Jugement dernier. L'artiste n'était pas de ceux qui peignent à genoux, en extase, comme Fra Angelico di Fiesole, et dont chaque coup de pinceau est une prière : c'était un rapin chevelu, très-dévot envers les belles carnations, et qui, sous prétexte d'imiter Michel-Ange, avait composé une *étude du nu* assez peu édifiante. D'abord, les Quimpérois n'y virent que du feu, et admirèrent de confiance le tableau *venu de Paris ;* peu à peu cependant quelques scrupules se firent jour et se propagèrent : les habituées de la chapelle n'osèrent plus lever les yeux ; bientôt les réclamations devinrent plus vives, et l'on finit par déclarer à l'unanimité qu'on ne pouvait sans péché tolérer plus longtemps un pareil scandale. Mais les avis étaient divisés, quant aux moyens d'y mettre un terme : il y avait les iconoclastes, dont le zèle vengeur n'admettait aucun ménagement ; les badigeonneurs, qui voulaient appeler le pinceau d'un vitrier au secours de la morale publique ; enfin les progressifs, les philosophes et les amateurs des beaux-arts, qui conseillaient d'inviter le peintre à venir retoucher lui-même son œuvre, et pro-

posaient de rassurer provisoirement les consciences timorées en collant de vieilles gazettes sur le corps du délit. Ce sage avis prévalut, en sorte que, pendant plusieurs semaines, *la Quotidienne* servit de pudibond manteau à ces trop séduisantes filles de Noé. Ainsi se termina un débat qui avait mis tout Quimper en rumeur, et qui eût fourni à Boileau ou à Gresset le sujet d'un poëme épique.

C'est à Quimper qu'est né l'homme le plus courageux du dix-huitième siècle, sans excepter d'Assas ou le maréchal de Saxe ; l'homme qui, seul et sans appui, a tenu tête à tous les encyclopédistes et à M. de Voltaire en personne ; qui a défendu avec un acharnement héroïque la religion et la monarchie, en dépit de la monarchie elle-même ; qui,

GUILBAUT

GENIOLE

Jeune fille des environs de Quimper.

arrachant les armes de ses adversaires, leur rendait haine pour haine, sarcasme pour sarcasme, et faisait dégoutter sur eux tant de fiel de sa plume empoisonnée de journaliste. Nous avons nommé Fréron, le vivant cauchemar du patriarche de Ferney,

HOMME DE QUIMPER.

qui se vengeait par d'outrageuses épigrammes, et disait qu'un scorpion s'étant avisé de mordre Fréron, « ce fut le scorpion qui mourut. » La ville de Quimper a une illustration d'un autre genre dans le docteur Laënnec, l'inventeur de l'auscultation, qui a fait faire un si grand pas à la science médicale ; elle est aujourd'hui représentée à la chambre des députés par un publiciste de talent, M. Louis de Carné. Elle a donc aussi ses titres de gloire à opposer à ses détracteurs. Elle jouit d'un préfet, et tremble à chaque instant qu'on l'en dépouille au profit de Brest, son orgueilleuse sous-préfecture, qui déjà lui a subrepticement dérobé le commandant militaire du département et le receveur général. De temps en temps elle s'émeut, sur quelque bruit inquiétant parvenu jusqu'à elle, et expédie en toute hâte à Paris une ambassade de notables, en lui donnant pour mission de parodier un vers du *Pré aux Clercs*, et de dire avec variantes à Son Excellence Monseigneur le Ministre (les solliciteurs ne parlent jamais autrement) : « Laissez-moi mon préfet, ou je n'ai qu'à mourir. » Il n'y a rien de plus connu au ministère de l'intérieur que la députation des Quimpérois et leur éternelle doléance.

Femmes de Pont-l'Abbé.

Avant de vous diriger vers l'ambitieuse rivale qui donne à Quimper de si cruelles sollicitudes, vous devrez rétrograder vers le sud, et faire une pieuse visite au tombeau d'une ville détruite. Pont-l'Abbé vous arrêtera en chemin, et vous forcera d'admirer son cloître, son château, sa riche et verdoyante vallée ; puis vous entrerez dans le désert, vous entendrez, longtemps avant de la voir, la mer qui mugit d'impuissance et de rage, en se brisant sur les rochers de Penmarch. Six églises encore debout au milieu des décombres montrent qu'il y eut là une cité populeuse : la guerre l'a choisie comme une victime dévouée ; le plus fougueux partisan de la Ligue en Bretagne, l'indomptable Guy Eder de la Fontenelle, s'abattit un jour sur Penmarch, et les ruines amoncelées par lui ne se sont jamais relevées. Cet échappé de collège, qui, du prix de ses livres d'écolier, avait acheté une épée et un poignard, et, suivi d'abord de quelques domestiques, avait vu se grossir rapidement sa troupe d'aventuriers, se trouvait à vingt ans la terreur de toute la province. L'histoire de ces temps malheureux est remplie de ses cruautés et

de ses brigandages. Une armée de pillards, une flotte de pirates lui obéissaient. Il avait fait de l'île Tristan une forteresse imprenable, que plusieurs siéges successifs ne purent point entamer. C'est de ce repaire qu'il s'élançait avec ses bandes pour ravager toutes les campagnes de Cornouaille ; c'est là qu'au retour il entassait son butin. La richesse de Penmarch le tenta ; le commerce et la pêche y entretenaient une population de dix mille habitants, qui, fiers de leur nombre, de leur force, de leur opulence, et protégés par deux forts qu'eux-mêmes avaient construits, se croyaient à l'abri d'une attaque de la Fontenelle. Celui-ci, d'ailleurs, avait eu l'art de leur inspirer, par son apparente bienveillance et ses flatteries, une sécurité complète. Lorsqu'on lit dans l'historien contemporain l'énergique détail des orgies auxquelles ils se livraient la veille de leur désastre, on croit reconnaître chez le bon chanoine une réminiscence du festin suprême de Balthasar. Guy Eder s'empara des forts par surprise, sans coup férir, et mit tout à feu et à sang. « De ce « ravage de Penmarch, ajoute prophétiquement l'historien, demeura telle ruine, « qu'il ne pourra de cinquante ans relever *ni possible jamais*, et semble que tout « depuis ils sont suivis de je ne sais quel malheur qui les accable de plus en plus, « quelque peine qu'ils prennent de reprendre haleine. » Cette cité maudite devint fatale à ceux mêmes des vainqueurs qui y restèrent en garnison ; car peu après, emportés d'assaut par un parti de royaux, ils furent, dit naïvement le chanoine Moréau, fort consciencieux dans ses distinctions, « presque tous tués et le reste pendu. » Aujourd'hui la charrue se pro-
mène librement sur ces champs mélan-
coliques, coupés à chaque pas de vieux pans de murailles ; où se pressaient les bourgeois on ne rencontre plus que quelques rares cultivateurs, bizarrement ha-
billés de plusieurs vestes de grandeurs dif-
férentes, garnies de franges, avec une lisière où de graves sentences sont brodées en laine de couleur. Nous nous rap-
pelons une de ces sentences dont la sévérité lacédémonienne incriminait singuliè-
rement le luxe de toilette du paysan qui l'étalait sur la plus apparente de ses qua-
tre vestes ; elle était ainsi conçue : « Il n'y a d'honnête homme que celui qui n'a qu'un habit. » En quittant cette triste conquête de l'agriculture, vous pourrez changer de route, et, parcourant les falaises tourmentées que sape en vain l'Océan, voir des deux côtés du passage du Raz les ports d'Audierne et de Douarnenez : le

Femme de Douarnenez.

premier, attentif comme autrefois aux signaux de détresse des navires, mais ayant substitué l'industrie du sauvetage à celle du pillage; le second, abrité derrière le haut promontoire, et se mirant paisiblement dans les flots bleus de son admirable baie, où scintillent les mille voiles des pêcheurs de sardines.

Au nord de la plus belle rade de l'Europe, dans une enceinte dessinée par Vauban, s'élève, sur plusieurs collines, la ville maritime et militaire de Brest, colonie d'employés du gouvernement, administrateurs, chirurgiens, officiers des armées de terre et de mer, marins surtout, qui se renouvellent sans cesse, et font que le caractère propre de la société brestoise est de n'en avoir aucun. On n'y rencontre ni familles nobles, ni grandes fortunes industrielles : tous les habitants de Brest vivent aux dépens du budget; et cela n'est pas moins vrai des négociants que des fonctionnaires, le commerce se bornant presque exclusivement aux fournitures de la marine. Or, l'on sait que les parties prenantes qui puisent le moins largement au budget ne sont pas les fournisseurs. Le profond ruisseau de Penfeld, dont une pensée de Louis XIV a fait le premier port de France, divise Brest en deux villes presque étrangères l'une à l'autre; les exigences du mouvement des vaisseaux n'ont pas permis d'y construire des ponts, en sorte que les communications ne peuvent avoir lieu que par le moyen des canots de passage. La ville de la rive droite, qui porte le nom de Recouvrance, est seule demeurée bretonne de physionomie, de mœurs et de langage : on reconnaîtra toujours à l'accent le bourgeois des venelles grimpantes de Recouvrance, égaré dans les rues larges et aérées, ou sur les promenades publiques de la rive gauche. L'arsenal attire chaque année un grand nombre de voyageurs, munis d'une lettre de recommandation, qui impose à quelque officier de marine la corvée de leur servir pour la centième fois de cicerone dans les salles du bagne, les corderies et les immenses ateliers du port; ils se défendent mal du sentiment d'effroi que leur fait éprouver l'approche des escouades de galériens qui les coudoient à chaque pas, et ces émotions répétées font sourire le Brestois pur sang, qui, familiarisé dès son enfance avec le bruit des chaînes et la casaque rouge, ne voit guère dans le forçat qu'un ouvrier mieux habillé et plus paresseux que les autres. On s'est bien souvent moqué de l'ébahissement du provincial devant les merveilles de *la capitale*; à coup sûr le Parisien qui visite pour la première fois un port ou un navire n'est pas moins réjouissant par la naïveté de ses impressions. Nous en avons connu un qui, admirant du haut du cours d'Ajot le coup d'œil de la rade de Brest que domine cette magnifique promenade, et remarquant que la mer qui se brisait sous ses pieds paraissait plus haute dans le lointain par l'effet naturel de la perspective, tira vivement ses tablettes de touriste, et y inscrivit l'observation suivante qu'il craignait sans doute d'oublier : « La mer va en s'élevant à mesure qu'elle s'éloigne du rivage. »

Deux rivières navigables se jettent dans la rade de Brest. L'Aulne, s'épanchant du milieu des montagnes noires, passe près de Carhaix, le berceau de la Tour d'Auvergne, serpente à travers les plus beaux paysages de la Cornouailles, et, après avoir formé le charmant port de Châteaulin, vient se perdre devant les ruines de l'illustre abbaye des Bénédictins de Landevenek. L'Élorn remonte presque en ligne droite jusqu'à Landerneau, la ville célèbre par sa lune et ses cancans, où Alexandre Duval a placé la scène de sa comédie des *Héritiers,* et qui, au dire du biographe de Michel le Nobletz, fut trouvée par le zélé missionnaire « abîmée dans le luxe et la vanité plus qu'aucune ville de Bretagne. » Elle a eu depuis son époque de ferveur et de régularité exemplaires; nous nous sommes laissé raconter que les chiens errants qui y avaient élu domicile partaient chaque jeudi soir pour Brest afin d'y passer les jours maigres, pendant lesquels leur patrie d'adoption, observant rigidement l'abstinence, était pays de famine pour tout l'ordre des carnassiers. Sur la rive gauche de l'Elorn, vit retranchée derrière des rochers monumentaux, qui semblent les débris d'un palais de géants, la belle et curieuse population de Plougastel. Avec leur capuchon de moine et leur bonnet phrygien, ces paysans, moitié cultivateurs et moitié marins, ont une physionomie à part. Le sol qu'ils habitent n'est pas moins bizarre : sa principale richesse consiste dans des champs de fraises, dont les coteaux sont couverts comme de roses à Fontenay; et il est merveilleux de voir comme y prospèrent les espèces même exotiques du Chili ou de Lamaua. Mais cette particularité est toute spéciale à la commune de Plougastel, et on a vainement essayé d'acclimater la même culture dans les paroisses voisines. Aux mois de juin et de juillet, une foule de barques traversent

Paysan de Plougastel.

chaque nuit la rade, cinglant vers Brest, et chargées de paniers de fraises, de petits pois et de cages d'oiseaux dénichés, les trois objets de commerce du paysan de Plougastel. Alors le marché de Brest présente l'aspect le plus pittoresque : les officiers de marine et les lions de la ville se mêlent aux pourvoyeuses des ménages bourgeois. Il est pour eux du meilleur ton de faire emplette de fraises proprement disposées sur une large feuille de chou, et qu'ils mangent en fumant le cigare de contrebande et en faisant les yeux doux aux jolies ménagères. Les enfants aussi n'ont garde de manquer à la réunion, — cet âge est sans pitié, — et ils sont principalement attirés par les cris plaintifs des oiseaux orphelins.

Depuis que la conquête d'Alger et l'interminable question d'Orient ont appelé dans la Méditerranée toute l'activité de notre marine, Toulon a dépouillé Brest, qui s'est trouvé avec douleur, malgré la supériorité incontestable de sa position naturelle, de ses marées et de ses bassins, rabaissé au second rang. Sa rade est presque déserte; la corvette stationnaire, sentinelle avancée qui doit crier « qui vive ! » à toutes les voiles qui passent, et le vieux vaisseau des élèves de l'école navale, sont souvent les seuls navires de guerre mouillés sur cette immense baie, qu'une forêt de mâts recouvrait dans d'autres temps. Les habitants de la ville, en déplorant cette décadence, accusent invariablement chacun des ministres qui se succèdent au département de la marine, de favoriser Toulon à leur préjudice ; ils ne manquent pas même de découvrir la raison secrète de cette injuste partialité. On sait bien qu'il ne peut arriver rien de fâcheux sur un point quelconque de la France, autrement que par la faute du ministère. — Brest a fourni depuis deux siècles un grand nombre d'amiraux et de marins distingués : nous citerons le chevalier du Couëdic, qu'a immortalisé l'un des plus brillants combats de nos annales maritimes ; Kersaint, qui, déjà célèbre dans la marine par plusieurs inventions qui portent encore son nom, vint s'asseoir sur les bancs de la convention nationale, fut entraîné dans le mouvement par la tendance éminemment réformatrice de son esprit, puis, reculant effrayé devant les excès de son parti, lui disputa à la tribune la tête de Louis XVI, et paya de la sienne son courage ; Linois, enfin, le vainqueur d'Algésiras. Quant à la gloire que donnent les beaux-arts ou les lettres, la ville de Brest n'en peut réclamer aucune part, et sa société d'*émulation* a beaucoup à faire pour justifier son titre. Nous nomme-

Jeune fille de Morlaix.

rons cependant un jeune homme chez qui une sensibilité exquise s'allie à des facultés poétiques remarquables, et dont les premiers essais, trop peu connus encore, révèlent un talent d'élite, M. Hippolyte Violeau. Nous devons aussi saisir cette occasion de payer un tribut de regret à la mémoire du modeste et savant Le Gonidek, né non loin de Brest, dans le petit port du Conquet. Une seule préoccupation l'a constamment suivi dans les camps ou dans les humbles emplois d'administration qu'il occupait loin de la Bretagne : celle de sauver de la corruption et de l'oubli la langue bretonne, sa plus chère affection. Il lui a consacré les loisirs de toute sa vie, et a laissé d'impérissables monuments de philologie, une grammaire, deux dictionnaires et une traduction complète, dans l'idiome celtique le plus pur, de l'Imitation et de la Bible.

Il est temps que nous reprenions notre

voyage sur les grandes routes de la Bretagne. Nous nous arrêterons d'abord à Morlaix, la patrie du général Moreau et de M. Émile Souvestre, la ville la plus commerçante et la plus riche de la basse Bretagne, où l'amour du plaisir rapproche la noblesse du négoce et les fait vivre côte à côte en assez bonne intelligence, excepté à l'époque anarchique des élections. Là, pendant les fêtes du carnaval, de petits marchands devenus grands donnent des bals d'un faste presque fabuleux, dont il est parlé à vingt lieues à la ronde, et comptent avec un orgueil où perce encore un peu de jalousie, combien de nobles invités ont bien voulu les aider à dépenser les bénéfices du comptoir. Là, dans un cirque improvisé, les jeunes gens, couverts de beaux costumes historiques, font caracoler leurs montures, se disputent, sous les yeux des dames, le prix de la bague, et s'entendent saluer d'applaudissements qui doivent réveiller les échos assoupis d'Eclington. Ce qui produit et alimente ce luxe s'expédie chaque semaine pour le Havre, à bord du Morlaisien, sous la forme prosaïque de pommes de terre, d'oignons, de homards, de porcs et surtout de frequins de beurre. Un autre commerce particulier à Morlaix est celui des cheveux, qui passent des épaules de nos paysans sur celles des danseuses chauves de l'Opéra, et des marquis de la Comédie française. Il est triste de voir marchander à la *foire haute,* comme la laine des brebis, la chevelure des jeunes filles. Un mouchoir est souvent tout le prix qu'elles en retirent; et pour cette misérable parure d'emprunt, elles sacrifient le plus bel ornement que leur ait donné la nature.

La ville s'élève en amphithéâtre des deux côtés du port, auquel elle doit ce qui lui reste de sa prospérité d'autrefois, et son aspect est singulièrement pittoresque. C'est un pêle-mêle étrange de constructions et de verdure; des façades bizarres, revêtues d'ardoises; des solives en saillie, chargées de sculptures capricieuses; des tourelles aux angles des murs, des rues en escaliers, des jardins en étages comme ceux de Sémiramis, où la main qui cueille le chou destiné au potage bourgeois le lance par le tuyau de la cheminée, d'où il retombe de lui-même dans le pot au feu, en vertu de la loi découverte par Newton. Entre ses rives escarpées, la rivière reçoit les flots adoucis de la mer, qui remontent et redescendent, entraînant avec eux les navires. Son embouchure est défendue par le château du Taureau, glorieux monument de la splendeur et du patriotisme des habitants de Morlaix. C'est à leurs frais, et moyennant une cotisation à laquelle chacun fut appelé à contribuer suivant ses ressources, qu'a été construit, à la fin du seizième siècle, ce fort dont le canon domine les deux passes de l'entrée. Ils voulaient se mettre à l'abri de nouvelles attaques des Anglais, qui venaient de brûler en partie leur ville, et ne demandèrent au roi qu'une seule chose en échange de leurs sacrifices : le droit de garder eux-mêmes le château, d'en choisir le gouverneur et la garnison. Ils ont joui pendant près d'un siècle de ce privilége, peut-être unique dans notre histoire : celui d'une communauté de ville exerçant des droits souverains sur une forteresse défendue seulement par des milices bourgeoises. Mais le pouvoir central retirait peu à peu toutes les concessions qu'il avait faites à la Bretagne : il ne laissa point échapper l'occasion que lui offrirent des débats survenus au sujet du gouvernement du château, et intervint dans la contestation à la manière de Perrin Dandin, en s'adjugeant l'huître et partageant aux plaideurs les écailles. Depuis, il a souvent fait une prison d'état de cette place usurpée ; et par une dérision amère, dans ces murs élevés aux frais de la bourgeoisie bretonne pour protéger son indépendance, La Chalotais a expié le tort d'avoir pris au sérieux les libertés de la Bretagne.

Nous ne quitterons pas Morlaix sans évoquer le souvenir de l'infortunée Marie Stuart, qui, au plus beau moment de sa vie, quand elle venait en France pour être épouse et reine, débarqua près de cette ville, et la traversa au milieu d'un brillant cortége de chevaliers des deux nations. Le pont craqua sous l'effort des hommes et des chevaux ; et, dans le premier mouvement de panique, une voix fit entendre le mot de trahison. « Jamais ! s'écria vivement le sire de Rohan, jamais Breton ne fit trahison ! » C'est à Roscoff que, dans toute la fleur de sa jeunesse, de sa beauté et de ses illusions, elle avait mis pied à terre sur ce plaisant pays de France, auquel elle devait bientôt adresser de si touchants adieux ! C'est à Roscoff aussi que, deux siècles après, aborda en fugitif

Paysan des environs de Morlaix.

le prétendant Charles-Édouard, quand il eut perdu la partie au terrible jeu de la guerre civile. Singulière destinée de ce petit havre breton, qui, devenu un entrepôt de contrebande anglaise, ne reçoit guère aujourd'hui, à l'abri de son môle, que quelques rusés *smugglers !*

Mais, pour nous rendre de Morlaix à Roscoff, nous avons dû traverser une ville originale, qui mérite bien que nous y fassions un plus long séjour. Quand on aperçoit de loin la flèche dentelée du clocher à jour de Notre-Dame de Kreisker, aiguë comme un obélisque, haute comme une pyramide ; quand ensuite on voit apparaître les deux tours jumelles d'une cathédrale, et d'autres clochers encore, on s'imagine qu'on va entrer dans une vaste et populeuse cité ; on arrive sous cette impression grandiose, et l'on est tout surpris de trouver une bourgade silencieuse et déserte, où l'herbe croît dans les rues, où seulement on rencontre de loin en loin un vieux prêtre, un gentilhomme oisif, une dévote affairée, ou un groupe d'étudiants. Saint-Pol de Léon était, avant la révolution, une ville épiscopale : de là tant d'églises, de couvents, de hautes maisons de chanoines qui ont ce cachet de solidité et de durée que le catholicisme donnait à tous ses édifices; aujourd'hui qu'elle dépend du siége si longtemps rival de Cornouailles, elle pleure son évèque et sa splendeur passée, et ne vit plus que de traditions. Une trentaine de familles nobles l'habitent, et y forment une société parfaitement homogène, remarquable par la bienveillance mutuelle qui y domine; leurs chefs sont ou d'anciens émigrés, ou des militaires en retraite, ou des châtelains sans manoirs, qui viennent chercher à Saint-Pol une vie paisible et à bon marché. On n'est jamais plus solitaire qu'au milieu de la foule, plus isolé que dans les grandes villes; on est alors comme un grain de sable parmi les grèves, comme une feuille dans les forêts : le vent de la mort peut vous emporter sur son aile sans que rien autour de vous semble s'apercevoir de votre disparition. Mais ce que nous aimons dans les petites villes, dont on a trop raillé les ridicules et qui devraient avoir leurs apologistes, c'est cette solidarité de bonheur ou de peines qui lie entre eux les membres de la société, comme s'ils ne formaient qu'une famille. A Saint-Pol, cette disposition bienveillante existe au plus haut degré : quand une jeune femme est sur le point de mettre au monde son premier-né, la layette est faite en commun par toutes les dames de la ville; dans une maladie, on est sûr de recevoir de tous côtés des offres de soins et de services, des témoignages d'un dévouement affectueux, et s'il est quelques consolations pour une perte irréparable, on les trouve dans les sympathies universelles qu'elle excite. Ce que l'on appelle le monde n'existe pas à Saint-Pol; les femmes ne s'y réunissent que dans le but de travailler pour les pauvres, car la charité active, ingénieuse, infatigable, est leur vie; un bal est une monstruosité pour plusieurs, un phénomène pour toutes; elles ne connaissent guère de divertissements plus profanes que la partie de reversis ou de vingt et un, le thé et les petits gâteaux; elles se séparent au plus tard en entendant sonner à la cathédrale le couvre-feu de dix heures. Les jeunes gens sont sans profession, les demoiselles sans dot, les mariages aussi rares que l'apparition d'une comète. On soupe encore à Saint-Pol, et l'on dîne à midi, comme au bon vieux temps, dont on a d'ailleurs conservé beaucoup d'usages. Si par hasard un mariage vient à se conclure, la jeune épouse se rend en cérémonie à l'église, dans une chaise à porteurs, précédée de deux bedeaux en costume mi-parti rouge et bleu, et suivie de la longue file des conviés, qui vont à pied, en se donnant le bras deux à deux. C'est aussi dans cet ordre processionnel qu'en revenant d'un baptême, on reconduit le nouveau-né à la maison maternelle. Tous les ans, la veille de la fête des Rois, on promène dans les rues un cheval dont la tête et les crins sont ornés de gui et de laurier; il porte deux mannequins recouverts d'un drap blanc; conduit par un pauvre, il est escorté par quatre des plus notables propriétaires de la ville. Une foule d'enfants et d'oisifs suit en poussant de grands cris ce bizarre cortége, qui s'arrête devant chaque seuil pour recevoir les dons de la charité publique. Les uns remettent de l'argent aux quatre nobles quêteurs, d'autres entassent dans les paniers du pain, des bouteilles, des quartiers de viande, afin que le lendemain les pauvres puissent, eux aussi, célébrer gaiement la fête des Rois. Et à chaque nou-

HOMME DE PLOUNÉOUR-TREZ
(Bretagne).

velle munificence la foule répète la clameur traditionnelle, dont le sens est aujour-
d'hui perdu : *Inkinnanné, Inkinnanné* [1] ! — Quand un malade paraît approcher du
moment suprême, la cloche sonne son agonie en demandant pour lui des prières,
et ce glas, précurseur du trépas, a quelque chose de plus saisissant, de plus solennel
que celui qui accompagne les obsèques. Le nombre ou la fréquence des tintements
funèbres indique à quelle condition appartient le moribond ; il y a l'agonie noble
et l'agonie roturière, et les inégalités de la naissance résistent encore au dur niveau
de la mort.

Mais ce qui donne un peu de vie et de mouvement à la ville de Saint-Pol, c'est
le collège, érigé par la munificence du dernier évêque de Léon ; ce sont ces nombreux externes, jeunes paysans de quinze à vingt-cinq ans, qui, se destinant à l'état
ecclésiastique, ont laissé couper leurs longs cheveux, et ont abandonné, pour des
travaux si peu en rapport avec les habitudes de leur enfance, la charrue ou les premières amours. Les kloer [2] se réunissent au nombre de huit ou dix dans la même
chambrée : c'est un vaste grenier sans cheminée, qui n'a d'autre meuble qu'une
table de chêne entourée de bancs ; ils passent dans ce galetas presque tous les intervalles des classes, ils y travaillent, fument ou jouent, ils y prennent leur maigre
pitance, ils s'y couchent souvent sans draps, étendus tout habillés sur un matelas.
Ils connaissent aussi bien qu'un disciple de Charles Fourier les avantages de l'association ; ils puisent au même encrier, se passent le gradus et le rudiment, se disputent, en hiver, la clarté avare d'une mince chandelle fixée dans le goulot d'une
bouteille, ou les émanations d'une terrine de cendre chaude, qu'ils ont louée, en se
cotisant, chez le fournier. Le mardi, en venant au marché, leur famille leur apporte
des provisions qui devront durer toute la semaine, du beurre, du lard, un grossier
pain d'orge, quelquefois des crêpes ; il y en a qui sont nourris par la charité publique, et qui viennent, à tour de rôle, dîner dans une des maisons nobles de la ville.
Quelques-uns sont mutins et tapageurs comme de vrais bazochiens du moyen âge ;
d'autres aiment passionnément l'étude, et s'y livrent avec une espèce de frénésie. Ils
se privent de nourriture, et échangent une partie de leurs provisions contre quelques bouts de luminaire qui leur permettent de travailler plus avant dans la nuit ;
ils défient la misère à force d'abnégation et de patience, et l'on en a vu transcrire
en entier, à la main, les livres classiques qu'ils n'avaient pas les moyens d'acheter,
et jusqu'à des dictionnaires. Pour eux point de congés, ou plutôt ils profiteront d'un
jour de congé pour étudier plus librement, sans être distraits par les conversations et les bruyants ébats de la chambrée ; en été, ils se répandront au bord de la
mer, sur ces rochers aux formes fantastiques que les kloer ont nommés la couette
de plume ou la chaise d'Aristote. Assis au sommet d'un roc ou dans une anfrac-
tuosité de la côte, ils liront Virgile en face de l'Océan, et leurs yeux passeront alternativement de l'harmonieuse peinture des mœurs pastorales au sublime spectacle

---

[1] Il y aurait une page d'étymologie à faire, après tant d'autres, sur la signification de ce cri ; ne serait-ce
pas une corruption du celtique *eginat*, étrennes ?

[2] *Kloer*, pluriel de *kloarek*, étudiant.

des flots. Comment leur imagination naïve ne s'exalterait-elle pas devant ces poétiques images? La brise leur apporte les parfums du blé noir mélangés d'une odeur
saline, et le son lointain de l'angélus; ils rêvent aux joies du village, aux beaux
pardons de la paroisse, à quelque Galatée qu'ils ont suivie dans les chemins creux,
et dont le souvenir, vainement
chassé comme une mauvaise
pensée, reparaît avec une séduisante importunité ; leur cœur se
trouble, leur vocation chancelle ;
alors ils se reposent de leurs
émotions en les chantant, et
dans les accents de leur muse
rustique, on retrouve comme
un écho de la voix du cygne de
Mantoue. Un très-grand nombre
de ces chants d'amour dont nous
avons parlé dans la première
partie de notre travail sont
l'œuvre des kloër ; leur vie,
toute de lutte et de contrastes,
les dispose aux sentiments vifs
et aux pensées fortes. Ils sont
paysans par leur enfance, l'é-
ducation les rapproche du bourgeois et du noble ; ils doivent
un jour s'élever au-dessus d'eux
de toute la hauteur du caractère
du prêtre. Les vacances sont sur-

Jeune fille de Plounéour-Trèz.

tout une époque de tentations et de doute ; ils se sentent entraînés invinciblement
vers les danses de l'aire neuve, vers toutes les fêtes de la jeunesse, d'autant plus
avides de mordre à la grappe dorée, qu'ils sont résolus à en sevrer à jamais leurs
lèvres. Toutefois une épreuve plus grave encore les attend : la conscription les sur-
prend avant qu'ils aient achevé leurs études ; leur main tremble dans l'urne, et
mêle en se crispant les effrayants mystères de cette boîte de Pandore : le chiffre
fatal qu'elle en retire doit faire un prêtre ou un soldat. Le collége de Saint-Pol a
été témoin, il y a peu d'années, d'un admirable exemple de constance. Un écolier
de troisième, mal servi par le sort, ne considéra pas pour cela sa destinée comme
brisée ; en prenant le mousquet, il ne dit pas adieu à ses maîtres, mais seulement
au revoir. Il est parvenu au grade de sergent, et quand, après avoir noblement payé
sa dette, il a été libéré du service, il a laissé là ses galons pour reprendre la veste
du kloarek, et il est revenu s'asseoir sur ces mêmes bancs de troisième, aussi
simple, aussi pieux qu'il l'était en les quittant : sept années de sa vie s'étaient
effacées comme un rêve !

Nous avons peine à nous arracher à *la ville sainte*, comme on la nomme dans les cités voisines; dans le fait, il n'est pas aisé d'en sortir, car on n'y trouve aucune voiture publique, et à moins que nous nous servions d'un de ces bidets de louage, à vingt sous par jour, qu'on appelle la *poste aux matelots*, force nous sera bien de retourner pédestrement à Morlaix, pour continuer notre voyage autour de la Bretagne. Nous traverserons d'abord Belle-Isle-en-Terre, enlacée dans les gracieux replis de deux rivières, puis Guingamp, illustré par le siége qu'il soutint à la fin du quinzième siècle contre l'armée française, commandée par le vicomte de Rohan, qui prouva, contrairement à la noble parole d'un autre Rohan, qu'un Breton pouvait trahir son pays. Les ballades ont perpétué le souvenir de cette mémorable défense; la faible garnison avait pour chef Rolland Gouiket, qui fut mis hors de combat sur la brèche en repoussant un assaut; sa femme prit aussitôt sa place à la tête des défenseurs de la ville, et força les Français à demander une suspension d'armes. On rapporte que, pendant le siége, un conseil avait été tenu de nuit par les trois ordres des habitants de Guingamp, le clergé, les nobles et les bourgeois, afin d'aviser aux meilleures mesures à prendre pour repousser l'ennemi commun; chaque ordre proposait son opinion, il paraissait impossible de s'entendre malgré l'imminence du péril, et un temps précieux se perdait en vaines discussions, comme lorsque les Turcs étaient aux portes de Constantinople; mais un des membres de ce conseil de guerre eut l'idée d'invoquer Notre-Dame, patronne de la ville, et, après une fervente prière, l'assemblée se trouva miraculeusement unanime. En commémoration de ce bienfait, se forma aussitôt sous le nom de Frérie blanche, une association qui subsiste encore aujourd'hui. Sur sa bannière est peinte l'image de la sainte Vierge, avec la devise : *Funiculus triplex difficile rumpitur*. Tous les ans, au jour et à l'heure précise qui vit cette intervention conciliatrice dans les délibérations de la cité, la Frérie blanche se rassemble et parcourt processionnellement, au milieu de la nuit et à la lueur des torches, les rues de Guingamp. Tous les hommes vont nu-pieds, les femmes sont entièrement vêtues de blanc, et un grand nombre de pèlerins se joignent à cette cérémonie patriotique.—Nous traverserons rapidement Chatelaudren, où expire la langue bretonne; Saint-Brieuc, l'Eden des commis voyageurs, qui y sont servis par une des plus jolies filles de Bretagne, dans une des meilleures auberges de France; Lamballe, dont le nom serre le cœur en rappelant la belle princesse qui paya si cher l'amitié de Marie-Antoinette; Jugon, coquettement assis au bord de ses deux étangs parallèles, que sépare une dune de verdure; Dinan, si pittoresque avec ses remparts inaccessibles, et la charmante vallée de ses eaux minérales. Au bas de la côte escarpée que contourne péniblement la route de Rennes, un bateau à vapeur nous attend : il nous transportera entre les riants paysages des deux rives de la Rance, jusque dans le noble port de Saint-Malo.

En cinq minutes, on peut faire le tour entier de la ville de Saint-Malo, par la galerie qui surmonte ses hautes fortifications; mais on devrait plaindre, comme affligé d'une infirmité morale, le voyageur à qui suffirait un si court espace, et qui ne s'oublierait pas en chemin, pour contempler à loisir le spectacle déployé sous ses yeux :

il manquerait à son intelligence incomplète une de nos facultés les plus précieuses, la faculté d'admirer ! La mer baigne de tous côtés le pied de cette forteresse bâtie sur le roc, qu'une chaussée de main d'homme relie seule à la terre ; elle se retire à d'incroyables distances, laissant à sec toute la baie, et d'éblouissantes plages de sable blanc d'où jaillissent les crêtes de mille écueils ; puis, avec un irrésistible élan, elle reprend possession de ses domaines, et, dans ses transports passionnés, elle revient caresser ou mordre les murailles de ses chers Malouins. Nulle part en France l'effort des marées n'est plus puissant ; il atteint à l'équinoxe jusqu'à une hauteur de quarante-cinq pieds. De l'autre côté de la baie grandit, à l'ombre de la tour Solidor, l'ambitieux faubourg de Saint-Servan, à demi peuplé d'Anglais ; on s'y rend en canot ou en fiacre, suivant l'heure de la journée. Sur un de ces rochers à fleur d'eau, une croix de fer apparaît comme une balise ; ses flancs recèlent un sépulcre vide, et puisse-t-il le demeurer de longues années encore ! Le jour où ce tombeau recevra son hôte illustre couvrira de deuil la France et le monde ; car c'est là, au bruit des vagues armoricaines, que doit reposer, dans son glorieux linceul, l'auteur des *Martyrs* et de *René !* Par une prédestination merveilleuse, le nom celtique de ce rocher désormais sacré signifie *la grande tombe* [1] ! La postérité pourra traduire ce nom prophétique : elle ne le changera pas. — Les habitants de Saint-Malo sont fiers de leur patrie ; et ils ont raison. Ils ne se disent ni Français ni Bretons, ils sont Malouins ; et dans le fait leur cité a eu ses jours d'indépendance. Après la mort d'Henri III, quand la Bretagne était tiraillée en sens contraires par les royaux et les ligueurs, les Malouins résolurent de s'affranchir de cette double tutelle ; ils s'emparèrent par escalade du château qui tenait garnison française, et, méprisant également les menaces du parlement et les offres de protection du duc de Mercœur, ils défendirent seuls leur ville, équipèrent des flottes, et se gouvernèrent en véritable république. Cet état de choses dura plusieurs années, et ce ne fut qu'après la conversion d'Henri IV, qu'ils consentirent à traiter avec lui, en stipulant eux-mêmes les conditions de leur obéissance. Une des clauses de cette capitulation curieuse fut qu'ils garderaient pendant dix ans encore le gouvernement de la ville et du château, et qu'à aucune époque, « le roi n'y pourrait mettre garnison ni gens de guerre. » Elle a été observée jusqu'à la révolution, et quand par aventure des troupes françaises avaient à traverser Saint-Malo, elles ne pouvaient le faire qu'en retirant les pierres de leurs fusils. Mais c'est surtout comme marins que les Malouins sont illustres ; ils ont découvert le Canada et le passage du cap Horn, fondé les comptoirs de Surate, de Calcutta et de Pondichéry ; ils ont traité avec Louis XIV pour leur flotte de la mer du Sud ; ils ont mis Duguay-Trouin à la tête de nos escadres ; leurs corsaires se sont illustrés dans toutes nos guerres, et le plus fameux de ces hardis aventuriers, celui qui, sous l'empire, a fait retentir de tant d'exploits les mers des Indes, Robert Surcouf, était un enfant de Saint-Malo. Aucune gloire ne devait leur manquer, même dans l'ordre de l'intelligence ; la science leur doit Lamettrie,

---

[1] On appelle à Saint-Malo ce rocher *le grand Bé.* En breton, *béz* ou *bé* signifie proprement *tombeau.*

Maupertuis et Broussais ; ils ont donné à la France du dix-neuvième siècle les deux princes de sa littérature, Chateaubriand et Lamennais, nés à quelques portes de distance !

Plusieurs des lieux qui avoisinent Saint-Malo sont justement célèbres. Près du village de Saint-Cast, les milices bretonnes ont repoussé en 1758, après un sanglant combat, la dernière descente des Anglais sur le sol de la France, les derniers successeurs de ces hommes du nord qui étaient venus si souvent insulter nos rivages, et qui n'ont plus osé y reparaître. Une tradition rapporte qu'au plus fort de la mêlée, des Gallois enrôlés dans l'expédition anglaise jetèrent bas les armes en reconnaissant dans la bouche des Bretons leurs chants nationaux, et embrassèrent leurs ennemis, dans lesquels ils retrouvaient des frères. — Dol voit un humble curé de canton officier dans sa cathédrale archiépiscopale, et a presque oublié la rivalité séculaire de son siége métropolitain avec celui de Tours, âpre querelle où sont intervenus des rois et des papes. Plus loin, s'élèvent dans la brume, au-dessus des sables mouvants qui l'entourent d'une périlleuse ceinture, les cimes du Mont-Saint-Michel... Nous n'avons pas le droit de le visiter, car il faudrait franchir le ruisseau du Couësnon, qui nous sépare de la Normandie ; mais nous pouvons parler d'un petit port dont la réputation est plus étendue et plus durable que celle de Saint-Cast, de Dol, du Mont-Saint-Michel ; et pourtant il ne la doit ni à la guerre, ni à la religion, ni à la chevalerie ; mais tant qu'il y aura des gourmets dans le monde, on célébrera la gloire du banc d'huîtres de Cancale.

Si la Bretagne eût conservé une capitale, Saint-Malo, lié à Rennes par un canal, eût été pour elle ce qu'est le Havre pour Paris, et sa prospérité croissante n'aurait pas connu de limites. Mais Rennes n'est plus qu'une majesté déchue : en pleurant la perte de ses ducs, elle avait du moins gardé un parlement ; elle était la résidence du gouverneur de Bretagne ; elle voyait souvent se réunir aux états les députés des trois ordres ; elle était encore le siége de l'administration, sinon du gouvernement de la province. Aujourd'hui qu'il ne lui reste que l'honneur partagé avec quatre-vingt-cinq autres cités de posséder un préfet, la pauvre ville de Rennes porte tristement le deuil de son parlement, comme Versailles celui de son roi. L'étranger qui traverse la place du Palais est frappé d'un sentiment comparable à celui que fait éprouver la vue des ruines ; et cependant autour de lui les constructions sont hautes, des rues larges bordées de trottoirs et de boutiques conduisent à de belles promenades ; c'est bien l'aspect d'une grande ville, moins le mouvement, moins la vie. Rennes nous semble merveilleusement représenté par ces fontaines arides qui décorent la plate-forme de la Motte, malencontreux chef-d'œuvre d'architecture municipale ; canaux, bassins, beaux gradins de pierre où la naïade devait s'épancher en cascades, rien n'a été oublié : il n'y manque absolument qu'une chose, mais cette chose, c'est de l'eau. Le palais lui-même est trop monumental, ses salles sont trop vastes et trop splendidement ornées pour n'entendre que le commentaire de Justinien, les arguties de la chicane ou les débats de la cour d'assises ; il lui fallait les solennelles discussions des magistrats et des représentants de la province, les protestations des Lachalotais et des Botherel, dont le retentissement se faisait sentir par toute la France. Vainement, pour peupler les solitudes de cette nécropole, la centralisation a épuisé, en sa faveur, ses libéralités ; elle lui a donné des écoles de droit et de médecine, des facultés des lettres et des sciences, une académie, une cour royale, un évêché, une division militaire, un collége royal, une garnison d'infanterie et d'artillerie ; elle n'a pu lui rendre son glorieux passé: il n'y a que les morts qui ne reviennent pas.

Mais ce silence d'une cité sans industrie et sans commerce est favorable à l'étude ; aussi Rennes est une des villes les plus littéraires et les plus studieuses de France. Si les rues sont désertes, l'affluence est grande autour des tables de la bibliothèque ou aux leçons de la faculté des lettres ; on y a vu un jeune homme instituer seul, et sans aucun encouragement de l'autorité, un cours d'hébreu, et il avait au moins autant d'auditeurs qu'en a dans Paris son confrère appointé de la Sorbonne. Les dames de l'aristocratie ne sont pas étrangères à cette préoccupation littéraire ; plusieurs assistent aux leçons des professeurs, et vont parfois jusqu'à les recevoir dans leurs salons, en leur pardonnant presque le traitement qu'ils tiennent du gouvernement de juillet, ce qui, pour une noble dame de Rennes, est sans contredit le beau idéal de la tolérance. La noblesse de Rennes diffère notablement de celle dont nous avons peint à Nantes les antipathies concentrées. Elle n'est pas moins exclusive peut-être dans ses relations et ses sentiments ; mais il y a dans ses répulsions plus d'orgueil que d'inimitié : à Nantes, c'est le contraire. Elle n'a pas souffert autant du voisinage de la guerre civile et des vexations de l'état de siége ; pour elle, le royalisme est avant tout une affaire de bon ton, l'opinion des gens comme il faut ; l'esprit d'opposition est dans la tête, et l'on sait qu'en Bretagne cela doit suffire pour le rendre tenace ; mais il n'est pas comme à Nantes entretenu au plus profond du cœur par le besoin de la vengeance. En 1851 et 52 la société de Rennes présentait en vérité un singulier spectacle : les jeunes gens conspiraient tout haut en prenant du punch au café de Bretagne, tabagie royaliste où le voyageur qui entrait, sur la foi de l'enseigne, pour consommer paisiblement sa demi-tasse, s'exposait à être honni comme un espion ; les dames brodaient des cocardes, causaient au bal de la prochaine levée de boucliers, tenaient les fils de l'intrigue et distribuaient les emplois ; la chouannerie les séduisait par son côté chevaleresque : c'était la charge des cercles de la Fronde, parodie elle-même d'une ligue sérieuse ; et pour plaire à ces modernes duchesses de Longueville, il fallait se vanter, entre deux tours de valse, d'avoir passé la nuit précédente à couler des balles. Le succès d'une échauffourée ainsi préparée n'était pas difficile à prévoir ; quelques gens dévoués en furent les victimes, on les pleura comme des héros et des martyrs ; puis la société effrayée se rassura, et les plaisirs interrompus recommencèrent. Aujourd'hui, corrigées des menées politiques, les dames de Rennes se contentent d'être jolies, riches et élégantes, soit que dans les belles soirées de printemps elles émaillent les allées du Thabor, qui rappelle alors les Tuileries par la bonne grâce et la coquetterie de ses promeneuses, soit que, dans leurs salons, elles enlèvent les cœurs de tous les étudiants de première année assez recommandés pour être admis dans ces aristocratiques réunions. La pruderie n'est pas précisément leur défaut ; elles dominent leurs maris de toute la hauteur d'une supériorité qu'ils n'essayent pas de déplacer ; et il est traditionnellement vrai de dire que dans ce beau monde de Rennes l'homme propose et la femme dispose.

Rennes a produit un grand nombre d'écrivains et d'autres personnages remarquables. Nous nommerons Ginguené, le critique Geoffroy, Édouard Turquety, les deux frères Alexandre et Amaury Duval, les hommes d'état Lanjuinais, Corbière et de Labourdonnaye, les amiraux de Guichen et de la Mothe-Piquet ; quant aux jurisconsultes célèbres qu'elle a vus naître, nous n'en finirions pas si nous en voulions donner la nomenclature ; nous ne citerons que Carré et Toullier. Le fervent apôtre de la philosophie du doute, René Descartes était fils d'un avocat au Parlement de Bretagne, et si le hasard d'un voyage l'a fait naître en Touraine, on n'en doit pas moins considérer Rennes comme sa véritable patrie. Mais il est une gloire plus populaire que toutes les autres, et que Rennes a quelque droit de revendiquer ; sur la route de Dinan, on remarque encore les vestiges presque effacés du château de Broons, où naquit Bertrand du Guesclin.

Et maintenant, laissant à ses studieux loisirs cette cité jadis puissante, dont le silence n'est plus troublé que par les exercices du polygone et les ébats des étudiants, si nous nous acheminons par la voie qu'on appelle encore la route de France, nous ne trouverons plus que Vitré, ville de mousse et de lierre, qui nous rappellera le moyen âge autant que Guérande, mais d'une manière bien autrement mélancolique ; car, au lieu de nous le montrer merveilleusement conservé comme un défi jeté aux siècles, Vitré n'a que des ruines, et laisse voir sur ses vieilles murailles les coups de bélier de la guerre, et ceux plus irréparables du temps. Tout auprès est le château des Rochers, d'où madame de Sévigné a daté un grand nombre de ses lettres immortelles C'est là que la spirituelle marquise, se consolant par la moquerie de l'éloignement de la cour et de l'absence de sa fille, raillait impitoyablement les noms et les manières de quelques chétives provinciales, assez mal avisées pour s'appeler mademoiselle de Kerborgne ou mademoiselle de Croqueoison, et daignait pourtant convenir « qu'il y a des gens qui ont de l'esprit dans cette im-« mensité de Bretons. » C'est là que, pour égayer sa solitude, la prude janséniste se faisait lire par son fils « des chapitres de Rabelais à mourir de rire. » Sa plaisanterie infatigable s'attaquait même à ces pauvres paysans qui, écrasés par les impôts, menacés de l'établissement de la gabelle, s'étaient soulevés sur divers points de la Bretagne ; elle exprimait l'espoir qu'il leur serait pardonné *moyennant quelques pendus ;* et puis, comme le bourreau avait pris la chose fort sérieusement, elle enregistrait d'un ton folâtre, entre une pieuse réflexion sur la grâce et une formule ingénieuse de tendresse maternelle, le nombre des potences qui se dressaient chaque jour sur la Bretagne humiliée. C'est là aussi qu'elle se plaignait du *bruit* et du *fracas* de Vitré, qu'elle décrivait les fêtes données pour la tenue des États, et ces passe-pieds merveilleux, ces pas de Bas-Bretons dansés par les gentilshommes du pays, d'un air que les courtisans n'ont pas à beaucoup près, et au prix desquels « les violons et les passe-pieds de la cour font mal au cœur. » — « Une infinité de « présents, des pensions, des réparations de chemins et de villes, quinze ou vingt

« grandes tables, un jeu continuel, des bals éternels, des comédies trois fois la se-
« maine, une grande braverie, *voilà les états.* » Humble et silencieuse sous-préfecture, que vous êtes loin de ce fracas et de ces fêtes !

Ainsi nous aurons parcouru presque toutes les villes un peu importantes de la
Bretagne ; car, à l'exception de la capitale, elles sont toutes situées sur le littoral,
et l'on ne peut guère citer que pour mémoire trois ou quatre bourgades perdues
dans l'intérieur de la péninsule : Loudéac et Pontivy, dont, avec la meilleure volonté du monde, on ne trouve rien à dire ; Redon et son antique abbaye, fondée
par saint Convoyon, dotée par Louis le Débonnaire, reconstruite par le cardinal de
Richelieu, qui en était, en 1622, abbé commendataire ; Josselin et Ploërmel, célèbres dans les luttes intestines de la Bretagne, et qui peuvent se disputer l'honneur
d'avoir été témoins du combat des trente, puisqu'il eut lieu près du chêne de Mi-
Voie, où s'élève aujourd'hui un monument commémoratif de ce fameux fait d'armes. Le lecteur a pu faire une remarque qui nous a frappé nous-même à mesure
que nous avancions dans notre travail : c'est qu'aucune de ces villes de Bretagne
n'est en voie de prospérité progressive ; c'est que presque toutes au contraire
semblent en décadence. Nantes s'agite péniblement sur son fleuve desséché ; Vannes, dont les flottes résistaient à César, dont quelques aventuriers ont, dit-on,
fondé Venise, est plus morte encore que sa colonie. Lorient pleure la compagnie
des Indes, Brest est délaissé, l'Océan étant moins vaste que la Méditerranée sur
la carte politique du monde. Morlaix a entièrement perdu le commerce autrefois
florissant de l'Espagne et de l'Angleterre ; Saint-Pol-de-Léon n'est plus que le
tombeau de son évêque ; Saint-Malo se résigne à faire naviguer ses navires pour
le port du Havre ; Vitré est un amas de décombres ; Rennes enfin, la vieille métropole, est plus déchue encore ! Deux des branches les plus productives du commerce de la Bretagne étaient naguère le sel et les toiles : l'impôt a tué l'une, la
concurrence a tué l'autre, et aucune industrie nouvelle n'est venue remplacer
celles qui s'en vont. Si l'on parcourt nos annales, on est surpris de voir citer pour
leur richesse des villes qui aujourd'hui existent à peine de nom ; si l'on parcourt
nos rivages, on est affecté plus péniblement encore en rencontrant à chaque pas des
ruines. L'absorption définitivement consommée de la Bretagne dans la France ne
s'est donc pas opérée à l'avantage de la première ? Question délicate, que nous n'en-
treprendrons pas d'approfondir ici. D'ailleurs, cette discussion n'aurait qu'un intérêt archéologique, et la solution, quelle qu'elle fût, ne saurait influer sur l'ordre
des faits. Qu'on appelle fatal ou providentiel le mouvement qui entraîne les sociétés
modernes, qu'on le déplore ou le bénisse, peu importe, puisqu'on est obligé de le
subir, et qu'il serait également insensé de le méconnaître ou de chercher à l'arrêter.
Il y a quelques siècles, le territoire était morcelé à l'infini ; peu à peu les comtés et
les baronies se sont groupés en provinces, les provinces elles-mêmes se sont fondues dans le royaume, et les gens à courte vue s'imaginent qu'on ne saurait
aller plus loin. Qui donc prétendrait poser les limites ? Était-il plus facile de
rapprocher le Breton du Provençal qu'il ne le sera de rendre frères l'Allemand
de Kehl et le Français de Strasbourg ? Quelle raison plausible a-t-on de croire que le

monde cessera désormais de converger vers l'unité, que la puissance qui a déjà fait tant de prodiges est épuisée, qu'il ne pourra pas venir un jour où toutes les nations de l'Europe ne feront qu'un seul peuple, un autre jour plus lointain où toutes les parties du monde s'embrasseront dans une fraternelle étreinte, où il n'y aura plus même ni blancs ni noirs, mais seulement des hommes, et, s'il plaît à Dieu, des chrétiens? Si l'on expose pêle-mêle à l'action d'une chaleur intense des fragments de tous les métaux, sans doute l'alliage ne s'opérera que lentement, graduellement ; les lingots du plomb commenceront par s'attirer et se précipiter en s'identifiant au fond du creuset ; mais élevez encore la température, et les plus dures aspérités s'abaisseront ; l'argent, le cuivre, l'or et le fer entreront successivement en fusion, et vous n'aurez enfin sous les yeux qu'un niveau de lave.

Illusions ! dira-t-on ; rêves d'humanitaire ! Nous le voulons bien et ne nous portons pas garant de cette assimilation future de toutes les familles humaines. Tout ce que nous avons prétendu faire, c'est répondre aux critiques que pourra suggérer notre patriotisme breton. On le trouvera étroit, insensé : nous ne contestons pas ces reproches, mais ils nous semblent également applicables à tout patriotisme, qu'il embrasse une étendue de pays plus ou moins vaste, qu'il ait pour objet la Bretagne ou la France. Si l'on nous oppose le raisonnement, nous nous en emparons à notre tour : qu'importent le Rhin et les Pyrénées, et sur quelles bases repose ce préjugé barbare de la patrie, dès lors qu'il suffit, pour la restreindre ou l'étendre, même pour la créer ou la détruire, de la signature d'un diplomate ? Nous ne sommes pas d'ailleurs partisan de ce chauvinisme qui, en vers comme en prose, obtient tant de succès autour de nous ; et nous pardonnons très-facilement ses doléances à ce pauvre prince de Salm, qui, s'apitoyant devant le maréchal Lefebvre sur les résultats d'une guerre qui, de souverain indépendant, l'avait rendu humble sujet de l'empire, reçut du nouveau duc de Dantzick cette héroïque réponse : « De quoi vous plaignez-vous, puisqu'on vous a fait Français ? »

Enfant posthume de la nationalité la plus antique et la plus récemment abolie, il nous est permis cependant d'avoir pour elle des sentiments d'affection et de regret filial : la logique n'a rien à voir dans les mouvements du cœur. L'amour du pays est un des plus vifs instincts du Breton ; prêtre ou bourgeois, noble ou paysan, il le suit sous toutes les latitudes, où le transportent les révolutions ou les nécessités de la vie. Au régiment, les conscrits bretons font bande à part ; ils se cachent pour parler entre eux la langue de leur enfance que punit sévèrement la consigne ; ils ne soupirent qu'après le moment de leur libération, commettent mille fraudes pour se soustraire à l'exil militaire, et n'acceptent jamais l'honneur du chevron. A Paris, les Bretons aiment à se réunir dans des banquets pour chanter les refrains du pays ; nous y avons entendu il y a peu d'années cent voix répéter en chœur une hymne dont les paroles étaient singulièrement séditieuses : il ne s'agissait de rien moins que d'une levée de boucliers pour reconquérir l'indépendance. Les marins bretons emportent avec eux la musette et la bombarde, pour danser le soir au son de la musique de leur village. Lorsque les frégates la Thétis et l'Espérance, dans leur beau voyage de circumnavigation, touchèrent à la Nouvelle-Hollande, elles y trouvèrent un ancien émigré breton, M. Huon de Kerillo, qui avait passé d'Angleterre à Sidney, s'y était marié et possédait des terres et d'immenses troupeaux. Le commandant de l'Espérance, Breton lui-même, l'invita à venir à son bord. Après le dîner, quand il vit bondir autour du grand mât, au son du biniou, les rondes de la Bretagne, le vieux colon ne put pas contenir son émotion ; il fondit en larmes, puis tout à coup, oubliant son âge, il saisit violemment les mains de deux matelots, et se fit entraîner éperdu dans le tourbillon de la danse nationale.

Puisse la Bretagne conserver longtemps encore ce qui lui reste de son passé, ce qui la fait aimer de ses enfants : sa foi, sa langue et ses mœurs ! Tout conspire pour les effacer, et leurs plus dangereux ennemis sont dans son sein. Des écrivains qu'elles ont inspirés ont froidement annoncé leurs prochaines funérailles. N'imitons pas cette imprudence. Impuissants médecins, ne disons pas dans la chambre du malade que tout espoir est perdu ; mais plutôt efforçons-nous de prolonger sa noble vieillesse ; elle a de la verdeur encore, et n'est pas aussi près qu'on semble le croire de se coucher dans la tombe.

Alfred de COURCY.

Calvaire de Plougastel.

JEUNE FILLE DE PLONEOUR-TREZ

(Bretagne).

ROUSSILLONNAIS.

LE ROUSSILLONNAIS.

ʀ à l'extrémité du royaume, entre la mer et les cimes neigeuses des Pyrénées, le Roussillon s'adosse à l'Espagne et regarde la France, cette mère généreuse qui a groupé tant de provinces autour de ses flancs. Resserré entre les hautes montagnes qui l'encadrent et le surplombent, le Roussillon, dont la révolution de 89 a fait le département des Pyrénées-Orientales, est comme un relais placé entre deux empires longtemps rivaux ; il tient à l'Espagne par la langue encore, par les mœurs aussi, et se relie à la France par les lois, par la nationalité, par les tendances surtout. Souvent ces deux puissances, qui ont promené leurs terribles querelles par le monde, se sont livré bataille sur le sol ensanglanté de cette petite province, dont chaque ville, chaque bourg, chaque vieux château rappelle un souvenir.

Comme les borders d'Écosse, comme la Flandre, comme l'Alsace, aussi bien que tous les pays situés entre deux royaumes ennemis, le Roussillon a payé sa dîme au malheur. La guerre a maintes fois traîné son fléau sur ses campagnes ; conquis, ravagé, disputé, partagé, c'est à peine s'il compte quelques années de paix dans le long espace de temps qui sépare la république romaine de l'empire napoléonien.

Primitivement habité par des peuplades dépendantes de la grande famille gauloise, et dont les principales étaient les *Sordares* dans la plaine, les *Consuarani* dans le

Conflent et le Capcir, les *Cerretani*, dans la Cerdagne , les *Indigetes* dans le haut Vallespir, le Roussillon passa au pouvoir des Romains, qui en firent une province de la première Narbonnaise. Plus tard, et tour à tour envahi par les Alains, par les Suèves, par les Vandales, il tomba aux mains des Visigoths qui tenaient une moitié de l'Espagne et de la France. Les Sarrasins d'Afrique s'en emparèrent en 724, lorsque leurs bandes innombrables se répandirent dans l'Aquitaine et la Septimanie comme un fleuve débordé. Sauvé de la domination arabe par Pepin le Bref, qui expulsa les Maures de France, en 759, le Roussillon se rangea sous l'autorité de comtes amovibles nommés par les rois carlovingiens. Mais ces comtes, qui déjà, sous Charles le Chauve, essayaient de se rendre propriétaires du pays, proclamèrent leur indépendance sous Charles le Simple. En 1178, le dernier d'entre eux, Guinard ou Gérard II, le laissa par testament à Alphonse, roi d'Aragon. Depuis lors le Roussillon resta attaché aux destinées de ce royaume espagnol, jusqu'à ce que Jean II l'eut cédé, en 1462, avec le comté de Cerdagne, à Louis XI ; plus tard, en 1495, Charles VIII le rendit à Ferdinand d'Aragon, qui venait de réunir sur sa tête la double couronne d'Espagne par son mariage avec Isabelle de Castille. Les armées de Louis XIII, guidées par le grand cardinal Richelieu, conquirent le Roussillon en 1640 ; enfin, en 1659, le traité des Pyrénées le réunit définitivement à la France.

On peut se représenter le Roussillon par la figure d'un triangle irrégulier dont la base ondule sous les flots bleus de la mer, et dont la pointe s'enfonce au milieu des Pyrénées. Deux branches de montagnes, échappées de cette haute cordilière, enserrent ses côtés, les Corbières, qui la séparent du Languedoc et se terminent au cap Leucate, ancienne limite du royaume d'Aragon, et les Albères au sud, qui forment, entre la France et l'Espagne, le cap Cervère. Autrefois le Roussillon ne comprenait que le pays situé entre Salces et Collioure. Le reste du territoire formait le Vallespir, le Conflent, la Cerdagne française et le Capcir, petite plaine perdue tout au sommet des Pyrénées, à seize ou dix-huit cents mètres au-dessus du niveau de la mer.

De tous ces comtés et d'une petite portion du Languedoc, la constituante a fait un département, et les anciennes limites féodales ont disparu ; le Vallespir est devenu un modeste arrondissement, comme le Conflent ; on a fait un canton du Capcir, et le comté de Cerdagne s'est trouvé morcelé en communes.

Si des blanches hauteurs du Canigou, dont la science moderne a baissé le niveau que la croyance populaire élevait bien au-dessus de toutes les cimes pyrénéennes, on jette les yeux sur le Roussillon, on voit la province descendre d'étages en étages jusqu'à la mer lumineuse qui reluit à l'horizon. Trois vallées principales courent des sommets voilés de brouillards aux rivages argentés ; trois rivières les indiquent : le Gly, la Tet et le Tech. Comme des rubans moirés elles serpentent dans le creux des vallons, et gagnent la plaine où leurs eaux s'élargissent ; toutes trois reçoivent dans leur sein les mille ruisseaux qui baignent le flanc des collines, torrents fougueux en hiver, quand il pleut, au printemps lors de la fonte des neiges, minces naïades éplorées quand vient l'été ; car c'est là une des mauvaises conditions de ce pays que les ardeurs du soleil échauffent. Tandis que mille sources s'échappent en bondissant des montagnes au temps des orages, c'est à peine si quelques filets d'eau murmurent sous le cresson au mois d'août.

Le long du rivage onduleux, le soleil miroite sur les eaux stagnantes des étangs de Saint-Nazaire et de Leucate, les principaux d'entre ceux qui suivent le littoral, depuis le département de l'Aude jusqu'auprès de Port-Vendres. Quelques voiles blanchissent à leur surface plombée, et au loin d'étroites ouvertures, appelées *graus*, déversent le surplus de leurs eaux dans la mer. A mesure qu'on s'élève du rivage dans les vallées, ce ne sont partout que champs fertiles où fleurissent les rouges grenadiers groupés en haies, les myrtes odorants, les bouquets d'orangers ; les chemins creux disparaissent sous les buissons d'aubépine, et le vent du soir passe sur les blés verts, tout chargé des senteurs de l'églantier. Tout mûrit sur cette terre chaude et parfumée : les arbres, chargés de fruits, invitent la main du passant ; autour de sa chaumière le paysan recueille l'amande, le citron, la mûre, la figue, la grenade, les pêches veloutées, le cédrat, l'orange ; les abeilles bourdonnent auprès des ruches, dans de petits vallons, fraîches corbeilles de fleurs ; le pâle feuillage des oliviers se mêle sur les coteaux aux pampres verts de la vigne. Si maintenant vous remontez les premières pentes des collines, le serpolet, le thym, la lavande, le romarin s'étendent comme un tapis plein de parfums balsamiques sur la mousse du rocher ; les troupeaux de chèvres errent à l'aventure, les chevaux bondissent, la crinière échevelée, tandis que les vieux pâtres demeurent immobiles et silencieux, les deux mains appuyées sur un bâton de néflier. Plus haut encore, voici les mélèzes et les sapins, les hêtres argentés, le chêne liége, le pin murmurant, les frênes, sombres forêts qui verdoient jusqu'aux sommets de la Cerdagne. A Prades, c'est encore le printemps : les orangers croissent en espalier ; trois lieues plus loin, c'est l'hiver avec les neiges éternelles.

Dans le bas pays, là où le sol fécond prodigue ses richesses aux habitants, le commerce et l'industrie ont bientôt fait participer le Roussillonnais à la vie commune du peuple français ; l'instruction, s'étant plus vite répandue, a progressivement effacé les traces de l'ancienne législation et des vieux usages. Il en est du Roussillonnais de la riche plaine de Perpignan comme de l'Auvergnat de la Limagne : ses aspérités se sont usées, les nuances de son caractère se sont fondues ; c'est à peine s'il conserve quelque vestige de son antique nationalité. Le Roussillonnais des villes n'a plus ou presque plus d'individualité ; mais tout le passé revit quand on gagne les vallées, lorsque surtout on gravit jusqu'à la Cerdagne, jusqu'au Capcir, ce mince plateau que les Pyrénées portent sur leurs larges épaules.

Cependant, il faut bien le dire, le Roussillonnais est peut-être, de tous les habitants du royaume, celui qui est le moins Français dans la grande et complète acception du mot. Sa province est celle où la centralisation a eu le plus de peine à combattre les coutumes nationales et à remplacer l'esprit de localité par l'esprit de la patrie. On se souvient encore de la conquête dans le Roussillon ; les deux cents années qui se sont écoulées depuis sa réunion à la France n'ont pas suffi à absorber l'instinct provincial. Peut-être faut-il rechercher la cause de ce sentiment, si vif encore dans le haut pays, dans la manière violente dont l'assimilation s'est produite. Ce sont les armes qui ont décidé du sort du Roussillon, et les peuples conquis se souviennent longtemps. Si plus tard un traité a donné la sanction du droit à la possession de fait, il a pu atténuer l'effet résultant de la conquête, mais non le détruire entièrement. Si l'on nous objecte que pareille conquête a fait de la Flandre et de l'Alsace deux provinces françaises, et que les habitants n'ont point conservé le souvenir de cette violence, nous dirons que la dissemblance du résultat provient de la dissemblance des lieux. Le Roussillon est un pays de montagnes, la Flandre et l'Alsace sont des pays de plaines.

Tandis que dans les campagnes on parle encore du temps où le Roussillon était une province libre, gouvernée par des lois qui lui étaient propres, ayant ses magistrats, son drapeau, sa nationalité, Perpignan n'a pas oublié le temps où elle était la capitale de fait du royaume de Majorque, où la faveur des rois d'Aragon l'avait faite une des plus importantes cités de leurs domaines, alors que le Roussillon comptait au rang des plus beaux apanages soumis à leur couronne. Si elle se résout à n'être plus qu'un modeste chef-lieu de préfecture, elle pense encore au temps radieux où elle avait un conseil souverain, et les facultés de médecine et de droit que Louis XIII lui avait laissées pour la consoler d'être de si haut descendue, et que maintenant elle n'a plus.

Le temps achèvera sans doute ce que la centralisation et l'influence de cent quatre-vingts années n'ont pas encore pu faire. Encore aujourd'hui le Roussillonnais dit : Je vais en France, quand il part pour les départements du Languedoc. Pour les montagnards du Vallespir et du Conflent, le Français est un *Gabaitx*. Cependant, déjà, depuis quelques années surtout, les changements obtenus sont notables, et l'on peut prévoir l'époque où le Roussillonnais entrera dans l'homogénéité de la grande famille française.

A côté de l'ardeur belliqueuse, l'amour de l'indépendance vit dans le cœur du Roussillonnais. Une grande partie de ses défauts, comme de ses qualités, se rattache au caractère de la nation catalane avec laquelle il a une grande affinité, aussi bien par le langage que par les mœurs. Vif, brusque, pétulant, le Roussillonnais est prompt à s'irriter ; l'insulte ou la moquerie même le trouvent peu endurant ; il revient difficilement sur ses premières impressions. Moins vindicatif peut-être que l'Espagnol, maintenant que l'influence de l'esprit français s'est fait sentir dans ses montagnes, il n'oublie cependant pas plus que lui, et le souvenir d'une injure ne s'efface pas de son cœur : il peut pardonner, mais oublier, jamais. On sent encore, sous le vernis que la civilisation a jeté sur son caractère comme un voile, le vieil homme des temps passés, alors que le Roussillonnais marchait le poignard à la ceinture et la carabine sous le bras. Courageux, leste, hardi, il se fait un jeu du combat. C'est toujours la même race de montagnards qui, au temps des rois de Majorque, couraient impétueusement aux armes aussitôt que l'étranger foulait du pied la terre de Roussillon. Il faudrait bien peu de chose, peut-être, pour ressusciter ces vaillants *Almogavares*, ces braves *Sometens*, audacieuses troupes de paysans armés qui surgissaient de toutes parts au moindre bruit de guerre, et qui taillèrent en pièces l'armée de Philippe le Hardi.

L'idiome catalan, parlé par les Valenciens et les Aragonais, est toujours en usage dans le Roussillon. C'est la langue du peuple; c'est un dialecte peu altéré de la langue romane, qui, pendant tant d'années, domina sur les deux versants des Pyrénées. Cependant le français a envahi les villes, et l'idiome roman recule devant lui comme le font le breton dans le Morbihan, et le patois provençal et languedocien dans nos départements méridionaux.

Le double caractère guerrier et religieux se révèle dans toute l'étendue du Roussillon. Sur tous les sommets étaient autrefois des châteaux forts; dans toutes les vallées, des églises; c'est encore aujourd'hui une grande citadelle hérissée de canons; mais bien des églises sont ruinées, et bien des monastères ont disparu.

Ce n'est pas que la foi du Roussillonnais se soit attiédie, mais elle a dû subir les modifications du temps comme les a subies son humeur guerrière. Il croit encore avec sincérité, ardeur, conviction, mais il laisse tomber les pans de murs des vieux cloîtres; il prie, mais il n'édifie plus de cathédrales. On voit que l'esprit du dix-huitième siècle et la révolution de 89 ont passé par là, et que s'ils n'ont pas tari la source de la foi catholique, ils en ont empêché les élans religieux.

Cependant, à de certaines époques, quand les solennités du culte appellent tous les fidèles, les Roussillonnais se hâtent d'accourir en foule et de célébrer avec éclat les fêtes de la religion. La pompe des processions entraîne après elle toute la population des campagnes, et à Perpignan même, il y a peu d'années encore, les théories catholiques se promenaient par la ville jonchée de fleurs, tandis que les lévites faisaient fumer l'encens dans les cassolettes d'or. A Pâques et à la Pentecôte, à la Fête-Dieu et à l'Assomption, les églises regorgent de peuple. Quand vient Noël, la messe de minuit se célèbre encore dans beaucoup de localités. Tous les marins visitent avec ferveur les chapelles consacrées à la Vierge, le long du rivage; des croix couronnées d'épines jalonnent les montagnes; d'humbles oratoires, avec des statuettes de saints, s'élèvent au bord des champs, et il n'est pas rare de voir des familles de paysans agenouillées, demander à la madone d'étendre les bénédictions du ciel sur leurs moissons. Le voyageur rencontre des ermitages vénérés dans le Vallespir, la Cerdagne, le Conflent. Partout, enfin, la dévotion réchauffe le cœur du peuple, mais à cette dévotion beaucoup de superstition se mêle comme l'ivraie au bon grain.

Nous avons dit que le Roussillon était encore de nos jours une vaste citadelle qui tourne ses canons vers l'Espagne et la mer. Voici Perpignan avec ses vieilles fortifications et les travaux de défense élevés sur les plans de Vauban, renouvelés en 1825; Perpignan avec sa citadelle dotée d'un puits intarissable et son Castillet, vieux château fort du temps de la renaissance. Voici Mont-Louis, construit près du col de la Perche par Vauban, sur l'ordre de Louis XIV, dont il a pris le nom; Mont-Louis, la ville du royaume de France la plus élevée au-dessus du niveau de la mer, remparts perdus si haut dans le ciel, que les nuages passent, et que la tempête gronde sous leurs pieds tandis que le soleil rayonne sur leurs têtes; Villefranche, presque entièrement bâtie en marbre et que protége un château; Céret, entouré de hautes murailles; Collioure, défendue par trois forts et un château; plus près de

la frontière, Port-Vendres, qui pourrait être un jour un port militaire d'une haute
importance, et qui se souvient du nom du maréchal de Mailly dont l'intelligente
administration, alors qu'il était gouverneur de Roussillon pour Louis XVI, lui
ouvrit une ère de prospérité en faisant reconstruire son port qui avait été comblé,
et creuser un bassin où cinq cents vaisseaux peuvent tenir. Plus loin encore, voici
Bellegarde cernée de remparts. Partout enfin, les forts succèdent aux forts, partout les canons passent leurs gueules béantes entre les embrasures, partout brillent
les fusils des sentinelles.

Les étymologistes sont d'accord, chose rare, sur l'origine du nom de Roussillon.
Tous le font dériver de *Ruscino*, capitale du pays des *Sordones*, détruite par les
Normands, en 859. Quelques historiens attribuent la fondation de Ruscino à une
colonie de Carthaginois, qui lui donnèrent le nom de la Ruscino d'Afrique, en souvenir de la patrie absente. Ce fut longtemps une ville importante à laquelle les
Romains accordèrent la qualité de colonie, s'il faut en croire Mela. Mais les aventuriers du Nord étant passés par là, Ruscino fut anéantie et ne se releva jamais de
ses ruines. L'étymologie du nom de Perpignan est moins sûre; les uns le font
dériver de *Pere-Penya,* Pierre Pygne; d'autres attribuent son origine à une hôtellerie qu'un certain Bernard Perpinga avait établie au confluent de la Tet et de la
petite rivière de la Basse, en un lieu où les Romains avaient eu une station militaire,
un de ces *castrum* qui jalonnaient les pays conquis. Quelques maisons se groupè-
rent autour de l'hôtellerie ; peu à peu leur nombre augmenta avec la prospérité du
hameau, et vers la fin du dixième siècle, il commença à être question de Perpignan.
Les habitants se cotisèrent pour fonder une église, et le 17 des calendes de juin
(16 mai) 1025, l'évêque d'Elne fit la consécration de la cathédrale de Saint-Jean.
Perpignan compta désormais parmi les cités.

Mais ce n'est pas l'histoire de la capitale de Roussillon qui doit nous occuper.
Laissons-la s'épanouir au soleil à deux lieues de la mer, non loin de l'emplacement
que couvrait jadis l'ancienne ville municipale de *Flavium Ebusum,* au milieu
d'une fertile plaine toute semée de jardins et de villas, et que traversait, au temps de
la splendeur romaine, la voie *Domitia* qui menait de Rome en Espagne par le midi
des Gaules, et ne nous occupons que du caractère des habitants.

Comme presque tous les habitants des provinces méridionales, les Perpignannais
ont une vie presque toute extérieure. La moitié de leur temps s'écoule à flâner
sur la place de la Loge en fumant une cigarette espagnole fabriquée chez eux. Ils
causent un peu de leurs affaires et beaucoup de celles du voisin, vont voir parader
les troupes de la garnison sur la place d'armes où s'élèvent les casernes que
Louis XIV fit bâtir pour loger cinq mille soldats, et finissent leur journée sous
les ombrages des *Platanes,* en été, et dans les grandes allées de la *Pépinière,* en
hiver. C'est là que se promène, le soir, toute la population perpignannaise, grandes
dames et grisettes en toilette, celles-là se faisant voir, celles-ci regardant du coin
de l'œil, toutes jouant de la prunelle et de l'éventail, en femmes qui ont du sang
espagnol dans le cœur. Ne parlez pas aux Perpignannais des Tuileries ou des Champs-
Élysées. Qu'est-ce que tout cela auprès des *Platanes* et de la *Pépinière,* ces chères

promenades qui leur rappellent à tous des souvenirs d'enfance et d'amour? C'est
là qu'ils ont joué, c'est là surtout qu'ils ont obtenu leur premier rendez-vous.

Les mêmes sales mascarades qui parcourent en hurlant, pendant la semaine
grasse, les rues de Marseille, de Montpellier, de Carcassonne, se rencontrent à Perpignan. C'est toujours le même ours ignoble flagellé par des arlequins et suivi d'une
troupe d'enfants. Quand le mercredi des cendres s'apprête à courber les fronts
pénitents sous les austérités du carême, la population perpignannaise se répand sur
la route d'Espagne. C'est un vieil usage traditionnel comme à Paris la promenade
de Longchamps à Pâques. Jadis on poussait jusqu'à la *Villa Godorum,* bourg romain
qui s'est éteint vers le quatorzième siècle sous le nom de Malleolas ou Malloles ; maintenant, ainsi que les Parisiens s'arrêtent au rond-point des Champs-Élysées, les
Perpignannais s'arrêtent à mi-chemin sur une pelouse plantée d'arbres au bord d'une
fontaine, connue d'abord sous le nom de *Bagatelle,* et plus tard sous celui de
Fontaine d'amour.

Si l'on pouvait, en dehors des goûts généraux du peuple roussillonnais, trouver
une passion qui appartînt plus particulièrement aux Perpignannais, il faudrait
nommer le jeu. Ceci est encore une affaire de tradition. Le Perpignannais est
joueur de père en fils, comme le Normand est ergoteur. Quand Frascati était ouvert,
lorsque le trop fameux n° 115 attirait au Palais-Royal une foule avide d'émotions
autant peut-être que de gain, il y avait toujours un Perpignannais auprès du tapis
vert. Consultez l'histoire, aussi haut que vous pourrez remonter dans les annales
du pays, vous retrouverez les traces de cette passion ; et pour n'en citer qu'un exemple, il nous suffira de constater l'arrêté pris en juin 1502, par le bailli de Perpignan,
lequel, entre autres dispositions, ordonnait, *sous peine de cinq sous d'amende, que
nul ne pourrait jouer sa chasse ou ses fromages.* La chasse et les fromages, c'est-
à-dire toutes les richesses du montagnard, ce qui lui permettait de donner du pain
à ses enfants.

Dans presque tout le Roussillon, il est encore d'usage aujourd'hui, après la cérémonie du baptême, de jeter par les fenêtres au peuple assemblé autour de la
maison, des dragées, des confitures, des fruits secs, que les enfants se disputent avec
avidité. Cette largesse, qui remonte aux premiers temps du christianisme en Gaule,
porte le nom de *Ralleu,* mot qu'on doit prononcer *Railleou.*

Si maintenant nous nous éloignons du chef-lieu, nous allons trouver des mœurs
plus tranchées, des coutumes plus populaires, de celles qu'aiment les romanciers et
que racontent naïvement les vieux chroniqueurs.

Écartons-nous donc de Perpignan ; mais avant de nous engager dans les vallées,
jetons un regard sur cette pauvre bourgade composée à peine de quelques maisons
groupées autour d'une église et d'une tour de vigie. Cet endroit, qui s'est appelé
tour à tour *Castrum Ruscinonense, Roscolionense* et *Rossillione,* avait encore quelque importance vers le milieu du quatorzième siècle ; aujourd'hui ce n'est pas même
un village, et cependant ce chétif hameau a été témoin d'un drame terrible, dont le
souvenir se perpétuera de siècle en siècle, tant que des pensées d'amour ou de vengeance feront battre le cœur des hommes. C'est Castel-Roussillon.

Qui ne se souvient de Guillaume, le plus ancien des troubadours du Roussillon, ce poëte qui eut une si terrible mort? Seigneur de Cabestang, dont par corruption on a fait Cabestaing , il s'était épris de la femme du comte Raymond, seigneur de Castel-Roussillon, châtelaine dont la beauté était en haute réputation dans le pays. Son mari, jaloux et soupçonneux, l'avait fait enfermer dans une tour où seul il la visitait. Cependant Guillaume lui ayant adressé la fameuse chanson qui commence par ce vers :

Lo dous cossire..., etc.,

et que les mœurs galantes de l'époque autorisaient, le seigneur de Castel-Roussillon fit tomber le troubadour dans un piége, et, l'ayant tué, arracha son cœur qu'il fit servir le soir à sa femme dans un plat de venaison. Quand elle eut mangé, il lui demanda comment elle avait trouvé ce mets : « Certainement il doit vous paraître excellent, ajouta-t-il, en lui montrant la tête de Guillaume, car il a été préparé avec le cœur de votre amant. — Tant doux et tant savoureux, s'écria la malheureuse femme, que jamais d'autre manger ne saurai le goût ! » Et ayant dit, elle se précipita par une fenêtre sur le pavé de la cour. Le bruit de ce crime se répandit en Roussillon, et arriva jusqu'aux oreilles d'Alphonse d'Aragon, qui s'en émut. Plusieurs chevaliers avaient déjà pris les armes pour venger Cabestaing, mais le roi s'étant mis à la tête d'une troupe d'hommes d'armes, se rendit à Perpignan, s'empara du Castel-Roussillon, et fit enfermer le comte Raymond dans un cachot où il mourut misérablement.

Saluons ce village où vit un si lugubre souvenir, et passons. Ne nous arrêtons pas à Ceret, chef-lieu d'une sous-préfecture formée du Vallespir, et qui montre avec orgueil son pont, le plus hardi pont de France : jeté sur la Tet, il franchit le fleuve sur une seule arche dont les culées, bâties sur deux énormes rochers, lui donnent une ouverture de cent quarante pieds. Laissons de côté Prades, modeste chef-lieu endormi dans une profonde vallée, avec son église où s'étale une des plus riches chapelles du royaume ; passons à côté d'Elne, l'ancienne ville épiscopale du Roussillon, peuplée à peine aujourd'hui de douze cents habitants ; connue dans les chartes du moyen âge sous le nom d'*Héléna,* plus anciennement encore sous le nom d'*Illibéris,* c'est là qu'Annibal campa lorsque, après avoir franchi les Pyrénées par le col de la Massane, il descendit dans les Gaules à la tête de cinquante mille hommes de pied, de neuf mille cavaliers et de trente-sept éléphants, pour offrir à Rome ce duel implacable qui se termina aux plaines sanglantes de Zama. Évitons Mont-Louis caché dans les nuées, avec sa grande citadelle quadrangulaire, et battons le pays à travers champs pour surprendre les vieilles mœurs du Roussillonnais.

Nous sommes dans le Vallespir : le pays est accidenté, les bruyères odorantes couvrent les collines, les bois ombragent les vallées où murmure une source sur un lit de cailloux ; on entend la cloche des villages qui tinte au loin. Tout à coup voilà des coups de pistolet qui retentissent, répercutés par l'écho. De vigoureux

ROUSSILLONNAISE.

jeunes gens franchissent les ravins et les torrents, riant et chantant ; c'est au bruit
des détonations d'armes à feu qu'ils courent çà et là : ce sont les *Spades* ; ils sont
à pied, un tonnelet pend à leur ceinture. Une noce joyeuse marche derrière eux ;
la mariée montée sur une mule richement caparaçonnée, le mari à cheval, tous deux
suivis des parents et des invités qui chevauchent par couples brillamment costumés
et chargés de rubans. Jadis, au temps où les maraudeurs, les capitaines de compagnies franches et les barons féodaux aussi, ne se faisaient pas scrupule d'enlever
les belles fiancées, c'était ainsi que les noces traversaient les campagnes. Les spades,
choisis parmi les plus braves jeunes hommes, servaient d'escorte à la mariée et lui
faisaient une ceinture de leurs corps ; aujourd'hui que l'agression n'est plus à craindre, ils ont remplacé l'épée par le pistolet, qui anime la fête par le bruit. Eux seuls
peuvent approcher celle qui marche sous leur garde ; ils la soutiennent dans leurs
bras quand elle descend de sa mule, l'enlèvent lestement pour la remettre en selle,
la soutiennent dans les passages difficiles. Si la noce approche d'un village, voici
une riante troupe de jeunes filles qui tendent sur le chemin un léger ruban de soie.
Le cortége s'arrête devant cette fragile barrière, et les marguillières de la chapelle
de la Vierge présentent, à la mariée d'abord, et tour à tour ensuite à chaque cavalier, des bouquets de fleurs dans une corbeille de satin brodé en or. La cavalcade
prend les fleurs et jette dans la corbeille de menues monnaies qui servent à l'entretien de la chapelle ; le ruban tombe, et le cortége continue sa route, accompagné
jusqu'au bout du village par les jolies marguillières.

Dans le Capcir, le mariage ne s'accomplit pas sans d'étranges formalités. Quand
un jeune homme, après s'être fait aimer d'une jeune fille, s'est fait agréer par le
père, tous ses parents et ses amis se rendent avec lui, en grande cérémonie, dans
la demeure de la fiancée : toutes les conditions ont été prévues et déterminées, cependant le père feint une grande surprise à la vue de ce nombreux cortége qui vient
lui soumettre la demande du jeune homme. Il se lève gravement, marche vers la
chambre de sa fille et cogne à la porte. Toutes les sœurs de la fiancée se sont réunies
chez elle avec ses jeunes compagnes. La porte s'ouvre, et toutes sortent les unes
après les autres. « Est-ce celle-ci que vous désirez pour épouse ? demande le montagnard au jeune homme en lui désignant chaque jeune fille. — Non, » répond-il ; la
demande et la réponse se renouvellent jusqu'à ce qu'enfin la fiancée se présente.
C'est la dernière. « Voici celle que je désire, dit alors le jeune homme. — Prends-la
donc, » répond le père en mettant la main de la jeune fille dans celle de son
époux.

Lorsque le jour de la cérémonie est arrêté, le marié se rend tout seul à l'église.
La fiancée y marche accompagnée de sa famille et des invités, tandis que le plus
proche parent du futur lui donne le bras ; avant de partir il lui a chaussé lui-même
une paire de souliers dont il lui fait présent. Un usage à peu près semblable se
fait encore remarquer dans les Vosges.

Dans tout le Roussillon, avant de donner la bénédiction nuptiale, les prêtres ne
se contentent pas du simple *oui*, qui s'exhale comme un soupir de la bouche tremblante des jeunes filles, ils font répéter mot pour mot à la mariée, qui rougit et bal-

butie, sous son voile blanc, la formule de l'engagement réciproque. *Que se fassi,*
qu'il se fasse, répondent les assistants ; et le prêtre passe l'anneau, symbole de l'alliance éternelle, aux doigts des mariés.

Toutes les noces, comme ailleurs, se terminent par de splendides festins qui réunissent autour d'une table commune, parents, amis et invités.

Dans quelques localités des montagnes, il est encore d'usage de terminer les enterrements comme les mariages. Le cortége funèbre s'asseoit au banquet ; la profusion des mets et l'abondance des vins éteignent la douleur, et il se trouve qu'au
matin beaucoup d'entre les convives ont oublié le pauvre mort. Le plus souvent le
repas est maigre, c'est la coutume qui le veut ; mais, s'il est gras, la volaille et le
gibier en sont toujours sévèrement proscrits. Pourquoi ? qui le sait ! Demandez-le à
la tradition.

Avant toute chose, le Roussillonnais est danseur. Sa première, sa grande, son
éternelle passion, c'est la danse ; il danse aussitôt qu'il marche, avant peut-être
même ; il danse encore lorsque l'âge a blanchi ses cheveux ; il danse quand même,
toujours et sans cesse. S'il s'arrête, soyez bien sûr que la faute en est à ses jambes,
sa volonté n'y est pour rien. Comme David, le Roussillonnais danserait devant
l'arche sainte. Toutes les occasions lui sont bonnes pour s'abandonner à son goût
dominant : anniversaires, naissances, baptêmes, mariages ; tout ou presque tout
enfin.

Si au détour d'un sentier, dans la montagne, le touriste entend un bruit joyeux
de voix et d'instruments, il peut être certain qu'une fête locale, dans le dialecte catalan *festa majou*, fête majeure littéralement, se célèbre aux environs ; chaque village a la sienne. Alors il peut avancer hardiment, et il assistera à un des spectacles
les plus curieux que le Roussillon puisse offrir au voyageur.

Nous avons dit que chaque village avait sa fête ; quelques-uns en ont plusieurs.
Ce jour, ou ces jours-là, toute la population, hommes, femmes, enfants, vieillards,
est sur pied. Les chants, les cris, la gaieté bruyante et expansive naissent avec les
premiers rayons. A tout instant, par la montagne et par la vallée, arrivent des
troupes d'amis et d'invités. Les hameaux voisins émigrent, laissant chez eux
les malades et les chiens, tout au plus. La foule et le tumulte s'accroissent sans
cesse, le plaisir grandit en proportion. Toutes les maisons sont ouvertes, la basse-
cour a été immolée en masse, le veau gras tourne à la broche, les pièces de vin
sont défoncées, la table est servie du matin au soir. Toutes les économies de l'année
se fondent en un jour. Avant de toucher au festin on a dansé ; dans l'ordre des pré-
séances, en Roussillon, les jambes ont le pas sur l'estomac. Quelquefois même,
avant de danser, on a entendu la grand'messe, *l'office,* comme on dit dans le pays.
La religion donne par avance l'absolution au plaisir. La grand'messe a été chantée
avec pompe ; sous les voûtes de l'église, ornée de fleurs, les cierges étincellent ; le
prêtre a revêtu ses plus beaux ornements sacerdotaux ; les saints des chapelles ont
fait toilette, leurs habits reluisants disparaissent sous les rubans et les paillettes d'or ;
la foule agenouillée est en grand costume de fête ; le chantre enfle sa voix au lutrin, les enfants de chœur aiguisent leur ténor ; l'orgue, s'il y a un orgue, semble

avoir plus d'éclat et de sonorité. L'église, comme une bonne mère, partage la joie de ses enfants.

Enfin *l'office* est terminé, le peuple se répand dans les rues ; le village est en ébullition. Les chiens eux-mêmes, comprenant qu'il y aura franche lippée, aboient gaiement en remuant la queue ; il n'y a que les coqs qui gardent le silence au milieu du bruit ; ils se taisent, hélas ! et pour cause. Cependant, au sortir de l'église, toute la population court sur la place publique pour danser tout d'abord ce qu'on appelle *le ball* *de l'office,* — prononcez *baïl.* Chaque danseur entraîne sa danseuse engagée d'avance ; c'est le plus souvent une fiancée, ou une cousine tout au moins. Cette première danse semble avoir emprunté un peu de son caractère à la solennité religieuse à laquelle tous viennent d'assister ; elle est grave, mesurée, en quelque sorte majestueuse. Mais bientôt après le dîner, tandis que les grand-pères roussillonnais jouent entre eux le *flor* ou la *manille,* — et si nous disons les grand-pères, c'est parce que les Roussillonnais simplement pères dansent aussi gaiement que leurs fils, — toute la population commence les *balls.* C'est alors une fougue irrésistible, un entraînement impétueux ; le cercle des danseurs va toujours s'élargissant, le nombre des spectateurs diminue en proportion, bientôt il n'en reste plus, tout le village danse, et deux ou trois générations pirouettent pêle-mêle. Une grande part de cette ardeur publique doit être attribuée à la musique, qui exerce une influence invincible sur les nerfs des auditeurs. C'est vainement qu'un Roussillonnais voudrait demeurer paisiblement assis en dehors du *ball*, aux premiers sons des hautbois ses muscles s'irritent, ses jambes se trémoussent, son corps se balance, et bon gré, mal gré, il faut qu'il se mêle à la phalange des danseurs. C'est une musique vibrante dont l'action se fait sentir, même sur les étrangers. Serait-ce à cette musique qu'il faut attribuer le goût de la danse, ou serait-ce à l'amour passionné de la danse qu'est due la musique roussillonnaise ? C'est une question qu'il est impossible de résoudre ; mais toujours est-il qu'elles s'harmonisent merveilleusement. Ce sont deux choses créées l'une pour l'autre. L'orchestre des *balls* se compose ordinairement d'un certain nombre d'anciens et grands hautbois, de clarinettes, de cornemuses et d'un flageolet très-aigu, à trois trous, dont joue le chef d'orchestre, lequel marque la mesure en frappant avec une légère baguette sur un petit tambour de quelques pouces de hauteur et de diamètre suspendu au bras qui tient le flageolet. Dans les villages où les progrès de la civilisation se font sentir, on a ajouté un trombone à tous ces instruments ; les cornets à piston ne tarderont pas à faire invasion. Les musiciens s'appellent *jutglars*, nom qui dérive évidemment de jongleurs.

Les Roussillonnais poussent si loin l'amour de la danse, qu'ils exécutent entre eux, sans le concours des femmes, une danse particulière appelée le *contre-pas*. Les hommes figurent en rond en se tenant par la main ou isolément les uns devant les autres ; il n'est pas rare d'en voir cent, deux cents, trois cents même, danser ainsi ; au *contre-pas* succèdent les *balls* auxquels les femmes prennent part avec une ardeur qui ne le cède en rien à celle de leurs maris.

Le saut à deux est fort en usage dans le Capcir. Les montaguards exécutent cette danse à la fois élégante et bizarre, où la femme, enlevée par son cavalier, reste assise quelques instants sur sa main, tandis qu'il tournoie sur lui-même, en jouant avec un vase dont le nom, *almaratxa*, est, comme la danse, d'origine mauresque. C'est une burette de verre blanc à pied, à panse large, à goulot étroit, et garnie de plusieurs becs par lesquels les danseurs arabes faisaient pleuvoir des eaux de senteur sur les almées.

Bien d'autres danses encore sont en honneur dans le Roussillon ; bornons-nous, pour terminer cette longue analyse chorégraphique, à citer les *Séguidillas*, danse d'origine catalane qui s'exécute au chant de couplets du même nom, par un cavalier et deux danseuses, sur un rhythme vif, court et animé ; et enfin *lo ball de cérémonia* usité à Prats-de-Mollo, dans le Vallespir, et qu'un cavalier seul danse avec un nombre indéterminé de danseuses en figurant devant chacune d'elles tour à tour.

Si vous trouvez que l'histoire du danseur prend une trop large place dans cette monographie, ne nous en accusez pas trop, et prenez-vous-en au Roussillonnais qui a fait de ses jambes deux idoles auxquelles il sacrifie toujours.

Maintenant éloignons-nous du champ des *balls*, fuyons le bruit de l'orchestre et gagnons les pauvres chaumières, loin des villages où se célèbre la *festa majou*. Voici que le caractère du Roussillonnais va se révéler sous une nouvelle face. Cet homme qui jette avec une si fougueuse prodigalité les économies si péniblement amassées pendant un an, le voilà qui remue avec résignation la terre avare de ses plateaux ; il sème çà et là, aux endroits où le rocher a conservé quelque peu d'humus, le seigle qui doit nourrir ses enfants. Sobre, infatigable, patient, il vit de peu et travaille sans relâche ; habitué dès le berceau aux labeurs des champs, les plus rudes travaux ne le lassent pas. Regardez passer ce montagnard entre les genêts ; ses robustes épaules plient sous le poids d'une lourde hotte de fumier. Il se dirige d'un pas lent, mais sûr, vers le champ paternel ; il vient de la vallée, et avant midi il aura fait quatre ou cinq lieues pour engraisser quelque peu la terre ingrate qu'il arrose de ses sueurs. Si l'hiver est plus âpre que de coutume, si les pluies d'automne ont balayé le flanc des montagnes, si *la tramontane*, le mistral des Provençaux, a couché sa jeune moisson, le paysan roussillonnais jeûnera toute l'année. La famille se nourrira de plantes arrachées au hasard et cuites pêle-mêle dans une grande marmite suspendue au-dessus du foyer, et les petits enfants souffriront en attendant de plus heureux jours.

Mais la misère habite le plus souvent sous leur toits, et ils grandissent sans désapprendre le malheur. Il y a des hivers si terribles, que quelques pommes de terre bouillies dans l'eau sembleraient aux montagnards le mets le plus exquis. Cependant le phénomène qu'on remarque parmi les Highlanders d'Écosse, les Lapons, les Suisses, les Esquimaux, chez tous les peuples pauvres, se fait observer de nouveau chez les habitants du Capcir, du Conflent, de la Cerdagne. Ils préfèrent leur patrie, toute misérable qu'elle est, aux plus belles contrées, et n'échangeraient pas leurs rochers arides contre les plaines les plus grasses de la Beauce.

Les montagnards du Roussillon poussent plus loin encore que les Aveyronais l'amour de la chicane. L'esprit processif est inné parmi eux. Tout donne matière à

procès; le fossé divisoire, le mur mitoyen sont des sources intarissables de plaidoi-
ries et de citations. On plaide pour le coq qui a mangé une sauterelle hors de
ses limites, pour l'agneau qui a maraudé un brin d'herbe, pour l'abeille qui a
butiné les fleurs d'autrui, pour le pigeon qui a volé un grain de blé. Les montagnes sont un nid de procès. Il faut demander la cause de cet esprit fâcheux à la
pauvreté. Les Roussillonnais ont un si grand désir d'acquérir quand ils n'ont pas, et
une si grande crainte de perdre quand ils ont, qu'ils n'épargnent rien pour obtenir
ou conserver quelques lambeaux de champs qui doivent les mettre à l'abri du
besoin. Les procès sont en raison directe de la misère; leur nombre diminue à
mesure qu'on descend dans la vallée et dans la riche plaine de Perpignan, il n'y en a
ni plus ni moins que partout ailleurs, en Bourgogne ou en Languedoc.

En outre des fêtes des villages, la dévotion a été la cause de grandes réunions qui
appellent les Roussillonnais à jours fixes autour d'ermitages vénérés. Il y en a beaucoup comme cela dans le pays; les plus renommés sont ceux de Saint-Ferréol,
de Domanorse et enfin celui de Nourri où les jeunes femmes qui demandent un
enfant dans leurs prières se plongent la tête dans un vase profond. Ces réunions
comptent quelquefois jusqu'à dix ou douze mille personnes, selon l'importance de
l'ermitage et la réputation du saint. Les Roussillonnais accourent du haut et du bas
pays. Les hommes ont revêtu leurs plus riches habits pour cette solennité aussi bien
mondaine que religieuse : le bonnet en laine rouge, qui pend sur l'épaule, est fièrement posé sur le côté du front; l'espardille, sorte de sandale catalane faite en corde,
s'enroule autour de la jambe, retenue par des rubans de couleur éclatante croisés en
losanges; la longue ceinture de soie ou de laine rouge presse la taille et vient se
nouer coquettement sur la hanche ; la veste à boutons de cuivre se balance sur le
bras comme le dolman du hussard. Les femmes portent le corset de velours, la
jupe écarlate qui laisse voir la jambe fine et le pied leste, et la coiffe blanche rejetée
gracieusement sur le derrière de la tête, avec une bande de dentelle cintrée comme
une arcade au-dessus des cheveux nattés sur le front ; d'autres, celles qui descendent des hauts plateaux du Capcir, enveloppent leurs cheveux tordus et serrés dans
un réseau de soie qui s'effile jusqu'au gland flottant sur les épaules; les femmes de
la Cerdagne croisent un mouchoir de soie à carreaux sur leur tête; deux bouts pendent sur le cou, tandis que les deux autres se nouent sous le menton.

Quand toute cette foule est réunie, elle entend la messe à l'ermitage, puis on
déjeune gaiement, assis sur le rocher tapissé de mousse. Est-il besoin d'ajouter que
la danse clôt la journée ?

Toutes les choses qui émeuvent l'imagination doivent plaire aux Roussillonnais.
Aussi, à défaut des splendeurs du théâtre moderne qu'on ne saurait transporter
dans leurs montagnes, ont-ils religieusement conservé les mystères du vieux temps.

Souvent pendant la *festa majou*, les habitants du village dressent sur la place
publique un grand tréteau de planches couvert de feuillage. Le tréteau est le théâtre;
la foule se range confusément à l'entour, avide, curieuse, impatiente. La représentation commence avec la nuit quand les danses ont cessé : c'est toujours une
longue et diffuse narration de la vie de quelque saint martyrisé. Les cultivateurs

jouent gravement, les plus jeunes remplissent les rôles de femmes. L'attention est profonde, profonde comme à l'Opéra lorsque chantent les chœurs de *Guillaume Tell*. Aucune parole n'est perdue, il y a parfois jusqu'à quatre-vingts personnages sur la scène. Les mystères représentés datent de deux ou trois siècles, la tradition populaire en a fidèlement conservé le dialogue et l'action. Quand le sujet n'est pas pris dans le martyrologe, il est tiré de la Bible. Un de ces mystères est un cycle immense qui renferme toute la durée du monde, depuis la Genèse jusqu'à la crucifixion du Rédempteur. Adam, Ève, le Serpent, Abel, Caïn, Noé, Abraham, Jacob, Joseph, Pharaon, madame Putiphar, Moïse, Josué, Salomon, le reine de Saba, David, Goliath, Job, Jérémie, les Machabées, Judith, Holopherne, Esther, Ruth, Noémi, saint Joseph, Caïphe, Ponce-Pilate, la vierge Marie, saint Jean-Baptiste, le Samaritain, Barabbas, et Jésus-Christ enfin, y passent tour à tour. Celui qui remplit le rôle du Sauveur — qu'on nous pardonne d'accoupler ces deux mots — est attaché à la croix, et le mystère finit sur son agonie.

La représentation de ce mystère ne dure pas moins de huit ou dix heures ; les étoiles pâlissent au ciel, et l'aube blanchit au sommet des collines lorsque le Christ pousse son dernier cri de mort ; alors la foule se lève, et s'écoule silencieuse et le cœur ému.

Comme tous les peuples montagnards, les Roussillonnais ont des airs nationaux que les pâtres chantent en gardant les grands troupeaux. Ils charment le chasseur au retour d'une battue ; la jeune fille qui court légère sous la feuillée les murmure à demi-voix ; les mineurs les répètent au fond des carrières sombres, et les bûcherons se les renvoient d'une montagne à l'autre en brisant les troncs des vieux sapins.

Entre les plus remarquables de ces airs populaires, nous devons citer *les Montanyas regalades*, ranz roussillonnais d'un rhythme mélancolique, doux et langoureux, et dont les échos répercutent au loin les suaves modulations, et *lo Pardal*, chant plus vif, plus original, plus rapide, mais aussi plus compliqué.

Bien que d'une surface peu étendue, le Roussillon mérite d'être visité aussi bien que de grandes provinces, qui, tout orgueilleuses de leur vaste territoire, ne présentent peut-être pas autant de variétés dans les accidents naturels du sol, dans les productions, dans les coutumes, dans les monuments et dans les souvenirs.

A ceux qui aiment l'industrie, il offre ses riches mines de fer, de plomb, d'antimoine, de houille, ses carrières d'albâtre, de marbre, de granit, ses forges à la catalane, ses fabriques de gros draps, ses salaisons de sardines et de thons ; aux gourmets il verse ses vins liquoreux de Rivesaltes, de Collioure, de Salces, tous de la famille des vins Rancio, dignes rivaux de ceux d'Espagne ; le Languedoc apprécie ses pêches d'Illes, ses melons, ses oranges, ses olives ; aux chasseurs il montre ses perdrix rouges, ses coqs de bruyère, ses faisans, et puis encore l'isard, ce chamois des Pyrénées ; à ceux qui veulent des émotions dans le plaisir, il fera entendre les rugissements de l'ours.

Les touristes savent le chemin de ses eaux. Voici les bains du Vernet, les plus splendides de tous, assis à l'aise dans une merveilleuse vallée où les Anglaises spleeniques, les barons allemands, les vieux diplomates, les seigneurs russes, viennent guérir les maladies qu'ils ont quelquefois. Voici encore les eaux d'Arles , qui luttent de magnificence avec celles du Vernet, et qui leur disputent la faveur de l'aristocratie que l'ennui disperse sur les grands chemins. Là-bas ce sont les bains d'Escaldas que les Romains connaissaient déjà sous le nom d'*Aquas calidas ;* aux femmes des proconsuls et des chefs de légions ont succédé les riches hidalgos de la Catalogne et de l'Aragon, voisins de la Cerdagne. Faut-il nommer encore les bains de Molitg et de Vinça, en Conflent, ceux de Preste, en Vallespir ?

Les peintres qui cherchent des paysages chauds de couleur et pleins d'accidents, les artistes curieux de vieux monuments, les romanciers avides de chroniques, peuvent en demander au Roussillon. Sur les flancs des Pyrénées, non loin des eaux de Molitg, regardez cette large pierre plate assise lourdement sur d'autres roches perpendiculaires, c'est le *Tumul des Gentils ;* tout près de là, vers *le coll del Triber*, col du Trépied, voilà un autre amas de pierres pareillement disposées. Ce sont deux monuments druidiques, les plus importants d'entre ceux que renferme le pays.

A Custojas, l'antique *Custodia* des Romains, s'élève une église romane, la plus ancienne église du Roussillon. Dans la Cerdagne, à Planès, petit village où le guide vous conduira, vous verrez s'arrondir devant vous l'édifice le plus bizarre qui se puisse rêver. Qu'on se figure six demi-cercles, trois grands et trois petits, qui se relient entre eux en alternant. Cet hexagone sphérique supporte une coupole dont la circonférence est égale à celle d'un cercle concentrique qui serait tracé dans le monument. Ce monument est aujourd'hui l'église du village : qu'était-ce autrefois ? Ici la science , d'accord avec la tradition, en fait un tombeau élevé primitivement pour contenir la dépouille mortelle d'un puissant chef arabe, Abu-Neza qui, s'étant révolté contre l'émir Abd-Errhaman, fut forcé dans Elivia, en 725, et tué dans sa fuite tandis qu'il cherchait à se sauver avec sa femme, la jeune et belle Lampégie, fille d'Eudes, duc d'Aquitaine. Ce tombeau a quelque analogie avec la chapelle de Sainte-Croix, près de l'abbaye de Montmajour, aux environs d'Arles, en Provence.

On rencontre, aux environs de Prades, les ruines de l'abbaye de Saint-Michel de Cuxa, dont les moines étaient des bénédictins de l'ordre de Tarragone. L'abbé était crossé et mitré, et ses pouvoirs épiscopaux s'étendaient sur plusieurs villages d'alentour. Le temps et les hommes achèvent la destruction de cette magnifique résidence monacale; les habitants de Prades viennent sans vergogne demander à l'abbaye de Saint-Michel les matériaux de leurs demeures ; il est peu de maisons où l'on ne trouve des dalles de marbre, des fûts de colonne, des chapiteaux, débris arrachés aux ruines silencieuses; et cependant deux des côtés du cloître sont encore intacts. Il y avait, il y a peu d'années, deux énormes tours qui flanquaient l'abbaye et projetaient leur ombre sur la campagne comme deux sentinelles de pierre. L'une s'est écroulée pendant une nuit d'orage. Combien de temps l'autre durera-t-elle encore ?

Arrêtons-nous en passant aux ruines du cloître d'Elne, une des plus imposantes choses qui se puissent voir dans le Midi ; leurs débris de marbre dorment sous les bruyères, mais bien des arceaux sont encore debout, et ce qui reste suffit pour donner au voyageur une idée de la magnificence de cet édifice religieux, élevé, dit-on, vers le onzième siècle, par l'évêque Bérenger IV, sur les plans du Saint-Sépulcre de Jérusalem. Voici maintenant, près du Vernet, l'église de Saint-Martin qui date du septième siècle, et à laquelle le comte de Cerdagne, Wifred, rattacha, en 1004, un monastère de l'ordre de Saint-Benoît. Disons encore un mot du Castillet, ce vieux château fort qui domine une porte de Perpignan et fait partie de son système de fortifications. Bâti à l'époque de la renaissance, il a échappé aux ruines que les guerres et les siéges entraînent après eux. Lors de l'invasion des Français, sous le règne de Louis XIII, il fut enlevé d'assaut par une compagnie de chevau-légers de l'armée du roi. C'est un des plus remarquables monuments du Roussillon.

Les montagnes abondent en richesses du règne végétal. La vallée d'Eyne, en Cerdagne, et une colline connue sous le nom de la *Trancade*, en Conflent, à une lieue de Prades, sont en haute réputation auprès des hommes de la science, qui savent que là croissent des plantes qu'aucune autre contrée ne produit. Il est rare qu'on puisse les traverser sans rencontrer quelque botaniste allemand, qui herborise patiemment, un carton à la main et les lunettes sur le nez.

Le Roussillon est une des provinces méridionales où retentirent les premiers chants des troubadours ; ceux qui naquirent dans ses vallées marchent de pair avec les troubadours languedociens et provençaux, ces pères de la poésie. Le premier d'entre eux est l'infortuné Guillaume de Cabestaing dont nous avons dit la mort ; viennent après lui Formit de Perpignan, Raymond Bistors, Pons d'Ortoffa, Bérenger de Palasols, et Gérard de Roussillon, célèbre par son poëme sur les querelles de Charles-Martel et de Gérard, comte de Roussillon. Un grand nombre d'hommes savants s'illustrèrent pendant le moyen âge et à l'époque qui suivit la renaissance par de laborieux travaux sur la médecine, la théologie et la jurisprudence. C'est Perpignan qui a donné à la France le peintre Rigaud, ce grand portraitiste dont la gloire a rayonné sur toute l'Europe. Perpignan compte le général Dugommier parmi nos illustrations militaires, et de nos jours, fière de l'adoption qu'elle a faite de M. Arago, elle dispute à Estagel, lieu de sa naissance, le renom d'avoir produit ce grand astronome.

Avant de terminer cette monographie, où nous n'avons pas voulu séparer le Roussillonnais du Roussillon, tant l'individu s'explique par la localité, l'homme par la patrie, qu'on nous permette de citer un proverbe populaire, qui, vrai au pied des Pyrénées, peut l'être aussi partout ailleurs : *Dona fenistrera,* dit le montagnard, *camp prop de ribera, vigne à la bora del cami, maï fan bona fi.* En français nous dirions littéralement : *Femme à la fenêtre, champ près de la rivière, vigne au bord du chemin, ne font jamais bonne fin.*

Amédée ACHARD.

LE BÉARNAIS.

LE BÉARNAIS.

Biarnés
Faous et courtés.

JOURNAL DE VOYAGE.

10 JUILLET 185*. — Nous quittons les Landes : à droite et à gauche, des champs de maïs et une poussière qui nous masque jusqu'aux haies du chemin. Au relais, des enfants roses et déguenillés, n'ayant pas le temps de nous cueillir des cerises, coupent les branches des cerisiers, et les jettent à profusion dans la voiture. Quelques-uns, plus prévoyants, ont des bouquets au bout d'une latte flexible, et nous mettent les fleurs jusque sous le nez. La voiture repart, ils la suivent, cabriolant dans la poussière et criant et riant à qui mieux mieux, jusqu'au premier détour de la route...

« Les Pyrénées, » dit ma voisine en me montrant du doigt quelques formes nuageuses d'un gris plombé qui s'élèvent au-dessus de l'horizon. Nous sommes sur des hauteurs, mais nous descendons au grand trot dans le vallon, et les Pyrénées disparaissent, masquées par les collines qui nous font face. Encore des landes!.. une côte encore; et les Pyrénées de nouveau, tristes, sombres, chargées de brume. Et l'ardente Espagne est là derrière !

Les landes s'effacent peu à peu, la vigne se montre, les coteaux verdoient. A la bonne heure, on reconnaît le Béarn, tel qu'on l'a pu rêver.

12. — La première trace historique qu'on retrouve de l'existence du Béarn est

une charte promulguée en 825 par l'empereur Charles le Chauve, en faveur du monastère d'Alaon, dans le diocèse d'Urgel. En 819, Louis le Débonnaire avait réuni toute la Gascogne à son royaume d'Aquitaine. Le duc qu'il déposséda, Loup Centulle, laissa deux fils qui, par une transaction de vainqueur à vaincu, furent investis, l'un, Donat Loup, de la vicomté de Bigorre ; l'autre, Centulle Loup, de celle de Béarn. Loup Centulle était de la famille de Clovis. La première dynastie béarnaise a donc été mérovingienne.

Toutefois, les chroniques ne commencent à se débrouiller un peu qu'à partir de Centulle Ier (vers l'année 905). Le Béarn est alors dépendant du duché de Gascogne, possédé par la Castille. Centulle se bat à outrance contre les Maures. Gaston Ier et Centulle II, ses successeurs, fondent une quantité de monastères. Centulle III, grand pourfendeur d'infidèles, prépare en outre l'affranchissement de sa souveraineté, affranchissement que consomme son successeur Centulle IV, à qui Guillaume de Poitiers, devenu comte de Gascogne, fit remise de ses priviléges féodaux en Béarn. On peut voir dans Marca la charte de concession.

Gaston IV, de retour des croisades, où il avait fait merveille contre les Sarrasins, fut appelé par Alphonse *le Batailleur*, roi d'Aragon, à lui prêter secours devant Sarragosse assiégée. Le Béarnais vint aider à la prise de la capitale aragonaise, et reçut à cette occasion les titres de *rico hombre*, pair d'Aragon, avec la seigneurie de Notre-Dame *del Pilar*. On voit encore dans cette église les éperons et le cor de guerre de ce valeureux chevalier. C'est à lui et à ses deux prédécesseurs que remonte, sinon l'origine, du moins la rédaction première de ces *fors* [1] béarnais, célèbres dans la législation féodale par leur esprit d'indépendance nationale et privée. Le for d'Oloron fut donné, en manière de charte, par Centulle IV ; celui de Morlaas, par Gaston IV, qui promulgua aussi le premier des fors généraux. Ce prince avait, s'il en faut croire les historiens, la manie des franchises populaires ; il s'en allait, propageant la liberté, par les cités et les hameaux. Quand ils en eurent goûté une fois, les Béarnais ne parurent pas disposés à se la laisser marchander. La vicomté venant à tomber en quenouille, Marie, qui en était investie, imagina d'en faire hommage au roi d'Aragon, qui lui donna pour époux Guillaume de Moncade, le premier des neuf barons de la Catalogne. Mais les gens de Béarn, sans autre façon, mirent l'étranger à la porte, et se choisirent pour seigneur un chevalier du Bigorre. Celui-ci, prenant sa souveraineté trop au sérieux, fut saisi et mis à mort dans la ville de Pau, alors naissante (1170). Un autre seigneur, Auvergnat, fut choisi de même, ne tint compte de cette leçon, et subit le même sort. Alors ces terribles justiciers, les Béarnais, imaginèrent de se donner un maître tellement faible, que toute révolte devînt une sorte de sacrilége. Ils envoyèrent demander à ce Moncade, qu'ils avaient chassé, un dés deux fils jumeaux dont venait d'accoucher l'ex-vicomtesse Marie. « Les deux prud'hommes béarnais étant arrivés sur les « lieux, dit la chronique, allèrent visiter ces enfants, qu'ils trouvèrent endormis, « dont l'un avait les mains *fermées, et l'autre les tenait ouvertes.* Or, le choix leur

---

[1] *For*, de *forum*, comme les *fueros* espagnols.

« étant donné par le père, ils préférèrent celui qui avait les mains ouvertes, pre-
« nant cette circonstance pour un signe de libéralité, et l'emmenèrent. » Ainsi finit
en Béarn la domination mérovingienne; ainsi la souveraineté de ce pays revint à la
maison de Moncade, volontiers soumise au roi d'Aragon.

Après Gaston à *la main ouverte*, régna son frère Guillaume-Raymond (l'enfant
aux poings fermés), assassin sacrilége de l'archevêque de Tarragone son parent, mais
du reste un des législateurs les plus libéraux qu'ait eus le Béarn. C'est à lui que les
vallées d'Ossau, d'Aspe et de Baretous durent leurs coutumes, tellement indépen-
dantes, qu'elles légitimaient en quelque sorte les vols de ces montagnards dans la
plaine. « Si un homme d'Aspe fait aucun tort aux autres sujets du vicomte, dit le for
de Guillaume-Raymond, et que, s'enfuyant après, il puisse arriver à Pène d'Escot,
le vicomte ne pourra le saisir; et par la suite il ne pourra le rechercher que s'il
vient en personne tenir les assises dans la vallée. » Partout ailleurs le criminel est
inviolable. En somme, et sans rappeler une à une les clauses des fors, il est certain
qu'elles établissaient une remarquable réciprocité de droits et de devoirs entre le
seigneur et le vassal. Dans la plus grande partie des rubriques, on retrouve ces
mots sans distinction de qualités : *Toi homy en Bearn*, tout Béarnais.....

La procédure criminelle reposait sur le serment et le duel judiciaire. Quant à la
loi civile, elle avait pour base un axiome bien différent de celui des lois féodales en
général. Le principe de ces dernières était : *Nulle terre sans seigneur*. Le principe
des fors était : *Nul seigneur sans titre*. Il y avait tout un abîme entre ces deux points
de départ, bien qu'au premier coup d'œil ils ne semblent pas s'exclure.

Même jour. — Pendant que j'écris ce rapide résumé de mes études matinales, les
rues de Pau se peuplent et s'animent. Laissons là le passé. Voici une procession
(c'est aujourd'hui la Fête-Dieu). Le costume des paysannes est tout à fait original.
Leurs *capulets*, écarlates ou blancs, leurs fichus aux vives couleurs, émaillent la foule
bigarrée. Des citadines, les unes ont le long manteau roide et noir qui les cache de
la tête aux pieds, vraie guérite d'étoffe (le *capuchon*), les autres portent coquettement; posé de côté, le madras à carreaux bruns et verts, rouges et jaunes. Sous ce
madras, d'ordinaire on voit plaqués des cheveux *d'un noir d'enfer*, comme ceux de
Belcolor; beaux yeux, en général; lèvres volontiers entr'ouvertes par un agréable
sourire; joues brunes et fraîches; démarche preste et assurée, avec ce mouvement
des hanches que les Espagnols appellent *meneo*.

La physionomie des hommes est avenante et fine; beaucoup de nez aquilins et de
pommettes saillantes. La gaieté, stéréotypée sur ces grands traits, a quelque chose de
sculptural. Quelques rides moqueuses le long de la paupière, une habitude du visage
qui, peu à peu, relève fortement les deux coins de la bouche, contribuent à donner
au type national je ne sais quoi de satirique et de gaillard. Costume presque traditionnel : le berret plat, brun ou bleu, parfois surmonté d'une houppe de laine blanche
ou rouge; l'antique *blaude* bleue, rarement écrue; la veste brune, et, souvent, sur
le gilet de laine blanchâtre, la large ceinture rouge des Catalans. Par malheur, le
pantalon vulgaire a remplacé la braie aux larges plis et les guêtres collantes, au
grand détriment du pittoresque.

La capitale du Béarn, c'est-à-dire la résidence des vicomtes, fut d'abord fixée à *Benearnum* (aujourd'hui Lescar). L'invasion normande ayant détruit cette ville, ils l'établirent à Morlaas, puis dans le château d'Orthez (vers le milieu du treizième siècle). Cependant un de ces princes, accoutumé à de fréquentes excursions contre les Sarrasins d'Espagne, remarqua, au midi de la plaine du Pont-Long, un endroit dont la situation lui plut. Il l'obtint des habitants de la vallée d'Ossau, qui en étaient propriétaires, moyennant un droit de préséance à la *cour majour,* quand cette assemblée serait tenue dans le château qu'il voulait construire. Sur ce terrain, afin de déterminer les limites de la concession, trois pieux (*pali*) furent plantés. Autour de celui du milieu, on bâtit le château, qui fut appelé, pour cette raison, château de Pal, et, par corruption, de Pau (*l'aou*). Ainsi, du moins, disent les antiquaires, et ils vous montrent les armoiries octroyées en 1482 aux jurats et communautés de Pau : trois *pals*, et sur celui du milieu, un *paon* faisant la roue. J'en demande bien pardon aux antiquaires, mais j'aimerais autant faire dériver *Paou* de *paon* que de *pal*.

Ce premier château, qu'on appela aussi en béarnais *Castel Menou,* n'existe plus depuis longtemps. Quatre cents ans après sa fondation (1563), Gaston Phœbus bâtit celui qui existe aujourd'hui. Gaston Phœbus était de la maison de Foix qui, alliée à la maison de Moncade, hérita de la vicomté de Béarn, après la mort de Gaston VII, décédé sans postérité mâle (26 août 1290).

Ce prince, l'hôte vénéré du bon Froissart, était un grand seigneur poëte, très-débonnaire pour le temps. Il poignarda quelque peu, après souper, son frère naturel Pierre-Arnauld; mais aussi Pierre-Arnauld, assiégé dans Lourdes qu'il détenait pour le roi d'Angleterre, ne voulait pas rendre amiablement cette place à Gaston. Quant à l'aventure du fils de ce dernier, elle est bien connue. Ce jeune homme fut accusé d'avoir voulu empoisonner son père. On le mit en prison, et il résolut de se laisser mourir de faim. La chose revint à Gaston, qui se nettoyait les ongles avec un petit couteau. Il passa dans la chambre où était son fils, et, là, « par maltalant (maladresse), dit naïvement le chroniqueur, il bouta un tantinet de la pointe du coutel en la gorge de l'enfant, et l'assena en je ne sais quelle veine. Le prisonnier fut sang mué et effrayé de la venue de son père, outre qu'il étoit foible de jeûner ; aussi ne fit-il que se retourner d'autre part, et incontinent il mourut. »

Tel était ce « prud homme en l'art de régner, connoissable et accointable à toutes gens, et qui doucement et amoureusement parloit à eux [1]. » D'ailleurs, passé maître au grand art de vénerie et poëte assez agréable, on chante encore de lui ces petits vers amoureux :

Aqueres mountines — que ta haulos soun
M'empéchon de bédé — mas amous oun soun.
Si sabi las bédé,— ou las rencountra,

Passeri l'ayguette, — chens poû d'em nega,
Aqueres mountines — que s'abacheran
Et mas amourettes — que parecheran [2].

[1] Froissart. — *Chroniques.*

[2] Ces montagnes, qui sont si hautes, / M'empêchent de voir où sont mes amours. / Si je savais où les voir, où les rencontrer. / Je passerais l'eau sans crainte de me noyer. / Ces montagnes un jour s'aplaniront, / Et laisseront paraître mes chères amours.

Il a signé, monument peut-être moins durable, le château de Pau, que je viens
de voir. Sur un terre-plein à huit angles, irrégulier de forme, formant une escarpe
élevée en maçonnerie et revêtue en pierre de taille d'environ soixante pieds de
hauteur, s'élève ce *moult bel castel* entouré d'un talus extérieur qui lui fait comme
un second piédestal haut de trente pieds. Dans l'enceinte principale, quatre tours à
peu près disposées en amphithéâtre. En avant du château, en dehors de son enceinte,
faisant face au midi, et dominant le pont jeté sur le Gave, une cinquième tour, assise
au pied de l'escarpe : elle a soixante pieds d'élévation, car sa plate-forme est de niveau avec le terre-plein, qui sert aujourd'hui de promenade. L'escarpe du terre-plein
et celle du talus étaient couronnées jadis par des murs crénelés qui ont disparu.

C'était une forte maison où l'on ne pénétrait pas de plein saut. Une herse, un
pont-levis et un étroit corridor, fermé de six portes, défendaient l'accès de la cour
intérieure, où l'on retrouve le grand puits des résidences féodales. Celui-ci a cent
cinquante pieds de profondeur, et son diamètre est de neuf pieds six pouces.

La tour séparée s'appelait la tour *de la Monnaie*. Les quatre autres (je les prends
dans l'ordre où elles se présentent quand on va de la ville au château) étaient désignées sous le nom de tour Carrée, tour de Montauzet, tour de Bilhères et tour de
Mazères. C'est la tour de Montauzet qui, entre tous ces noirs et massifs donjons,
avait la plus tragique renommée. Au nord du château, construite en carré long, elle
a quatre-vingts pieds de hauteur, sans compter le toit; ses murs ont huit pieds d'é-
paisseur, et son unique porte était à quarante pieds du sol. En 1772, on imagina,
par curiosité, d'en ouvrir une seconde à sa base. Le travail fut long, car la maçonnerie avait la consistance du marbre. On espérait je ne sais quelles émotions de mé-
lodrame : des fers rouillés, des tranchants d'épée, disposés en gril au fond de ces
antiques oubliettes; on n'y trouva qu'un précipice plus ou moins profond, et qui gardait à jamais le secret de ses maîtres. Il fut comblé. Du reste, il y a dans l'épaisseur
des murs, à diverses hauteurs, sept à huit étroits cachots, dont il est impossible de
deviner la destination. On ne voit de porte qu'à un seul; les autres ont peut-être
été murés après coup sur quelques captifs condamnés à y mourir de faim : prisons
d'abord, tombeaux ensuite.

La tour de Bilhères (nord-ouest) est le boudoir du château; elle portait suspendue à ses murs, comme un nid d'hirondelle, *le cabinet de la reine Jeanne*, petite
tourelle qui s'est écroulée, mais que l'on a reconstruite, et d'où l'œil embrasse le
plus ravissant paysage. Au pied de la tour carrée s'ouvre une porte de pierre de
taille rousse, au-dessus de laquelle un bel écusson de pierre jaune écartelé (première
et quatrième d'or, à trois pals de gueules, qui est Foix; au deuxième et troisième
d'or, à deux vaches de gueules, l'une sur l'autre, accornées, acculées, clarinées et
onglées, qui est Béarn), porte ces mots : *Phœbus me fé* (Phœbus me fit). Je ne sais
pourquoi on n'y trouve pas la belle devise de ce prince : *Tocquoy si gaouzes* (Touches-
y si tu l'oses!); elle eût été mieux placée que partout ailleurs au fronton de cet
altier monument d'architecture militaire.

Un autre Gaston, en 1460, transforma la forteresse de Pau en château seigneurial, et vint y établir la résidence des vicomtes de Béarn, qui, du chef de ce prince,

devinrent rois de Navarre. Mais la Navarre espagnole ne leur demeura pas longtemps. Une bulle du pape Jules II la livra au premier occupant, et le premier occupant fut le duc d'Albe, au nom de Ferdinand le Catholique. Jean d'Albret, qui venait d'épouser la vicomtesse Catherine, fille de Gaston XI, n'était pas homme à défendre son royaume. « Nous aurions encore la Navarre, lui disait sa femme au temps de leurs plus grands revers, si nous fussions nés, vous Catherine, et moi Jean. »

Henri II, leur successeur, et la Marguerite des Marguerites, après leur mariage, vinrent à Pau compléter l'œuvre des deux Gaston. Sous leurs mains le château seigneurial devint palais. Gaston de Grailly ne leur avait laissé que peu de chose à faire pour les entours qu'il avait agrandis et ornés : les jardins étaient réputés les plus beaux de l'Europe. Aussi consacrèrent-ils leurs soins aux constructions extérieures, et ils élevèrent ce corps de logis exposé au midi, le long duquel s'étend le grand balcon : c'est dans cette partie du château qu'est né Henri IV. Je passe à dessein sur les détails des couches de Jeanne d'Albret : la gousse d'ail, les lèvres de l'enfant trempées dans le vin, la joie du vieil Albret, le mot : *Ma brebis a fait un lion;* toutes banalités historiques, bonnes pour des livrets de Musée. Quant au berceau en écaille, dont l'authenticité fut naguère si controversée, et qu'on soutient avoir été celui du futur roi de France, je ne lui trouve qu'un seul inconvénient, c'est de ne pouvoir être le berceau de personne. La portée d'une chatte y tiendrait à peine.

En revenant à mon hôtel, je traverse la place Royale, où des grisettes excessivement frisées jouent aux quatre coins. Un gros monsieur les contemple avec une complaisance bénigne. Je le regarde à mon tour : c'est le grand maestro de la *Semiramide* et de *Guillaume Tell*, Rossini en personne.

15. — Mes chers compatriotes forment ici une colonie déjà vieille et nombreuse. Hier au soir, au Parc, je n'entendais que de l'anglais. Pour un peu, je me serais cru sur le *Bowling-Green* de Bath. Un grand jeune homme, blond, donnant le bras à deux *misses* blanches et roses, leur détaillait en phrases de journal son admiration pour le paysage, pour les *dark trees,* le *stream of orange light, — not merely colour, but live light, — which the sun had left behind it,* le ciel pâle, les étoiles, le crépuscule, que sais-je? Derrière nos trois jeunes gens, les parents suivaient, discutant posément le mérite du bœuf de Nay et du vin de Jurançon. Depuis que les Anglais ont choisi Pau entre toutes les villes du Midi pour y installer au soleil leur confortable oisiveté, le prix des loyers a quadruplé; les objets de consommation renchérissent tous les jours. Le luxe y fait des progrès effrayants. N'importe, le pli est pris, et nos touristes y viendront longtemps, — attirés par *le bon marché de toute chose,* — tant la tradition a de puissance.

14. — Miséricorde ! on me propose d'aller voir ce soir jouer *The School of scandal* et *Raising the wind*, par lord P..., sir G... M^rs et Miss R... Demain il y aura un grand *rout* chez lady F..., et le jour suivant, réunion littéraire chez la *baroness dowager* de C.... On doit y entendre déclamer des vers béarnais par un poète indigène. Je me demande quel charme éprouveront à ce dernier passe-temps des compatriotes de Byron; et je pars sans chercher une réponse à cette question.

15. — Un vrai paysage de Claude Lorrain m'a frappé ce matin dans la vallée de

LA BÉARNAISE

Gan, profonde gorge que bordent des hauteurs chargées de verdure, et le long de laquelle, sur un lit de granit, roulent en murmurant les flots transparents du Gave. Au milieu d'un pont de bois, grossièrement construit, une bande de bohémiens à demi nus passait en nous jetant des regards vagues et farouches, comme ceux du taureau. Sur le chemin se traînait, en faisant gémir ses essieux, une charrette attelée de deux bœufs pesants et penchés l'un vers l'autre, dont les jambes et la tête s'entre-choquaient à chaque pas. Un vieux paysan marchait devant, sans jamais retourner la tête, se dirigeant vers une chaumière, où, sur la porte, une femme maigre et voûtée, entourée de poules auxquelles elle égrenait un épi de maïs, allaitait en même temps son enfant. Sévignac, autre paysage, type des sites du Béarn : une plaine fertile, des prairies vertes, une petite ville aux toits d'un bleu sombre (Arudy), surmontés d'un clocher nain. A côté, le château en ruines ; le Gave serpente, se divise et forme çà et là de petits îlots verdoyants. En face, les montagnes, où la vallée d'Ossau s'ouvre, étroite et sombre.

Costumes admirables, hommes et femmes : les premiers ont la veste rouge, le gilet de laine blanche, bordé de noir, et de larges culottes rattachées à mi-jambes. Le vêtement des femmes est d'une simplicité antique : il se compose d'une large chemise de toile attachée au cou, et que serrent sur les hanches les cordons d'une simple jupe de futaine noire, très-courte ; les jambes à découvert ; quelquefois cependant, mais pas toujours, des bas de laine, mélangés de bleu et de blanc descendant jusqu'à la cheville : ils sont bordés d'une petite frange et laissent passer le pied nu. Le capulet est noir d'ordinaire, ou blanc et bordé de noir. Un collier doré, ou un ruban noir soutenant sur la poitrine le petit cœur et la croix d'argent. Ces femmes ont une juste réputation de beauté ; ce qui me frappe le plus en elles, c'est la noblesse naturelle de leur port. Quand, en échange de nos regards curieux, elles nous jettent par-dessus l'épaule un rire tout bienveillant, on dirait des princesses déguisées.

L'une d'elles, vraie figure d'Isis égyptienne, s'en revient des champs, le râteau sur l'épaule, jetant aux échos une chansonnette patoise. La voici traduite :

Quand j'étais petite, je gardais les agneaux ; parmi les fleurs de la prairie, je ne pensais pas aux amours. Maintenant que je suis grande, je garde les moutons, je les fais paître l'herbette dans ces champs si doux [1]. Un jour je les ai conduits à l'onde de ce petit ruisseau. Là j'ai trouvé sur la pierre trois chevaliers gracieux. L'un me dit : Adieu, Ninette ; l'autre : Adieu, mon amour ; l'autre me pousse dans le ruisseau comme un pêcheur jette sa ligne. Il y avait peu d'eau, je ne me suis point mouillée ; au pied du beau pommier je me suis assise. Pommier divin qui charmes, tu as de bien belles fleurs, mais tu n'en as pas autant que mon cœur a d'amour.

Voilà, selon moi, le vrai chant populaire : l'instinct donne la note, les mots viennent se ranger à mesure sur les lèvres du chanteur, selon que la mélodie produit ses idées. L'ensemble qui en résulte réveille à peu près les mêmes impressions, mais n'a pas de forme arrêtée, de consistance logique.

[1] Are quan soy granetto   Qu'ous hey pêche l'herbetto
    Iou gouardi lous moutons   En sets planets ta dous.

Autre chanson recueillie par un pasteur de la vallée d'Ossau, Pierrine Sacaze, de Louvie. Celle-ci est historique et a trait à la captivité du roi François Ier. Il ne faut pas oublier que Henri II d'Albret, souverain des Ossalois, avait été pris en même temps que le monarque français :

> Quan lou Rey parti de France
> Conqueri d'autes pays,
> A l'entrado de Pavi
> Lous Espagnols bi l'an pris.

> — « Renté, renté, rey de France
> « Que sinou qu'es mourt ou pris !
> « — Quin seri lou Rey de France
> « Que jamey you nou l'ey bist ? »

> Queou lleban l'ale deou mantou
> Troban li la flou de lys.
> Quoü ne prenen et quoü liguen
> Dens la presou que l'an mis.

> Dehens üe tour escure
> Jamey sou ni lue s'y a bist
> Sinou per ue frinestote...
> U poustillou bey beni.

> — Poustillou, que lettres portos ?
> Que si counton ta Paris ?
> — La noubelle que you porti
> Lou Rey quère mort ou pris.

> — Tourno t'en, poustillou, en poste
> Tourno t'en enta Paris ;
> Arrecomandem a ma femme
> Tabé mous infants petits.

> Que hassen batté la mounède
> La qui sio dens Paris ;
> Que m'en embien üe cargue
> Per rachetam aou pays.

Les chants historiques abondent dans le portefeuille du bon pasteur. Il y en a un sur la mort du duc de Joyeuse à Coutras ; un autre sur celle du duc du Maine ; un troisième, d'un caractère fort singulier, qui raconte une famine à bord des galères du roi de Séville (personnage fantastique) ; un autre, *les trois Colombes*, évoque le souvenir du séjour que Marguerite de Valois et Henri d'Albret firent aux bains de Cauterets. Elle finit par ces deux strophes :

> Digat me, paloumettos,
> Qui y ey à Caouterés ?
> Lou Rey et la Reynette
> S'y bagnau dab nous tres.

> Lou Rey qu'a üe cabano
> Couberto quey dé flous ;
> La Reyno qu'en a gn'aüte
> Couberto quey d'amous.

Eaux-Bonnes. Quatorze ou quinze maisons, au fond d'une gorge sans issue. Les voitures ne passent pas outre. A cheval ou à pied, on peut par les montagnes gagner la vallée d'Azun, l'une des plus jolies qu'enferment les Pyrénées. Bonne auberge, salon de conversation, etc., etc.

17. — *Eaux-Chaudes.* Village affreux, figures pâles et ennuyées ; tout y est malade, jusqu'aux enfants et aux maisons. Au delà des maisons, un *glen*, comme dirait un Écossais, un glen d'une beauté merveilleuse. Pluie à torrents. Je trouve heureusement un homme de bonne conversation, et qui a des livres. Il me montre dans les *Mémoires* de Jacques-Auguste de Thou ce qu'il dit des eaux de Béarn (en 1582). Nos ancêtres valaient mieux que nous de toute façon ; et, par exemple, quel est le contemporain capable d'avaler vingt-cinq verres d'eau minérale en une heure de temps ? Ainsi faisait de Thou. « Il en ressentait, dit-il, un grand soulagement,

avec un merveilleux appétit, un sommeil tranquille, et une légèreté surprenante
répandue par tout le corps. »

Encore préoccupé de poésies béarnaises, j'en parle à mon interlocuteur, et lui
demande ce qu'il pense de Despourrins, le célèbre poëte d'Accous.

« Despourrins, me répond-il, était trop imbu de poésie française et de mythologie pour être franchement un Anacréon patois. Il y a du naturel, et même de l'esprit, dans quelques-unes de ses chansonnettes. L'air de la plus connue est un ranz
admirable[1] ; mais que devient la vérité (même poétique) quand un gardeur de
moutons chante ses tourments ou même sa mort prochaine, causée par les rigueurs
d'une cruelle beauté, qu'il compare à l'aurore, à l'étoile du matin, à Flore ; quand
il parle du dieu d'Amour, de ses flèches, du mont Ida (le mont Ida surtout revient
souvent), et de mille autres sornettes à la Dorat. Cependant çà et là on ne peut
qu'admirer des couplets d'un naturel charmant :

Taou coum las gattos   Taou las gouyaltos
Soun t'arrata,   Soun ta troumpa.

et les trois qui commencent par ce vers :

Aou mounde nou y a nat pastou[2]...

Aux Eaux-Bonnes, où j'étais hier, Despourrins a laissé un souvenir caractéristique. Il était gentilhomme, et fils d'un militaire renommé par son courage.
Pierre Despourrins, le père, à la suite d'un triple duel dont il était sorti vainqueur,
avait obtenu du roi la permission de faire graver au-dessus de sa porte trois épées
qu'on y voit encore. Son fils, pendant un séjour aux Eaux-Bonnes, est insulté griève-
ment par un étranger. Il n'avait pas son épée et l'envoie quérir par son valet, à Accous.
Le domestique avait ordre de cacher de son mieux le but de sa mission. En dépit de
toutes les précautions qu'il peut prendre, il est deviné par le vieux chevalier, qui,
sans lui en rien témoigner, le laisse partir. Notre poëte n'a pas plutôt son arme qu'il
court chez l'homme dont il avait à se plaindre, et là, sans sortir de l'appartement,
ils en viennent aux mains. L'offenseur tombe bientôt blessé ; Despourrins s'élance
pour appeler du secours : en ouvrant la porte, il se trouve face à face avec son père,
qui, une épée sous le bras, écoutait le duel, prêt à venger son fils s'il avait succombé.

Ou je me trompe fort, ou ceci est du Corneille.

A propos de cette aventure, longue causerie sur le caractère béarnais. L'opinion
de mon interlocuteur se peut résumer ainsi :

« Le Béarnais a l'esprit de conduite plus subtil encore que tous les autres Gascons :
il est insinuant, flatteur ; la main toujours en avant pour demander s'il est pauvre,
pour cajoler s'il est riche. Bon courtisan, adroit conseiller, mauvais ami, excellent
député. Ennemi des partis extrêmes et des opinions hardies ; homme de tempérament

---

[1] *La haou sus las mountagnos,— u pastou malhurous.*
[2] Chanson XXI, dans le recueil imprimé à Pau, en 1827, chez M. Vignancour.

et de juste milieu ; d'une nationalité stricte, comme tous les gens rusés, qui savent fort bien qu'en se tenant, on se pousse, et que l'amour du pays est un excellent masque pour l'esprit de coterie. Ouvrez les *Mémoires* du maréchal de Grammont, vous y trouverez dès les premières pages ce proverbe essentiellement béarnais :

> Qui n'a pas d'argent dans sa bourse
> Dans sa bouche doit avoir du miel.

Voyez cet autre Grammont (le chevalier) : quel gracieux égoïsme, quelle absence de toute morale et de toute autre dignité que celle de l'extérieur ! Voyez encore Henri IV, non pas le roi de l'histoire, mais celui de la chronique, côtoyant les hommes hostiles et les choses adverses, promettant beaucoup pour tenir aussi peu que possible, ladre et fort ingrat au demeurant, mais beau diseur et joyeux camarade. Voyez Gassion, encore plus spirituel qu'il n'est brave. Le duc de Rohan lui donne mission d'arrêter l'ennemi victorieux au pont de Comerets, et d'assurer les derrières de l'armée qui se retire. « Mais, ajoute-t-il, cela fait, comment nous rejoindrez-vous ? — Pardieu, répond Hontas (c'était le nom de famille de Gassion), vous n'allez pas si vite en retraite ! » Belle flatterie à côté d'une belle action.

Et croyez-vous que Bernadotte.....

Comme je n'ai pas mission d'ajouter un article à la *Biographie des contemporains*, je passe ce qui me fut dit de Charles XIV par un de ses compatriotes. »

19. — Je repars pour Pau : mon nouvel ami me met en voiture; nous devons nous écrire, nous revoir. Il m'a pris en gré, il m'aime; c'est étrange, mais c'est comme cela. Que pourrai-je donc faire qui lui soit agréable? Ah ! je lui enverrai des locataires anglais pour sa maison de la Basse-Plante.

20. — *Pau.* Siége d'un parlement érigé par Louis XIII, cette ville est restée en possession d'une cour royale. J'ai assisté aujourd'hui à une séance d'assises : quelques détails curieux.

L'accusation sur laquelle le jury avait à prononcer était dirigée contre un bourgeois de Navarrenx [1], qui, surprenant sa femme en tête à tête avec un amant, dans une espèce de grange isolée, les avait tués tous deux à coups de couteau. Dans le détail de l'affaire, une foule de circonstances trahissent le guet-apens. L'assassin néanmoins, après un réquisitoire et une plaidoirie fort remarquables, est absous à l'unanimité. Le juré de tous les pays est clément pour les maris... malheureux.

> Homo est, et nihil humani à *se* alienum *putat.*

Le dénoûment n'a donc rien ajouté à ce que cette tragédie avait en soi de parfaitement vulgaire. Mais je n'oublierai de longtemps l'un des témoins qui ont déposé pour établir le fait même du double meurtre.

---

[1] Henri d'Albret, roi de Navarre, avait ainsi nommé cette ville pour se consoler de la perte de son royaume; il y avait aussi fait bâtir un château fort et bien muni, pour défendre le reste de son pays de Béarn.— *Mémoires* de J.-A. de Thou.

C'est un beau jeune garçon, de dix-neuf ans tout au plus, tête ardente et brune, regard intelligent et vif; s'exprimant avec l'assurance loyale que semblent donner aux montagnards, plus qu'aux autres hommes, l'habitude des dangers et le spectacle d'une nature sublime. Il parlait une langue inconnue à mes oreilles (la langue *escuara*, vulgairement appelée langue basque), idiome énigme, dont l'origine est ignorée, mais dont les qualités harmoniques sont incontestables. En écoutant mon jeune paysan, je croyais à chaque instant reconnaître les terminaisons et la prosodie du grec moderne. Un interprète, debout auprès du témoin, recueillait attentivement ses réponses l'une après l'autre, et les traduisait aussitôt en un français gascon d'assez pauvre apparence. On l'écoutait néanmoins avec avidité, car la pantomime animée, les gestes nombreux mais toujours nobles, et la voix puissante du jeune Basque, le mystère même de son récit, tandis qu'il le prononçait, tous ces détails étranges exaltaient la curiosité publique à un point extraordinaire.

Voici, en substance, la déposition qui, à elle seule, est un admirable tableau de mœurs. Le jour du meurtre, le témoin était, avec son vieux père et trois de ses frères, occupé à faucher une prairie sur le revers d'une montagne. Vis-à-vis d'eux, au versant de la montagne opposée, se trouvait la grange de l'accusé, à portée de la vue, mais non de la voix. Un chemin passait devant la porte. Le témoin avait vu se glisser furtivement dans cette grange, d'abord l'épouse adultère, puis son complice, arrivés chacun par un sentier différent. Néanmoins, admirable ingénuité, il n'avait conçu aucun soupçon. Une demi-heure après environ, l'accusé était arrivé d'un pas rapide, et, non sans regarder autour de lui, s'était introduit mystérieusement, lui aussi, dans sa grange, dont la porte s'était refermée. Il y était demeuré dix minutes à peine, puis le témoin l'avait vu ressortir sans tirer la porte après lui. Ce fut tout. Alors, seulement, quelques pressentiments funestes s'étant glissés dans l'esprit du jeune berger, il fit part à son père de tout ce qui venait de se passer, et le vieillard, suspendant son travail, se prit à contempler en silence l'endroit désigné. Il hésitait peut-être à s'y rendre, par respect pour l'innocence de ses enfants.

En ce moment, sur le chemin qui passait devant la grange, un voyageur parut. Arrivé en face de la porte ouverte, il y jeta négligemment un regard; puis, attiré par quelque spectacle inattendu, il pénétra dans cette obscure retraite.

Les cinq faucheurs, émus, sans rien savoir encore, ne respiraient déjà plus. L'inconnu sortit au bout d'une minute, pâle d'horreur, chancelant comme un homme ivre. Il s'agenouilla précipitamment sur la terre, devant cette porte maudite, et, se signant à plusieurs reprises, parut réciter des prières. C'est l'usage du pays quand on rencontre un cadavre sans sépulture.

Voyant cela, le vieux père étendit un bras vers ses quatre fils, leur montrant la terre par un geste impérieux. Ils le comprirent sans qu'il prononçât une parole, et tous ensemble, se jetant à genoux, prièrent à leur tour pour les deux victimes.

Jamais je n'ai vu drame mieux écouté que le témoignage de mon jeune Basque, et jamais auteur ou acteur tragique n'eût été plus applaudi, si l'émotion du récit et le respect du lieu n'eussent étouffé jusqu'au bruit des respirations oppressées.

22. — Chez les paysans du Béarn, chaque noce est, pour les voisins, une occasion de se réjouir trois ou quatre jours durant. Les *épouseux* tiennent maison ouverte : on mange toute la journée ; on danse toute la nuit ; et on fait rapidement disparaître les écus gagnés à grand'peine. Les dîners s'organisent en *pique-nique* ; chacun apporte son plat : qui, une paire de poulet ; qui, un canard, une oie, une terrine de *broille*. Les mariés fournissent la *garbure*, le vin, le pain, les lumières, la musique et la galette. On parcourt le village en procession, un violon en tête : les nouveaux époux sont devant, leurs amis suivent deux à deux ; la mariée, si elle l'ose, a mis dans ses cheveux une fleur de pervenche bleue, symbole de pureté ; mais dans ce pays de précoce galanterie, beaucoup de jeunes filles, le matin des noces, craignant d'exposer à la raillerie publique cet accessoire de leur toilette, se rappellent de l'oublier.

A Ossau, en de pareils jours, on tire du bahut certains costumes réservés, d'une richesse extraordinaire : le capulet doublé de satin rouge, une pièce d'estomac également en satin rouge, des pendants d'oreille en argent, ou même en or, et des robes damassées comme nos grands'mères en portaient, épaisses et chatoyantes. Là aussi des ambassadeurs vont chercher la *nobio* (la fiancée) de la part de son prétendu. Elle se fait beaucoup prier pour les suivre et quitter avec eux sa chambrette virginale. On porte devant elle du grain, des œufs, des pommes, emblèmes de l'abondance qui régnera dans le nouveau ménage. Le nombre neuf joue un grand rôle dans ces actes extra-religieux.

Ceci nous ramène aux superstitions du pays, qui sont nombreuses, et, en certains endroits, enracinées. Les fontaines, les lacs, les ruisseaux, sont encore l'objet d'une sorte de culte dans ces contrées : on jette dans leurs eaux des pièces d'argent, des aliments, des étoffes, pendant la nuit qui précède la fête de saint Jean ; on y lave ses yeux, ou les parties du corps affaiblies par les infirmités ; ceux qui sont atteints de quelque maladie de la peau, se roulent sur des champs d'avoine humectés d'une abondante rosée. Beaucoup de paysans croient aux sorciers, et surtout aux sorcières (*brouchos*). Ils se les représentent, réunies la nuit dans des lieux ignorés, une torche allumée dans les mains, et dansant, au son du tambour, autour du démon vêtu d'habits rouges. Des paysans assurent avoir entendu le bruit des fêtes infernales [1].

On croit au *loup-garou*, arrêté dans les carrefours à quatre chemins, sous la forme d'un gros chien blanc, ou révélant sa présence par le bruit de ses chaînes qui traînent sur les rochers ; on croit à la fée d'*Escout* [2], qui distribue les biens de ce monde à ceux qui vont lui adresser une prière dans son antre, et qui ont soin d'y déposer un vase destiné à recevoir ses présents.

Un enfant est atteint de fièvres périodiques ; sa nourrice, méprisant le secours des médecins, adresse une invocation rimée à un pied de menthe sauvage, et lui offre du pain couvert de sel. A la neuvième prière, la plante doit être morte, l'enfant doit être guéri.

[1] Voyez Du Mége, *Statistique générale des départements pyrénéens.*
[2] Les fées (*hadas*) sont, aux yeux des Béarnais, de belles femmes vêtues de blanc, qui se promènent la nuit en chantant des romances plaintives. On les appelle aussi *blanquettes.*

A l'entrée de la vallée d'Aspe, on remarque un rocher de forme conique ; les femmes vont y frotter leur ventre quand elles sont frappées de stérilité.

Le cri de la chouette annonce un malheur. Le paysan qui l'entend, assis à côté de son âtre, prend une poignée de sel dans le bahut, et la jette sur les charbons ardents.

Il est recommandé comme salutaire de franchir neuf fois le feu de la Saint-Jean, qu'en béarnais on appelle *haille*.

L'usage antique des pleureuses s'est conservé à Bielle et à Bedous. Elles accompagnent le cercueil en faisant retentir l'air de leurs cris, et font l'éloge du défunt par quelques chants improvisés. Cette coutume, qui subsiste encore en Corse, commence à tomber ici en désuétude.

24. — *Lescar*. Vieille église romaine, d'un style très-pur. Trois nefs spacieuses ; six piliers de chaque côté marquent l'étendue de la nef centrale ; des arceaux hardiment jetés et surbaissés dans les chapelles latérales, y décrivent une courbe large et hardie. — C'est une véritable basilique que l'église de Lescar, dit le dernier historien du Béarn (M. Mazure), et si ce n'était son transsept, la croix latine qui la partage, elle donnerait une juste idée du genre des monuments romains connus sous ce nom, lorsqu'en effet le christianisme consacra les basiliques de Rome au premier exercice public des Saints Mystères.

26. —*Excursion au château d'Angosse*. Nous partons sur les huit heures du matin. Les routes sont couvertes de monde. Longues charrettes à huit places chargées de femmes en capulet. Nombreuses compagnies d'oies qui se précipitent avec une obstination remarquable sous les roues de la voiture. Entre autres curiosités, une paire d'oies grasses à califourchon sur un petit âne. L'intéressant animal qui se nourrit de glands abonde aussi sur le chemin, et lève pour nous voir passer son groin conique, percé de petits yeux vairons. Il faut avoir habité les Pyrénées pour se faire une idée juste de toutes les transformations que subit un pauvre porc après sa mort, et apprécier l'utilité dont il est. Le jour où on le tue compte parmi les solennités domestiques, bien autrement important qu'un jour de lessive : les voisins sont sur pied de bonne heure ; comment résisteraient-ils aux appels furieux de la victime? Ils accourent. Chacun met la main au cadavre ; le sang coule, la chair se hache menu ; les boudins, les saucisses se multiplient et circulent ; les débris du lard (*grésillous*), mêlés à la pâte de maïs, lui prêtent une saveur inusitée. Les pots de salé s'emplissent par longues files, espoir de *garbures* innombrables ; les jambons frottés de sel pendent sous l'âtre. Il faudrait un volume pour décrire les multiples destinées du défunt, et suivre les *disjecti membra porci* dans tous les pays du continent européen où ils voyagent sous le pavillon de Bayonne.

C'est à Nay que se rendent, bêtes et gens, nos compagnons de voyage. On dirait d'une fête ; mais ce n'est qu'un marché. Arrivés dans cette petite ville qui avait, du temps même de Marca, la réputation d'être *gentille*, *agréable* et *marchande*, nous traversons une longue rue garnie de jolies boutiques improvisées : légumes, fromage, beurre, s'y débitent à grand bruit, ainsi que des shawls de coton, des étoffes dites de Baréges, et ces draps bruns foulés dont les montagnards s'habillent

ordinairement. Les femmes sont en toilette ; les hommes aussi : leur cravate lâche,
le col de leur chemise rabattu sur leurs épaules, leur donnent un air mauvais sujet
qui fait plaisir à voir. Ils sont d'ailleurs bariolés de toutes les couleurs de l'arc-en-
ciel, et gais comme leurs costumes, mais nullement agressifs, ou même moqueurs.
Un de nous, exagérant les conseils de la prudence, s'est affublé en plein été d'un attirail que la beauté du jour rend parfaitement ridicule. Personne ne semble y prendre garde. A sa place je serais reconnaissant.

La femme de charge à qui est confié le château d'Angosse en l'absence du propriétaire se trouve par hasard au marché de Nay. Rappelée aux devoirs de l'hospitalité,
elle n'hésite pas un instant, saute sur le premier cheval venu, et nous précède au
grand trot. En arrivant, nous la trouvons, comme une vraie châtelaine, en faction
devant la porte du vieux manoir.

Nous ne remarquons guère que le site même de cette habitation, entourée de rochers à pic, et qui semble le gigantesque pétale d'une fleur de marbre. Rien de plus
retiré, de plus enfoui ; et rien ne serait plus silencieux, si des forges établies dans
les replis d'une gorge presque invisible n'y envoyaient le retentissement régulier
de leurs marteaux. Accueillis avec toute sorte de prévenances, nous passons une ou
deux heures, couchés sur une verte pelouse, comme auraient pu faire, il y a trois
siècles, messires Simontault et Hircan, mesdames Oisille et Parlamente, ces nobles
personnages de l'*Heptaméron*, qui, de parti pris, allaient deviser « dedans un beau
« pré, le long de la rivière du Gave, où les arbres sont si feuillus que le soleil ne
« saurait percer l'ombre ni échauffer la fraîcheur. » Au retour, nous revoyons Nay,
dont j'admire encore la propreté toute hollandaise, qui n'exclut pas une certaine
poésie espagnole ; les fleurs couronnent la crête des murs, les grenadiers tapissent la
façade des maisons ; l'ensemble est riant, actif et coquet.

28. — *Orthez*. Le château de Moncade n'existe plus : c'était un des plus anciens
monuments de l'architecture béarnaise. Construit par Gaston VII de Moncade,
en 1243, il avait été pendant trois siècles la résidence des souverains du pays. Là,
Gaston Phœbus étala le faste de sa petite cour ; là furent données les merveilleuses
fêtes que Froissart décrit avec une admiration si naïve. Une tour carrée, moins spacieuse, mais plus ancienne que celle du château de Pau, atteste seule l'existence de
cette maison royale. Chaque jour quelque débris s'en détache, et déjà elle a perdu
près d'un tiers de sa hauteur.

L'église des Jacobins d'Orthez, le Saint-Denis des souverains de Béarn, détruite
par Montgomery au seizième siècle, n'était déjà plus qu'une ruine du temps de
Marca. Aujourd'hui on en garde à peine le souvenir.

Plus ancien, le pont de pierre jeté sur le Gave subsiste encore, avec ses quatre
arches, dont trois sont de très-hautes ogives. Au milieu de ce pont, à une hauteur
de douze mètres, une tour de forme assez irrégulière, à laquelle se rattache une de
ces traditions sanglantes dont les guerres de religion ont jonché le sol de ce pays.

Charles IX, traitant Jeanne d'Albret en vassale rebelle, avait lancé sur ses états
deux de ses capitaines, le célèbre Montluc et le baron de Terride. Le Bigorre et le
Béarn furent subjugués par les armes françaises ; mais ce ne devait pas être pour

longtemps. Le comte de Montgomery, le même qui, dans le tournoi de 1559, avait
blessé à mort le roi de France Henri II, investi des pleins pouvoirs de Jeanne, leva
une armée et vint reprendre Orthez aux catholiques. Le carnage fut affreux, disent
les historiens ; tout fut détruit. Le Gave roulait des morts et prenait la couleur du sang.

On voit encore au pont d'Orthez une fenêtre appelée la fenêtre des moines (*fri-
neste deous caperas*), par laquelle on précipitait dans le Gave tous ceux des prêtres
qui refusèrent d'embrasser le calvinisme. Les soldats de Montgomery prenaient
grand plaisir à voir les cordeliers faire le saut périlleux ; et quand l'un d'eux essayait
de se sauver à la nage, ils le tuaient à coups d'arquebuse.

L'un des religieux disait la messe au moment où les protestants entraient dans
la ville. Malgré sa frayeur, il achève la cérémonie, et emporte avec lui le vase sacré.
La mort sur les talons, il fuit, non pas tant pour s'y soustraire que pour dérober la
sainte hostie à la profanation. Le Gave coulait aux portes mêmes du couvent ; il s'y
précipite avec son saint fardeau, et disparaît sous les eaux glacées. Son cadavre
passa du Gave dans la Bidouze, puis dans l'Adour, jusqu'au lieu où cette rivière se
joint à la Nive, auprès du couvent des cordeliers de Bayonne. Ainsi, du moins,
disent les chroniques auxquelles cette circonstance, vraie ou fausse, fournit certains
pieux commentaires et certains rapprochements qui, d'une lieue, sentent leur miracle.

Ce qui suit est plus historique : dix seigneurs, de ceux qui tenaient pour le roi
de France, les sires de Gerderest, d'Aïdie, de Sainte-Colomme, Goas, Sus, Abydos,
Candau, Salies, Pardiac et Favas, sortirent du château d'Orthez, et furent reçus à
composition. Conduits dans le château de Pau, ils s'attendaient, sur la foi de leur
capitulation, à un prochain élargissement, lorsqu'un soir ils furent invités, ainsi
que leur chef Terride, à une collation donnée par le gouverneur de la royale demeure. Derrière la chaise de bois sculpté où chacun d'eux allait prendre place, un
serviteur se tenait debout, comme pour leur faire honneur. Au moment où ils s'as-
seyaient sans défiance, ils furent tous poignardés, à l'exception de Terride, qui reçut immédiatement après la permission de s'éloigner du Béarn.

Jeanne d'Albret et son champion Montgomery se sont mutuellement attribué
l'idée de cette abominable trahison. Sans leur faire grand tort, on peut partager
entre eux l'infamie qui en rejaillit.

Le massacre des prisonniers de Pau avait été consommé le 24 d'août, jour de
saint Barthélemy. Charles IX, en l'apprenant, entra dans un de ces accès de fureur
auxquels il était sujet ; il jura de faire une seconde Saint-Barthélemy en expiation
de la première, et l'on sait qu'il tint parole le 24 août 1572.

50. — *De Pau à Lestelle.* Plaines riantes, champs de maïs mêlés de prairies artificielles ; çà et là quelques bois, et sur les bords de la route une rangée ou deux
de sveltes peupliers. L'architecture des fermes est invariablement la même, si ce
n'est que le toit se couvre tantôt en ardoises bleues, tantôt en tuiles. Le chaume est
rare. Aux deux extrémités du toit, en général, se dresse une petite urne, un pignon
quelconque en fer-blanc ou en cuivre. La maison est assise perpendiculairement à
la route, et lui présente un de ses côtés. Le portail, souvent surmonté d'un petit
chaperon ardoisé, donne accès dans la cour : le jardin potager est à côté. Les vignes

s'étayent aux arbres fruitiers comme en Italie, mais on y consacre peu de soins, et le *haulin* (c'est ainsi qu'on l'appelle) manque de l'élégance qu'on pourrait lui donner à si peu de frais. Au-dessus de la porte de presque toutes les maisons, une tablette de pierre où est sculptée grossièrement une fleur, une croix, une étoile, quelquefois une date ou une inscription. Dans quelques parties du pays où abonde le chêne commun, on se croirait en Angleterre.

En prenant un de ces sentiers qui s'écartent de la grande route, on arrive ordinairement à quelque pauvre hameau ; groupe de chaumières enfumées où l'on ne trouve plus la moindre trace de richesse et de comfort. Le superflu ne s'y révèle que sous la forme de quelques statues de la Vierge, en bois doré, dans l'humble chapelle.

Jolie vue du pont de Coarraze, et plus jolie encore de la terrasse du château. C'est là que *le Béarnais,* confié aux soins de Suzanne de Bourbon, baronne de Miossens, sa gouvernante, passa son enfance parmi les paysans, élevé comme eux, vêtu comme eux, mangeant leur pain bis et leur soupe à l'ail (*tourrain*). Quelques pans de mur et une tour carrée restent seuls de l'ancien château ; mais l'habitation qu'on a élevée sur ses ruines ne manque pas d'un certain caractère. Un petit bois couvre la hauteur escarpée sur laquelle elle est assise. Devant elle les Pyrénées, à ses pieds le Gave rapide ; tout auprès un moulin, un pont, tous les accessoires d'un paysage doux et tranquille.

Peu après Coarraze nous arrivons à Lestelle, le dernier village du Béarn. Le séminaire qu'on y avait établi n'existe plus ; l'église et les bâtiments adjacents qui lui étaient consacrés sont occupés aujourd'hui par des missionnaires et des capucins espagnols. C'est sur une montagne, auprès de Lestelle, qu'est la chapelle de Bétharam, la Mecque béarnaise. Tous les ans une foule de pèlerins et de pèlerines viennent y porter l'hommage d'une dévotion quelque peu équivoque en ses manifestations. On y passe bien en effet la journée en prières et en stations sur les sentiers ardus de la montagne, au pied de fétiches grossièrement peints, qu'un artiste primitif y a semés : mais la nuit venue, on campe pêle-mêle dans la forêt, vaguement éclairée par quelques lampes accrochées aux arbres. Il est admis que les indulgences gagnées le matin se dépensent alors assez rondement. Le chant des cantiques y couvre des appels furtifs : les sentiers se peuplent de couples errants qui se montrent et disparaissent comme des ombres ; puis, quand le pèlerinage est accompli, de tumultueuses bandes de jeunes gens sillonnent les chemins, bras à bras, marchant de nuit pour réparer le temps perdu, et réveillant dans chaque ville les bourgeois endormis, par des litanies assourdissantes. On a peine à concilier avec les inspirations d'une piété sincère tant de bruit et de joie, cette marche troublée, ces clameurs triomphales, ces allures de francs-mitoux.

Nous voici dans la verte vallée qui s'ouvre à Lestelle. Un épervier vole au-dessus de nos têtes, ses larges ailes jaunes étendues au soleil : on le prendrait pour une feuille d'automne. C'est ici que le Béarn finit, et que commencent les Hautes-Pyrénées....

OLD NICK.

DAUPHINOIS

(Maître d'école).

LE DAUPHINOIS.

A M. Marcelin Bérenger (de la Drôme), — pair de
France, membre de l'Institut, conseiller. à la Cour
royale de cassation, — à qui tous ses compatriotes
doivent tant, un de ceux qui lui doivent le plus.

GEORGES D'ALCY.

OBLE pays auquel tant d'illustres souvenirs se rattachent ; pays de franchises et de libertés, toujours
armé, toujours luttant pour son indépendance
contre l'oppression qui le menaçait, tour à tour
contre celle des Romains, contre celle de ses comtes et barons, contre celle de ses rois ; le Dauphiné,
cette vieille et glorieuse province qui a vu naître
Bayard et Lesdiguières, Barnave et Casimir Périer ;
hélas ! aujourd'hui cette province n'a plus rien qui
la distingue des autres parties d'un royaume auquel
la réorganisation départementale l'a réunie et confondue à jamais ; aujourd'hui,
elle forme les trois départements de l'*Isère,* de la *Drôme* et des *Hautes-Alpes,* et
comme toutes les anciennes provinces de France, elle n'a rien gardé de ses antiques
priviléges, pas même le stérile honneur de donner un titre à l'héritier actuel du
trône : — les *Dauphins* de France sont morts avec la branche aînée des Bourbons.

Mais cet esprit d'indépendance qui semblait, pour ainsi dire, originaire du sol,
a-t-il marqué ses habitants d'un caractère particulier ? Le Dauphinois actuel est-il

bien celui d'autrefois? — quelle physionomie a-t-il? quelle est l'originalité qui le distingue des grandes originalités qui l'environnent? en un mot, à quelle excentricité traditionnelle et indélébile pourrait-on le reconnaître infailliblement, comme on reconnaît encore le Provençal ou le Normand, le Gascon ou l'Auvergnat? — Ses mœurs ont-elles bravé l'influence des temps et de la civilisation générale? Son langage ou ses habitudes sont-elles venues jusqu'à nous pures de tout contact extérieur, de tout mélange hétérogène? et lui-même, au milieu de tant de remuements et de révolutions, s'est-il montré le gardien fidèle des vieilles traditions paternelles? — A toutes ces questions, je répondrai que le Dauphinois n'est plus un type, et que peut-être bien il n'en a jamais été un.—Et en effet, selon les parties différentes du territoire où on l'examine, le Dauphinois présente une physionomie toute particulière et les excentricités les plus diverses, parfois même les plus opposées. Il se distingue moins par ce qu'il est, que par ce qu'il a pu être, car, ayant toujours été matériellement séparé des autres habitants de la France, ce n'est que depuis la révolution de 89, à laquelle il a été le premier à concourir, qu'il a cessé d'être régi et administré par ses anciens priviléges. Il est aujourd'hui ce que le passé l'a fait ; c'est donc moins par l'histoire du présent que par celle du passé qu'on le peut connaître !

Mais, d'abord, n'est-il pas curieux de savoir quelle est l'étymologie de ce mot, DAUPHINÉ, et l'origine de ce titre de DAUPHIN que les héritiers de la couronne de France ont porté pendant près de trois siècles, et comment aussi le titre et la terre leur échurent jadis en partage. Cela est trop important pour l'omettre ici.—A Dieu ne plaise cependant que je discute toutes les étymologies données : un volume ne saurait y suffire. Seulement, j'en citerai deux entre toutes celles qui me paraissent plausibles.—La première fait dériver le mot territorial *Dauphiné* de la dénomination celtique de cette province, *Allobrogie,* sa primitive dénomination, par la traduction de ce terme même en grec : d'où il suit que cette province (la traduction *D-alphys* étant admise) a dû prendre le *Dauphin* pour emblème, comme la traduction hiéroglyphique ou symbolique la plus naturelle de sa dénomination ; ainsi le titre dériverait du nom de la terre : — « Et tout cela est d'autant plus probable, ajoute M. Pierquin, l'inventeur de cette étymologie, que les médailles gauloises des Allobroges et des Dauphinois portent jusqu'à trois de ces animaux sur leurs revers. » — La seconde, beaucoup plus vulgaire et par cela même beaucoup plus vraisemblable, attribue ce titre de *Dauphin* à un dauphin qu'un des derniers comtes de Viennois avait sur l'armet de son casque, et à cause duquel ses enfants prirent le nom de *Dalphini,* d'où le nom *Dauphin* appliqué par extension à la terre possédée, *Dauphiné.*—Quelles que soient la véritable étymologie du mot Dauphiné, et l'origine du titre, le fait est que ce fut le fils de Guy le Gras qui, vers l'an 1120, prit le titre de Comte-Dauphiné et fit graver un dauphin sur son cachet et sur ses armes.

Disons maintenant comment et à quelle condition le Dauphiné passa au pouvoir des rois de France.

L'Allobrogie, après avoir été successivement occupée par les Romains et les Burgondes ; après avoir subi l'invasion de diverses peuplades errantes, et vu s'établir, dans les hautes montagnes du Gapençais et du Briançonnais, quelques bandes de Sarrasins qui, selon les uns, fuyaient la poursuite de Karl-Martel, et, selon d'autres, au contraire, y demeurèrent d'eux-mêmes, à la suite des irruptions qu'ils firent dans le midi de la France; après avoir été gouvernée environ 550 ans par les Francs, l'Allobrogie, dis-je, fut, en 882, érigée pour la seconde fois en royaume des Burgondes, au bénéfice du comte Bozon, gendre de Louis le Bègue. Ce nouvel état n'avait en lui aucun principe de force et de stabilité; fruit de l'usurpation, il devait bientôt périr par l'anarchie et la révolte. Un siècle après, Rodolphe, l'un des successeurs de Bozon, trop faible pour maintenir ses barons feudataires, transporte ses droits à l'empereur Conrad le Salique. Les grands vassaux et plusieurs villes refusent de reconnaître Conrad. Les seigneurs feudataires se proclament indépendants, et règnent chacun dans leurs seigneuries, exerçant une puissance despotique sur tout ce qu'ils peuvent atteindre. Les villes sont administrées, au temporel comme au spirituel, par le clergé assisté des fidèles, guerroyant entre elles, et, le plus souvent, contre les redoutables barons, qui dès lors les voulaient asservir. Ce fut un certain seigneur d'Albon, comte de Grésivaudan, par droit de conquête, qui vint, au onzième siècle, partager à Grenoble l'autorité de l'évêque, — à quel titre? on l'ignore, — et que l'on peut regarder comme le premier dauphin de Viennois. Celui-là meurt en se faisant moine. De 1075 à 1350, c'est-à-dire de Guygues Ier au dernier dauphin Humbert II, douze dauphins occupent Grenoble et étendent successivement leur domaine jusqu'à ses dernières limites, les limites actuelles du Dauphiné. Humbert II est de tous les dauphins celui qui s'occupe le plus de l'intérêt de ses sujets : il agrandit les immunités de Grenoble, en accorde de nouvelles à presque toutes les villes qu'il possède, abolit tous les tributs et droits de péage créés depuis Humbert Ier, ainsi que le droit de mainmorte, réduit les impôts personnels, et, après avoir fondé une université à Grenoble et octroyé les plus larges franchises aux jeunes *clercs et escoliers* qui la fréquenteront désormais, il institue un conseil delphinal composé de six membres auxquels il délègue les pouvoirs les plus étendus, pour éclairer en toute occasion les décisions du prince, et veiller aux droits de tous. Malheureusement et sur ces entrefaites, un déplorable accident vient frapper Humbert II; son fils et unique héritier tombe d'une des fenêtres du château de Beauvoir et se noie dans l'Isère. Dès lors, Humbert ne songe plus qu'à résigner son pouvoir et qu'à se retirer du monde. Tous ses actes répondent à ce désir, toutes ses actions sont pour ce but. Prince libéral et chrétien, il prépare son abdication selon la sagesse et les inspirations de Dieu et pour le bonheur à venir de ses sujets. Il achève les améliorations commencées ou projetées, confirme et assure par tous les moyens qu'il a de le faire les libertés du Dauphiné, et, par une déclaration solennelle connue sous le nom de *statut delphinal*, ayant ordonné, comme condition expresse, « qu'avant d'exiger aucun serment de fidélité, les dauphins, ses successeurs, fussent tenus, à leur avénement, de jurer eux-mêmes, entre les mains de l'évêque de Grenoble, de maintenir et défendre toutes les libertés du pays, » il transporta ses états à Charles, petit-fils de Philippe de Valois.— C'est le 15 juillet 1359 que l'investiture du jeune dauphin eut lieu à Lyon, chez

les frères prêcheurs, où, avant de prendre l'habit de Saint-Dominique, Humbert II
« en signe des dites saisine et dessaisine, bailla audit Charles l'épée ancienne du
Dalphiné, et la bannière de Saint-Georges, qui sont anciennes enseignes des
dalphins de Viennois, et un sceptre et un armet, voulant par ainsi que d'orés en
avant ledit Charles soit tenu et réputé en nom et en fait vrai dalphin de Viennois. »
Et en effet, quoique le Dauphiné appartînt réellement à la France, depuis lors et
jusqu'à la révolution de 89, il a été gouverné selon ses propres lois, et tous les
édits y étaient promulgués au nom du roi-dauphin.

Les guerres de religion ont longtemps agité le Dauphiné. Villes et bourgs, jadis
murés et crénelés, attestent encore, par leurs débris, les rudes assauts qu'ils eurent
à soutenir jadis, pendant ces temps de passions et de carnages. — C'est sans doute à
l'esprit de controverse que les dogmes nouveaux amenèrent avec eux qu'on doit
rapporter la civilisation précoce du Dauphinois. Comme aussi, peut-être, est-ce bien
aux luttes acharnées que les religionnaires eurent à soutenir contre les gens du
roi, autant qu'aux franchises primitivement octroyées par Humbert II, qu'il faut
attribuer cet esprit héréditaire d'indépendance, et cette haine de toute-puissance
tyrannique, qui porta cette province à s'insurger la première contre les excès du
pouvoir royal, et l'entraîna à demander à ses députés, non-seulement de sanctionner
l'opposition des parlements, mais de légitimer le refus de l'impôt. En Dauphiné, et
nulle part ailleurs, pareille chose se vit-elle jamais? En Dauphiné, dis-je, l'amour de
la liberté domine soudain la passion religieuse, d'ordinaire la plus aveugle et la plus
absolue. C'est lorsque la cour s'attaque à tous et sévit contre le pays par de nouvelles taxes enregistrées militairement, c'est alors que le pays se rappelle ce qu'il a
été et ce qu'il doit être. Les vieilles rancunes, les anciens dissentiments sont ou-
bliés : catholiques, huguenots, ceux qui aidèrent aux dragonnades comme ceux qui
leur avaient survécu, même les Vaudois, ces premières victimes, ces fugitifs qui
avaient à peine alors un gîte où reposer leur tête si longtemps proscrite [1], tous
ensemble refusent de se soumettre et s'unissent pour combattre le despotisme. Dans
les églises comme dans les temples, Rome et Genève concourent au même but : on
explique les droits du pays, l'on prêche la liberté, c'est-à-dire le triomphe des lois;
et, malgré toutes les entraves, les états du Dauphiné, noblesse, clergé et tiers état,
assemblés à Vizille la nuit du 21 juillet 1788, sont unanimes dans la résistance, et
allument ainsi, sans trop en prévoir la grandeur ni l'issue, le mémorable incendie
de 89.

Toute chose s'use vite ici-bas, même les religions; et les passions excessives
amènent infailliblement l'indifférence. Le temps, l'habitude et surtout la révolution
de 89 ont presque épuisé toute animosité entre les orthodoxes et les calvinistes : la
tolérance est grande là où ils existent encore, c'est-à-dire, dans la montagne. « J'ai

---

[1] Pendant près de quarante ans, M. le pasteur Bérenger, père de M. le comte Bérenger, actuellement
conseiller d'état et pair de France, a desservi les églises protestantes ou vaudoises du haut Dauphiné, en
s'exposant aux plus grands dangers. Il fut condamné à mort par le parlement de Grenoble en 1767, et exécuté en effigie à Mens. — Les protestants de Mens et du Trièvc n'ont joui d'une véritable tranquillité que
par l'édit de 1787.

toujours été profondément touché, disait l'un des préfets du Dauphiné, en apprenant que, la veille des fêtes nationales, il avait été solennellement décidé, entre les catholiques et les protestants, qu'on mettrait de côté tout esprit de parti et tous les vieux préjugés ; et j'ai trouvé généralement que ces résolutions avaient été religieusement observées. » — Mais dans la plaine, l'irréligion est partout ; partout il n'y a qu'un seul culte, celui du doute et de l'indifférence.

Les dialectes vulgaires du Dauphiné se sont formés à la décadence de la langue romane, de dérivations plus ou moins directes du roman, selon les localités et les habitudes diverses, comme la langue romane s'était formée elle-même des débris de la langue latine. Aujourd'hui, chaque partie du Dauphiné, presque chaque ville, a son patois. Voici un fragment de langue romane et de quelques patois actuels du Dauphiné ; la comparaison sera plus facile en reproduisant exactement le même morceau, la parabole de l'enfant prodigue.

En langue romane :

« Un home aë diù filh, e lo plus jove dis al païre : O païre ! dona à mi la partia de la substancia que se coven à mi ; e de partie à lo la substancia. E en après non motidia, lo filh plus jove, ajostas totas cosas, ane en peleriniage en loguana région, e degaste aqui la soa substancia, vivent luxuriosament. »

Maintenant, en patois actuels ; d'abord en patois de l'Oysans, département de l'Isère.

« Ur homme ayit dous garçons ; lou plus jouvein zi dissit : Pare, baillamé lous bens qu'y déyou avey pe ma part su voutrou héritajeou. Lou pare lou fasé lou partajeou de soun ben. Quoque teims après, lou plus jouvein emporti avey li tout so qu'el ayit agut, s'én fuzé courre loun, dins lou Pays-Bas, ounte oul agué tieu dépeinsa soun ben din leys debauches.

Et enfin, en patois de Valence, département de la Drôme :

« Un homè avio dous garçons : lou plus djeuné diguet à son Pèrè : pèrè, bèla mè la part dè bien qué mè rèven ; et lou pèrè lioou diviset son bien. Quanqués djours après, s'assembléran tous, et lou plus djeune partiguet per 'lou païs étrandgiers onté dissipet son bien en fasan movaiso vio. »

Il est encore une chanson patoise, intitulée le *Mois de mai*, et que des groupes de jeunes garçons et de jeunes filles s'en vont chantant, de porte en porte, par les rues et les fermes, le 30 avril, après le coucher du soleil, attendant, en échange de leurs chants, quelques œufs dont le lendemain ils feront leur *pogne* de réjouissauce, ou bien, à défaut d'œufs, quelques pièces de monnaies pour en acheter. La voici telle qu'on la chante encore :

Le Dauphinois habitant des villes et villages de la plaine est tout autre que celui de la montagne, et même, parmi ces derniers, pour la manière d'être, pour les mœurs et le caractère, existe-t-il de notables différences selon les localités où on les observe. Prenons d'abord l'antique capitale du Dauphiné, Grenoble, cette ville si belle et si florissante, la première ville des trois départements. En je ne sais plus quelle année, Lekain, le célèbre acteur, homme à bonnes fortunes, s'il en fut, et des plus compétents en cette occasion, écrivant de Grenoble, disait des Grenoblois : « Ce peuple est né rusé, spirituel et sensiblé ; il aime les arts, fait peu de commerce, et, malgré sa pauvreté, il est très-hospitalier. Les femmes sont aimables, adroites, fort galantes et remplies d'esprit ; mais en tout elles conservent une décence qui leur donne le vernis des bonnes mœurs. Voilà l'idée que je m'en suis faite, et je la crois juste. » Avant Lekain, un écrivain jadis illustre, et mort comme tant d'autres mourront, Le Pays, écrivait en 1660, toujours sur Grenoble et les Grenoblois : « La galanterie et l'esprit y paraissent plus qu'en aucun lieu du monde ; les femmes y sont bien faites, quoique montagnardes, ne peuvent point passer pour bêtes farouches. En l'un et l'autre sexe, il se fait grand commerce de fleurettes et de soupirs, on y a si grande connaissance de ces deux sortes de marchandises, qu'on y juge d'abord si les fleu-rettes sont de bale ou façon de maistre, de la cour ou de la province. Après cela, monsieur, vous demeurerez d'accord que jamais demeure ne fut moins sauvage que celle-ci, et qu'un honneste homme y doit passer la vie fort agréablement. » Depuis Le Pays et Lekain, le Grenoblois n'a pas changé, et grâce à eux j'ai pu en parler sans médisance.

Parcourons toute la plaine avant de gravir la montagne, et, suivau l'Isère sablonneuse et rapide, laissons à gauche le Romanain actif et laborieux, toujours opiniâtre, souvent insoumis ou querelleur, et bientôt nous entrerons dans le Rhône, et nous aborderons à Valence. — Vrai fils de Roger Bontemps, le Valentinois boit à ses soucis, quand il en a, mais, du reste, sans plus se fatiguer que s'il n'en avait pas ; et il boit de même au plaisir, lorsque le plaisir lui survient. Toute sa science est de vivre, entendons-nous, de bien vivre. Pour lui, la vie, c'est un bon lit, une bonne table, l'estaminet matin et soir, la chasse en été, et fort peu de travail en tout temps ! Je crois même que, semblable au chartreux, il ne travaille que pour se délasser de son oisiveté. Il est d'ailleurs hospitalier, généreux et facile, et n'a, après tout, que les défauts de tout le monde ; il ne tiendrait même qu'à lui de n'en avoir que les qualités. Pour cela, il est vrai, il lui faudrait ce qui semble absolument lui manquer, une volonté soutenue. En fait de volonté et de courage, il a des éclairs, de fort beaux éclairs, je vous jure. Il voudra bien tout un jour, rarement deux ; mais quand il se bat, il le fait en conscience et assez bien pour se faire tuer tout d'abord. Quant aux grands hommes, il en a quelques-uns d'un vrai mérite, mais que lui importe ? Il aime les excentricités, et le *cuisinier* MARTIN est celle dont il se glorifie le plus. Valence est un séjour où l'esprit de médisance règne parfois beaucoup plus qu'il ne convient, et par cette raison, ce n'est pas nous qui blâmerons MM. Empis et Mazères d'y avoir pris les personnages de leur charmante comédie de *la Dame et la Demoiselle.*

Valence est la dernière limite du Nord ; le Valentinois n'a rien du Provençal, ni dans le langage ni dans le costume. Cependant, à six lieues de Valence, sans transition aucune, le reste du département est Provençal, aussi Provençal qu'on l'est à Avignon et à Marseille. L'habitant de Montélimart comme celui de Pierlatte et de Nyons suit la tradition provençale pour les coutumes et le langage : brusque, farouche, peu serviable, il vous maltraitera si vous ne lui cédez le pas, et, pour peu que vous ayez besoin de ses services, il vous jouera mille méchants tours. Êtes-vous égaré, plutôt que de vous enseigner le droit chemin, il vous poussera dans une route extrême, ou même volontiers, si la chose est en son pouvoir, dans un mauvais pas. Interrogez-le sur l'heure ou la distance, selon qu'il vous trouvera fatigué ou dispos, il l'allongera ou la raccourcira, car sa plus grande joie est de causer la surprise et le désappointement, à moins toutefois qu'il ne vous jette pour toute réponse ce dicton provençal qui lui est si familier : *Camine, camine, as pau que tèrre té mainque.*

Dans la plaine, partout où croît le mûrier, la soie est la fortune des habitants et leur principale récolte. Un mois de soins et de labeurs, un mois leur suffit pour obtenir un revenu et une aisance que deux années de fatigues et des plus rudes travaux, deux années de fertilité et d'abondance ne sauraient arracher à la terre. Aussi, et c'est un malheur sans doute, cette récolte fait-elle négliger les autres récoltes : déjà cette richesse si doucement acquise, et que le beau ciel de la Provence fait éclore comme par enchantement, altère la vieille énergie de nos campagnards, et les rend plus faciles aux douces séductions du plaisir et de l'indolence ! Et qui le sait ?

peut-être, lorsque l'industrie et la science auront acclimaté ces récoltes sous les humides régions du nord, et, multipliant les produits, établi la concurrence, amené la baisse et fait succéder au bien-être toute sorte de gêne et d'embarras; qui sait si l'heure du retour et de la sagesse ne sera point sonnée depuis trop longtemps, et si nombre de ceux qui vécurent si bien et à si peu de frais auront alors assez d'empire sur leurs habitudes de mollesse, pour ne pas demander au vagabondage et au crime le pain qu'ils ne pourront plus obtenir qu'à la sueur de leur front? — Après la récolte, la fabrication : celle-ci dure longtemps, du printemps à l'automne, et elle occupe tout ce qu'elle trouve; jeunes, vieux, filles, femmes, enfants, mendiants et vagabonds, tout lui est bon; elle prend sans y regarder de trop près, sans même y regarder, car la besogne abonde et le travail est facile, et surtout il ne peut attendre. Les fabriques sont nombreuses dans le Dauphiné, et elles attirent en masse, elles absorbent les jeunes filles. Hélas! la pauvre jeune fille n'a pas à choisir sa carrière; elle se voue à celle-là, qui l'occupe une partie de l'été. Ce qu'elle fera l'hiver, Dieu seul le sait; comment elle vivra, je l'ignore; mais au printemps vous la retrouverez à son poste ni plus laide ni plus déguenillée qu'elle n'était en le quittant; et toujours, avant comme après, sans la moindre inquiétude du lendemain, sans le moindre souci de l'avenir. La voyez-vous, presque en chemise, avec une braillette à laquelle pend un méchant jupon de couleur retroussé de côté, et d'où ressort la chemise, laissant à découvert la moitié de ses jambes toutes nues, toutes hâlées? la voyez-vous penchée sur le rouet, un bras passé dans la courroie qui la soutient, et se balançant rapidement sur la planchette du dévidoir[1], bien plus attentive à sa chanson qu'à son ouvrage, lequel d'ailleurs n'a nullement besoin de son attention? Telle est la *fileuse*, telle est aussi son unique occupation. De douze à dix-huit et vingt ans, cette fille ne fera que ce métier-là, mais après elle passera pour le reste de ses jours à la chaudière où s'ébouillantent les cocons. Ce qu'elle gagne est bien peu de chose, juste de quoi se nourrir et s'acheter de loin en loin une chemise et un ruban, un ruban d'abord, de couleur éclatante, le plus souvent ponceau, et lequel, ajusté à tort et à travers sur ses haillons de la semaine, lui servira de parure pour les vogues du dimanche. Pour elle, le dimanche n'est pas le jour de Dieu, mais le jour du repos, le jour de la danse et du plaisir. Elle ne sait ni lire ni écrire, et pourtant elle est plus impitoyablement, plus obstinément athée que toute la tourbe philosophique du dernier siècle, et aussi enragée contre le curé, qu'elle appelle le *corbeau*, que feu M. de Voltaire lui-même contre Loyola et les jésuites. Le pauvre curé! il a beau jeu à prétendre arrêter le débordement d'immoralité qui vient de ces fabriques, la précoce et épouvantable dépravation qui tient au cœur de ces malheureuses créatures, comme une lèpre vivace et rebelle. Vains efforts, prières stériles! les jeunes garçons se soumettent à sa voix, le suivent aux offices jusqu'à l'âge de quinze ou seize ans, époque

---

[1] Presque tous les dévidoirs sont mus par la vapeur; il n'y a pas trois ans que l'usage en était généralement repoussé. Aujourd'hui l'on ne retrouve les anciens procédés que dans quelques vallées retirées, dans quelques bourgs obstinément rebelles aux améliorations de l'industrie.

DAUPHINOISE

(Fileuse).

de leur grande majorité, époque à laquelle ils l'abandonneront de nouveau ; mais les filles, ni tôt ni tard, jamais, jamais un seul instant elles ne voudront fléchir le genou et renoncer à leurs *piarres* [1] et à leurs débauches. — Ces filatures ne sont, la plupart du temps, que de vastes hangars ; vous en rencontrez à chaque pas, de grandes, de petites, de toutes dimensions, toujours également peuplées toujours également bruyantes. Toutes ces *fileuses* chantent pour chanter, la première chanson venue, *le Roi Dagobert*, et, à son défaut, des *Noëls* et des *Cantiques*, interrompus à chaque couplet par des plaisanteries obscènes, ou pour insulter les passants. Pour Dieu ! garez-vous de leur soleil et du vent qu'elles envoient : dans le midi du Dauphiné, on a vu plusieurs fois ces Euménides modernes se saisir du passant qui se riait d'elles et le fouetter jusqu'au sang ; ou bien, s'érigeant elles-mêmes en cour de justice, s'emparer de l'homme qui s'était laissé battre par sa femme, le hisser sur un âne, le visage tourné vers la queue, qu'il devait tenir en guise de bride, le coiffer d'un bonnet à cornes, et, l'ayant également affublé de deux écriteaux, l'un par devant, l'autre par derrière, le promener ainsi de rue en rue, au milieu de la risée publique, tandis qu'à ses côtés elles se ruaient en foule, sous la conduite d'un jeune gars qui donnait du cornet à bouquin, et de deux *écuyers* agitant des colliers de mulets tout chargés de grelots.

Ce qu'il nous reste à visiter maintenant, c'est la partie la plus poétique et la moins connue du Dauphiné, c'est le Dauphinois des montagnes, l'homme de la nature et des traditions, celui qui n'a encore rien perdu de sa force et de son originalité primitives. — Embrun, Briançon, les vallées de Queyras et de Freissinières, Val-Louise, où les Sarrasins se réfugièrent, et où les Vaudois vinrent chercher ensuite un asile contre la proscription ; Ceillac, Arvieux, Dormilhouse, Guillestre, tous ces pays de frontières, couverts de rochers et de forêts, ces pays, la plupart protestants, et que dominent, au midi et au nord, le mont Viso et le mont Dauphin, toute cette race étrange qui se répand par le monde sans rien y perdre d'elle-même, sans rien y prendre des autres races, et qui revient toujours, ceux qui sont devenus riches comme ceux qui sont restés pauvres, toujours et tout entière, mourir aux lieux où elle est née, fidèle en toutes choses aux vieilles et saintes traditions paternelles. Voilà, dis-je, ce qu'il nous reste à étudier et à connaître.

Le pasteur est l'âme qui anime et vivifie ces sauvages solitudes ; il est le lien qui unit entre elles ces bourgades séparées, et qui, grâce à lui, à ses laborieux efforts, à ses tendres sollicitudes, ne forment qu'une seule et même famille. Il n'avait rien, ou presque rien à faire pour le développement moral : suivre la route tracée, suppléer le père dans l'éducation de la famille ; aussi est-ce aux soins et aux améliorations terrestres que son esprit s'est d'abord appliqué. Néanmoins, en prenant la place du père, il a trouvé à celui-ci de nouvelles occupations ; il a amené l'industrie là où l'esprit religieux régnait seul, et par lui, chaque jour, l'existence matérielle de ces hommes s'améliore et ne contraste plus si grandement avec leur haute in-

[1] Leurs amants. Dans beaucoup d'endroits, dire à une jeune personne qu'elle est une *fileuse*, c'est lui faire une cruelle insulte.

telligence et leur éducation précoce. C'est un ministre protestant dont le nom est
chez eux en grande vénération, c'est Nef qui le premier, en 1824, je crois, leur
apprit même à planter des pommes de terre. Jugez du reste par ce seul fait. Plus
tard, et grâce à la générosité de ses amis, cet excellent pasteur put établir une
école *planchéiée* et *garnie de bancs ;* une seule, entendez-vous, car toutes les écoles
du canton, toutes sans exception, étaient placées, et le sont encore, dans des granges obscures et humides où les enfants, étouffés par la fumée, interrompus par le
babil des gens et le bruit des animaux, étaient sans cesse occupés à défendre leurs
exemples contre les chèvres et la volaille, et à éviter la pluie qui dégouttait du
toit. Mais là ne se bornaient pas ses soins. Tandis que la tempête mugissait autour
d'eux, tandis que l'avalanche les menaçait de tous côtés, calmes et paisibles au milieu du désordre des éléments, le maître et les élèves, enterrés sous quatre ou cinq
pieds de neige, poursuivaient assidûment leurs travaux [1] : tâche laborieuse que nul
ne venait interrompre, et qui durait souvent *quinze* heures chaque jour. — Comment s'étonner après cela de l'éducation supérieure qui distingue ces montagnards?
A Ceillac, village catholique romain, les études classiques sont poussées bien autrement loin : la langue latine y est familière à tous, et, je le gage, le dernier laboureur de Ceillac pourrait en remontrer au premier rhétoricien de Bourbon ou
de Charlemagne. De temps immémorial, le conseil municipal de Ceillac parle latin,
discute en latin, beaucoup mieux que nous ne le ferions en français. Tacite et Cicé-
ron, Horace et Virgile y sont cités plus souvent et plus à propos que nulle autre
part en France. A coup sûr, s'il eût été élevé à Ceillac, le premier *magister* du
royaume, M. Guizot lui-même, n'eût jamais jeté, à la tête de M. Molé, cette malencontreuse citation de Tacite que le chef des conservateurs lui renvoya si bien et
si justement.

Il est certains détails de mœurs, certaines particularités qui ne sont qu'à ces montagnes, et qu'il me reste à vous faire connaître avant de les quitter à jamais. Baptêmes et mariages, et même les enterrements, tout ce que vous allez lire encore
concerne plus particulièrement les populations catholiques. Ces populations se distinguent des races vaudoises par des habitudes moins austères, tout aussi pures cependant, mais moins graves et moins calmes, en un mot, par plus d'éclat et d'expansion. S'agit-il d'un baptême? tout le village est sur pied, on invite les amis à
trois lieues à la ronde, et puis l'on chante, et puis l'on danse, et la joie et la gaieté
président aux relevailles et sont les dernières à se retirer du festin. Voyez-vous dé-
filer le cortége; il va à l'église, mais pour y arriver, n'eût-il qu'un pas à faire, il
tournera autour, il prendra le chemin de l'école, il passera par toutes les rues du
village, sans en excepter une seule, à quelque détour qu'il soit obligé; et cependant,
le ménétrier jouera sans relâche, soit du fifre, soit de la musette, et tous les
beaux compères et toutes leurs joyeuses commères étaleront fièrement au soleil de

---

[1] Nef ouvrit et dirigea lui-même une école où il donnait de quatorze à quinze heures de leçons par jour,
dans la mauvaise saison, sur la lecture, l'écriture, l'arithmétique, la géographie, le chant sacré; et aux
plus avancés sur la géométrie et la physique.

(LADOUCETTE.)

midi leurs plus beaux habits de fête et leurs immenses cocardes de rubans bigarrés. Riche ou pauvre, qui que vous soyez, la cloche carillonnera pour vous ; elle carillonne pour tous, comme une sainte fille qu'elle est, et le curé revêtira sa plus belle chape. Le curé est de toutes les fêtes ; après la messe, il viendra, comme tous les autres, prendre sa part des dragées et du plaisir. L'office terminé, l'on s'en revient comme l'on était venu, dans le même ordre et par le même chemin, avec plus de joie encore ; et le parrain ne manque pas d'abandonner la monnaie de ses pièces aux enfants qui l'attendent à la porte de l'église. Largesses, largesses, monsieur le parrain ! n'allez pas vous montrer plus économe que vos moyens ne le permettent, ni rogner le bonheur de ces garnements, qui savent tout, on ne sait comment, et qui pourraient fort bien vous crier ce que vous avez le moins envie de dire. Du reste, une fois le baptême fait, tout rentrera dans l'ordre accoutumé, et les enfants eux-mêmes, disant adieu à leurs saturnales, redeviendront de petits anges, comme devant. — Pour un mariage, c'est autre chose. Dès qu'un jeune homme se prend d'amour, il songe à se marier. L'amour, dans ces montagnes, va rarement sans le mariage. L'amoureux lui-même ne peut se déclarer ; un ami commun se charge du message, et à le voir arriver, le samedi soir, habillé comme pour le dimanche, la famille de la jeune personne sait d'abord ce qu'il veut. Il nomme celui qu'il représente : le nom suffit, tout le monde le connaît, et le père n'engage le visiteur à s'asseoir au foyer, que si l'épouseur lui agrée. Jusque-là, la jeune fille n'est pas consultée. Bientôt elle aura à se prononcer elle-même, car le samedi suivant, à pareille heure, l'amoureux viendra à son tour, conduit par son ami. Que de choses à se dire ! C'est peut-être une cour tout entière à se faire ; aussi, la visite se prolonge-t-elle ; le temps ni les douces paroles ne sont épargnés ; et, tandis que les parents et l'ami commun s'occupent des arrangements sérieux, l'amoureux emploie son temps le mieux qu'il peut, et toute son éloquence aussi à convaincre sa belle. On soupe à neuf heures. Vite, l'on se met à table, l'amoureux est inquiet, il va savoir ce qu'il désire, il va connaître la réponse de sa belle, qui, en fille bien élevée, répondra sans mot dire, et même sans rougir. Donc on soupe ; la belle fait les honneurs de la maison, elle sert tout le monde, et son amoureux comme tout le monde, jusqu'à la bouillie, le dessert de ces pays ; et alors avec la bouillie, et selon la quantité de fromage râpé que la jeune fille répandra sur l'assiette qu'elle présente à son amoureux, alors seulement l'amoureux saura le degré d'influence qu'il a acquis sur le cœur de sa belle. De là vient sans doute le pouvoir que les montagnards attribuent au fromage râpé, selon eux le plus puissant philtre d'amour. Mais si la fille est rebelle aux avances du jeune homme, elle lui glisse dans la poche de son habit quelques grains d'avoine, d'où le dicton *avoir reçu l'avoine,* pour exprimer un refus essuyé. D'ordinaire, tout finit à l'avoine ; les plus amoureux persistent bien quelquefois, l'amour est si tenace, et il est si doux d'espérer, même en souffrant ! Mais l'insensible met un terme à toutes poursuites, et pour cela il lui suffit de repousser les cendres chaudes du foyer vers le soupirant obstiné. Alors tout est dit, le grand mot est lâché, et l'amoureux n'a plus qu'à partir. Laissons-le se lamenter, ce pauvre affligé que l'on congédie, et suivons l'amant préféré. Si ce dernier est étranger à la commune de l'épousée, il devra acheter son bonheur et la possession de son épouse, et, soyez-en sûr, tout cela lui sera chèrement vendu. Sitôt la noce faite, les jeunes gens du village prennent les armes, vivent gaiement à l'auberge pendant plusieurs jours, et ne laissent partir le marié qu'après l'avoir contraint à payer leur dépense. Le marié cherche bien à leur échapper ; plus d'un nouveau couple a délogé la nuit ; mais à cela il y a danger, on les poursuit, on les atteint, il y a bataille, quelquefois du sang ; et, l'épousée enlevée, son mari ne la peut plus ravoir qu'en payant double rançon. A cela près, le voyage matrimonial n'est plus qu'une ovation ; sur leur route, à chaque village, la jeunesse reçoit les nouveaux époux, leur fait les honneurs d'un repas de vin et de confitures, et les escorte jusqu'au village prochain. — Au rebours du proverbe, les enterrements commencent toujours par des pleurs et finissent souvent par des chansons. Une fois le mort enterré, dans un linceul seulement et son livre de messe à la main, amis et voisins reviennent à la maison du défunt, clore les funérailles par un banquet, aussi soigné qu'un repas de noce. On mange alors le *ponhpo* [1]. Dans le Val-Queyras, la viande ne paraît pas sur la table, mais c'est l'exception ; ailleurs, les choses se passent comme dans certains endroits du Vivarais : vins et mangeaille sont apportés au cimetière ; la table destinée au curé et à la famille est dressée en travers même de la fosse, les autres tout autour ; chacun dîne en plein air et dans cette position ; le repas terminé, le plus proche parent se lève, propose la santé de *leur cher ami le défunt*, et chacun de vider son verre plutôt deux fois qu'une, en répétant avec la famille : *A la santé du pauvre mort! Buvons à la santé du mort!*

L'hiver, au sein de ces montagnes arides, n'est, pour tous ceux qui les habitent, qu'une longue et cruelle privation. Ne vous imaginez pas que ce soit comme pour vous, comme chez vous, heureux privilégiés de ce monde, une privation souvent éphémère et jamais rigoureuse des choses superflues ou surabondantes de la vie. C'est une privation réelle, implacable, mille fois plus cruelle que tout ce que vous pouvez supposer de plus cruel, car elle est de chaque instant et porte sur les objets les plus journaliers et les plus indispensables. — Du bois à brûler, ainsi que je vous le disais tout à l'heure, il n'en existe pas, ou presque pas. De loin en loin, il est vrai, vous pourrez bien encore, sur ces hauteurs ignorées, rencontrer de maigres sapinières ; mais, hélas ! et jugez du reste par cela seul, les lieux où croît le sapin, comparés au reste du pays, sont des lieux d'exceptions et de délices, un paradis. Et encore, dans ces mêmes lieux si favorisés du ciel, les habitants regarderaient-ils comme un sacrilége de sacrifier à leurs besoins personnels les seuls arbres qui réjouissent un peu l'effrayante monotonie des sites qui les environnent. Il est vrai de dire que le plus grand nombre de ces sapinières appartient à l'état, que le cadastre est venu, il n'y a pas longtemps, en déterminer les limites, en régulariser la possession, et que l'administration des eaux et forêts s'en occupe, ou tout au moins fait mine de s'en occuper. Mais cela est-il une raison suffisante de se priver ?

[1] Gâteau fait avec du riz et du froment mélangés.

Les communes moins sauvages et moins reculées, je ne dis pas plus civilisées, du Vercors ou du Villars-de-Lans ne s'embarrassent guère de si peu ; elles usent et abu-sent des forêts qui les entourent ; les particuliers suivent leur exemple, et ce que l'administration des forêts conteste ou revendique, la garde nationale, qui n'a pas été instituée pour rien, en prend possession sabre en main, maire et tambours en tête, sauf à reculer devant la gendarmerie, et à revenir plus tard et tout entière se faire acquitter en cour d'assises par un brave et honnête homme de jury, qui se dit fort judicieusement, comme je ne sais plus quel *Petit-Jean* de comédie :

> Après tout qu'est-ce donc, et pourquoi tant de bruit ?
> Ce n'est que l'état que l'on vole ;

et qui volontiers confisquerait le fagot à son profit, bien persuadé, sur la foi de M. le vicomte de Cormenin, que le roi et les ministres, quels qu'ils puissent être d'ailleurs, à moins cependant qu'ils ne soient de l'opposition, en font chaque jour davantage. — A part quelques communes où sont deux ou trois délinquants que l'administration connaît et surveille de loin, c'est-à-dire du coin du feu, atten-dant l'été pour les surprendre, et que, par ainsi, elle n'a jamais surpris, tous les habitants se chauffent avec la *fiente* de leurs bestiaux qu'ils ont recueillie avec soin et fait sécher en l'étalant, pendant les trois mois d'été que le ciel leur accorde, contre les rochers, et jusque sur la porte même de leurs misérables ca-banes. Ce n'est pas tout : il est aussi des douleurs plus poignantes et plus redouta-bles que la saison rigoureuse semble avoir réservées à ces climats, et qui mettent à une rude et longue épreuve la fermeté et l'énergie de ces hommes de fer. Ce qu'ils redoutent, ce n'est pas la souffrance ni les privations, c'est la mort ; c'est de voir la mort frapper parmi eux, au milieu de l'hiver, lorsqu'il leur est impossible de creu-ser une fosse ou de parvenir jusqu'à l'église de la commune et au cimetière. C'est une cruelle épreuve, en effet, que cette dernière épreuve : tant que durera l'hiver, ils resteront et vivront en présence de ce cadavre, pour ainsi dire côte à côte avec lui, lui adressant la parole comme aux jours d'autrefois, et sentant à chaque instant se raviver leurs regrets et leur douleur. La superstition n'a point d'empire sur eux ; ce ne sont pas les ombres ou les apparitions qui les effrayent ; ils contemplent sans faiblesse ni frayeur, sinon sans chagrin, ces débris sacrés de ce qu'ils ont le plus affectionné sur la terre ; et c'est auprès d'eux qu'ils reviendront chaque soir redire leurs prières et implorer la miséricorde divine. — Les corps sont donc suspendus aux greniers ou aux toits des maisons, jusqu'à ce que le printemps permette de les confier à la terre et d'appeler sur leur tombe les bénédictions de l'église. Mais alors, et avant que ces corps conservés par le froid soient portés de leur asile temporaire à leur dernière demeure, la séparation finale sera aussi pénible et douloureuse que si elle avait lieu au moment même du décès ; le deuil sera aussi triste, les lamen-tations aussi déchirantes, et la veuve ne se sépare pas des restes chéris de son époux, ni le fils des restes de son père, sans les arroser longtemps de leurs larmes, et leur donner encore un dernier embrassement.

Avec les privations et les douleurs de l'hiver, sont aussi les dangers de l'hiver. Ceux-là ne sont ni moins effrayants ni moins redoutables. Lorsque la neige qui enveloppe, et parfois couvre entièrement ces villages, s'est durcie aux froids plus rigoureux, c'est par des voûtes creusées sous la neige qu'ont lieu les communications de cabane à cabane. Souvent aussi, pour porter des secours matériels ou des exhortations religieuses à ces pauvres abandonnés, après avoir déjà longtemps marché de précipice en précipice, bravant l'avalanche et les loups, le curé, aussi bien que le pasteur, sentant tout à coup la neige s'enfoncer sous ses pas, est encore obligé, pour parvenir jusqu'à eux, de s'aventurer sous des voûtes pareilles qu'il trace lui-même, comme il peut, avec la pelle et la pioche, en vue de quelque fumée vers laquelle il se dirige, non toutefois sans courir grand risque de s'égarer et de périr. Autour de chaque village et de chaque habitation rôdent incessamment des loups affamés : légers à la course, ils ont traversé le désert de neige, y laissant à peine l'empreinte de leur passage, et ils sont venus se reposer sur les toits mêmes de ces cabanes, guettant la première proie qui y paraîtra à leurs regards. Dès que la présence du redoutable visiteur est constatée, et elle l'est presque aussitôt, parce qu'elle est toujours prévue et surveillée, et incessamment attendue, les habitants de la cabane lui jettent par les lucarnes quelques débris de viande, et profitent du moment où le loup s'est précipité sur cet appât, pour lui décharger à brûle-pourpoint leurs fusils ou leurs carabines. Mais c'est surtout lorsque le toit a reçu le corps d'un des membres de la famille, que la veille est assidue et la garde attentive et vigilante. On ne le quitte, on ne le perd pas de vue un seul instant, et plutôt que de l'abandonner au vorace animal, femmes, enfants et vieillards, tous préféreraient courir les chances d'un combat corps à corps et au besoin lui servir de pâture, plutôt que de se laisser ravir leur funèbre et sacré dépôt.

Un champ d'avoine ou de seigle, et que chacun a payé à la sueur de son front, des troupeaux dont la chair et le lait les nourrissent et de la laine desquels ils tissent le drap grossier dont ils se couvrent, voilà les seules ressources de ces hommes uniques et vraiment dignes d'admiration Paysans, laboureurs et petits propriétaires, les plus riches comme les plus pauvres, tous mettent également la main à la bêche et à la charrue. C'est en vain que vous chercherez dans leurs jardins quelques fleurs ou quelques fruits, à moins de vous acheminer vers la plaine, du côté de Champsaur ou de Molines, l'Eldorado de ces solitudes ; tous les jardins de Val-Queyras et de Val-Fraislères produisent à peine des racines et des légumes pour la table et un peu de chanvre pour les besoins les plus communs du ménage.

Dans ces villages primitifs, les clefs et les verrous sont choses inconnues, et toutes les propriétés restent sous la garde de la bonne foi publique. Nécessairement, l'argent doit être rare chez des gens qui ne récoltent assez de grains que parce que leur sobriété est extrême et que leur économie s'exerce en tout temps. Le peu qu'ils en ont, ils se le procurent par la vente des bestiaux qu'ils élèvent, et encore est-il presque toujours employé tout entier à acquitter les impositions et à acquérir des objets de ménage et des outils indispensables. Parfois même, malgré toute prévoyance de leur part, ces tristes ressources leur manquent soudainement.

Alors les plus pauvres font comme les hirondelles, ils émigrent pour l'hiver, et, comme elles, ils reviennent au printemps reprendre leur vie des montagnes. — Chaque automne, aux approches des pluies, l'émigration est complète ; car, aujourd'hui, le nombre des voyageurs est plutôt en raison de leurs besoins que de la rigueur des hivers. De ces villages, dont je vous parlais tout à l'heure, asiles perdus et où tout semble inaccessible, descendent des essaims de jeunes montagnards qui, la plume au chapeau en signe de leur vocation littéraire, s'en vont de part et d'autre, en France et en Savoie, se vouer à l'enseignement. Mais des hauteurs de Briançon et d'Embrun, villes de commerce et de passage, où, l'hiver, l'homme a eu plus d'occupations et de besoins, jamais il ne nous est venu autre chose que des colporteurs ou des marchands de parapluies. — Cet enfant que vous retrouvez à chaque pas dans les rues de Paris, toujours riant, toujours prêt à tout faire ; tantôt dansant avec son chien, tantôt vous montrant sa piteuse marmotte, « sa marmotte en vie, » et chantant sans cesse et à tout venant : « Pour un p'tit sou, moussu ; » cet enfant n'est pas un Savoyard, cet enfant n'est pas davantage un Auvergnat, c'est presque toujours un Dauphinois : il est du côté de Barcelonnette ou de Briançon ; son père est rémouleur ou berger, mais berger dans la vallée et tout usé au contact des villes. Pauvres enfants ! ils ont traversé la France, ils sont venus par bande de cinq ou six, non pas avec leur père, ni avec un membre de leur famille, mais avec un mercenaire qui les a loués à leur famille pour trois et six ans, moyennant cinquante, soixante, au plus quatre-vingts francs par an ! et qui les mène durement, et les exploite de toute façon ! A qui la faute ? n'est-ce pas sa propriété, et ne faut-il pas qu'il en tire l'intérêt de son argent ? Il les habille, vous savez comme ! il les nourrit, c'est-à-dire qu'à Paris, aux alentours de la place Maubert, il leur a trouvé, pour eux et pour lui, une *pension bourgeoise, une honnête demeure* où ils sont logés et nourris, vous ne le croirez jamais ! logés et nourris, chacun pour quatre sous par jour ! — Mais cela n'est encore que le meilleur côté de la misère de ces tristes créatures ; c'est le soir qu'il faut les suivre, lorsque, rentrant au logis, ils viennent régler leur compte avec le terrible maître. — Celui qui ne rapporte que *cinq* sous, un sou de bénéfice, celui-là est impitoyablement châtié et privé de la meilleure part de sa nourriture ; celui qui en rapporte *dix* n'a ni louange ni punition ; mais si sa recette dépasse *le franc*, alors il recevra un ou deux sous de récompense et pourra tremper ses lèvres dans le vin de son maître. — Donnez-leur donc à ces pauvres enfants qui vous tendent leurs petites mains grelottantes ; laissez-vous émouvoir à leurs prières ; donnez-leur, non pour le maître qui en profite, mais pour les coups que votre aumône leur servira à racheter. Hélas ! qui sait où la crainte et la nécessité peuvent les pousser, et si votre bonne action ne les arrachera pas à la tentation d'un vol ? — Cependant, il est rare que ces enfants soient voleurs ! Une des clauses de leur contrat porte qu'ils apprendront à lire et qu'on leur fera faire leur première communion ! cette clause, je dois le dire, est toujours scrupuleusement accomplie ; tous les jours, de deux à quatre heures, ils abandonnent la place publique pour l'église, la chanson pour le catéchisme. Celui qui manquerait de s'y rendre serait aussi sévèrement puni que s'il n'avait gagné que ses *cinq sous*.

Voilà le Dauphinois, celui de la montagne comme celui de la plaine, tous les deux, tels qu'ils sont à cette heure. — Le premier sera-t-il longtemps ce qu'il est aujourd'hui? j'en doute; et la raison, la voici : si l'industrie n'a pas encore pénétré dans la montagne, elle est sur le point de le faire, elle est à l'œuvre pour cela. De toute part, la population de la plaine envahit la montagne, et, avec elle, s'efforce d'y amener ses usages, sa civilisation impie, son industrie toute matérialiste. Or, l'industrie va vite en besogne; une fois installée, elle devient maîtresse, et maîtresse absolue. Elle ne vit, elle ne prospère qu'à la condition d'agir sans cesse et d'avancer toujours. Le repos serait sa mort, aussi, et faute de mieux, fait-elle l'ouvrage de Pénélope, et détruit-elle sans relâche le passé au profit de l'avenir. Son activité dévore tout; rien ne lui peut résister; traditions et croyances, elle mettra tout cela à la borne comme on ferait d'un bagage inutile. L'industrie se soucie bien de la poésie des souvenirs, et même de la parole de Dieu! Son évangile, à elle, c'est l'algèbre : elle veut en toute chose une solution exacte et palpable; elle ne croit qu'à l'évidence, elle n'estime que ce qui s'apprécie par mètres ou par chiffres, que ce qui peut servir au progrès. Mais, à quoi peut servir au progrès une existence telle que l'existence de ces montagnards, pauvres honnêtes gens, qui n'aspirent qu'à la vie éternelle et n'ont d'autre science que la science du Seigneur? Et, après ceci, qu'attendre d'une intelligence qui n'exploite l'homme que pour améliorer la matière, d'une civilisation qui ne rêve d'autre but à atteindre ici-bas que la perfection imaginaire de la machine humaine?

Le Dauphinois de la plaine est dans une décadence morale complète, et menace de s'abîmer à jamais dans la vie égoïste et sensuelle d'un peuple blasé. Déjà même, chez un grand nombre, le sentiment national s'est émoussé, et cette noble passion pour la liberté, qui fit la résistance de Vizille, n'est plus qu'une manie d'opposition et de libéralisme, qui n'attend, pour tourner à la plus obséquieuse servilité, qu'un sourire de roi ou un tout petit vent de faveur. Certains Dauphinois demandent la guerre et la réforme électorale; ils crient pour l'une, ils pétitionnent pour l'autre, je ne dis pas par intérêt, car je ne leur en vois aucun, ni à la guerre ni à la réforme, mais sans doute par passe-temps et pour se procurer encore le spectacle amusant d'un bouleversement quelconque. Ce qu'il pourra résulter de cela, je l'ignore. Le monde actuel me semble tourner dans un cercle vicieux assez difficile à définir et qui ne peut amener rien de bon. Je dois me taire sur beaucoup de choses; mais enfin, selon moi, notre civilisation est plus voisine de la barbarie que l'on ne pense, et pour peu qu'on laisse faire le temps, les journaux et les fortifications, les fortifications surtout, la France, comme tous les grands états de l'antiquité, pourrait bien s'en aller en lambeaux, et le Dauphiné redevenir comme devant, aux franchises et à la liberté près, un apanage princier, tout au plus un petit duché de Toscane.

GEORGES D'ALCY.

LE LORAIN

LE LORRAIN.

Paris, 2 juin 1841.

Il faut partir; vers la Lorraine
Nous allons diriger nos pas,
Et parcourir l'ancien domaine
Du pacifique Stanislas.
Pour voir la Meuse et la Moselle,
Fuyons la Seine au flot noirci,
Aux vieux édifices fidèle,
Chez nous reparaît l'hirondelle;
Le vent du nord s'est adouci;
L'air est pur et la route est belle;

Dans le ciel enfin éclairci
Le soleil de juin étincelle;
Sur les champs sa clarté ruisselle,
Hâtons-nous de sortir d'ici!
L'éditeur des *Français* m'appelle
A visiter Metz et Nanci;
Et, le cœur exempt de souci,
Mais plein d'espérance et de zèle
Pour une mission nouvelle,
J'ai quitté Paris, Dieu merci!

Verdun (Meuse), *6 juin.* — L'obélisque élevé en mémoire de la bataille de Valmy est en quelque sorte la grande borne milliaire qui sépare la Champagne de la Lorraine. A partir de l'*auberge de la Lune*, non loin de la gastronomique cité de Sainte-Ménehould, les sites changent avec le nom du territoire. Aux plaines arides, aux stériles déserts succèdent les collines boisées qui environnent Clermont-sur-Argonne, et se prolongent jusqu'à Verdun. A l'aspect de ces hauteurs, on songe aux volontaires républicains auxquels les Lorrains, excellents soldats de cavalerie légère, avaient fourni un contingent considérable.

Ils marchaient, animés d'une fureur divine;
Vers le camp prussien Kellerman les guidait.
  En vain, du haut de la colline,
Un orage de feux sur leur front descendait:
Vive la nation! que ce grand jour éclaire
  La fuite des coalisés!
Les rois voyaient déjà, dans leur vaine colère,

Paris mis au pillage, et ses murs embrasés.
Déjà, portant dans l'est le carnage et la flamme,
Ils rêvaient le retour de la blanche oriflamme.
Mais des nouvelles lois l'empire est affermi;
L'invasion recule, et longtemps l'ennemi
  Entendra gronder dans son âme
  La canonnade de Valmy.

Au lieu d'entrer triomphalement au bruit du fouet et des grelots, la diligence
s'arrête aux portes de Verdun. « Vos passe-ports, messieurs, s'il vous plaît. » Nous
sommes dans une place de guerre. Comme toutes les villes où la population ne peut
s'épancher au dehors, Verdun est sillonné de rues étroites et sombres. Au milieu de
ses noires échoppes, dont les devantures sont formées d'épais montants, brillent,
par le contraste de leur luxe, les boutiques des confiseurs, la gloire de cette cité.

> Elle a pour les *Français* d'exquises sucreries ;
> Pour l'ennemi des forts, des tours, des arsenaux ;
> Et quand il faut combattre, elle éteint ses fourneaux
>   Pour allumer ses batteries.
>   Par la ville des confiseurs
>   Nos frontières sont protégées ;
>   Verdun, si féconde en douceurs,
>   A des étrangers agresseurs
>   Peut envoyer d'autres dragées.

Metz (*Moselle*), 10 *juin*. — Toute martiale que soit la tenue de Verdun, elle est
à celle de Metz comme l'hysope au cèdre, comme la chaumière au palais. Rien
pourtant dans les environs de Metz n'annonce une place forte, et le riant aspect
des bords de la Moselle n'invite qu'aux plaisirs champêtres.

> La nature a fait ce jardin,
> Cette plaine si diaprée,
> Pour les bergères de l'Astrée,
> Nymphes en perruque poudrée,
> En paniers, en vertugadin.
> On devrait, en cette contrée,
> Près de son Estelle adorée
> Rencontrer le beau Némorin ;
> Sur cette rive enchanteresse
> Celui qui chanta leur tendresse,
> Florian, devenu Lorrain,
> Aurait pris en main la houlette,
> Et sautillé sous la coudrette
> Aux joyeux sons de la musette,
> De la flûte et du tambourin.
> La paix de la Moselle embellit les vallées ;
>   Mais qu'on approche encore, et des tours crénelées,
>   D'anguleux bastions, de sinistres remparts,
>   Des casernes, des forts montent de toutes parts.
>   Le tambour retentit, la trompette résonne ;
>   Le canon fait vibrer le sol du polygone,
>   Et, tout étincelant de broderie et d'or,
>   Sur des chevaux fringants passe l'état-major.
>   Partout boulets, obus, machines meurtrières ;
>   Partout des bataillons ; la ville semble un camp,
>   Et dort l'insoucieuse auprès des poudrières,
>   Comme Naple au pied du volcan.

Les Messins représentent la portion militaire de la population lorraine, et leur
penchant pour la guerre, après s'être manifesté dans l'enfance, se développe avec
les années.

> L'âge en ardent foyer transforme l'étincelle ;
> De gagner l'épaulette ils forment le dessein.
> Des exemples fameux encouragent leur zèle ;
> Duroc a vu le jour aux bords de la Moselle ;
> Fabert, Ney, Kellermann, sont du pays messin...

sans compter Chevert, Houchard, Custines, Gouvion-Saint-Cyr, le maréchal Gérard, Eblé, Excelmans, Morland, d'Anthouard, Jacqueminot, Richepanse, le comte Hugo, le comte de Lobau, Rampon, et d'autres Lorrains illustres qui vaudraient assurément l'honneur d'être nommés.

Vu les inclinations belliqueuses de Metz, on pourrait supposer qu'une harmonie complète règne entre la bourgeoisie et la garnison ; mais plus le régime militaire a d'importance, plus il porte ombrage à quiconque n'a pas d'uniforme. L'autorité militaire, si étendue, si despotique, représentée par tant d'individus, a souvent contrarié le développement de la puissance civile, surtout au temps où l'on avait renversé l'axiome : *Cedant arma togæ*. On se rappelle encore à Metz les duels de l'empire, et les nombreuses victimes dont le sang baigna le gazon des glacis. La résistance des Messins au pouvoir militaire était en partie inspirée par de vieilles traditions d'indépendance, qui remontent à l'époque où le pays des Trois-Évêchés avait pour administrateurs supérieurs le maître échevin et ses treize assesseurs. Bloquée de tous côtés par des voisins puissants, cette petite contrée a lutté longtemps avec la vigueur d'un peuple libre contre la France, l'Allemagne, le Barrois et la Lorraine. Les idées de liberté s'y sont maintenues après la cessation des guerres dont sa conservation était le but ; toutefois, l'esprit d'opposition, sensible dans les élections de la municipalité et de la garde nationale, est sans influence sur la nomination des députés. L'optimisme ministériel des représentants messins leur avait même fait donner, sous la Restauration, le surnom collectif de *députation modèle*. Le Messin est patriote sans être démocrate ; il veut avant tout être maître chez lui, comme le charbonnier.

15 *juin.* — L'amour de la campagne est aussi général à Metz que celui des combats. La haute bourgeoisie possède de riantes maisons de plaisance, où elle se réunit pour la chasse ou la vendange. Le petit détaillant ambitionne la possession d'un coin de terre, presque sous les fortifications. Il y va, le dimanche, manger la salade et le veau rôti dans une loge qui, durant la semaine, ne contient que des ustensiles d'agriculture. Les bras nus, la casquette sur la tête, il visite ses espaliers, ses treilles, ses plates-bandes, et suit les progrès de la végétation.

> Voilà de ses poiriers les bourgeons qui verdissent ;
> En globules dorés ses raisins s'arrondissent ;
> Il rêve de beaux fruits pour prix de ses efforts,
> De son âme naïve un doux espoir s'empare ;
> Il rentre en ses foyers, plus heureux qu'un avare
> Qui vient de compter ses trésors.

Dans les beaux mois d'été, les fêtes patronales des environs attirent *extra muros* toute la jeunesse messine. Les chars à bancs, voitures de prédilection du pays, emportent de joviales compagnies à Jouy, à Sainte-Ruffine, à Montigny, à Lorry, à Moulins, etc. ; elles dansent sur la pelouse les plus harmonieux quadrilles de Tolbecque et de Musard, s'asseyent sous les vastes manteaux des cheminées rustiques, boivent les vins blancs de Basse-Moselle ou d'Augny, et se régalent de tourtes aux fruits, de lourdes galettes aux œufs et à la crème, et de différents plats au lard ;

comestible qui joue un grand rôle dans la cuisine lorraine. En automne, les réjouissances de la vendange succèdent aux fêtes patronales. Des groupes s'échelonnent
sur les coteaux; les uns coupent la grappe, les autres l'empilent dans de grandes
hottes de bois; tous rient, s'interpellent, et chantent à pleine voix des refrains du
pays. Le soir, avant que les *guèchons* et les *bacelles* se séparent, ils dansent des
rondes sur la place du village [1].

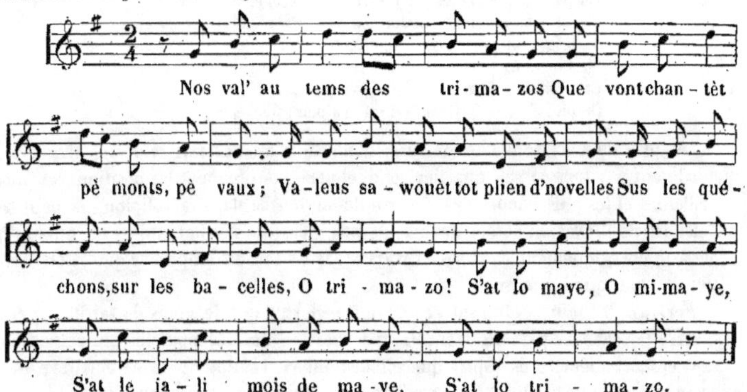

Les plaisirs des Messins annoncent les habitudes calmes; et, en effet, en dépit
d'une ardeur militaire qui sommeille, malgré la présence d'une garnison turbu-
lente, ils préfèrent la tranquillité intérieure aux bals, aux fêtes, aux plaisirs
bruyants. La ville ne s'anime que pour la foire du 1er avril au 15 mai; d'élégantes
baraques, alignées au cordeau, ornent l'esplanade ou la place de la Comédie. Les
dames y étalent leurs plus riches toilettes; la bière, les gaufres, les échaudés, y sont
consommés en quantité colossale. Les grisettes, fraîches beautés aux joues ver-
meilles, aux pieds oblongs, aux tailles médiocrement élégantes, ébauchent au *Jardin
d'Amour* des intrigues qui se continuent plus tard sous les ombrages des remparts.

Metz, 18 juin. — Les beaux-arts ont été longtemps lettres closes pour les Messins;
puis, par une réaction subite, le goût de la peinture et de la musique s'est pro-
pagé. Un peintre de pastel, M. Marchal, a formé à Metz d'habiles élèves, et M. Des-
vigne a organisé un conservatoire de musique qui fera quelque jour honneur à
la cité. La route est tracée maintenant, et tout donne lieu de croire qu'on la suivra.

Metz, 19 juin. — J'ai visité le quai des Juifs, l'esplanade des Juifs et la rue des
Juifs. Une rue boueuse, aboutissant à l'Arsenal, avec une synagogue au milieu, est
habitée presque exclusivement par les Israélites, pour lesquels Metz fut, dès le
moyen âge, un lieu de refuge, et qui y sont encore agglomérés aujourd'hui.

> C'est une rue étroite et dans l'ombre plongée,
> Où, de chaque côté, l'œil suit une rangée

[1] Le mot de *trimazos* a pour étymologie *trios mazos*, trois jeunes filles. Ces sortes de chansons étaient
autrefois colportées de hameau en hameau par des trios de jeunes filles; l'une chantait, pendant que
les deux autres dansaient en claquant des mains à chaque refrain.

De pignons anguleux, de lugubres maisons,
Noires, pleines de deuil, comme autant de prisons.
Là j'aperçois, debout sur le seuil d'une allée,
Un malingre vieillard à la barbe effilée,
Aux cheveux gris crépus, aux regards clignotants.
Un manteau sur ses reins tombe en replis flottants;
Un tricorne, encrassé par un trop long usage,
S'abat comme un auvent sur son pâle visage.
Sa culotte et ses bas sont de drap bleu foncé.
C'est le vieux type juif, le juif du temps passé.
Et, voyant sa figure où l'astuce respire,
On dit : « Voilà Shylock, tel que l'a peint Shakspere. »

Les juifs de Metz sont loin de ressembler tous au portrait ci-dessus tracé; ils n'habitent pas tous ce sale quartier, et quelques-uns occupent les positions les plus brillantes et les plus honorables. Ce peuple, si tenace dans sa religion, ne peut se défendre de l'invasion de nos mœurs, de nos idées, de nos habitudes; et, quoiqu'il persiste énergiquement dans ses croyances, il ne saurait empêcher que la civilisation le confisque à son profit.

Forbach, 22 *juin.* — Durant l'excursion pédestre que je viens de faire, j'ai cru remarquer chez les paysans lorrains une vocation décidée pour les combats, mais sans emportement, sans esprit querelleur; un vif sentiment de nationalité, une économie presque sordide, qui provient sans doute de ce qu'il appréhende de voir, d'un moment à l'autre, la guerre lui enlever ses ressources. Ces traits généraux n'empêchent pas le laboureur des environs de Metz de différer de celui qui habite les régions boisées de Bitche, de Boulay et de Forbach. Le paysan messin est ouvert, bienveillant, abordable, docile aux améliorations; il a le *mot pour rire,* et danse avec abandon; il est beau à voir avec son habit bleu à pans courts et carrés, avec son gilet à larges fleurs. Quand il appartient à la vieille génération, il a conservé la culotte de velours vert bouteille, les bas bleus, les boucles d'argent, et même l'œil de poudre. Il parle au besoin le français, mais plus volontiers son patois vif, animé, expressif[1]; tandis que l'habitant des cantons de Bitche n'a d'autre patois *qu'un horrible mélange* de français et d'allemand. Peu sociable, véritable enfant des bois, il évite les étrangers, ne sait guère sous quel régime il vit, se loge dans des huttes, s'alimente de pommes de terre et de lait caillé, et demeure comme emprisonné dans sa misère et son isolement. Ses mœurs se rapprochent de celles des Bohémiens qui errent dans les forêts voisines, couchent en plein air, disent la bonne aventure, et colportent, dans le département de la Moselle, des faïences et des verreries.

De Metz à Nancy, 30 *juin.* — Le long de cette route charmante, on n'aperçoit que vergers fleuris, coteaux hérissés de vignes ou de bois, clochers surmontés d'un coq doré, prairies baignées par les eaux claires et vives de la Moselle. Entre Metz et

[1] C'est dans ce dialecte, principalement en usage à l'ouest et au sud-ouest du département, que sont écrites les plus intéressantes chroniques du pays et les *Bruilles,* poëme comique en trois chants, commencé par Albert Brondex, vers 1785, et terminé en 1827 par M. Mory; cet ouvrage a pour sujet les amours de Marice avec Fanchon, charmante fille de Chanheurlin.

Pont-à-Mousson, l'on passe sous l'une des arcades de l'aqueduc de Jouy, œuvre des loisirs d'une armée romaine ; il avait trois lieues de long, et servait à conduire à Metz l'eau de la Seille, pour l'usage des bains et de la naumachie. Les villageois, peu instruits des faits et gestes des légions de Germanicus, attribuent au diable la construction de ce monument, et voici ce qu'ils racontent au *quarail* (à la veillée) :

> Un soir, Satan rôdait aux bords de la Moselle.
> Tout à coup dans les airs l'ouragan s'amoncelle ;
> Malheur au voyageur errant par les chemins !
> Malheur à l'épi mûr, à la moisson dorée !
> Sans doute un noir fléau menace la contrée,
>   Car l'ange déchu bat des mains.
>
> Les dieux contre la terre ont déchaîné leur rage ;
> Soulevé par les vents et gonflé par l'orage,
> Le fleuve est devenu comme un large océan.
> Satan veut en franchir les volutes sauvages :
> « Légions de l'enfer, joignez les deux rivages
>   Par les arches d'un pont géant. »
>
> Et l'œuvre s'accomplit ; sur la route nouvelle,
> Superbe, insultant Dieu, marche l'ange rebelle ;
> Mais de son fol orgueil que les transports sont courts !
> Le poids lourd de son corps fait plier les arcades ;
> Les ruines du pont refoulent les cascades
>   Du fleuve arrêté dans son cours.
>
> Et depuis, cette masse inerte et désolée,
> Comme un monstre vaincu s'étend dans la vallée ;
> La vigne en embellit les débris imposants ;
> Le lierre en cache aux yeux les pierres dispersées ;
> Et le long des piliers reposent adossées
>   Les cabanes des paysans.

Le pays messin conserve encore la tradition légendaire du *graoulli,* monstre exterminateur, vaincu par saint Clément, évêque de Metz. Autrefois, aux fêtes des Rogations, l'image du *graoulli,* promenée dans la ville, s'arrêtait aux portes des boulangers et des pâtissiers, qui lui jetaient dans la gueule des pains et des gâteaux. A la fin de la procession, les enfants fustigeaient le monstre dans la cour de l'abbaye de Saint-Arnould. Le *graoulli* messin, la *gargouille* rouennaise, la *tarasque* languedocienne, sont trois versions du même texte, trois représentations allégoriques de la même idée : la lutte du bien et du mal.

Nancy (Meurthe), *6 juillet.* —

De grandes lignes compassées,	Des palais d'ordonnance antique,
Des routes au cordeau tracées,	Magnifiquement ennuyeux ;
Dont la fin se dérobe aux yeux ;	De très-régulières allées ;
Une allure aristocratique ;	Des églises, des mausolées ;

Une file de monuments
Enjolivés d'enroulements
A la sévérité latine,
Unissant le style fleuri,
Et la mignardise enfantine
Du siècle de la du Barry;
Des fontaines, dont les cascades
Verdissent de maigres naïades;

Des héros de marbre ou d'airain;
Des arcades majestueuses;
Des casernes plus somptueuses
Que le palais d'un souverain;
Telle est Nanci, la noble reine,
Belle encore de son passé;
Mais son éclat s'est effacé!
C'est le Versailles de Lorraine.

Oui, c'est bien Versailles, veuf de sa cour, de ses fêtes, de ses seigneurs dorés. Maintenant que les ducs de Lorraine ont disparu, que le roi Stanislas repose dans l'église de Bon-Secours, les souvenirs qui restent à Nanci lui sont plutôt funestes qu'avantageux. La longue présence d'une cour opulente a fini par enter le goût du luxe sur la lésinerie lorraine. Voyez les dames à la promenade : que de somptuosité dans leurs ajustements! que de grâce dans leur maintien! que de souplesse dans leur allure! Grandes dames et grisettes ne reculent point devant la dépense, quand il s'agit d'ajouter à l'élégance de leur toilette; et, pourtant, elles savent concilier l'éclat extérieur avec l'économie domestique, et tiennent à la fois de la cigale dorée et de la prévoyante fourmi.

10 *juillet.* — Ici, point de mouvement militaire, point de remparts, point d'esprit belliqueux. Éloignée de la frontière, la cité vit en joie et en sécurité, aimant les plaisirs, les réunions, la médisance, et écoutant moins la froide et sévère raison que l'ardente et capricieuse imagination. Ce caractère s'est communiqué aux villes du département de la Meurthe, et même à celles de la Meuse. L'habitant des campagnes, entre Bar-le-Duc et Metz, est bien plus réellement français que celui de l'extrême frontière; il a de la franchise, n'en déplaise à ceux qui répètent : « Lorrain, traître à Dieu et à son prochain; » sans songer que ce proverbe est né dans un temps où la population lorraine avait besoin d'employer à la fois la ruse et la force contre ses multiples ennemis. Le paysan de la Meurthe a gardé d'anciens usages, qui attestent en lui une galanterie toute française; j'ajouterais toute chevaleresque, si ce n'était un pléonasme. Un jeune homme s'éprend-il d'une jeune fille, il se déclare ouvertement son fiancé;

Il est alors son Valentin,
La bergère est sa *Valentine.*
Leur ardeur n'est point clandestine;
A la fête, au bal, au festin,
Il l'escorte soir et matin.
Il est prévenant, galantin,
Mais loyal comme un palatin;
Et, quoique l'amour le lutine,
Jamais son transport libertin
Ne fait rougir la Valentine.
Le jour de la fête, il trottine,
Paré d'un habit de ratine,
Ayant au bras sa Valentine,
Qui porte, à défaut de satin,
Un article de Saint-Quentin,

Et suit, comme un guide certain,
Sans que sa pudeur se mutine,
Le fiancé qu'on lui destine.
Il la mène voir Fagotin,
Et la régale, à la cantine,
De vin blanc et de biscotin.
Sans craindre la flamme intestine
Qui consume le Valentin,
Seule avec lui, la Valentine
S'en va, sur le coteau lointain,
Cueillir le muguet et le thym,
Baignés de rosée argentine.
Mais à quoi bon de mots en *tin*
Épuiser notre cassetin?
Les amours du beau Valentin

Suivent l'ordinaire routine ;
Un prêtre, hérétique ou latin,
Unit le sort du Valentin
A celui de la Valentine.

Qu'en dites-vous ? ai-je eu raison de déclarer précédemment que Némorin n'eût pas été déplacé en Lorraine ?

Épinal (Vosges), *15 juillet.* — J'ai beau prendre ma loupe, je n'aperçois rien de remarquable dans cette petite ville mal bâtie, sauf peut-être une fabrique d'images, qui livre à la circulation des myriades d'exemplaires du *Juif errant,* de *Notre-Dame de Bon-Secours,* de la *bataille d'Austerlitz,* des *Amours de Pyrame et Thisbé,* etc. N'ayant pu faire aucune nouvelle découverte physiologique en ce département, je me borne à en signaler les villes et villages notables : Mirecourt, dont les violons ont autant de réputation que les Stradivarius, mais dans un sens tout contraire ; Remiremont, qui a perdu toute sa splendeur avec sa vieille abbaye ; Plombières, l'une des villes d'eaux où l'on compte le plus de véritables maladies, et de véritables guérisons ; Domremy, patrie de Jeanne d'Arc et de madame du Barry, toutes deux mortes sur l'échafaud, l'une pour avoir sauvé la France, l'autre pour l'avoir déshonorée. Quelle que soit l'importance de ces villes, elles ne valent pas les campagnes au milieu desquelles elles sont assises. Les vallées, et surtout les *ballons* des Vosges sont éminemment pittoresques, et j'ignore pourquoi les touristes en dédaignent les paysages.

J'avance, et mes yeux admirent
De vieux sapins qui se mirent
Dans l'eau des lacs azurés,
Et des collines hautaines,
Dont les sommets sont parés
Des plus belles fleurs des plaines,
Du plus vert gazon des prés.
Plus loin, montent jusqu'aux nues
De gigantesques granits,
Des roches âpres et nues,
Où les grands ducs font leurs nids.
Des cavernes enfoncées
Plongent au flanc des coteaux ;
De bizarres végétaux
Leurs parois sont tapissées ;
Sous leurs voûtes surbaissées,
Des stalactites glacées
En colonnes sont dressées,
Avec de blancs chapiteaux.
Ici se cache une source
Au flot clair et transparent ;

Là se déroule un torrent
Qui, sur les rochers errants,
Les déchire dans sa course,
Et s'avance en murmurant.
Puis sa colère s'éveille ;
Troublant l'écho des vallons,
Sa voix retentit pareille
A celle des aquilons.
On dirait qu'une tourmente
Soulève ses tourbillons ;
Il ondoie à gros bouillons,
Et tombe en masse écumante
Dans les gouffres des vallons.
Pourquoi vanter sans mesure
Vaud, Lucerne et le Valais,
Leur éternelle froidure,
Les glaciers et les chalets ?
Je garde tous mes éloges
Pour les sites que voici ;
Celui qui parcourt les Vosges
Voit la Suisse en raccourci.

Je doute, d'ailleurs, que la population helvétienne vaille celle de ces montagnes, des vertus de laquelle je vous entretiendrais plus longuement, si je ne comptais la revoir en visitant l'Alsace, où je vais commencer ma tournée. Au moment de mon départ, je m'arrête pour vous prier, lecteur, de ne pas marquer d'une pierre noire, de ne pas mettre au nombre des jours néfastes ceux que j'ai consacrés à la rédaction de ces différents paragraphes.   É. DE LA BÉDOLLIERRE.

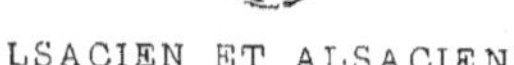

ALSACIEN ET ALSACIENNE

L'ALSACIEN.

Voilà deux mois que je suis à Strasbourg, et mon bagage d'observations morales est encore bien léger. J'ai exploré la ville et les environs ; j'ai vu, du haut du Münster, la féconde Alsace étendre ses verts tapis entre les Vosges et le *Schwarzwald ;* je puis vous montrer la vieille ville de Strasbourg, troquant peu à peu ses gothiques maisons contre des édifices plus commodes et moins pittoresques ; il me serait facile de décrire la promenade du Broglie, rendez-vous des *lions* strasbourgeois, le *Frauen-Haus,* l'hôtel de ville, l'église Saint-Thomas, le Contades, ou la Robertsau ; mais comment monographier les mœurs strasbourgeoises ? L'Alsacien n'a pas le caractère expansif des Méridionaux ; il ne se manifeste pas extérieurement, tout franc et cordial qu'il est. Pareil à l'homme juste d'Horace, il fumerait impassiblement sa pipe sur les débris de l'univers, et sa froideur apparente le dérobe aux yeux investigateurs. Ce n'est pas qu'il ait la cuirasse de duplicité du Normand ; mais, calme comme un lac, il cache, sous une surface plane, de mystérieuses profondeurs.

En outre, l'ignorance du langage nuit à l'observateur qui tâche de sonder l'Alsacien. Tant qu'on se borne à étudier la bourgeoisie, les difficultés ne sont pas insurmontables ; on conçoit sans peine que *pon tieu* signifie bon Dieu ; mais quel dialecte parle l'ouvrier alsacien ? est-ce de l'allemand, est-ce du français ? c'est plutôt, comme dit Bossuet, quelque chose qui n'a de nom dans aucune langue, un patois dénué d'harmonie, rebelle à toutes règles grammaticales, également incompréhensible à Dresde et à Paris. Et pourtant, chose étrange ! cette population féconde en barbarismes, cette confusion d'Allemands, de Français, de Suisses, de Souabes, de Badois, cette masse hétérogène, quasi-germanique par le langage, les mœurs, les habitudes, est toute française par le cœur. Elle n'a été réunie à la France qu'au dix-septième siècle ; mais, antérieurement soumise à une constitution républicaine, elle s'est aisément ralliée à la nation la plus démocratique de l'Europe. Si quelques vieux *stœckelburger* rêvent encore la jonction de Strasbourg à l'Allemagne, ou son ancienne indépendance, l'immense majorité a voué à la mère-patrie une inaltérable affection. Demandez aux coalisés de 1814 comment le paysan alsacien les a reçus ; demandez aux administrateurs du Haut et du Bas-Rhin, s'il connaissent des départements où l'empire des lois françaises soit plus solidement établi ? Pour avoir avancé que l'Alsacien était à moitié Allemand, j'ai failli m'attirer une querelle, dont les résultats m'eussent sans doute été funestes, car l'Alsacien se montre terrible, quand il rompt l'observance de son sang-froid accoutumé ; il se refait alors d'un long jeûne de colère ; c'est une barre de fer chauffée au rouge.

La fusion de l'Alsace avec l'empire français n'a fait que consolider les idées de liberté qui germaient en elle. Sous la restauration, elle a accueilli avec enthousiasme le général Foy et Benjamin Constant. Le conseil municipal de Strasbourg, formé en partie de brasseurs, de bouchers, de marchands de bois, rappelle l'ancien conseil de la ville libre et impériale. Un esprit d'opposition l'anime ; il croit de son devoir d'être en hostilité permanente avec le préfet. Le 1er mai 1841, un nouveau bateau à vapeur devait entrer à Strasbourg, par le canal de l'Ill au Rhin. L'*Alsace,* journal officiel, annonce pompeusement que des fonds ont été votés pour célébrer la Saint-Philippe, mais le conseil municipal s'empresse de répondre, qu'en disposant de l'argent de la cité, il a voulu fêter les progrès de l'industrie, et non le patron du monarque. Quel était le but de cette déclaration. Moins de dénigrer la royauté que de mettre en relief les prérogatives de l'autorité municipale ; Garo était bien aise d'en remontrer à son curé.

Le sentiment de l'indépendance ne va jamais en Alsace jusqu'à l'insurrection On y respecte la loi, même quand elle est funeste, et le magistrat, même quand il condamne. Tout en observant les dispositions légales dont on reconnaît les inconvénients, on y possède une exquise intelligence du juste et de l'injuste : la décision du jury strasbourgeois dans l'affaire du prince Louis le démontre victorieusement. Le chef de la conspiration avait été soustrait à l'action de la loi ; quel sort devait être réservé à ses complices ? Les jurés ont appliqué le principe : la loi est égale pour tous ; et en acquittant des hommes dont la culpabilité était patente, ils n'ont fait que suivre l'exemple donné par le pouvoir lui-même.

5 septembre. — Plusieurs personnes m'ont obligeamment invité à dîner ; mais le moyen qu'un Parisien consente à dîner à midi ou à une heure, pour souper à huit heures du soir ! J'ai protesté par des refus contre cet usage antique et peu solennel, mais j'ai consenti volontiers à suivre mes *ciceroni* aux brasseries. Les Strasbourgeois y viennent vider, en fumant, des *mosses*, des *choppes* et des *cannettes*. Les cafés et les *casinos* n'ont pour habitués que les gens du bel air ; autant les Alsaciens des brasseries sont bons, simples, hospitaliers et de facile accueil, autant ceux des *casinos* montrent d'affectation fashionable et de hauteur aristocratique. Pour être admis dans certains clubs, pour avoir le droit d'y aller boire de la bière en bouteilles, il faut des formalités multipliées. Aussi, sans frapper à la porte des sanctuaires de l'oli- garchie, les petits commerçants, les étudiants en droit ou en médecine, les chefs d'atelier, les hommes du peuple, enrichissent de leurs tributs les brasseurs ; une brume épaisse et odorante, des bancs et des tables de bois, de la bière à torrents, des saucisses, des salades de pommes de terre et de harengs, de bruyantes causeries, des parties de *rhams* et de piquet, voilà ce qu'offrent les brasseries.

J'y ai vu, au *Léopard*, un étudiant parier qu'il boirait douze choppes pendant que midi sonnerait ; le malheureux a gagné !

La vie matérielle qu'on mène en Alsace n'étouffe ni l'activité commerciale ni même le goût des arts. Strasbourg possède une tentative de musée, une société des *Artistes alsaciens*, une société des *Amis des Arts*, une société *Philharmonique*, et quelques peintres habiles, tels que MM. Gabriel Guérin et Klein. Le piano est un meuble indispensable dans toutes les familles aisées. L'opéra seul attire la foule au théâtre, qui demeure à peu près vide, lorsqu'on joue le drame ou la comédie. Les ouvriers se rassemblent le soir pour chanter des chœurs mélodieux. Les corporations d'artisans qui ont doté le moyen âge de tant d'habiles *meister-sanger*, n'ont point abjuré le culte des muses ; témoin le recueil récent des vers de Daniel Hir, tourneur- ébéniste, digne d'être comparé au cordonnier-poëte Hans Sachs, pour la naïveté et l'énergie de ses chants.

Lors de la magnifique fête séculaire en l'honneur de Gutenberg, au mois de juin 1840, et au passage de l'impératrice Marie-Louise, en 1811, on a vu se refor- mer, pour une procession solennelle, les antiques corporations. Elles ont défilé avec leurs bannières, leurs chefs-d'œuvre, leurs costumes multicolores. On a admiré les selliers, les vitriers, les tamisiers, les imprimeurs, et surtout les tonneliers, qui, sous la direction d'un vieux maître de ballets, faisaient tournoyer en dansant leurs cerceaux entrelacés. Mais de cette montre passagère, il ne faut pas conclure que les vieilles confréries vivent encore. Les jardiniers cultivateurs sont presque les seuls qui, depuis une époque reculée, conservent un costume uniforme en drap bleu foncé, se marient entre eux, et s'attribuent le monopole des jardins de la ban- lieue. La plupart sont riches, et, pour ne pas morceler les héritages, ils prennent soin de limiter leur postérité à deux enfants au plus. Quelques-uns se glorifient de titres nobiliaires, dus aux fonctions municipales qu'ont exercées leurs ancêtres. Les protestants sont en majorité parmi eux.

Les bateliers et les poissonniers ont aussi conservé quelques vestiges des anciennes associations, ainsi que les forts de la douane, porteurs robustes, renommés par leur vigueur et l'esprit de leurs saillies.

4 septembre. — Sur la place d'armes, à l'endroit où se dressait la guillotine, a été élevée une statue à Kléber, qu'on peut considérer comme le représentant de l'esprit militaire des Alsaciens. Leur réputation de braves guerriers date de loin. On disait proverbialement, à propos des remarquables produits des fonderies strasbourgeoises : *Strasburger Geschütz, Nürenberger Witz* (artillérie de Strasbourg, adresse de Nuremberg); et les fiers citoyens de la ville libre et impériale prouvèrent plus d'une fois qu'ils savaient aussi bien manœuvrer que fondre les canons. En 1552, quand Henri II vint asseoir son camp aux portes de Strasbourg, la *Mésange*, grosse pièce d'artillerie, fut braquée sur le quartier général français, qui occupait les hauteurs de Hausbergen. Le boulet traversa de part en part la tente royale, et le monarque effrayé décampa, laissant aux assiégés, comme souvenir de son passage, le sobriquet de *Meissenlocker, pipeurs de mésanges.*

L'Alsace a donné à nos armées Lefebvre, Kellermann, Rapp, Schramm, Thurot, Becker. De nombreux volontaires sortirent de son sein, en 1792, au premier appel de la patrie en danger. *La Marseillaise* devait s'appeler *la Strasbourgeoise,* car Rouget de l'Isle la composa à Strasbourg, à la suite d'un banquet donné par le maire Diétrich, et l'intitula d'abord : *Chant de guerre pour l'armée du Rhin,* dédié au *maréchal Luckner.* Elle fut publiée sous ce titre dans *la Trompette du Père Duchesne* (n. 67, 23 juillet 1795) ; mais portée à Marseille par des officiers qui changeaient de garnison, l'immortelle chanson fut popularisée à Paris par les volontaires du 10 août, et Strasbourg, dont elle exprimait le patriotique enthousiasme, fut ainsi dépossédée de la gloire de lui donner son nom.

En notre époque pacifique, l'humeur guerrière des Alsaciens est exploitée par les agents de remplacement, qui entassent dans les diligences, et expédient pour la capitale de solides paysans, un peu *têtes carrées,* mais bons et inébranlables soldats. Cette *traite des blancs* est faite sur une vaste échelle, et avec la plus honorable intégrité, par les maisons Birklei, Perrin et Barthel.

Dimanche 5 septembre. — La foule, nombreuse dans les églises, et surtout dans les temples, donne lieu de croire à la ferveur des fidèles de toutes les communions. L'antagonisme qui a ensanglanté la France méridionale ne divise point les habitants de l'Alsace, où l'on voit prier côte à côte, sans trop de répugnance, des catholiques, des luthériens, des protestants, des calvinistes et des piétistes, dont le fondateur Spener est né à Rappoltsheim, dans le Haut-Rhin. Une tolérance universelle étend ses ailes protectrices sur toutes les religions, et les juifs mêmes, détestés des paysans qu'ils exploitent, n'ont pas à redouter le retour des persécutions. Le temps est loin où, comparaissant à la barre de l'assemblée constituante, dans la séance du 14 octobre 1789, leurs députés sollicitaient une réforme *au nom de l'humanité outragée.*

En Alsace comme ailleurs, la foi est plus vive dans les campagnes que dans les villes, toutes plus ou moins exposées à cette brise philosophique qui souffle depuis le dix-huitième siècle ; les chaumières catholiques sont tapissées de pieuses images, et les fidèles s'acheminent encore en assez grand nombre vers les lieux de pèlerinage, qui ont vu s'agenouiller avec componction les hommes d'autrefois. Le plus célèbre cependant, celui de l'Odilienberg, est fréquenté moins par piété que par amour pour la promenade et les dîners sur l'herbe. Les barons allemands,

quand ils ont fait un vœu, ne se donnent plus la peine de l'accomplir en personne ;
ils expédient au delà du Rhin leurs domestiques, pèlerins par procuration. A la
Pentecôte, l'affluence est considérable sur la montagne vénérée ; mais ceux qui s'y
rendent ne songent guère à sainte Odile, fille d'Athalric, duc d'Alsace et d'Allé-
maine, et abbesse de Hohenbourg et de Nieder-Münster ; ils ne se font point raconter l'histoire de cette vierge illustre, condamnée dès sa naissance par son père,
parce qu'elle était aveugle, et qui dut la vue à l'eau sainte du baptême. Ils ne pen-
sent qu'à errer dans les sentiers de la montagne, à contempler l'immense paysage
qu'ils dominent, et à faire disparaître les comestibles dont ils se sont pourvus.

Les protestants alsaciens montrent plus de zèle que la population catholique.
Ils se distinguent en général par la sévérité de leurs mœurs, la gravité de leur allure, la régularité de leurs habitudes. Quand on voit l'intérieur d'une maison
protestante, le plancher sablé, les meubles cirés, le linge amoncelé dans les vastes
armoires, l'ordre et la propreté partout, la ménagère travaillant à l'aiguille, on
serait tenté de se croire en Hollande.

Quelques coutumes du Palatinat sont en vigueur parmi les protestants d'Alsace ;
ils fêtent avec des pratiques tout allemandes la *Christ-nacht* (la nuit de Noël) si impatiemment attendue des enfants. Dans un coin du salon est placée une branche
de sapin, ornée de rubans, d'anges en cire, de noix dorées, de clinquant, de
bonbons, de pommes d'api, de mille petites choses voyantes et jolies. La table est
jonchée de jouets et de friandises. Une personne de la famille, vêtue de blanc,
remplit le rôle du *Christkindel,* va prendre les enfants par la main, et les introduit au milieu des étrennes qui leur sont destinées ; mais s'ils ont encouru la colère paternelle, point de célestes présents, point de sucreries, point de jouets. Le
hanstrap [1], mauvais génie, aux pas lourds, aux regards louches, apportera un
formidable paquet de verges.

Beaucoup d'églises catholiques reçoivent, le jour de Noël, un supplément de
décoration. Sur le sommet d'une montagne en carton s'élève Jérusalem, dont les
murs sont parfois représentés garnis d'artillerie. Les rois mages, la couronne en
tête, descendent la côte, au bas de laquelle est la sainte famille, entre l'âne et le
bœuf, et recevant l'hommage des bergers. Ces grossières images ont une naïveté
plus précieuse peut-être que les recherches des beaux-arts.

Schelestadt, 10 septembre. — La route de Strasbourg à Schelestadt est bordée de
villages, qui, presque tous, portent des noms terminés en *heim* [2] : Geispoltzheim,
Fergersheim, Lipsheim, Niderenheim, Huttenheim, Matzenheim, Sermersheim,
Ebersheim. Partout de riches plaines, des fabriques, des maisons propres et d'un
aspect riant. Elles ont deux étages au plus, et sont terminées en pignons. La vigne
verdoyante serpente sur leurs blanches façades, et cache à demi des fenêtres fermées
par des losanges de verre, qu'encadrent des châssis de plomb. L'intérieur est propre

[1] Ce personnage fantastique est nommé, dans le grand-duché de Bade, *letzepelz* (la fourrure à l'envers).

[2] Hameau. Les terminaisons *bach, hoffen, weiller,* également communes en Alsace, signifient ruisseau,
cour, village.

et commodément distribué. Des bancs, une table en sapin, un fourneau en fonte, un *coucou*, composent l'ameublement de la salle basse, où se tient, pendant le jour, la maîtresse du logis, la seule que ses occupations éloignent des champs, durant la saison des travaux agricoles. Les granges sont remplies de céréales, les étables de gras bestiaux, les écuries de chevaux superbes. L'aisance qui naît du travail est visible dans toutes les parties de ces demeures, et plus encore sur l'extérieur de leurs habitants. Voyez passer ce laboureur, montant un destrier robuste, et comparez-le avec le triste paysan du centre de la France; quelle différence! Hâtez-vous d'abjurer votre erreur, si vous vous êtes formé une idée des villageois alsaciens d'après les mendiants badois qui vendent des balais sur le boulevard de Gand, d'après les émigrants du Palatinat, qui vont mourir de la fièvre au Guazalcualco. Celui que nous avons sous les yeux n'a rien de commun avec eux. On se félicite, en admirant son costume, de l'inexécution des ordonnances de l'intendant, M. de La Grange, qui prescrivaient aux Alsaciens de se vêtir à la française. Un tricorne de feutre rabattu sur le front, un habit de serge noire à larges basques, à collet droit, un gilet en drap rouge, un pantalon boutonné sur le côté dans toute sa longueur, ou une culotte courte avec des bottes molles, donnent au fermier d'Alsace une tournure à la fois grave et coquette, imposante et gaie. Sa blanche moitié n'est pas vêtue avec moins d'élégance : son chapeau de paille, embelli de rubans, est gracieusement incliné; son corsage, lacé par devant, garni de clinquant et dentelles, fait ressortir par d'éclatantes couleurs la blancheur de ses manches de toile bouffantes. Sa jupe, rouge ou verte, est assez courte pour laisser voir la jambe, et malheureusement attachée assez haut pour substituer une taille factice à la taille naturelle.

Le paysan alsacien sait lire, et tâche de donner à ses enfants une instruction élémentaire. Tranquillement laborieux, sans secousses, sans efforts violents, sans développement excessif d'activité, il ne ressemble en rien à ces humoristes inquiets qui se retournent en tous sens dans la vie pour trouver une position convenable. Il adopte une ligne de conduite, et la suit patiemment. Il ne se départ de son calme journalier que le dimanche, quand il entend la grosse caisse et les violons des ménétriers. A cet appel, les jeunes gens se coiffent de leurs bonnets blancs, endossent leurs vestes de velours à boutons de métal, et vont danser avec ardeur, peu de contredanses, mais beaucoup de valses, de sauteuses et de galops.

Naturellement pacifique, le paysan alsacien est souvent en état d'hostilité avec les indigènes d'un village voisin, sans qu'on puisse décider si c'est une dissidence religieuse, une insulte ancienne ou l'enlèvement d'une Hélène, qui lui met le bâton à la main.

Les croyances superstitieuses ont été chassées des plaines d'Alsace par les progrès de l'instruction primaire, mais elles se sont réfugiées dans les Vosges, dont on aperçoit à l'horizon les verdoyants sommets. Des gnômes, m'ont dit les montagnards; de petits nains (*mänlein*), se cachent dans les cavernes; les ruines des manoirs féodaux servent de domicile habituel à des fées, à des géants, à des chevaliers endormis sous l'influence d'un enchantement; l'eau des ruisseaux recèle de fraîches ondines; les cimes âpres et rocailleuses sont le théâtre du sabbat des sorciers, et cette pauvre

femme qui passe, courbée par les ans, est montrée au doigt, repoussée de tous,
comme s'adonnant à des maléfices dont on croit nécessaire de préserver les bestiaux en suspendant l'image d'une sainte à la porte de l'étable. Est-il étonnant
que la sorcellerie ait laissé des adeptes dans une contrée qu'elle semblait, au moyen
âge, avoir prise pour métropole; où, dans le seul village de Sulzbach, on brûla en
un an cent vingt-deux sorciers; où, suivant d'authentiques documents, déposés
aux archives de la préfecture du Bas-Rhin, cinq mille sorciers périrent sur le bûcher, dans le seul évêché de Strasbourg, de 1615 à 1635?

La population des montagnes, surtout dans le Haut-Rhin, est tant soit peu grossière, mais probe et simple de mœurs. Elle comprend quelques tribus d'anabaptistes, débris des ultra-réformateurs du seizième siècle, pythagoriciens par le régime, républicains par les doctrines, travailleurs sobres, honnêtes, infatigables.
Causez avec ces hommes aux barbes touffues, aux longs vêtements attachés avec
des agrafes en guise de boutons; instruisez-vous auprès de ces philosophes sans le
savoir, utopistes contemporains, qui croyez porter en vous le germe d'un monde
régénéré, et vous reconnaîtrez qu'il n'y a rien de plus vieux que vos idées nouvelles. Avant Babeuf, avant Saint-Simon, avant Fourier, Thomas Muncer, le chef
des anabaptistes, fulminait contre la propriété individuelle : « Nous sommes tous
frères, disait-il au peuple assemblé, et nous n'avons qu'un commun père qui est
Adam. D'où vient donc cette différence de rangs et de biens que la tyrannie a introduite entre nous et les grands du monde ? Pourquoi gémirions-nous dans la pauvreté, tandis qu'ils nagent dans les délices ? N'avons-nous pas droit à l'égalité des
biens, qui, de leur nature, sont faits pour être partagés, sans distinction, entre
tous les hommes ? Rendez-nous, riches du siècle, avares usurpateurs, rendez-nous les
biens que vous retenez injustement; ce n'est pas seulement comme hommes, que
nous avons droit à une égale distribution des avantages de la fortune, c'est aussi
comme chrétiens. »

Les anabaptistes modernes professent encore ces opinions, mais vaguement et
sans en poursuivre aucunement l'application. Ils se contentent d'élever leurs bestiaux, de remplir avec exactitude leurs devoirs de fermiers, d'entretenir dans leurs
habitations une scrupuleuse propreté, et de donner généreusement asile au voyageur égaré dans les routes sinueuses des Vosges.

Colmar, 17 septembre. — Quiconque n'est pas insensible aux solides attraits d'un
bon repas doit dîner à l'hôtel des *Deux Clefs,* à Colmar; c'est à peu près, avec la
promenade sur les bords de la Lauch et de la Lecht, le seul délassement qu'on
puisse se procurer dans cette ville ennuyeuse, mal fagotée, sur laquelle règne la
double aristocratie des hauts commerçants et des membres de la cour royale.

Le vin de Colmar n'est pas à dédaigner, et les habitants ont l'attention délicate
d'en offrir aux étrangers qui leur rendent visite.

Voici, d'après un travail récent, la statistique religieuse de Colmar : catholiques,
19,27 ; protestants, 7,27 ; juifs, 1,27.

Mulhausen, 24 septembre. — Cette ville est le Rouen de l'Alsace ; comme Rouen,
elle est mi-partie de vieilles rues tortueuses et de rues tirées au cordeau ; comme

Rouen, elle agglomère dans ses immenses ateliers de hâves ouvriers, qui livrent à la consommation des draps, des toiles, des soieries peintes, des nankins, des percales, des siamoises. Absorbés par la direction des travaux industriels, étrangers aux beaux-arts, ses fabricants sont des Rouennais, plus la pipe, et l'inconvénient d'être rançonnés par les Bâlois, leurs bailleurs de fonds.

Quittons donc Mulhausen et l'Alsace, qui ne nous offre plus que des sites, et non des mœurs. Des sources de l'Ill à la Lauter, nous aurions à décrire de riants paysages, de vastes manufactures, d'agrestes collines, des clochers dentelés comme celui de Saint-Théobald de Thann, et les mille castels perchés sur les *ballons* des Vosges. Nous pourrions recueillir des traditions, entendre dans la bouche des paysans les noms d'Ariovist, d'Hermann, de Witikind, évoquer sur les hauteurs qui dominent la vallée de Munster, les ombres du paladin Roland et d'Emma, sa mie. Nous pourrions gémir sur les bastions démantelés d'Huningue, ou raconter le complot précurseur de Belfort... Quant à la physionomie morale, nous croyons l'avoir suffisamment indiquée. Adieu donc, bons et graves Alsaciens ! adieu, blondes Alsaciennes, matérielles beautés, que Rubens eût fait poser devant lui, excellentes ménagères, que Montyon eût couronnées ! adieu la bière et le *sauer-kraut !* Je reprends mon sac de voyage et m'en retourne parmi les *welchen.*

Le grand roi Louis XIV n'est pas irréprochable. On l'accuse d'avoir entrepris des guerres injustes et onéreuses ; d'avoir scandalisé la France par ses inconstantes amours, de l'avoir appauvrie par ses prodigalités, d'avoir révoqué l'édit de Nantes et persécuté les protestants ; d'avoir laissé deux milliards soixante-deux millions de dettes, ce qui amena plus tard la banqueroute.

Mais il nous a donné l'Alsace !

Émile DE LA BÉDOLLIERRE.

LA BOURBONNAISE

L'HABITANT DU BOURBONNAIS.

FRAGMENTS DE LETTRES.

LE PAYSAN DE LA PLAINE.

Ici encore, comme en Auvergne, je me vois obligé de faire une distinction entre le paysan de la plaine et de la montagne ; ce sont deux races différentes et qu'il faut étudier séparément. Nous commencerons par le premier.

Je t'écris du château du *Pointet*, charmante résidence et l'une des plus pittoresques de la province. On y arrive par une longue avenue de peupliers qui aboutit à une cour immense. Les bâtiments d'exploitation sont à gauche ; à droite s'étend une vaste prairie bordée d'un côté par un vignoble qui descend par une pente douce jusqu'au bas d'un moulin alimenté par une petite rivière, la Sioule. De la façade de la maison, on aperçoit un rideau de verdure qui plonge fort avant dans l'horizon : c'est la forêt de Randan. Derrière la maison est une plate-forme en jardin anglais ; puis vient une rampe immense au pied de laquelle coule la Sioule. Du milieu de la rivière s'élève une île verdoyante que l'on appelle l'*île des Peupliers*. Au delà de l'île se dresse, en amphithéâtre, un paysage éblouissant : c'est d'abord la petite ville de Charroux, jetée sur le sommet d'un rocher, comme une forteresse du moyen âge ;

puis, à l'ouest, les cimes de la chaîne du Puy-de-Dôme ; enfin à l'est d'innombrables villas dans les sites les plus variés.

Après déjeuner, je suis allé dans la grange, où une vingtaine de paysans battaient le blé. Ils étaient presque tous vêtus d'un bonnet de laine, d'une veste ronde et d'un pantalon flottant en toile grise. Ils s'interrompirent pour me saluer. Ces hommes me parurent doués d'une constitution débile. J'en fis la remarque à quelqu'un qui m'accompagnait. « Nos paysans, me répondit-on, se nourrissent mal ; ils vivent généralement de mauvais légumes cuits à l'eau. Métayers, colons partiaires ou ouvriers à la journée, ils gagnent à peine de quoi soutenir leur existence, la vie matérielle étant d'ailleurs assez chère dans cette partie du Bourbonnais. »

La culture par colon partiaire règne à peu près exclusivement dans cette province ; quelques grands propriétaires exploitent seuls par leurs mains. Le colon paysan fait les frais de labour, d'engrais et de semaille, et prélève ensuite à son profit une part des récoltes. Ce système m'a paru devoir être préjudiciable aux deux associés, et conduire à l'appauvrissement des terres. En effet, on voit le paysan lésiner, quoique à son propre préjudice, sur les frais de mise en œuvre ; et, d'un autre côté, si le propriétaire n'est pas sur les lieux, s'il ne dirige pas l'exploitation, le colon ne manquera pas de suivre les errements agricoles les plus défectueux. Il y a en outre, dans la situation économique de ce pays, deux faits qui m'ont frappé : le premier, c'est, plus que partout ailleurs, le manque de capitaux ; le second, c'est l'apathie profonde du paysan. Cette apathie ne s'explique pas seulement par une alimentation insuffisante ; elle est en quelque sorte naturelle, et, comme on dit, *autoctone*. Les uns en ont cherché la cause dans la douceur du climat ; j'ai cependant remarqué que la température est ici soumise aux plus brusques variations. D'autres lui ont donné une origine historique, et je partagerais volontiers leur avis. Avant la révolution, en effet, on trouvait en Bourbonnais, d'une part, d'innombrables châtellenies ; de l'autre, une foule de fondations pieuses, cloîtres, abbayes, prieurés et maisons monastiques de tous les ordres. Vassal à la fois des barons et des religieux, le paysan vivait de cette double féodalité, qui fut constamment douce et humaine ; et l'on peut présumer qu'il ne dut pas tarder à apporter à sa tâche journalière cette mollesse qu'engendrent l'absence du besoin et la confiance dans l'avenir. Aussi, quand la révolution vint l'émanciper et lui fournir les moyens d'avoir sa part de ce sol qu'il avait longtemps cultivé pour un maître, il ne sut ni ne put en profiter, et la propriété presque tout entière passa entre les mains de la grande et petite bourgeoisie. Dès cette époque, il a été malheureux ; la liberté, sans le bien-être assuré, a été pour lui un don inutile et presque funeste dont, faute d'énergie, il n'a pas compris la valeur au point de vue industriel. Ainsi, tandis que dans certains départements le paysan, plein d'espoir dans le résultat définitif de son travail, devient chaque jour propriétaire, même à des conditions onéreuses, le nôtre n'a qu'un seul but, celui de renouer autant que possible, et sous des formes nouvelles, avec les détenteurs actuels du sol, le lien féodal qui lui assurait autrefois l'existence. De là l'origine, en grande partie, du mode de culture par colon partiaire ; de là les engagements à l'année ; de là les relations affectueuses que le paysan s'efforce tou-

jours de former avec le *maître*, quand celui-ci habite sa terre, cherchant ainsi à retrouver cette sorte de providence visible, vivante, qui se chargeait autrefois de sa
destinée et ne lui demandait guère qu'un court et léger travail. S'il pêche ou braconne,
sa plus belle pièce est pour le bourgeois; ses premiers fruits, ses œufs frais, son plus
beau miel, ses meilleures volailles, sont pour le bourgeois. A la maison, il rend une
foule de services : il est à la fois chambrier, palefrenier, sommelier et commission-
naire. Veut-il se marier, il ira d'abord consulter le bourgeois, dont l'avis fera loi. La
noce a-t-elle lieu, le bourgeois est le héros de la fête, et cueille un baiser sur les lèvres
encore vierges de la mariée. La femme du paysan est-elle enceinte, le bourgeois a
les prémices de cette *heureuse* nouvelle, et il est rare que la châtelaine ne se charge
pas de la layette. Par ces moyens, le paysan réussit généralement à s'inféoder au
propriétaire. Aussi, s'il est métayer, on lui renouvellera son bail aux meilleures
conditions; ouvrier à l'année, il deviendra, surtout par la protection de la chambrière, dont il a eu soin de se faire une amie dévouée, le commensal du logis.

Abandonné à lui-même, dénué de ressources, le paysan bourbonnais attendrait
paisiblement la mort, plutôt que de recourir à la mendicité, car il est fier, et sa
fierté est toujours plus grande que son malheur. Elle lui est d'ailleurs utile auprès
de ses maîtres qui savent qu'il n'est ni importun ni quémandeur, et qui évitent
de blesser son amour-propre, soit par des allures hautaines, soit par un doute in-
jurieux sur sa probité et son intelligence; c'est qu'en effet, élevé dans le respect de
la propriété d'autrui, il pousse ce respect jusqu'au scrupule dès qu'il est devenu le
féal de la maison. L'intelligence ne lui fait pas défaut non plus; il comprend vite
et retient facilement; mais là s'arrête le travail de son esprit; il est rare que la
même idée l'occupe longtemps et qu'il creuse même autour d'un sujet qui l'intéresse; le paysan a une élocution vive et rapide; sa prononciation est pleine d'éli-
sions et sa phrase souvent elliptique. Rien de doux et de gai comme son humeur;
sa gaieté revêt souvent une teinte d'ironie et de finesse piquante qui amuse et ne
va guère qu'à l'épiderme.

C'était hier dimanche; nos paysans se rendaient en foule à la messe, je les ai
suivis. Les jours de fête, le paysan bourbonnais porte une large veste ronde en gros
drap gris, un chapeau rond à forme basse et à rebords larges. Le gilet de couleur
grise ou rouge est fermé par des boutons métalliques. La culotte, de même étoffe
que la veste, s'arrête aux genoux; de longues guêtres, retenues par une jarretière
bleue ou rouge, descendent jusqu'au pied. Quelques paysans ont des ceintures de
cuir, d'autres les portent en étoffe de laine rouge.

Les paysannes ont surtout attiré mon attention. Si toutes n'étaient point jolies,
aucune n'avait de ces laideurs difformes que l'on rencontre si fréquemment dans
nos montagnes d'Auvergne. Quelques-unes se faisaient remarquer par la régularité,
la finesse des traits et la blancheur de la peau. Toutes avaient un certain charme de
physionomie dont je fus quelque temps à chercher la cause, et que je m'expliquai enfin
par l'éclat humide, par une sorte d'électricité des yeux qui est particulière aux
femmes de ce pays. Elles portent une robe de couleur retenue à un corsage de

même étoffe, des manches collantes et fermées au poignet par un bracelet de velours, quelquefois par une garniture de dentelle. Elles s'attachent au-dessus des hanches, presque sous les bras un tablier de cotonnade rouge, et sur la poitrine un morceau d'étoffe de couleur variée qui s'appelle la *pièce* et qui continue le tablier. Le cou et les épaules sont cachés par un fichu. La paysanne relève assez souvent sa robe sur le côté droit et découvre un jupon de couleur quelquefois fort élégant. La coiffure est originale : c'est un chapeau de paille à forme basse dont l'arrière se retourne en volute ; l'intérieur est garni de soie rose ou de velours, les rubans sont en paille ouvrée ou en velours. La paysanne riche et coquette porte une dentelure de paille autour de son chapeau. On m'apprit que la volute du chapeau allait diminuant, à mesure que l'on se rapprochait de la partie montagneuse de la province, et finissait par se réduire à une simple plaque de paille appliquée sur le fond du chapeau. Quelques paysannes n'avaient point de chapeau et portaient un bonnet à barbes tombantes sur le dos ou relevées sur le front. Les cheveux sont réunis en chignon épais sur la nuque et attachés par un cordon ou un petit peigne. Une croix, mais plus souvent un cœur en or ou en argent, suspendus à un ruban de velours, complètent *l'ajustement*.

En m'apercevant, je crus remarquer qu'elles jetaient un coup d'œil rapide sur leur toilette, et se regardaient ensuite mutuellement avec une sorte d'inquiétude.

Mais déjà la cloche du sacristain s'était fait entendre, et le curé était à l'autel. Nous entrâmes, les hommes les premiers, les femmes après, ce qui leur valut une verte mercuriale du curé. La physionomie du paysan à l'église est curieuse à étudier. Les garçons regardent obstinément le plafond, tournent machinalement un chapelet, et finissent souvent, après d'immenses bâillements, par s'endormir d'un profond sommeil. Les filles ont des distractions continuelles ; la toilette des dames placées près du chœur, sur des bancs réservés, est surtout l'objet de leur attention ; on les voit se communiquer leurs observations, et rire, au besoin, sans trop se préoccuper de la sainteté du lieu. — Malgré la sage précaution du curé de séparer les deux sexes dans son église, je surpris de part et d'autre des signes d'intelligence et une sorte de correspondance mystérieuse qui violaient l'esprit, sinon la lettre de la mesure prise par le digne homme.

Il se fit un mouvement général dans la petite église, au moment où le curé quitta l'autel pour se diriger vers la chaire ; je crus même voir le visage de mes jolies villageoises se rembrunir légèrement. Le sermon commença ; vers le milieu de son second point, le prédicateur, après avoir cherché inutilement une transition convenable, sortit tout à coup de son texte pour s'adresser directement à ses paroissiens. Il prétendit que, contre sa défense, on introduisait de jeunes garçons dans les veillées ; il assura tenir de bonne part que l'on continuait à se réunir, à certains jours, garçons et filles, dans les pacages, pour y faire *la débauche*. S'animant par degrés, il reprocha aux filles d'être coquettes, légères, dissipées, de ne plus s'approcher des sacrements, et de préférer à la sainte parole le langage de perdition des garçons, etc , etc., etc.

Le curé obtint un magnifique succès. On entendit d'abord un murmure sourd

comme celui d'une grande douleur près d'éclater ; les larmes coulèrent ensuite ; puis
à certain mouvement oratoire, plein de véhémence de l'orateur, les sanglots éclatèrent.

« Et voilà comme ils sont faits dans ce pays, me dit le curé, à l'issue de la messe.
Vous avez vu nos filles pleurer à chaudes larmes, suivez-les quelques instants, vous
les entendrez rire aux éclats. Tous leurs défauts les attendaient à la porte de l'é-
glise ; elles en sont sorties comme elles y étaient entrées ; nos garçons sont de même,
et cependant je n'ai pas la force d'être sévère, car ils me désarment par leurs
bonnes qualités ; ils sont bons, doux, probes, hospitaliers, charitables. J'ai beau
gronder, ils ne m'en aiment pas moins comme un père, et je suis touché de leur
dévouement. Il y a deux ans, voulant supprimer la dîme, je refusai à mon sacristain d'aller, suivant l'usage, le jour de Pâques, recueillir les offrandes des paroissiens. Le soir, ils accoururent tous au presbytère avec les signes d'une véritable
douleur : « Je les privais, me dirent-ils, de la bénédiction divine, que la visite du
curé attire sur leur maison, leurs troupeaux et leurs moissons. » Je fus obligé de céder.

J'ai su depuis que le clergé, en Bourbonnais, est généralement, et en quelque
sorte par tradition, bon, tolérant et éclairé. Le curé se prend pour son troupeau
d'une affection sincère, et travaille avec zèle à son bonheur. Ce zèle va même parfois trop loin ; c'est ainsi qu'il n'est pas rare, quand un délit ou même un crime
amène quelque paysan devant nos tribunaux, de voir intervenir le curé, qui affirme
que le véritable coupable n'est pas sur la sellette, mais qu'il ne saurait le livrer à la
justice sans violer le secret de la confession.

A quelque distance de l'église, j'ai retrouvé nos paysans réunis sur une vaste
place, et presque tous occupés à jouer. Quelques-uns, attablés devant une maisonnette
ornée de la symbolique branche de houx, arrosaient d'un verre de vin du cru un morceau de *miche* (pain blanc) fraîchement sorti du four. Je m'approchai des jeux ;
les plus suivis étaient le *bouchon*, les *neuf creux*, la *petite boule*, les *grosses boules*
et surtout le *rampeau* ou *jeu de trois quilles*. Le rampeau est le jeu de prédilection du Bourbonnais. On m'a raconté que, dans la petite ville de Saint-Pourçain,
les jours d'assemblée, la mise de chaque quille est quelquefois de 500 à 1,000
francs, et que les joueurs prolongent la lutte souvent fort avant dans la nuit.

Comme je m'étonnais de voir en ce moment nos plus jolies paysannes seules et
délaissées, on me répondit qu'elles ne tarderaient pas à ressaisir leur empire. En
effet, la femme du paysan règne ici en souveraine. En Auvergne, la loi romaine
avait institué l'infériorité sociale de la femme ; en Bourbonnais, pays de coutume,
elle fut de tout temps l'égale du mari. C'est elle qui dispose de la bourse commune,
ordonne les dépenses, et jouit de toutes les autres prérogatives du pouvoir mari-
tal. Mais il faut dire, à sa louange, qu'elle apporte autant d'intelligence que de
dévouement dans l'exercice de sa souveraineté. Elle se charge de toutes les missions
difficiles dans lesquelles la fierté ou la faiblesse de son mari pourraient succomber,
et les accomplit avec bonheur. C'est elle qui, à la Saint-Martin, fait renouveler le
bail, qui va chercher de l'ouvrage pour elle et *son homme ;* enfin c'est elle qui le défend dans tous les litiges qui peuvent s'élever entre lui et le bourgeois ou les voisins.

En revenant au Pointet, je suis entré dans la maison de l'un des métayers du domaine. La chambre où j'ai été reçu est étroite et basse ; les murs, formés de lattes de bois soudées entre elles par des couches de glaise, supportent un toit de chaume si léger, qu'on le charge de pierres pour qu'il résiste au vent. L'ameublement diffère peu de celui de nos chalets auvergnats ; j'ai seulement remarqué à la tête du lit, entre le bénitier et le rameau bénit, une croix d'osier que le paysan renouvelle tous les ans. . . . .

. . . .

J'ai assisté, il y a quelques jours, au mariage de l'un de nos colons. Le mariage du paysan bourbonnais se compose de plusieurs épisodes qui ont chacun leur intérêt ; ce sont : la *demande*, les *fiançailles*, la *veille de noce*, la *messe* et la *noce*.

Quand un garçon a fait son choix, il se rend, à la veillée, chez les parents de la fille, et emmène avec lui le *gourlaud*, personnage officieux, chargé d'exposer la demande du prétendant, et de discuter les dots respectives. Le gourland porte, en signe de sa mission, ou une branche d'arbre à la main, ou un bouquet de sauge à son habit. A leur arrivée, la ménagère met la poêle au feu ; est-ce pour une omelette ? la demande sera refusée ; est-ce pour une *farinade* (large beignet) ? elle sera accueillie. La chanson suivante, en patois du pays, donne une assez fidèle idée de la conversation qui s'établit ensuite entre le gourland et les parents : ici le père du garçon sert de gourlaud.

LE PÈRE NICOULAS.

Bonjou don, mère Catherine :

LA MÈRE CATHERINE.

Y allons don, père Nicoulas !

LE PÈRE NICOULAS.

Voulez-vous marier Cathrinette
A noute garçon que vela ?
Ol entend bien le coumarce,
Ou est li que vend nos naviaux (navets :
O s'exarce à tirer les vaches,
Et baye du foin aux viaux.

LA MÈRE CATHERINE.

On n'est pas pre vanter nout' fille.
Si j'eu allons dire du bien :
Alle est ben forte et ben habile ;
Ouest elle que fait noute pain,
Alle n'est, tatigué ! pas sotte,
Alle distingue aisément
Qu'un grand' cotte et une culotte
C'est deux habits différens.

LE PÈRE NICOULAS.

Qué bayerez vous à vout' fille ?
Y allou donc, parlez hardiment.

LA MÈRE CATHERINE.

Un beau prepoint d'étamine

Qu'alle a ben gagné en quatre ans.

LE PÈRE NICOULAS.

Je bayerons à nouté drôle
Que vela ici présent,
Un' biaud' (blouse blanche) pre ses dimanches,
Et trois chapiaux quasiment.

Je ménerons à la fouère
Le plus biau de tous n'lés viaux ;
L'argent en sera pre bouère
Et pre achetèr des joyaux
Des anguaux (des anneaux) et pis des bagues
Que chasseront les chiens enragés ;
Des ayances (alliances) ben reluisantes
Et des sabots vicolós (ciuclés).

Allons, boute toix à la table :
Passe ici près de Bastien ;
Et toi, drôle, vas à la cave
Pre nous tirer de ce bon vin.

Je cuérons la gran' loriente (truie)
Le jour que je les marierons :
Que je serons aise, compèr' Blaise,
Tatigué ! que je bouérons !

Quand les paroles ont été échangées, les fiancés se rendent à l'église avec leurs parents ; le prêtre officie, et, à la fin de la messe, nos jeunes gens font un *nœud*, c'est-à-dire qu'ils s'engagent par serment à ne pas contracter d'autre mariage avant un délai d'un an et un jour. Celui des fiancés qui violerait cette promesse serait honni dans tout le village, ou plutôt il trouverait difficilement à entrer dans une autre famille, le serment des fiançailles recevant toujours la plus grande publicité.

La veille des noces est, dans certaines localités, l'occasion d'une cérémonie tout empreinte de l'élégance et du charme des mœurs de l'ancienne Grèce. Le futur, précédé d'un cortége d'amis que conduit le cornemusier, se rend chez sa *promise* pour lui porter les cadeaux d'usage, et recevoir, en échange, une chemise faite de ses mains ; la porte reste fermée, et alors le cortége chante en chœur :

Ouvrez, ouvrez la porte,   De beaux cadeaux à vous présenter !
Françoise, ma mignonne,   Hélas ! ma mie, laissez-nous entrer.

De l'intérieur, la fiancée et ses amies répondent :

Moi, vous laisser entrer,   Ma mère est en tristesse.
Je ne saurais le faire ;   Une fille d'aussi grand prix
Mon père est en colère,   N'ouvre pas sa porte à ces heures-ci.

Les garçons reprennent à plusieurs reprises leur couplet, en introduisant à chaque fois dans le troisième vers le nom de l'un des présents de la corbeille. La porte reste toujours fermée, et ne s'ouvre enfin qu'au moment où ils chantent :

Ouvrez, ouvrez la porte,
Françoise, ma mignonne,
Un beau garçon à vous présenter.

Mais là ne finit pas l'épreuve. Le futur, en entrant, trouve sa fiancée enroulée avec ses compagnes dans un grand drap blanc, et il faut que, son cœur guidant sa main, il puisse la deviner, sous peine de rester séparé d'elle pour toute la soirée, et d'être raillé sans pitié par ses amis. Toutefois, il est rare que la future ne vienne pas à son secours par quelque signe convenu d'avance.

A la messe de mariage, mais seulement dans quelques villages, le garçon de noce quitte son banc et vient frapper deux légers coups de pied sur les talons de la mariée ; ailleurs, il va détacher sa jarretière ou prendre un ruban qu'elle a caché entre sa *pièce* et son fichu.

En sortant de l'église, les époux *reconnaissent* les parents et les embrassent ; en même temps, des morceaux de pain bénit sont distribués à tous les assistants. Quelquefois, le cortége quitte l'église avant la fin de la messe pour aller attendre les époux, à quelque distance, avec une vaste écuellée de soupe qu'ils doivent manger avec la même cuiller. Souvent encore, les amis disposent des quenouilles le long du chemin que doivent prendre les époux, et, au retour, les gens de la noce dansent autour de cet emblème de travail. La mariée, en revenant de l'église, est embrassée, sur le seuil de la maison, par tous les garçons du cortége ; c'est son dernier adieu à la vie libre.

A table, les époux oublient tout ce qui les entoure, pour vivre en eux et pour eux. On les voit étroitement pressés l'un contre l'autre, manger dans la même assiette, et quelquefois se prendre amoureusement les morceaux des lèvres. Le mari a toujours soin de sucrer le vin de sa femme, qui vide le verre à moitié et le lui rend pour qu'il achève.

A minuit, les époux se retirent. Des gens de la noce, les uns gravissent les échelles du *chambarat* et vont dormir dans les foins, les autres restent pour préparer la *rôtie*. La rôtie est une institution d'une antiquité vénérable. Dans le dernier siècle, elle était en pleine vigueur dans toutes les classes de la société ; aujourd'hui, on ne la retrouve guère que chez le paysan. En Bourbonnais, l'inépuisable gaieté, qui est l'apanage de cet heureux pays, s'exerce toutefois encore, même dans la bourgeoisie, aux dépens des nouveaux mariés qui, souvent, trouvent dans leur lit, à leur grande terreur, soit une grenouille, soit un saucisson colossal, quelquefois même des chardons et des orties. Il n'est pas rare encore que les secrets de l'alcôve aient un témoin caché sous le lit, et qui consent à passer une nuit entière dans la plus gênante position pour pouvoir, le lendemain, égayer les gens de la noce du récit de son aventure.

Vers deux heures du matin, la rôtie est portée aux époux : c'est, ordinairement, un bol de vin chaud sucré. Selon la bonne ou mauvaise humeur du mari, le cortége trouve la porte ouverte ou fermée ; dans ce dernier cas, les garçons font un siége en règle. Les uns montent par une échelle, les plus hardis descendent par la cheminée ; on en a vu qui avaient enlevé le toit. Quand les époux ont ainsi obligé les gens de la noce à recourir aux expédients violents pour pénétrer dans la chambre, ils payent assez cher leur résistance. On les saisit, on les retient de force sur leur lit, et les plus hardis de la bande leur soufflent des plumes dans le visage, leur noircissent la figure avec du charbon ou les obligent à se laver les mains dans un vase percé qui répand l'eau sur les draps. De là, parfois, des querelles, et même des scènes sanglantes, si l'on pousse à bout la débonnaireté du mari.

Le lendemain, les jeunes gens se réunissent pour *planter le chou*. La cérémonie consiste à aller attacher sur le pignon de la maison le plus gros chou du jardin, que l'on a couronné de rubans et de fleurs ; ceux des garçons qui restent dans la cour se mettent une ceinture de paille au côté ; puis, on les voit, armés de longs bâtons et tenant une longue corde à la main, courir après les filles qu'ils amènent sous le bord du toit où elles reçoivent, du haut du pignon, le baptême de la ligne.

A la même heure, une scène de regret et de douleur attriste l'intérieur de la maison ; c'est la mariée qui, quittant la maison paternelle, pleure et sanglote entre les bras de ses parents, aussi émus qu'elle. On se promet de se revoir souvent, le plus souvent possible ; la mère ira aider son enfant dans les premiers soins du ménage ; le père apportera fréquemment à son gendre le tribut de sa vieille expérience. On se sépare enfin, au milieu d'embrassements pleins de larmes, et le cortége va *faire la conduite* aux époux jusqu'au logis du mari.

JEUNE BOURBONNAISE.

Les fêtes du mariage ne sont pas les mêmes pour toutes les parties du Bourbonnais; on y trouve, dans cette circonstance, d'autres usages ou touchants ou simplement curieux. En voici quelques-uns : le matin de la cérémonie, un ami ou un parent du futur va chercher la fiancée et la conduit à l'église. Quand les époux sont agenouillés devant l'autel, le prêtre présente à la mariée une quenouille chargée de chanvre et de rubans ; elle la prend et la dépose dans la chapelle de la Vierge, patronne des jeunes mères. Après la messe nuptiale, la mariée est conduite chez l'époux. Quelquefois les parents ont placé sur le devant de la porte un balai, une pelle à feu et des ustensiles de ferme. Si les époux, en entrant, n'ont pas la précaution de tout remettre en place, les anciens y voient un mauvais augure pour l'avenir des jeunes mariés. A table, quand les invités ont pris place, la mariée, accompagnée de la fille de noce, apporte une corbeille remplie de *livrées* ou rubans de deux couleurs mis en croix, et les attache à l'habit des convives, qui l'embrassent ainsi que sa compagne. A la fin du repas, le garçon de noce enlève la jarretière de la mariée.

Dès que la grossesse de sa femme est déclarée, le paysan s'empresse de porter au sacristain le prix d'une messe d'heureuse recouvrance; quelques mois après, il fera dire également une messe de bonnes relevailles. Pendant l'accouchement, le lit de la patiente est entouré de ses amies qui l'encouragent et la consolent. Elle est en outre assistée d'une ou deux matrones, et quelquefois de la sorcière du village ; il va sans dire que le médecin a été écarté avec soin, et que les philtres, les breuvages mystérieux ont été préférés aux soins éclairés de l'homme de l'art. A peine relevée de couches, la paysanne se rend à l'église, entend la messe, et dépose une pièce de monnaie à l'offrande.

Les baptêmes sont entourés d'un certain éclat. Si le parrain est généreux, et il l'est toujours, au moins par amour-propre, il fait sonner la cloche, et jette à la foule, en sortant de l'église, des sous ou des dragées. Quand on sait dans le village que le parrain est riche, le cortége se grossit en marchant d'un grand nombre de jeunes garçons armés de fusils, qui brûlent force poudre dans l'espérance d'une gratification qui ne leur est jamais refusée. . . . .

La fête patronale, en Bourbonnais, s'appelle l'*assemblée* ou l'*apport* Comme partout, l'apport est le grand jour du paysan. Il économise dès longtemps pour pouvoir y paraître dignement ; mais, à la différence du montagnard auvergnat qui ne voit dans la fête du saint que l'occasion d'une saturnale bachique, le paysan bourbonnais tient avant tout à obtenir un triomphe d'amour-propre, par l'élégance et le bon goût de ses habits. Il sait d'ailleurs qu'il dansera sous les yeux des bourgeois dont les filles peut-être lui feront l'honneur de le choisir pour cavalier ; il veut donc que sa bonne tournure soit remarquée et appréciée en haut lieu. La foire a ordinairement lieu le jour de la fête, et jusqu'à midi les affaires occupent l'attention générale. Mais alors on voit arriver de tous les chemins, précédés des cornemusiers, des essaims de jeunes filles et de garçons ; en même temps, de nombreuses carrioles ou *pataches* amènent les propriétaires des environs et leurs familles. Bientôt le champ de foire est envahi par les danseurs qui en chassent les derniers marchands, et la fête commence.

Le caractère des danses bourbonnaises est très-varié. La plus répandue est la *bourrée*; viennent ensuite par ordre de popularité, la *montagnarde*, la *valse*, la *courante*, la *boulangère*, le *peloton*, la *sauteuse* et les *moutons*. La bourrée bourbonnaise est plus simple, plus calme, moins frénétique qu'en Auvergne, où le danseur, prodiguant les gestes et les mouvements bruyants, bat la mesure des bras et des jambes et fait entendre avec ses doigts un bruit de castagnettes. En revanche le paysan bourbonnais apporte à la valse une vivacité extraordinaire et quelque peu grotesque. La *montagnarde* est une variante de la bourrée. La *courante*, en Bourbonnais, est tout simplement une ronde dont se détachent, à certains intervalles, une dame et son cavalier, pour danser seuls dans le cercle, jusqu'à ce que le cavalier soit supplanté par un rival agile qui s'empare de sa danseuse. Tout le monde connaît la *boulangère*. Dans le *peloton*, la chaîne se brise après un certain nombre de tours, et s'enroule autour d'un premier couple resté immobile, jusqu'à ce que. à un signal donné, danseurs et danseuses se dégagent avec un grand bruit de cris et d'éclats de rire. La *sauteuse* est une sorte de valse dans laquelle le cavalier enlève sa dame à plusieurs reprises, et met un vif amour-propre à témoigner de sa force musculaire en la tenant le plus longtemps possible suspendue dans ses bras. Les *moutons* ont avec la courante une étroite parenté ; seulement on y voit chaque cavalier se détacher seul de la ronde et chercher à saisir, dans le cercle qui tourne et tourbillonne, la danseuse de son choix.

Le paysan danse communément au son de la cornemuse et de la vielle. Le paysan propriétaire, petite aristocratie intermédiaire entre le colon ou le métayer et le bourgeois, a des violons et des clarinettes, et ne danse jamais sur la place publique.

Dans les intervalles de repos, le paysan fait à sa danseuse les honneurs de la fête, et lui achète un ruban qu'elle attache à sa pièce ; il lui montre ensuite les curiosités de l'apport : ici c'est un reliquaire surmonté d'une bannière à l'image de saint Hubert, et dont la double porte, en s'ouvrant, montre l'enfant Jésus dans les bras de la Vierge, le tout entouré de scapulaires, chapelets et rubans bénis : plus loin, un *saint Paradis*, où l'on voit nos premiers pères se partager le fruit défendu ; près de là, un aveugle chante les complaintes et les légendes de l'endroit ; sa femme l'accompagne sur le violon, et son chien fait la quête ; enfin, voici des loteries pour les enfants et les grandes personnes, loteries de macarons, loteries de mercerie et de vaisselle fine.

C'est vers deux heures que la bourgeoisie fait son entrée dans la fête. Le champ de foire devient aussitôt désert, et les danseuses se précipitent sur le passage du cortége pour admirer ou critiquer les toilettes. Dès que le dernier couple bourgeois a disparu à travers la rue voisine, chacun retourne à ses plaisirs : tel au jeu, tel à la danse, tel sous ces immenses tentes décorées de feuillages, et où vous voyez de longues broches de volailles ou de gigots tourner lentement au-devant d'un immense brasier. La fête finit ordinairement à la nuit, au moins pour les paysans venus des environs ; pour les habitants du lieu, elle se prolonge jusqu'au lendemain soir. Quoique vives et animées, les assemblées bourbonnaises n'ont rien de la tumultueuse et expansive gaieté des kermesses auvergnates. La vanité, la coquetterie, la galanterie, bien plus que l'amour du plaisir pour lui-même, y conduisent la jeunesse des campagnes.

Dans un bourg, dont j'oublie le nom, mais qui est situé sur la frontière d'Auvergne, les plus riches jeunes gens de l'endroit montent à cheval le matin de l'assemblée, et se réunissent sur une vaste pelouse où l'on a fait les apprêts du jeu de l'oie vivante, exercice cruel et qui répugne aux mœurs généralement douces du Bourbonnais. Une oie est suspendue par les pattes à une corde retenue par deux poteaux; à un signal donné, la troupe s'élance de toute la vitesse des chevaux, et chaque cavalier s'efforce de saisir le malheureux volatile, dont la tête sanglante reste aux mains du plus adroit. Le vainqueur rentre dans la ville en triomphe, et devient le roi de la fête [1].

[1] J'avais souvent entendu parler des veillées chez le paysan bourbonnais, et je désirais depuis longtemps assister à l'une d'elles. Précisément, le même soir, on inaugurait, au Pointet, la veillée des femmes des métayers. Elles avaient apporté, chacune, leur quenouille, et au moment où j'entrai, la chambrière mettait au feu de magnifiques pommes de terre destinées à égayer la soirée. « Eh bien! mère Toinon, dit la chambrière, prenant la première la parole et s'adressant à une vieille femme assise à mon côté, votre défunt vient-il encore toutes les nuits vous demander des prières? — Toujours, ma fille; et, pas plus tard que la nuit passée, j'ai entendu dans mon coffre des gémissements qui m'ont fait une fière peur, allez... Il veut des messes, le pauvre cher homme, eh bien! il en aura. Mais, tenez, voilà ma fille qui a entendu, hier, la *chasse gayère*. » Je fis un mouvement de curiosité. « La chasse gayère, mon bon monsieur, continua la vieille, c'est le diable en personne et sa bande qui chassent la nuit les âmes des mourants dans les espaces de l'air, et font ployer sur leur passage les arbres de la forêt; on entend alors distinctement, dans le lointain, le bruit des chiens et les voix confuses des chasseurs. (Ici je me rappelai involontairement la chasse infernale de Burger.) Malheur au voyageur qui passe trop près de la meute dans la forêt, il n'en sortira plus! Un jour, un des gardes du bois entendant passer au-dessus de sa tête la chasse gayère, pria le diable de lui envoyer de sa chasse... Au même instant, une cuisse et un bras humains tombèrent par la cheminée.... — Et moi, dit une jeune fille, je tiens de mon père, qu'un jour il traversait la forêt de Randan, quand tout à coup il se trouva au milieu d'une bande de loups-garous, qui dansaient autour d'un grand feu. Déjà ils l'avaient saisi pour le jeter dans le brasier, quand, par bonheur, le conducteur des loups le reconnut. « Pierre, lui dit-il, je vais te donner deux de mes loups pour te reconduire chez toi; mais quand tu seras arrivé, tu leur donneras deux tourteaux de pain. » De retour à la maison, mon père ferma bien vite la porte derrière lui; il aperçut alors les deux loups qui étaient restés immobiles, jetant des flammes par les yeux et rugissant comme des lions; il prit son fusil et fit feu sur eux. peine inutile, il ne put les toucher; seulement ils se mirent à jeter des flammes à la fois par les narines et la bouche. Mon père eut peur; il prit deux tourteaux et les leur jeta; les deux loups les ramassèrent et disparurent. — Si Jean, notre vacher, était ici, dit la chambrière, c'est lui qui vous en dirait long sur le *follet*. (Se tournant vers moi.) Imaginez-vous, monsieur, que ce follet est un esprit qui habite les étables et les écuries, et se prend, sans qu'on sache pourquoi, d'amitié ou de haine pour les pauvres bêtes qui l'habitent. Il faut voir comme celles qu'il aime sont toujours bien soignées et bien nourries; Jean ne mettrait rien dans l'auge ou le râtelier, qu'elles engraisseraient tout de même à vue d'œil. Quand elles vont aux pacages, le follet les conduit aux meilleurs endroits et elles ne s'égarent jamais; c'est tout le contraire pour celles qu'il a prises en grippe; elles dépérissent que c'est une pitié; puis un beau jour, après les avoir bien tourmentées, il les jette dans un précipice. Quelquefois il est arrivé au vacher d'ouvrir la porte de l'étable au moment où le follet s'y trouvait; alors l'esprit se changeait en flammes ardentes qui tuaient les bestiaux. Le matin, le follet disparaît en faisant claquer son fouet dans les airs. — Tout cela n'est rien auprès des fées, reprit la mère Toinon, car il n'y a rien de pire que ces dames quand elles *roussinent*. C'est le 1er mai de chaque année qu'elles font leur équipée. Quand la nuit est belle, on peut les voir traîner leurs grandes robes sur les prés et en emporter la rosée. Les vaches qui mangent cette herbe ne donnent plus qu'un lait bleu et sans crème. Elles soufflent aussi en passant sur les vignes ou les champs, et le raisin coule et l'épi devient malade. Cependant, monsieur, on peut les chasser si on s'y prend bien. Vous avez vu quelquefois dans nos champs des débris de vieilles chapelles que cachent de grands arbres, eh bien! c'est là qu'on se réunit pour donner la chasse aux fées. Le 1er mai, une vingtaine de bons gars armés de fusils, et autant de filles bien résolues, s'en vont dans les ruines, sur la brune, et allument d'abord un grand feu. Le moment venu, les garçons s'écartent pour aller à quelque distance décharger leurs fusils; en même temps, des enfants font rouler une roue de charrette et frappent avec des bâtons dans les

LE PAYSAN DE LA MONTAGNE.

J'ai constaté les analogies les plus frappantes entre les montagnards du Bourbonnais et de l'Auvergne. Comme ce dernier, le paysan des environs de Ferrière est un homme de haute taille, aux traits rudes, à l'œil grave, à la force athlétique. Comme lui, il est généreux, hospitalier, mais violent et vindicatif. Autrefois il portait une longue blouse blanche et un large chapeau dont il relevait les bords par devant; aujourd'hui il a remplacé la blouse par une veste blanche, à basques très-courtes, ornée de quatre rangées de boutons métalliques, à quatre ou dix boutons par rangée. Le gilet est rouge. Quand il descend en ville, il porte un court et noueux rotin, attaché à l'une des boutonnières de sa veste. Dans les bois de sapin où il passe presque toute sa vie et contracte des habitudes de farouche indépendance, on le voit toujours coiffé du véritable bonnet phrygien. — Les femmes de la montagne ont une robe à corsage et une jupe dont les plis forment un bourrelet derrière la taille; les manches descendent un peu au-dessous du coude; le reste de l'avant-bras est nu; le bonnet est orné de barbes relevées en mitre, qu'on laisse tomber sur les épaules dans certaines cérémonies, aux enterrements, par exemple. Ces femmes sont généralement belles; elles ont les yeux vifs quoique un peu durs, des lèvres fines,

rayons. Les fées, qui craignent le bruit par-dessus tout, se gardent bien d'approcher, et, à minuit, filles èt garçons peuvent revenir à la maison, les fées étant obligées à cette heure d'aller trouver le diable, avec tous ceux qui se sont donnés à lui. — Contez-nous donc quelque chose des sorciers, mère Toinon, dit une voisine. — C'est pas de refus, répondit la commère, d'autant plus que j'en ai rencontré un hier, à qui un chasseur avait demandé s'il ferait bonne chasse, et qui, pour toute réponse, s'était contenté de regarder le fusil; or, vous saurez que le fusil n'a pu partir de toute la journée. Il faut vous dire d'abord que le sorcier reçoit souvent la visite du diable qui lui apparaît sous la forme d'un coq d'Inde ou d'un mouton noir, et qu'ils sont généralement bons amis. — Ne nous avez-vous pas dit aussi, mère Toinon, interrompit une voisine, que les cornemusiers sont les âmes damnées de Satan? — C'est la vérité, ma fille; l'autre jour j'étais allée chez celui du Vernet (bourg voisin); et nous causions de choses et d'autres quand tout à coup il me dit : « Mère Toinon, écoutez. » Eh bien! c'était sa musette qui allait toute seule dans un coffre fermé à clef, et il m'apprit que quand le malin devait venir, il s'annonçait en soufflant ainsi le bourdon. Il ne faut pas demander si je me sauvai à toutes jambes. Mais revenons aux sorciers. Les sorciers, mon brave monsieur, quand ils en veulent à quelqu'un, sont les plus mauvais *gas* de la terre; ils jettent des sorts sur les bestiaux, les moissons et les maisons, que c'est une malédiction! L'un de leurs meilleurs tours, c'est de *tiner* le lait du voisin, c'est-à dire de faire passer dans les mamelles de leur vache le lait de la sienne. Pour tout dire cependant, ils ont quelquefois de bons moments; c'est ainsi qu'on peut les appeler quand on a un feu de cheminée, et on est sûr qu'ils l'éteindront d'un seul seau d'eau. Quand nos filles sont prises du mal d'amour, et que leurs amis sont à l'armée ou en voyage, le sorcier leur donne le moyen de les voir; pour cela il suffit qu'elles placent sous leur chevet une feuille de laurier, un cheveu, un miroir, et qu'elles fassent le signe de la croix de la main gauche. Le sorcier a aussi des moyens pour faire exempter les jeunes gens qui vont tirer au sort. Le sorcier peut guérir tous les maux; il a surtout un remède souverain pour la rage, et ce remède le voici : le malade avale dans du beurre un morceau de papier où il a écrit... Attendez donc que je me souvienne... Ah! m'y voici : *Iram, quiram, coffrautem, trousque, seccictum, securit, secursit, securtit, seduit.*

Le sorcier est la providence de nos bestiaux malades, et les délivre de l'esprit malin. Dans ce dernier cas, on lui donne un rameau bénit, un cierge de Pâques et deux écus de cinq francs. Voici sa recette pour guérir les avives des chevaux : *Avives qui étes rives, je vous prie et supplie que vous vous retiriez de dessus ma bête, ainsi que le fit le grand diable d'enfer, au vendredi béni, avant l'eau bénite.*

des dents magnifiques ; la tête est carrée et les pommettes saillantes. Comme dans la haute Auvergne, la femme dans la montagne bourbonnaise est l'inférieure du mari : elle le sert à table et n'y prend place qu'après lui.

Le montagnard bourbonnais n'a guère qu'une seule industrie. Propriétaire de quelques arpents de terrain dans les bois de sapin qui couronnent la montagne, il fabrique des coffres, des tables et d'autres meubles grossiers qu'il va vendre à Thiers, Gannat et Cusset.

C'est dans la montagne seulement qu'on trouve le véritable patois bourbonnais qui tire son origine du roman, comme le patois auvergnat [1].

Le montagnard bourbonnais a peuplé de légendes bizarres les moindres ruines, les moindres rochers de sa montagne. A l'exemple du paysan de la plaine, il croit au diable et aux fées, aux démons et aux mauvais génies. On dirait que les sombres et fantastiques mythologies du Nord ont passé par ce pays et y ont laissé des traces profondes. Ainsi, de même qu'en Allemagne, c'est le *grand Charbonnier* qui est le mauvais génie de la montagne ; et le diable ne va jamais sans une meute bruyante de chiens et de chats noirs.

A l'octave de la Fête-Dieu, chaque famille fait bénir une couronne de fleurs et de coquilles d'œufs, et lorsqu'un orage éclate, il suffit, pour le conjurer, de jeter au feu la couronne ou une coquille. Si le charme ne réussit pas, le paysan tire des coups de fusil sur la nuée pour en chasser le génie malfaisant qui la dirige. Mais chose singulière ! dans la pensée du paysan, ce mauvais génie est souvent un prêtre ! Il attribue, en effet, au curé d'étroites relations avec le diable, et lui suppose le pouvoir de déchaîner les orages à son gré. Doué d'une piété étrange et bizarre, il tremble sous sa parole, et se prosterne des heures entières sur la dalle des églises ; mais si dans des temps de sécheresse ou de débordement, les saints qu'il invoque ne ramènent pas un temps favorable, il traînera leur châsse dans la boue ou cessera de leur porter, à l'époque de leur fête, le tribut de fleurs accoutumé.

On remarque, dans la montagne bourbonnaise, quelques usages intéressants. Quand un garçon va demander une fille en mariage, l'ami qui l'accompagne doit s'armer d'un bâton dont il aura eu soin de brûler les deux bouts ; sans cette pré-

---

[1] Voulez-vous cnutre l'histouère de Chipion ? la véci :

Ou y a ben soixante et quinze ans omin, un sargen ère alla pa saisir chi una fena. On la trouvit qui chofot le four. Din que noccasious, lé lenes ne sont pas franches ; ive là fena prenant don una jansa de roua pa le raïs, en fouétit un cop si dur pa la teta do pore sergen que le tourllion y entrit, et o murit dix mès après. La justissa, qui n'aviot pas bougea, euvoint alors da gendarmes pa paure ikela fena. É l'arrétiront et la meniront à la justissa de la guillarmia.

Pendant ivo tems, lou garçous d'ikela fena crant alla consorta le curé, ve Faraéres. Le curé l aïot dit de dépanre lou mère, mais de ne gin fouaire de man à gendarmes. E preniront donc llou fusil, et veniront appitá le passage du gendarmes o bo mouchamp, ve parro sitôt que e veïront lou gendarmes, è lle criront : Lachez n ta mère, et lou gendarmes ne sou firont pas dire doux cops. Mais ka garçons, o même instant, lachiront llou cops de fusils, du chevaux furont touas et da gendarmes aïront les keuses traversés. Quoque temps après, quand Chipion ne se doutant de ren, un régimen de dragons venit, la nuet, environnit le village, cherchit lou coupables èt arrêtit quatorze hommes. E dgiont qu'on guait un de cassa din una maille que se lessit ben travarsa la Keuse, sen bougea, par le sapre d'un dragon que fouillot.

Pourtant è ne preniront pas la fena. Ika quatorze hommes, furont emmena à Moulins, peusse à Paris. ramena ensuite à Moulins, iou très furont pendus.

caution la demande ne serait pas accueillie. Le futur va-t-il inviter les parents à la noce, il doit, en entrant dans chaque maison, secouer la crémaillère. Le jour du mariage, plusieurs couples se rencontrent-ils à l'église, malheur à celui qui sortira le dernier, il aura irrévocablement, toute l'année, quelque douloureuse ou repoussante maladie. A l'issue de la messe nuptiale, le cortége se mêle et tous les gens de la noce s'embrassent cordialement. De retour à la maison, ils doivent goûter avec la même cuiller, et à commencer par la jeune mariée, à une soupe fort poivrée, dit-on, que leur présente, sur le seuil de la porte, la maîtresse du logis.

Pendant la nuit du 1er mai, les jeunes gens se rassemblent en troupe et parcourent les villages en chantant, à chaque porte, un noël amoureux sur le printemps. On les remercie en leur donnant des œufs et du lard. Quelques garçons saisissent cette occasion de déposer un bouquet de fleurs des champs à la porte de leur maîtresse.

LE BOURGEOIS.

La bourgeoisie du Bourbonnais se divise en deux catégories distinctes : celle qui vit dans ses domaines, celle qui habite les villes. Cette division est essentielle ; elle repose sur des différences fondamentales. Ce qui est commun aux deux bourgeoisies, c'est un caractère facile et doux, une grande affabilité, un esprit hospitalier et généreux, une impressionnabilité ardente. Ce qui leur est commun, c'est une rare mobilité d'idées qu'on pourrait peut-être expliquer par l'inconstance de la température. Un écrivain du dix-septième siècle a même écrit que l'esprit du bourgeois bourbonnais ressemble à la terre du pays qui est légère, et qu'il en est de l'instabilité de ses opinions comme de la rivière d'Allier, qui prend et rend successivement aux riverains les terres que ses eaux détachent. Ce qui leur est encore commun, c'est une vanité naïve et imperturbable qui fait que la moindre famille de bourgeois se pavane d'un arbre généalogique, dont les racines s'enfoncent au moins de cinq siècles dans le passé, et que vous pouvez voir, dans la pièce principale de tout appartement, les armes plus ou moins hiéroglyphiques du chef de la maison au milieu d'un vaste cadre historié. Ce qui leur est commun enfin, c'est une tendance démesurée à excéder la limite de leur revenu, et même à attaquer la plus pure substance du capital. Aussi, grandes et petites, toutes nos maisons sont-elles, à la lettre, criblées de dettes; de là le vieux proverbe : *Bourbonichou, habit de velours, ventre de son.*

Revenons maintenant à notre division, et disons quelques mots du bourgeois campagnard.

Ainsi que je l'ai déjà dit, la classe des petits propriétaires est très-nombreuse en Bourbonnais, et ils résident presque tous dans leurs domaines. Ce sont généralement d'anciens négociants qui se sont retirés avec 12 à 1,500 livres de revenu, s'estimant, avec cette petite fortune, les gens les plus heureux du monde, et se promettant, pour le reste de leurs jours, une vie de flânerie et de plaisir; et vraiment ils tiennent parole, car rien de plus insouciant, de plus délicieusement paresseux que mon brave bourgeois. Il chasse, pêche, dîne et dort; puis il dort, dîne, pêche et chasse. J'oubliais... il a une autre occupation, *il devise du tiers et du quart*, comme ils disent ici; et je crois que, dans nul autre pays, le prochain n'est plus rudement mené; mais, en tout bien tout honneur, sans fiel ni rancune. C'est de la bonne et cordiale médisance qui dit tout d'un seul trait, avec une abondance, une expansion admirable, et qui oublie avec une extrême facilité. La discorde n'a jamais secoué ses classiques brandons sur cette terre fortunée; on se voit, on s'embrasse, on s'adore, on mange les uns chez les autres, on se ruine pour se surpasser en prodigalité; puis, rentré au logis, on s'attaque, on se mord, on se déchire, mais sans pour cela cesser de s'aimer. Nous parlions de dettes tantôt, mais le bourgeois ne craint pas d'avouer qu'il en a par-dessus la tête; il vous dira, en riant, qu'il entretient chez son boucher, son épicier, son boulanger, des cotes de plusieurs années, et j'ajouterai que, lorsque ses fournisseurs se plaignent, il leur paye des

intérêts en poisson, volaille, gibier et autres menus cadeaux. Les cadeaux sont d'ailleurs de tradition ici : rien ne se fait qu'après l'offre préliminaire d'un panier de volaille ou de fruits. A-t-on
besoin d'un service, on se fait précéder de quelque substantielle prestation en nature; va-t-on à
l'assemblée, on se charge les deux bras des plus appétissants comestibles; la chambrière fait-elle
un plat extraordinaire, le voisinage en a sa part; saignons-nous notre porc, tous nos amis recevront
du lard, et ainsi du reste.

J'ai montré le paysan aux fêtes patronales, mais sa gaieté et son entrain pâlissent auprès de la
fougue de mon bourgeois. Ce jour-là, il transforme sa maison en une sorte de caravansérail où
il héberge et loge toute sa famille, qui, dans cette circonstance, s'enrichit d'une foule de cousins
inconnus. Ce jour-là encore, le bourgeois le plus mûr danse avec une ardeur toute juvénile;
quelques-uns même s'échappent furtivement pour payer en secret des rubans aux paysannes....
Le soir, nous allons au bal, un très-grand bal, ma foi! qui s'appelle généralement le bal de la
Saint-Crépin. Mais, chut! ne rions pas, c'est l'orchestre de la ville voisine qui est venu en poste,
amenant à sa suite les plus jolies, les plus riches héritières des environs. Les toilettes sont charmantes, le plaisir étincelle dans tous les yeux; on danse avec amour, avec fureur; le dévouement
et un peu de politique s'en mêlant, on voit même les mamans figurer au quadrille de leurs filles
Le bal fini, ne croyez pas qu'on aille dormir; non : les jeunes filles changent de toilette, se *mettent
en matin*, et se promènent dans la campagne en attendant le déjeuner, qui est immédiatement
suivi du dîner, que suit de près la seconde soirée dansante. Un mot sur la salle de bal. C'est une
grande chambre d'auberge, toute nue, dont les carreaux sont démantelés, qu'éclairent de maigres
quinquets huileux, et dont l'unique ameublement se compose de longs bancs en bois adossés
aux murs.

Dans ses relations avec le paysan, le propriétaire, comme nous l'avons déjà vu, est tout patriarcal. Après la moisson, il donne une fête aux travailleurs et les fait danser; il reçoit amicalement
son métayer, qui ne le quitte jamais sans vider un verre de vin du maître. Il a une chambrière,
qui est presque toujours jeune, accorte, et qu'il protége. Il est mécontent si, en partant, ses convives oublient la chambrière. Le bourgeois est maire, ou adjoint, ou capitaine de la garde nationale; il a son banc à l'église, privilége auquel il attache le plus grand prix; il n'est même pas rare
de voir des conflits d'amour-propre entre nos bourgeois cherchant mutuellement à exhausser
leur banc, conflits dont la fabrique a tous les bénéfices. Voilà pour le petit propriétaire.

Le gros propriétaire n'a ni les aimables défauts ni les qualités réelles du petit. Celui-là est un
homme politique dans les diverses acceptions du mot : il thésaurise, il spécule, il est membre d'une
bande noire particulière au pays, et dont les opérations consistent à prêter à forts intérêts à un
pauvre paysan qu'on est certain d'exproprier à l'échéance faute de paiement. Les agents actifs et
les pourvoyeurs de cette bande noire sont messieurs les notaires, avoués et autres officiers minis-
tériels du pays. Les gros bourgeois dépouillent ainsi régulièrement le peu de paysans propriétaires que renferme la province; vous verrez même qu'ils finiront par s'attaquer aux petits propriétaires à 1,200 et 1,500 livres de rente. Messieurs de la bande noire, en accaparant la propriété,
ont un but politique : c'est d'abord de renouer la chaîne des temps en ramenant l'ilotisme du
paysan, puis de constituer des bourgs pourris dans leur famille et de monopoliser les faveurs dont
le gouvernement dispose dans la localité. Du reste, ces messieurs se marient entre eux, ne voient
qu'eux, n'estiment qu'eux, et sont, comme de juste, essentiellement conservateurs. On les reconnaît à leurs airs de tête superbes, à leur dédaigneux silence, à un généreux embonpoint.

J'arrive au bourgeois citadin. Voici d'abord ce qu'en pense certain écrivain du dix-septième
siècle que j'ai déjà cité : « Les habitants de Gannat, dit-il, ont conservé la grossièreté et l'impoli-
tesse des Auvergnats (merci pour votre serviteur qui est du pays); mais, comme eux, ils sont actifs
et laborieux. Les citadins de Bourbon, Moulins et Vichy, continue-t-il, sont pleins de bonnes manières et de civilité; ils se polissent dans le commerce qu'ils ont avec les gens de qualité. » — « Les
Bourbonnais, dit un autre voyageur d'une époque antérieure, sont doux et gracieux, mais subtils et accorts, bons ménagers, adonnés à leur profit, mais courtois aux étrangers. » Tout cela est
encore vrai, à cela près que je ne les crois ni subtils, au moins dans l'acception moderne du mot,
ni intéressés.

Maintenant si nous étudions personnellement le citadin dans sa métropole, Moulins, nous trouverons : 1º que les aptitudes industrielle et commerciale lui manquent absolument, et que, sous ce double rapport, il est notablement dépassé par les villes voisines, notamment par Gannat et Clermont. Il s'est même laissé prendre jusqu'à la célèbre coutellerie de Moulins ; mais il s'en venge.... en appelant *pieds de loups* les émigrants auvergnats qui passent par sa ville ; 2º qu'il est Athénien par les goûts et le caractère, c'est-à-dire que la plus grave réunion de Bourbonnais citadins apercevant le bout de la lisière d'Aspasie, enverrait la chose publique à tous les diables, pour courir après la déesse ; ce qui revient à ceci, que leurs mœurs ont une agréable légèreté, que la galanterie est parmi eux la première des affaires ; ce qui veut dire encore que, dans les villes et notamment dans celle-ci qui résume les autres, les femmes sont jolies et gracieuses, ont une élégance adorable, un esprit fin et délié, une imagination de collégien (*intra muros*) et un cœur qui ne sait rien refuser à l'humanité souffrante. Aussi, que j'ai bien compris mes Moulinois se créant continuellement, comme par besoin, une, deux, trois idoles qu'ils suivent partout, au théâtre, sur les cours, leur murmurant des flatteries aux oreilles, quêtant un de leurs regards, montant un cheval fougueux sous leurs fenêtres, et se signalant à leur attention par une moustache inculte ou par quelque forme d'habit excentrique ! Que je les comprends bien encore s'enflammant régulièrement chaque année, pour l'amoureuse ou la prima dona des troupes nomades qui viennent l'hiver installer leurs pénates dramatiques dans la salle enfumée de Moulins ! Malheur à qui n'adopte pas leur protégée et se permet le moindre sifflet ! Malheur surtout, si MM. les officiers du régiment de cavalerie en garnison se prenaient, comme cela s'est déjà vu, à faire une opposition systématique aux prédilections artistiques du parterre ! Oh ! alors, chaque soir la salle de spectacle deviendrait une bruyante arène ; toutes les vaillantes épées de la ville seraient tirées, et le sang coulerait jusqu'au départ du régiment.

Mais, hélas ! je suis forcé de le dire, la révolution de juillet a refroidi l'esprit chevaleresque de mes Moulinois. Et d'abord, la *noblesse*, comme on dit ici, la noblesse qui donnait autrefois dans cette province l'exemple des mœurs faciles, la noblesse se *range*. On ne voit plus, comme naguère, sur les cours et à la messe de midi, passer, à travers une double haie de brillants officiers, et s'enivrer de leurs bruyants suffrages, cet escadron volant de jeunes et belles femmes, à l'œil fier et doux à la fois, toutes diaprées de fleurs et de plumes, qui s'appelait l'aristocratie. On ne les voit plus au théâtre, plus aux fêtes, plus aux grandes cérémonies. Elles ont diminué le nombre et affaibli l'éclat de leurs soirées, et, chose difficile à croire, pour qui les a connues avant 1830, elles ont frappé l'uniforme d'ostracisme ! Ne venez pas me dire, avec un sourire perfide, que cette grave mesure est due à ce que la révolution de juillet a démocratisé le personnel de MM. les officiers de cavalerie ; non, je vous le dis, la noblesse se *range*, elle fait pénitence, elle se couvre la tête de cendres, elle va dans le désert... de ses domaines.

Eh bien, soit ! que la noblesse se convertisse, qu'elle aille pleurer sur son blason tant et de si doux péchés : il nous reste ici ces fraîches, pimpantes et mignonnes grisettes qui sont la vraie gloire de Moulins, et qui suffiront à nous consoler. Foin des grisettes de Paris, race dégénérée, qui traîne dans la boue du quartier latin ses robes en loques, ses souliers éculés ! C'est ici qu'on retrouve le type primitif de l'ouvrière aux traits fins, à la peau blanche, à l'œil soyeux, aux mains et aux pieds petits, à la toilette toujours fraîche, au bonnet coquet, dont les rubans sont roses comme ses joues.

Dans cette revue rapide des diverses classes de la société citadine, j'ai paru oublier la bourgeoisie ; ce n'est pas ma faute, la bourgeoisie, ici comme partout, perdant chaque jour de son relief. Maîtresse de la souveraineté politique, elle a des préoccupations qui ne lui permettent plus de sacrifier au plaisir. Elle est réservée, prudente, discrète et vit retirée. Elle se montre seulement le dimanche, et se rend à quelques fêtes des environs, comme à Bressole, le jour de la Pentecôte, à Yseure ou à Averme, le lundi de Pâques. Chez elle, elle joue le loto et le boston.

La jeunesse est républicaine, mais elle est oisive. Nos plus beaux fils sont des *lazzaroni* de café, où leur temps s'écoule entre le cigare, le jeu et les journaux ; et c'est grand dommage, car ni l'intelligence ni le cœur ne leur font défaut.

A. LEGOYT.

LE VIEUX JUIF

LE JUIF.

La monographie du juif, ce type si tranché que n'ont altéré ni les temps, ni les climats, ni les vicissitudes de toutes sortes, est certes un objet de haut enseignement. L'histoire du peuple hébreu est l'histoire unique et singulière d'une nation isolée depuis tant de siècles, au milieu de l'humanité, pour lui être incessamment une leçon vivante de patience, de justice et de miséricorde divines. Ce n'est point ici le lieu de faire assister le lecteur à toutes les phases tragiques, aux innombrables accidents des annales de ce peuple, toujours seul au milieu des autres peuples, toujours protégé de Dieu, toujours ingrat, toujours inconséquent et léger. Tantôt uni en corps de nation, tantôt dispersé à travers le monde et chassé comme la feuille légère qu'emporte le vent du nord; mais vivant toujours de sa vie particulière, toujours tenace dans sa croyance quand il est persécuté, insolent et fier quand il est fort; lorsqu'il est faible, vil et rampant; d'une patience et d'une résignation à toute épreuve; amassant parcimonieusement pour l'avenir, puis dépensant avec faste; endurci à toutes les fatigues, à toutes les privations, ou enfoncé dans la mollesse la plus voluptueuse, la plus efféminée; quittant avec une égale indifférence le velours et la soie, toutes les jouissances du luxe, toutes les joies constitutives du bonheur matériel, pour revêtir l'humble bure du mendiant ou saisir le bâton du voyageur aventureux, et reprendre son existence

splendide après avoir recréé sa fortune ; portant dans toutes les affaires la même
minutie, la même attention, la même finesse ; opposant à la persécution un front
résigné, à la misère une abnégation profonde ; souvent abattu, mais jamais écrasé,
ce peuple a toujours conservé, comme marque de sa noble extraction, ce génie intérieur et primitif qui lui fit opérer de grandes choses, et lui donne une intelligence
supérieure ; et cependant il semble porter au front le stigmate indélébile que la
Providence courroucée lui imprima à jamais.

Étrange existence que quarante siècles n'ont pu changer, et qui se produit au
milieu de notre civilisation, avec le même caractère inquiet et remuant, instable et
ingrat qu'elle possédait chez les Pharaons, qu'elle conserva au désert, dans les vallées fertiles de la Mésopotamie, sur la terre d'exil de Babylone, et qu'elle n'a point
abandonné en passant à travers les épreuves de la conquête romaine, de l'asser-
vissement mauresque, de la persécution et des auto-da-fé de toute la chrétienté.

Et cependant combien est intéressante cette vie si traversée des Israélites ! Voici
tantôt dix-huit siècles qu'ils sont disséminés sur la terre, repoussés de tous, des
gentils et des chrétiens, des grands et des petits, des riches et des pauvres ; parias
de l'humanité, ils ont mené une triste et malheureuse existence ; en butte à toutes
les calamités, ils ont souffert patiemment toutes les peines, toutes les tribulations.
Et admirons ici leur courage et leur persévérance ! dix-huit siècles de tortures et
d'esclavage, dix-huit siècles de persécution et de malheur, n'ont pu altérer ni ébran-
ler leur foi ; les bûchers ni les cachots n'ont pu leur faire abandonner leur croyance.
Ils se sont transmis de génération en génération leur langue antique et sacrée, leurs
saintes traditions ; et dans nos campagnes se trouvent encore quelques familles
vivant de la vie simple des patriarches, avec toute la naïveté des mœurs primitives,
avec toute la foi que possédaient au cœur Abraham et David.

Comment ne pas les plaindre, ne pas les excuser peut-être, en reportant la pensée
sur des persécutions qui se sont succédé jusqu'à nos jours !

Y eut-il jamais acharnement plus grand, plus atroce que celui qui se déchaîna
contre les juifs, au moyen âge surtout ? Quand ils avaient travaillé, quand ils
avaient recueilli, on leur enlevait le fruit de leur labeur. Sans cesse hors la loi,
on ne les comptait pas comme des hommes, obligés qu'ils étaient, par le droit de
capitation, de payer chèrement la faculté de vivre parmi les humains. Ces gens que
l'on dépouillait tous les jours furent obligés de cacher leurs richesses quand ils en
pouvaient avoir ; de les amasser en silence, d'écarter soigneusement tout objet de
convoitise, toute cause de spoliation ; et comme toujours on les harcelait, comme
on les dépouillait sans cesse, il leur fallait des richesses immenses pour satisfaire à
des exigences si énormes ; car la main de fer qui les pressurait leur criait toujours :
Donnez ! donnez ! et elle se crispait convulsivement à la moindre résistance, à la
moindre hésitation.

La guerre venait-elle à éclater, les juifs devaient en couvrir les frais, et on les exi-
lait, on les chassait de leurs demeures, en s'emparant de leurs biens. La peste éten-
dait-elle ses ravages sur les populations, c'étaient les juifs qui avaient empoisonné
les puits, et on les égorgeait. Survenait-il quelque autre calamité, c'était encore

aux juifs qu'on s'en prenait : c'étaient eux qui l'avaient attirée par leurs sortiléges, et on les brûlait vifs. Bouc émissaire des siècles, ce peuple en a supporté
toutes les misères, toutes les infortunes ; et aux juifs qui naissaient au monde, on
pouvait dire les paroles terribles du Dante : *Voi ch' entrate, lasciate ogni speranza.*
Il n'est donc pas étonnant que, voulant se roidir contre la persécution, empêchés
de cultiver la terre, de posséder des biens, d'embrasser des professions libérales ;
écartés de la magistrature et des emplois, réduits même à ne pouvoir verser leur
sang pour la patrie adoptive ; expulsés de la plupart des corps de métiers, il n'est pas
étonnant, disons-nous, que les juifs, obligés de s'en tenir exclusivement au commerce d'importation et d'exportation, et surtout à celui d'argent, aient employé
la ruse et même le dol pour satisfaire aux sordides exigences de leurs persécu-
teurs, et que l'usure soit le défaut invétéré qui entache encore cette nation.

Mais maintenant les préjugés s'effacent, la justice a reparu avec la liberté, les
juifs ne sont plus sur la terre d'exil, et les filles de Sion ne peuvent plus dire comme
autrefois à Babylone, lorsqu'on leur ordonnait de chanter : « Comment notre voix
peut-elle trouver des accents, puisque nous sommes loin de Jérusalem, sur la terre
étrangère, et que notre âme est abreuvée de douleurs. »

Les Israélites ont trouvé une Jérusalem nouvelle : c'est la France, ce refuge des
grandes infortunes, cette consolatrice de toutes les afflictions ; terre classique maintenant de toutes les tolérances, de toutes les justes libertés.

C'est à Louis XVI, par les conseils du vertueux Malesherbes, que les juifs doivent
un commencement d'affranchissement. La révolution, qui bientôt vint tout niveler
et tout détruire, pour tout réédifier ensuite, accorda aux juifs la qualité et les droits
du citoyen. Rendus subitement à la vie sociale et politique, ils eurent de la peine à
se mettre à la hauteur de ce bienfait si nouveau. Habitués à vivre selon leur propre
loi, leurs coutumes particulières, à se marier entre eux, à se passer de toute intervention étrangère dans les actes de leur vie civile ou religieuse, ils ne surent pendant quelques années comment faire pour se mettre à la hauteur de la civilisation
qui les appelait à elle ; et à chaque pas qu'ils tentaient dans cette existence nouvelle,
ils étaient arrêtés par des scrupules religieux, par les défenses de leur loi si éloignée, si contraire à tout principe de civilisation moderne.

Cet état dura jusqu'en 1807, où Napoléon convoqua à Paris le grand sanhédrin
de France et d'Italie, dont les décisions doctrinales eurent désormais force de loi
dans l'étendue de son vaste empire. Il était dû à la gloire du grand empereur de
compléter l'affranchissement des juifs, en réunissant cette assemblée célèbre qui
n'avait pas reparu depuis la durée du second temple.

Elle a déclaré que la religion juive défendait à jamais la polygamie ; qu'elle
tolérait le divorce quand il était permis par la loi civile du pays ; que les mariages
avec des chrétiens, adorateurs comme eux d'un seul Dieu, ne pouvaient être regardés comme défendus par leur religion ; que les lois de la fraternité unissent les
juifs à leurs frères et à leurs semblables de toutes les croyances ; que les actes de
justice et de charité dont les livres saints leur prescrivent l'accomplissement sont,
envers leurs frères de toutes les religions, les devoirs essentiellement inhérents à

leur croyance ; que la France est leur patrie, qu'ils doivent la servir, la défendre, et obéir à toutes ses lois ; qu'un vrai Israélite doit toujours élever ses enfants dans des professions utiles ou à des états honorables ; enfin que le prêt à intérêt usuraire, soit à des Israélites, soit à des non Israélites, est un crime également abominable aux yeux de leur religion.

Toutes ces décisions ont paru appuyées sur le texte des Écritures et des traditions saintes ; et elles ont été adoptées par presque toutes les synagogues et communautés juives du monde.

Nous passerons donc l'éponge sur les détails d'un passé aussi affreux que le présent est beau et consolant ; encore moins nous occuperons-nous des questions religieuses qui divisent les juifs ; jamais le culte du vrai Dieu ne donna lieu à de plus misérables, à de plus mesquines disputes [1].

Les juifs, enlevés à toute préoccupation politique, ne prirent aucune part aux mouvements qui s'opéraient en dehors d'eux ; ils subirent les tristes conséquences que toutes les législations orientales entraînent après elles. Les réformateurs de l'Orient se sont en effet constamment appliqués à isoler leurs peuples de tous les autres. Ainsi Confucius, Manou, Moïse, Mahomet, ont donné aux Chinois, aux Hindous, aux juifs, aux musulmans, des lois qui renferment la religion et la politique, la morale et la police, la justice et la stratégie. Certes, cela suffit pour rendre un peuple fort, quand il est uni en une seule agglomération ; mais si le malheur des temps, si les décrets de la Providence viennent à disperser ce peuple ; si de conquérant il devient esclave, que d'infortunes tombent alors sur lui, que de revers viennent l'accabler ! Ses mœurs, ses coutumes, sa foi surtout, paraissent étranges à ses vainqueurs ; sa position d'opprimé seule le met en état de suspicion continuelle ; les persécutions sont d'autant plus violentes, la rage des oppresseurs plus intraitable ; le peuple qui souffre s'avilit graduellement ; il s'ilotise et finit par dispa-

[1] Depuis leur dispersion surtout, les Israélites ne s'occupèrent plus que d'ergoteries ; ils passaient leur vie à expliquer les livres saints, puis à commenter ces explications. C'est ce qui donna naissance à un nombre étonnant de livres énormes, dont les principaux sont : la *Mishna*, ou explication de la Bible, par Jehuda Hanasi ; le *Talmud*, ou commentaire de la *Mishna*, et le *Petit Talmud*, ou abrégé du précédent, par Alphési. Nous ne parlerons pas davantage des hommes illustres que compte leur nation ; ce furent des savants, des poëtes, des théologiens, et surtout des médecins, tels que Rabbi Mosché, juge de la nation à Cordoue ; Ismaël Halevy, son disciple et son successeur, élevé ensuite à la dignité de nasi ; Joseph ben Schahtnès, traducteur arabe du *Talmud* ; Roschcu, commentateur du *Petit Thalmud*, et Itsrock Boriseh, dit le Mathématicien, son adversaire ; Ismaël ben Chemoule-Hacohen, philosophe et jurisconsulte, auteur d'un commentaire sur le *Pentateuque* ; Itshock bar Borisch, recteur de l'Académie de Cordoue, auteur d'un commentaire sur les canons difficiles du *Thalmud* ; Schelomo-ben-Gabirole-ben-Jéhuda, écrivain, philosophe, l'un des fondateurs de la littérature hébraïque espagnole, auteur de cantiques encore en usage ; Ben Hezrach, interprète de la Bible ; Maïmonide, poëte, philosophe, astronome et médecin ; Mosché Géquatilach, grammairien ; Benjamin de Tudèle, voyageur célèbre ; enfin le Français Abraham ben David, qui écrivit contre Maïmonide ; les trois grammairiens Kimchi le père et les deux fils, de Narbonne ; le voyageur Jarchi, de Troyes ; et dans le siècle dernier, l'illustre Mendelssohn, l'un des hommes les plus éclairés de sa nation. Si les juifs eurent pour chefs, durant leur prospérité et leur union en corps de nation, des patriarches, des prophètes, des juges ou des rois, ils eurent, pendant les jours amers de la captivité, des princes de la loi à Babylone, des *tanaïms* ou chefs religieux, des *reboneins* ou maîtres de la grande académie de Pompédita en Perse, des *guéonims*, qui succédèrent aux précédents, des *nasimes* ou princes des juifs d'Espagne, etc.

raître, s'il ne possède, au milieu d'infortunes si énormes, un principe préservateur d'une destruction complète. Ce principe ne peut être politique, ni même social, il faut qu'il soit tout dans la ténacité de la foi, d'une religion, vraie ou fausse. C'est sans doute à cela que les Israélites doivent d'exister encore ; et cependant combien leur religion a souffert, combien leurs dogmes se sont altérés, combien leur loi sublime et sainte a reçu d'injures de ses propres sectateurs, sans avoir toutefois suivi la marche des siècles, les progrès de la raison, les mouvements de la civilisation. La religion judaïque n'est ni ce qu'elle était, ni ce qu'elle devrait être : *rudis indigestaque moles*, pour me servir de l'expression du poëte, elle ne présente qu'un chaos informe qui n'offre rien au penseur ni au philosophe, à l'esprit ni au cœur, à l'âme ni à la raison. Au lieu de les mettre hors de toute atteinte profane, ils se prirent à se disputer avec violence sur les moindres prescriptions de la loi ; des schismes profonds s'établirent au sujet des plus puériles interprétations ; enfin cette loi descendue du Sinaï si pure et si simple, cette loi, modèle éternel de saine raison, de morale et d'équité, cette religion renfermée en dix lignes, donna lieu aux plus violentes discussions, aux opinions les plus contraires, les plus acharnées ; et l'avidité des hommes pour le mensonge et l'erreur est si grande, leur besoin d'embrouiller les choses les plus simples si constant, que la religion judaïque donna naissance à plus de sectes que le paganisme ne compta de dieux [1].

Les Israélites qui habitent sur toute l'étendue de notre sol se partagent en plusieurs divisions, selon les contrées d'où sortirent des migrations juives. Nous nous entretiendrons donc successivement du JUIF PORTUGAIS OU ESPAGNOL, du JUIF AVIGNONNAIS, du JUIF ARABE, du JUIF ALLEMAND, et enfin de la FEMME JUIVE et du RABBIN, car toutes ces divisions sont bien tranchées : quoique faisant partie d'un tout assez uni, elles ont cependant leur caractère particulier, et il existe entre un juif portugais et l'un de ses frères allemand ou arabe autant de différence qu'il s'en trouve entre un Anglais et un Français ; et d'ailleurs il est utile de saisir et de marquer toutes ces différences avant qu'elles aient disparu et qu'elles se soient confondues dans l'humanité générale, ce que produiront nécessairement leur réunion en une même organisation religieuse, et la jouissance des mêmes droits politiques.

LE JUIF PORTUGAIS.

Les juifs portugais sont, pour ainsi dire, les patriciens de la juiverie ; leur origine, leurs mœurs, leurs coutumes, leur religion même, tout chez eux a une qualité supérieure que l'on ne trouve pas chez les autres Israélites, et leur donne un par-

---

[1] Les principales sont celles des pharisiens, des saducéens, des samaritains, des esséniens, des publicains, avant Jésus-Christ ; après l'ère chrétienne, celles des juifs d'Alexandrie, des gnostiques, des thérapeutes, des talmudistes de Jérusalem et de ceux de Babylone, des cabalistes, des rabbanites, des sébouréens, des chasidimites, des carraïtes, etc.

fum d'aristocratie et de quasi-noblesse, dont ils tirent une prétention de suprématie qui, du reste, ne leur est point contestée.

Chassés d'Espagne en 1492, par Ferdinand et Isabelle, et du Portugal en 1496, par le roi Emmanuel, on évalue à près de cent soixante-dix mille le nombre de ceux qui furent obligés de quitter la Péninsule ; et cependant, lorsque après six ans d'efforts Ferdinand parvint à se rendre maître de l'Espagne par la prise de Grenade, il avait été stipulé dans la capitulation de Boabdil, le dernier roi maure, qu'il ne serait touché ni aux biens, ni aux lois, ni à la liberté, ni à la religion des mahométans, et que les juifs, compris dans le traité, jouiraient des mêmes droits.

Ferdinand fut considéré comme le vengeur de la religion, et pourtant il n'était que le violateur de la foi jurée.

Un grand nombre d'entre eux passa en Italie, dans le Levant et en Barbarie ; ils allèrent habiter Livourne, Amsterdam, Hambourg, Londres, Constantinople, Smyrne, Alger, Maroc et Fez ; ils formèrent des établissements à Salonique et jusque dans les Indes orientales, au pays de Cochin. Ceux qui ne purent quitter l'Espagne furent forcés, par l'inquisition, de recevoir le baptême, mais ils restèrent toujours attachés à leur religion. On les désigna sous le nom de *nouveaux chrétiens*.

Un de ces derniers, nommé André Govéa[1], établi à Bordeaux au commencement du seizième siècle, y devint professeur de belles-lettres en 1534. Profitant d'un édit de Louis XI, de février 1474, qui permettait à tous les étrangers, excepté aux Anglais, de se fixer à Bordeaux, il y attira successivement ses coreligionnaires nouveaux chrétiens. Ils obtinrent de Henri II, par lettres-patentes données à Saint-Germain en Laye, en août 1555, sous le nom de *marchands et autres Portugais appelés nouveaux chrétiens*, la permission d'habiter et résider avec leurs familles et leurs serviteurs dans toute l'étendue du royaume, et d'y exercer librement le commerce, avec tous les droits, priviléges et franchises dont jouissaient les sujets du roi. Le parlement de Paris enregistra ces lettres, le 22 décembre 1550, à la charge que les héritiers des impétrants, en faveur desquels ils disposeraient de leurs biens, seraient des régnicoles.

Henri III et Louis XIV renouvelèrent ces lettres patentes en 1574 et 1658.

Il est remarquable que dans tous ces actes les juifs de Guyenne ne sont désignés que sous la qualification de marchands espagnols ou portugais. Ils professaient en effet extérieurement le christianisme, sans que le gouvernement, qui ne pouvait ignorer quelle était leur véritable religion, songeât à les inquiéter.

Peu à peu ils se relâchèrent à cet égard, ce qui scandalisa le peuple de Bordeaux ; mais un arrêt du parlement de cette ville, du 17 mars 1574, défendit à toute personne de molester les *Espagnols* et *Portugais* qui y étaient fixés.

Ce fut vers 1686 qu'ils cessèrent de faire baptiser leurs enfants, et vers 1705 qu'ils discontinuèrent de se marier devant les curés catholiques. Cette époque fut

---

[1] C'est André Govéa, alors en grande réputation, que Rabelais désigne, dans le dénombrement de la bibliothèque de Saint-Victor, de la manière suivante : *M. N. Rostocostoiambedanesse de moustarda post prandium servienda*. Théodore de Bèze rapporte que le Portugais Govéa était appelé *Sinapevorus*, ou *Engoule-Moutarde*.

aussi celle où ils eurent des synagogues publiques, dont la première fut inaugurée en 1710 ; c'est depuis 1720 qu'ils ont un cimetière particulier.

Ce fut dans de nouvelles lettres patentes données à Meudon par Louis XV, au mois de juin 1725, et qui leur coûtèrent une somme de 100,000 livres à titre de joyeux avénement, que le gouvernement les reconnut légalement pour être de la religion israélite, et leur donna officiellement le titre de juifs. Ces priviléges leur furent enfin confirmés par Louis XVI.

Les juifs espagnols et portugais jouissaient ainsi de tous les droits de cité, et pouvaient se fixer dans le ressort des parlements qui avaient enregistré leurs priviléges. Ayant été naturalisés en corps de nation, tous les individus de cette race étaient admis à partager ces priviléges.

C'est donc en vertu de ces droits de citoyens que la communauté de Bordeaux, en 1789, choisit dans son sein quatre électeurs qui prirent part aux opérations du tiers-état de la sénéchaussée de Bordeaux, et à la nomination des députés aux états généraux.

Si ces Israélites ne furent pas plus inquiétés dans la possession de leurs biens et de leurs priviléges, cela tient à ce qu'ils comprirent tout d'abord qu'il n'y aurait pour eux de sécurité possible que dans la soumission et des mœurs irréprochables.

Ils avaient rapporté d'Espagne, où si longtemps ils avaient partagé la gloire et la prospérité des Maures, des habitudes de luxe et d'urbanité, des manières de grandeur et de noblesse, des traditions de science profonde, une littérature florissante, et cette activité, cachet permanent des enfants d'Abraham, à laquelle de longues années de paix et de calme avaient permis de prendre tout son essor.

Aussi furent-ils bientôt maîtres des immenses relations commerciales dont Bordeaux est l'aboutissant. Trouvant à créer leur fortune par des spéculations honnêtes et lucratives, jouissant tranquillement de leurs biens, ils n'eurent pas besoin de recourir au moyen odieux de l'usure pour s'enrichir. Aussi sont-ils, en général, armateurs, banquiers, négociants, agents de change, courtiers de commerce, marchands de draps, de toiles, de soieries, de quincaillerie. Leur commerce s'étend aux Indes, aux États-Unis, en Guinée, aux Antilles, en Angleterre, au Portugal, en Espagne, etc., etc.

Ce n'est pas pour le juif portugais qu'il a été écrit que la progéniture d'Israël serait aussi nombreuse que les étoiles du firmament, que les grains de sable de la mer ; en général, ces familles sont peu nombreuses, et c'est là un signe évident de civilisation et d'aisance. Il est à remarquer, en effet, que la population s'accroît davantage au milieu de la pauvreté et de la misère, qu'au sein des richesses [1].

Le juif portugais élève ses enfants selon les lumières du siècle, et cette commune éducation fait qu'il se fond davantage dans la population générale.

Les Israélites de cette race rappellent assez exactement le caractère hébreu primitif, ce beau type arabe que nous admirons dans toutes ses productions, et que Lehmann a si bien saisi dans ses tableaux des dernières expositions : ils sont grands,

____
[1] Voyez l'Irlande.

bien faits ; leur port est noble, leurs manières sont aisées, leur regard fin, leur visage ouvert et intelligent, leur teint légèrement basané ; leurs cheveux sont d'un noir de jais, et ils portent, sans exception aucune, la marque distinctive et générale qui fait reconnaître tous les Israélites du monde, c'est-à-dire une barbe très-forte et le nez aquilin très-prononcé. Ils sont probes et polis, actifs et intelligents ; ils ne se refusent à l'accomplissement d'aucun devoir de citoyen, et lorsque le décret impérial de 1808 astreignit les juifs à servir personnellement dans les armées, sans pouvoir fournir de remplaçants, les juifs des départements de la Gironde et des Landes furent d'abord seuls exceptés de cette singulière disposition.

Une propreté sévère et exacte sur eux et chez eux les exempte des maladies cutanées et autres auxquelles sont en proie leurs coreligionnaires des autres races, les Allemands surtout. Cependant, comme ils vivent bien, ils sont sujets à la goutte et à la gravelle.

Ils ne se distinguent pas seulement par leurs mœurs et leurs manières, ils ont encore pour se faire reconnaître leurs noms, qui tous rappellent leur origine. Tels sont ceux de : *Furtado, Rodrigues, Raba, Azévédo, Lopez, Gradis, Pereyra, Venture, Andrade, Silveyra*, etc., etc.

Leur religion même a des différences pour eux : ainsi, ce n'est point au temple que se fait la circoncision des garçons, mais dans l'intérieur de leur maison ; leurs prières ne se disent point en hébreu, mais en langue vulgaire. La meilleure traduction de ces prières, qui offre quelques différences avec les prières des Allemands, est due à Venture. Elles furent imprimées pour la première fois en 1772. La Bible dont ils se servent est la Bible espagnole de Ferrare, ainsi appelée parce que ce fut dans cette ville qu'elle fut publiée en 1553.

LE JUIF AVIGNONNAIS.

Tandis qu'au nom du Christ on persécutait les juifs dans toute la chrétienté, ceux-ci ne trouvaient de protecteur que dans le chef même de l'Église catholique, et la ville éternelle était la seule qui ne leur fût pas interdite. C'est d'ailleurs un principe du cabinet de Rome d'accueillir toutes les infortunes, toutes les puissances déchues, de tolérer, dans les états du pape, toutes les opinions religieuses et politiques ; depuis longtemps d'ailleurs on sait que Rome est peut-être la ville de l'univers où l'on jouit de la plus grande somme de liberté.

Avignon devait, à titre de possession papale, partager les mêmes priviléges ; c'est pourquoi les juifs n'y furent jamais beaucoup inquiétés. Ils y étaient établis depuis le douzième siècle, et les anciens souverains avaient déjà prévenu la tolérance des papes par des priviléges que ceux-ci ne firent que continuer. Ces Avignonnais n'ont du reste point d'origine particulière : c'est une réunion de juifs d'extractions différentes. Il paraît qu'une partie de ceux d'Espagne bannis de leur patrie à la fin du quinzième siècle vinrent chercher un asile à Avignon ; il en arriva aussi de Provence lorsqu'ils en furent expulsés par Louis XII, en 1504, et de Port-Mahon, lorsque les Espagnols se rendirent maîtres de Minorque, en 1782. Enfin, il s'y trouve des Italiens, des Piémontais, et même quelques Allemands.

Pie V ayant, par sa bulle du 20 février 1569, assigné aux juifs de ses états Rome et Ancône pour seules résidences, Clément VIII y ajouta, par une autre bulle du 2 juillet 1595, la ville d'Avignon, où ils furent considérés comme regnicoles, et où ils purent acquérir des biens-fonds.

On sait que le comtat Venaissin, quoique soumis au même souverain, formait cependant un état politique différent d'Avignon, et que sa capitale était Carpentras. Sur la demande des états du pays, les juifs en furent d'abord expulsés, mais ils obtinrent un sursis de deux années pour recouvrer les sommes qu'on leur devait. Le sursis fut ensuite prolongé, et continué de telle manière qu'ils s'y sont toujours maintenus depuis. Cependant, par une défiance bien naturelle, ils ont préféré placer leurs capitaux en Provence ou en Languedoc, où beaucoup d'entre eux s'étaient retirés, et où ils se sont même accrus depuis la révolution, tandis qu'ils ont beaucoup diminué dans le Comtat.

Les juifs du Comtat n'y pouvaient acquérir aucuns immeubles autres que les maisons qu'ils habitaient; ils étaient assujettis à porter, ainsi que presque tous les juifs du monde, excepté les Portugais de Bordeaux, un chapeau jaune orangé, et leurs femmes un ruban de la même couleur sur leur coiffe. Ils n'étaient soumis ni à la milice, ni aux redevances que payaient les autres citoyens; ils vivaient suivant leurs lois et coutumes, nommaient leurs administrateurs, et faisaient, sous l'approbation de l'autorité locale, tous leurs règlements de police intérieure. Les chefs de leur communauté étaient appelés *baylons*.

On ne sache pas qu'il y eût un grand rabbin à Avignon; leurs affaires religieuses se terminaient à Rome.

Les juifs avignonnais se sont répandus au Pont-Saint-Esprit, à Nîmes, Montpellier, Lyon, Béziers, Carcassonne, Toulouse, Pezenas, Aix, etc. La plupart de ceux de Marseille sont de la même race; il en vint aussi à Bordeaux, mais bientôt ils en furent expulsés, sans que leurs coreligionnaires portugais cherchassent à les soutenir. Quelques familles restèrent cependant en vertu d'une tolérance tacite, et six d'entre elles obtinrent de Louis XV, moyennant la somme de 60,000 livres, des lettres patentes par lesquelles il leur fut permis de résider à Bordeaux et d'y jouir des mêmes priviléges que les *Portugais;* quelques autres familles vinrent successivement s'y fixer, et elles formèrent une communauté différente de celle des *Portugais*, avec une synagogue particulière.

Il se trouvait des juifs avignonnais dans Paris, mais ils y étaient en petit nombre et demeuraient presque tous dans l'enclos de l'abbaye Saint-Germain-des-Prés, à cause des franchises dont jouissait ce local, où ils se livraient au commerce de soieries et de merceries sans être molestés par les corps des marchands de Paris, qui refusaient de leur accorder des lettres de maîtrise. Ces derniers avaient même fait rendre, en 1777, un arrêt du conseil d'état, qui interdisait aux juifs avignonnais de faire ce commerce à Paris, passé le terme de deux ans.

v.   25

Les Avignonnais cherchent, en général, à se faire passer pour Espagnols ou Portugais, ceux-ci jouissant d'une plus grande considération. Il est en effet probable que plusieurs d'entre eux tirent leur origine de Portugal ou d'Espagne ; mais c'est le très-petit nombre.

Le juif avignonnais n'a point de caractère particulier, ou plutôt, s'il en possède un, c'est d'être plus confondu que ses coreligionnaires des autres races dans la population qui l'entoure. L'habitude d'une longue liberté, le petit nombre de ses frères qui ne lui permettait point de vivre en grande communauté, les lieux différents qu'il habitait, les métiers qu'il exerçait et qui le mettaient en contact permanent avec les autres habitants, son commerce trop peu étendu pour qu'il pût amasser de grandes richesses ; les professions toutes manuelles auxquelles il était astreint, tout le fit se relâcher un peu des mœurs et des coutumes de sa nation et revêtir le caractère général.

Cependant il se trouve parmi les juifs avignonnais un assez grand nombre d'usuriers, et il s'en était glissé beaucoup parmi les fameux Lombards qui, au moyen âge, possédaient presque exclusivement le commerce d'argent.

Les Avignonnais sont, pour la plupart, fabricants d'étoffes et de couvertures de laine, ouvriers en soierie, marchands de draps ou d'étoffes de soie, fripiers, marchands de chevaux et de mulets, colporteurs, bouchers, tailleurs, cordonniers, chapeliers, selliers et vernisseurs.

Ils sont tranquilles et industrieux, mais on a remarqué qu'il n'est point sorti de leur sein d'homme éminent dans les arts, les sciences, la finance et la politique. On n'en compte pas davantage dans l'état militaire ; on ne cite que M. Crémieux dans le barreau.

Leurs noms même ne les font pas reconnaître, car ce sont des noms portés également par les habitants des communions catholiques ou protestantes des pays qu'ils habitent, tels que ceux de *Brandon, Allegri, Ravel, Vidal, Seigre, Vieira, Pasto, Lattard, Ducas, Cavaillon* Les juifs avignonnais sont les moins nombreux de France ; on en compte de trois mille cinq cents à quatre mille.

LE JUIF ARABE.

La France renferme peu de juifs arabes ; ils se réduisent à quelques familles qui habitent Marseille : ce sont les *Sciama*, les *Altaras*, les *Benaïm*, les *Foa*, etc. Ils se recommandent par leurs mœurs, leur industrie et leur fortune. M. *Isaac Altaras* est peut-être l'Israélite de France le plus digne de se trouver à la tête de sa nation, par ses lumières et la haute considération dont il jouit auprès des gens de bien de toutes les communions.

Si la France renferme peu de juifs arabes, en revanche, ils se trouvent en grand nombre dans nos possessions d'Afrique ; mais nous ne nous occuperons pas de ces derniers. Une plume plus exercée que la nôtre s'est chargée de les peindre, et nous avons laissé à notre ami Félix Mornand le soin de nous dire ce qu'ils sont.

LE JUIF ALLEMAND.

Les juifs allemands sont ceux qui peuplent l'Alsace, la Lorraine, le pays Messin, et qui se sont répandus dans la Bourgogne, le Lyonnais, la Franche-Comté, la Normandie, la Flandre, l'Ile-de-France et Paris. Ils forment une masse imposante évaluée à plus de cent mille individus.

Ils se composent non-seulement des juifs établis depuis plusieurs siècles dans l'Alsace, la Lorraine et ce que l'on appelait autrefois les Trois-Évêchés, mais on y comprend aussi les juifs venus de la Pologne, d'Allemagne et de Hollande.

Leur séjour en Alsace fut souvent inquiété. Lors de l'invasion de la peste ou mal noir dans le quatorzième siècle, les habitants de Strasbourg, réduits de seize mille pár l'épidémie, furent excités par un cabaretier surnommé Armleder[1] au massacre des juifs, que l'on accusait de l'invasion du mal. Malgré la résistance des magistrats, ces malheureux ne purent être arrachés à la fureur du peuple, et ils eurent à opter entre le baptême et le bûcher, où ils périrent au nombre de deux mille au mois de février 1346. La ville de Strasbourg porte encore le deuil de cette tache à son histoire, et en signe d'éternelle expiation elle a imposé les noms de *Brûlée* et *des Juifs* aux rues qui se trouvent sur l'emplacement du bûcher où disparurent ces tristes victimes des rages populaires.

C'est en Alsace surtout que la condition des juifs était malheureuse et abjecte ; ils dépendaient de la volonté des seigneurs particuliers, qui les rançonnaient honteusement ; ils étaient assujettis à toutes sortes d'impositions et taxes humiliantes autant qu'onéreuses. A Strasbourg, par exemple, ils payaient un droit par tête, en entrant et en sortant ; il leur était défendu d'y coucher une seule nuit sans autorisation et sans payer une nouvelle taxe de 5 livres par jour.

Indépendamment des charges particulières, les juifs supportaient aussi leur contingent dans les impositions de la province et des communes ; ils n'étaient exempts que du service militaire.

Ils ne pouvaient témoigner en justice contre les chrétiens, ni leur céder leurs créances litigieuses ; il leur était défendu de tenir des cabarets et d'avoir pour domestiques des chrétiens. Ils ne pouvaient loger sous le même toit que ces derniers, et n'étaient pas reçus dans les communautés d'arts et métiers ; ils étaient tenus de s'abstenir de tout travail les jours de dimanche et de fête des chrétiens. Ils ne pouvaient se servir de caractères hébraïques dans les actes qu'ils passaient avec ceux-ci ; enfin les enfants naturels nés d'eux devaient être élevés dans la religion catholique, comme appartenant à l'état.

Les juifs d'Alsace ne jouissaient pas du droit de cité, mais Louis XIV leur rendit communs les priviléges dont jouissaient ceux de Metz : en conséquence, ils ne pouvaient posséder que des maisons d'habitation ; il leur était cependant permis d'a-

[1] Ou *Bras de cuir*, à cause d'un bracelet de cuir qu'il portait au bras gauche comme marque distinctive.

cheter d'autres biens-fonds, à la charge de les revendre dans l'année : mais cette licence leur fut retirée en 1784. Ils pouvaient fréquenter les foires et marchés et se livrer librement au brocantage, au prêt d'argent, à la banque et à toutes sortes de commerce en gros et en détail.

Ils jouissaient en pleine liberté de leur culte, et avaient des grands rabbins qui connaissaient en première instance de leurs contestations civiles, et remplissaient les fonctions de notaire pour les actes de mariage ; ils apposaient aussi les scellés et faisaient les inventaires après décès, à moins que quelque chrétien ne se trouvât intéressé à la succession.

Les juifs de Metz y sont établis depuis très-longtemps ; mais ils éprouvèrent de fréquentes persécutions, et ce n'est qu'à force de contributions énormes qu'ils sont parvenus à s'y maintenir. Aussi leur communauté, comme celle de Strasbourg, laissa des dettes considérables lors de sa dissolution en 1791. Ils étaient soumis à toutes les vexations ordinaires, et un arrêt de 1705 leur avait même assigné le côstume suivant : *chapeau jaune sans forme, petit manteau noir, rabat blanc et longue barbe.*

Les juifs de Lorraine et de Nancy, cet autre grand centre de population israélite, éprouvèrent plus de difficultés encore pour y être tolérés. Ce n'est guère que depuis l'occupation militaire de la Lorraine par Louis XIV, à la fin du dix-septième siècle, qu'ils s'y sont établis d'une manière fixe ; cependant plusieurs ordonnances qui ne furent pas exécutées leur enjoignirent à diverses reprises de quitter le territoire.

Le roi Stanislas s'occupa beaucoup de leur règlement intérieur et de leurs coutumes.

L'âge de majorité pour les juifs allemands était fixé à treize ans pour les affaires qu'ils avaient entre eux. Les filles n'avaient dans les successions directes que la moitié de la part qui revenait aux garçons ; pour les autres héritages, les mâles excluaient les femmes à degré égal de parenté. Un mari héritait du bien de sa femme après trois ans de mariage.

L'année 1775 fut signalée par un acte inouï dans l'histoire des misères d'Israël, ainsi que dans les fastes des bontés et des tolérances royales. La famille Cerfberr, par lettres patentes du 5 avril, fut pleinement naturalisée, autorisée à acquérir des immeubles et à s'établir dans toute l'étendue du royaume. C'est ainsi qu'elle habita la première la ville de Strasbourg. Le chef de cette famille, dont la mémoire du peuple alsacien et lorrain conserve le souvenir sous le nom de *grand-père Cerfberr,* fut l'ami intime de l'illustre Malesherbes ; et c'est à son instigation que le grand ministre se décida à affranchir les juifs. Ce fut lui qui fit reconnaître valable par le parlement de Paris la nomination qu'il avait faite à une cure, en vertu de son droit, comme seigneur propriétaire d'une terre seigneuriale.

L'assemblée constituante, après s'être déjà plusieurs fois occupée des juifs dans ses séances du 1er octobre et du 24 décembre 1789, et du 28 janvier 1790, décida, par un décret du 16 avril suivant, sanctionné par le roi le 18, que les juifs d'Alsace et des autres provinces seraient mis sous la sauvegarde de la loi.

Un autre décret du 20 juillet suivant supprima toutes les redevances perçues sur les juifs à quelque titre que ce fût ; enfin un décret du 27 décembre 1791, sanctionné par le roi le 13 novembre, révoqua généralement toutes les réserves et exceptions insérées à l'égard des juifs dans les lois antérieures, et prononça que tous ceux qui réunissaient les conditions prescrites par la constitution pour être citoyens français jouiraient de tous les droits et avantages attachés à cette qualité.

L'Israélite allemand est le type et le prototype du juif tel qu'on le dépeint et que nous le connaissons en général. Il est astucieux, avide et rapace, sans foi et sans loi, quoique d'une dévotion fanatique, lorsqu'il se trouve dans les derniers rangs de sa nation ; mais s'il prie Dieu, ce n'est que pour lui demander le bien-être matériel. Il n'est pas vrai qu'il le prie de l'aider à tromper le chrétien dans les transactions qu'il fait avec lui, mais il n'a pas besoin du secours divin pour s'en acquitter avec habileté et succès. Il a une incroyable activité d'intelligence et d'imagination ; mais il est fainéant et lâche ; il n'est propre qu'une fois par an, à Pessach ou fête de Pâques, parce que c'est une obligation de sa religion de balayer sa maison, de brosser ses habits, de faire de fréquentes ablutions, de renouveler sa vaisselle, et de manger, en ressouvenance de la traversée du désert, des pains azymes. Il reste sept jours en fêtes et en prières, se restaurant de la manne divine, et se retrempant en Dieu. Aussi s'aperçoit-on bientôt de cette régénération, lorsqu'au printemps les laboureurs ont besoin de recourir aux emprunts pour le temps des semailles. L'usure a procuré aux juifs la propriété de la moitié de l'Alsace. C'est la grande plaie de notre époque : l'usure se commet dans nos campagnes avec autant d'impudence que d'impunité ; la petite propriété est dévorée par ce chancre qui ronge tout. Il faudrait un volume pour énumérer les moyens honteux et perfides employés par les juifs pour attirer à eux toutes les parcelles de terrain qui excitent leur convoitise, et nous ignorons s'il pourra se trouver dans l'esprit de nos lois modernes quelques dispositions assez fortes pour arrêter les progrès de ce mal, lorsqu'on sera obligé d'en déférer à la législature. Ce ne sont plus les juifs qui se recouvrent du sac de douleur ; ce sont les paysans de nos campagnes qui portent le deuil des iniquités d'Israël.

Il s'est fait de cette manière, parmi les juifs d'Alsace, des fortunes considérables que la plupart dépensent avec magnificence, car le juif allemand est vain et orgueilleux, fier et vindicatif ; il n'a rien perdu des défauts de ses pères.

Nous avons dit qu'il était intelligent : prenez en effet le juif le plus dégoûtant, de l'ignorance la plus crasse, de l'accoutrement le plus déguenillé, de la tournure la plus meshaignante (comme dirait le pantagruéliste Rabelais), faites-le laver, peigner et barbifier, emboîtez ses jambes dans des bottes non encore éculées, revêtez ses membres d'habits quasi neufs ; au linge blanc de sa chemise attachez des boutons en faux à 39 sous, faites servir sa tête de champignon à un chapeau retapé, recouvrez ses mains galeuses de gants beurre frais, armez-les d'un bâton de sapin peint en jonc, surmonté d'une pomme en melchior, glissez dans sa poche quelques écus, et aussitôt vous verrez cette espèce de Quasimodo se redresser et se fendre : il aura l'air superbe, le regard assuré, le geste vif, la parole arrogante et saccadée, il se promènera en dandy sur le boulevard de Gand ; ei, grâce à son baragouin alsacien, à son accent étranger, il se donnera pour un baron allemand, et dînera le même soir au café de Paris aux dépens de sa dupe.

Il y a quinze ou dix-huit ans qu'est sorti de Bischheim, village près de Strasbourg, habité par une colonie de juifs, et patrie de tous les marchands de bijoux contrôlés, de tous les marchands de ruban et de fil ambulants, de tous les débitants de cordons de sûreté en caoutchouc, de tous les marchands de lunettes, de cannes, de portefeuilles, de gilets et de pantalons confectionnés, de montres avec leurs chaînes pour 25 sous, de coupe-papier en ivoire, et de plumes avec leur porte-plume, de mouchoirs de Chollet, de calicot de Mulhouse, de fichus de Lyon et de mousseline de Beaucaire, enfin de tous ces flibustiers qui encombrent nos boulevards et nos carrefours, auxquels la police fait une chasse continuelle, et qui sont bien connus en Alsace sous le nom de *Nixhandlers* [1] ; il en est sorti, disons-nous, un jeune gars qui se mit à parcourir le monde en vendant des aiguilles anglaises fabriquées en Prusse.

Dieu sait quels autres métiers il joiguit à cette importante industrie pour subvenir à ses faciles besoins, mais quelques années après, il revint au pays gueux comme devant.

Cependant comme il était intelligent, il ne désespéra pas de la fortune et se fit *courtier marchand d'hommes*. Le sort lui devint favorable : bientôt il travailla pour son propre compte ; le cercle de ses opérations s'étendit et se développa tellement, qu'il remplit de ses agents toutes les localités de l'Alsace et de la Lorraine ; il est devenu riche, propriétaire, électeur, éligible, peut-être.

Il y a quelque temps il eut fantaisie d'acheter une maison et de monter son ménage sur un train analogue à sa fortune ; car en devenant riche il a pris des goûts de faste et de dépense ; il est fashionable, amateur de musique et d'arts ; il parle politique, agronomie, je crois même littérature.

Il avisa donc la confortable habitation d'un homme, connu par son goût et la recherche de son ameublement ; le marché fut bientôt conclu et la maison fut livrée au juif avec tout ce qu'elle contenait ; car il ne voulut pas qu'on en déménageât la moindre chose, s'imaginant qu'il lui suffirait d'être le possesseur de tout cela pour avoir, comme le premier propriétaire, réputation de lumière, de goût et de savoir-vivre.

Une affaire m'amena chez lui l'année dernière. Avant de pénétrer dans le cabinet de l'important *marchand d'hommes*, je fus obligé de faire antichambre pendant près d'une heure ; enfin on m'introduisit à travers une enfilade d'appartements somptueux, où toutes les jolies choses qui s'y montraient étaient étalées de manière à dire aux visiteurs : Admirez-nous. Le cabinet où j'entrai était décoré avec le luxe le plus recherché et le plus délicat : une vaste bibliothèque cachait la tapisserie du fond ; le bureau devant lequel était assis mon financier était couvert de papiers et

---

[1] Corruption du cri : *Haben sie nix zu Handlen ?* n'avez-vous rien à vendre, ou, pour parler plus juste, à *brocanter ?*

de journaux ouverts et épars ; un magnifique encrier de bronze et de marbre y occupait une large place ; lui-même, revêtu d'une ample robe de chambre chamarrée de mille dessins fantasques aux mille couleurs, avait la plume sur l'oreille, et une tache d'encre, qui salissait le médium de sa main droite, faisait ressortir davantage le gros brillant qui l'ornait. A mon entrée, il semblait sortir d'une profonde méditation faite à la lecture des *Débats ;* il me reçut avec une aisance et une certaine aménité qui n'étaient pas trop d'emprunt. Je lui exposai mon affaire et lui présentai quelques papiers à l'appui ; il eut l'air de les examiner les tournant et les retournant ; puis, appelant un secrétaire qui apparut au premier coup de sonnette, il lui demanda son avis. L'affaire fut promptement et rondement conclue. En sortant je dis au secrétaire : « Il paraît que M.... a grande confiance en vous, puisqu'il vous consulte sur une si petite chose.

— Mais comment ferait-il autrement, répondit-il ; il ne sait ni lire ni écrire ! »

Les juifs allemands sont en général merciers, colporteurs, brocanteurs, marchands de chevaux, de bestiaux et d'hommes, fripiers, bouchers, marchands de cuirs et de fer, commissionnaires, prêteurs sur gages et à la petite semaine ; ceux qui exercent des professions industrielles, préfèrent celles de tanneur, corroyeur, gantier, cordonnier, tailleur, horloger.

Ils sont faciles à reconnaître par leurs noms, quoique le décret du 20 juillet 1808 ayant obligé tous les juifs à prendre des noms de famille et des prénoms fixes, beaucoup en ont choisi qui ne décèlent ni leur origine ni leur nation. Une remarque singulière à faire, c'est qu'un grand nombre ont emprunté des noms de villes et de contrées, tels que : *Mantoue, Spire, Morange, Worms, Coblentz, Wittersheim, Francfort, Lyon, Reims, Hess, Brunswick, Fould, Ratisbonne,* etc.

Les noms les plus communs sont ceux de *Mayer, Blum, Weill, Beer, Singer, Strauss, Lévi* [1]*, Aaron, Dreyfus, Beyfus, Cahen, Oppenheim, Cerf, Gunzberger, Goudchaux, Lippmann, Séligmann, Bloch, Baumann, Lange,* etc.

Nous avons dit que le juif allemand était vaniteux, cupide et ingrat. M.... a été recueilli dans son enfance par une famille riche qui l'a élevé ; il suffisait qu'il fût pauvre et orphelin pour que les soins qu'on lui prodiguait devinssent plus attentifs et plus délicats ; regardé comme un fils de la maison, il en épousa la fille. Dès lors il fit maison à part, car il prévoyait la ruine rapide que les temps malheureux allaient causer à son beau-père ; puis cette ruine arrivée, il en accapara tous les débris pour élever sa fortune. Alors il se prit à repousser et à dédaigner la famille de son bienfaiteur, et bientôt il passa du dédain à la haine, et de la haine à la persécution ; celle-ci est implacable et n'aura de fin que lorsque la vie aura quitté ce cœur froid et desséché.

Il est propriétaire opulent, banquier millionnaire ; il est décoré, en sa qualité de fournisseur de bois et de chandelles aux armées ; il est adjoint au maire de sa commune, car sa fortune immense lui permet d'acheter un peu de popularité, au

[1] Le nom de *Lévi* est commun à toutes les races ; les Israélites qui le portent prétendent descendre de la tribu de ce nom.

moyen de quelques largesses qui paraissent grandes dans un pays dont les habitants sont en général aisés, mais où les grosses fortunes sont rares. Toutefois, s'il fait du bien, l'intention de le faire n'entre pour rien dans sa munificence. Les malheureux qu'il secourt n'en doivent rendre grâce qu'à son ostentation ; la main gauche sait toujours ce que donne la main droite ; il jettera fastueusement une large aumône au mendiant effronté qui lui tendra son chapeau au milieu d'une place publique, et il refusera durement une obole à la pauvreté honteuse. Ses bienfaits sont soigneusement consignés au journal du département, et enregistrés dans un livre *ad hoc*, tenu spécialement par un commis fashionable, répandu dans le monde et chargé d'y faire connaître le chiffre de chaque mois. Il va sans dire qu'il est sans enfants, mais il traite comme étrangers des neveux pauvres et orphelins, en leur disant avec colère et dédain : « Je ne suis pas votre oncle. »

Ceci, du reste, est l'histoire de plusieurs.

Les juifs allemands n'ont qu'une qualité produite et entretenue, à la vérité, par le besoin : ils se soutiennent entre eux ; leurs pauvres leur sont communs, et leur charité se manifeste largement aux principales fêtes de leur culte, particulièrement à celle de פסח (*Pessach*) ou Pâques, en commémoration de la sortie d'Égypte ; de שבועות (*Schvouoth*) ou Pentecôte, pour célébrer la promulgation de la loi sur le Sinaï ; des סוכות (*Soucoth*) ou Tabernacles, en souvenir du séjour dans le désert ; de ראש השנה (*Rosch-Haschana*) ou nouvel an. Pour célébrer dignement ces saints jours de joie, l'Israélite doit les passer au milieu des festins, autant que dans les prières ; aussi la charité pourvoit à ce que l'indigent ne puisse manquer, pour ces temps, aux obligations religieuses ; il reçoit en abondance tout ce dont il a besoin pour vivre grassement.

Les prescriptions de leurs lois contiennent des obligations et des défenses qui rendent la vie animale très-difficile ; outre des jeûnes fréquents, dont le principal est celui de יום כיפור (*Jom Kipour*) ou grand jour de pardon et d'expiation, les Israélites dévots s'abstiennent de la chair des animaux immondes, défendus par les livres de la loi ; de manger le sang et le suif ; de faire usage de la chair des animaux permis qui ne seraient pas *coschers*, c'est-à-dire qui n'auraient pas été tués selon le rit traditionnel appelé שחיטה (*Schéchita*) ; de faire usage d'aliments où la viande et le laitage se trouvent mélangés, selon le commandement de l'Écriture : « Tu ne cuiras pas le chevreau dans le lait de sa mère. » Ils observent le sabbat ou jour du repos le samedi, en ne faisant aucun travail ; par cela ils entendent ne pas s'occuper des soins quotidiens du ménage, ne pas voyager, ne pas cuire, ne pas toucher de monnaie, ne pas même moucher une chandelle ; ils peuvent à peine remuer un membre sans craindre de contrevenir à la stricte observance des obligations religieuses. Aussi les juifs ont-ils pour ce jour seulement des serviteurs chrétiens qui les dispensent de pécher.

Ces défenses sont si respectées par le peuple israélite, que rien ne peut le forcer d'y contrevenir. Je me rappellerai toujours qu'au temps de mon enfance, traversant la rue un samedi, un petit juif tout déguenillé vint me prier de ramasser, en ma qualité de גוים (*goyim*), ou philistin, mécréant, une pièce de deux sous qu'il ne

pouvait prendre lui-même à cause du sabbat. Je ramassai le décime et je courus
l'échanger contre un gâteau, me montrant moins généreux que l'enfant de Jacob,
puisque je ne lui proposai même pas, je crois, de le partager.

Ce n'est pas la seule habitude respectable que possèdent les juifs; ils en ont de
plus touchantes encore, telles que les sentences tirées de l'Écriture sainte, qui décorent chacune de leurs portes, et qu'ils baisent dévotement chaque fois qu'ils en
franchissent le seuil; ils ne se mettent jamais à table sans se couvrir la tête, réciter
quelques prières et faire une ablution qui malheureusement n'atteint que le bout
des doigts; au commencement de chaque repas le père de famille rompt un morceau de pain dont il offre la moitié à sa femme, qui termine un verset que le
mari a commencé; lorsqu'un juif étranger se trouve du repas, il prend part à cette
homérique rupture du pain. Les familles aisées ont ordinairement à leur table, les
samedis et autres jours de fête, quelque pauvre coreligionnaire, qui reçoit l'hospitalité pour toute une journée. C'est le samedi également qu'on allume dans toutes
les maisons la lampe traditionnelle à sept becs. On sait que le nombre sept est le nombre mystique des juifs, et que, plus que tous autres, ils semblent pénétrés du mot
latin *numero Deus impare gaudet*.

Tout ce que mangent et tout ce dont se servent les Israélites doit être sanctifié,
c'est-à-dire כשר (*coscher*); tout ce qui n'est pas empreint de cette sanctification est
réputé טריפה (*treiffeh*) ou profane. Or, la moindre chose peut faire perdre aux objets
leur sainte consécration : une goutte de lait qui tomberait sur de la viande ou du
poisson, un peu de sang dans un œuf, une vaisselle étrangère au ménage ou non destinée à l'emploi qu'on en fait par mégarde, l'attouchement d'une main chrétienne,
mille autres petites causes enfin suffisent à la réprobation : et pour ne pas perdre
entièrement le prix de l'objet profané, on court chez le rabbin qui donne une dispense moyennant une rétribution modique, qui forme encore une bonne partie de
ses revenus. Ils ont leurs bouchers particuliers, car ils ne pourraient manger de la
viande dépecée par un chrétien; et d'ailleurs il ne leur est pas permis d'assommer
les animaux, il faut qu'ils procèdent par effusion de sang.

Ce sont les bouchers qui ordinairement servent de *Willaumes* à la plupart des
juifs allemands. C'est en parcourant les villages pour pourvoir aux besoins de leur
état, qu'ils s'enquièrent des filles à marier; ils traitent d'une femme en achetant
une vache ou un mouton; les affaires se bâclent très-vite, ce qui donne lieu souvent à bien des mécomptes.

Dans leurs excentriques habitudes, il faut signaler encore celle de se faire tailler
la barbe au moyen de ciseaux, au lieu d'employer le rasoir, instrument dangereux
qui pourrait profaner par un coup maladroit les saintes mandibules de l'enfant
d'Israël. Leurs cérémonies funèbres sont très-touchantes et très-minutieuses.

Les extrêmes se touchent : c'est en vertu de cet axiome banal que l'on trouve
chez les juifs allemands, plus que chez leurs coreligionnaires portugais et avigno-
nais, de ces vertus et de ces qualités qui font sortir un homme de la condition
commune; s'ils sont ignorants et arriérés, ils ont tenté comparativement plus d'efforts pour se mettre à la hauteur du siècle; ce sont eux les premiers qui ont embrassé

les professions libérales ; le célèbre et trop méconnu Michel Beer, de Nancy, fut le premier avocat de sa nation. Les premiers aussi, ils s'allièrent avec des chrétiens et se distinguèrent sur les champs de bataille et dans les arts. Ils sont arrivés aux plus hauts emplois ; eux seuls ont fourni un lieutenant général, des officiers supérieurs et autres de toutes armes ; des membres distingués de la diplomatie, des savants d'un renom européen, des financiers célèbres, beaucoup de médecins distingués et plus encore de musiciens habiles. Chez eux aussi se trouve ce qui reste des traditions et des mœurs primitives de la vie patriarcale ; traditions et mœurs, hélas ! qui se perdent tous les jours.

Quoique le juif allemand meure ordinairement dans l'impénitence finale, il arrive quelquefois qu'il s'amende, surtout lorsque sa fortune est faite. Ces juifs sont alors véritablement bons et généreux ; ils pratiquent le bien sans ostentation, vivent sans faste et sans morgue ; ils donnent à leurs enfants une éducation solide et libérale ; ils sont citoyens utiles, et la patrie peut compter sur eux au temps du danger ; ils sont francs et loyaux, reconnaissent les erreurs de leur nation, et comme alors aucun intérêt ne les oblige à dissimuler leurs sentiments, ils confessent la vérité et presque tous sont christianisants [1].

LA JUIVE.

La femme juive a plus gagné aux bienfaits que les progrès de la civilisation et de la liberté ont amenés, que son époux. Celui-ci était en butte au dehors à toutes les vexations, à toutes les tyrannies du despotisme et de l'ignorance ; mais, rentré chez lui, il devenait à son tour maître et tyran, la femme n'était qu'esclave partout et toujours, et c'est sur elle que retombaient les effets d'une humeur longtemps contrainte. Elle n'était pas, selon les exigences et l'instinct de la loi naturelle, la mère de ses enfants, c'était tout simplement l'instrument de ses plaisirs, un souffre-douleur incessamment destiné à apaiser les peines et les chagrins de la misère et de la persécution.

Chargée de tous les soins domestiques, de perpétuer la famille, la femme juive ne semblait être née que pour cela ; sa vie monotone se passait au milieu de toutes ces préoccupations, sans volupté et sans bonheur ; heureuse encore lorsque son abnégation et son dévouement ne lui attiraient pas des plaintes et des mauvais traitements.

La femme n'était comptée pour rien dans l'état social des Israélites ; sa naissance n'était point consignée, comme celle des hommes, sur le registre de la communauté ; son décès n'était également l'objet d'aucun acte pareil ; sa vie active et souffreteuse

[1] Il y a une quinzaine d'années qu'à la voix de M. Bautain, le célèbre professeur de philosophie à l'académie de Strasbourg, plusieurs des fils des meilleures familles israélites d'Alsace et de Lorraine reçurent le baptême, et prirent avec le maître la soutane du prêtre qu'ils illustrent par leur union, leur piété, leurs talents, leur profonde abnégation, et une parole éloquente qui annonce en ce moment la parole divine sous les principales basiliques de Paris.

passait sur la terre, comme l'ouragan ; on ne sait d'où il vient, on ignore où il se perd ; mais il laisse de son passage des traces profondes.

On n'enseignait aux filles juives rien de la littérature, des sciences ou des arts ; rien des métiers, rien de la morale ni de la religion ; on ne les habituait qu'à souffrir et à se taire. L'entrée du temple leur était interdite jusqu'à leur mariage, et l'on a peine à concevoir leur dévotion et même leur fanatisme, lorsqu'on sait que le judaïsme n'a rien pour les femmes, qu'il ne leur accorde aucune place dans la hiérarchie sociale ; et qu'au lieu de leur laisser la part notable qu'elles ont à notre humanité, il ne les regarde que comme des meubles indispensables, dignes à peine de quelques égards et de quelque attention.

Mais ce qui expliquera cette anomalie, c'est l'ignorance où l'on maintenait les femmes, l'exagération de leur imagination si ardente et si peu disciplinée ; c'est la persécution et toutes ses horreurs ; c'est le besoin d'une foi placée au fond de tous les cœurs ; ce sont ces angoisses continuelles d'épouse et de mère qui firent tant de fois pleurer Rachel sur ses enfants.

Depuis qu'elle est rendue à la société, depuis qu'elle est rentrée dans le droit commun, la femme juive a prouvé qu'elle était digne de la place qu'elle a conquise. Elle a déployé toutes les fertiles ressources dont l'avait dotée la nature, elle s'est montrée femme d'esprit et de talent, de cœur et de raison, d'imagination et de poésie ; elle a une profonde intuition de l'art, et ses effets sont d'autant plus grands que ses facultés ont été plus longtemps comprimées et méconnues.

Ce sont des juives qui occupent les premières places dans la musique et la chorégraphie de nos théâtres ; elles ont fourni à la littérature une plume distinguée autant qu'exercée, et enfin l'art d'Eschyle et de Sophocle ne se serait pas relevé de ses pompeuses ruines, Corneille et Racine n'eussent plus trouvé d'interprète sans l'admirable tragédienne qui s'est révélée tout à coup au monde étonné.

Belle comme Rachel, la juive est féconde comme Lia ; et si c'était encore une bénédiction du ciel que d'avoir une nombreuse progéniture, les Israélites seraient bénis trois fois. Il n'est pas rare de voir des familles composées de dix ou douze enfants ; surtout, ainsi que nous l'avons déjà fait remarquer, dans les classes pauvres de la nation.

Les juifs marient leurs enfants de bonne heure, selon le précepte de la loi ; c'est ce qui fait que les femmes se fanent et passent très-vite, d'autant plus qu'aussitôt mariées elles négligent beaucoup le soin de leur toilette ; elles font à leur mari le sacrifice de leur chevelure, et ne s'occupent plus que des choses du ménage ; elles rentrent enfin dans l'état commun de malpropreté ordinaire à leur caste.

La beauté des filles juives est toute raphaélique ; c'est bien ce port gracieux et quelque peu fier, ce regard mélancolique et doux, ce teint un peu bruni, tout le composé suave enfin qui fait des vierges du peintre d'Urbin le type de la beauté et de la majesté féminines.

Malheureusement un tempérament de feu caractérise généralement les beautés juives, et c'est pour un grand nombre d'entre elles un écueil qui les fait facilement tomber et se livrer à toute la corruption de l'époque, sans qu'elles soient retenues par les appréhensions religieuses qui s'effacent de jour en jour dans le judaïsme, à mesure que la persécution et le danger disparaissent. Les juives sont en grande faveur près des artistes, qui trouvent en elles des modèles achevés; et c'est une de ces femmes avec ses enfants qui fournit à notre ami Carle Elshoëct les charmantes figurines de bois dont cet habile sculpteur a décoré le palais du Luxembourg, et les belles statues destinées à l'Hôtel-Dieu de Lyon.

La femme juive a, moins que toute autre, dépouillé le caractère de son sexe; elle est impérieuse et bavarde, faible et crédule, médisante et cancanière; son état continuel de parturition la rend acariâtre et sanguine; elle a des habitudes très-casanières; elle méprise profondément les chrétiennes et médit de ses coreligionnaires. Dans les quartiers où elles sont nombreuses, elles se réunissent pour se livrer plus facilement à l'exercice de l'instrument qui était pour Ésope un objet à la fois de si vive prédilection et de si forte antipathie; c'est en humant leur tasse de café, cette condition si essentielle de l'existence d'une femme juive, qu'elles passent en revue les patients en butte à leur médisance; et Dieu sait quel piquant chapitre on pourrait écrire de leur malicieux caquetage. Du reste, elles sont sensibles et généreuses; la charité est une vertu qu'elles pratiquent mieux que l'humilité et l'obéissance conjugales, et quand elles appartiennent aux premières familles et qu'elles ont reçu une éducation soignée, elles font les honneurs d'un salon avec une rare distinction, une grâce et un esprit parfaits; je ne citerai pour preuve que la noble et bienfaisante dame de Rotschild.

LE RABBIN.

Un Israélite, homme honorable, de sens et d'esprit, publia, en février 1820, sur les consistoires israélites de France une brochure remarquable dont nous extrayons les lignes suivantes : « Je me garderai d'accréditer les insinuations qui pourraient faire croire que nos rabbins sont, à l'instar des ministres catholiques, les directeurs de nos consciences, parce que cela est faux; je me garderai d'énoncer qu'ils sont éclairés, qu'ils sont tolérants, parce que cela est faux; je me garderai d'avancer que les hommes qui président à l'administration de notre culte s'acquittent de leurs fonctions conformément aux lois et selon les règles de la sagesse, de l'ordre et de l'économie, parce que cela est faux; que ceux qui sont chargés de porter aux indigents le produit de la charité remplissent avec impartialité ce pieux ministère, parce que cela est faux; que nos Israélites opulents consacrent leurs soins à la régénération des classes inférieures, parce que cela est faux; que les consistoires enfin méritent la reconnaissance de leurs administrés et la confiance du gouvernement, parce que ces deux points me paraissent de toute fausseté. »

Nous sommes heureux d'avoir trouvé dans l'intéressant livre de M. Singer la confession de vérités qui nous pesaient à déclarer; cela nous délivre des reproches de partialité ou de prévention qu'on aurait pu nous imputer.

LE RABBIN.

Vingt années déjà ont passé sur ces paroles du consciencieux Israélite, et les mêmes plaintes, les mêmes accusations, bourdonnent encore à nos oreilles, grossies
par le temps ; et l'on peut adresser aux consistoires et aux rabbins, chargés de la
régénération d'Israël, ces terribles paroles de la Genèse : *Caïns, qu'avez-vous fait
de vos frères !*

La nécessité où se trouvèrent plusieurs États de l'Europe de donner aux Israélites
des juges qui pussent prononcer dans les affaires litigieuses où les lois hébraïques
étaient souvent invoquées, donna naissance à l'autorité temporelle des rabbins.
Des lettres patentes du 21 mai 1681 constituèrent cette autorité ; les rabbins devinrent, en matière de religion, de police et de droit civil, les juges des Israélites. Leurs sentences, pour être exécutées, n'avaient besoin que de la sanction du
juge ordinaire ; toutefois le recours des parties à cette autorité était facultatif.

Nous avons déjà dit qu'ils remplissaient les fonctions de notaires ; ils essayèrent
de donner de l'extension à leurs attributions ; mais un arrêt du 12 mai 1754 et les
lettres patentes du 10 juillet 1784 réprimèrent leurs prétentions et restreignirent
leur pouvoir ; puis la révolution vint qui mit fin à ce pouvoir temporel, pour ne
leur laisser que des fonctions purement spirituelles.

C'est sous ce dernier rapport surtout qu'ils sont faibles et nuls ; car leur office
n'égale point l'importance du saint ministère des prêtres chrétiens. Ce ne sont
point eux qui font retentir les temples des cantiques et des prières ; ce n'est point
leur voix qu'accompagne le *schofar* retentissant ; ils ne font pas tonner du haut de
la chaire de sublimes vérités ; ils ne vont point dans les familles porter l'espérance
et la consolation ; ils ne recherchent point la misère pour la secourir, les larmes
pour les sécher ; ils ne guérissent pas les plaies du cœur, les maladies de l'âme ;
ils ne célèbrent point d'ineffables mystères ; ils ne sont point les confidents des consciences ulcérées ; ils n'ont pas reçu du ciel le don de pardon et de miséricorde ; ils
ne sont obligés ni au dévouement aveugle, ni à l'obéissance passive, ni à la chasteté
sévère ; ils n'ont pas fait vœu de pauvreté.

Leurs fonctions sacerdotales se bornent à la célébration du mariage, et leurs
attributions à la prononciation d'un très-petit nombre d'oraisons.

Ils sont docteurs de la loi et passent pour avoir une connaissance profonde du
Thalmud ; ils sont canoniquement investis du pouvoir de conférer à un laïque quelconque le diplôme du rabbinat, diplôme qui est compatible avec toutes les professions ; ils ne possèdent les éléments d'aucune science utile ; ils ignorent, pour
la plupart, jusqu'à l'usage de la langue nationale ; celle qu'ils parlent est un idiome
allemand, corrompu par la prononciation hébraïque et par un amalgame de mots
hébreux ou syriaques ; leur attachement fanatique à des pratiques absurdes, dont
le temps et la raison ont fait justice, est un titre à leur considération mutuelle et
à la vénération des orthodoxes.

« Leur présomption, dit M. Singer, est aussi excessive que leur ignorance est
profonde ; si on invoque leurs lumières sur des questions religieuses, ils opposent
les mystères ; si on les presse, ils crient à l'irréligion ; si on insiste, ils se fâchent ;
ils ont la fatuité du pouvoir et la volonté de l'intolérance. »

Or, nous le demandons en toute conscience et en toute vérité, quelle puissance peut avoir une religion enseignée par de tels ministres ; comment les lumières pénétreront-elles dans Israël ? comment s'effectuera la régénération de cette sentinelle perdue de la civilisation, immolée la première aux exigences de la foi nouvelle, de la nouvelle raison ?

Certes, tant que les Israélites auront pour interprètes de leur religion leurs tanneurs, leurs colporteurs, leurs escompteurs, voire même leurs usuriers, car la plupart exercent ces nobles et libérales professions, jamais ils ne se trouveront à la hauteur de l'époque.

La révolution de juillet a déjà accompli un bienfait immense en salariant le culte israélite [1], comme les autres cultes reconnus par l'État. Précédemment c'était au moyen de cotisations consistoriales qu'il était pourvu à cette nature de dépenses, sujet continuel de plaintes amères et de refus intéressés. Il faut que le gouvernement complète ce bienfait en suivant l'exemple que vient de lui donner l'empereur Nicolas, c'est-à-dire en créant une école normale, une espèce de grand séminaire pour les études rabbiniques [2] ; que désormais le diplôme qui confère le ministère religieux ne soit plus accordé à l'incapacité ; qu'un rabbin soit en effet un homme instruit et moral ; qu'il ne puisse arriver aux fonctions élevées du sacerdoce qu'après de longues et sérieuses études ; que la position qu'on lui fera lui permette de vivre honorablement, sans avoir besoin de recourir au négoce ou aux arts manuels pour soutenir sa famille ; qu'on lui enseigne à répandre une morale pure, détachée de toutes ridicules superstitions, de toutes nuisibles subtilités ; qu'il puisse recommander l'indulgence et la charité ; qu'il soit convaincu que l'intolérance n'enfante que des ennemis de Dieu ; qu'on lui donne une instruction libérale et variée ; qu'on l'instruise dans les sciences, dans l'histoire nationale, dans les lois du pays ; qu'il sache aimer la patrie et le roi, et qu'au besoin il soit le premier à commander à ses frères de voler à la défense de nos frontières menacées.

C'est ainsi qu'on parviendra à pousser les juifs dans la nouvelle voie du progrès : ils ne formeraient plus désormais une nation à part, ayant ses mœurs, ses coutumes, ses intérêts particuliers ; et ils écouteraient la voix qui leur parlerait de régénération, de progrès, de lumières et de charité.

Déjà nous avons parmi les rabbins des hommes éclairés, dignes de leur sainte mission ; mais ils se réduisent à trois ou quatre, dont l'un est attaché au consistoire départemental de Paris, et les autres sont disséminés dans les grandes villes de France.

Mais c'est surtout sur la masse qu'il faut agir, c'est dans les plus petites et les plus obscures localités qu'il faut faire pénétrer le flambeau de la vérité ; c'est sur les plus infimes interprètes de la loi que l'attention doit surtout se porter, car ceux-là ont sur leurs coreligionnaires l'influence la plus directe.

. . . .

---

[1] Le budget affecte annuellement 100,000 fr. à cette dépense.
[2] On ne peut considérer comme suffisante l'école établie à Metz.

De tout ce qui précède, il faut conclure que, si le temps de la régénération est venu pour Israël, l'œuvre est encore loin de se trouver achevée. L'affranchissement moral des juifs doit provenir plus encore de leurs efforts que des tentatives du gouvernement, que de l'extinction des préventions et des préjugés de leurs concitoyens des autres communions. Ce doit être surtout l'affaire de la sollicitude des consistoires; malheureusement ceux-ci ont besoin eux-mêmes du progrès et de la lumière. Préposés à la garde du troupeau, ils le laissent dévorer par les loups, et ronger par la lèpre; leur apathie est aussi grande que leur incurie est profonde. Au lieu de diriger le mouvement, ils semblent en ignorer la marche; au lieu d'être composés d'hommes moraux, actifs et éclairés, pieux et probes, ils ne comptent dans leur sein que des juifs *riches,* qui se bornent à n'être que cela. Or, ce ne sont point ces juifs *dorés,* comme les appelle spirituellement un Israélite aussi savant que consciencieux, et qui, pour cela même, s'est toujours vu repousser des consistoires; ce ne sont point ces juifs dorés, disons-nous, qui accéléreront le travail de l'affranchissement. Pour produire une pareille œuvre, il ne faut pas la confier à l'égoïsme ni à l'étroitesse d'idées, à l'intérêt de localité ni aux convenances de famille, à la tendance stationnaire et même rétrograde de la plupart des notables israélites qui remplissent les fonctions consistoriales. Ils n'enseigneront pas la probité et la tolérance, la religion du serment et l'amour du pays; la charité et l'union, les vertus domestiques et civiles, l'obéissance aux lois, ceux que le peuple connaît pour être financiers discrédités, contrebandiers rusés, usuriers impitoyables, négociants peu consciencieux, ceux qui vivent dans l'impiété, dont la vie privée est un scandale, dont les enfants n'ont été ni circoncis ni baptisés.

Nous n'ignorons pas ce qui a été fait pour la grande œuvre de régénération; nous en connaissons les auteurs, et nous leur rendons justice; mais, nous le répétons, ce que l'on a fait n'est pas suffisant; la tâche est à peine commencée : on a créé des écoles industrielles pour la jeunesse israélite, on s'est efforcé de la détourner de l'oisiveté et du colportage, en l'instruisant de professions manuelles; mais ce n'est pas tout encore.

Il faut détacher les juifs de tout esprit de *mercantilisme;* il faut les attacher au sol, et pour y parvenir, il faut les appliquer à l'agriculture. Les Israélites, qui professent pour leurs dogmes, les lois de Dieu et les mœurs de leurs ancêtres, un si profond attachement, semblent avoir oublié l'état pour lequel ils sont nés. Le peuple d'Abraham naquit pasteur et agronome, et sa destinée était de rester toujours ainsi sans ambition de conquêtes, sans désir de luxe et de futiles richesses. Les institutions mosaïques, qui tendaient à l'isoler des autres nations, lui faisaient une loi impérieuse de l'agriculture, en lui interdisant pour ainsi dire le commerce et les relations avec l'extérieur. L'Écriture sainte est pleine de passages qui recommandent l'agriculture et en célèbrent les bienfaits. Toutes les sentences, toutes les paraboles se ressentent de préoccupations des sages anciens pour la culture des biens de la terre. Salomon surtout manifeste sa prédilection à tout propos : « Préparez, dit-il, vos ouvrages au dehors, et labourez soigneusement votre terre, afin que vous puissiez ensuite bâtir votre maison. »

Les juifs de Judée s'appliquèrent toujours au labourage. On sait combien était fertile la terre promise, et quels soins ses habitants mettaient à la cultiver. Aussi les médailles qui nous restent des Machabées représentent-elles des épis et des mesures, en témoignage du particulier bienfait de la Providence. Le livre des Machabées nous retrace ainsi la prospérité du royaume de Simon : « Chacun cultivait son « champ en paix ; la terre de Judée était fertile, et les arbres portaient leurs fruits. « Israël était en grande joie, chacun était assis sous sa vigne et sous son figuier, « et personne ne les inquiétait. » L'auteur de l'Ecclésiaste, qui vivait en même temps, marque même combien le labourage était en honneur et agréable à Dieu : « N'ayez point d'aversion, dit-il, pour le travail pénible et le labourage institué par le Très-Haut. »

Nous nous expliquons donc difficilement la répugnance des Israélites pour l'agriculture ; nous concevons moins facilement encore comment ceux qui se trouvent à la tête de la nation n'ont pas tenté tous les efforts pour y ramener leurs coreligionnaires. Nous savons que plusieurs philanthropes éclairés, à la tête desquels se trouve M. Cottard, savant recteur de l'académie de Strasbourg, ont senti ce besoin pour les juifs ; mais ils n'ont trouvé en ceux-ci aucun concours : leur philanthropie reste infructueuse, et il leur faut tout le courage et la persévérance de la vertu pour continuer leurs efforts. Un des plus dignes poursuivants de cette œuvre de bien faisait dernièrement à l'auteur de ce travail la confidence de ses dégoûts, en lui disant entre autres choses : « Croiriez-vous que, pour la dernière souscription que nous avons faite en faveur de l'école israélite, M. ***, riche propriétaire des Vosges, ne nous a envoyé que 10 francs ? J'avais proposé de mettre en regard du nom du donataire : M. ***, millionnaire et sans enfants. . . . 10 fr. ; mais on s'y refusa. Que voulez-vous faire avec de pareilles gens ? »

Cependant l'on peut en faire quelque chose ; il faut pour cela du temps et de la patience. La semence ne fructifie point aussitôt qu'elle a été confiée au sein de la terre : ce n'est que lorsqu'elle a développé son germe au dedans qu'elle se produit au dehors.

Déjà nous avons signalé la présence des Israélites dans toutes les positions honorables, dans les armées, dans les conseils du roi, dans la chambre des députés, à l'Institut ; ce n'est qu'à la chambre des pairs qu'il ne s'en trouve pas. Cependant nous croyons savoir qu'il est dans les intentions du pouvoir de remplir cette lacune, et que l'on n'attend pour cela que l'époque où l'on pourra récompenser par cette haute faveur les longs et loyaux services d'un des membres les plus méritants de notre diplomatie consulaire.

Nous venons d'écrire ces lignes avec conscience et vérité ; souvent nous avons été arrêté par des appréhensions surmontées aussitôt, car nous sommes à une époque où il faut avoir le courage de son opinion, lorsqu'il s'agit surtout de faire triompher la justice et la vérité. Que si notre plume a retracé de sombres tableaux, le fiel n'est entré pour rien dans son amertume ; nous respectons trop l'antique foi de nos pères pour ne pas désirer de voir Israël renaître à la foi véritable, et se relever devant Dieu et les hommes et à ses propres yeux.

Alphonse CERFBERR DE MÉDELSHEIM.

LE MAURE.

L'ALGÉRIEN FRANÇAIS.

La population indigène d'Alger, comme celle de la plupart des villes d'Orient, n'offre aucun caractère d'homogénéité ; elle n'est, à proprement parler, que l'amalgame de plusieurs races d'hommes entre lesquelles subsistent encore aujourd'hui des divisions profondes, et qui, pour vivre pêle-mêle au sein de la même cité, n'en demeurent pas moins comme étrangères les unes aux autres. C'est ainsi que l'Européen voit avec étonnement se presser et se confondre dans les étroites rues d'Alger, le Maure, le Juif, l'Arabe, le Kabaïle de l'Atlas et le nègre originaire de l'Afrique centrale, chacun avec son costume national et sa physionomie distincte. C'est l'ensemble de ces divers types bien tranchés que nous offrons aujourd'hui au lecteur sous le titre général de *l'Algérien français*, désignation qui nous a paru le plus propre à résumer fidèlement une collection d'esquisses si dissemblables.

LE MAURE.

Le Maure algérien a peu de traits communs avec les fameux conquérants de l'Espagne, ses ancêtres présumés. S'il était réellement le petit-fils de ces illustres guerriers, il faudrait reconnaître avec douleur qu'un sang si noble et si chevaleresque a bien dégénéré sous le joug de l'oppression turque; mais il en est de cette filiation comme de la généalogie de tant de grandes maisons nobiliaires d'Europe : tout l'art des d'Hozier ne parviendrait peut-être pas à en renouer le fil si souvent égaré dans la nuit des siècles, rompu par les mésalliances, ou tranché par le fer. De l'aveu même des Maures, il n'existe plus à Alger qu'un très-petit nombre d'individus issus authentiquement des vainqueurs de la Péninsule : ils y sont encore aujourd'hui désignés sous le nom d'*Andalous*. Ils jouissent d'une considération toute particulière, et forment une corporation spéciale, à l'entretien de laquelle est affecté le revenu de plusieurs fondations pieuses. C'est ainsi que les hauts faits de leurs valeureux pères projettent encore sur ces paisibles rejetons, après tant de générations écoulées, un reflet de vénération et de gloire qui isole d'eux la multitude et leur tient lieu de patrimoine.

Quant à la masse des autres Maures, ils sont presque tous Coulouglis, c'est-à-dire fils ou descendants de ces aventuriers turcs sur lesquels s'appuyait la puissance des deys, et qui, venus à Alger des côtes d'Anatolie ou de Syrie, épousaient tous des femmes mauresques. Aussi la race maure primitive a-t-elle à peu près disparu pour faire place à une sorte de population métis, produit de ces alliances étrangères, mais qui, reliée par un cercle invariable de croyances, d'idées et d'habitudes communes, n'en offre pas moins aujourd'hui un type distinct, uniforme, à quelques nuances près, et empreint d'une très-vive originalité.

Lorsqu'un Maure vient au monde, que sa famille en ait de la joie ou non, il est d'usage qu'elle se réjouisse. Les amies de l'accouchée viennent la visiter, et le mari invite ses parents à dîner; mais nulle formalité ne constate légalement l'acquisition que vient de faire la république d'un citoyen de plus. L'institution de l'état civil, produit d'une civilisation déjà avancée, est inconnue des musulmans, et ils se passent fort bien pour vivre de cette espèce de brevet d'existence que nous délivre, à l'heure où nous naissons, le maire ou l'adjoint de notre commune, pour nous le retirer ensuite à celle de notre mort. L'administration française a fait ce qu'elle a pu pour modifier cet état primitif et parvenir à contrôler le mouvement de la population indigène; mais elle n'y est parvenue qu'imparfaitement, car la loi qu'elle s'est imposée de respecter les usages du pays en ne pénétrant point dans les habitations privées, l'a obligée de s'en remettre entièrement sur ce point aux déclarations bénévoles des Maures.

La religion ne supplée pas même sous ce rapport à la loi civile; car la circoncision, ordonnée par le Koran, a lieu dans l'intérieur des maisons, et l'enfant n'est pas présenté au temple. On attend d'ailleurs, pour obéir à cet égard aux préceptes du prophète, que le garçon ait atteint sa huitième année.

Le jeune Maure passe sa première enfance sous la tutelle spéciale et à peu près exclusive de sa mère. On conçoit que les soins du corps priment singulièrement la culture de l'esprit dans cette éducation de harem. Simple et ignorante créature, la femme mauresque n'a pas pour son fils chéri d'autre ambition que celle de le voir toujours bien nourri, bien portant et luxueusement vêtu. Aussi ne lui ménage-t-elle ni les friandises, ni les ablutions, ni les riches habits. Chaque jour l'enfant est, par son ordre, baigné des pieds à la tête ; on lisse sa chevelure, ordinairement d'un noir de jais, et plusieurs fois dans le mois, par une mode bizarre, on prend soin de la teindre en rouge avec la feuille du *henné*[1]. Mais c'est surtout le vendredi, jour férié des musulmans, que la mère tient à honneur de parer son enfant. Ce jour-là, on le revêt d'une *sedria* couverte de riches broderies, d'un pantalon de couleur éclatante ; on le coiffe d'un calot ou bonnet grec en velours bleu, orné de sequins percés et adhérents à l'étoffe ; une belle ceinture de soie complète cet élégant costume.

Pour ce qui est de l'éducation morale, religieuse ou intellectuelle, il n'en est nullement question pendant cette première période de la vie du jeune Maure, et il est probable que les loisirs énervants du gynécée, où on l'élève ainsi comme en serre chaude, sont la source où il puise les germes invincibles de cette molle apathie, de ce goût effréné pour le *far niente*, qui plus tard caractériseront l'homme fait.

Ainsi croit et se développe en âge et en beauté, sinon en perfection, l'enfant du riche algérien. Abandonné à lui-même de meilleure heure, celui du pauvre est bien vite sevré des jouissances prodiguées au fils de bonne maison : mais, par une juste compensation, il gagne en expérience et en activité ce qu'il perd en joies domestiques et en caresses maternelles. Il erre librement dans la ville, se mêle à la population européenne, apprend la langue française avec une merveilleuse facilité, et se crée ordinairement quelque petite industrie dont le produit suffit à ses besoins. Parfois cette liberté dégénère en licence, et cette vie de carrefour en véritable vagabondage. Ainsi il n'est pas rare qu'un enfant s'absente plusieurs jours de la maison paternelle pour se livrer aux délices de l'école buissonnière, sans que son insouciante famille conçoive de cette disparition la moindre inquiétude. Pour se justifier au retour, il allègue ses occupations ou tout autre prétexte, et cette excuse banale est admise sans difficulté par ses confiants et débonnaires parents.

Un autre genre d'abandon plus funeste, commun au reste à toutes les classes du peuple maure, consiste dans le peu de soin que prennent les parents de cacher ou de taire à leurs enfants certains secrets qu'ils devraient leur laisser ignorer jusqu'à un âge moins tendre. Une telle négligence pourrait sembler monstrueuse à qui ne saurait point que les principes de chasteté et de bienséance implantés dans le cœur des populations chrétiennes par la morale de l'Évangile sont restés inconnus aux

---

[1] Plante tinctoriale de la famille des *salicariées*.   (JUSSIEU.)

races mahométanes. C'est ainsi que les enfants sont admis pêle-mêle avec les adultes à voir les courtisanes mauresques peindre l'ardent délire des sens dans une danse éperdue, haletante, égarée, brûlante pantomime qui soulève un à un tous les voiles des plus secrets mystères, et détache en même temps du front de ses jeunes spectateurs ce bandeau d'ignorance naïve et d'heureuse innocence qui eût dû le parer encore bien des années. De ces tableaux scandaleux, de ces enseignements impies, il résulte chez les petits êtres élevés à pareille école un développement moral (c'est immoral qu'il faudrait dire) d'une effrayante précocité. En peu de temps ils n'ignorent plus rien de ce qu'ils ne devraient pas savoir; ils ont tout deviné, ou pour mieux dire on leur a tout appris. Au lieu de jeunes âmes pleines de candeur et de virginité, on n'a plus que de petites créatures dépravées dont les vices ne le céderont en rien à ceux de leurs pères, et n'attendent même pas pour se développer l'âge des passions, qui rend les fautes excusables.

Une seule vertu leur est inculquée universellement : c'est un profond respect pour l'autorité paternelle. Jamais un enfant n'interroge son père, et il est rare qu'il se permette d'ouvrir la bouche en sa présence, sans que celui-ci l'y ait invité formellement. Les ordres du père sont des lois, et le fils s'y soumet sans réplique ni murmure.

Lorsque vient le moment de pourvoir enfin à l'éducation de l'enfant, on l'envoie dans une école publique, où il apprend à former les caractères de l'alphabet arabe, puis à transcrire sur une tablette les versets du Koran, qu'il grave ainsi dans sa mémoire. On lui enseigne aussi quelques éléments de grammaire et un assez bon nombre de traditions religieuses ; mais c'est le Koran qui est la véritable base de l'instruction : tout le reste est considéré comme oiseux et nuisible. Hors le Koran point de salut, et rien que le Koran : telle est la devise des Maures d'Alger, et il en est peu parmi eux qui ne fussent encore prêts à brûler, comme le khalife Omar, la bibliothèque d'Alexandrie. Il nous arriva un jour d'entrer à Alger dans une des nombreuses écoles musulmanes qui y sont établies. Le régent était un vénérable Maure portant lunettes, au chef branlant, à la voix cassée et tremblante, et qui néanmoins semblait parvenir à diriger sans peine les quarante ou cinquante jeunes démons confiés à ses soins. Il tenait une planchette vernissée sur laquelle il traçait, avec une encre délébile, un verset du Koran qu'il prononçait ensuite à haute voix. Tous les élèves, accroupis comme le maître sur une natte de paille, et munis d'une tablette semblable, écrivaient et récitaient tous ensemble après lui le verset à l'ordre du jour. Lorsque cet exercice plusieurs fois répété avait gravé le verset dans la mémoire de chacun, on l'effaçait des tablettes pour faire place à un autre qui était de même psalmodié, avec un effroyable vacarme, et ainsi de suite jusqu'à la fin de la séance. Du reste, jamais un mot d'explication sur le sens des textes, que les enfants retenaient ainsi sans en comprendre un mot. Leur maintien grave et recueilli contrastait d'une façon vraiment burlesque avec leurs petites figures espiègles, qui ne demandaient qu'à s'épanouir, et avaient toutes les peines du monde à garder ce grand sérieux. Le magister n'avait d'ailleurs d'autre moyen coërcitif qu'une longue baguette noire placée auprès de lui, et qui sans doute n'était que pour la montre, car il ne nous apparut pas qu'il eût besoin d'en faire usage.

Lorsque l'enfant sait tout le Koran par cœur, il est réputé fort savant et prend le titre de *thaleb* (aspirant), grade qui répond à peu près à celui de bachelier ès lettres, accordé dans nos académies à la fin des études classiques. Si le *thaleb* veut devenir *fakih*, c'est-à-dire jurisconsulte, il se rend dans certaines mosquées, auprès des *oulamâ* (docteurs), qui l'introduisent dans des régions scientifiques inconnues du vulgaire. Mais le nombre de ces fervents est extrêmement restreint : l'immense majorité s'en tient au grade de *thaleb*. Si le jeune homme se destine au commerce, il cherche à compléter ses connaissances par l'étude de l'arithmétique ; mais il est rare qu'il aille, dans la science des nombres, au delà de la soustraction. Au reste, il est à remarquer que riches ou pauvres participent à la même éducation et atteignent à peu de différence près le même degré de culture intellectuelle. Tel marchand de dattes en sait tout aussi long que tel bourgeois opulent.

Quelques familles plus sympathiques à la cause française, et moins ennemies du progrès que ne le sont en général les musulmans algériens, consentent à envoyer leurs enfants à l'*école maure-française* établie à Alger par le gouvernement, et où quatre heures par jour sont consacrées spécialement à l'étude du français. Une autre école pour les Maures adultes est ouverte dans la même ville. Un professeur français y enseigne la lecture, l'écriture et le calcul arithmétique. Il s'applique surtout à inculquer aux élèves les idées européennes, en plaçant sous leurs yeux des textes qui renferment des notions claires et précises sur les principales découvertes des sciences, sur l'état de l'Europe, sur la constitution et la puissance de la nation française, etc., etc. La plupart des élèves font preuve d'intelligence et de bonne volonté, mais le nombre en est fort restreint : c'est à peine s'il varie en moyenne de quatre-vingts à cent. La défiance naturelle aux Maures et la crainte de voir leurs enfants détournés du mahométisme par les enseignements des *roumis* (chrétiens) contribuent puissamment à éloigner les jeunes Algériens des écoles où s'efforce de les attirer, avec beaucoup de raison, l'autorité française.

Vers l'âge de puberté, c'est-à-dire à douze ou treize ans, le jeune homme prend définitivement rang dans la société musulmane. Sa chevelure tombe sous le rasoir du barbier maure, à l'exception de quelques mèches conservées au sommet de la tête, et destinées à maintenir la *chachia*, calot rouge en tissu de laine orné d'un flocon de soie bleue, dont se compose sa coiffure jusqu'à l'âge viril. Il est dès lors assujetti à toutes les pratiques religieuses prescrites par la loi du prophète ; il est admis dans les mosquées (*djamâ*), et doit prier cinq fois par jour, à moins qu'il n'appartienne à la secte d'Ali, répandue à Alger comme à Constantinople, auquel cas il en est quitte pour trois oraisons quotidiennes. Il est tenu d'assister en outre chaque jour, dans une mosquée ou dans une chapelle (*mesdjid*), à la lecture d'une fraction du saint livre (un trentième), qui doit être relu en entier tous les mois ; à la *khotba*, prière pour le chef des croyants, récitée le vendredi à midi dans les mosquées seulement ; enfin aux prédications [1].

S'il est pauvre, il songe alors à embrasser une profession, celle, par exemple, de tailleur, de passementier, de menuisier, de tisserand, de débitant de tabac ou d'essences ; mais il ne se voue qu'avec une extrême répugnance à celle de cordonnier, de tanneur, de teinturier, et autres qui nécessitent l'emploi de substances d'une manipulation ou d'une odeur désagréables. S'il est riche, l'idée d'exercer une industrie quelconque ne lui vient même pas ; car, à l'instar de notre ancienne noblesse, il considère comme fort au-dessous de lui toute espèce de travail ou de commerce.

La profession de commerçant, telle que la comprend et l'exerce le Maure, n'exige cependant pas de grands efforts de génie, de calcul ni d'activité. Pour vous en convaincre, suivez-moi dans un de ces quartiers de la ville que n'a point encore alignés l'équerre de nos architectes, et qui ont gardé jusqu'à ce jour leur physionomie primitive ; dans la rue Juba, par exemple, le bazar des orfèvres et des marchands de riches étoffes ; ou dans la petite rue du Soudan, qui conduit à l'ancienne mosquée, devenue depuis peu l'église métropolitaine du diocèse d'Alger. Voyez dans cette boutique, ou pour mieux dire, dans ce trou carré pratiqué à hauteur d'appui, qui peut bien avoir cinq pieds de haut sur trois ou quatre de large, ce grave musulman accroupi derrière ses marchandises étalées au hasard sur le rebord de son échoppe. En attendant que l'acheteur s'approche et vienne marchander, soit une écharpe de mous-

---

[1] Trois mosquées subsistent encore à Alger. Conformément à la doctrine iconoclaste de l'islam, on n'y voit ni tableaux, ni statues, ni simulacres d'aucun genre, mais seulement des sentences ou versets du Koran inscrits sur les murailles en lettres d'or ou de couleurs éclatantes. Le sol est couvert de nattes ou de tapis ; sur l'une des faces du temple est la *kibla*, sorte de niche indiquant la situation de la Mecque, vers laquelle tout bon musulman doit se tourner en priant. A droite de la kibla est une tribune où se placent les *moeddins* (chantres) qui appellent le peuple à la prière ; et à gauche une chaire où se récite la *khotba*.

seline brodée d'or et de soie, soit un poignard de damas, soit un flacon d'essence
de rose ou de jasmin, il fume sa pipe en silence, et, loin d'adresser aux passants de
ces coups d'œil provocateurs dont se montre si prodigue le boutiquier européen,
c'est à peine s'il daigne parfois jeter sur eux un regard plein d'une superbe indifférence. Le chaland se présente-t-il enfin, le marchand lui tend sans mot dire les
objets qu'il demande, écoute à peine les éloges ou la critique adressés à sa marchandise, fixe son prix, et si l'acheteur le trouve trop élevé, se contente de hausser
les épaules en reprenant sa chère pipe, qu'il se met à fumer de plus belle, sans plus
s'occuper de la pratique récalcitrante que si cette dernière était déjà bien loin.
L'acheteur a-t-il au contraire mordu à l'hameçon, le marchand empoche le prix
de la vente, et, comme il n'a ni grand-livre ni journal à tenir, son inventaire de
chaque soir se réduit à compter l'argent qu'il a reçu dans la journée.

La variété la plus nombreuse de cette classe de commerçants estimables est sans
contredit le *skakri* (épicier, littéralement sucrier) maure, qui vend de la casson-
nade, du café, du tabac, des dattes, des pastilles du sérail, des oranges, des citrons,
des pastèques et autres menues denrées d'une consommation journalière. Rien
n'est plus amusant que le sérieux et la dignité de ce brave détaillant, trônant avec
une majesté infinie auprès de marchandises qui peuvent bien valoir en moyenne
la somme de 15 ou 20 francs, dont se compose tout son avoir commercial. Souvent, à la fin de la journée, il a gagné à peine une dizaine de sous, sur lesquels il
faut prélever encore les frais de l'illumination dont il décore le soir son brillant
étalage, une chandelle de cire jaune dans une lanterne de papier. Néanmoins, à
voir de quel air noble et imposant il débite ses fruits et épices, on jurerait qu'il
manie l'or et les pierres précieuses, et je gage qu'il en remontrerait à plus d'un
grand capitaliste pour le désintéressement et la dignité personnelle. Quelque modi-
ques que soient ses bénéfices, il n'en paraît point mécontent. Bref, l'épicier maure,
que nous regrettons de ne pouvoir faire connaître plus amplement, est un vrai
philosophe pratique, et n'est peut-être pas moins digne d'intérêt que son confrère
l'épicier français, si bien dépeint par M. de Balzac dans cette publication.

A vingt ans ou environ, lorsqu'il est réputé homme fait, le Maure laisse croître sa
barbe, prend le turban et le reste du costume viril. Ce vêtement majestueux et riche
est, à peu de différence près, celui des Ottomans avant la réforme somptuaire : il se
compose de plusieurs vestes brodées en or ou en soie suivant la condition ; à celle de
dessus sont adaptées des manches longues. Une longue ceinture de soie ou de laine
bariolée, et dans laquelle se placent le yatagan, le poignard, les pistolets et la
bourse, sert en même temps à fixer au-dessus des hanches un large pantalon ou
haut-de-chausses qui s'arrête aux genoux. La jambe reste entièrement nue, et les
pieds sont chaussés dans de larges souliers fort découverts nommés *sebbat*. Le
burnous, sorte de manteau à capuchon en laine, négligemment jeté sur l'épaule
gauche, lorsque le froid ne contraint pas à s'en envelopper, complète le costume
maure.

Rehaussé par les couleurs tendres ou éclatantes dont le jeune Maure affectionne
l'emploi, telles que le rouge, le bleu céleste, le gris de lin ou le vert pomme, ce

vêtement donne beaucoup de relief aux agréments de sa personne, et il en est aussi vain qu'homme du monde. C'est ici le lieu de remarquer que, sans offrir de type caractéristique, puisqu'elle est le produit de croisements nombreux, la race maure est d'une beauté remarquable. Un teint pur et transparent, dénué, il est vrai, de cette chaleur de tons qui illumine la plupart des faces méridionales, mais d'une blancheur mate et presque efféminée ; une grande régularité de traits, un visage plein et ovale du contour le plus harmonieux, une barbe brune et des yeux noirs *grands comme des tasses,* pour nous servir de la naïve comparaison d'un enfant du pays, tels sont les attributs distinctifs de cette superbe race d'hommes. Quant à leur physionomie, elle n'est nullement martiale, mais elle est fine et ne manque ni de gravité ni de noblesse ; sa douceur habituelle témoigne de mœurs très-pacifiques, et sa sérénité, d'une profonde insouciance.

Lorsque notre jeune Maure commence à éprouver le besoin de renoncer au célibat, il va trouver quelque vieille femme de sa nation, connue pour son habileté dans l'art de M. Williaume, et l'envoie en ambassade auprès de telle fille qu'il lui désigne, et dont il a entendu exalter la beauté ou la fortune. Son but, en provoquant cette démarche, est de s'assurer, par le témoignage de son émissaire, si la renommée n'est point trompeuse, afin de ne point acheter, comme on dit, chat en poche. Pour ce qui est d'aller vérifier la chose par lui-même, il n'y faut pas songer, car toute femme ou fille mauresque vit à l'état de réclusion absolue. La duègne, moyennant une honnête récompense, accepte la mission, se rend à la maison indiquée, informe les parents du but de sa visite, et est admise par eux à voir la jeune personne. Ceux-ci ne manquent pas, si le parti les agrée, de prodiguer à l'agent matrimonial et cadeaux et promesses, pour qu'il ait à vanter dans un style convenable les perfections et les attraits de leur fille. Ainsi rétribuée des deux parts, l'Iris africaine va retrouver le soupirant et le plonge dans les extases du septième ciel, en lui annonçant que la jeune fille dont il recherche l'alliance n'a pas encore dix ans et manifeste déjà un embonpoint extraordinaire ; qu'elle a des yeux de gazelle, la bouche moins grande que les yeux, et la chevelure plus longue que le corps ; que l'éclat de sa beauté éclipse entièrement celui de la pleine lune ; bref, qu'il a été vraiment inspiré de Dieu en élevant ses vues sur une telle merveille. D'après ce signalement enchanteur, le jeune homme tombe aussitôt amoureux sur parole, et charge son ambassadrice de faire officiellement la demande. Une fois le consentement des parents obtenu, il s'agit de fixer la dot que le futur donnera à sa prétendue, car c'est l'époux et non la femme qui apporte une dot en mariage. Il est vrai que de son côté le père de la future doit lui fournir les habits et les bijoux, dépense dont le montant dépasse ordinairement celui du présent de noces. Ce dernier point réglé, les parents, ou, à leur défaut, les mandataires des futurs, se présentent chez le kadi, qui dresse le contrat. Nous pensons que le lecteur ne nous saura pas mauvais gré de transcrire ici en substance une de ces pièces curieuses dont la copie se trouve entre nos mains.

« Louanges à Dieu qui répond à ceux qui l'implorent, et daigne approuver le « contenu du présent. La puissance, la perfection et l'adoration des fidèles appar-

« tiennent à notre sid (*seigneur*) Mohammed (*le prophète*).... Le mariage est une
« institution consacrée par la religion et par les plus saints usages. Ainsi a parlé
« le prophète, et il l'a ordonné expressément. Il a dit : « Mariez-vous, multipliez-
« vous, car par vous j'augmenterai l'espèce humaine. » C'est dans ces sentiments
« que le très-respectable, le digne, l'excellent, le parfait, celui qui a réellement fait
« le pèlerinage (de la Mecque), le sid (seigneur) el hadj (pèlerin) Kelil, bey des pro-
« vinces orientales, s'est uni en mariage avec la bénédiction du grand Dieu, et, sui-
« vant le chemin tracé par la loi et les usages, avec sa très-estimable fiancée, la sida
« Aïcha, fille de défunt sid Ismaël Abouderbah [1], et lui a constitué en dot une somme
« d'argent montant à 800 dinars d'Alger, plus deux kaftans, deux vestes, deux
« ceintures, deux esclaves, quatre bœufs, quatre quintaux de laine et..... rien de
« plus.......... Le mandataire de la femme a imposé à celui du mari la condition
« que ce dernier n'épouserait ni n'entretiendrait d'autres femmes, et ne la mal-
« traiterait pas ; au cas où il enfreindrait cette condition, la femme sera maîtresse
« de faire ce qu'elle voudra. Ledit époux ayant accédé à cette clause, les conventions
« matrimoniales sont parfaites entre eux. Que Dieu les comble de ses bontés et
« de ses bénédictions, lorsqu'ils seront en repos comme lorsqu'ils seront en mou-
« vement !

« Ont témoigné pour les parties dans cette seconde dizaine de Rabia-Attany les
« sids.... »   (*Suivent les noms des témoins.*)

On voit par cette pièce authentique que les corbeilles de noces mauresques contiennent, au lieu de cachemires, des bœufs et des quintaux de laine : don prosaïque
qui pourra renverser bien des illusions féminines sur le lointain poétique des
mœurs de l'Orient. En revanche, nos belles lectrices seront sans doute satisfaites
d'apprendre qu'à Alger comme à Paris une femme peut, en dépit de la polygamie,
s'assurer la fidélité de son mari, au moins par acte notarié.

Les deux époux sont mis en présence pour la première fois le jour de leurs noces,
célébrées par force repas et illuminations. C'est alors que le mari a bien souvent
sujet de maudire et sa crédulité et la duègne menteuse qui l'a jeté dans les bras
d'une créature maigre et laide (deux mots pour lui à peu près synonymes), au
lieu du trésor de beauté et d'embonpoint qu'il s'attendait à voir paraître. Heureusement pour lui, à pareil mal le remède est facile, et nous l'indiquerons bientôt.
Mais il est nécessaire de dépeindre avant tout cette compagne inconnue que viennent de lui adjoindre la destinée et le kadi.

Dans son enfance, Zohra, Fatma, Nefissa ou Aïcha (noms féminins en honneur à
Alger) a été entourée des mêmes soins que Mustapha, Mohammed, Hamdan ou
Abdallah, désormais son seigneur et maître. Elle a été caressée, choyée, vêtue ma-
gnifiquement, et l'on n'a pas omis de lui teindre régulièrement deux fois dans le
mois les ongles, la plante des pieds et la paume des mains avec le henné. On n'a
rien négligé non plus de tout ce qui pouvait lui donner cette ampleur corporelle si

---

[1] Père d'Ahmed Abouderbah qui, avec Mouloud ben Arrach et le fameux juif ben Durand, vint à
Paris, en 1838, remettre au roi des Français les présents d'Abd-el-Kader.

chère aux hommes de sa nation ; mais à ces diverses sollicitudes s'est bornée l'éducation, ou, pour mieux dire, l'élève de la jeune Mauresque. Il n'a pas même paru nécessaire de l'initier aux dogmes de la religion ; car il est reçu qu'elle n'a point d'âme et n'a été mise sur terre que pour embellir la vie de l'homme et reproduire son espèce. Cette opinion injurieuse s'appuie sur le silence complet que garde le Koran à l'endroit des femmes. Il est à croire, en effet, que Mahomet n'était pas lui-même très-convaincu de l'immortalité de leur âme, car il ne les assujettit à aucune pratique religieuse et ne leur assigne point de place dans son paradis. (Les houris qu'il promet à ses guerriers sont des vierges célestes.)

D'après ce point de départ, il est à peu près inutile d'ajouter qu'on ne se met aucunement en peine de cultiver l'esprit et de former le cœur de la jeune Mauresque (là où le fond manque, à quoi sert la culture), ni de lui donner la moindre notion des choses de ce monde, puisque, hors son mari et l'intérieur de sa maison, elle n'en doit rien connaître. Peut-être pensera-t-on qu'à défaut de toute instruction religieuse ou intellectuelle, on lui enseigne du moins ces arts d'agrément ou ces talents d'aiguille qui servent à pallier la nullité de certaines femmes et en font d'ingénieuses machines. Ce serait là une profonde erreur ; car une Mauresque qui se respecte ne doit pas faire œuvre de ses dix doigts, et il n'est pas même jusqu'au soin de sa maison qui ne soit abandonné à ses esclaves, si son mari est assez riche pour en avoir. La femme mauresque est en un mot un joli meuble d'intérieur, une sorte d'animal domestique purement de luxe et d'agrément, et un vieux Maure, auquel on reprochait de ne pas se marier, résumait admirablement l'opinion de sa nation sur cette plus belle moitié du genre humain, en répondant d'un grand sérieux : « Je ne veux chez moi ni femme ni poule ! cela coûte trop cher à nourrir. »

En passant de la maison paternelle dans le logis conjugal, la Mauresque ne fait que changer de cloître. Renfermée tout le jour dans ses appartements, elle n'en peut sortir que le soir pour se promener et respirer un air plus pur sur la terrasse de sa maison. Jamais un étranger n'est admis en sa présence. Si par hasard elle dépasse le seuil de sa prison, c'est pour se rendre au bain, ou aller le vendredi au cimetière honorer la mémoire de ses parents en se prosternant sur leur tombe et en poussant des cris de douleur. Dans ces rares sorties, elle est presque toujours accompagnée d'une esclave noire et se revêt d'un costume bizarre qui la dérobe entièrement aux regards indiscrets. Un large pantalon blanc, qui vient s'attacher en fronçant au-dessous de la cheville, dissimule entièrement les formes qu'il recouvre ; le haut du corps est revêtu d'une *khelila* ou veste ; un mouchoir blanc, noué par derrière, cache la figure de la jeune femme depuis le menton jusqu'à la hauteur des yeux ; une tunique en gaze de laine blanche, jetée par-dessus ses habits, vient retomber sur le haut de la tête et voile le front de manière à ne laisser que les yeux découverts. Enfin, une sorte de manteau de laine très-ample se drape sur le tout, en cachant jusqu'aux mains. Ainsi affublée, masquée et voilée, la Mauresque peut à bon droit compter sur le plus strict incognito ; car il est impossible à l'œil le plus exercé de démêler, à travers ce costume disgracieux et informe, si elle est jeune ou vieille, laide, belle ou bien faite. Rien de plus lugubre que ces blanches apparitions, à la démarche

FEMME MAURESQUE.

(Alger.)

timide et chancelante, qui se croisent silencieusement dans les rues les moins
habitées de la ville, et rappellent ces fantômes sous la figure desquels l'imagination
frappée évoque dans ses rêves les ombres des parents ou des amis défunts.

En revanche, le costume paré que porte la Mauresque dans l'intérieur de sa
maison est d'une grande élégance. Une petite veste à courtes manches, brodée d'or
sur toutes les coutures, lui serre étroitement le buste ; un large pantalon, brodé
de même et fixé au-dessus des hanches par une riche ceinture, tombe sur ses genoux, laissant à découvert la jambe, qui reste entièrement nue ; une grande écharpe,
passée en bandoulière sur une des épaules, vient former avec grâce sur l'une des
deux hanches un nœud dont les extrémités pendent jusque vers le sol. Un grand
bonnet conique (*sarmah*), en métal ouvré à jour, et à peu près semblable à la
coiffure des dames nobles en France au commencement du quinzième siècle, est
fixé sur la tête de la Mauresque qui le porte incliné en arrière ; à l'extrémité de ce
cône est enroulée par le milieu une pièce de drap d'or ou tout au moins de riche
étoffe à longues franges, dont les deux bouts restent flottants. Des colliers et des
pendants d'oreille en corail ou en or, des bracelets aux jambes et aux mains rehaus-
sent encore ce somptueux ajustement. Le pied nu et blanc a pour chaussure une
petite babouche en velours brodé d'or.

Malheureusement, tant d'atours et de charmes sont perdus pour tout autre qu'un
mari, souvent indifférent, mais dont la jalousie s'éveille furieuse, pour peu qu'il
ait à redouter quelque empiétement sur ses droits conjugaux. Cette jalousie excessive est au reste on ne peut mieux fondée, car plusieurs expériences ont démontré
qu'il suffisait de pénétrer auprès de ces beautés si bien séquestrées, pour recevoir
immédiatement le prix de son audace, soit que la surprise ou l'émotion leur ôtent
la force de se défendre, soit que la surveillance si minutieuse dont elles sont l'objet
les ait fait renoncer à se garder elles-mêmes.

Le mari malheureux ou mécontent a au surplus une ressource précieuse pour
mettre fin à son martyre : c'est celle de la répudiation. Le plus simple prétexte
lui suffit ordinairement pour y avoir recours. Il va trouver le kadi et lui dit : « Je
crois que ma femme est infidèle ; » ou : « Je la trouve trop maigre ; » ou : « Nos hu-
meurs ne peuvent plus s'accorder ; désormais donc, *elle est pour moi chose sacrée.* »
(En langue vulgaire, je n'en veux plus.) Une fois ces paroles sacramentelles prononcées, il faut que la femme quitte le logis conjugal et s'en aille demander asile à
ses parents. De son côté, elle a le droit de réclamer également le divorce ; mais il
lui faut, à cet effet, des motifs plausibles, tels que de mauvais traitements habituels
de la part de son mari, ou une absence de ce dernier par trop prolongée. En ce cas,
elle va trouver pareillement le kadi, couverte de son voile ; elle n'entre pas au tribunal, mais d'une pièce attenante elle parle à travers une fenêtre grillée, et somme
le magistrat de prononcer le divorce, en lui disant : « Mon mari est absent depuis
tant de lunes ; je m'ennuie toute seule et je veux prendre un autre époux. » Après
lui avoir adressé quelques observations indiquées par la circonstance, le kadi lui
répond : « Vous êtes libre de le faire ; » et, sans en demander davantage, notre
matrone d'Éphèse convole à d'autres noces.

Comme tous les mahométans, le Maure peut épouser quatre femmes et en entretenir d'illégitimes un nombre indéterminé ; mais l'état de sa fortune lui permet rarement d'user de cette latitude.

En principe, tout musulman ne doit s'allier qu'aux femmes de sa religion : il ne doit point se laisser souiller par le contact d'une infidèle. Mais où l'esprit cosmopolite et profane du siècle ne se glisse-t-il pas ? Déjà plusieurs graves Algériens se sont laissé attendrir par les charmes de femmes impies, et n'ont pas craint de s'exposer à la vengeance d'Allah, en les épousant suivant toutes les formalités prescrites par les articles 144 et suivants du Code civil français. C'est ainsi qu'en 1854 le Maure Algérien Hamdan ben Amin Secca, ex-aga des Arabes, épousa à Paris mademoiselle Victorine Z....., jeune et jolie modiste de l'un des ateliers fashionables du quartier de la Bourse, qui avait sans doute rêvé l'existence féerique des sultanes, et suivit son mari en Afrique, où d'amères déceptions lui étaient réservées.

Avant la conquête d'Alger, Ahmed Abouderbah, dont nous avons parlé plus haut, s'était déjà marié à Marseille avec une Provençale ; son fils, élevé maintenant dans un collége de Paris, est devenu Français au point d'oublier sa langue maternelle.

La vie du Maure est toute d'intérieur. Soigneusement close de toutes parts et pénétrable seulement par le haut, à la clarté du jour, sa maison est à la fois un sanctuaire où il renferme toutes ses joies et une forteresse destinée à les préserver de toute invasion étrangère, comme de toute curiosité indiscrète. A l'extérieur, c'est une triste prison ; au dedans, c'est une paisible et élégante retraite où règne une délicieuse fraîcheur, où tout invite au repos et à l'oubli du reste du monde. Le modèle en est invariable : une cour dallée de marbre ou de pierre, et au milieu de laquelle s'élève souvent une fontaine jaillissante, forme le centre de cette habitation ; elle est entourée d'un cloître ou colonnade à quatre faces, soutenue par des piliers d'ordre ionique, où se découpe l'ogive sarrazine, et sur laquelle s'ouvrent les appartements. Ceux-ci sont oblongs et ne reçoivent le jour que par la porte d'entrée. C'est là que, dans une demi-obscurité, gravement accroupi sur une natte ou mollement étendu sur un divan de brocard, le Maure fume son chibouk, savoure le café brun mélangé de marc qu'en véritable amateur il déguste sans sucre, s'interrompt pour faire la sieste, et goûte une volupté suprême à dépenser ainsi ses jours dans l'inaction la plus complète. Pourquoi ferait-il violence à sa nature indolente et aborderait-il cette vie d'émotions et d'efforts incessants qui est le lot de l'homme civilisé ? Ses besoins sont bornés ; il est sobre, et pourvu que le national *couscoussou*[1], le café et le tabac ne viennent pas à lui manquer, il se trouve parfaitement heureux. Les vêtements somptueux dont nous avons fait plus haut la description durent la vie d'un homme et se transmettent souvent de père en fils. Il ne connaît aucune des exigences ruineuses qu'entraîne la civilisation, et, sous beaucoup de rapports, il en est encore aux usages du paradis terrestre. C'est ainsi que, pour prendre ses repas, il n'a que faire de couteau ou de fourchette, et saisit à belles mains les mets servis devant lui, d'ordinaire peu nombreux et fort simples ;

---

[1] Espèce de semoule à laquelle on mêle d'ordinaire un hachis de viande de mouton.

une eau limpide le désaltère ensuite, et une tasse de café termine le festin.

Lorsque par hasard il traite ses amis, ce qui arrive fort rarement, il a soin de renvoyer ses femmes dans leurs appartements, et le repas n'a lieu qu'entre hommes. Cette circonstance seule explique à merveille le défaut absolu de sociabilité qui caractérise la race maure. Qu'est-ce qu'une société dont la femme est exclue? Aussi, les hommes, réduits à leurs propres ressources, n'ont-ils guère entre eux que des rapports d'intérêts. Pourquoi se rechercheraient-ils mutuellement? Ils n'ont rien à se dire, car ils ne sont si avares de paroles que parce que leurs idées mêmes sont fort peu abondantes, renfermées qu'elles sont dans un cercle étroit de croyances immuables, d'impressions et d'habitudes communes. Ils sont d'ailleurs en défiance perpétuelle les uns contre les autres, et sont tout disposés à voir dans une visite d'amitié ou de politesse une violation de domicile et un prétexte spécieux pour entrevoir leurs femmes ou attenter à leur propriété.

Quelques-uns toutefois sont plus hospitaliers, et nous avons souvenance d'une fête toute française donnée à la population européenne d'Alger par le Coulougli Mustapha-ben-Omar, fils d'un dey assassiné en 1817. Le bal fut magnifique et se prolongea une bonne partie de la nuit. L'amphytrion en fit les honneurs avec une grâce parfaite; et chacun put voir ses trois femmes qui, accoudées sur le balcon d'une galerie supérieure, contemplaient, à travers les gazes transparentes de leurs voiles, le spectacle assez étrange pour elles des quadrilles français et de la valse allemande. Il est vrai que Mustapha-ben-Omar était venu à Paris, où il avait reçu la croix de la Légion d'honneur.

Les seuls lieux où ils aiment à se trouver réunis sont les cafés tenus par leurs coreligionnaires et les boutiques de barbier, où ils vont une ou deux fois la semaine se faire *far la barba*, c'est-à-dire raser la tête. Les cafés maures sont peu luxueux : un porche de feuillage en couronne l'entrée, quelques bancs de bois et des nattes en forment tout l'ameublement ; mais il y règne une fraîcheur bienfaisante que, dans certains cafés aristocratiques, contribue à entretenir un jet d'eau retombant dans une vaste coupe de marbre située au centre de l'édifice. Étendus sur les nattes ou accroupis sur les bancs adossés à la muraille, les habitués du lieu fument leur pipe en silence, et boivent le café noir qui leur est distribué au prix modique de 5 centimes la tasse. Quelquefois ils varient leurs plaisirs en jouant aux dames ou aux échecs ; mais, bientôt fatigués d'un si violent exercice, ils rentrent dans leur chère inaction ou se rendorment du sommeil du juste.

Le barbier maure a aussi le privilége d'offrir le café à ses clients. Sa boutique était jadis le rendez-vous de la population maure la plus élégante et la plus désœuvrée ; aujourd'hui encore elle jouit d'une grande vogue. C'est là qu'on vient apprendre les nouvelles ou entendre le récit de quelque merveilleuse aventure dont un Arabe ou le barbier lui-même se fait le narrateur, et qui seule a le don de tirer pour quelques instants l'auditoire de son indolence et de son apathie normales. Le barbier est, à ce qu'il paraît, un type inaltérable que ne peut modifier aucune influence locale. Loquace et conteur par excellence, celui-ci descend, comme on voit, en droite ligne de ce *tonsor* dont parle Horace, et si bavard, dit l'ami de Mécénas, que la barbe avait le temps de repousser sur une des joues tandis qu'il rasait l'autre. L'habileté du barbier maure est au surplus en grande réputation, et rien n'égale, dit-on, la légèreté de son rasoir. Il saisit entre ses genoux la tête du patient, à peu près comme font certains industriels dont le siége habituel est sur les dalles du Pont-Neuf ; et telle est la confiance du client dans son habileté, qu'on le voit souvent s'endormir pendant que le glaive tranchant se promène sur son cuir chevelu.

Quelquefois, à certains jours solennels, le café maure ou l'échoppe du barbier s'anime d'un mouvement extraordinaire et prend une apparence de fête. Ces jours-là, on fait venir des musiciens, ou, à leur défaut, quelques amateurs renforcés apportent leurs instruments. Celui-ci arrive avec un violon à deux cordes dont il se sert comme d'un violoncelle ; celui-là tient une façon de mandoline qu'il gratte avec une ardeur sans pareille ; tel autre est muni d'un pot de grès recouvert d'un parchemin qu'il frappe du revers de ses doigts ; un quatrième choque bruyamment l'un contre l'autre deux palets de fer qu'il décore du nom de castagnettes. Les autres accompagnent du geste et de la voix. Concertants et choristes répètent ainsi pendant des heures entières une seule phrase musicale, sorte de *tremolo* brisé et plaintif, alternant sans aucune transition du *forte* au *piano*, dont se compose tout leur répertoire. Cette symphonie étrange, qui ferait à coup sûr grincer des dents un dilettante, est tellement du goût des exécutants, qu'ils la prolongent ordinairement jusqu'à ce que la lassitude et le manque d'haleine viennent interrompre forcément cet élan musical.

Une volupté plus enivrante encore est celle que procurent à ce peuple éminem-

ment matérialiste les exhibitions de courtisanes ou danseuses mauresques qui
avaient lieu jadis sous le nom de *fêtes du mezouar*, et qui continuent de se produire, malgré la suppression du fonctionnaire désigné sous ce titre, espèce de fermier de la débauche et de la corruption publiques. Nous avons assisté à ce spectacle
étrange. Parée de clinquant et d'oripeaux pailletés, la danseuse s'avance au milieu
d'un cercle laissé vide par l'affluence des spectateurs, et exécute sans voile la danse
nationale. Les cheveux épars, l'œil étincelant, la bouche entr'ouverte, elle tourne
lentement sur elle-même; sa tête, penchée en arrière, demeure immobile; mais
tout son corps paraît en proie à un frémissement convulsif. Un ancien la compare-
rait à la sibylle de Cumes. De ses lèvres s'échappent avec effort des chants entrecoupés : c'est une romance arabe appropriée à cette pantomime, dont je vous laisse
à deviner le sens. Nous en entendîmes une qui commençait ainsi :

« O homme, cesse d'égarer ta main sur ma poitrine ! Qu'y cherche-t-elle ? Une
« grenade, une grenade jaunie par le soleil. »

Plus loin, il était question d'une datte, d'une rose, d'une taille de jasmin ; et
chaque couplet contenait une allégorie non moins licencieuse. Ces vers érotiques
sont psalmodiés sur un air lugubre qui, par ses chevrottements, ses intonations
languissantes et par l'absence de tout rhythme, rappelle nos chants grégoriens.
Cependant quatre concertants, munis d'instruments semblables à ceux que
nous avons décrits plus haut, mêlent à ce lyrisme étrange leur détestable symphonie.

Le délire si naïvement exprimé par la danseuse ne tarde pas à gagner l'âme des
assistants : quelques-uns sont plongés dans une muette extase, les autres, abju-
rant leur flegme national, rient, chantent, et boivent leur café noir; tous sont armés de l'indispensable pipe ; c'est un vacarme à ne pas s'entendre, un nuage
de fumée à ne pas se voir à dix pas. Bientôt l'un des assistants se lève, et, s'approchant de la danseuse, la récompense de son jeu par le don de piécettes qu'il
humecte légèrement avec l'extrémité de sa langue, et place une à une sur le front,
les joues, le nez et le menton de la courtisane, qui semble de plus en plus égarée
et haletante, à mesure qu'augmente le nombre des offrandes. Le beau du métier est
de ne laisser tomber alors aucune des piécettes, en maintenant la tête dans une
immobilité de marbre, tandis que tout le corps est en proie aux mouvements les
plus désordonnés. Lorsque toutes les pièces sont posées, la Mauresque les fait
glisser dans une étoffe qu'elle tient à la hauteur de son visage ; puis elle reprend sa
danse, et la continue jusqu'à ce que les forces venant à lui manquer, elle tombe
évanouie aux acclamations de l'assemblée. Une autre prend alors sa place, et quelquefois ces exercices se prolongent depuis le soir jusqu'à l'aurore.

Tels sont les plus vifs plaisirs du Maure algérien, pour ne rien dire ici de certaines voluptés encore moins orthodoxes que sa nature sensuelle lui fait goûter
avec délices et rechercher avec passion. Certains péchés, réputés monstrueux en Europe, n'inquiètent nullement sa conscience, et il s'y abandonne avec une impudeur
naïve à force d'effronterie. A ce vice national il joint assez souvent, par un éclec-
tisme ultra-philosophique, les vices d'importation française, tels que celui de l'ivro-

guerie ; aussi n'est-il pas rare de lui voir abandonner le café pour le vin ou l'eau-de-vie, et la boutique du barbier pour le prosaïque cabaret.

Ce genre de progrès est à peu près le seul qu'ait obtenu la civilisation européenne sur la barbarie primitive du Maure. Ses usages, ses mœurs et ses préjugés sont demeurés intacts ; il continue de vivre sous les mêmes lois et obéit aux mêmes magistrats. C'est le kadi qui juge ses démêlés d'intérêt avec ses coreligionnaires, et lui inflige les peines que ses délits peuvent avoir encourues. Bien que la justice rendue par ce magistrat soit fort souvent vénale, le Maure la préfère de beaucoup à nos longues procédures, et s'y soumet avec résignation. Rien de plus expéditif et de moins solennel que cette juridiction : entouré de ses assesseurs (*adel*), et accroupi, comme un simple mortel, sur une natte de paille, le kadi écoute paisiblement les parties pérorer, ce qu'elles font avec beaucoup de vivacité, et souvent toutes deux à la fois ; puis, d'un signe de la main, il leur impose silence et rend un arrêt qui reçoit son exécution au sortir même de l'audience. La base de sa jurisprudence est le Koran. Son code pénal ne comprend guère que deux genres de châtiments, les amendes et les coups de bâton. Quant à la peine de mort, le droit de la prononcer, et surtout de la faire subir, a été de tout temps réservé au souverain, qu'ont remplacé sous ce rapport les tribunaux français. A ces tribunaux appartient également la connaissance des crimes ou délits qui intéressent la paix publique, et de toutes les contestations où des Européens sont engagés contre des indigènes. Le kadi est nommé par le gouvernement français.

Les détails qui précèdent pourraient nous dispenser de dépeindre le Maure sous son aspect moral, car, de même qu'à l'œuvre on connaît l'ouvrier, le caractère de l'homme se montre dans sa vie et dans ses habitudes. Nous croyons cependant devoir, en terminant, résumer sur ce point, par une esquisse rapide, les traits épars dans ce travail, et compléter ou expliquer ce qui en aurait paru insuffisant ou obscur.

Paresseux, ignorant, voluptueux et craintif, le Maure porte au front les stigmates auxquels on reconnaît une race dégénérée. Il n'a ni les vertus de la paix ni celles de la guerre. Plié pendant des siècles sous un joug rude et oppressif, il a accepté notre domination, non par sympathie, mais par nécessité ou par indifférence. Il ne pèse d'aucun poids dans la balance de nos intérêts africains, et ne se recommande réellement à l'attention qu'au point de vue pittoresque et par l'étrangeté primitive de ses mœurs. Sa gravité apparente cache une frivolité foncière. Il sait être au besoin souple, gracieux et caressant ; il est généralement poli, quelquefois humble, et se montre peu avare de protestations amicales ; mais il ne faut ajouter qu'une foi très-limitée à ses doucereux salamalecs. Il est doué d'un esprit fin et d'une intelligence fort vive, mais obscurcie par les ténèbres d'une ignorance profonde et systématique. Il est pieux, mais sa dévotion n'est ni cordiale ni éclairée, et ne s'attache guère qu'au culte extérieur. Il observe exactement le jeûne pendant le mois de ramadan, s'acquitte avec beaucoup de ponctualité des ablutions et des prières prescrites par le prophète, obéit, en un mot, à la lettre de la loi religieuse ; mais le sens moral lui en échappe, car personne n'a pris soin de le lui expliquer. S'il fait

l'aumône, c'est parce que le Koran a ordonné, sous peine de damnation, de distribuer aux pauvres la dîme de son revenu ; mais il ne se sent animé pour celui qu'il
soulage d'aucun sentiment de fraternité ni de commisération, et, s'il peut éluder
le précepte par quelque tour jésuitique, il n'y manque pas habituellement. En général, il entend à merveille ces capitulations de conscience, et son esprit ingénieux
lui fournit parfois, en matière *casuiste*, tels expédients que n'eût pas désavoués
le grand Escobar lui-même. C'est ainsi que, pour boire, il a soin de s'enfermer
dans un lieu couvert, espérant, grâce à cette précaution, n'être pas vu de Dieu.
Tel auquel on a défini le vin une boisson rouge et fermentée, refuse obstinément
toute liqueur de semblable apparence ; mais il se dédommage amplement sur le vin
blanc, qu'il feint de ne pas croire un produit de la vigne. Tel autre espère ne pas
pécher en se mettant la main sur les yeux pour ne pas voir ce qu'il boit. Nous
pourrions citer maint exemple de cette duplicité religieuse qui nous paraît incom-
patible avec une piété sincère. En revanche, le Maure est extrêmement superstitieux, croit aux démons, aux revenants, aux goules et aux sortiléges, porte des
amulettes contenant des formules magiques, et en munit jusqu'à son chameau ou
son cheval, qu'il prétend garantir ainsi de male mort et d'accident.

Il professe pour les morts une grande vénération, et tient tout à la fois à dévotion et à honneur de les porter lui-même au lieu de leur dernière demeure. Si le
défunt avait plusieurs esclaves, son héritier se fait un devoir d'en affranchir au moins
un le jour de ses funérailles. Des distributions de vivres sont faites sur la tombe
même aux mendiants et aux pauvres gens qui ont suivi le cortége. Des figuiers, des
lauriers-roses, des platanes, des sycomores, ombragent les champs de repos, situés
à peu de distance des villes ; et des arbustes odoriférants sont cultivés autour des
sarcophages. Le mort est étendu dans son lit funéraire, le visage invariablement
tourné vers le sud, et la poitrine exhaussée par une saillie pratiquée à cet effet. Il
est incliné sur le côté et appuyé sur le coude gauche, de manière à pouvoir se relever facilement lorsque sonnera l'heure du jugement dernier. La structure de la
tombe est grossière, et quatre pierres disposées en rectangle forment tout le monument. Mais l'entrée de la fosse est soigneusement recouverte par des dalles ou
des tables d'ardoise scellées en maçonnerie, afin de protéger le mort contre la dent
avide des chakals, et, s'il se peut, contre la voracité encore plus redoutable des
goules, espèces de vampires qui déterrent, dit-on, les cadavres pour s'en repaître,
et s'en prennent même quelquefois aux vivants, dont ils aiment à faire un horrible
festin. Aucune inscription, aucune épitaphe n'indiquent le nom et la qualité du
mort, et c'est à la piété filiale ou conjugale à reconnaître leur sépulture. Une sorte
de tuyau en terre cuite est planté dans la fosse au-dessus de la tête du mort, sans
doute afin qu'il puisse mieux entendre au jour suprême de la résurrection la voix
de l'ange qui l'invitera à quitter son linceul pour comparaître aux yeux d'Allah.

Ainsi naît, vit et meurt le Maure algérien. Sa vie est courte ; à cinquante ans, il
est vieux, et à soixante, décrépit ; mais le peu d'instants qu'il passe sur cette terre
appartiennent presque tout entiers à la jouissance et au repos, et il ne fait guère
que passer, en mourant, d'un sommeil dans un autre. Peut-être est-ce là, sans le

savoir, le véritable philosophe. Puisse-t-il obtenir au paradis de Mahomet, en récompense de cette vie inoffensive, sa part de joies et de houris !

Il est facile de prévoir que, dans un avenir plus ou moins éloigné, mais qui ne saurait tarder beaucoup, la population maure se retirera entièrement de nos villes d'Afrique, et laissera le champ libre à l'émigration européenne, dont le courant la refoule chaque jour dans l'intérieur de la régence ou dans les états limitrophes. C'est un fait acquis à l'histoire que, dans toute conquête, la race vaincue doit, ou s'assimiler la race conquérante, ou cesser d'exister en tant que nation, et fuir son ancien territoire. Cette assimilation ne pouvant avoir lieu au profit d'un peuple inférieur en tous points à la nation victorieuse, profondément séparé d'elle par la religion et les mœurs, et dénué d'ailleurs de toute vitalité, il sera fatalement contraint de céder aux nouveaux venus la place tout entière. Il sera au surplus conduit à prendre ce parti par l'impossibilité matérielle de vivre, et par sa haine des Français, qui, pour n'éclater point, comme celle des Arabes, en actes d'hostilité ouverte, n'en est que plus profonde et plus envenimée. On jugera de cette animosité par les fragments qui suivent, d'une pièce composée sur la prise d'Alger, et qui pourra en même temps donner au lecteur une idée de la poésie maure :

SUR LA PRISE D'ALGER.

« O Alger, qui apportera un remède à tes maux ?

« Je lui donnerai ma vie pour récompense, à celui qui fermera les plaies de ton cœur, et éloignera les chrétiens de tes rivages. Ceux qui combattaient pour toi l'ont trahie.

« Mes yeux ne cessent de pleurer, et mon cœur de pousser des soupirs.

« Le juif, satisfait au contraire, rit, et son âme est exempte de peines [1].

« Mon cœur ne peut s'accoutumer à cette vue ; *il faut que nous nous éloignions de toi.*

« O séjour que nous allons quitter ! Les larmes coulent par torrents de nos yeux.

« Mes nuits n'ont plus de jours qui leur succèdent.

« Hélas ! pourquoi faut-il t'abandonner ?·

« Les infidèles remplissent tes rues. Ils se sont emparés de tes maisons. L'amertume inonde mon cœur.

« La douleur a déchiré tes entrailles, et la main *cherche, sans les trouver, les aliments nécessaires au soutien de la vie.*

« Ils sont entrés dans les forts et en ont enlevé les armes et les munitions de guerre.

« Ils se sont réjouis en comptant les richesses qui s'y trouvaient contenues, et ils les ont emportées, tandis que nos yeux versaient des larmes.

---

[1] La protection accordée aux juifs par le gouvernement français, comme à tous les autres indigènes, est un grief que les musulmans ne peuvent nous pardonner.

LE JUIF D'ALGER

« Les prostituées se sont livrées à eux, et la religion n'a pas été un frein pour elles.

« Ils ont abattu avec le fer les boutiques des marchés.

« Le vin, ils l'ont bu à pleines coupes.

« Les juifs se sont enivrés *et sont devenus insolents*.

« Tes plantations, les arbres ont été détruits, et les habitants, épouvantés, se sont enfuis et dispersés.

« Les hommes généreux que tu possédais se sont éloignés, les uns par terre, les autres par mer.

« Ils ont vendu à vil prix les richesses qu'ils avaient arrachées de ton sein, et des torrents de larmes coulaient de tous les yeux.

« Que Dieu mette fin à tes peines ! »

LE JUIF.

Les juifs d'Alger racontent sur la venue de leurs pères en Afrique une singulière légende. Ils habitaient l'Espagne, et y avaient amassé, comme partout, de grandes richesses, lorsque les chrétiens, déjà vainqueurs des Maures, s'avisèrent de persécuter les juifs, dont ils jalousaient l'opulence. Vers la fin du quatorzième siècle, le premier rabbin de Séville, nommé Simon ben Smia, fut mis en prison par ordre du roi d'Espagne, et condamné à mort avec les principaux de sa nation. La veille du jour fixé pour leur supplice, comme tous les compagnons de Simon s'abandonnaient aux imprécations et aux larmes, celui-ci se tourna vers eux et leur dit, comme le Christ à ses apôtres au milieu de la tempête : « Pourquoi tremblez-vous, hommes « de peu de foi? doutez-vous donc de la puissance divine? » Saisissant à ces mots un fragment de charbon, le grand rabbin traça sur la muraille de la prison l'image d'une galère, puis s'écria d'une voix inspirée : « Que tous ceux qui croient en Dieu et veu- « lent sortir d'ici mettent avec moi le doigt sur ce bâtiment. » Cent index vinrent aussitôt s'appliquer contre la muraille, et à l'instant même le navire de charbon se transforma en une galère véritable; une brèche se fit par enchantement dans les murs du cachot pour lui livrer passage ; l'embarcation miraculeuse traversa toute la ville sans rien heurter ni écraser personne, et se rendit droit à la mer avec tous ceux qu'elle portait. Là, elle se mit à voguer d'elle-même sans le secours de gouvernail ni de voiles, et ne cessa sa course impétueuse que lorsqu'elle eut déposé sains et saufs ses passagers dans le port même d'Alger.

Après une marque de sollicitude aussi particulière, il semble que la Providence eût pu mieux compléter son œuvre en choisissant pour ses protégés une retraite un peu plus convenable; car les mener de Séville à Alger, c'était les conduire par la main de Charybde en Scylla. A la vérité, les fugitifs furent assez bien traités d'abord par la population algérienne, qui, à cette époque, se composait seulement de Maures et d'Arabes. Mais lorsque l'état d'Alger fut tombé au pouvoir des Turcs, il n'y eut sorte d'outrages qu'on ne prodiguât aux juifs, et aucun vaisseau miraculeux ne surgit pour les soustraire à cette nouvelle oppression. Quelques mauvais traitements que leur fît essuyer un musulman, il leur était enjoint de le supporter sans chercher à se venger ni opposer la moindre résistance. Ils n'avaient le droit ni de monter à cheval, ni de sortir armés, fût-ce même d'un bâton, ni de franchir sans une permission spéciale l'enceinte de la ville. Ils payaient une taxe par tête, double impôt sur toutes les marchandises, étaient de plus taillables et corvéables à merci, et à ce titre rançonnés, pressurés, pillés sans mesure comme sans miséricorde. Tout prétexte était bon pour puiser dans leur bourse, et à défaut de prétexte, la raison du plus fort suffisait amplement. L'arbitraire avide du souverain s'exerçait parfois à leurs dépens d'une manière assez facétieuse. On en jugera par le trait suivant.

Un jour, certain capitaine espagnol, battu par la tempête, fut obligé de relâcher dans le port d'Alger. Au rebours de ce qui se passe, dit-on, chez les montagnards écossais, l'hospitalité algérienne se vendait et ne se donnait pas. Le dey alors régnant manda le capitaine et réclama de lui le droit d'ancrage habituel. Celui-ci répondit qu'il n'avait pas d'argent, et offrit de laisser visiter son navire depuis la cale jusqu'aux hunes, en affirmant qu'on n'y trouverait pas dix piastres.

— Mais, dit le dey, tu as sans doute des marchandises ; vends-les, et tu pourras acquitter le tribut.

— Hélas ! seigneur, reprit le capitaine, je ne demanderais pas mieux ; mais ma cargaison n'est pas de défaite en ce pays : je n'ai à bord que de grands feutres blancs et noirs destinés à la coiffure de mes compatriotes. »

Le dey parut réfléchir un instant, puis il invita le capitaine à débarquer sa marchandise en toute assurance, lui promettant qu'il en aurait le débit.

Le lendemain fut publié un édit somptuaire qui enjoignait, *sous peine de mort,* à tout juif algérien d'avoir à substituer dans les vingt-quatre heures le feutre au turban noir dont il était coiffé. Aussitôt l'infortuné peuple d'Israël de se ruer au port et d'enlever à des prix extravagants les *sombreros* du capitaine, qui en pouvait à peine croire ses yeux. Sa joie fut moindre toutefois lorsqu'un agent du dey présent à la vente mit l'embargo sur la recette tout entière au nom de son puissant et redoutable maître.

Le capitaine courut au palais du souverain, et réclama vivement contre cet abus de pouvoir.

— Je suis un homme ruiné, perdu sans ressource ! s'écria-t-il avec l'accent du désespoir.

— Pas encore, lui répondit le dey en riant dans sa barbe ; retourne à ton navire et dors en paix jusqu'à demain matin. »

Le jour suivant, en effet, parut un autre édit qui ordonnait aux juifs, toujours sous peine de mort, d'abandonner le feutre et de reprendre le turban avant le coucher du soleil. Cette journée donc, comme la veille, ce fut une affluence prodigieuse auprès du capitaine espagnol, non plus cette fois pour acheter, mais pour revendre les coiffures maudites que tout le peuple hébreu eût voulu voir au fond de la mer. Inutile d'ajouter qu'elles furent rachetées à vil prix par l'Européen, auquel le dey prêta à cet effet l'argent nécessaire, et qui rentra ainsi en possession de toute sa cargaison. Le dey garda la différence du prix de vente à celui de rachat, et tout le monde fut content, sauf les tristes victimes de cette affreuse mystification.

Ici le plaisant fait oublier l'odieux, et trop heureux les juifs s'ils en eussent été quittes pour de petites saignées semblables pratiquées avec cet esprit et cette modération ; mais le rébarbatif pacha n'était pas toujours en humeur de rire, et le plus souvent c'était par la voie des confiscations et des supplices qu'il levait ses contributions. Le juif comptait d'ailleurs autant de maîtres et d'ennemis qu'il y avait de musulmans dans la ville ; et cependant telles sont la ténacité et la patience particulières à cette race, que, loin de chercher à fuir une destinée intolérable, il s'attachait au sol avec une obstination désespérée, souffrant sans se plaindre, poursuivant son œuvre avec une constance héroïque, et dépensant des trésors d'activité et d'industrie incroyables pour amasser des biens dont il ne pouvait jouir, sous peine de se dénoncer lui-même au brigandage du dey et de ses janissaires.

Depuis l'expulsion de cette horde de bandits, le juif relève timidement la tête ; il a repris son rang, sinon sa dignité d'homme ; mais bon sang ne peut mentir, et les traits caractéristiques de sa race, singulièrement développés en lui par tant de siècles d'oppression, n'ont rien perdu jusqu'à ce jour de cet extrême relief. Le juif d'Alger offre le prototype vivant et inaltéré de l'espèce hébraïque, et il est aujourd'hui, à peu de nuances près, avec un peu plus de barbarie et un peu moins de noblesse, s'il est possible, ce qu'était le juif européen au fort du moyen âge.

Son âpreté au gain, fruit des enseignements et des exemples paternels, se manifeste dès ses plus tendres années. A l'âge où les autres enfants n'ont encore qu'une passion, celle des plaisirs et des jouets, le petit juif, grave et calculateur, a déjà les idées tournées vers le négoce et le lucre ; il sait ce que rapporte une piastre au bout de l'an et comment elle s'acquiert. Les friandises le trouvent froid, et il préfère de beaucoup à la plus magnifique bagatelle le plus minime don d'espèces. Aussi n'est-il pas encore bien solide sur ses jambes, qu'on le voit déjà commercer en homme fait ; à peine est-il de force à supporter un fardeau, qu'il parcourt la ville, chargé de marchandises, offrant à tous venants du tabac, des pipes, des fruits, des œufs, et autres menus objets dont le produit, loin d'être dissipé en folles acquisitions, va jusqu'au dernier sou grossir son pécule privé. Que si par hasard les premiers fonds lui manquent pour établir son petit commerce, il sait se créer, en attendant, maint autre bénéfice par son activité et son courage infatigables. Lors d'une excursion que nous fîmes à Blidah, ville située au bas du versant nord de l'Atlas, à quinze lieues d'Alger, une bande de marmots juifs, dont le doyen n'avait pas dix ans, nous suivirent à pied jusqu'à notre destination, par une chaleur de 50 degrés, dans l'espoir de gagner quelque menue monnaie en gardant nos chevaux pendant le temps des haltes. C'était chose pénible et touchante à la fois que de voir la patience héroïque avec laquelle ces petits malheureux, martyrs de l'intérêt, suivaient, tout haletants, le cortége. De temps en temps on les faisait monter en croupe ou dans quelque fourgon du train, mais sans qu'eux-mêmes en témoignassent le désir, et je crois qu'ils seraient morts à la peine sans proférer une seule plainte.

D'autres vont dans les camps porter leurs marchandises, au risque de se faire piller et massacrer en route par les Arabes ; mais une fois parvenus au but de leur voyage, ils réalisent ordinairement d'abondantes recettes ; et si quelque soldat les vole ou cherche à abuser de leur faiblesse en ne les payant pas, ils savent très-bien faire rendre gorge au ravisseur, en le retenant par son habit et en poussant des cris horribles, jusqu'à ce qu'un supérieur intervienne et oblige ce dernier à restitution.

Leur éducation, généralement mieux entendue et moins exclusive que celle des jeunes Maures, est spécialement dirigée vers un but commercial. A ce titre, le calcul en est la principale base. Beaucoup de juifs y joignent la connaissance de plusieurs langues vivantes, qui facilite leurs transactions et en agrandit le cercle. Plusieurs sont de véritables polyglottes. Tous parlent aujourd'hui le français et pourraient au besoin nous servir d'interprètes. Quelques-uns des plus riches sont envoyés par leurs familles en Italie, en Espagne ou en France pour s'y perfectionner dans la science commerciale et y apprendre les idiomes parlés dans ces divers pays.

On conçoit qu'avec des dispositions mercantiles aussi prononcées et cultivées avec tant de soin, le juif algérien devienne presque toujours un négociant accompli. Aussi ne se borne-t-il pas au métier de boutiquier et de détaillant, comme fait le Maure, pour peu que ses ressources lui permettent d'aspirer à un essor plus élevé. En 1795, les juifs algériens Bacri et Busnach passèrent un marché de grains pour plusieurs millions avec la république française ; et nous avons vu récemment le fameux Judas Léon Ben Durand alimenter de bestiaux notre armée, tandis que d'autre part il exerçait le monopole du commerce dans les états de l'émir Abd-el-Kader. Tous les genres de trafic sont familiers au juif algérien : l'usure, le change et le courtage lui appartiennent en propre, et il est bien peu de marchés sur lesquels il ne trouve moyen de prélever un bénéfice quelconque. Sous ce rapport, musulmans et chrétiens sont également ses tributaires ; et, qui le croirait ? l'Arabe lui-même, ce fanatique et insatiable enfant du Désert, ce détrousseur de grands chemins, cet ennemi implacable des juifs, courbe docilement la tête sous les fourches caudines de leur courtage intéressé. Il ne vend rien sans leur assistance, et leur tient scrupuleusement compte de ce qui leur est dû pour prix de ce service. Dès le matin, lorsque, grâce à la paix, les Arabes des tribus avoisinant les villes affluent dans nos marchés, les juifs se rendent en grand nombre à l'entrée des faubourgs, et là guettent l'arrivée des approvisionneurs. A peine un burnous blanc est-il signalé dans le lointain, que dix officieux courtiers s'élancent tout aussitôt à la rencontre du maraicher bédouin, l'accostent et l'entourent en l'accablant de bruyantes offres de service. Le premier arrivé revendique, comme de juste, les bénéfices de la vente prochaine, et en prend pour ainsi dire possession en saisissant la bride du cheval de l'Arabe, ou la corne du bœuf qu'il pousse devant lui. L'Arabe cependant continue flegmatiquement sa route sans s'émouvoir aucunement de toutes les clameurs poussées autour de lui. Arrivé sur la place du *Fondouk* (marché), il s'accroupit auprès de ses denrées et fume stoïquement sa pipe, tandis que le courtier juif rôde dans les alentours, vante la marchandise et raccole l'acheteur, art dans lequel il excelle particulièrement. Si par hasard le chaland, rusé ou caprieux, s'adresse directement au vendeur lui-même, le juif, qui a l'œil à tout, s'aperçoit aussitôt de cette manœuvre subversive qui ne tend à rien moins qu'à le frustrer de ses droits naturels. Il accourt sur sa proie menacée avec la vélocité d'une panthère à qui l'on tenterait d'enlever ses petits, se mêle résolûment à la discussion préliminaire de l'achat, et enlève l'affaire lui-même, quoi que puissent dire ou faire les deux parties contractantes. Le marché conclu et les espèces comp- tées, toujours sous l'inspection du juif, qui examine la monnaie et signale toutes les pièces douteuses qu'il distinguerait entre cent mille, le marchand lui remet très- fidèlement le montant de la prime stipulée pour les courtages de cette nature ; puis, comme l'Arabe a certains préjugés traditionnels en matière de numéraire, et manifeste surtout une prédilection marquée pour les piastres dites *colonnades* d'Espagne, qu'il préfère même à l'or, c'est encore le juif qui se charge de les lui fournir, en échange de ses boudjoux ou de ses écus de France, moyennant un hon- nête bénéfice. Cela fait, marchand et courtier se séparent enchantés l'un de l'autre : le juif a fait deux bonnes affaires, et l'Arabe reconnaît que peut-être il n'eût rien vendu sans le courtage du juif. Aussi ne peut-il se passer du secours de ce dernier, qu'il méprise cordialement du reste et dévalise avec bonheur quand il en trouve l'occasion.

Bien que le juif sache parfaitement à quoi s'en tenir sur cette dernière disposi- tion, et que maint exemple l'ait éclairé sur les dangers qu'il court en s'aventurant seul avec une pacotille au milieu des tribus arabes, il ne laisse pas d'affronter ces périls à chaque instant avec une audace surprenante. Ce n'est pas qu'il soit brave, tant s'en faut ; sa poltronnerie est au contraire proverbiale. Mais l'appât du gain qu'il a la certitude de réaliser dans ses voyages à l'intérieur, s'il n'est pas tué ou volé, exerce sur lui une fascination irrésistible. Il devient intrépide à force de cupi- dité, et l'intérêt fait naître dans ce cœur de biche un courage de lion. Et cepen- dant, chose singulière ! si le juif est attaqué en route, il n'essayera pas même de défendre sa vie et sa propriété en péril ; le naturel reprendra le dessus, et il ne saura plus alors que trembler de tous ses membres et se jeter aux genoux de l'a- gresseur, en implorant humblement sa merci.

« L'homme a été mis sur la terre pour s'enrichir, » telle est la devise du juif algérien. Aussi sa vie entière est-elle consacrée à l'accomplissement de cette tâche. Mais ce n'est pas assez d'acquérir, il faut encore conserver. Sous ce rapport, comme sous le précédent, le juif n'a rien à se reprocher. Il vit de peu, se contente aisément d'une nourriture de rebut, et pousse la parcimonie jusqu'à la plus entière négli- gence de tout soin corporel, circonstance à laquelle il doit une réputation de mal- propreté parfaitement méritée. Il habite un quartier malsain et délabré d'où s'élèvent incessamment des miasmes infects produits par l'entassement de la po- pulation et l'impureté de ses usages. Là, souvent une famille nombreuse se trouve parquée comme un vil bétail dans une seule pièce, où reposent la nuit pêle-mêle le père, la mère et les enfants, et dont l'atmosphère corrompue fournit à peine à la consommation de chacun de ses habitants quelques rares parcelles d'un air vicié et méphitique.

C'est sans doute à ce genre de vie que le juif algérien doit ce teint jaune et have qui dépare la régularité naturelle de ses traits. Le type si connu et si distinct de la tribu errante dont il fait partie et que le temps ni les migrations n'ont encore pu altérer, revit surtout chez ce dernier avec tant de caractère, qu'il frappe dès l'abord l'observateur le moins exercé. Son œil brun et dénué d'éclat a bien ce regard inquiet et oblique qui distingue en tous lieux le peuple d'Israël ; l'ensemble de sa physionomie a quelque chose d'effaré et de hagard ; la crainte et la défiance mêlées d'une apparente humilité en sont l'expression invariable. Les traits sont purs et remarquables, surtout par l'ordonnance des lignes ; mais la beauté morale leur manque.

Le costume du juif algérien est, à peu de différence près, semblable à celui du Maure. Comme ce dernier, il a la tête rasée, et porte le turban avec l'habit oriental. Seulement ses vêtements sont toujours de couleur sombre, noire ou bleue foncée : cet uniforme lui avait été imposé en signe de mépris par le gouvernement des deys, et il a continué à le porter par habitude sous la domination française. Toute apparence de luxe en est au reste sévèrement bannie : aucune broderie n'orne son kaftan, et son turban mesquin n'est autre qu'un mouchoir de soie ou même de coton noir roulé négligemment autour de la *chachïa*. Une autre tyrannie des musulmans algériens à l'encontre des juifs consistait à exiger que ceux-ci déposassent leurs chaussures à l'entrée des maisons où ils étaient admis. De là l'habitude singulière que ces derniers ont contractée de rabattre sous le talon le quartier de leurs babouches, afin de pouvoir les ôter plus promptement au besoin. Cet usage a survécu à celui qui l'avait déterminé, et les juifs les plus riches portent encore aujourd'hui (qu'on nous pardonne cette expression vulgaire) leurs souliers en *pantoufles*.

Il est cependant un point sur lequel le juif algérien se relâche communément de sa rigidité somptuaire et déroge à ses habitudes de sordide avarice : c'est celui de la toilette féminine, car il est dit que la femme, cette descendante directe de l'Ève tentatrice, entraînera toujours, *ou juive ou chrétienne,* l'homme aux plus grands écarts. Le costume usuel de la femme juive est, à la vérité, fort simple : une longue robe ou tunique noire, à taille et à manches courtes, le compose aux jours ordinaires ; mais viennent le Sabbat, la Pâque et la fête des Tabernacles, vous la verrez revêtir une parure coquette et splendide, où les couleurs foncées dominent, ce qui lui donne un caractère de richesse sévère et qui ne le cède en rien, pour l'élégance et le luxe, aux plus brillants atours de la Mauresque, avec lesquels il a au surplus une grande analogie. Comme cette dernière, la juive porte alors le *sarmah* conique orné d'une draperie précieuse. La même profusion de bijoux et de clinquant resplendit sur toute sa personne. Comme la Mauresque, elle n'omet pas de noircir ses sourcils et de teindre soigneusement en rouge ses ongles et la paume de ses mains. Quant au juif, exempt pour lui-même de cet amour des choses vaines, qu'il tolère toutefois chez sa compagne, il ne prend aucune part à cette pompe extérieure, et se contente, aux jours solennels, de revêtir un habit un peu plus décent que de coutume, si par hasard il en a de rechange.

JEUNE JUIVE

(Alger).

Le juif montre, au surplus, en toute circonstance, le même détachement philosophique des vanités et des jouissances terrestres. Il n'est ni dissipé, ni indolent, ni
sensuel comme le Maure. Les rares voluptés qu'il s'accorde sont de la nature la plus
innocente, car ses mœurs sont irréprochables, et l'unique épouse légitime que lui
accorde la loi de Moïse suffit à sa félicité. Ce n'est pas que d'ordinaire il en soit fort
épris : l'amour trouve peu de place dans cette tête affairée, et la spéculation fait
seule battre son cœur. Mais, par la même raison, les plaisirs illicites ont peu d'attraits pour lui, et tout ce qui n'est pas négoce et bénéfice le trouve fort indifférent.
D'ailleurs il considère généralement la femme comme un être sans importance, et
n'est pas éloigné de croire, comme les Maures, qu'elle n'a absolument pas d'âme.
L'indépendance où elle vit de tout devoir religieux tendrait singulièrement à confirmer cette opinion.

La seule passion que connaisse le juif après celle de l'or, c'est celle de l'intrigue.
Il y a en lui l'étoffe d'un diplomate renforcé. Au temps des deys, si fertile en com-
plots de tout genre, il ne s'ourdissait pas une trame dans la régence, que, de près ou
de loin, la nation juive n'y prît part. A chaque instant nombre d'entre eux payaient de
leur tête cette humeur brouillonne et factieuse ; mais ces exemples rigoureux n'empêchaient pas les autres de se jeter à corps perdu dans les mêmes entreprises, et
très-souvent ils atteignaient leur but. On a vu des membres de cette nation, conspuée
et honnie par toutes les races musulmanes, prendre place au divan solennel où s'a-
gitaient les affaires de l'État et y parler avec autorité. La rupture de la régence d'Alger avec les États-Unis en 1812 fut uniquement déterminée par les conseils de juifs
en possession exclusive de l'oreille du dey. Quel degré d'astuce et d'intrigue n'a-
vait-il pas fallu pour s'élever de si bas à une pareille puissance ! Plus récemment,
la fortune surprenante du fameux Ben-Durand, qui fut tout à la fois l'âme dam-
née d'Abd-el-Kader et le conseil du chef de notre colonie, a prouvé ce que peuvent
la rouerie et la souplesse israélites. Sans sympathies comme sans haines politiques,
le juif met son habileté et son esprit d'intrigue à la disposition du parti ou de la
nation qui les rétribue le mieux. Il les sert chacun à son tour sans le moindre scrupule, et au besoin tous deux en même temps, s'il trouve son avantage à jouer ce
double rôle. Il n'a qu'une religion, l'intérêt, et qu'un dieu, le veau d'or.

Il est, du reste, fort attaché au culte de ses pères et en observe attentivement toutes
les pratiques traditionnelles. Il prie Dieu soir et matin, le visage tourné vers l'orient,
fréquente assidûment le samedi la synagogue (*chenora*), se garderait de rompre
le jeûne aux jours où la loi le prescrit, et se laisserait mourir de faim plutôt que
de toucher à la chair d'animaux qui n'auraient point été immolés par le couteau du
boucher ou sacrificateur juif, continuateur du ministère de Moïse et d'Aaron. Il professe une grande vénération pour ses rabbins, qui avec les fonctions du prêtre cumulent celles du juge et de l'instituteur. Ils sont en même temps notaires, dressent
les contrats et rédigent les actes publics. Leurs vastes attributions embrassent,
comme on voit, tout le cercle de la vie humaine, et le juif algérien honore en leur
personne les successeurs de ces juges et prêtres qui gouvernèrent Israël aux époques
bibliques.

Il existe cependant une autre souveraineté que la leur; mais elle est purement nominale : c'est celle du *moukdam,* plus communément appelé *roi des juifs.* Ce roi, qui tenait autrefois sa puissance du dey, la reçoit aujourd'hui du chef de la colonie française, et a pris le titre de *chef de la nation juive.* Il a pour trône une borne ou le comptoir de quelque échoppe, et sa prérogative royale se borne à l'administration d'une simple justice de paix, en même temps qu'à une sorte de police urbaine. C'est là, à coup sûr, un apanage bien mesquin pour une majesté; mais, en revanche, c'est lui qui est chargé de faire exécuter les jugements criminels des rabbins : ainsi la distribution des bastonnades et le soin des emprisonnements prescrits par ces magistrats suprêmes sont placés sous sa direction spéciale et immédiate. A ce titre, il est vraiment roi, et même roi constitutionnel, puisqu'il est investi du pouvoir *exécutif,* dans l'acception la plus réelle du mot.

Les juifs, ainsi que les mahométans, sont admis à la gestion des affaires publiques en qualité de membres des conseils municipaux institués dans les principales villes d'Afrique. Là, ils discutent, de concert avec leurs collègues européens, les intérêts de la localité. A chaque mairie française sont attachés également deux adjoints indigènes, l'un maure, et l'autre israélite. A Alger, ce dernier cumule ordinairement avec ses fonctions municipales celles de chef de la nation juive.

Après avoir signalé les défauts du juif algérien, il est de toute justice de faire ressortir aussi ses bonnes qualités. Déjà nous l'avons montré au lecteur, industrieux, persévérant et actif; il nous reste à ajouter qu'il est humain et hospitalier. Lorsque, par suite de la première occupation de Blidah, la population maure et israélite de cette ville vint chercher un refuge dans Alger, les Maures, dénués de tout, frappèrent en vain à la porte de leurs coreligionnaires; elle leur resta fermée impitoyablement, tandis que les juifs émigrés comme eux trouvèrent asile et bon visage d'hôte chez ceux de leur nation auxquels ils s'adressèrent. Le juif algérien fait volontiers l'aumône, et il y a d'autant plus de mérite qu'il n'est nullement porté par caractère aux actes de largesse. A la vérité, sa religion lui prescrivant d'être charitable et lui promettant en récompense les délices éternelles, il ne croit faire, en donnant aux pauvres, qu'un prêt à Jéhovah, prêt à gros intérêts, dont le montant lui sera remboursé au centuple à l'échéance finale. Fidèle à ses habitudes commerciales, il ne tire là, à proprement parler, qu'une lettre de change à vue sur le maître du ciel, et compte bien s'en trouver crédité par appoint sur le grand livre où sont inscrits l'*avoir* et le *doit* spirituels de chaque homme. Mais, quel que soit le mobile secret de ses bonnes actions, le but n'en est pas moins atteint par le soulagement du pauvre. Nous devons dire aussi, à la louange du juif, qu'il ne vise pas à éluder le précepte par mille subterfuges jésuitiques, comme nous l'avons reproché au Maure.

Une pratique touchante répandue parmi les juifs algériens prouve que le souvenir de leur première patrie vit toujours dans leur âme, et que l'exaltation des sentiments religieux peut s'élever en eux jusqu'au sublime du sacrifice. Plusieurs juifs, se sentant vieux et infirmes, renoncent à tous les biens terrestres qu'ils avaient amassés au prix de tant de labeurs; ils se condamnent spontanément à une véritable mort civile, répartissent eux-mêmes leurs biens entre leurs héritiers, et se réservent à peine la modique somme nécessaire pour soutenir jusqu'au bout leur débile existence ; puis, disant à leur famille un éternel adieu, ils partent et vont finir leurs jours dans cette Jérusalem bien-aimée, objet constant de leurs rêves sur la terre d'exil, et dans laquelle ils voient l'image de la Jérusalem céleste promise aux élus de Dieu.

Mais il n'est donné qu'à un petit nombre d'Hébreux de pouvoir accomplir ce pieux et suprême pèlerinage, et la plupart ferment leurs yeux loin du berceau de leur race et du séjour de leurs ancêtres. Les cérémonies funéraires auxquelles donne lieu la mort d'un juif algérien sont curieuses et méritent une mention spéciale. Le corps, enveloppé dans un linceul de toile peinte qui en accuse distinctement les formes, est mis sur un brancard et porté par quatre hommes, à chaque instant relayés par d'autre fidèles qui sollicitent avec instance la faveur de les remplacer. Des cierges allumés brillent à la droite et à la gauche du mort, que suit d'ordinaire un nombreux cortége composé d'hommes seulement. On se rend ainsi processionnellement au tombeau du grand rabbin Simon-ben-Smia, dont nous avons parlé au commencement de cet article. Là, le cadavre est déposé sur la tombe de ce saint personnage, que tous les assistants viennent baiser avec ferveur, et l'on chante en hébreu l'un des psaumes lugubres enfantés par le génie sombre de Jérémie ou d'Isaïe. Les chants finis, l'un des rabbins présents à la cérémonie prononce l'oraison funèbre du défunt, qu'écoutent dans un profond silence les assistants, accroupis en rond autour du brancard mortuaire. On fait ensuite une quête dont le produit est destiné au soulagement des pauvres, puis le convoi se remet en marche et accompagne le corps à sa dernière demeure. En arrivant au bord de la fosse soigneusement murée et blanchie à la chaux, on chante un second psaume, puis les porteurs saisissent précipitamment le corps et courent le déposer à une distance d'environ cent pas. Plusieurs vieillards et deux rabbins qui les ont suivis se prennent alors par la main, et décrivent un cercle autour du corps en chantant, sur un air menaçant, quelque répons mystérieux. Après plusieurs tours, l'un des rabbins quitte le cercle et lance au loin plusieurs fragments d'or ou d'argent. Aussitôt le cercle s'ouvre, les porteurs enlèvent lestement le corps, et retournent avec ce fardeau en courant de toutes leurs forces jusques auprès de la fosse, où ils se hâtent de le placer et de le dérober aux regards, en recouvrant la tombe de dalles preparées à cet effet, et sur lesquelles vient ensuite s'amasser la terre précédemment extraite de la fosse.

Si le lecteur s'étonne de cette cérémonie bizarre, et nous en demande l'explication, nous ne pourrons que le renvoyer à celle qu'en donne le juif algérien lui-même : « Lorsqu'un homme est mort, dit-il, le diable guette pour l'enlever le
« moment où son corps sera porté en terre. Épouvanté par l'aspect des rabbins qui
« l'accompagnent toujours, il n'ose en approcher durant le trajet; mais il le suit
« et va se blottir dans la fosse même, espérant bien ainsi ne pas laisser échapper
« cette proie. Mais une circonstance dérange considérablement ses plans, c'est
« celle de l'enlèvement du corps, car, lorsqu'il le voit emporter, il sort précipitam-
« ment de la fosse et le suit pour s'en emparer. Or les rabbins et les vieillards, for-

« maut un cercle autour du défunt, l'empêchent de s'en saisir ; et tandis qu'il perd
« son temps à ramasser les petits morceaux d'or ou d'argent qu'on lui jette en ap-
« pât, et dont il est fort curieux, on profite habilement de cette diversion pour rap-
« porter le corps dans la fosse et le soustraire ainsi aux attaques du malin, si toute-
« fois on peut lui donner ce nom. »

Ce qu'il y a de remarquable, en effet, dans cette combinaison ingénieuse, c'est
la profonde stupidité du diable, qui, mille fois victime de l'artifice le plus grossier,
donne toujours tête baissée dans le même panneau.

Il importe d'observer, au reste, que cette vieille ruse de guerre n'est jamais pratiquée que lors de l'enterrement des hommes, la femme étant inhumée immédiatement sans aucune de ces précautions. Cette différence d'usages est caractéristique, et
prouve le peu de cas que font les juifs algériens de leurs fidèles compagnes. « Pré-
« tendez-vous donc les abandonner au démon qui sans doute les attend aussi dans
« leurs fosses ? demandait-on à un rabbin d'Alger questionné sur les causes de cette
« distinction singulière. — Non pas, répondit-il, car nous savons très-bien qu'elles
« n'ont rien à craindre des embûches de l'ennemi des hommes ; que voulez-vous
« qu'il fasse d'une femme ? »

Placés dans un terrain aride, les cimetières des juifs ne sont pas ombragés par
une végétation riante, comme ceux des musulmans. De petits monticules ovales, en
pierre, et plus souvent en maçonnerie, uniformément enduits d'une couche de
chaux, indiquent seuls la place où dorment du sommeil éternel les malheureux enfants de la tribu errante et réprouvée. Les musulmans, dans leur orgueil et leur
dédain profond pour cette race de *chiens*, ne lui eussent pas permis d'orner les
tombes de ses proches, et c'était comme par grâce que quelques coins de terre lui
étaient accordés dans les sites les plus mornes pour y ensevelir sans pompe et sans
solennité les restes de ses frères. Ainsi la haine et le mépris des hommes, après
avoir persécuté le juif de son vivant, le poursuivent encore au delà de la tombe, et
son dernier asile est, comme l'âme du méchant, *un sépulcre blanchi*.

L'ARABE.

Le flot de la grande irruption mahométane du septième siècle entraîna et dé-
posa dans le nord de l'Afrique, et notamment en Algérie, les peuplades arabes
qui l'habitent aujourd'hui. Elles y occupent principalement les plaines comprises
entre le littoral et les deux chaînes de l'Atlas, et c'est par exception que quelques-
unes d'entre elles se rencontrent çà et là, campées dans les montagnes. Peu sont
réellement nomades ; plusieurs de leurs tribus tiennent au territoire par des habitations grossières, mais adhérentes au sol, et celles même qui vivent sous la tente
ne dépassent guère un certain cercle dans leurs déplacements annuels. Une invasion ennemie ou une déportation violente peuvent seules les contraindre à échanger

ARABE

(Alger)

pour de nouveaux campements leurs sites d'adoption, où on les voit, au reste, revenir aussitôt que cesse la cause de cette migration forcée.

Le temps qui détruit tout, institutions, monuments et empires, a cependant respecté, jusqu'à ce jour, la base foncière et primitive de la société arabe. Parcourez l'Algérie comme l'Hedjaz, la Syrie et l'Égypte, vous trouverez partout ces peuples guerriers et pasteurs sous le régime patriarcal qui prévalut au milieu d'eux dès les temps bibliques. Les tribus, entre lesquelles ils se répartissent et qui sont leurs seuls modes d'agrégation et de communauté, ne sont, à proprement parler, que de nombreuses familles multipliées graduellement par la série des siècles. Le nom générique de la tribu, qui est celui de l'auteur commun, rappelle à tous ses membres qu'ils sont issus d'une même souche. Tous sont les *ouled* (enfants) ou les *beni* (fils) de *Mohammed*, de *Mokhtar* ou de *Khalil*, dont le nom seul subsiste et dont la personnalité s'est perdue dans la nuit des temps. Considérés entre eux, ils sont tous *beni-am* (cousins), et ils ont pour chef le *scheïkh*, c'est-à-dire le vieillard. L'autorité de ce dignitaire est à la fois militaire et administrative. A la vérité, elle n'est pas toujours déléguée conformément à son origine et à sa dénomination. Les influences humaines ont quelque peu altéré, sous ce rapport, l'institution patriarcale ; la dignité de scheïkh se transmet quelquefois par voie d'hérédité, et il n'est pas très-rare de voir des tribus soumises à des *vieillards* de dix ou douze ans. Mais, en ce cas, une sorte de régent est investi du pouvoir réel, jusqu'à ce que le vieillard titulaire soit parvenu à l'âge de raison.

Chaque famille ou tribu se subdivise en un certain nombre de familles plus petites, désignées, suivant les localités, sous les noms de *Kharoubas* [1], de *Dachras* ou de *Douars* et qu'administrent des scheïkhs d'ordre inférieur, subordonnés à celui de la tribu ou *arch*.

La tribu, ainsi constituée, vit isolée et indépendante de celles qui l'entourent. Nul autre lien que la religion n'unit entre eux ces mille fractionnements d'un même peuple. Les grands mots de patrie, de nationalité, sont, pour l'individu arabe, tout à fait vides de sens. Il ne connaît d'autre pays que son *douar*, d'autres compatriotes que ses *beni-am*, et paraît n'éprouver qu'une sympathie très-limitée pour tout le reste de sa race.

Telles sont, dans leur simplicité originelle, toutes les tribus arabes de l'Algérie. Afin de pouvoir les dominer, les anciens maîtres du pays avaient cru devoir modifier cet état primitif à l'aide d'une organisation qui, groupant les tribus en *outhans* (districts), plaçait au-dessus des scheïkhs des commandants supérieurs (*kaïds, aghas, khalifas*), dociles instruments et créatures du souverain.

Un instant tombé en désuétude après la prise d'Alger, ce système gouvernemental a été depuis remis en vigueur par Abd-el-Kader et par la France elle-même dans la province de Constantine. Nous aurons donc à en reparler plus tard. Mais les divisions politiques qu'il consacre ne touchent en aucune façon à l'essence même de la

---

[1] *Caroube*, ou fruit du caroubier qui contient plusieurs grains.

tribu, ni à son administration intérieure qu'il importe, avant tout, de faire connaître à nos lecteurs.

L'autorité du scheïkh est d'une nature toute paternelle. C'est lui qui veille aux intérêts de la tribu, rend la justice, apaise les querelles et accommode les différends. Son pouvoir n'est pas sans contrôle : si la tribu croit avoir à se plaindre de lui, elle use du droit qu'elle a d'élire un autre chef et quelquefois elle met à mort l'ancien. Aucune décision concernant les affaires de la tribu n'est prise sans le concours des *beni-am*, ou tout au moins des grands (*Kobar*), et, après une discussion dans laquelle le scheïkh a simplement voix délibérative. On voit que ce dignitaire exerce, à peu de chose près, une royauté constitutionnelle, ou mieux encore une présidence de république. C'est lui qui répartit, de concert avec les grands, entre tous les membres de la tribu, les sommes à payer, soit pour l'acquittement de l'impôt, soit pour celui des dépenses communes. En temps de guerre, c'est lui qui guide les guerriers au combat. Les jours de marché[1], qui sont en même temps ceux des réunions politiques et des séances judiciaires, il passe tour à tour de l'administration de l'État à celle de la justice. Au sortir du forum, il monte à son tribunal, ordinairement le bord de quelque fontaine, ou, à défaut, le pied d'un arbre, comme jadis celui du roi saint Louis, et donne audience aux plaideurs. Sa justice est sommaire, et les sentences du Koran forment la seule base de sa juridiction. Le voleur est condamné à restitution, et, suivant la gravité du délit, à quelque bastonnade que les *chaouchs* du scheïkh lui administrent aussitôt. Le meurtrier subit la peine du talion, si mieux il n'aime payer le prix du sang, genre de compensation qui est toujours admis. Sinon, l'acquittement même du juge ne peut le dérober à une mort certaine, car la famille du défunt se fait justice elle-même ; et ainsi prennent naissance une quantité de vendetta acharnées dont l'argent seul peut arrêter le cours. Si donc le meurtrier n'a pas le pouvoir ou la volonté de fournir la réparation pécuniaire qu'exigent de lui les parents de la victime, il faut qu'il quitte la tribu et s'expatrie sans retour. Il a, au reste, d'autant plus mauvaise grâce à refuser cette juste indemnité, qu'en général la vie d'un homme n'est pas cotée très-haut, et que, pour peu d'argent, l'assassin le plus féroce peut devenir blanc comme neige.

Il est à remarquer que la justice arabe n'instruit jamais d'office ; ainsi, les crimes commis dans les familles restent toujours impunis, parce qu'ils ne donnent lieu à aucune plainte. Il en est de même de tout délit qui ne soulève aucune réclamation. Ce n'est pas que l'Arabe dédaigne ou ignore la justice : il en a, au contraire, le sentiment très-droit et très-lucide ; mais il ne lui apparaît pas qu'elle doive aller chercher ceux qui ne la requièrent nullement, et l'ingénieuse fiction légale de la société en péril qui se protége et se venge par procuration, est d'une trop haute métaphysique pour tomber sous le sens de cet homme primitif.

Les scheïkhs n'ayant de juridiction que sur les gens de leur tribu, si par hasard l'offense ou le dommage ont lieu d'une tribu à une autre, ce qui arrive fréquemment, la question devient fort grave et ne peut plus se résoudre que par

[1] Il y a dans chaque tribu importante un marché par semaine.

ARABE DE L'ATLAS.

(Alger.)

voie extrajudiciaire. La cause de l'individu lésé devient immédiatement commune à toute la tribu, et, en l'absence du tribunal institué pour connaître de ces différends internationaux, force est bien aux deux puissances en querelle de vider leur conflit diplomatiquement, sinon, d'en appeler aux chances de la guerre.

Avant d'en venir toutefois à cette extrémité, on tâche d'obtenir satisfaction à l'amiable ; on parlemente, on négocie, on fait des protocoles ; si, malgré ces efforts, les deux parties n'ont pu s'entendre, on a recours à l'*ouziga*. On désigne ainsi l'acte par lequel une tribu s'empare des troupeaux, des marchandises, quelquefois même des femmes et des enfants de quelque membre de la tribu adverse, pour amener celle-ci à composition. On a soin, en général, de faire tomber l'*ouziga* sur un homme influent, qui, se trouvant dès lors intéressé à arranger l'affaire, devient forcément l'auxiliaire de ses propres spoliateurs. Que si, après toutes ces tentatives d'accommodement, la tribu agressive n'en a pas moins persisté dans son refus de réparation, alors, et des deux parts, on court bravement aux armes, et le vol d'un mouton est quelquefois le signal d'hostilités furieuses entre les deux tribus. La guerre n'est pas déclarée en forme et ne procède pas par attaques régulières : elle se fait par expéditions subites, connues dans le pays sous le nom de *ghazias*. Ce genre d'opération consiste à attaquer son ennemi autant que possible à l'improviste et sans défense, à brûler ses moissons, à lui enlever ses troupeaux et ses femmes, et à couper un certain nombre de têtes que le parti vainqueur rapporte triomphalement pendues à l'arçon des selles. A quelques jours de là, la tribu saccagée lui donne la réplique en se livrant à des actes identiquement pareils sur le territoire ennemi. Après avoir échangé un certain nombre de visites analogues, les deux parties belligérantes, également lasses de ce système d'extermination réciproque, finissent, en se mettant d'accord, par où elles auraient dû commencer : le mouton volé est solennellement rendu à son propriétaire ; on se renvoie mutuellement les troupeaux et les femmes qu'on s'est enlevés pendant la guerre ; mais cette conciliation tardive, en détruisant le grief, cause des hostilités, n'en répare pas tous les désastres.

On peut juger, par les détails qui précèdent, de l'esprit d'union fraternelle dont les Arabes sont animés les uns envers les autres, et de ce qu'est leur nationalité.

Les dangers sans cesse inhérents à un pareil état de choses expliquent l'usage invariable où sont les peuplades arabes de réunir leurs habitations par groupes de vingt ou trente, qui forment les *kharoubas* ou *douars*, dont nous avons parlé plus haut. Des haies touffues de cactus entourent ordinairement ces façons de village, et d'innombrables bandes de chiens errent continuellement dans l'intérieur de la place, tout prêts à s'élancer sur le voleur ou l'indiscret qui tenterait de s'y introduire furtivement. Un fait digne de remarque, c'est que ces animaux font mentir le proverbe au dire duquel le chien serait l'ami de l'homme ; car ils ne suivent jamais leurs maîtres, et toute leur affection est pour le domicile. Il est permis de croire qu'ainsi que leurs propriétaires, ils sont encore à l'état sauvage, observation qui tendrait à prouver l'influence immédiate de l'homme sur tout ce qui l'entoure.

Les habitations sont presque toujours disposées en cercle : l'une d'elles sert de mosquée et l'on s'y réunit pour prier en commun, l'oraison collective étant, comme

l'on sait, plus agréable à Dieu que la prière individuelle. Le centre de la circonférence formée par les cabanes ou les tentes est occupé la nuit par les chameaux, le
bétail et les chevaux qu'on y parque au sortir des pâturages voisins. A peu de distance des villages sont pratiquées des cachettes (*silhos*) où l'on enfouit les grains
provenant des dernières récoltes.

La cabane arabe n'est qu'une hutte informe, construite de branches d'arbres, ou
plus souvent de roseaux imparfaitement joints par un enduit de terre ; elle est couverte en chaume ou en feuilles de dattier. Rien de plus chétif et de moins confortable
que cette habitation : mais les tribus un peu aisées ne s'y abritent que dans la belle
saison, pour ménager leurs tentes.

La tente (*guitoun*), nommée aussi *beit-el-char*, c'est-à-dire maison de poil, est
formée, suivant cette désignation, d'un tissu de poils de chèvre ou de chameau. Son
aspect est, à peu de chose près, celui d'un navire échoué dont la coque abouchée sur
le sol aurait la quille en l'air. Elle est toujours divisée en deux parties égales par
une cloison de pieux entre lesquels se placent les provisions de la famille, enveloppées dans des peaux d'animaux, les hardes qu'elle possède, les instruments aratoires et les armes du maître. Le compartiment situé à la droite de l'entrée est
affecté aux hommes ; à gauche est le gynécée, qui se compose de deux pièces distinctes, l'une servant à la fois de salon et de chambre à coucher, et l'autre de cuisine.
Les divers appartements sont tendus de tapis, de nattes, ou de peaux de mouton,
suivant le degré d'aisance dont jouit le maître du guitoun. Des métiers à tisser la
laine, quelques vases de terre cuite, dont la forme rappelle celle des amphores romaines, et un moulin à moudre le grain, composé de deux pierres engrenées l'une

dans l'autre et que l'on fait mouvoir à bras, composent tout l'ameublement de cette habitation. A l'entrée du guitoun sont suspendues des outres pleines d'eau et de lait aigre, qui sont les deux boissons habituelles de l'Arabe.

Les nombreux troupeaux que possède chaque tribu forment sa principale richesse, et pourvoient à la plupart de ses besoins ; mais, comme cette ressource est néanmoins insuffisante, force est bien aux Arabes de vaincre leur indolence naturelle pour labourer et ensemencer les terrains vagues qui avoisinent leurs douars. L'art de l'agriculture est chez eux dans l'enfance : leur mode de défrichement consiste à brûler les broussailles qui recouvrent le sol et à gratter superficiellement la première couche de terre végétale avec le soc d'une charrue dont la forme et l'imperfection rappellent celle du premier laboureur Triptolème. Mais telle est cependant la force fécondante de ce terrain privilégié, qu'en échange de si minces labeurs il fournit à ses habitants d'abondantes moissons. Les silos de chaque tribu sont presque toujours approvisionnés pour plusieurs années, et, pour peu que la liberté de commerce encourageât la production, l'Afrique pourrait devenir encore le grenier du midi de l'Europe.

Bien que peu actifs et peu industrieux, les Arabes d'Algérie trouvent néanmoins dans notre voisinage la source de bénéfices considérables et incessants. Eux seuls alimentent nos marchés de toutes les principales denrées nécessaires à la vie, et, comme les produits de l'industrie européenne ne leur sont d'aucune utilité, il en résulte qu'une masse importante du numéraire colonial passe annuellement entre leurs mains et n'en ressort plus, si ce n'est pour achat d'armes et de munitions de guerre, dont ils ne peuvent se passer.

Tous les autres objets à leur usage personnel sont fabriqués au sein même des tribus ou dans les villes de l'intérieur. Les femmes tissent la laine destinée à former les *haïks* et les *burnous* dont se compose leur costume. Les selles de leurs chevaux, les nattes, les tapis qui décorent leurs tentes, leurs charrues et leurs ustensiles sont de manufacture arabe ; aussi professent-ils un souverain mépris pour les sciences et les arts des *roumis* (chrétiens) qui produisent tant de riens et de futilités. Nulle des merveilles de notre industrie n'a paru les tenter ni les éblouir jusqu'à ce jour, et le contact de la nation la plus civilisée n'a pu leur révéler aucun nouveau besoin. De tous les hommes, l'Arabe est celui qui pratique le plus radicalement la maxime : *Nil admirari* : transportez-le du fond de sa tribu au centre de Paris ; faites-vous son *cicerone* au milieu des splendeurs de cette magique capitale, vous ne surprendrez pas sur sa physionomie un signe d'admiration ni même d'étonnement. Mouloud-ben-Arrach, envoyé par Abd-el-Kader auprès du roi des Français en 1838, entra aux Tuileries comme il eût fait dans quelque grange, et la vue de l'Opéra avec ses pompes miraculeuses ne lui arracha pas même un geste de surprise. Je me trompe toutefois : la danse voluptueuse et sémillante de Fanny Elssler dans le *Diable boiteux* et la *Chatte métamorphosée en femme*, ballets qui étaient alors en vogue, eut le don de tirer le sévère diplomate de son impassibilité. Il devint l'un des plus fidèles habitués de l'Académie royale de Musique, et professa hautement pour les capricieuses évolutions du corps de ballet et la pantomime en général une admiration

profonde autant que sincère, admiration qui ne fut pas toujours purement plato-
nique, s'il faut en croire la chronique scandaleuse de l'époque.

Voulez-vous, au surplus, produire sur l'Arabe une impression de plaisir voisine
de l'enthousiasme? montrez-lui de belles armes, faites jouer devant lui la batterie
d'un pistolet de luxe, ou briller à ses yeux la lame irréprochable de quelque beau
sabre oriental, vous verrez aussitôt son visage s'épanouir, son regard s'allumer
d'une ardente convoitise, ses mains se tendre malgré lui vers ces armes précieuses
en tremblant d'émotion ; et si votre munificence le gratifie de ces objets si chers,
vous le verrez éclater dans les démonstrations de la reconnaissance la plus sincère
comme la plus expansive.

Les armes, les combats, un agile coursier qui dévore l'espace, voilà en effet la
joie et la vie de l'Arabe. Il n'est pâtre et cultivateur que par nécessité, et s'affran-
chit dès qu'il le peut de ces soins importuns. Aussi la femme arabe est-elle ordinairement chargée, non-seulement des travaux domestiques, mais des rudes labeurs de
l'agriculture. C'est elle qui ensemence la terre, lève et serre la récolte, moud le
grain, panse les chevaux, les selle, et supporte, en un mot, les plus dures corvées,
tandis que son époux, plongé dans les douceurs d'un majestueux *far niente*, réserve
le déploiement de son activité pour un plus noble but, et se recueille dans le sentiment de sa dignité d'homme.

Tel est l'Arabe sous l'influence énervante de la paix. Mais vienne l'heure de monter à cheval et d'entrer en campagne, cet homme naguère si indolent se montrera
infatigable. Plein d'impétuosité et d'ardeur, il ne redoutera pas plus les travaux et
les privations que les périls de la guerre ; il passera, s'il le faut, des journées entières à cheval sous un soleil brûlant, se contentant pour nourriture d'un peu de
galette desséchée, ou, à défaut, de quelques fruits sauvages.

Les nombreux bulletins des campagnes d'Afrique nous ont appris de quelle manière combattent les Arabes, comment ils fondent sur leur ennemi avec la rapidité
de la foudre, tirent sur lui sans mettre pied à terre ; puis, faisant volte-face, vont
recharger leurs armes à distance, tandis que d'autres cavaliers prennent leur place
au premier rang. Cette tactique, où la fuite tient une place aussi importante que
l'attaque, ne doit pas faire suspecter la bravoure de l'Arabe ; il est, au contraire, peu
de nations où le courage militaire soit aussi universel et s'élève aussi fréquemment
jusqu'à l'héroïsme. Cette brillante qualité se développe surtout dans les luttes du
djehad (guerre sainte), où, exaltés par l'espoir d'obtenir les récompenses célestes
que leur promet leur religion s'ils meurent en combattant contre les infidèles, ils
affrontent la mort avec une intrépidité inouïe, et quelquefois la recherchent, l'appellent comme une amie et une libératrice. L'Arabe Adda Ould Kalifa, kaïd actuel
des Gharabas, l'une des plus puissantes tribus de la province d'Oran, raconte que
son père, tué au combat de la Macta, a dû cette bonne fortune à la possession d'un
talisman qu'il avait acheté très-cher d'un marabout plusieurs années auparavant,
à l'effet d'être tué par une balle chrétienne. Le hasard ayant en effet répondu à son
attente, Adda Ould Kalifa, jeune homme de vingt-huit ans, est lui-même à la recherche du marabout qui a vendu ce talisman à son père, brûlant d'en acheter un

semblable qui lui permette d'aller bientôt rejoindre ce dernier dans le séjour de béatitude divine où il repose mollement, entouré de *quatre-vingt-dix houris* (pas une de plus ni de moins).

Puisque nous avons prononcé le mot de marabout, nous ne pouvons plus long-temps différer de faire connaître à nos lecteurs le personnage auquel on donne ce nom, et qui paraît vendre à son gré ou la vie ou la mort. *Morabeth,* ou marabout, est un composé du mot arabe *rabath,* qui signifie *lier,* de même que religieux vient de *religare.* Conformément à cette étymologie, le marabout est un saint homme qui, se détachant volontairement des intérêts terrestres, s'engage vis-à-vis de Dieu à ne plus vivre que pour lui. On voit que, de son côté, Dieu se montre re-connaissant, et paye ce dévouement de grâces et de faveurs tout à fait merveilleuses. Mais là ne se bornent pas les bénéfices du métier de saint chez les Arabes. Des pri-viléges de toute nature, le respect et la soumission des fidèles, souvent même une haute influence temporelle, sont attachés à l'exercice de cette heureuse profession. Abd-el-Kader n'a dû qu'à son titre de marabout le commencement d'une fortune politique que son habileté et son ambition ont su depuis porter si haut. Dans toutes les occasions importantes, les marabouts sont consultés, et leurs décisions passent pour autant d'oracles. Pour la plupart illuminés et fanatiques, ce sont eux qui exci-tent les populations arabes au *djehad* et à la haine contre les chrétiens. Chacun d'eux passe pour avoir reçu d'Allah, en récompense de sa vie vertueuse, le don de faire certains miracles : c'est ainsi que les uns ont la spécialité de rendre mères les femmes stériles ; les autres, de préserver, à l'aide de formules magiques qu'ils vendent à beaux deniers comptants, des sortiléges du malin ou des balles ennemies. Quelques-uns font des talismans doués de la vertu contraire, tels que celui acheté par le père d'Ould Kalifa ; mais il paraît que cette marchandise n'est pas d'un écou-lement facile, à en juger par le délaissement de ce dernier genre d'industrie. Une qualification spéciale ajoutée au nom de chaque marabout par la voix populaire in-dique ce qu'il sait faire et le genre de prodiges dont l'exploitation lui est échue en partage. Ainsi, l'un est *celui qui délivre les prisonniers de leurs chaînes;* l'autre, *celui qui refroidit les balles dans les plaies des blessés ;* un troisième, *celui qui féconde les femmes,* etc., etc.

La vénération dont jouissent les marabouts de leur vivant les entoure même après leur mort. Des chapelles en forme de dômes sont élevées sur leurs tombes, que viennent honorer chaque jour de nombreux pèlerins, et les reliques du défunt continuent à être implorées comme l'était jadis le saint lui-même, afin qu'elles veuillent bien opérer les miracles que Dieu leur a transmis sans doute le don d'ac-complir. Souvent aussi le renom et l'autorité du marabout mort s'étendent non-seulement à ses restes, mais à ses descendants ; et il existe en Algérie bon nombre de familles arabes où la sainteté est héréditaire.

Le haut degré auquel est parvenue cette puissance théocratique s'explique faci-lement par l'absence de tout culte extérieur chez les tribus arabes, conséquence forcée de leur vie pastorale et de leurs habitudes nomades, et par la profonde igno-rance de ces peuples, même en matière de religion. Presque tous les Arabes savent à la vérité lire et écrire, car il existe des *thalebs* (maîtres d'école) dans toutes les principales tribus. Sous ce rapport, du moins, on est forcé de reconnaître qu'ils marchent en avant des nations d'Europe les plus civilisées. Mais, par compensation, là se borne à peu près tout leur bagage scientifique. Le temps n'est plus où la société arabe était un foyer vivifiant d'où rayonnaient toutes les lumières, et deux obstacles s'opposent à sa renaissance intellectuelle. L'un est dans l'insouciance superbe qui caractérise ce peuple et lui fait prendre en souveraine pitié les continuels efforts de l'Européen pour tout savoir et tout approfondir ; l'autre dans sa vive imagination qui le porte à trouver pour tous les phénomènes extérieurs et visibles de merveilleuses explications, dont l'admission aveugle le dispense d'étudier les lois de la nature, et dont le côté poétique sourit bien plus à son esprit que les sérieuses démonstrations de la science. C'est ainsi que, pour expliquer l'existence de sources thermales situées près de Mascara, et connues sous le nom de Hamman-ben-Emesia, ils racontent de la meilleure foi du monde la légende suivante : « Le grand roi Salomon, disent-ils, s'était construit de son vivant des bains sur toute la terre, et en avait confié la garde et l'entretien à des diables sourds, muets et aveugles. Or, depuis plus de deux mille ans, ces diables étuvistes continuent à chauffer patiemment les bains du grand roi, car, vu leur triste infirmité, personne n'a jamais pu leur faire comprendre que Salomon est mort, et il est vraisemblable qu'ils continueront ainsi à lui préparer des bains jusqu'à la fin des siècles. » Quelle puissance et quel goût d'invention ne faut-il pas avoir pour entasser ainsi fables sur hypothèses, et faire intervenir le roi Salomon, qu'on ne s'attendait guère sans doute à voir en cette affaire, dans l'interprétation d'un fait physique aussi peu merveilleux ! —Un peu plus loin, ce sont des fragments de rochers qui, par le simple effet du hasard, se trouvent affecter grossièrement la forme d'êtres humains et d'animaux. D'autres eussent attribué cette ressemblance lointaine à l'un des mille caprices de la nature, mais l'Arabe ne pouvait laisser échapper un si beau texte à récit fantastique : les rochers en question sont devenus les mamelons maudits (*koudiat-meskhoutin*, à quatre lieues ouest de Mascara), et les figures qu'ils représentent sont celles d'autant de joyeux personnages dont se composait jadis une noce célébrée en ce lieu, et qui, ayant eu le malheur d'outrager les reliques d'un saint marabout, furent subitement changés en pierres.

On voit que les Arabes du dix-neuvième siècle sont encore les dignes fils de ces poètes conteurs dont la riche imagination créa les *Mille et une Nuits*. Un goût extrême pour les récits est encore une de leurs passions dominantes : ils ne connaissent pas de plus vif plaisir que de se réunir le soir dans leurs campements, et d'écouter ou de narrer tour à tour des histoires, groupés en cercle et fumant leurs chibouks, jusqu'à ce que le manque d'haleine et le besoin de sommeil viennent mettre un terme à ce Décaméron agreste. Les sujets de ces récits sont généralement les aventures de deux amants, les exploits héroïques de quelque grand guerrier, les maléfices et tours perfides de tel ou tel sorcier, et les maux qui en résultèrent. Mais quelquefois le conte s'élève à la hauteur de l'histoire, et l'empereur Napoléon lui-même est souvent le héros de ces épopées orales. Bien que le bruit de sa gloire

n'ait retenti que par échos lointains et affaiblis au milieu des tribus arabes de l'Algérie, son souvenir paraît y avoir laissé une impression profonde, et, chose assez
remarquable ! ses actes et ses plans y sont appréciés avec beaucoup de justesse. On
sait que sa pensée dominante était la ruine de l'Angleterre ; on n'ignore pas non
plus que, succombant dans une lutte inégale, et victime de la trahison, il fut relégué
dans une île déserte ; on a entendu dire qu'il était mort depuis, mais on ajoute peu
de foi à cette nouvelle dans les douars arabes, et l'on n'est pas éloigné de croire qu'il
reviendra bientôt pour étonner, comme par le passé, le Midi et le Nord, l'Orient et
l'Occident.

Ils ne sont pas moins accessibles aux charmes de la musique, bien que la leur en
ait fort peu pour des oreilles civilisées ; mais ils la préfèrent de beaucoup à la nôtre,
qui ne les impressionne nullement, et à laquelle ils reprochent de manquer de
caractère. Leurs chants sont cependant d'une grande monotonie, comme on peut
en juger par le spécimen ci-joint.

Le sujet des paroles qui les accompagnent est ordinairement l'amour, les maux
qu'il cause et les joies enivrantes qu'il donne en compensation.

Malgré les formes elliptiques propres à la langue arabe qui en rendent parfois
l'intelligence difficile au lecteur européen, on ne saurait méconnaître dans quelques-
uns de ces morceaux des beautés d'un ordre très-élevé. Nous ne pouvons résister
au désir de citer la pièce suivante, qui frappera d'abord par la remarquable analogie qu'offre son motif principal avec celui d'une romance publiée dans le dernier
recueil poétique de M. Victor Hugo, et dont le refrain est ainsi conçu :

> Le vent qui souffle à travers la montagne
> M'a rendu fou.

Du reste, cette ressemblance, due sans doute au hasard, ne constitue point à nos
yeux le mérite essentiel de notre chanson arabe, qui abonde en idées gracieuses et

naïves, en images vives et colorées. La traduction, que nous en donnons ici en vers,
ne reproduira peut-être pas tout le charme de l'original, mais elle se recommande
du moins par une constante et scrupuleuse fidélité.

LA GAZELLE [1].

J'ai vu venir une gazelle,
    Je ne sais d'où ;
O vous qui m'entendez, c'est elle
    Qui me rend fou.

Son pas résonna sur la route
    Où je la vois,
Et les Arabes qu'on redoute
    Vinrent à moi :

« Si ce trésor était à vendre,
    Voleurs bénis,
J'en donnerais, sans plus attendre,
    Cent soultanis.

Oui, j'en donnerais cette somme !
    Ce serait peu :
Je pourrais la regarder comme
    Un don de Dieu.

Quand je vois sa beauté touchante,
    Ses yeux si doux,
Pour répondre à mon cœur, je chante
    Ce chant jaloux :

« Qui m'entend sait qu'elle est plus belle
    Que nul bijou ;
Et nulle femme ne vaut celle
    Qui me rend fou.

Les plus belles ont vu leurs charmes
    Tout obscurcis ;
En vain elles ont, avec larmes,
    Teint leurs sourcils.

Elle est parfaite d'élégance,
    D'attrait vainqueur...
Un feu plus puissant que l'absence
    Brûle mon cœur.

Ses sourcils m'ont lancé des flèches
    Dont le poison
A fait d'irréparables brèches
    A ma raison.

Son front, ses sourcils, ses paupières,
    Ses longs cheveux,
Comme le fil des cimeterres,
    Blessent les yeux.

Si, comme j'ai fait, tu l'arrêtes
    A l'admirer,
Ta raison, qu'en vain tu regrettes,
    Vient d'expirer.

Vois quelle torture cruelle
    Je dois souffrir.
Oui, l'absence de ma gazelle
    Me fait mourir.

Une fois je l'ai rencontrée
    Sur le chemin ;
Mon âme alors fut pénétrée
    D'un feu soudain.

Si mes regards peuvent la suivre,
    Comment guérir ?
Ma raison, si mon cœur s'enivre,
    Devra périr.

Oui, si d'espoir mon cœur s'enivre,
    Malheur à moi !
Les accès auxquels je me livre
    N'ont plus de loi.

Ma tête recèle les cordes
    D'un instrument,
O mon esprit, que tu n'accordes
    Qu'intimement.

---

[1] Dans le langage figuré et toujours elliptique de l'Orient qui, par un artifice de style d'une coquetterie
raffinée, devance la comparaison et la suppose déjà faite dans l'esprit du lecteur, la gazelle, le plus gracieux et le plus svelte des habitants des bois, celui dont l'œil doux et ardent semble exprimer le mieux la
tendresse et l'amour, personnifie habituellement la beauté que chante le poëte.

Le violon et la guitare,
  Avec le vin,
Sont les délices dont je pare
  A mon chagrin.

O Ben Roucem, à ton épaule
  Je me suspends ;
Porte à cette branche de saule
  Mes vœux ardents.

Car Tlemsen [1] enferme ma vie
  Sous ses remparts ;
Un vent funeste l'a ravie
  A mes regards.

Le désir que j'ai de lui plaire
  Me tient si bien
Que du Prophète la colère
  Ne m'est plus rien.

O vous qu'invoque notre attente,
  Chefs des tribus,
Vous qui demeurez sous la tente,
  Guerriers élus !

Le scheikh ben-Aoüaly, le Sage,
  M'a dit ceci :
« A Dieu reporte ton hommage
  Et son souci. »

O vous dont l'esprit tutélaire
  Veille au Djemla,
Pour qu'il me pardonne et m'éclaire,
  Priez Allah.

J'ai vu venir une gazelle
  Je ne sais d'où ;
O vous qui m'entendez, c'est elle
  Qui me rend fou !

Les Arabes chantent aussi dans des hymnes populaires les hauts faits des guerriers de leur nation contre les Turcs, jadis leurs maîtres et leurs ennemis, et contre les chrétiens.

Quant à leur musique instrumentale, elle est on ne peut plus sauvage : elle se compose du *rebbeb*, violon à deux cordes dont on se sert comme d'une basse ; du *gaspah*, flûte de roseau percée de deux ou trois trous suivant la force et à la volonté du virtuose, mais dont l'étendue ne dépasse jamais une octave ; du *tarr*, façon de tambour de basque, et de divers pots de grès couverts de parchemin et remplis de cailloux qui mêlent leur bruissement au reste de la symphonie. On conçoit que l'effet harmonique produit par le concert de pareils instruments soit d'un charme médiocre ; cependant les Arabes le goûtent et l'apprécient en dilettantes enthousiastes.

Mais leur divertissement favori et national est ce qu'ils nomment la *fantasia*, petite guerre simulée dans laquelle ils exécutent tour à tour des attaques et des retraites ; puis, lançant leurs chevaux à fond de train, et faisant tournoyer d'une main leurs fusils au-dessus de leurs têtes, viennent, en poussant des hourras de guerre, les décharger devant le chef ou le personnage en l'honneur duquel a lieu cette *fantaisie* bruyante. Rien n'enthousiasme les Arabes comme ces jeux, images séduisantes des combats véritables, et où se déploie tout leur talent équestre.

Le type de la race arabe est beau et majestueux. Le corps est svelte, robuste et bien proportionné ; le visage est ovale, peu plein et d'un extrême relief ; le front haut et imposant, les yeux noirs et bien fendus, le nez fièrement arqué, la bouche petite et dédaigneuse. Une barbe brune et entière termine en pointe effilée cette tête pleine de noblesse, dont l'expression habituelle est une gravité hautaine et im-

[1] Ville d'Algérie située dans la province d'Oran.

passible que ne peuvent altérer ni périls ni revers. Cette sévère et digne physionomie est le reflet fidèle du caractère national, qui au sentiment profond et élevé de la dignité personnelle joint une résignation sans bornes à la volonté de Dieu, considérée comme l'unique et fatal mobile des événements humains. Aucun effroi, aucune muette supplication, ne se trahissent dans les regards de l'Arabe vaincu et terrassé. La vue du glaive ennemi qui va trancher sa tête ne le fait pas changer de visage; il sent que son heure est venue, que le destin l'emporte, et meurt sans demander grâce, ni proférer une plainte. Il y a dans la nature morale, comme dans la constitution physique de ce peuple, quelque chose de fort et de compacte qui participe des qualités de l'airain, et la trempe de l'âme répond à celle du corps, dont on a affirmé que la structure osseuse avait deux fois la pesanteur spécifique de celle de tout Européen.

La femme arabe serait belle si l'action du soleil et les travaux pénibles auxquels elle est assujettie n'endurcissaient sa complexion et ne hâlaient son teint. Ses traits purs s'enluminent d'un reflet cuivré, et les proportions harmonieuses de son corps s'altèrent sous l'influence de ces deux ennemis mortels de la beauté féminine. Un tel genre de vie lui permet rarement d'acquérir ce degré d'embonpoint anormal qu'estiment tant les Orientaux, et que l'Arabe lui-même est loin de mépriser. Son costume est, à peu de différence près, celui de la Rebecca dans le tableau d'Éliézer, de M. Horace Vernet. Les femmes arabes coupent leurs cheveux, à l'exception de quelques mèches qu'elles laissent tomber le long des tempes. Comme les Mauresques, elles se teignent avec la poudre cosmétique du henné les ongles, la paume des mains, la plante des pieds, et se surchargent de bijoux d'or ou de cuivre, suivant l'état de leur fortune. Elles se tatouent, en outre, des figures d'étoiles et de fleurs sur le front, les tempes et les joues. Il est à remarquer qu'elles ne voilent pas leur face comme les Mauresques et la plupart des femmes musulmanes; elles vaquent à leurs travaux quotidiens le visage découvert, et le cachent à peine aux étrangers qui viennent dans leurs douars.

Les rapports mutuels du mari et de ses femmes, les formalités nuptiales et celles de la répudiation sont, au reste, les mêmes pour les Arabes que pour les Maures. Dans le *douar* comme dans le *dar* (maison), l'épouse est esclave; mais à ce triste état de servage ne sont pas attachés pour la femme arabe comme pour celle du Maure les avantages du repos et les jouissances du luxe.

Le caractère arabe, dont les pages qui précèdent auront peut-être indiqué certains traits, offre un contraste singulier d'énergie et de souplesse. Ces hommes de fer savent plier à merveille lorsque leur intérêt l'ordonne, et la rudesse des mœurs se concilie parfaitement chez eux avec une finesse et un esprit d'intrigue qu'on ne soupçonnerait guère de prime abord sous une si âpre et si rugueuse écorce. Initiés de bonne heure à l'art de la parole par l'habitude des délibérations auxquelles donne lieu dans l'intérieur des tribus la discussion des intérêts publics, ils savent mettre au service de leurs projets ambitieux ou cupides l'éloquence la plus persuasive et la flatterie la plus subtile. Mais l'expérience a démontré qu'il ne faut ajouter qu'une foi très-restreinte à leurs protestations d'amitié et à leurs offres de service. Peu

de bienveillance et souvent une noire perfidie se cachent sous ces debors affables.
Un autre vice du peuple arabe est une improbité presque universelle, conséquence
naturelle de l'absence de toute idée moralisante pour réprimer ses instincts passionnés de possession et d'avarice. Il n'est pas de pays où les mendiants à main armée
et les voleurs de profession soient aussi multipliés que les territoires où vivent
les tribus arabes, et où l'on peut dire que le brigandage se maintient à l'état normal et organique. En Algérie, ce ne sont pas seulement les chrétiens et les voyageurs isolés qui ont à redouter cet esprit de rapine ; car les Arabes mettent à profit
les périodes si fréquentes de troubles et de guerre pour se piller les uns les autres.
Les plus redoutés pour cette soif immodérée de lucre sont la tribu des Hachem-Gha-
rabas, dont est issu Abd-el-Kader, et dont le naturel rapace est proverbial dans le
pays même. Rien n'est sacré pour cette horde de bandits : amis ou ennemis sont
rançonnés par eux avec la même ardeur, et si celui qu'ils pillent les supplie d'épargner en lui une ancienne connaissance, ils ont pour lui imposer silence une plaisante formule : « Mon cheval te connaît peut-être, disent-ils au réclamant, mais moi
je ne te connais pas. »

A côté de ces vices, et par compensation, les Arabes sont doués de qualités réelles.
Ils ont le sentiment et l'amour de la justice, bien qu'ils la méconnaissent parfois
dans leurs agressions sur la propriété d'autrui. Je ne parlerai pas ici de leur bravoure qui est connue. On sait aussi de quelle façon ils accomplissent les devoirs de
l'hospitalité. Le voyageur ou le pèlerin sans asile est toujours sûr d'en trouver un
sous la tente de l'Arabe, fût-il son ennemi mortel. Leur vénération pour l'hôte ne
peut se comparer qu'à celle dont ils sont pénétrés pour les morts. Plutôt que de
laisser aux mains des ennemis les corps des Musulmans tués sur les champs de bataille, ils affrontent tous les périls, et, vaincus ou vainqueurs, ne se retirent jamais
sans emporter ces précieux restes qu'ils inhument pieusement en lieu sûr, à l'issue
du combat. Leur charité ne se borne pas, au reste, à l'exercice de l'hospitalité la plus
généreuse : bien que naturellement enclins à l'avarice, ils font volontiers l'aumône
et gardent un profond souvenir de l'assistance qu'ils reçoivent. En général, ils sont
doués au suprême degré de la mémoire du cœur ; implacables dans leur vengeance,
ils ne mettent pas de bornes à leur gratitude, et chez l'Arabe l'injure ou le bienfait

                       — manet alta mente repostum

Après l'installation des Français dans Alger, les Arabes, livrés à l'anarchie, se
sont divisés en deux camps. Les uns, et c'est le plus grand nombre, nous ont fait
une guerre acharnée ; les autres se sont ralliés à nous sans trop de répugnance, ont
accepté des chefs d'investiture française, et ont même combattu dans nos rangs
contre leurs coreligionnaires. Plusieurs tribus tout entières ont embrassé notre
cause, et certains corps spéciaux, tels que les Zouaves et les Spahis réguliers ou irréguliers, comptent dans leurs rangs autant d'Arabes que de Français. Nous avons en
Afrique un maréchal de camp arabe (Mustapha-ben-Ismaïl) et un assez grand nom

bre d'officiers subalternes, appartenant à la même nation, dont plusieurs décorés de la Légion d'honneur, distinction dont, par parenthèse, ils se montrent très-fiers. Un tel concours, prêté à des infidèles par les propres enfants du prophète, prouve que, chez les Arabes comme chez tout autre peuple, il est avec le ciel des accommodements. Leur religion leur défend, il est vrai, de semblables alliances; mais le fanatisme, qui porte Abd-el-Kader à s'intituler *coupeur de têtes chrétiennes pour l'amour de Dieu*, ne se retrouve pas à un égal degré chez tous les descendants d'Arab. L'intérêt et l'ambition savent assoupir, quand il le faut, ces haines religieuses, et d'ailleurs la force matérielle, quel qu'en soit le dépositaire, exerce sur l'Arabe une sorte de fascination magnétique qui l'éblouit, l'attire et le subjugue. Disséminé et désuni, ce peuple cherche instinctivement dans le pouvoir le lien qui lui manque, et se résigne volontiers à obéir à la condition d'être protégé. « Soyez forts, nous disent-ils, et nous serons avec vous. » Cette promesse n'est pas vaine et se réalisera du jour où nous *voudrons* en obtenir l'exécution.

Abd-el-Kader a si bien compris la nécessité d'être fort pour dominer le peuple arabe, que l'un des premiers actes de son gouvernement a été de remettre en vigueur, dans tout le pays soumis à son influence, le système administratif employé par les Turcs, avec un plein succès, pendant plus de trois siècles. L'espèce d'armée régulière qu'il est parvenu à organiser dans ses états, et dont il marche environné, serait un faible appui pour son autorité, s'il n'eût tenu les rênes du pouvoir avec une main de fer, et ne l'eût fortifié par une habile concentration.

Nos lecteurs seront sans doute bien aises de trouver ici, sur l'organisation de cette armée régulière, improvisée par le génie de l'émir Abd-el-Kader, quelques détails moins étrangers qu'on ne pourrait le croire à notre spécialité; car si les soldats de notre ennemi ne peuvent être considérés comme *Arabes français*, toujours est-il que la révolution introduite depuis peu dans leurs habitudes militaires, le service régulier et permanent auquel ils sont assujettis, la discipline qui les maintient sous le joug, leurs manœuvres tout européennes, et le commencement de tactique dont ils font preuve dans les combats, sont autant d'armes qu'ils empruntent à la nation française, et d'hommages implicites rendus à sa supériorité.

Quelques déserteurs européens ont été les premiers instructeurs de ces bataillons réguliers, sur lesquels s'appuie en partie la puissance d'Abd-el-Kader. Le recrutement s'en fait par voie d'enrôlement volontaire ou forcé. Des agents spéciaux se rendent à cet effet dans tous les aghaliks, et là ils font appel à *ceux qui veulent devenir les fils du sultan*. Le désir d'échapper à la contrainte gênante de la tribu entraîne toujours un certain nombre d'individus sous les drapeaux de l'émir; mais ce n'est en général que le rebut de la population, car tout service régulier est on ne peut plus antiphatique à la nation arabe. Quelquefois aussi, l'émir décrète une levée en masse ou *presse*, comparable à celle des matelots anglais, dans certains districts signalés à son ressentiment.

Les troupes à pied d'Abd-el-Kader se divisent en compagnies de cent hommes chacune, commandées par un capitaine, ou *bach-seïaf* (chef porte-épée), un lieutenant (*khalifah-bach-seïaf*), et un sous-lieutenant.

On compte encore dans chaque compagnie quatre *chaouchs*, ou caporaux, un *khodja*, ou sergent-major, et deux tambours qui battent tant bien que mal les marches sur des caisses françaises.

La solde des fantassins est de 4 ou 6 *boudjoux* par mois (le boudjou vaut communément 1 fr. 80 c.). Celle des officiers n'est guère plus considérable. Quelques maigres rations de vivres sont en outre distribuées aux troupes. Chaque homme reçoit par jour une galette d'une livre et demie et une livre de farine pour faire le couscoussou, et, deux fois par semaine, on envoie un mouton à chaque tente ou peloton de vingt hommes.

L'uniforme de l'infanterie se compose d'une veste à capuchon en serge grise, d'un pantalon et d'un gilet en serge bleue, d'une calotte rouge et d'une paire de babouches en cuir jaune. Quant au burnous et au haïk, le soldat en fait lui-même les frais.

Un fusil français armé de sa baïonnette, et une giberne en cuir de Maroc, forment l'équipement du fantassin. Quelques-uns portent à leur ceinture des pistolets et un yatagan ; mais ces armes de luxe ne leur sont point fournies par Abd-el-Kader.

Les sous-lieutenants ont pour insignes un sabre brodé sur chaque épaule. Les lieutenants ont deux sabres en croix. Les officiers portent en outre, à l'annulaire de la main gauche, une bague en argent, délivrée par l'émir, et dont le chaton, qui forme cachet, indique leur nom, leur grade et la date de leur nomination.

Un *agha*, ou commandant supérieur de l'infanterie est attaché à la personne de chaque *khalifa*, ou lieutenant de l'émir ; dans la suite de ce dernier figure un agha de toute l'infanterie.

L'uniforme de la cavalerie régulière de l'émir est le même que celui de nos spahis ; chaque cavalier reçoit du beylik un cheval et un harnachement complet. Il est armé d'un fusil français sans baïonnette, d'une carabine anglaise, d'un sabre à lame de Fez et d'un pistolet à pierre.

La cavalerie arabe est conduite par des clairons dont les sonneries sont les mêmes que dans les régiments français.

Quant à l'artillerie, elle n'existe encore que de nom et ne rend aucun service réel. Elle est servie par des déserteurs français et quelques Turcs ou Koulouglis.

Le chiffre de cette armée régulière est essentiellement variable, mais il ne dépasse en aucun temps sept à huit mille hommes de toutes armes.

Une discipline sévère règne dans le camp de l'émir, et il est strictement défendu d'y fumer partout ailleurs que sous la tente. Au reste, chez la plupart des tribus de l'intérieur, le tabac comme le café est un objet de luxe réservé à l'usage des chefs ou des grands. Abd-el-Kader ne fume jamais.

Quant au gouvernement de l'émir, il est ainsi constitué : une vaste hiérarchie militaire et administrative s'étend sur la province d'Oran, et la tient enlacée comme dans un étroit réseau. Elle se divise en deux *beyliks* qui ont pour capitales Mascara et Tlemsen, et qu'administrent des *khalifahs* ou lieutenants. Au-dessous de ces grands dignitaires sont placés des *aghas*, ou commandants de subdivisions moindres, des *kaïds*, chefs des *outhans* (districts), et enfin les *scheikhs* des tribus. Ces divers fonctionnaires relèvent les uns des autres, et chacun d'eux doit à son supérieur immédiat obéissance et hommage. Celui-ci à son tour répond des actes de ses subordonnés vis-à-vis de son propre chef hiérarchique, de telle façon que le pouvoir, sans cesse resserré et centralisé, remonte sans peine du dernier degré de l'échelle jusqu'au plus élevé, qui est l'émir ou le sultan, titre qu'Abd-el-Kader s'est lui-même décerné. Pour assurer le libre jeu de ce système semi-féodal, Abd-el-Kader a choisi parmi les tribus les plus guerrières de chaque aghalik celles dont la fidélité lui paraissait le moins équivoque, et en a formé une sorte de milice destinée à contenir les autres Arabes de son territoire dans les limites du devoir et de la soumission. Ces tribus, dites du *maghzen* (à proprement parler magasin, fonds, réserve), jouissent de grands priviléges ; elles sont affranchies de tout impôt, et ont, à ce titre, un intérêt direct à bien servir le souverain. Celui-ci peut d'ailleurs les réduire l'une par l'autre en cas de rébellion ; car il a su les disposer de manière à ce que chacune d'elles puisse, au besoin, écraser sa voisine, s'il arrivait que cette dernière fît mine d'insurrection ou de désobéissance. Il faudrait donc que, par un élan concerté, tous les *maghzens* se révoltassent à la fois contre l'émir pour menacer sérieusement sa puissance : or, c'est là une hypothèse qui paraît difficilement réalisable.

Une contre-partie de cette organisation a été établie pour le compte de la France, dans la province de Constantine, et le succès a pleinement justifié cette mesure. Trois khalifahs indigènes administrent pour la France les territoires du Sahel, de Ferdjioua et de la Medjanah. Le Djerid et la partie du désert qui l'avoisine sont restés sous les ordres du *scheïkh el-Arab*, chef musulman qui les gouverne de temps immémorial. Trois kaïds, ceux des *Haractas*, des *Hanenchas* et des *Amer-Cheraga* commandent les tribus de ce nom. Enfin, la ville de Constantine même est placée sous l'autorité spéciale d'un *hakem*, magistrat qui a le rang de khalifah.

Tous ces chefs prêtent sur le Koran serment de fidélité à la France ; ils sont tenus de lever l'*achour* (dîme), le *hokor* (impôt) sur chaque paire de bœufs, et la contribution en paille pour le compte du trésor français. Ils doivent en outre entretenir un certain nombre de cavaliers pour assurer la tranquillité du pays et protéger la marche des caravanes. Grâce à ces dispositions, non-seulement le pays est pacifié maintenant, mais les Arabes reconnaissent la souveraineté de la France, en obéissant aux chefs nommés par elle, et en lui payant tribut. Ils accompagnent nos troupes dans leurs expéditions, et les aident à soumettre ceux de leurs coreligionnaires qui tentent parfois de secouer le joug chrétien. On a vu un tribunal arabe condamner à mort plusieurs indigènes coupables de conspiration contre le gouvernement français, et en 1840 un khalifah de la province a fait au général Galbois l'hommage tout oriental d'un sac rempli d'oreilles arabes coupées sur le champ de bataille, à la suite d'un combat livré par lui contre un lieutenant d'Abd-el-Kader.

De pareils faits sont caractéristiques et présagent clairement l'avenir de l'Arabe. Lorsque les hommes d'une même race se divisent et s'entretuent sous l'influence

d'une nation étrangère, quel que soit leur courage personnel, et quelque rudes que
soient leurs mœurs, ils sont bien près d'être domptés

LE BERBÈRE OU KABAÏLE.

Le Berbère est l'habitant primitif et réellement indigène de la régence d'Alger.
Le juif et l'Arabe ne s'y sont établis qu'à des époques assez rapprochées de nous ;
et quant au Maure, il a subi, comme peuple, de telles altérations par suite des invasions étrangères et de ses propres migrations, qu'il n'a plus rien de commun avec
les nations aborigènes de la Mauritanie antique. Quant aux Berbères, ils sont encore
tels que nous les ont décrits les historiens romains un siècle ou environ avant l'ère
moderne. Premiers propriétaires du sol de Barbarie, ils ne sont autres que ces Nu-
mides dont l'opiniâtre résistance au joug des vainqueurs du monde a été proclamée
et admirée par ces derniers mêmes, et dont Salluste, longtemps proconsul en Afrique,
nous semble avoir tracé le caractère national en dépeignant celui de Jugurtha. En
effet, ce personnage, avec sa dissimulation, son avarice, sa cruauté, et en même
temps sa prudence, son activité et sa bravoure, est non-seulement le plus illustre
représentant, mais le type accompli de la race numide ou berbère.

Quelques auteurs prétendent toutefois que les peuples uniformément désignés
sous le nom de Berbères sont un composé de races diverses dont la langue, les
mœurs et les types diffèrent essentiellement. Cette opinion est notamment celle de
M. le baron Baude, qui, dans son excellent ouvrage sur l'Afrique française, affirme

que les habitants du mont Djurjura, pic élevé de l'Atlas, et ceux des environs du Collo, sont les descendants des Vandales qui envahirent la Barbarie, sous la conduite de Genseric. Ce sont, dit-il, des hommes blonds, au teint clair, qui offrent tous les caractères du type germanique, et dont la civilisation est beaucoup plus avancée que celle de leurs prétendus compatriotes. Nous nous bornons à mentionner ici cette assertion sans l'appuyer ni la démentir. La race berbère est peu connue encore, et le temps seul, joint à de patientes investigations, pourra permettre de résoudre, avec quelque degré de certitude, la question importante que vient de soulever M. Baude. Quoi qu'il en soit, un fait très-digne d'intérêt, c'est que si les descriptions de Salluste s'appliquent parfaitement à la race berbère actuelle, le célèbre fragment de Tacite sur les mœurs des Germains ne se rapporte pas moins bien, sous plus d'un point de vue essentiel, à ce que nous savons des coutumes et de la constitution de ce peuple.

Le nom de *Kabaïles,* sous lequel on désigne généralement aujourd'hui cette race d'hommes, est une dérivation du mot arabe *kabila,* qui signifie *tribu.* Ce n'est donc là, à proprement parler, qu'un sobriquet et une allusion à la constitution des Berbères en tribus, mais qui pourraient être appliqués, à beaucoup plus de titres, aux Arabes eux-mêmes, chez lesquels ce mode d'agrégation sociale a bien plus de racines et de vitalité qu'au sein des peuplades berbères. Cette dernière dénomination est donc la seule générique et la seule vraie par rapport à ces peuples ; mais l'usage n'en a pas moins prévalu de les appeler indistinctement Berbères ou Kabaïles.

Les Maures et les juifs sont habitants des villes, les Arabes parcourent les plaines ; aux Berbères appartiennent en propre les hautes cimes de l'Atlas. Les deux premiers de ces quatre peuples sont exclusivement adonnés au commerce ; les Arabes ne connaissent d'autre profession, d'autre loi que la guerre ; mais les Berbères résument en eux ces vocations diverses : ils sont à la fois braves et industrieux, guerriers et commerçants. C'est la seule nation avec qui nous puissions espérer en Afrique un avenir d'échanges avantageux. Comme tous les peuples montagnards, ils estiment plus que la vie leur liberté, leur patrie, leur nationalité. Ce sentiment efface même en eux celui de la cupidité, et jamais aucun peuple n'est parvenu à les soumettre. Ils ne reconnaissaient autrefois la souveraineté des deys que par l'acquittement du tribut le plus insignifiant (un *mouzonnat,* environ six liards par maison). « Aujourd'hui, disent-ils, nous consentons bien volontiers à accorder la même somme au nouveau pouvoir ; mais si El Hadj Abd-el-Kader (ils lui refusent le titre de sultan) exige davantage, qu'il vienne dans nos montagnes, et nous le payerons avec du plomb. » Plus d'une circonstance a pu prouver déjà qu'ils sont hommes à tenir parole. Ils ne prennent guère parti pour l'émir contre les Français que lorsque nos expéditions menacent leurs foyers et leur territoire. S'ils nous combattent alors avec acharnement, c'est uniquement en vue de la défense du sol ; car cette espèce de *landwehr* barbaresque s'organise au besoin avec la même ardeur contre une agression musulmane. Bien différents en ceci des Arabes, dont la tactique consiste à évacuer précipitamment leurs douars à la première alerte, les Berbères disputent leur terrain pied à pied, et se font tuer sur le seuil de leurs *gourbies* (maisons). On ne les voit pas non plus s'enrôler, comme les Arabes, dans les troupes régulières de l'émir ni dans les corps de spahis et de gendarmes indigènes institués par l'autorité française. Leur passion pour l'indépendance ne peut s'accommoder du service militaire. S'ils veulent bien être parfois les alliés d'une puissance étrangère, ils ne seront jamais ses serviteurs ni ses soldats.

Ils parlent une langue essentiellement distincte de tous les idiomes connus (*le chouiah*) et qui paraît remonter à la plus haute antiquité. Si, en effet, la politique romaine, si sage, si profonde et si persévérante, ne put, durant une domination de plusieurs siècles, faire adopter sa langue aux tribus berbères, il y a tout lieu de croire que leurs dèvanciers, les Carthaginois, ne furent pas plus heureux, et que la langue *chouiah* est antérieure, en Barbarie, à celle des Phéniciens. Si, d'ailleurs, cette langue était d'origine phénicienne, elle appartiendrait à la classe *sémitique* des idiomes de l'Orient, et offrirait de nombreuses analogies avec l'hébreu et l'arabe, qui sont tous deux de la même famille. Or, le *chouiah* n'a aucun rapport avec ces deux langues. Tout porte donc à croire que les Berbères proprement dits sont une race primitive.

Ceux qui habitent le versant nord de l'Atlas et ont, grâce à cette position, des relations fréquentes avec les Arabes de la plaine, parlent également la langue de ces derniers ; mais ceux qui vivent séquestrés dans l'intérieur de leurs montagnes n'entendent que le *chouiah*. Quelques-uns de ceux qu'on voit arriver à Alger ne savent pas un mot d'arabe.

Les Berbères sont musulmans : ils n'ont pu résister à la propagande armée qui, au septième siècle, envahit l'Asie et le nord de l'Afrique ; mais, du reste, ce sont bien les moins fervents de tous les sectateurs de Mahomet. Ceux d'entre eux qui se trouvent en contact journalier avec les mahométans ont adopté quelques-unes de leurs pratiques religieuses, et il y a même à Alger, dans le faubourg Bab-Azoun, une mosquée qui leur est spécialement affectée. Mais tous les autres n'appartiennent à l'islamisme que de nom : c'est à peine s'ils en connaissent les dogmes fondamentaux ; et quant au culte extérieur, prescrit par le prophète, ils n'en observent aucun rite.

Ils ont cependant des marabouts comme les Arabes [1] et professent pour eux une grande vénération. Chez les Berbères comme chez les tribus de la plaine, ce titre est souvent héréditaire et devient la source d'immenses priviléges, tels que l'exemption d'impôts, l'inviolabilité, l'autorité morale et souvent temporelle. Le marabout berbère vit, avec sa famille, des présents que lui font les fidèles dans une *zaouia*, lieu sacré, où les criminels même trouvent un refuge assuré. Les conseils qu'il donne sont toujours scrupuleusement suivis et ses oracles religieusement écoutés ; à sa voix, tout le peuple prend les armes ; c'est à sa voix aussi qu'il les dépose. Pour lui, les femmes n'ont pas de voiles ; comme directeur de leur conscience et exorciste du malin esprit qui les rend quelquefois stériles, il peut avoir avec elles de longues et privées conférences, sans que les maris musulmans, d'ordinaire si ombrageux, conçoivent de ces secrets entretiens la moindre jalousie. Bien plus, si le saint homme,

[1] Voir le type de l'Arabe.

aiguillonné par le démon de la chair, interrompt ses doctes leçons pour entamer une conversation d'une nature moins mystique, la visiteuse, édifiée et ravie dans son âme, n'a garde de céler à son époux l'honneur insigne qui vient de lui échoir en partage, et celui-ci, non moins joyeux qu'elle, rend dévotement grâce au Très-Haut de ce qu'un si vénéré personnage a daigné jeter les yeux sur les faibles attraits de sa simple compagne. Le métier de saint, si rude dans le christianisme, a, comme on voit, beaucoup de bon chez les mahométans.

Dans chaque village berbère, est établi un *thaleb* ou maître d'école qui, au besoin, remplit en même temps les fonctions d'*imam* de la mosquée, si toutefois l'on peut désigner ainsi l'agreste cabane affectée à la prière commune; encore ces façons de temples rustiques manquent-elles dans la plupart des villages de l'Atlas. Les marabouts les plus savants et les plus considérés se chargent d'instruire les *thalebs* dans leurs *zaouïas*, sans exiger de ces derniers aucune rétribution. Aussi, l'éducation première est-elle peut-être plus répandue parmi ce peuple rude et grossier que chez les nations d'Europe les plus civilisées.

Comme les Arabes, les Berbères sont divisés en tribus ou *arouch*. Mais la tribu n'a pas chez eux ce caractère profondément patriarcal qui en fait pour l'Arabe une seconde famille. Le Berbère est de sa nation avant d'être de sa tribu, ce qui est précisément l'inverse chez l'Arabe. Une autre différence radicale entre ces deux hommes consiste dans les goûts et les habitudes éminemment sédentaires du premier, par opposition à l'humeur essentiellement mobile et nomade du second. L'Arabe, qui aime par-dessus tout sa tente, s'inquiète peu du site où il la dresse; il n'en est pas de même du Berbère, profondément attaché au lieu natal et de l'âme duquel le souvenir *du clocher,* si nous pouvons nous exprimer ainsi pour rendre notre idée plus sensible, ne s'efface jamais. Il lui arrive cependant de déserter les pics de l'Atlas et d'aller au loin chercher fortune, comme font en Europe les montagnards d'Auvergne et de Savoie; mais de même que ces laborieux et épais aventuriers, avec lesquels il a plus d'un rapport, il n'abandonne jamais *le pays* sans esprit de retour, et, aussitôt le but de son exil atteint, il revient y jouir, près des siens, du fruit de ses épargnes. Il n'est pas rare même qu'il interrompe son travail de la ville pour venir rendre, s'il le peut, visite à ses pénates chéris ou les défendre s'il apprend qu'un péril les menace. C'est ainsi qu'en 1855, dès la première nouvelle de l'expédition projetée contre Bougie, ville couronnée par des hauteurs peuplées de nombreuses tribus berbères, tous ceux de ces montagnes qui se trouvaient à Alger, en condition ou avec une industrie quelconque, le quittèrent soudain pour s'en aller grossir les rangs des défenseurs de la place en danger.

Une conséquence naturelle de cet extrême amour du sol devait être le choix d'habitations plus régulières et plus durables que celles des Arabes. Aussi, les Berbères ne se contentent-ils pas comme eux d'une tente ou d'une misérable hutte de roseaux. Ils se bâtissent des *gourbis,* cabanes en torchis, quelquefois même en briques ou en pierres, et dont le modèle, pour n'être pas conforme aux lois d'une architecture très-somptueuse, offre du moins la trace d'une civilisation relativement fort progressive. Le toit de ces cabanes est formé de chaume et garantit parfaitement ceux

qui s'y réfugient de toutes les intempéries d'un climat froid et pluvieux dans certaines saisons. En somme, l'aspect général d'un village berbère (*dachera*) diffère
peu de celui des hameaux épars dans nos campagnes, et je ne saurais vraiment auquel donner la palme en ce qui touche l'aisance et le comfort, car, au point de vue
purement pittoresque, la préférence n'est pas douteuse : elle revient de droit à la
dachera berbère.

Un certain nombre de *dacheras* forment, chez les Berbères, une *kharouba* ou
famille, et cinq ou six *kharoubas* composent la tribu. La force d'une tribu est généralement de trois ou quatre mille hommes, dont le sixième au moins possède un
fusil, et prend les armes en cas de levée en masse. Le fusil est pour les Berbères ce
que jadis la toge virile était pour les Romains ; c'est le principal insigne de leur
aristocratie, et l'arbitre souverain de toutes leurs discussions. Hors le fusil, il n'y a
ni considération ni honneur. Ceux qui n'ont pas assez d'argent pour en acheter un,
servent les autres jusqu'à ce qu'ils aient gagné la somme nécessaire pour cette précieuse acquisition. Un de leurs proverbes nationaux est celui-ci : « Chaque Berbère
a deux bœufs, un âne et un fusil. En cas de détresse, il vend un bœuf. Frappé d'un
second revers, il vend l'autre bœuf, puis son âne. Mais il ne vend jamais son fusil. »

Ils combattent presque toujours à pied, et c'est à peine si le contingent militaire
de chaque tribu compte un trentième de cavaliers, disproportion qu'explique suffisamment, du reste, la configuration bizarre et brusquement accidentée du pays
qu'ils habitent. Doués d'une agilité extrême, ils se précipitent de rocher en rocher
avec une audace effrayante, se glissent au milieu des plus épaisses broussailles, à la
manière des Peaux-Rouges, et se dressent tout à coup devant leur ennemi qui ne
s'attendait à rien moins qu'à ce désagréable et menaçant aspect. En général, l'ennemi, pour eux, c'est le maître. Quiconque tente de les asservir, musulman ou chrétien, doit s'attendre à trouver en eux des adversaires déterminés et irréconciliables.
Mais, à défaut d'invasions étrangères, les guerres civiles suppléent à celles qui auraient eu pour but la défense du sol et des droits communs. Les intérêts locaux et
individuels, reprenant alors le dessus, donnent naissance à des hostilités interminables entre les différentes tribus qui peuplent chaque district. Elles obéissent toutes
d'ailleurs à des scheïkhs particuliers, presque toujours rivaux, et qui fomentent la
discorde. Cette société de petites républiques, jalouses les unes des autres et domi-
nées par des chefs ambitieux, offre, comme on le voit, l'image en miniature de ce
qui se passe journellement dans notre vieille Europe.

La guerre est décidée publiquement dans le conseil des scheïkhs subalternes de
la tribu, réunis sous la présidence du *scheïkh Saad*, ou grand scheïkh. Lorsqu'elle
est résolue, les chefs qui l'ont décrétée font entre eux un échange destiné à cimen-
ter leur alliance : c'est celui du *mezrag* (lance), ou gage d'union, qui a pour effet de
les lier irrévocablement. Ce gage, qui était sans doute une lance, dans l'origine, se
compose aujourd'hui d'un fusil, d'un yatagan, ou d'un burnous. Chacun des chefs
devient aussitôt, par le fait de ce don mutuel, le *naya*, c'est-à-dire le compagnon,
l'ami, le répondant des autres confédérés. Le *mezrag* est un dépôt sacré : on ne
peut sans ignominie le perdre ni le laisser tomber au pouvoir de l'ennemi. Tant que

durent les hostilités, celui qui en est porteur doit le défendre jusqu'à son dernier soupir, comme le porte-enseigne son drapeau dans les armées européennes. Après la fin de la guerre, il faut le rendre intact à celui dont on l'a reçu.

La fidélité à cet engagement solidaire est poussée jusqu'au fanatisme. Si l'un des *nayas* succombe, l'autre doit le venger sur le champ de bataille ou par l'assassinat. En 1856, le meurtre d'un *naya* du scheïkh des Oulid-ou-Rabah, Mohammed-el-Amzien, fut la principale cause du meurtre du chef de bataillon Salomon de Musis, commandant supérieur de Bougie, attiré dans un guet-apens et assassiné par ce chef aux portes mêmes de la ville.

La guerre ne procède pas chez les Berbères par voie d'agression subite ou de ghazia, comme chez les Arabes : elle est toujours déclarée en forme; l'ennemi est prévenu du jour et de l'heure précis où l'on se propose de l'attaquer; il est sans exemple que l'on ait devancé l'époque fixée d'un commun accord entre les parties belligérantes. Cette coutume, toute chevaleresque, comme celle de l'échange des *mezrags*, est souvent observée même dans la guerre sainte, et plusieurs fois les commandants supérieurs de Bougie ont été avisés par écrit du jour où les scheïkhs berbères devaient se montrer en armes autour de cette place. Jamais l'événement n'a démenti les avertissements contenus dans ces façons de cartels. L'un des défis adressés par ces nouveaux paladins aux défenseurs de Bougie, était ainsi conçu : « Si vous êtes Français, vous descendrez dans la plaine pour vous battre avec nous. Vous ne devez pas tirer des coups de fusil et de canon à l'abri derrière vos murailles. Si vous êtes des gens de parole et de cœur, vous marcherez contre nous. Si vous ne sortez pas avec vos troupes pour combattre les nôtres, *vous êtes des Juifs!* » Ce langage ne rappelle-t-il pas celui des anciens preux?

Au jour fixé pour le combat, tout homme possesseur d'un fusil doit marcher avec sa tribu. Les scheïkhs et les marabouts occupent la tête de la colonne et la dirigent, en excitant les guerriers à bien faire. Un étendard porté par l'un des plus braves de la cohorte sert à la fois de guide et de point de ralliement. La cavalerie et l'infanterie s'élancent pêle-mêle à la rencontre de l'ennemi; et bien que les hommes montés galopent à toute bride, les fantassins courent aussi vite qu'eux, en se tenant d'une main à la selle ou à la queue des chevaux. Si l'on est en plaine, les guerriers se groupent autour de leur drapeau; puis chaque homme, s'avançant, tire son coup de fusil et se replie sur les derrières de la colonne pour recharger son arme sans péril et revenir tirer de nouveau. Dans les montagnes, les Berbères entendent à merveille la guerre d'embuscade; ils savent s'emparer de positions avantageuses qu'ils discernent au premier coup d'œil; s'abritent sous les buissons, dans les accidents de roc, derrière un arbre touffu, et esquivent ainsi l'atteinte de l'ennemi, tandis qu'eux-mêmes tirent presque toujours à coup sûr. Débusqués de leurs fortes positions, ils se dispersent à un certain cri du chef et vont se rallier plus loin sur d'autres pentes escarpées. Leur constante préoccupation est de ne point se laisser approcher ni tourner. Aussi le plus grand acte de bravoure consiste-t-il, selon eux, à ralentir sa fuite pour porter secours aux blessés ou enlever les morts gisant sur le champ de bataille.

Dans les guerres importantes et notamment dans le *djehad* (guerre sainte), ou, pour mieux dire, contre les Français, les femmes suivent presque toujours la colonne expéditionnaire, et prennent aux combats une part des plus actives. Elles se mêlent aux guerriers, les encouragent par leurs cris, aident à secourir les blessés et à emporter les morts, et n'abandonnent le lieu de l'action qu'avec leurs fils et leurs époux. Dans un combat livré à Bougie, au mois de novembre 1855, quatorze femmes berbères furent tuées ou blessées par nos troupes, et le 8 juin de l'année suivante, la veuve d'un scheïkh, tué la veille sous l'un des forts de cette place, conduisit en personne une troupe de Kabaïles à l'attaque de la ville : pendant plus d'une heure cette amazone barbaresque affronta debout, sur un rocher, la mitraille et la fusillade dirigées contre les assaillants ; elle tenait d'une main un drapeau qu'elle agitait convulsivement, en excitant les siens par d'horribles clameurs à venger leur chef immolé. La garnison resta frappée d'admiration, et évita de viser cette nouvelle Artémise, qui prit enfin le parti de cesser une lutte inégale, et se retira avec ses guerriers.

Après avoir fait preuve, dans leurs guerres nationales ou intestines, d'un grand courage, souvent aussi, il faut le dire, d'une cruauté révoltante, les Berbères déposent les armes et reprennent tranquillement le cours de leurs travaux habituels : l'un devient fabricant, et l'autre agriculteur. Les principaux objets de leur commerce sont : les bestiaux, les huiles, les pelleteries, les céréales de toute nature. Ils savent confectionner la poudre et n'ont pas besoin, comme les Arabes, de recourir à leurs ennemis mêmes pour se procurer un produit de si urgente nécessité. Ils ne s'entendent pas moins bien à la fabrication des armes, et tous ces beaux fusils damasquinés, aux crosses et aux capucines ouvrées avec tant de luxe, que nous admirons même en France, de même que les *flissis* ou yatagans de damas, qui nous viennent d'Alger, ont reçu cet éclat et ce poli merveilleux dans les gorges sauvages de l'Atlas. Il existe à l'égard de ces armes une tradition curieuse. Les fusils que fabrique la tribu de Zouaoua sont connus dans le pays sous le nom de *canons flamands*. Interrogés sur l'origine de cette singulière dénomination, les Berbères répondent que les Espagnols, durant leur séjour à Bougie, circonstance qui remonte à environ trois siècles, avaient répandu dans les montagnes une grande quantité de mauvais fusils fabriqués en Flandre ; or, les Berbères leur ont si bien gardé rancune de cette petite fraude mercantile que, depuis cette époque, ils ont surnommé canons flamands tous ceux de Zouaoua qui sont peu estimés.

Les Berbères ont une autre industrie qu'ils n'exploitent pas avec moins d'ardeur : c'est celle de la fausse monnaie. Ils imitent avec une perfection remarquable nos pièces de 5 francs, et reproduisent notamment avec un rare bonheur l'effigie de sa majesté Louis-Philippe Ier. Ce genre de fabrication, que les lois punissent chez nous de dix ou vingt années de travaux forcés, ne paraît nullement criminel, ni même répréhensible à ceux qui le pratiquent ; et c'est ouvertement, sans crainte comme sans scrupule, que les plus habiles d'entre ce peuple industrieux adoptent de préférence cette *profession* lucrative. Dans le *Sahel*, district de la province de Constantine, la population tout entière n'a presque pas d'autre métier. On y fabrique des monnaies de toutes les nations connues, et l'on a vu dernièrement Ben-Aïssa, ancien khalifah de ce district, ancien premier ministre d'Ahmed-Bey, condamné aux travaux forcés à perpétuité, comme faux monnayeur, par un conseil de guerre français. On voit que le sens moral n'est pas très-développé chez la race berbère; et dans le fait, la distinction du probe et de l'improbe passe un peu sa portée.

Les Berbères fabriquent en outre les burnous, manteaux de laine à capuchon, et les *haïks*, grandes pièces de même étoffe, longues de dix-huit ou vingt aunes, dans lesquelles ils se drapent à la manière antique. Ces deux vêtements sont communs aux Arabes et aux Berbères, mais leur coiffure n'est pas la même : elle se compose, pour ces derniers, d'une simple calotte de laine blanche. Ils laissent croître leur barbe, et ont, du reste, avec les Arabes plus d'un rapport extérieur. La tête est ronde, le teint bronzé, les yeux grands et expressifs, les dents fort blanches et fort belles. Le corps est svelte, agile et fortement musclé. Mais les traits sont moins beaux et moins réguliers; ils sont rarement empreints de cette sérénité grave et digne qui donne à la physionomie arabe tant de noblesse et de majesté. En général, ils n'expriment guère que l'avidité, la ruse et la cruauté.

Tels sont, en effet, les vices caractéristiques du Berbère; il ne pardonne pas au vaincu, et se livre souvent envers son ennemi mort à de sauvages mutilations. Il se fait volontiers un jouet de la parole donnée, et une astuce remarquable signale ses moindres actes. Quant à sa passion immodérée pour le lucre, elle ne se trahit pas seulement par une extrême avidité et une mauvaise foi insigne, mais bien souvent aussi par la rapine et le brigandage. Un voyage dans les montagnes de l'Atlas est chose fort périlleuse ; des bandes de voleurs les infestent, et il en est de cette profession comme de celle de faux monnayeur : elle y est tolérée et vue d'un tout autre œil que chez les nations d'Europe. Seulement il intervient presque toujours entre ces bandes formidables et les tribus qu'elles avoisinent des traités de paix, ou plutôt de neutralité dont quelques-uns sont de nature assez originale. C'est ainsi qu'une horde de ces bandits, dont les déprédations s'exercent habituellement dans une gorge située à peu de distance du territoire des Beni-Abbes, est convenue avec les gens de cette tribu de ne détrousser les passants que jusqu'à la limite tracée par un certain gué qu'il faut franchir avant d'atteindre le territoire en question. Une fois le courant traversé, les voyageurs sont en sûreté, mais c'est là justement le difficile ; car les brigands font bonne garde. Un voyageur étant venu toutefois à bout de passer inaperçu le gué, et se voyant rendu sain et sauf sur la rive protectrice, entendit tout à coup derrière lui, comme il remerciait Dieu, d'horribles vociférations. Il se retourna, et vit les voleurs rangés sur l'autre bord du gué, qui, furieux de se voir échapper cette proie, l'appelaient de toutes leurs forces et lui faisaient naïvement signe de rebrousser chemin. On imagine sans peine qu'il se donna bien de garde d'écouter ce conseil perfide, donné, du reste, avec une candeur de scélératesse digne des voleurs de l'âge d'or.

Une autre de leurs ruses consiste à feindre le désir de traiter avec nous et à entamer dans cette vue d'interminables négociations, dont ils profitent pour se faire donner force présents. Toutes les lettres des chefs berbères qui demandent à conclure la paix contiennent, après les plus belles protestations d'amitié, de dévouement, d'estime, etc., de petits post-scriptum doucereux dont l'objet invariable est de solliciter du café, du tabac, du sucre, du calicot, des médecines *pour fortifier* [1] et de l'argent *pour distribuer aux tribus*. Il est inutile d'ajouter qu'une fois ces cadeaux obtenus, l'œuvre de la pacification est promptement délaissée ; aussi a-t-on pris le parti de se montrer fort circonspect à l'endroit des pompeuses ouvertures de paix que nous prodiguent les chefs berbères.

Après la part des vices vient celle des qualités, et le Berbère a les siennes. Nous le savons déjà brave, industrieux et actif ; sa passion pour l'indépendance et son inaltérable dévouement à la patrie sont à coup sûr des sentiments de l'ordre le plus élevé. Sous ce rapport, il faut reconnaître qu'il est infiniment supérieur à l'Arabe. Il ne le cède pas, au reste, à ce dernier pour la manière dont il comprend et accomplit les devoirs de l'hospitalité. Dans chaque *dachera* il y a une *gourbie* spécialement affectée au logement des hôtes, et lorsqu'un voyageur se montre à l'entrée des villages, il y est accueilli par les cris de joie des enfants berbères, pour lesquels semblable événement est une véritable fête ; car ils savent par expérience que ces jours-là on tue, pour choyer l'étranger, force poules et moutons dans la gourbie paternelle, et qu'ils prendront leur part de ce régal aussi somptueux qu'inusité. Bien que naturellement enclin à l'avarice, le Berbère passe en pareille occasion de la parcimonie au faste, et pour peu que l'arrivant soit recommandé au chef de la *dachera*, il ne lui faudrait guère moins d'une dizaine d'estomacs pour faire convenablement honneur aux festins dont on l'accable de toutes parts. Malheur à l'imprudent ou à l'inexpérimenté qui commet la faute grave d'assouvir complétement sa faim sur un seul des repas auxquels on le convie ; à peine le premier amphitryon a-t-il traité l'hôte commun, qu'un second prend sa place, et ainsi de suite, jusqu'à ce que le voyageur ait fait raison à tous. Que si par hasard ce dernier fait mine d'interrompre ou de ralentir un si rude exercice, on lui donne affectueusement de grands coups de poing dans les côtes pour le déterminer à poursuivre. Il ne doit donc que prélever une dîme légère sur tous les mets étalés devant lui ; sinon il se place dans l'alternative également fâcheuse, ou de désobliger gravement des hôtes si empressés, ou de périr d'indigestion dans la nuit qui succède à cette débauche gastronomique.

L'administration intérieure de la tribu berbère est confiée aux scheïkhs, qui cumulent avec ces fonctions et le commandement militaire le soin de rendre la justice. Les parties comparaissent devant une assemblée de ces chefs. Le seul code en vigueur est le Koran, et les jugements interviennent sans frais ni formalités. La juridiction criminelle des Berbères rappelle celle des anciens peuples germaniques : tous les délits se résolvent en *khetias* ou amendes, et il existe à cet effet un tarif. Le prix d'un meurtre est fixé à 280 boudjoux (environ 500 francs), ce qui le met à la portée de la plupart des bourses. Il est vrai que les parents de la victime conservent toujours le droit d'user de représailles, en sorte que le meurtrier est ordi-

[1] Demande à chaque instant reproduite dans les messages du fameux *Ould-ou-Rabah*.

nairement obligé de s'enfuir pour échapper à leur vengeance, même après avoir payé le prix du sang (*Ed-Dia*).

Les Berbères professent aussi, comme les peuples du Nord, dont quelques voyageurs affirment qu'ils descendent, un certain culte pour la femme. Ils la traitent avec beaucoup plus d'égards et de respect que tous les autres musulmans ; et, bien qu'aux termes du Koran ils aient le droit d'avoir quatre femmes légitimes, ils se bornent généralement à la possession d'une seule. Leurs femmes peuvent sortir le visage découvert, prendre leur part des réjouissances publiques, et danser avec les hommes au son du *zorna*, sorte de hautbois grossier qui constitue toute l'instrumentation berbère. Elles ont une grande réputation de beauté, et sont, dit-on, fort avenantes. De même que les Mauresques, elles ont une danse qui leur est propre ; mais celle des premières est molle et voluptueuse, tandis que la *sgara*, danse guerrière, est exécutée par les femmes berbères le yatagan ou le fusil en main. C'est ainsi que le caractère d'un peuple se révèle jusque dans la nature et le choix de ses plaisirs.

Une formalité singulière et tout à fait caractéristique signale les mariages berbères. Après la stipulation de la dot (*cedoq*), que doit toujours fournir l'époux, et avant que le cortége nuptial se mette en marche pour gagner la demeure de celui-ci, une dernière et décisive épreuve est imposée au fiancé. Une orange, un citron ou un œuf est suspendu à une branche d'arbre ; le futur s'arme de son fusil, se place à une très-grande distance de cette cible exiguë, et, tant qu'il ne l'a pas brisée, la fiancée refuse d'abandonner le domicile paternel. A-t-il enfin atteint le but, celle-ci s'avance spontanément, suivie des parents et conviés qui font retentir l'air de leurs acclamations joyeuses, et l'on se dirige gaiement vers la maison de l'époux. Cette coutume, qui rappelle un usage célèbre des anciens habitants des îles Baléares, prouve quelle importance attachent ces peuples belliqueux à tous les exercices qui ont trait à leur passion pour les périls et les émotions de la guerre.

Les femmes berbères se tatouent comme les Mauresques et les Arabes ; mais à cet ornement de rigueur, elles joignent une croix gravée en bleu sur le front et les bras. Cet usage remonte, dit-on, à l'époque de l'invasion vandale : convertis au christianisme et sectateurs d'Arius, les guerriers de Genseric avaient affranchi de la capitation tous leurs sujets chrétiens qui, pour se distinguer des autres, portaient au front le signe de la rédemption. Telle est l'explication, sinon authentique, du moins parfaitement plausible, de l'usage qui prévaut encore aujourd'hui chez les Musulmanes de l'Atlas, de se tatouer la croix, symbole de la religion du Christ.

Compagne des dangers de son mari, comme on a pu le voir plus haut, la femme berbère occupe une place importante dans la société kabaïle, et participe des vertus mâles de sa nation. Mais on assure que sa chasteté n'égale pas son héroïsme. Beaucoup de maris sont *malheureux*, malgré leur extrême jalousie, et quelques-uns, notamment ceux de la tribu des Oulid-ou-Rabah, ne craignent pas de faire trafic de leur propre déshonneur, sous l'empire de cette avidité sordide qui est l'un des plus honteux stigmates de la race berbère. En général, les femmes répudiées (*hedjala*) n'ont pas d'autre profession que celle de courtisanes et l'exercent

FEMME DE L'ATLAS.

notoirement dans la maison paternelle, où d'indignes parents tolèrent ces écarts et leur prêtent au besoin une assistance intéressée.

Dans certaines tribus, lorsqu'un voyageur se présente à l'entrée de la *dachera*, on lui demande s'il *est de passage pour la mosquée* ou *pour une femme*, c'est-à-dire s'il aspire seulement à l'hospitalité commune, ou si ses prétentions sont un peu moins morales. Dans ce dernier cas, on le conduit au domicile de *l'hedjala*, où il trouve une réception telle qu'il la peut désirer.

Malgré ce vice qui l'abaisse et la dépoétise, la femme berbère exerce une influence qui tient parfois du prestige sur les montagnards de l'Atlas. Ils subissent et révèrent en elle je ne sais quel pouvoir mystérieux et presque surhumain sous lequel il faut s'incliner. On ne peut méconnaître sous ce rapport une frappante analogie entre leurs mœurs et celle des anciens Germains. On a vu plus d'une Velleda dans les tribus kabaïles, et c'est là seulement que la femme peut s'élever au rang de *sainte*, témoin cette *Gouraya*, qui a donné son nom au pic escarpé dont la cime domine majestueusement la ville de Bougie, et dont la chapelle, dédiée à la mémoire de cette vierge, était naguère encore le but de pèlerinages pieux et multipliés. On jugera de la puissance singulière de la femme sur la nation berbère par le récit suivant.

Au mois de novembre 1835, peu de temps après la prise de Bougie, le navire espagnol le *Correro* fit côte dans le voisinage de cette ville. Deux de ses passagers, le Maure Kara-Ali, et l'Arabe Boucetta, tombèrent au pouvoir des Kabaïles. A peine les Français, récemment installés dans Bougie, eurent-ils connaissance de cet événement, qu'ils envoyèrent l'interprète Allegro à la tribu des Beni-Amram, où s'était opérée la capture, avec mission de racheter les deux malheureux prisonniers. Le négociateur, n'ayant pu s'entendre avec les Berbères, qui ne demandaient rien moins que l'évacuation de Bougie pour la rançon des deux captifs, fut obligé de s'en retourner sans avoir rien conclu.

Après son départ, les Beni-Amram, qui étaient alors dans tout le premier feu de l'exaspération produite chez les Kabaïles par l'occupation de Bougie, proférèrent des menaces de mort contre les prisonniers. Un grand rassemblement se forma sur la plage, et l'on demanda leurs têtes à grands cris. Après avoir vainement essayé de les protéger contre la furie de cette multitude effrénée, Oubram, membre de la tribu qui les avait recueillis dans sa gourbie, se hâta d'aller les rejoindre, et leur tint cet étrange discours, qui peint mieux les mœurs d'une race d'hommes que ne le pourrait faire la plus minutieuse description :

« J'ai voulu vous défendre, et n'ai pu vous sauver. Les Beni-Amram sont sur mes pas : ils viennent vous égorger. Cela ne doit pas être, car vous êtes mes hôtes. Puisque je ne puis vous arracher à la mort, je veux du moins m'épargner le déshonneur de vous voir tuer dans ma maison. Levez-vous, et suivez-moi dans la montagne où je vous immolerai de mes mains. »

Incapables d'opposer la moindre résistance, car ils étaient sans armes et garrottés étroitement, les deux infortunés obéissent et se disposent à suivre Oubram. Dans cet instant survient la mère de ce dernier ; à la vue des deux captifs, debout et prêts à partir, elle interroge son fils, et apprenant de lui le meurtre qu'il prémédite, elle lui crache au visage, l'accable d'imprécations, le traite de lâche et d'homme vil, et lui enjoint, sous peine de sa malédiction, de reconduire Kara-Ali et Boucetta à Bougie, par des sentiers qu'il connaît et par où ils échapperont à la poursuite des Beni-Amram. Atterré et confus, Oubram, sans se permettre une seule objection, prend ses armes, s'éloigne avec les deux prisonniers, et les ramène jusqu'à Bougie, où il les remet sains et saufs entre les mains du commandant de la place. Le même jour, les Beni-Amram incendiaient sa cabane, enlevaient ses bestiaux, et détruisaient ses plantations. Lorsqu'on lui parla de ce désastre, dont la rançon payée en échange des deux naufragés ne l'indemnisa que faiblement, il répondit avec calme : « Qu'importe ma ruine ! la mère avait parlé, et son ordre était juste. J'ai satisfait à l'honneur et rempli mon devoir en protégeant mes hôtes. Dieu le voulait ainsi ! »

Depuis qu'Alger appartient à la France, le nombre des Berbères qui viennent chercher fortune dans cette ville augmente continuellement. Le gouvernement turc, sans doute par dépit de ne pouvoir les soumettre, s'était longtemps opiniâtré à leur en interdire l'accès ; il n'y a guère plus d'un demi-siècle qu'ils ont le droit d'y pénétrer. Lorsqu'il leur fut permis enfin d'y venir librement et de s'y établir, ils formèrent à Alger une corporation organisée à peu près sur les mêmes bases que nos anciens corps de métiers, et à laquelle était concédé le privilége exclusif de certaines professions, notamment celle de portefaix. Cette institution a survécu au pouvoir qui l'avait consacrée, et les Berbères résidant à Alger sont encore réunis en corporation sous l'autorité d'un *amin*, sorte de syndic qui la dirige et la surveille, soutient les intérêts communs, fait la police parmi les gens de sa tribu, et juge correctionnellement ceux qu'il prend en faute. Quelques-uns servent comme domestiques dans les maisons françaises, et s'y montrent actifs, intelligents et honnêtes. Tout ce qu'ils gagnent dans cette condition va jusqu'au dernier sou grossir le petit pécule qui doit un jour servir à l'acquisition d'une gourbie, d'un troupeau et d'un fusil dans leur village natal. Ni privations, ni peines, ni travaux ne leur coûtent pour atteindre ce but de toute leur ambition. Ils souffriront la faim, se couvriront de haillons et coucheront sur la terre nue, plutôt que de toucher à un denier du trésor qui représente pour eux tant de jouissances futures. Beaucoup d'entre eux n'ont pas d'autre domicile que la voie publique ; on les y voit, à l'heure des repas, se coucher au soleil, drapés dans leurs pompeuses guenilles, et là se repaître, sans nul souci de la curiosité des allants et venants, des mauvaises pastèques, des quartiers de potiron ou des figues de Barbarie, qui forment, avec une galette grossière, leur nourriture habituelle. La nuit venue, ils s'étendent philosophiquement le long d'une maison, sous quelqu'une de ces voûtes qui relient les édifices dans les rues sombres et tortueuses de l'ancien Alger ; et bien souvent le citadin qui regagne son logement le soir heurte involontairement du pied, au détour de ces ruelles, une masse blanchâtre et immobile qu'il n'avait pas d'abord aperçue, et dont un sourd grognement révèle seul l'animation. Avec un pareil genre de vie et

LE NEGRE.

(Alger)

un régime de cette nature, on conçoit que le Berbère devienne promptement capitaliste, si l'on considère d'autre part le taux fort élevé des salaires à Alger. Aussi acquiert-il en bien moins de temps la petite fortune, objet de ses désirs, que ses émules d'outre-mer, les Auvergnats et les Savoyards, ces Berbères de Paris. Un fait qui tend du reste à confirmer cette assertion, c'est que la population berbère d'Alger va toujours s'accroissant, tandis que la progression inverse s'observe chez la plupart des autres musulmans de la ville. Cette exception remarquable peut donner la mesure de l'activité et de l'intelligence du Berbère, de même que son aversion pour tout enrôlement sous les drapeaux français prouve son indépendance et son esprit de nationalité.

Tel est cet homme issu d'une race antique et libre, et qui n'a point dégénéré. Ses mœurs présentent, comme on a pu le voir dans cette esquisse bien imparfaite, d'assez frappants contrastes : tour à tour et indifféremment pasteur, soldat, négociant, agriculteur, il réunit en lui plusieurs vocations presque toujours inconciliables. Un grand parti peut être tiré, dans l'intérêt de notre cause, de ces qualités éminentes. Ce sont des forces vives qui peuvent augmenter la nôtre ou l'affaiblir, suivant le degré d'intelligence politique de ceux qui les mettront en œuvre. Espérons que l'emploi de ce levier puissant répondra aux besoins de la situation, et contribuera à la splendeur de notre colonie.

NÈGRES. — MOZABITES. — BISKRIS. — MZITAS. — BENI-L'AGHOUAT.

Après avoir dépeint le Maure, le Juif, l'Arabe, le Berbère, il nous reste à passer rapidement en revue les personnages moins importants dont l'énumération précède, et qui ne laissent pas d'offrir aussi quelques traits dignes d'observation. Une courte notice, consacrée à toutes ces figures de second plan, formera le complément indispensable de notre galerie algérienne-française.

Le *Nègre.* — Au delà du *Belad-el-Djerid* (pays des dattes), situé au sud de Médéah, règne un vaste désert parcouru par les *Touaths* et *Touariks*, peuplades berbères, qui vivent de pillages et portent leurs déprédations jusque sur les rives du Niger et sous les murs de Tombouctou. Elles épient les Nègres qui viennent faire du sel dans les lacs du désert où cette substance abonde, et plus souvent traitent, pour se procurer leur marchandise humaine, avec les petits princes noirs d'Abyssinie et de Nigritie. Elles revendent ensuite leurs captifs au prix moyen de quatre charges de chameaux, ou de seize quintaux de dattes par tête d'homme [1], à des *Touaths* commerçants, qui les exportent en caravanes dans le Belad-el-Djerid. De là, ils étaient naguère acheminés sur Médéah, grand marché aux esclaves, où s'approvisionnaient Alger et les autres villes de la province. Beaucoup venaient aussi du Maroc.

---

[1] Valeur d'environ 40 francs.

Bien que l'établissement des Français dans ce pays, et notamment l'occupation de Médéah aient, sinon supprimé, au moins singulièrement restreint ce commerce de chair humaine, la plupart des Nègres algériens sont encore aujourd'hui réduits à l'état d'esclavage. Mais que nos philanthropes vertueux ne se hâtent point trop de crier au scandale, au crime de lèse-humanité. L'esclavage, chez les Musulmans, n'est point constitué sur les mêmes bases ni considéré du même œil que chez les nations chrétiennes et policées. On a vu des esclaves s'élever en Orient aux plus hautes dignités de l'empire, et les Turcs, qui gouvernèrent avant nous l'Algérie, n'étaient eux-mêmes que des esclaves enlevés par la piraterie aux côtes de Grèce, d'Asie Mineure ou de Syrie.

La condition du Nègre abyssinien dans la société algérienne est donc peu digne de pitié, si on la compare surtout à l'état d'abjection où il vivait dans son pays natal, courbé sous le double absolutisme de ses souverains et de ses prêtres ; son maître musulman le traite avec douceur, n'exige de lui que des travaux proportionnés à ses forces et s'attache à le moraliser en lui faisant abandonner le fétichisme grossier dont se compose sa religion pour la doctrine plus pure et plus élevée de Mohammed. Une fois converti à l'islamisme, l'esclave nègre se relève de sa dégradation morale, et prend dans la maison du maître le rang qui appartient à un bon serviteur ; il fait en quelque sorte partie de la famille, et l'on a pour lui les égards dus à un frère en religion. Souvent la femme esclave partage la couche du maître, et devient son épouse légitime. Enfin, les affranchissements ou émancipations (*itk*) soit par testament, soit par acte passé devant le kadi, sont très-fréquents à Alger, cette pratique étant une de celles que les saintes Écritures signalent comme particulièrement agréables à Dieu.

Une notable portion des noirs que renferme notre colonie jouit donc, par suite de la munificence des maîtres, d'une liberté pleine et entière. Ceux-là sont réunis en corporation sous les ordres d'un chef nommé *Kaïd-el-Ossfan*, espèce de syndic, jadis surnommé *roi des Nègres*, qui exerce sur eux une police spéciale et tient registre de sa gestion, comme de tous les mouvements survenus dans sa corporation.

Les professions spécialement assignées aux Nègres par le gouvernement déchu et qu'ils continuent d'exercer, soit par vocation, soit par habitude, sont celles de blanchisseurs à la chaux, de manœuvres, de domestiques, de chaufourniers et de boulangers. Ils fabriquent aussi des couffes ou corbeilles en paille, travail auquel ils excellent. En général, ils sont industrieux et adroits : dénués d'invention et de spontanéité, comme presque tous les gens de leur race, ils possèdent au plus haut degré la faculté d'imitation.

Les Nègres importés en Algérie sont de haute stature et de proportions athlétiques. Ces avantages physiques sont ordinairement déparés par la difformité de leurs traits où tous les types de laideur particuliers à la race noire, tels que la saillie des pommettes, la dépression du front, l'écrasement du nez, le ton huileux de la peau, l'affaissement et le volume exagéré des lèvres, sont accusés outre mesure. Ils sont vêtus à l'orientale, et, comme tous les Nègres possibles, se donnent des airs de petits maîtres, que leur structure massive et leur tournure peu élégante ne laissent

NEGRESSE.

(Alger.)

pas de rendre légèrement grotesques. A défaut de bijoux précieux, leurs femmes, dont le costume habituel se compose d'une grande pièce d'étoffe à carreaux bleus ramenée jusque sur le front, portent des colliers de verroterie, quelquefois même d'arêtes de poissons et de petits osselets, tant la coquetterie est un sentiment inné chez l'espèce féminine.

Ils adorent la musique et sont en général chargés de la partie instrumentale dans les concerts, ou, pour mieux dire, dans les charivaris dont nous avons parlé plus haut. (Voir le type du Maure.)

La superstition des Nègres est proverbiale, et ceux d'Alger conservent, bien que mahométans et à peu près civilisés, une partie des croyances aveugles que multiplie le fétichisme en honneur dans leur pays natal. Ils se réunissent à certains jours dans une espèce de maison commune, située dans le haut quartier de la ville, au fond d'une des impasses attenant à la grande rue de la Kasbah, et désignée populairement sous le nom de *casa negro*, pour y procéder à huis clos à la cérémonie du *djeleb*, pratique tout à fait singulière, dont l'objet est d'évoquer le diable au moyen de conjurations qu'il serait par trop long de détailler ici, pour le forcer à se loger dans le corps de toutes les personnes qui sollicitent cette faveur. Le but de cette ambition étrange est d'acquérir ainsi la prescience de l'avenir, que le malin passe pour insuffler à tous ceux qu'il possède. A leur tour, ces derniers peuvent communiquer ce désirable privilége aux fidèles croyants qui assistent à la cérémonie. Aussi voit-on toujours grande affluence de spectateurs maures ou mauresques à ces diaboliques mystères que signalent au reste des danses du caractère le plus échevelé, exécutées au bruit d'une musique non moins sauvage par les divers adeptes conviés à recevoir l'esprit de ténèbres en leurs entrailles, et qui, à dire vrai, semblent positivement avoir le diable au corps, tant que durent ces façons de noires saturnales.

Plusieurs Nègres ont pris du service dans nos troupes et s'y sont bravement comportés. Le sentiment de l'honneur militaire est un de ceux qu'il est le plus facile d'inculquer à cette race d'hommes belliqueux. Des cœurs fiers et chaleureux battent quelquefois sous la poitrine de ces parias modernes, et l'on cite un trait qui confirme cette vérité incontestable. En 1856, le nègre Salem, enrôlé dans les spahis de Yousouf, fut condamné pour quelque faute à recevoir la bastonnade au milieu du camp de Dréan, en présence de toute la garnison. Il subit sa peine en silence, et ne trahit aucune émotion pendant que le chaouche le frappait; mais en quittant le lieu du supplice, il courut à sa tente, prit son fusil chargé, et ne pouvant survivre à l'ignominie du traitement qu'il venait d'essuyer, il se fit sauter la cervelle. Des hommes capables de s'élever jusqu'à ce martyre de l'honneur ne sont point dignes de mépris, et tout porte à croire que les Nègres rendraient, sous nos drapeaux, les plus utiles services, si l'on songeait sérieusement à les y appeler.

Avant peu, l'esclavage des noirs, sans cesse amoindri par les affranchissements, s'éteindra en Algérie, où il n'est plus renouvelé par l'importation et la traite. Il est au reste défendu à tout Européen d'acheter ni de posséder aucun esclave nègre, et cette prohibition concilie les exigences philanthropiques avec le respect dû aux droits acquis, à la propriété légitime et aux usages du pays.

Les *Mozabites* et les *Biskris* sont, au dire de plusieurs auteurs, les Gétules de l'antiquité. Nous n'avons pas à discuter ici cette assertion qui, du reste, importe peu au lecteur. Il est toutefois à remarquer que les Biskris parlent l'arabe, et les Mozabites le *chouiah* ou langue berbère, ce qui semblerait impliquer une grande différence d'origine.

Habitants du Belad-el-Djerid, ou pays des dattes, dont il a été question plus haut, les *Mozabites* ou *Beni-Mzab* émigrent en grand nombre dans les villes de Barbarie, et notamment à Alger, où ils viennent chercher fortune. Ils y ont le monopole des bains et des boucheries maures, des moulins et celui de plusieurs autres professions, telles que celles de rôtisseurs, de fruitiers, de charbonniers, de fabricants de nattes et de conducteurs d'ânes. Ce sont, pour la plupart, des hommes de mœurs douces et d'une sévère probité, bien différents en cela des Arabes, avec lesquels ils n'ont peut-être d'autre communauté que celle de l'idiome et du costume.

Les Mozabites étant propriétaires ou régisseurs de tous les bains maures de l'Algérie, c'est ici le lieu d'offrir à nos lecteurs une peinture de ces établissements, qui ne sont pas l'une des moindres curiosités du pays que nous avons pris à tâche de faire connaître, en esquissant les types humains dont ils offrent la réunion.

Ces bains de vapeur sont disposés dans des caveaux pratiqués *ad hoc* sous une de ces maisons mauresques que nous avons décrites plus haut. Le baigneur est introduit dans la cour intérieure, qui occupe le centre de l'édifice, et qu'entoure une colonnade le long de laquelle sont étendues, sur une petite estrade, des nattes en paille de riz. C'est là que chacun se déshabille et dépose sur la natte où il a fait élection de domicile, ses vêtements, l'argent ou les bijoux dont il est porteur, à moins qu'il ne préfère les remettre au propriétaire du bain, qui les dépose dans une case ouverte. Cette confiance, qui pourra sembler extrême, n'a pourtant rien de téméraire, car il est sans exemple que le moindre vol ait jamais été commis dans l'intérieur de ces établissements.

Après cette opération préliminaire, un jeune garçon mozabite s'approche de vous, vous attache au-dessus des hanches une pièce d'étoffe bleue, vous met sur la tête une serviette et aux pieds des babouches en bois ; puis il vous conduit par une galerie doucement échauffée dans une grande pièce souterraine où règne continuellement une température de trente ou quarante degrés, entretenue par une vapeur d'eau tellement dense, que le baigneur pense étouffer en pénétrant dans cette brûlante et nébuleuse atmosphère. Les dalles qui revêtent le sol de ce caveau sont polies à tel point par l'humidité constante qui les emprègne, que les plus grands efforts d'équilibre sont nécessaires au baigneur pour arriver sans accident jusqu'à une grande table ronde en pierre ou en marbre qui occupe le centre de l'étuve. Là, chacun s'assied ou se couche, suivant qu'il le juge convenable, et passe quelques minutes haletant comme un poisson tiré de l'eau ; mais au bout de ce temps, la transpiration s'établit, les pores de la peau s'ouvrent et lui livrent passage, la poitrine se dilate, et les poumons fonctionnent en toute liberté. On passe alors dans un autre caveau contigu où, après vous avoir fait signe de vous étendre sur la dalle, le baigneur mozabite procède à l'opération du *massage*, laquelle consiste à presser et à frictionner en tous sens les membres et le corps du patient, à lui faire craquer avec un bruit formidable toutes les articulations des bras, des jambes, des mains, et jusqu'à celles des côtes et de la colonne vertébrale. Pendant cette besogne étrange, le Mozabite entonne sur un ton nasillard une chanson vraiment sépulcrale, dont la triste monotonie rappelle les chants lugubres de notre office des morts. La sensation qu'éprouve le baigneur durant le travail du massage est difficile à définir : c'est une prostration voisine de l'anéantissement, produite par l'influence énervante de la vapeur, mais à laquelle se mêle un sentiment de bien-être réel, une sorte de béatitude ineffable due peut-être à la présence du fluide magnétique que dégagent les tractions et les passes du masseur.

Après une demi-heure de cet exercice, pendant lequel le Mozabite vous tourne et vous retourne, tantôt sur le dos, tantôt sur le ventre (car le baigneur lui-même n'a pas la force de se mouvoir), le masseur et un de ses camarades qui vient s'adjoindre à lui munissent leur main droite d'un gant de poil de chameau et vous étrillent des pieds à la tête durant cinq ou six bonnes minutes. Cette nouvelle friction a pour objet d'alléger le corps de toute la transpiration qui s'en est échappée et qui s'est condensée à la sortie des pores, de même que les secousses imprimées aux articulations ont pour but de donner plus d'élasticité et de liberté aux membres. Les masseurs vous soumettent ensuite à un savonnage complet, et enfin une dernière ablution d'eau tiède termine la cérémonie.

Le baigneur se relève alors et rentre dans l'étuve, soutenu par les deux Mozabites. Là, il est essuyé avec le soin le plus minutieux, couvert de linges chauds et revêtu en outre d'un ample costume bédouin ; on le ramène ensuite dans la pièce d'entrée, où on le couche sur un matelas ; puis on étend sur lui force couvertures de laine, qui achèvent d'absorber toute l'humidité du corps. Pendant cette sieste voluptueuse que le baigneur prolonge autant qu'il le juge à propos, l'un des Mozabites lui apporte une pipe pleine d'excellent tabac et une tasse de café noir et épais, qui sont toutes deux fort bien venues.

En se retirant de ces bains, on se sent littéralement plus léger qu'on n'y était entré ; le corps est plus agile, les membres plus souples, le jeu des articulations plus libre et plus facile. L'on éprouve en même temps une douce langueur qui ne paralyse nullement l'action des propriétés vitales ; et tout ce bien-être, tout ce surcroît de vie et de santé, ce Mozabite vous le donne, pipe et café compris, pour la modique rétribution d'un franc cinquante centimes ! Convenez que ce n'est guère la peine de s'en passer. Aussi, les bains maures sont-ils très-fréquentés, non-seulement par la population mahométane, mais par tous les Européens de nos établissements d'Afrique qui ne tardent pas à reconnaître leur supériorité hygiénique sur le classique bain français.

Dans l'étuve des femmes, le service du massage est fait par de jeunes négresses aux gages du maître mozabite, et ne diffère en rien de l'opération compliquée dont nous venons de rendre compte.

Un feu plus éternel que celui de Vesta alimente et renouvelle sans cesse, dans ces établissements qui rappellent les étuves antiques, si chères aux matrones romaines, la masse de vapeur d'eau requise pour le service des bains. Aussi le public y est-il admis à toutes les heures du jour et de la nuit, et cette circonstance ne contribue pas peu à augmenter les bénéfices, déjà considérables, de l'entrepreneur mozabite.

Les *Biskris* établis dans la ville et le pays de Biskar, situé à dix journées de marche au sud-est d'Alger, abandonnent également leurs tribus pour venir embrasser dans les villes certaines professions spéciales. Ceux d'Alger sont particulièrement employés aux travaux de la marine et à la *rahba* (halle) du charbon, de la paille et du bois. Ils exercent en outre les métiers de portefaix, de commissionnaires et de porteurs d'eau.

Les *Mzilas*, Kabaïles d'une tribu tout à fait distincte, sont employés concurremment avez les Biskris à la *rahba* du blé, où ils se partagent le travail et se divisent en *mesureurs* et en *portefaix*.

Quant aux *Beni-l'Agouat*, ce sont les habitants d'une ville (l'*Aghouat*), située à une journée de marche et au sud de celle d'*Aïn-Madhy*, capitale du marabout *Tedjini*, l'implacable ennemi et le rival parfois heureux de l'émir Abd-el-Kader. Les Beni-l'Aghouat paraissent s'associer aux haines de Tedjini contre le fils de Mahi-Eddin. La ville qu'ils habitent est sans cesse déchirée par deux factions ennemies qui se combattent à outrance et partagent en deux camps la population. Le perpétuel antagonisme de ces Capulets et de ces Montaigus barbaresques entretient dans la ville un état de désordre et de fermentation qui contribue à encourager l'émigration de ses habitants. Les Beni-l'Aghouat d'Alger sont particulièrement employés au *fondoukezzit* (marché aux huiles), et à celui des bêtes de somme. Ils servent aussi comme domestiques, et l'on s'accorde à louer leur zèle et leur activité.

Toutes ces peuplades d'émigrants sont constituées à Alger, comme celles des Berbères et des Nègres, en corporations soumises à des syndics (*amin*), comme nos anciens corps de métiers. Ces magistrats font la police intérieure de leurs corporations. Ils sont autorisés à infliger des amendes, la prison et des peines corporelles, conformément à la législation musulmane. Ils sont tenus de mettre à la disposition de l'autorité française, lorsqu'ils en sont requis, un certain nombre d'hommes pour exécuter les travaux d'intérêt public. Enfin ils doivent délivrer à chaque membre de la corporation une plaque et un livret semblables à ceux que reçoivent à Paris, de la préfecture de police, les commissionnaires et les cochers de voitures publiques.

Grâce à ces sages dispositions, renouvelées au reste en partie de celles qui régissaient les corporations sous le gouvernement turc, aucun désordre, aucun abus ne signalent l'existence de ces sortes de compagnonnages, et le nombre des incorporés va sans cesse croissant, tandis que la progression inverse se remarque chez les Maures désœuvrés que ne relie entre eux aucun lien disciplinaire.

Tels sont les types nombreux et variés qu'offre la population algérienne, l'un des plus curieux amalgames de races, de mœurs et de langages qui se soient jamais produits sur la surface du globe.

LE FRANÇAIS ALGÉRIEN.

I.

LE COLON ALGÉRIEN.

Ce n'était pas assez, lecteur, de vous montrer le Français au sein de sa patrie sous ses différentes faces, dans ses divers costumes, en habit noir, en frac, en robe d'avoué ou de duchesse, en soutane, en livrée, en bonnet vert, en veste de bure grise ou l'épée au côté. Prévoyant le cas où cet homme, né malin, vous jouerait le mauvais tour de fuir au delà des mers la légitime curiosité dont il se voit l'objet, M. Curmer a pris ses mesures pour que nul réfractaire ne pût ainsi frustrer d'un type sa riche collection. Le crayon de ses portraitistes est comme la loi française : il suit le Français partout. Aussi, la retraite la plus lointaine ne peut-elle si bien cacher le fugitif qu'il n'y soit découvert et ramené bon gré mal gré sur la sellette commune. Tous les Français sont égaux devant le type : c'est à ce titre que le colon algérien devait trouver naturellement sa place dans cette galerie nationale.

A n'en juger que par l'étymologie du mot, qui dit colon, dit cultivateur. L'on se tromperait étrangement toutefois, si l'on appréciait sur cette unique base la fonction sociale du colon algérien. De méchantes langues ont même été jusqu'à prétendre que la spécialité de ce dernier consiste à ne pas cultiver. Nous appelons de ce jugement qui nous paraît par trop radical. Oui, il existe en Algérie des colons qui cultivent, et si le nombre en est restreint, c'est que les obstacles, les dangers, les revers attachés à la colonisation de ce beau pays rebutent les âmes timides, les hommes dénués d'énergie et de persévérance, les esprits impatients et cupides qui, dédaignant le travail, ne voient de moyens d'enrichissement que l'agiotage et la spéculation. Nous nous occuperons plus tard de ce prétendu colon qui, pour posséder un carré de choux vers le Boudjaréah, ou je ne sais quelle terre féconde en palmiers nains et en chardons de toute taille, tranche hardiment du planteur, du grand propriétaire, et s'indigne sérieusement de ce que *ses intérêts agricoles,* méconnus, n'ont point encore de représentant au ministère ni à la chambre. Ici la primauté appartient à bon droit au colon consciencieux et actif, au colon véritable, à celui qui cultive.

Doué d'un esprit aventureux, du plus ardent amour de la nouveauté, d'une énergie à toute épreuve, Versac (le vrai colon) a été vivement frappé des avantages immenses de la conquête de l'Algérie et des nouvelles ressources qu'offre à la mère-patrie la possession de ce riche et vaste territoire. Il a vu dans ce pays une seconde France, une source de fortune pour lui, de puissance pour l'état ; le climat de cette contrée, son côté pittoresque, les souvenirs du passé qu'elle rappelle, l'ont également séduit : il n'a plus hésité. Il a associé son avenir entier à celui de la nouvelle colonie, et, pour ne pas reculer, il a, comme Scipion l'Africain, brûlé tous ses vaisseaux en mettant le pied sur la côte d'Algérie. Toute sa fortune, mobilisée et contenue dans son portefeuille, est employée par lui à l'acquisition d'une ferme considérable, autrefois la propriété de l'un des principaux personnages du pays, à l'achat de semences, d'outils, de bestiaux, d'instruments aratoires, à la réparation des bâtiments annexés à sa métairie, et que la négligence du propriétaire maure a laissés tomber en ruines, enfin à l'engagement d'ouvriers laborieux et déterminés. Il fait venir de France toute sa famille et l'installe à Alger. Quant à lui, sans s'inquiéter si son nouveau domaine est en deçà ou au delà des avant-postes, s'il y courra ou non des risques personnels, il part audacieusement pour cette résidence à la tête de ses travailleurs, et en prend possession d'un œil calme. Là, il organise et poursuit avec ardeur un système de culture expérimentale, dont les premiers résultats, rarement décisifs, quelquefois nuls ou désastreux, le laissent toujours ferme et confiant. Il trace des sillons, sème des prairies artificielles, forme des plantations, cherche à acclimater dans ses terres les arbres de l'Europe et les plantes tropicales, greffe, perfectionne et améliore les espèces indigènes. En peu de temps le hêtre, l'orme, le peuplier, la vigne et la plupart de nos arbres fruitiers s'élèvent par ses soins à côté du mûrier, de l'olivier, de l'aloès, de l'oranger et du palmier. Quelques années encore, et on le verra sans doute produire concurremment le grain, la soie, l'huile, le tabac, peut-être aussi le coton, l'indigo et la garance. Il recueillera alors le fruit de ses constants et courageux efforts. En attendant, il ne néglige rien de tout ce qui peut

mener à bien sa louable entreprise. Debout dès l'aurore, il guide lui-même aux travaux des champs les ouvriers de sa ferme. Il les dirige, les surveille, prend sa part
de leurs fatigues et les stimule ainsi par son exemple. Le spectacle de cette activité infatigable n'est pas sans influence sur la population indigène. D'abord simples
témoins de ses travaux, les Arabes du voisinage ne tardent pas à s'y associer ! l'appât
du gain triomphe de leur indolence naturelle ; une véritable fièvre d'imitation les
gagne, et la plupart acceptent avec empressement le salaire que leur offre Versac,
pour les déterminer à grossir le nombre de ses travailleurs. Bientôt notre colon voit
le Français et l'Arabe, paisiblement accouplés, pousser à la charrue et défricher son
champ. C'est ainsi que tout naturellement, sans secousses, par la seule force des
choses, il contribue efficacement pour sa part à la solution du grand problème qui
préoccupe nos politiques, celui de la fusion des deux peuples, et prépare autour
de lui l'œuvre de la civilisation, servant tout à la fois ses intérêts privés et ceux de
la colonie.

Un événement funeste et qu'on devait prévoir est venu tout à coup ruiner les
espérances du laborieux colon, ou du moins en reculer à un terme éloigné la réalisation. Au mépris de la paix si avantageuse qu'il avait obtenue, l'ambitieux fils de
Mahi-Eddin s'est rué inopinément avec ses hordes fanatiques sur nos établissements
naissants. L'infortunée plaine de la Metidjah, déjà à demi française, s'est vue tout un
grand mois sillonnée et ravagée en tout sens par les sauvages cavaliers de l'émir ;
nos premiers essais de culture sont rentrés dans le néant. Tout a été dévasté jusqu'aux moissons à venir, qu'a étouffées dans les entrailles de la terre et broyées
dans leur germe le pied des chevaux ennemis. Les plantations et les fermes de nos
colons sont devenues la proie des flammes, et sur leurs ruines fumantes a campé
l'Arabe du désert.

> Impius hæc tam culta novalia miles habebit
> Barbarus has segetes.

Surpris par cette soudaine levée de boucliers, Versac n'a eu que le temps de se
réfugier avec sa petite troupe dans l'intérieur de son habitation, où il s'est à la hâte
barricadé et retranché de son mieux. Là, assailli plusieurs jours durant par des centaines d'hommes, il a, lui simple agriculteur, peu habitué à la défense des places
fortes, repoussé des attaques sans cesse renaissantes et soutenu un siége en règle.
Par son intrépidité et son sang-froid qui ne se sont pas un instant démentis, il a
donné aux troupes de la division, averties de sa détresse, le temps de venir à son
secours, de mettre en fuite les assiégeants et de le délivrer. En s'éloignant, en
jetant un dernier regard sur ces champs désolés, il emporte du moins la consolation
d'avoir ôté la vie à plusieurs de ses implacables ennemis : lui aussi a eu son Mazagran. Comme les héroïques défenseurs de ce réduit désormais historique, il était
disposé à vendre chèrement sa vie à l'Arabe, et cependant on n'a pas parlé de lui. Il
avait naguère quitté Alger plein d'espoir et d'avenir ; il y rentre ruiné, mais non
découragé. Lorsque la paix et le calme seront rétablis, il se remettra bravement à

l'œuvre, relèvera ses plantations et recommencera sur nouveaux frais l'édifice écroulé de sa fortune coloniale. Ce qu'il demande seulement, c'est un emploi plus judicieux des soixante mille hommes dont se compose l'armée d'Afrique ; c'est un peu plus de prévoyance de la part des chefs auxquels sont confiés tant d'intérêts et de destinées ; c'est un peu plus d'intelligence et un peu moins de lésinerie de la part des chambres ; c'est... Espérons, non pas seulement pour lui, mais pour la France engagée dans le débat, que ses vœux justes et modérés seront enfin accueillis et qu'il pourra bientôt reprendre ses travaux, sans craindre que la terre, fécondée de ses sueurs, ne soit un jour arrosée de son sang.

S'il y avait en Algérie beaucoup de colons semblables à Versac, ni l'ambition d'Abd-el-Kader, ni les indécisions du pouvoir ne nous pourraient donner un instant d'inquiétude sur l'avenir de ce beau et fertile pays. Mais, malheureusement, pour un de ces hommes courageux et persévérants dont on vient de voir le type, il en est vingt qui cherchent uniquement dans la spéculation la plus aléatoire une fortune qu'ils n'ont pas la patience de demander au travail ni au temps. Par eux, l'Algérie a été transformée en une nouvelle Louisiane, où presque tout le travail de la colonisation se réduit à une espèce de jeu de bourse sur des valeurs souvent aussi imaginaires que les mines d'or riveraines du trop fameux Mississipi. Ceci nous amène tout naturellement à dépeindre au lecteur le colon de la variété la plus nombreuse, celui qui ne cultive pas.

Ce dernier est ordinairement un commerçant failli, un officier public que des supérieurs méticuleux ont invité, pour quelque vétille, à se choisir un successeur, un avocat sans causes, un médecin sans malades, un actionnaire victime des sociétés en commandite, que la mauvaise fortune n'a pas rendu plus sage, tout, en un mot, excepté un agriculteur. Désespérant de se créer une position en France, ou de relever, ce qui paraît plus difficile encore, celle qu'il a perdue, notre homme lance, comme Childe-Harold, un anathème violent contre l'ingrate patrie qui n'a pas su l'apprécier ni le comprendre, et vient s'abattre sur l'Algérie comme sur une proie splendide et de facile curée. Il n'a pu être ni négociant, ni notaire, ni avocat, ni médecin, ni industriel : il se fera colon.

A peine débarqué sur la côte d'Afrique, notre aspirant colon se met en quête d'un terrain à acheter, car il a hâte, que dis-je ? il a soif de devenir propriétaire. Le plus sage dans sa position serait de se mettre sur les rangs à l'effet d'obtenir une concession de terres domaniales ; mais à cet avantage est attachée la condition *sine quâ non* du défrichement et de la culture. Ce n'est pas là le compte du nouvel arrivant, qui a la prétention de s'enrichir sous peu sans gêne et sans fatigue ; ce qu'il lui faut à lui, c'est un vaste fonds de terre qu'il puisse revendre prochainement et à gros bénéfice, pour en acheter un autre qu'il compte céder de même, et ainsi de suite, jusqu'à concurrence du million qu'il prémédite de recueillir en Algérie. L'occasion qu'il recherche ne tarde pas à s'offrir d'elle-même ; car ce ne sont pas les terres à vendre qui manquent dans le pays. On dirait même que leur nombre s'accroît à mesure qu'elles trouvent acquéreur. On a calculé en effet que la seule plaine de la Métidjah avait dû être achetée et revendue dix fois au moins depuis 1850, et cependant elle est

toujours à vendre. Aussi la capitale de nos possessions d'Afrique foisonne-t-elle de
grands propriétaires dont la richesse n'est guère plus digne d'envie que celle de nos
porteurs d'actions sur les divers bitumes. Bien qu'arrivé un peu tard, notre émigrant n'en trouve pas moins place à cette orgie territoriale, car il s'y rencontre déjà
plus d'un convive affamé qui, las de mâcher à vide, se lève spontanément à l'aspect
du nouveau venu, et court lui offrir sa part de ce festin purement idéal. Terrains,
fermes et métairies sont aussitôt servis devant notre homme, et il remarque avec
satisfaction que les prix de la carte ne sont pas fort élevés. En d'autres termes, il
devient le point de mire d'une foule de spéculations toutes semblables à celle qu'il
a projetée lui-même ; car l'idée n'en est pas tellement ingénieuse que d'autres ne
l'aient pu concevoir avant lui. Si donc notre futur colon est empressé d'acheter, tant
d'autres brûlent de vendre que, dans le cliquetis d'offres séduisantes qui pleuvent
sur lui de toutes parts, il ne sait vraiment plus où donner de la tête. Enfin il se décide, et l'affaire se conclut suivant les usages du pays, c'est-à-dire moyennant la
stipulation d'une rente perpétuelle payable au vendeur ou à ses héritiers, et rache-
table au denier vingt, plus la remise immédiate d'un pot de vin qui varie suivant
la valeur et l'étendue du domaine cédé. En somme, le marché ne paraît pas fort
onéreux, et pour peu que l'émigrant ruiné ait sauvé quelques bribes de sa fortune
continentale, il achètera aisément en Afrique dix fois plus de terres que n'en obtint
jadis Didon abordant le même rivage pour y asseoir les fondations de la rivale
de Rome. Il va sans dire qu'il ne peut être question ici des propriétés situées dans
Alger même ou dans son voisinage. Depuis longtemps celles-là ou ne sont plus à
vendre, ou ont acquis, par suite de l'accroissement de la population, une valeur
vénale par trop disproportionnée avec les minces ressources du nouveau débarqué. Aussi le bas prix de la vente étonnera-t-il moins lorsqu'on saura qu'elle porte
sur des terres tout à fait hors de portée, celles, par exemple, où sont campées les
troupes d'Abd-el-Kader. Cette considération, qui vous donnerait peut-être à réfléchir, n'arrête pas une minute l'émigrant. D'une part, le chiffre modique de ses
déboursés le console aisément du peu de rapport actuel de sa propriété ; de l'autre,
il songe avec délices au jour où l'armée française venant à chasser du pays les hordes
de l'émir, chose qui ne peut tarder, son terrain se trouvera aussitôt décuplé, vingtu-
plé, centuplé de valeur. Quelle séduisante perspective ! N'y a-t-il là de quoi dédommager amplement de la perte de quelques insignifiants revenus ? Et puis n'a-t-il
pas dès à présent le droit de se dire avec orgueil propriétaire de l'immense ferme
de Raz-el-Tangourah, sise à vingt lieues d'Alger, au pied du petit Atlas ; ou de la
superbe mine d'argent du mont Djurdjurah, la plus riche de l'univers...... au dire
du vendeur ?

Voilà donc notre émigrant inféodé à la colonie, où il prend définitivement pied.
La possession de quelque vieux parchemin rongé aux vers, où la plume de roseau
du khodjah maure a griffonné d'indéchiffrables arabesques, suffit pour l'investir du
titre précieux de colon. A dater de ce jour, il ne rêve plus que millions, milliards,
or, diamants, pierres précieuses ; il se voit déjà retournant dans son chef-lieu de
sous-préfecture, non moins chargé de trésors que Candide à la sortie d'Eldorado,

excitant l'admiration et l'envie de ses concitoyens, qui jusqu'à ce jour n'avaient vu en lui qu'un assez pauvre hère, devenant maire de sa ville natale, membre du conseil général de son département, député, pair de France, que sais-je? peut-être président du conseil? Pourquoi s'arrêter en si beau chemin? L'essentiel pour lui était de devenir grand propriétaire : il l'est, et à bien peu de frais; le reste viendra de soi-même.

Sa mine, si c'est une mine qui lui est échue en partage, il songe à la mettre en actions (lorsqu'on aura délogé les Kabaïles de l'Atlas) au capital social de trente-six millions; si c'est une ferme dont il se trouve nanti, il se réserve d'examiner plus tard lequel vaudra le mieux ou de la revendre au centuple, parti pour lequel il incline, ou d'en tirer plus de profit encore en l'exploitant lui-même au moyen de procédés ingénieux et de machines admirables dont lui tout seul a le secret.

Il va de tous côtés quêtant des renseignements auprès des indigènes sur sa propriété, qu'il n'a jamais vue, même sur le papier, et que vraisemblablement il ne verra jamais. La plupart de ceux qu'il interroge ainsi ne la connaissent pas même de nom, et si quelques-uns d'entre eux parviennent à retrouver dans leur mémoire certaines données sur ce qui l'intéresse, leurs indications sont ordinairement si vagues et si opposées, qu'on ne peut en tirer aucune induction. Suivant les uns, la ferme de Raz-el-Tangourah s'étendrait à deux lieues au delà de la Chiffa; suivant les autres, à trois lieues en deçà. Au dire de celui-ci, elle dépendrait de la tribu des Beni-Khâlil; s'il faut en croire celui-là, elle serait enclavée dans le territoire des Hadjoutes. Il n'est pas moins difficile de savoir, même approximativement, quelle est son étendue. A cet égard, les évaluations ne varient guère que dans la proportion de cinquante à dix mille; mais comme, au surplus, nulle délimitation matérielle ne marque en Algérie où commence et où finit chaque propriété, il n'y a pas de raison pour que celle-ci n'embrasse pas toute la province. Telle est la réflexion consolante que fait notre colon en présence de tout ce conflit de dires contradictoires. Une conviction moins robuste que la sienne s'en trouverait à coup sûr ébranlée, mais lui n'est pas pour se laisser aller à ces terreurs paniques; il était fait pour vivre aux premiers temps du christianisme : il a le don de la foi.

Cet avantage précieux ne l'empêche pas toutefois de désirer ardemment voir par ses propres yeux cette magnifique propriété qui doit être la base de sa future richesse, mais qui, hélas! se trouve pour le moment, ainsi que nombre d'évêchés, *in partibus infidelium*. Il se glisse donc furtivement à la suite du premier corps d'armée qui va faire une ghazia ou une reconnaissance dans la direction vraie ou supposée de ses bienheureuses terres. Après deux ou trois jours de marche pénible sous un soleil brûlant, on touche enfin à l'endroit désigné. Là, notre homme, tout ému, regarde autour de lui et n'aperçoit pas l'ombre de métairie ni de ferme. Il s'inquiète, il s'informe, il consulte, à grand renfort de signes et d'interprètes, les gendarmes arabes qui précèdent et éclairent l'expédition, ou les paisibles habitants du douar que l'on traverse; et c'est seulement après deux heures d'une enquête mortelle que quelque âme charitable met fin à ses angoisses en lui montrant du doigt, au bout de l'horizon, une apparence d'habitation en ruines, tellement entourée

de broussailles qu'à peine la peut-on distinguer à travers le rideau de cette végétation stérile. Évidemment les chacals seuls fréquentent ce lieu sauvage depuis longues années. C'est pourtant là la fameuse ferme de Raz-el-Tangourah, que l'imagination dépeignait à notre héros sous des couleurs si séduisantes. Aussi, bien qu'il
en ait, se sent-il tout d'abord un peu désenchanté. Mais il se remet promptement,
grâce à l'imperturbable confiance dont l'a doué son astre, et il contemple avec
attendrissement cette bicoque délabrée sur les ruines de laquelle il se plaît à bâtir
tant de châteaux en Espagne. « Là, se dit-il avec émotion, s'élèvera bientôt une vaste
« et belle maison, que dis-je, une maison ? un hameau, tout un village peut-être,
« dont je serai le propriétaire et le maître absolu. » Que ne donnerait-il pas pour
pouvoir baiser cette terre promise et l'arpenter fièrement d'un pied seigneurial ?
Malheureusement les Arabes sont en vue, et l'on ne peut s'éloigner de la colonne
expéditionnaire de plus de deux portées de fusil, sans s'exposer au risque imminent
d'avoir la tête coupée. Il se résigne donc, comme le législateur des Juifs, à voir sans
y entrer ce nouveau Chanaan ; mais il lui en coûte, et lorsque vient le moment du
départ, il est un des derniers à quitter la place, et ne s'éloigne pas sans avoir une
dernière fois salué son beau domaine du geste et du regard.

En attendant que la réalisation de ses rêves lui assure une existence féerique, le
colon, forcé de rentrer provisoirement dans la vie positive, se trouve souvent fort
aise d'obtenir le poste peu brillant de courtaud de boutique ou les fonctions encore
moins relevées de petit clerc chez l'un des quinze ou vingt huissiers qui rançonnent déjà la colonie d'Afrique ; car où cette race verbalisante ne se fourre-t-elle pas ?
Quelquefois même, *proh pudor !* notre richard en herbe se voit contraint à accepter
de l'emploi dans les armées de terrassiers et de manœuvres dont les travaux de
ponts et chaussées nécessitent la levée ; ou bien encore à courber ses épaules sous
le fardeau du portefaix, si toutefois ces dernières ne le cèdent pas en vigueur à sa
crédulité. Mais cette ignominie présente ne l'affecte que peu, car à ses yeux elle
n'est que passagère ; aussi n'en perd-il pas un pouce de sa taille, et lorsqu'il songe,
au milieu de ses infimes travaux, au sort digne d'envie que l'avenir lui prépare, il
n'est nullement éloigné de comparer sa destinée présente à celle de Pierre le Grand
maniant la hache du charpentier, au besoin même à celle d'Apollon gardant les
troupeaux chez Admète.

Cependant les mois et les années s'écoulent, sans apporter à sa condition le plus
léger changement. A force d'espérance, notre homme commence à se désespérer.
Rien ne serait pourtant plus facile, selon lui, que de soumettre les Arabes. Il suffirait pour cela de suivre un système fort simple dont il est l'inventeur, et dont l'a-
doption assurerait sous peu la pacification de toute la régence, et en particulier le
succès de sa chasse aux millions. (Tout colon, après trois mois de séjour dans le
pays, a nécessairement un système complet de colonisation.) Celui de notre homme
est en effet fort simple : il consiste tout uniment à élever autour du territoire que
nous voulons garder, une espèce de muraille de la Chine, contre laquelle viennent
expirer les agressions des nouveaux Tartares qu'il s'agit de tenir en respect. Tel
autre a imaginé un plan tout aussi ingénieux, et plus expéditif encore : il ne propose

rien moins que d'exterminer sans pitié ni merci tous les Arabes de la régence, à
part les enfants en bas âge, qu'on enverra en France faire leur éducation dans les
colléges royaux. Celui-ci, plus humain, mais non moins profond, met au jour un long
traité de politique extrêmement machiavélique, qu'il recommande de suivre à l'é-
gard des populations indigènes ; en tête de son factum, on lit cette devise digne
de l'auteur du *Prince* : *Diviser pour régner*. Tel autre enfin propose de construire
en Algérie un certain nombre de murs roulants [1], de cinquante ou cent pieds de
longueur, sur une largeur de huit ou dix, lesquels, traînés à la remorque par une
égale quantité de machines à vapeur, et transportant nos soldats à la rencontre de
l'ennemi avec la rapidité de la foudre, rappelleraient ainsi pendant le combat les
fameux chariots armés en guerre de l'armée de Darius, et, réunis après l'action,
formeraient une ligne de remparts imprenables. Aucune de ces belles inventions
n'étant mise à profit par le gouvernement, le colon, qui paraissait d'abord tout disposé à lui accorder son appui, le lui retire définitivement pour passer à l'opposition. A dater de ce jour, il ne cesse plus de déblatérer contre « un pouvoir inepte,
antinational, et qui a très-certainement promis aux Anglais de leur livrer la colonie
à la première occasion. »

Il n'est pas rare que, dans la première fougue de son ressentiment, notre colon
se prenne de belle haine contre les vieilles sociétés, et par contre de vive passion
pour les mœurs de l'Orient. Peut-être, avant les circonstances auxquelles est due son
émigration, comptait-il parmi nos vertueux négrophiles : passant maintenant du
noir au basané, il devient turcophile, et porte dans son cœur toute la race musulmane (non pas toutefois celui qui veut l'exterminer). Quant aux Européens, il conçoit pour eux un souverain mépris et les plaint cordialement de continuer à végéter
au sein d'une civilisation si féconde en sots usages et en besoins factices. Combien
l'existence sensuelle et inactive de l'Oriental lui semble préférable ! Aussi le voit-on
régler avec empressement sa vie et ses habitudes sur celles de cet heureux mortel.
Il se loge dans une maison mauresque qu'il a bien soin de meubler à l'orientale, ce
qui revient à dire qu'il ne la meuble pas du tout. Il chasse son valet, si par hasard
il en a un, et le remplace par un moricaud effronté, paresseux et voleur. Cessant
bientôt tout commerce avec ses chers compatriotes, il ne fréquente plus que les
marchands de dattes ou d'essences de la rue Bab-Azoun, devant l'échoppe desquels
il passe des journées entières, nonchalamment accoudé sur la devanture de leur
boutique, discourant avec eux de la pluie ou du beau temps dans un jargon fort
semblable au Turc que fait parler Molière à ses acteurs dans le divertissement du
Bourgeois gentilhomme. On ne le rencontre plus qu'aux bains maures, chez les bar-
biers et dans les cafés maures. Non content de manier éloquemment la langue
franque, il se met en tête d'apprendre l'arabe, et au bout de six mois il en a bien
retenu cinquante mots qu'il place à tout bout de champ, croyant passer ainsi pour
orientaliste. S'il écrit une lettre, il dédaigne la plume d'oie, comme incommode et
prosaïque, et se sert, ainsi qu'il a vu faire aux khodjas, d'un fragment de roseau.

[1] Historique.

Au lieu de mander à ses amis qu'il les embrasse et leur souhaite une bonne santé, comme il avait coutume de le faire, il commence son épître en *suppliant le Très-Haut de faire pleuvoir sur eux toute la rosée de ses bénédictions*; il fait des vœux, dit-il, *pour que le jardin de leur félicité domestique ne soit point desséché ni flétri par la bise de l'adversité*. Suivent une demi-douzaine de figures non moins pittoresques au bout desquelles, ayant épuisé son recueil d'amphigouris poétiques, il se décide enfin à entrer en matière et à venir au fait de son chapon. En terminant sa lettre, et en guise de paraphe, il signe son nom peu oriental de Dufour en caractères arabes : c'est un petit relief calligraphique dont il n'est pas fâché de rehausser son style. Il ne lui a guère fallu, pour acquérir ce talent de société, qu'une vingtaine de leçons et deux mois du plus rude exercice ; mais enfin il le possède, il s'en pavane, et semble insinuer par là à ses correspondants que, si tout le corps de ses lettres n'est pas écrit en arabe, c'est qu'il a daigné prendre en considération leur ignorance de cet idiome. Sous prétexte d'étudier à fond les mœurs intimes de l'Orient, il hante assidûment certaines réunions peu morales, généralement connues à Alger sous le nom de *fêtes du mézouar*. C'est là qu'on voit les courtisanes mauresques exécuter des danses auprès desquelles pâlissent et l'espagnole *cachucha*, et cet autre pas de caractère dont s'alarme à si juste titre la pudeur de nos sergents de ville. Ce ravissant spectacle achève de transporter notre héros, qui désormais ne jure plus que par musulmans. Pour un peu, il se ferait mahométan lui-même.

A défaut de cette satisfaction, il veut du moins rapprocher autant que possible sa personne extérieure de son type d'affection. Dans cette vue, il laisse pousser sa barbe, s'affuble d'un burnous, et ne se montre plus en public qu'armé d'une pipe monstre. Combiné avec son large pantalon blanc, son immense chapeau gris et les lunettes bleues qu'il porte habituellement pour préserver ses yeux de l'éclat d'un soleil trop radieux, cet attirail ne laisse pas de lui donner une physionomie assez réjouissante.

Le colon est en général veuf ou célibataire ; il passe du moins pour tel. Sa femme, s'il en a une, vit séparée de lui : quelquefois il l'a abandonnée, souvent aussi il l'a été par elle. Les chagrins domestiques contribuent plus qu'on ne croit à peupler les colonies naissantes. En revanche, et par une juste compensation, plus d'un colon amène avec lui de France une compagne prétendue légitime, et censée telle jusqu'à plus ample informé, mais dans laquelle il n'est pas rare de reconnaître, au bout d'un certain temps, l'ex-modiste Paméla, fort goûtée naguère au Vauxhall et à l'Ile-d'Amour ; une séduisante parfumeuse, une agaçante dame de comptoir, ou même, hélas ! parfois la romanesque et vaporeuse moitié de quelque Ménélas adjoint de village ou débitant de tabac.

Telle est ordinairement l'épouse du colon, ou *colonne*, pour nous servir du féminin burlesque dont notre langue s'est enrichie depuis peu. Celle-ci se montre en général beaucoup moins enthousiaste que notre colon des mœurs et des usages d'un pays où la plus stricte réserve et la fidélité la plus inaltérable sont le premier devoir des femmes. Loin d'imiter sous ce rapport la musulmomanie de notre héros, elle ne cesse de honnir les procédés sauvages dont les mahométans usent envers leurs compagnes, et jure de ne jamais se laisser soumettre au même joug. Aussi la voit-on bientôt, séduite par les œillades traîtresses de quelque sémillant guerrier, convoler en secondes, en troisièmes et même en quatrièmes noces.

Lors des hostilités qui ont naguère désolé la plaine de la Métidjah, tandis que les véritables colons, ruinés pour la plupart, n'en venaient pas moins offrir au gouvernement le secours de leurs bras au lieu de s'épuiser en d'inutiles clameurs, le colon paresseux et improductif n'a pas manqué de crier plus fort qu'eux, bien qu'il n'eût rien perdu. Il est juste d'ajouter qu'il n'a rien obtenu. Aussi cette dernière épreuve a-t-elle mis le comble à ses désenchantements. Il ne croit plus désormais à son avenir colonial, et songe sérieusement à revendre la malencontreuse ferme de Raz-el-Tangourah. Malheur à l'apprenti spéculateur qui tombera entre ses griffes ! Il court grand risque de posséder à son tour cette idéale métairie. Après s'être ainsi allégé de ce fardeau pesant, le colon désillusionné retournera en France, et rentrera à Carpentras ou à Brignolles non pas, hélas ! en triomphateur, comme il s'était plu à l'espérer, mais non pas tout à fait Gros-Jean comme devant. Le prix de sa ferme lui servira à faire l'acquisition d'un fonds d'épicerie ; et, en bénéficiant sur l'indigo, le sucre et la cannelle, il se consolera aisément de n'avoir pu les récolter lui-même sur *ses terres*. Puissent tous les colons qui lui ressemblent laisser comme lui le champ libre aux véritables travailleurs ! Tel est le vœu que nous formons, sans oser croire pourtant à son accomplissement prochain. Nous craignons au contraire que le type qui précède ne soit longtemps une vérité.

Parmi les éléments hétérogènes dont se compose la population européenne de l'Algérie, bien des types divers se recommanderaient encore à l'attention du lecteur. Mais aucun ne nous a paru assez tranché ou, pour mieux dire, assez *local* pour mériter d'être traité comme celui du colon dans un article spécial. L'Espagnol, le Maltais, l'Italien, l'habitant des îles Baléares, qui fréquentent nos établissements du nord de l'Afrique, ont bien chacun leur physionomie distincte et digne d'exercer, soit le pinceau du peintre, soit la plume de l'écrivain. Mais la plupart sont des oiseaux de passage ; ils ne viennent point fonder dans notre colonie d'établissements définitifs, et, tout en prenant place, au moins temporairement, dans la grande famille algérienne, ils ne cessent point d'être Maltais, Espagnols, Italiens, etc., par les mœurs comme par la naissance. Essayer de dépeindre toutes ces figures exotiques, ce serait nous aventurer dans une série de portraitures dont ce n'est point ici la place, et qui nous entraîneraient d'ailleurs trop au delà des limites naturelles du cadre que nous nous sommes imposé. Quelques lignes suffiront donc pour esquisser à grands traits ces personnages secondaires.

La population européenne de l'Algérie, qui a pris dans ces dernières années un accroissement rapide, s'élève en ce moment à près de trente mille individus.

Dans ce nombre les Français entrent pour une proportion d'environ deux cinquièmes, dont il faut déduire une armée de fonctionnaires et d'employés, peu différents en Algérie de ce qu'ils pourraient être en France.

Nous n'avons rien à dire non plus des négociants ou industriels qui passent en Afrique dans l'espérance d'y exploiter leur commerce ou leur profession avec plus de succès que dans la mère-patrie. Tels ils étaient naguère dans la rue Saint-Denis, tels on les retrouve encore dans la rue Bâb-el-Oued, ou dans la rue de la Marine, assez pauvre contrefaçon de notre rue de Rivoli, où ils ont transplanté leur enseigne. Le boutiquier est un type immuable que ne peuvent modifier ni les temps ni les lieux.

Enfin, une notable partie des émigrants français ne vivent que par et pour l'armée. On a dit, et non sans raison, que, partout où nos soldats victorieux frappent la terre du pied, on voit surgir des cuisiniers et des marchands de comestibles. La vérité de cet aphorisme a reçu dans notre colonie une éclatante confirmation. À peine avions-nous pris Alger qu'il s'y établissait de toutes parts des restaurants et des guinguettes. Aujourd'hui, le nombre des cantiniers, vivandiers, frituriers, rôtisseurs, qui partagent les travaux de notre brave armée, mènent avec elle la vie des camps et suivent les expéditions, toujours au feu comme elle, mais avec un peu moins de dangers, est réellement incalculable. En vain quelques chefs rigoristes ont voulu proscrire la cantine, pour raison d'ordre colorée sous un prétexte d'hygiène; ils n'ont pu réussir à chasser cette compagne inséparable du troupier, dans la guerre comme dans la paix. Sûr d'être toujours bien accueilli du soldat français, dont la qualité essentielle n'est pas la tempérance, et qui n'est réellement spartiate que par le cœur, le *marchand de saucisses*, comme l'appellent ironiquement les catons à grosses épaulettes, se soucie fort peu des réformes somptuaires qui tendent à l'annihiler, et trouve toujours moyen d'éluder la consigne. Au besoin même il risque sa vie plutôt que de ne pas *rejoindre*, et s'aventure seul, en plein pays arabe, sans autres batteries que celles de sa cuisine, pour courir où l'honneur et la soif des héros réclament sa présence. — Nous avons vu de nos propres yeux un exemple de cette ardeur portée jusqu'au fanatisme, et bien cruellement expiée : au mois de septembre 1855, dans une marche opérée du camp de Douéïra au petit Atlas, on crut devoir partir au milieu de la nuit pour éviter les fortes chaleurs, et se reposer le lendemain, vers l'heure de midi, sous les frais ombrages des vergers qui environnent Blidah. Un cantinier et sa femme, qui n'avaient point été prévenus de ce départ nocturne, et s'étaient réveillés le matin, fort surpris de ne plus voir au camp la colonne expéditionnaire, voulurent à toute force rejoindre le corps d'armée, et, quelques instances que l'on pût faire pour les détourner de ce projet, ils se mirent bravement en route avec une petite charrette contenant toutes leurs provisions. Assaillis à peu de distance du camp par un parti arabe, ils furent tous deux massacrés et décapités; un soldat retardataire, auquel ils avaient donné asile dans leur modeste attelage, eut le même destin. Le soir, en retournant à Douéïra, nous trouvâmes gisants sur la route les cadavres de ces infortunés, dépouillés de tous leurs vêtements, et mutilés avec une barbarie sauvage.

De tous les pays méridionaux, l'Espagne et l'île de Malte sont ceux qui fournissent le plus d'émigrants à notre colonie. La moitié de la population d'Oran se compose d'Espagnols débarqués des ports de Valence, d'Andalousie ou de Murcie, quelquefois aussi évadés des bagnes de Ceuta ou d'Ahlucema, et réfugiés sur notre territoire sans que leur gouvernement songe le moins du monde à réclamer de nous leur extradition. Alger compte aussi un grand nombre de ces hidalgos affamés. La plupart exercent avec succès dans l'une et l'autre de ces deux villes la profession de jardinier, de maraîcher ou de fruitier, industrie qui, en temps de guerre et en l'absence des pourvoyeurs bédouins, ne laisse pas d'être lucrative. Leurs femmes, dont les beaux yeux et la taille cambrée trouvent de nombreux admirateurs, continuent de porter la mante nationale et le costume sombre des Andalouses au sein bruni, si chères à la littérature romantique et échevelée de notre belle patrie.

Resserrée sur le rocher aride qui fut jadis un des boulevards de la chrétienté, la population maltaise, l'une des plus prolifiques du globe, déverse une partie de son trop plein sur notre colonie naissante, et notamment dans les villes de Bone, de Philippeville et de Bougie, qui sont le plus à sa portée. Les Anglais provoquent, encouragent et forcent même au besoin ces sortes d'émigrations qui débarrassent le sol maltais d'une race famélique toujours prête, comme l'Irlande, à s'insurger faute de pain. Transplantés en grand nombre dans nos établissements d'Afrique, où on les reconnaît sans peine à leur teint basané, à leur noire chevelure et au bonnet de laine brune, semblable à ceux des lazzaroni et des pêcheurs napolitains, qui leur sert de coiffure, les Maltais se font remarquer en outre par une activité vraiment prodigieuse. Tout métier leur est bon pour amasser le pécule qui doit un jour leur assurer une existence plus paisible. Pêcheurs, portefaix, domestiques, commissionnaires, ouvriers, manœuvres, cabaretiers, ils sont tout cela indifféremment, suivant les circonstances, et mettent soigneusement leurs bénéfices de côté pour en jouir plus tard avec leurs femmes et leurs enfants qui les attendent au logis ; car aucun d'eux n'émigre sans espoir de retour ; les hommes seuls s'expatrient, et toute leur ambition est de retourner le plus tôt possible voir les montagnes pelées et poudreuses de leur île qu'ils ne cessent d'exalter dans leur langage enthousiaste et qu'ils appellent *fior del mondo*.

Le culte de la patrie et l'amour du travail sont de précieuses qualités, et l'on ne pourrait que s'applaudir du mouvement d'émigration qui pousse les Maltais vers notre colonie, s'ils n'avaient trop souvent maille à partir avec l'autorité pour de légères peccadilles, telles que vols, rixes, mutineries, intrigues et vendettas, avec accompagnement de ces petits coups de poignard doucereux, que les Italiens nomment avec tant de charme et de laisser-aller : *una povera coltellata !* Malheureusement, la justice française n'entend pas raillerie sur ces façons ultramontaines de vider les querelles, et les Maltais figurent souvent au rôle de ses assises criminelles. De son côté, l'administration a pris le parti d'en expulser un certain nombre réputés dangereux pour la sécurité du pays, et de se montrer fort circonspecte sur l'admission de nouveaux venus. Aussi, les émigrants maltais ne sont-ils plus reçus dans nos établissements que sur présentation de pièces en bonne forme attestant leur moralité. Il ne paraît pas, au surplus, que cette mesure de précaution en ait diminué le nombre.

L'Italie ne nous envoie guère que des corailleurs sardes, piémontais et napolitains,

LE ZOUAVE

(Alger).

auxquels est affermée l'exploitation des riches bancs de coraux qui gisent dans nos parages d'Afrique.

Quelques laboureurs suisses et wurtembergeois, quelques enfants d'Albion et deux ou trois mille Mahonnais forment le complément de la population européenne d'Algérie, qui n'a point encore dépassé cette période de douloureux enfantement qu'un géologue nommerait travail de première formation. Une fois cette difficile transition accomplie, son développement prendra sans doute un essor plus rapide, surtout si une politique nette et franche lui vient en aide et l'encourage. Un lien puissant manque d'ailleurs à ses éléments dispersés : la femme, sans laquelle il n'est point de société régulière ni stable. Il résulte en effet des derniers recensements que le rapport des hommes aux femmes dans notre colonie est de trois à un tout au plus. Tant que cette disproportion frappante existera, l'émigration européenne ne pourra espérer de franchir le degré qui sépare l'état de campement où elle vit encore aujourd'hui d'une condition sociale plus conforme aux lois du progrès et de la civilisation, et qui seule peut la constituer définitivement.

LE ZOUAVE. — LE SPAHI. — LE ZÉPHIR.

Lorsqu'en 1830 une rapide et brillante campagne eut ouvert à nos troupes les portes d'Alger, on put croire quelque temps notre victoire complète et notre règne facile sur tout le reste du pays. On se trompait étrangement, car, bien loin d'être terminée, la lutte commençait à peine, et bientôt il fallut guerroyer de nouveau contre une population nombreuse et fanatique qui, ne voyant en nous qu'une horde de Giaours impies, nous haïssait cordialement et s'efforçait de nous expulser. Les hostilités ne firent donc que changer de nature : naguère de puissance à puissance, elles furent désormais de Français à Arabe, et de chrétien à musulman. Dans la série de combats qui fut la conséquence de ce double antagonisme, l'expérience ne tarda pas à prouver que les moyens militaires dont nous disposions, quelle que pût être, du reste, leur supériorité sur ceux de nos adversaires, se trouveraient tour à tour insuffisants ou inutiles contre de tels ennemis. Il ne s'agissait plus, en effet, d'un déploiement de science stratégique, ni de la mise en œuvre plus ou moins habile des différentes tactiques suivies dans la grande guerre européenne, pour atteindre, dompter et tenir en respect des peuples étrangers à toutes les règles de l'art militaire, habitués à combattre sans ordre comme sans discipline, impétueux à l'attaque, mais non moins prompts à la retraite, et esquivant sans cesse, par la soudaineté de leur fuite, les lentes poursuites de nos troupes, encombrées de bagages et pesamment armées. Il fallait donc se hâter d'approprier nos forces et nos opérations à la guerre toute nouvelle que nous avions à soutenir. Ce but fut atteint en partie par l'organisation des *corps indigènes* (zouaves et spahis), qui fut, sans contredit, la meilleure innovation introduite dans l'armée d'Afrique.

Mi-partis composés de Français et d'indigènes, et équipés à l'orientale, ces corps ont une physionomie tout à fait distincte, et, bien qu'ils fassent partie de l'armée régulière, ils s'en détachent, et par la nature spéciale des services qu'ils rendent, et par leur véritable inféodation à la terre d'Afrique. C'est à ce titre qu'au lieu de trouver place dans la galerie des types militaires ils ont été classés de préférence sous la dénomination générale de Français Algériens.

Il en est de même des *zéphirs* (infanterie légère d'Afrique) que nous aurons aussi à dépeindre au lecteur.

LE ZOUAVE.

L'institution des zouaves est due au maréchal Clauzel, et date de 1830. Cette milice consista dès lors en deux bataillons d'infanterie forts d'environ sept cents hommes chacun. On lui donna le nom de *zouave* par assimilation à celui d'une tribu berbère (*Zouaoua*), qui fournissait jadis des contingents de troupes mercenaires aux différentes puissances barbaresques, comme fait, en Europe, la confédération helvétique. Le but de cette création n'était pas seulement de donner à l'armée française des auxiliaires utiles, mais en même temps de préparer une fusion désirable entre le peuple conquérant et les races indigènes, en les conviant à se réunir et à fraterniser sous le même drapeau. Il se trouva parmi les musulmans algériens des hommes qui, par amour du métier des armes, joint à la haine du travail, consentirent ou demandèrent même à faire partie du nouveau corps : ils y furent accueillis avec empressement. Avec eux, passa dans les zouaves tout ce que l'armée expéditionnaire comptait de plus hardi et de plus aventureux en officiers et en soldats, et l'on vit le Français, le Maure, l'Arabe, le Koulougli, devenus tout à coup frères d'armes, servir la même cause et s'associer aux mêmes périls. Ce fut à cette époque qu'un jeune capitaine du génie, nommé Duvivier, quitta spontanément l'arme savante et spéciale où sa carrière était marquée, pour se mettre à la tête de l'un des bataillons de cette milice irrégulière, qui n'avait guère plus de consistance alors que les guerillas espagnoles ou les compagnies franches des siècles derniers. Un peu plus tard, l'exemple de M. Duvivier fut imité par un lieutenant au même corps, M. de Lamoricière, officier du plus rare mérite, qui sans doute pressentit comme lui le rôle glorieux réservé aux zouaves, et la grande destinée offerte aux militaires capables qui sauraient diriger ces intrépides volontaires. L'événement n'a pas trompé leurs prévisions : tous deux sont aujourd'hui officiers généraux, et les plus jeunes de l'armée.

Aucune de nos lois militaires n'était alors appliquée aux zouaves. Leur seul mode de recrutement était l'engagement volontaire sans indication de durée, et, par conséquent, résiliable au gré du soldat. Des raccoleurs arabes étaient chargés de vanter dans les tribus les douceurs du métier des armes au service de la France, et recevaient une prime pour chaque homme enrôlé. Les officiers et les sous-officiers, dont la moitié au moins étaient mahométans, ne pouvaient être admis avec leurs grades dans aucun autre corps. En revanche, leur avancement, soustrait aux règlements qui le restreignent dans l'armée française, dépendait uniquement du mérite et des circonstances, et pouvait rappeler, par sa rapidité anormale, les éclatantes fortunes militaires de la république et de l'empire.

Diverses modifications essentielles ont été apportées depuis à l'organisation de ce corps : on a cherché à lui donner une régularité que l'on avait d'abord jugée inconciliable avec le caractère du soldat musulman. Naguère comparables aux anciennes odjaks de janissaires turcs, les zouaves forment aujourd'hui un régiment soumis à la même discipline que tous les autres corps de l'armée algérienne. La durée du service est fixée à trois ans pour les enrôlés indigènes. Quant aux zouaves français, leur position et leurs obligations ne diffèrent en rien de celles qu'a établies la loi pour toutes les autres armes.

Cette réorganisation n'a, du reste, altéré en rien l'aspect tout oriental de ce corps ; elle n'a fait qu'augmenter son importance militaire, en y introduisant plus d'ordre et de tenue. Moins rigide d'ailleurs que les réformes somptuaires des souverains ottomans, elle n'en a pas proscrit le pittoresque costume turc qui, banni à toujours des armées musulmanes, n'a pu, chose singulière ! trouver asile et droit de cité que dans les rangs français.

Les zouaves sont les enfants perdus de l'armée : toujours à l'avant-garde, s'il s'agit d'aller à l'ennemi, à l'arrière, s'il faut battre en retraite, leur poste naturel est aux lieux où se distribuent et se reçoivent le plus de coups. Versés dans la connaissance topographique du pays, qu'ils ont parcouru cent fois dans tous les sens, ce sont eux qui guident l'armée dans les expéditions, lui servent de flanqueurs et d'éclaireurs pendant les marches, et se lancent les premiers à la rencontre de l'ennemi, lorsqu'on est parvenu à le joindre. Marcheurs infatigables autant que braves soldats, ils ne laissent jamais de traînards après eux, se font remarquer par leur entrain et leur sérénité au milieu des plus rudes épreuves, et, tandis que les autres troupes subissent parfois, à leur insu, l'influence démoralisante des privations, des revers et du climat, les zouaves, toujours dispos et alertes, et d'ailleurs beaucoup plus légèrement équipés, continuent d'aller en avant, comme si l'on ne faisait que d'entrer en campagne.

Ce genre de supériorité s'explique parfaitement, au reste, par le séjour constant des zouaves en Algérie et le nombre d'expéditions auxquelles ils ont déjà concouru. Depuis dix ans, il ne s'est pas tiré un coup de fusil ni donné un horion dans le nord de l'Afrique, qu'ils n'en aient eu la meilleure part. A Boufarik, à Bone, à Blidah, à Bougie, au col de Mouzaïa, aux trois expéditions de Médéah, à celles de Mascara, de Tlemsen, de Constantine, et à la prise de cette dernière ville, partout les zouaves ont payé de leur personne et figuré au premier rang. Quand, sous les murs de Constantine, après la mort du général en chef et l'ouverture de la brèche, on donne le signal de l'assaut et que le cri solennel : *En avant !* est enfin proféré, à qui décerne-t-on l'honneur de frayer la route, si ce n'est aux zouaves, sur les traces desquels va se précipiter l'armée. Qui les eût vus alors s'élancer au pas de course, le brave Lamoricière en tête, et pleins d'une fougue enthousiaste, se ruer sur les décombres amoncelés aux pieds des murs par le feu de notre artillerie, puis s'étayant de ces débris roulants, accomplir la plus périlleuse de toutes les ascensions, au milieu d'un feu meurtrier, n'eût pu se défendre d'un sentiment d'admiration pour ces hommes héroïques. A peine ont-ils franchi le sommet des remparts, qu'une horrible explosion se fait entendre ; une mine éclate sous leurs pas et les rejette au loin sous un amas de ruines fumantes ; brûlés, meurtris, fracassés, ils se dégagent péniblement de cette sépulture, se rallient de leur mieux et n'en poursuivent pas moins le combat, en se jetant résolûment dans les divers quartiers de la ville prise où chaque fenêtre et chaque détour de rue leur montrent de nouveaux ennemis.

Partout les zouaves ont déployé la même ardeur, le même courage ; et ce n'est pas seulement la nation française qui applaudit à leurs exploits. A la suite d'une action brillante livrée au col de Mouzaïa, pendant la seconde expédition de Médéah, un officier étranger qui prenait part à la campagne en qualité de volontaire ne put s'empêcher de dire au maréchal Clausel, alors gouverneur général, en lui montrant les zouaves : « Quels héros vous avez là, monsieur le maréchal ! Ce sont les premiers soldats du monde ! »

Un témoignage encore moins suspect de flatterie et d'emphase est celui que rendent aux zouaves les Arabes eux-mêmes, qui se connaissent en bravoure, et déclarent n'avoir pas d'ennemis plus redoutables. Un seul reproche peut quelquefois être adressé au zouave, celui de pousser trop loin l'ardeur et la témérité. A la suite d'un combat où le régiment de zouaves avait donné avec trop d'impétuosité, et où les ennemis avaient failli tirer parti de cette noble faute, le lieutenant général Rapatel, qui commandait les troupes, s'arrêta devant ces intrépides soldats et s'écria d'un ton de brusquerie affectueuse : « Zouaves, mes amis, si vous continuez à faire ainsi des vôtres, nous ne vous emmènerons plus. »

Le reproche était mérité, et les zouaves gardèrent le silence. Mais à quelques jours de là le général Rapatel tomba lui-même dans l'excès qu'il avait signalé à ceux-ci. Emporté par son brillant courage, il dirigea, à la tête de son état-major, une charge à fond sur les cavaliers arabes, et fut un instant sur le point d'être enveloppé et pris par eux. Les zouaves, qui avaient encore sur le cœur la mercuriale de leur chef, n'eurent garde de manquer une si belle occasion de prendre leur revanche, et, lorsque après avoir mis l'ennemi en fuite, le général passa devant leurs rangs en ordonnant les manœuvres de retraite, une voix moqueuse et enjouée lui cria du milieu des rangs : « Rapatel, mon ami, si tu continues ainsi, nous ne t'emmènerons plus ! »

En entreprenant la monographie du zouave, nous eussions désiré pouvoir en présenter au lecteur un type unique et complet. Mais comment rencontrer ce type dans une variété dont le caractère même est de n'avoir aucune homogénéité ? Nommerons-nous le zouave Cavaignac[1] ou Mohammed, Regnault[2] ou Mustapha ? Est-il Français ou Oriental, et devons-nous le peindre successivement sous cette double

---

[1] Nom de l'officier supérieur qui commande aujourd'hui les zouaves.
[2] Officier distingué des zouaves.

face ? Nous ne le pensons pas : les mœurs de l'Oriental sont connues du lecteur, celles du Français lui sont encore plus familières ; toute redite sur chacun de ces deux points lui serait donc fastidieuse, et il n'aura sans doute pas de peine à se représenter par la pensée le singulier amalgame résultant de la juxtaposition d'hommes, d'usages, d'idées et de croyances tout à fait dissemblables.

On se tromperait toutefois si l'on croyait que tant d'éléments divers peuvent se trouver en contact permanent, sans qu'à la longue un rapprochement si intime amène entre eux une fusion quelconque. C'est ce qui a lieu en effet parmi les chrétiens et les musulmans dont se compose le corps des zouaves. Sans que les uns ni les autres abdiquent le caractère ou le sentiment de leur nationalité, il s'établit entre eux un échange courant d'habitudes et d'idées par lequel ils tendent à s'assimiler et à se compléter mutuellement. C'est ainsi que le voltigeur ou le grenadier, récemment arrivé de France et métamorphosé en zouave, a bien vite adopté, avec le costume mahométan, les allures, les coutumes et quelques-uns des goûts de l'Oriental. L'œuvre de cette transformation trouve d'ailleurs un puissant mobile dans la petite dose de gloriole dont n'est jamais exempt le militaire français. En *passant* Oriental, il met son amour-propre à prendre la tournure, ou, pour citer ici son expression familière, à attraper le *chic* de l'emploi. D'un autre côté, le Maure ou l'Arabe qui s'engage dans les zouaves ne laisse pas de polir ses plus saillantes aspérités au frottement continuel de natures plus unies et moins insociables. Il n'est pas rare qu'au bout d'un certain noviciat il prenne goût à son tour aux avantages d'une civilisation qu'il repoussait sans la connaître, et se dépouille en sa faveur d'une quantité notable de préjugés, de superstitions, d'antipathies, de haines, qu'il nourrissait sous l'influence du fanatisme et d'un état presque sauvage. La religion du prophète a beaucoup à souffrir de ces sortes de concessions, car ses préceptes rigoristes sont les premiers mis en oubli. Aussi voit-on bientôt le zouave musulman se départir de la sobriété prescrite par le Koran, et déguster avec une sensualité impie les rations de vin et d'eau-de-vie que lui octroie le gouvernement.

L'échange des idiomes met le sceau à cette fraternité, car il est peu de zouaves qui ne puissent discourir assez passablement, soit en français, soit en arabe, après six mois de séjour au corps. Viennent alors les longues conversations de corps de garde, où s'échangent et se modifient les idées de chacun. On se raconte mutuellement les choses de son pays. Le Français, beau parleur, et légèrement enclin aux narrations pompeuses, énumère dans un style *soigné* à son compagnon d'armes les merveilles incomparables qui sont censées frapper le voyageur en Brie, en Beauce ou en Poitou. Le zouave musulman n'a pas pour l'ordinaire d'aussi belles choses à raconter ; il est d'ailleurs plus sobre de paroles. Mais il fournit à l'occasion des renseignements précieux sur certaines matières du plus haut intérêt pour le soldat en campagne. Il sait mieux que personne, et par expérience, où les tribus cachent leurs silos, remisent leurs troupeaux, enfouissent, en cas d'attaque, les bijoux, l'or et les effets de prix dont se compose leur richesse. Grâce à ces connaissances locales, le zouave sait trouver gloire et profit dans les ghazzias ou les prises de villes qui signalent nos expéditions. Doué d'un flair tout particulier à l'endroit du butin, il le pressent et le découvre sans le secours d'aucune baguette divinatoire ; et l'on cite tels zouaves qui, en 1857, revinrent de Constantine littéralement pliés sous le faix des richesses. Telle fut sans doute la cause d'un grand nombre de désertions qui survinrent depuis parmi les zouaves indigènes.

En résumé, le zouave est une des plus fermes colonnes de notre établissement d'Afrique. Il n'y a qu'une voix sur son compte, et lorsqu'en 1859, le ministère, cédant à des suggestions fâcheuses, parla de le supprimer, le solennel témoignage qui s'éleva dans les chambres en faveur de ce brave soldat, et qui détermina le rejet de la mesure, montra bien quelle sympathie trouvaient dans le pays sa gloire et ses services. Ainsi, le zouave nous restera, et ses hauts faits intimideront encore plus d'une fois nos ennemis d'Afrique.

LE SPAHI.

Peu de temps après l'institution des zouaves, M. le maréchal Clausel créa les *chasseurs algériens*, corps de cavalerie qu'il forma indistinctement d'Européens et d'indigènes. A la suite de ce corps, et sous le nom de *spahis*, fut placée une autre milice également composée de volontaires français, maures et arabes, mais dont le service tout accidentel n'était jamais requis que pour les expéditions.

Quelques années plus tard, ce dernier corps fut détaché des chasseurs algériens, nommés depuis chasseurs d'Afrique, et l'on forma quatre escadrons de spahis proprement dits, qui furent régularisés, et dès lors astreints à un service permanent.

L'idée de cette création avait été donnée par l'existence d'un corps à peu près semblable dans la province de Bone, où leur présence avait puissamment contribué au maintien de la paix. En 1852, lors de l'occupation définitive de cette ville, un jeune mahométan, fugitif de la cour de Tunis à la suite d'aventures merveilleuses, et récemment passé au service de la France, s'était, lui second, introduit dans la kasbah de Bone, où tenaient encore deux cents Turcs pour le parti d'Ahmed-bey. L'audace de cette action chevaleresque, le ton d'autorité et de résolution avec lequel Yousouf (c'était son nom) somma les défenseurs de cette citadelle de mettre bas les armes, et de reconnaître en lui le chef envoyé par la France, subjuguèrent à tel point ces hommes, tous pleins pourtant d'honneur et de bravoure, qu'ils obéirent, sous je ne sais quelle influence secrète et magnétique, à l'altière injonction de ce jeune téméraire. Quelques récalcitrants ayant voulu s'élever contre cette soumission, Yousouf tira son cimeterre et fit voler au loin la tête des dissidents. Dès lors la kasbah fut conquise, et tout le reste de la garnison s'inclina révérencieusement sous cet homme de fer qui commandait, frappait, tuait au lieu de demander grâce, et qui semblait avoir dérobé au Très-Haut une parcelle de sa toute-puissance. En récompense d'un exploit si extraordinaire, Yousouf reçut, avec le grade de chef d'escadron, le commandement de ces mêmes Turcs, qui, embrassant désor-

---

[1] Voir le type de l'Arabe.

SPAHIS

mais la cause de la France, la servirent depuis avec beaucoup de fidélité et de zèle.

Ce fut par analogie à cette milice que l'on organisa des escadrons de spahis réguliers et permanents. Les musulmans y furent assujettis, comme dans le corps des zouaves, à un service d'au moins trois ans. En revanche, on leur assura des droits à la retraite, et un article spécial de l'arrêté organique leur attribua la moitié des grades d'officiers et de sous-officiers. On décida en même temps qu'ils entreraient pour les trois quarts dans la composition du corps, et les Français pour l'autre quart.

Telle est encore, à peu de différence près, l'organisation des spahis réguliers, qui forment aujourd'hui quatorze escadrons, répartis à Alger, à Bone et à Oran. Ceux qui résident dans cette dernière ville sont placés sous les ordres de Yousouf, l'ex-commandant des spahis turcs de Bone, aujourd'hui lieutenant-colonel.

Les spahis réguliers n'ont pas d'uniforme; un burnous vert rejeté par-dessus leurs habits orientaux est le seul vêtement d'ordonnance, au moins pour les soldats et les sous-officiers. Il n'en est pas de même pour les officiers, qui, à défaut d'épaulettes, portent sous le burnous vert de rigueur un élégant costume turc, composé d'une veste ou dolman garance, d'une ceinture de même couleur, d'un large pantalon bleu céleste, d'un turban en poils de chameau, et de longues bottes à éperons. Le nombre des galons et des broderies qui ornent leurs dolmans indique comme dans le corps des zouaves, le grade dont ils sont revêtus.

Impitoyablement bannie des corps européens, ou du moins écourtée, alignée, mesurée au compas du règlement et de l'ordonnance, la barbe, cet ornement naturel de l'homme, cet accessoire indispensable du costume oriental, a du moins le droit de pousser et de fleurir comme bon lui semble sur le menton du spahi, sans qu'une jalouse autorité menace de la réduire aux proportions mesquines et prosaïques du *demi-favori*. Cette parure sied à merveille à nos mameluks d'Algérie, et complète la physionomie toute musulmane du corps. L'illusion produite à cet égard n'est pas peu augmentée par l'extrême application qu'apporte le spahi français à saisir promptement l'esprit de son nouveau rôle, et, s'il nous est permis de nous servir de ce terme, à s'orientaliser. Une complète métamorphose est de rigueur en pareil cas, et ce que nous avons dit du zouave à ce sujet peut s'appliquer, à plus de titres encore, au cavalier spahi. C'est ainsi qu'il met tous ses soins à imiter la tenue grave, les gestes compassés et l'allure nonchalante du véritable Oriental. S'il monte à cheval, il ne manque pas de laisser incliner tout le poids de son corps sur l'avant de la selle, et de suivre, par une sorte de balancement oscillatoire, tous les mouvements du quadrupède, comme font les cavaliers bédouins, plutôt abouchés qu'assis sur le dos de leurs agiles coursiers. Puis il apprend à exécuter les brillantes manœuvres de la *fantasia*, à faire pirouetter rapidement son fusil en le tenant élevé d'une main au-dessus de sa tête, et, bref, ne se donne ni paix ni trève qu'il ne possède à fond tous les genres de talent qui constituent le parfait Arabe.

Ce n'est pas tout : à peine a-t-il pris part à deux ou trois campagnes, que, poussant encore plus avant l'œuvre de cette transformation, il participe dans les combats aux mœurs farouches de ses compagnons d'armes, et se met à couper des têtes comme s'il n'eût jamais connu d'autre exercice. Lorsqu'un détachement de spahis, lancé à fond sur une masse ennemie, est parvenue à la joindre et à la culbuter, le premier soin de nos alliés arabes est de mettre pied à terre pour égorger, dépouiller et décapiter ceux de leurs coreligionnaires qui gisent sur le champ de bataille; puis, suspendant les têtes à l'arçon de leurs selles, ils s'en reviennent tout fiers de ces sanglants trophées. Le spahi français voit d'abord avec répugnance ces tristes représailles du traitement qu'exercent en pareille circonstance les Arabes ennemis sur nos propres soldats; mais peu à peu ce spectacle lui apparaît moins horrible, et, insensiblement gagné par la contagion de l'exemple, il en arrive souvent à pratiquer lui-même dans l'occasion, comme le premier Bédouin venu, ces sortes d'exécutions, surtout lorsqu'il a vu plusieurs de ses frères d'armes en succomber victimes. A la suite d'un combat livré pendant la marche sur Mascara, en 1835, un Arabe ami vint offrir au duc d'Orléans, qui commandait une division du corps expéditionnaire, une tête sanglante coupée tout fraîchement sur les épaules d'un cavalier de l'émir.

« Donnez 20 francs à cet homme, et demandez-lui le nom de sa tribu, dit le prince royal à l'un de ses interprètes.

— Tribu de l'Estrapade, mon prince, district du Panthéon! » s'écria à ces mots le prétendu Arabe, en fort bon français.

C'était tout simplement un de nos spahis, Parisien pur sang, et qui n'avait réellement d'arabe que la longue barbe et le burnous. Mais le moyen de reconnaître un enfant du quartier Saint-Jacques sous un pareil accoutrement, surtout lorsqu'on le voit venir

Une tête à la main, demandant son salaire !

On a renoncé depuis à payer les têtes d'Arabes aux cavaliers spahis pour ne pas multiplier outre mesure de sanglantes représailles, qui exaspèrent au plus haut degré nos ennemis musulmans, et tendent à perpétuer la guerre en envenimant les haines et les griefs individuels. Dans les croyances mahométanes, couper la tête aux morts, ce n'est pas seulement profaner leurs restes inanimés, c'est leur fermer à tout jamais l'accès du paradis d'Allah; car c'est par la houppe de cheveux ménagée au sommet de la tête que l'ange Gabriel doit les saisir au jour du jugement dernier, pour les enlever au ciel. Or, comment veut-on que le messager divin rende ce bon office à ceux qui seront privés de têtes à l'heure solennelle de la résurrection? Voilà pourquoi l'Arabe n'omet jamais de décapiter les cadavres gisant sur le champ de bataille; voilà pourquoi aussi il ne nous pardonne pas de faire subir le même traitement à ceux de ses proches ou amis qui périssent dans la guerre sainte.

La suppression des récompenses accordées aux coupeurs de têtes est donc une mesure à la fois humaine et politique, et plus d'un guerrier malheureux lui devra sa vie en ce monde et son salut dans l'autre. Naguère encore, aux spahis de Bone, on remarquait deux cavaliers unis par une étroite amitié. Voici dans quelles circonstances s'était formée cette liaison. A la suite d'un combat livré contre les troupes du bey de Constantine, un spahi se disposait à décapiter, suivant l'usage, le cadavre d'un Arabe que l'ennemi, serré de trop près, n'avait pas eu le temps d'enlever.

« Que vas-tu faire? lui dit un de ses camarades.

— Couper la tête à ce porc, répondit-il en tirant son sabre du fourreau.

— A quoi bon? lui fit l'autre en haussant les épaules. Puisque le général ne paye plus les têtes, ce n'est pas la peine d'ébrécher la lame de nos yatagans contre les os de ces pourceaux.

— Tu as, ma foi, raison, dit le premier spahi. » Et, se bornant à prendre le sabre et les pistolets du cadavre, il abandonna ce dernier en toute propriété à la dent des chakals et à la serre des oiseaux de proie.

Un an après ou environ, un déserteur arabe des troupes du bey Ahmed se présentait au commandant des spahis de Bone, et le priait de l'admettre au nombre de ses cavaliers. Sa demande ayant été accueillie, le commandant l'envoya au quartier, où il trouva réunis tous ses nouveaux compagnons d'armes.

« Tiens, mais il me semble que je vous reconnais, lui dit un de ceux-ci. Ou je me trompe fort, ou j'ai déjà vu cette figure-là quelque part.

— Et moi aussi, je vous reconnais ! s'écria le nouvel enrôlé ; nous nous sommes vus l'année dernière sur le champ de bataille, à telles enseignes que vous vouliez me couper la tête, et que, sans un de vos camarades qui arriva fort à propos, j'allais tout droit en enfer, comme un chien de chrétien.

— Est-ce possible? lui dit son interlocuteur. Quoi, farceur, vous n'étiez pas mort !

— Comme vous voyez ! répondit l'Arabe. Mais où donc est-il, ce brave camarade qui m'a sauvé la vie?

— Il n'a pas été si heureux ni si habile que vous. Le pauvre diable s'est laissé prendre dans un de nos derniers combats, et vos satanés Bédouins n'ont pas fait comme moi ; ils lui ont fort bien coupé le cou.

— En ce cas, dit le déserteur, je vous pardonne d'avoir voulu me voler ma *cabeza* (caboche).

— Et moi je vous pardonne de m'avoir volé moi-même en contrefaisant le cadavre avec tant de naturel, que, comme un vrai benêt, je m'y suis laissé prendre. Touchez là ! Voyons, sans rancune, et allons faire ensemble un tour à la cantine.

— Volontiers, » lui dit l'autre. Et à dater de ce jour l'ex-cadavre et son nouveau camarade furent les meilleurs amis du monde.

Rien de plus pittoresque et de plus animé qu'un bivouac de spahis arabes. En arrivant au lieu du campement, leur premier soin est de panser leurs chevaux et de les attacher par les pieds sur deux files à des piquets de bois. Ils vaquent ensuite à la prière, que récite à haute voix l'un d'eux, tandis que tous les autres, le visage tourné vers l'orient, prennent successivement les diverses postures que l'étiquette religieuse prescrit pour le service divin. C'est ainsi qu'on les voit se précipiter contre le sol la tête la première, rester étendus et immobiles contre terre pendant quelques instants, puis se relever pour se coucher de nouveau la minute d'après.

Ce devoir pieux accompli, l'on ne songe plus qu'à se divertir. On fait chauffer le kouskoussou et le café ; les pipes s'allument de toutes parts. Puis les plus jeunes d'entre les spahis donnent à leurs camarades une représentation de ces drames ou pantomimes arabes en grand honneur chez les tribus algériennes, et qui simulent tantôt une scène d'amour, tantôt une chasse au lion, tantôt un combat d'homme à homme, les trois principaux épisodes de la vie du désert. Les spectateurs, groupés en cercle, fument leurs chibouks en contemplant avec curiosité ces jeux auxquels président une gaieté et un entrain bruyants qui forment un singulier contraste avec les habitudes silencieuses et flegmatiques de l'Arabe.

Est-on las de ces divertissements, on se rassemble autour d'une lanterne en papier, et là, quelque guittarrero barbaresque entonne, avec accompagnement obligé de *rebab* ou de mandoline à deux cordes, l'une de ces chansons érotiques dont nous avons parlé plus haut. Souvent ce concert sauvage se prolonge jusqu'à une heure avancée de la nuit, et plus d'une fois la fanfare guerrière qui annonce le réveil du camp a surpris le bivouac arabe veillant encore au milieu de ces jeux et de ces mélodies sauvages.

Depuis quelques années, les spahis, comme les zouaves, se recrutent plus difficilement parmi les indigènes, qu'effrayent la discipline et la régularité de service introduites dans ces corps. Mais, en revanche, le nombre des Français qui sollicitent comme une faveur leur admission aux spahis s'accroît dans une proportion au moins équivalente. De tout temps, l'étrangeté, le brillant, le pittoresque, ont exercé une sorte de fascination sur les jeunes têtes de ce pays. Aujourd'hui, les adolescents que transporte une belliqueuse ardeur n'ont qu'un rêve, qu'un désir, celui d'être spahis, de porter le turban, le burnous et la barbe. Beaucoup d'anciens viveurs, se décidant pour cause à dire adieu au monde et au boulevard de Gand, se jettent aussi dans cette nouvelle voie. Jadis, en pareil cas, on se faisait trappiste ; aujourd'hui que la foi est morte, on part pour l'Algérie et l'on se fait Arabe ou quelque chose d'approchant. Certains fils de famille prennent le même parti dans l'espérance d'une prompte fortune militaire, et pour gagner ce ruban rouge qui *fait si bien* sur l'habit d'un jeune homme. Tel simple cavalier aux spahis porte un des plus grands noms de France ; tel autre est l'héritier d'une immense fortune, et déploie dans son équipement, dans le choix de ses chevaux et dans son train de vie, le luxe d'un prince, avec une solde d'un franc par jour. Tel autre enfin brillait naguère à l'Opéra dans une loge d'avant-scène, se faisait remarquer au *turf* par son érudition hippique, et vivait sur un pied d'entière familiarité avec les tigres et les rats de l'Académie royale. Une suite non interrompue d'émotions et de périls pouvait seule remplacer l'agitation bruyante et voluptueuse de son ancienne vie. « Vaincre ou mourir ! » s'est-il écrié en quittant le théâtre de ses élégants triomphes, et il a tenu parole en se battant comme un vrai lion.

Il a été question de supprimer les spahis en même temps que les zouaves en 1859, mais ce projet déraisonnable a encouru la juste réprobation des chambres, et nous sommes heureux d'annoncer que les spahis seront maintenus.

LE ZÉPHIR.

Les commentaires varient sur l'origine du sobriquet donné au fantassin léger d'Afrique, dont le portrait clôt cette galerie. Lui-même prétend qu'on l'a désigné ainsi parce que, à l'instar du souffle capricieux dont on lui attribue le nom mythologique, il erre sans cesse d'un lieu à l'autre ; allusion transparente à sa vie agitée qui n'admet guère le repos, se passe tout entière en marches et en campagnes, et ne comporte que bien rarement ces délices de Capoue modernes représentées par le séjour des villes. D'autres affirment qu'on l'a nommé *zéphir* à cause de sa merveilleuse subtilité à s'insinuer et à se glisser partout où il peut soupçonner l'existence d'un butin quelconque. Si, d'un autre côté, le nouveau zéphir n'est pas précisément, comme son devancier païen, l'amant de la déesse Flore, il est au moins celui de Pomone, à en juger par le culte assidu dont il honore tous les vergers à sa portée.

Quel que puisse être le choix à faire entre ces différentes versions, toujours est-il que le soldat des bataillons d'infanterie légère d'Afrique répond généralement au surnom de zéphir.

Ces bataillons sont au nombre de trois seulement ; mais l'effectif en est considérable, et la force de chacun d'eux équivaut presque à celle d'un régiment. Ils furent formés en 1830 des débris du régiment de la Charte et de ceux des volontaires parisiens, deux corps improvisés à la suite de la révolution de juillet, et qui, immédiatement dirigés sur l'Afrique, y furent presque aussitôt dissous ou refondus. La réputation des enfants de Paris est depuis longtemps faite aux armées françaises. Il n'est pas à coup sûr de plus braves soldats qu'eux, mais on en trouverait difficilement aussi de moins disciplinables et de plus turbulents. L'empereur Napoléon les connaissait bien et leur rendait justice sous ce double rapport. Telle fut sans doute la cause du prompt licenciement des volontaires parisiens et du régiment de la Charte, où les vainqueurs des barricades entraient aussi pour la plus grande partie. Diverses fractions de ces deux régiments composèrent le noyau des bataillons légers d'Afrique, qui furent depuis recrutés, soit par les compagnies de discipline, soit par les condamnés militaires graciés ou libérés. L'infanterie légère d'Afrique devint, en un mot, une sorte de Botany-Bay militaire. Tel est encore le mode qui prévaut pour le recrutement de ce corps.

On imagine sans peine ce qui dut advenir de la combinaison de pareils éléments. Il faut remonter au temps des lansquenets et des reîtres pour trouver à cet égard un point de comparaison. Guerrier intrépide, mais soudard effréné, le zéphir vit dans un état d'hostilité flagrante et perpétuelle contre les supérieurs, la loi, la discipline. En vain les chefs les plus énergiques sont préposés au commandement de ce terrible soldat ; en vain ils font peser sur lui un joug de fer, et s'efforcent, par la rigueur la plus inflexible, de le rappeler à l'ordre et à l'obéissance, rien ne peut triompher de ses instincts révolutionnaires, et chaque jour ce sont de nouvelles incartades à réprimer et à punir. Aussi un tel corps ne peut-il exister qu'à la condition de demeurer inféodé à la glèbe africaine ; et encore évite-t-on de le faire stationner dans les villes d'Algérie, où sa présence amènerait une perturbation, des rixes, des mutineries on ne peut plus funestes à un établissement naissant. En 1856, on voulut essayer des services du zéphir ailleurs qu'en Algérie. Un bataillon léger d'Afrique fut envoyé en Corse ; mais le vin est pour rien dans la patrie du grand homme ; le zéphir ne cessa d'en boire, et se livra bientôt à de si étranges déportements, qu'il fallut se hâter de le rendre à l'Afrique, seul théâtre à la hauteur de ce bouillant héros taillé sur le patron d'Ajax.

Le zéphir est donc condamné, toujours comme son homonyme de la fable, à déserter le séjour des cités et à ne fréquenter que les plaines, les montagnes, les sites agrestes et les lieux inhabités. En d'autres termes, sa vie est celle des camps ; son domicile, une tente ; sa distraction, la guerre.

Au milieu des ennuis et des privations d'une telle existence, une seule consolation lui reste, la *cantine*, cette providence du soldat, qui l'aide si souvent à noyer ses chagrins, ses regrets, le souvenir du clocher natal et même celui de la payse absente. Cette compensation suffirait, de reste, au zéphir (car c'est pour lui surtout que boire est le point capital), s'il en pouvait seulement jouir à discrétion, c'est-à-dire, et pour être vrai, avec toute l'indiscrétion possible. Malheureusement ce précieux antidote aux nombreux dégoûts de l'état militaire n'est abordable que moyennant finances, et au service de la France, tout comme à celui de l'Autriche, le guerrier ne roule pas sur l'or. Si donc les grands parents *ne crachent pas un peu au bassinet*, le héros court grand risque de mourir de soif. Or le zéphir a tellement usé et abusé de cette ressource extraordinaire, que sa respectable famille a pris enfin le parti de lui expédier franc de port une bonne malédiction en guise d'espèces sonnantes. Que faire dans cette conjoncture ? se résigner et vivre de régime ? Il ne le peut, car de tous les tyrans qui nous dominent ici-bas, il n'en est pas de plus impérieux qu'un naturel viveur et dissipé. Continuer le même genre de vie ? Mais cela n'est exécutable qu'à la condition de « soulager autrui d'une partie de son superflu, » comme dit le Charles Moor de Schiller. C'est ce qui arrive trop souvent.

Malheur donc aux tribus dont les douars avoisinent un campement de zéphirs. Leurs poules, leurs bestiaux, leurs fruits, leurs provisions ont en eux des ennemis mortels, ou plutôt des amis fougueux et passionnés outre mesure. Sur le chapitre de la maraude, le zéphir pourrait rendre une quantité de points aux grognards de la grande armée, qui pourtant ne s'en tiraient pas mal, au dire des contemporains. Il faut le voir rôdant dans les campagnes, au risque de tomber entre les mains de l'ennemi et de se faire couper la tête, cherchant, comme le lion de l'Écriture, une proie à dévorer, la flairant avec une sagacité de sauvage, et déployant pour s'en saisir des trésors d'invention, d'astuce et d'intrépidité. Plus tard, à l'aide d'échanges amiables, une portion de ce butin illicite se convertit en liquides fermentés dont on arrose gaiement le surplus, consommé le soir en commun dans la chambrée de l'audacieux chasseur.

Ce sont là tours de vieille guerre, et l'on pourrait à la rigueur les excuser, bien que les conséquences en soient assez fâcheuses pour notre établissement d'Afrique. Mais ces méfaits ne sont pas les seuls qu'on ait à reprocher au zéphir, et plus d'un *pékin* ou *chapeau rond*, comme il appelle ironiquement le bourgeois dans son profond mépris pour toute la classe civile, ne serait pas moins fondé que l'Arabe à se plaindre de lui. Le zéphir a sur la position et les droits respectifs du militaire et du bourgeois des idées toutes particulières. Partant de ce principe, que tout individu non pourvu d'épaulettes est dans la création un être fort inférieur au moindre pousse-cailloux, il en infère que pressurer le pékin est de la part du militaire une action toute simple. Voler le bourgeois n'est pas voler, selon lui; cela s'appelle *carotter*, et le zéphir carotte avec bonheur toutes les fois qu'il en trouve l'occasion. Parfait physionomiste, il distingue au premier coup d'œil les sujets exploitables, les aborde avec courtoisie, les circonvient adroitement, leur fait accroire des bourdes fabuleuses, mais débitées avec un naturel et un sang-froid inimitables ; et, bref, il a bien du malheur s'il ne réussit pas à tirer pied ou aile des malheureux oisons qui viennent s'abattre sous ses pas. On conte une foule de tours plaisants joués aux gobe-mouches de la colonie par messieurs les zéphirs. Nous en citerons un.

Un zéphir en garnison à Bougie avait été mis par son caporal à la salle de police pour quelque menue faute, et charmait les loisirs de sa captivité en contemplant la belle nature à travers les carreaux d'une lucarne pratiquée à hauteur d'appui, et qui donnait du jour à l'intérieur de sa prison. Peut-être aussi guettait-il, comme sœur Anne du haut de son observatoire, quelque libérateur, quelque heureux incident dont il pût profiter pour rompre son écrou. Quoi qu'il en soit, notre homme était là en vigie depuis quelques instants, lorsque soudain il vit paraître à peu de distance de sa prison une de ces bonnes grosses faces qui semblent appeler sur leur propriétaire la mystification et les entreprises des larrons. Le quidam paraissait fort désorienté ; il promenait tout autour de lui des regards inquiets, et semblait se livrer à une perquisition sans doute peu fructueuse, à en juger par l'expression d'embarras et de découragement qui se lisait sur sa physionomie.

« Ohé ! l'ami, lui cria le zéphir à travers sa lucarne, que cherchez-vous donc là?

— Tiens, il y a quelqu'un dans cette maison, dit le particulier inconnu. Ma foi, mon ami, puisque vous voulez le savoir, je vous dirai que je cherche un logement ; j'arrive aujourd'hui même de Marseille, et je ne sais pas encore où je coucherai ce soir. Je voudrais bien trouver quelque bicoque à acheter.

— Pardieu ! dit le zéphir en se frappant le front, voici qui tombe à merveille ; vous voulez acheter une maison, et moi j'en ai une à vendre. C'est votre bon ange qui vous envoie.

— Vraiment vous me rendez la vie, dit le nouveau débarqué. Où prenez-vous cette maison?

— Vous la voyez devant vous.

— Bah ! celle-ci?... Dites donc, elle n'est pas brillante.

— C'est vrai ; mais en revanche elle ne vous coûtera pas cher.

— À la bonne heure. Combien en voulez-vous?

— Tenez, dit le zéphir, vous m'avez l'air d'un bon enfant, et je ne veux pas gagner sur vous. Donnez-moi 50 francs, et je vous installe *hic et nunc*.

— C'est pour rien, se dit l'acheteur émerveillé. Eh bien ! mon ami, continua-t-il, c'est marché conclu. Ouvrez-moi votre porte, et je vais...

— Ah ! pour cela, interrompit le vendeur, il y a une petite difficulté ; c'est que je suis prisonnier...

— Comment, prisonnier ?

— Oui, prisonnier. Un de mes camarades a par mégarde ce matin fermé ma porte à double tour ; mais rendez-moi le service d'enfoncer la serrure avec votre couteau. Rien ne vous sera plus facile.

— Fort bien, » dit l'étranger, sans éprouver plus de défiance que n'en eut capitaine bouc lorsqu'il s'introduisit dans le puits, à la suggestion du renard.

L'effraction opérée, et les 50 francs comptés, le zéphir tint parole, en évacuant immédiatement la salle de police, dont il laissa en possession le naïf émigrant. Il poussa même la générosité jusqu'à lui abandonner par-dessus le marché les meubles dont elle était garnie, à savoir un lit de sangle et une cruche de grès. Le nouvel habitant de Bougie s'extasiait bonnement sur tant de munificence, et se demandait même à part lui s'il n'avait pas un peu abusé de l'inexpérience de ce jeune militaire, lorsque ses illusions furent dissipées avec ses scrupules par l'arrivée d'une escouade qui venait apporter au reclus sa provision d'eau et de pain pour le reste du jour. L'explication qui s'ensuivit, et qui dut être assez plaisante, amena nécessairement la cessation du quiproquo et l'expulsion du malheureux acheteur, qui n'eut pas même pour son argent la satisfaction de coucher à la salle de police.

Malheureusement pour le zéphir, d'aussi bonnes dupes sont rares. Quelquefois la maraude est impraticable, et souvent la carotte ne fructifie pas. Il prend alors un parti violent, celui de vendre ses effets militaires. Il sait d'avance que ce délit lui vaudra les travaux publics, mais une telle considération n'est pas capable de l'arrêter ; car, à l'exemple de ce roi Richard qui offrait de donner un royaume pour un cheval, ou de ces amoureux qui, pour un doux regard de leur belle, parlent de sacrifier leur vie en ce monde et leur félicité éternelle dans l'autre, le zéphir se vouera sans crainte aux plus rudes châtiments, pour étancher un seul instant sa soif inextinguible. L'autorité le sait bien, aussi a-t-elle pris le parti de ne laisser en son pouvoir que la portion d'équipement rigoureusement indispensable, c'est-à-dire l'habit qu'il a sur les épaules. Cette mesure a diminué, mais non pas supprimé les écarts de ce genre, et plus d'un zéphir a vendu littéralement sa chemise au milieu d'une orgie, pour n'avoir pas à l'interrompre. Un jour on amena au général commandant la division d'Oran un zéphir qui, la veille, était rentré au quartier, à la suite d'une *noce*, dans le simple costume du paradis terrestre. Le général, voulant à tout prix découvrir les misérables qui spéculaient ainsi sur les mauvaises passions du soldat pour s'approprier ses dépouilles, offrit au délinquant sa grâce, à condition qu'il nommerait l'avide brocanteur qui lui avait acheté ses vêtements. Placé entre la perspective d'une amnistie pleine et entière et celle d'une condamnation à dix ans de travaux publics, le zéphir opta pour les fers, et s'obstina, quoi qu'on pût

dire, à garder un silence stoïque, car il avait juré, d'accord avec tous ses camarades, de ne pas trahir les complices de ce trafic coupable et clandestin. Aussi le
fripier juif, sûr d'échapper à la justice, achète-t-il sans difficulté tout ce que le
zéphir propose de lui vendre. En revanche, celui-ci lui joue parfois des tours pen-
dables, et lui fait expier ainsi sa scandaleuse impunité. On en jugera par le trait
suivant.

Un zéphir rentrait sur le tard au quartier au sortir d'une orgie où, pour boire à
sa soif, il lui avait fallu vendre habit, culotte, fourniment, en un mot, l'équipement
complet. Les fumées du vin et du trois-six commençaient à se dissiper, et notre
homme, en se glissant sans bruit dans le dortoir où sommeillaient déjà profondément les camarades de la chambrée, supputait mélancoliquement le nombre d'années de fers que lui vaudrait cette belle, mais unique soirée de fête. Tout à coup un
rayon de lune vient éclairer un lit placé auprès du sien : c'était celui du sergent.
A l'aspect des galons qui reluisaient sur l'uniforme du sous-officier, une idée non
moins lumineuse frappe le cerveau du zéphir. Il se saisit de cet uniforme, s'en revêt,
et va de ce pas trouver le juif avec lequel il avait fait affaire.

« Je viens d'apprendre, lui dit-il de sa plus grosse voix, que tu as acheté les habits
du soldat un tel. Sais-tu bien ce qu'il t'en coûtera pour cette action abominable ?

— Miséricorde ! s'écria le juif épouvanté. Mais cela n'est pas vrai, seigneur sergent, je vous jure...

— Tu mens ! répond le prétendu sergent, qui avait de bonnes raisons pour être
aussi affirmatif. Tu les as achetés ce soir, et tu as payé 10 francs, misérable coquin !
des effets qui en valent au moins 50.

— Il sait tout !... Ah ! scélérat de zéphir !... murmure d'un ton dolent l'israélite
consterné.

— Qu'as-tu fait de ces habits ?

— Les voilà, signor, les voilà ! s'écrie l'enfant d'Israël en extrayant les nippes
réclamées d'un vieux bahut poudreux qui déjà leur servait de prison.

— Très-bien, dit le sergent de contrebande en les chargeant sur son épaule ;
maintenant je vais m'occuper de faire régler ton petit compte avec la justice.

— Dieu de mes pères ! dit le juif en se tordant les mains, n'est-ce pas assez de
rendre les habits ? Ah ! par pitié, seigneur sergent, ne me dénoncez pas.

— Et si je ne dis rien, que me donneras-tu ?

— Que voulez-vous que je vous donne, hélas ? Je n'ai point d'argent, je suis un
pauvre juif...

— Alors tu en auras pour les dix ans de galères.

— Bonté du ciel ! que faire ? que devenir ? Tenez, seigneur sergent, il me reste
encore quelques piastres d'Espagne...

— Allons donc ! j'en étais bien sûr. Tu as eu de la peine à te décider. Voyons
les piastres.

— Les voilà... mais vous promettez de ne pas me trahir ?

— Sois tranquille, juif, dit le zéphir en empochant cette capture ; c'est moi qui
l'ai vendu les habits, et tu peux croire que je n'irai pas me dénoncer moi-même. »

Il partit, en disant ces mots, d'un grand éclat de rire, et s'enfuit lestement avec sa double prise. Le juif demeura foudroyé, et sentit, mais trop tard, la vérité de cet adage :

> Corsaires à corsaires,
> L'un l'autre s'attaquant, ne font pas leurs affaires.

Qui n'a entendu parler en Algérie du tour de passe-passe qu'affectionne surtout le zéphir, et qui consiste, comme il dit, à *réveiller Gauthier*.

Ce tour n'est, il n'est vrai, qu'une réminiscence, une réédition de l'escamotage dit *au bonjour*, si connu dans la capitale du monde civilisé ; mais le zéphir l'a rajeuni en se l'appropriant. Voici comment il le pratique.

Le matin, lorsque les clairons ont sonné le réveil du camp, il rôde d'un pied furtif autour des tentes qu'il croit désertes ; mais, avant de s'y introduire, il a grand soin d'interpeller à diverses reprises le personnage fantastique désigné sous le nom de Gauthier.

« Gauthier, Gauthier, dors-tu ? dit le visiteur matinal en cherchant à plonger de l'œil dans les profondeurs de la tente.

Si Gauthier ne répond pas, notre zéphir entre hardiment, sûr que l'habitation est vide, *chippe* ce qui lui convient parmi les bijoux, meubles ou effets du propriétaire absent, et s'éclipse avec son butin.

Si au contraire une voix se fait entendre et lui demande ce qu'il veut :

« Tiens, tiens, s'écrie le zéphir en jouant l'étonnement avec un naturel parfait, ce n'est donc pas ici la tente à Gauthier !

— Connais pas, dit la voix du dedans.

— Ah bien ! faites excuse en ce cas, » reprend l'ami du chimérique Gauthier qui s'approche, en disant ces mots, de la tente voisine, et ainsi de suite, jusqu'à ce qu'il ait enfin trouvé la bonne aubaine qu'il cherchait.

Malheureusement, à force de *réveiller Gauthier*, le zéphir a fini par donner aussi l'éveil à la police de l'armée, qui a pris des mesures pour réprimer ce genre d'industrie illicite, mais qui n'y parvient pas toujours. Quelquefois, en effet, son œil d'Argus s'endort, et c'est toujours au détriment du sommeil de Gauthier.

Parmi les anecdotes qui circulent en Algérie sur le compte du zéphir, toutes ne sont pas aussi plaisantes ; quelques unes même tournent au tragique pur. C'est le cas de rappeler ici cette fameuse partie d'écarté dont le terrible enjeu n'était rien moins que la vie d'un homme. Les joueurs étaient deux zéphirs ; tous deux avaient à se plaindre d'un sergent de leur compagnie : tous deux avaient juré de le tuer, et s'étaient mutuellement confié leur projet. Aucun d'eux ne voulant céder à l'autre sa vengeance, ils convinrent de s'en remettre à la décision du sort. L'un des zéphirs tira de sa poche un jeu de cartes, et la vie du sergent fut jouée en cinq points, sous les yeux mêmes de la victime. A l'issue de la partie, et sans vouloir donner revanche, le gagnant s'empara immédiatement de l'enjeu, en poignardant son sous-officier. A quelques jours de là, il marchait au supplice une pipe à la bouche, et mourait, dit-il, satisfait.

A une époque de mœurs douces comme la nôtre, on a de la peine à concevoir qu'il puisse encore subsister des natures aussi farouches, des haines aussi impitoyables. Un tel récit ne semble-t-il pas emprunté aux plus sombres chroniques des temps de barbarie? Malheureusement il est puisé dans l'histoire de ces derniers jours, et le fait n'est que trop réel.

Capables des plus grands écarts, des excès les plus criminels, de telles organisations le sont aussi parfois de l'enthousiasme le plus saint, du dévouement le plus sublime. Tournées contre l'ennemi de la France, la fougue et les passions volcaniques du zéphir opèrent souvent des prodiges. Les nobles sentiments, les cris d'honneur et de patrie trouvent un écho vibrant dans cette âme égarée, mais non pas toujours avilie. Les jours de combat et de péril le purifient et le régénèrent, et maintes fois il s'est dignement lavé de ses iniquités par un baptême de sang. La France, l'Europe, le monde entier, ont applaudi avec transport à l'héroïque défense de Mazagran ; or, ce qu'on ne sait pas, et ce qu'il faut hautement proclamer, c'est que ce réduit presque en ruines fut disputé pendant trois jours à une armée innombrable, par *cent vingt-trois zéphirs*.

Après le zouave, le spahi et le zéphir, il nous reste à mentionner le *tirailleur indigène*, nouvelle création instituée par une ordonnance du 8 décembre 1841.

A chacune des provinces d'Alger, d'Oran et de Constantine est attaché un bataillon de ces tirailleurs, tous indigènes, comme l'indique la dénomination du corps, sauf toutefois les membres de l'état-major, les capitaines et la moitié des lieutenants ou sous-lieutenants des cadres.

L'effectif total de ce corps est de plus de cinq mille hommes.

Une ordonnance de la même époque a réorganisé les spahis réguliers, et porté à vingt leurs escadrons, en y incorporant les spahis irréguliers et les gendarmes maures, milices fort brillantes et fort utiles sans doute, mais qui, échappant à toutes les règles de la discipline, offraient trop peu de garanties. Désormais, aucun indigène ne peut être admis dans les spahis s'il ne prête sur le Koran serment de fidélité au sultan de France, et s'il ne contracte l'engagement de le servir au moins trois ans.

Le complet des vingt escadrons de spahis est fixé à quatre mille hommes.

Joint aux zouaves, aux zéphirs, aux trois bataillons de tirailleurs indigènes, cet effectif, qui équivaut à huit régiments de cavalerie, porte à une force déjà imposante la milice *algérienne française*. C'est un nouvel acheminement vers le but que paraît s'être proposé depuis peu l'administration, et que signale d'ailleurs à tous les bons esprits l'expérience du passé : la formation pour l'Algérie d'une armée purement africaine, inféodée pour ainsi dire au sol de notre colonie, familiarisée avec les mœurs, l'idiome et la tactique arabes, apte à lutter de vitesse et de ruse avec nos adversaires dans la guerre d'escarmouche que ceux-ci nous ont déclarée; équipée selon ses exigences, et pouvant défier surtout, grâce à l'acclimatement, un ennemi cent fois plus terrible que tous les bédouins de l'univers, la fièvre, qui chaque année enlève au champ de bataille huit à dix mille soldats français pour les tuer misérablement sur un lit d'hôpital !

FÉLIX MORNAND.

LE CRÉOLE DES ANTILLES.

Franchissons les mers, cherchons des Français hors de la France ; cinglons à travers l'océan Atlantique ; et entre les deux continents américains, sous la voûte embrasée des tropiques, nous trouverons la Martinique, la Guadeloupe, Marie - Galande, les Saintes, la Désirade, Saint-Martin, les Antilles brûlantes et fleuries. Regardez ces rivages, et dites-nous si ce n'est pas le plus beau pays du globe, abstraction faite des moustiques, de la fièvre jaune, des raz de marée, des cancrelats, des ouragans, des serpents à sonnettes, des éruptions et des tremblements de terre. Que de productions exquises, l'ananas, la banane, le sacque, la rima, la sapotille, le coco, l'avocat, le chou palmiste ! Quelle végétation infatigable, quelle profusion de fleurs, de feuilles, d'arbres gigantesques ! Que de cultures florissantes, la canne à sucre, le café, le cacao, le cotonnier, le tabac ! la nature est là dans toute sa grandeur, riche de tous ses trésors, belle de tous ses charmes, redoutable aussi de tous ses fléaux, couvrant les savanes de verdure et les pitons de laves enflammées, forçant l'homme à s'incliner devant une puissance infinie, avec des sentiments d'amour ou de terreur.

LE CRÉOLE.

Les habitants de ces îles sont Français, non-seulement d'adoption, mais d'origine. A ceux qui seraient tentés de les renier, ils pourraient rappeler avec fierté qu'ils ont fourni aux armées françaises les généraux Beauharnais, Dugommier et Gobert; à la littérature, le poëte dramatique d'Avrigny, le pastoral Léonard, l'académicien Campenon; aux beaux-arts, le peintre Lethière; aux sciences Thibaut de Chanvalon, correspondant de l'Académie des sciences, et Moreau de Saint-Méry, président de l'assemblée des électeurs de Paris, en 1789. Ils pourraient s'enorgueillir de ce qu'une créole de la Martinique ait été la compagne et la judicieuse conseillère de Napoléon. Quoique soumis à des règlements spéciaux, divisés par des préjugés inconnus en Europe, maintenant comme base de leur société l'esclavage dès longtemps banni du vieux monde, les colons des Antilles, qu'on désigne sous le nom espagnol de créoles, sont en droit de se dire nos frères. Ils ont prouvé qu'ils tenaient à ce titre en repoussant l'étranger. Leurs victoires des Cinq-Combles, de la Pointe-aux-Sables, du morne Tartinson, la défense de la Guadeloupe contre les Anglais, celle de la Martinique, ont resserré les liens qui unissaient les créoles à la France; et pendant les dernières guerres encore, les corsaires de la Guadeloupe ruinèrent presque seuls le commerce britannique dans ces parages. Les créoles se sont associés aux triomphes de Grasse, de d'Estaing, de Bouillé, de Lamothe-Piquet. C'est les yeux fixés sur la France bien-aimée, que la plupart des planteurs endurent les dangers de leur rude existence. Ils espèrent voir une fois avant de mourir la terre, la province, le village d'où est parti leur aïeul. Tout en affectant du dédain pour la science européenne, ils recueillent avidement les pompeuses descriptions des prodiges dont les beaux-arts embellissent les cités de la mère-patrie. Ils applaudissent à ses succès, gémissent de ses revers, et la bénissent même quand elle les dépouille par des mesures injustes ou inconsidérées.

Le premier qui fonda un établissement au milieu des Indiens caraïbes fut un capitaine de Dieppe, nommé Desnambuc. La charte de la première compagnie de commerce des Indes occidentales fut signée en 1626, par Richelieu. Puis les colonies devinrent un lieu de refuge, où les uns allèrent chercher la fortune, d'autres la liberté de conscience, d'autres aussi l'impunité. Le même navire, en partant pour les Antilles, reçut le banqueroutier frauduleux et le martyr de la probité, le gentilhomme perdu de dettes et le grave religionnaire chassé de son temple, de nobles femmes d'exilés et le rebut des prisons de Saint-Lazare. Les rivages des îles se peuplèrent de flibustiers, héroïques brigands, ennemis implacables des Espagnols, cruels en croyant être justes, prodiges d'audace et de férocité, de grandeur et d'infamie. Des cultivateurs allèrent retrouver dans le nouveau monde la misère qu'ils croyaient fuir, et furent contraints, par une dure nécessité, de servir à titre d'*engagés* ceux qui avaient avancé les frais de leur passage. Ainsi se constitua graduellement une société française dans l'archipel des Antilles. Honneur à ceux qui réalisèrent cette colonisation; car leur vie fut une terrible lutte avec les Indiens indigènes, avec les Espagnols, les Hollandais, les Anglais, et surtout avec le climat. Une température constamment élevée épuisait les forces des travailleurs. La fièvre jaune, le tétanos, les fièvre putrides, l'hydropisie, le ténesme, la nostalgie, les moissonnaient. La terre s'entr'ouvrait sous leurs pas pour les engloutir avec leurs habitations nouvelles. Les ouragans les foudroyaient, l'hivernage les isolait pendant trois mois de la métropole, des milliers de fourmis énormes ravageaient les plantations naissantes. Enfin les Européens se familiarisèrent avec les dangers de leur nouvelle patrie. Les noirs, importés d'Afrique, supplantèrent les engagés ; les Caraïbes vaincus se mêlèrent aux indiens de Cayenne, ou passèrent dans les îles voisines ; et l'on en trouve encore à la Désirade et à Saint-Vincent de rares débris, d'autant plus misérables qu'ils ont conservé le souvenir de leur ancienne domination.

Les colonies sont aujourd'hui plus françaises que jamais. La toute-puissance des gouverneurs y a été tempérée constitutionnellement par la création de conseils coloniaux, composés de trente membres élus par les censitaires des arrondissements (loi du 24 avril 1833). L'organisation judiciaire de la métropole a été implantée aux Antilles, non sans une vive résistance de la part des privilégiés. Tous les hommes libres ont été appelés à la jouissance des mêmes droits civils et politiques ; et si l'abolition de l'esclavage pouvait s'opérer sans secousses, si de saines vues d'économie politique déterminaient l'abandon d'un système de monopole dont le maintien exige une armée de douaniers, les colonies ne seraient plus qu'un département français, différent des autres uniquement par sa latitude.

Des modifications successives dans le régime politique, de fréquents rapports avec les négociants d'Europe, ont altéré le caractère primitif du créole des villes. L'isolement a conservé au créole des campagnes le cachet d'originalité qu'il doit à la nature même de son existence et de ses travaux. Montons donc à cheval, suivons ce sentier bordé d'aloès et de pois d'Angole, et au détour d'un morne, au milieu d'une plaine, sur un tertre peu élevé, nous apercevrons une maison de bois, couverte en essente : c'est la demeure de notre héros. A l'entour sont de nombreuses cases, entourées de bouquets de bananiers, de corossoliers, d'acacias, sur lesquels de rares cocotiers étalent leurs légers parasols. Sur le flanc de la savane que domine la maison principale, sont épars les vastes bâtiments d'exploitation : la sucrerie surmontée de sa massive cheminée, haute comme une colonne ; le moulin à eau ou à vent ; la case à *bagasse* [1] ; les parcs de bestiaux ; la *rhumerie* décorée de ses énormes alambics à becs onduleux comme des dragons ; plus loin l'infirmerie, le pressoir et la *gragerie* [2], avec sa platine de fer destinée à la cuisson du manioc, le cachot et son *bilbo* [3], et tout à côté de la *grande case*, un petit toit presque au niveau du sol, abri utile contre la fureur des ouragans. C'est là une habitation.

La sucrerie *roule* : partout le bruit, le mouvement, le travail. A quelque distance, une cohorte de nègres vigoureux, le coutelas à la main, s'avance en bon ordre à travers une pièce de cannes. Les *cabrouets* attelés de mules transportent au moulin le précieux roseau.

---

[1] Le moulin sert à exprimer le *vesou* (suc de la canne). La case à *bagasse* est un hangar sous lequel on empile la canne dont le sucre a été exprimé, et qui sert de combustible.

[2] Maison destinée à la fabrication de la farine de manioc.

[3] Espèces de barres de justice.

De nombreux troupeaux de chèvres, de moutons et de bœufs de Carracas, broutent
l'herbe sèche et brûlée de la savane, sous la conduite de noirs corydons armés de
longs fouets en guise de houlettes. Les raffineurs, assemblés autour de la chaudière
où bouillonne le vesou, réclament à grands cris la *bagasse*. Les négresses qui fournissent la canne aux cylindres de fer du moulin psalmodient des chants monotones,
parfois interrompus par les hurlements d'une victime dont le bras, engagé dans la
machine, a été tranché par la hache toujours prête, et sacrifié au salut du corps entier.

Nous arrivons : le négrillon posté à l'affût des passants, sentinelle avancée de
l'hospitalité, court annoncer l'arrivée des blancs étrangers. Le créole planteur court
à notre rencontre : il est de taille moyenne ; ses membres sont maigres, mais ner-
veux ; ses mouvements ont de l'aisance et de la vivacité. Son visage basané, ombragé d'un large *panama*[1], pétille d'une énergique activité ; sa bouche fine, quoique
légèrement contractée, montre en s'entr'ouvrant des dents blanches, et sur son front
prématurément sillonné, dans les contours de ses narines évasées, se trahissent l'orgueil du despotisme et le sentiment de l'indépendance personnelle. Il balance entre
ses mains grêles la *rigoise*[2], son inséparable compagne, dont, au sortir de table ou
du hamac, du matin au coucher du soleil, il se munit comme un chevalier de son
épée. Son costume souple et léger, composé d'une veste de basin et d'un pantalon
de carsak, est d'une propreté recherchée, et portée avec une grâce naturelle qui en
rachète la forme disgracieuse. En nous attendant, debout sur la terrasse, il jette un

[1] Chapeau de paille fabriqué sur le continent.
[2] Nerf de bœuf tordu et séché.

coup d'œil sur le mouvement de l'atelier, voit si l'économe surveille les travaux, si le commandeur fait claquer à propos son fouet redoutable. Ne nous effarouchons point de sa mine hautaine : nous sommes blancs, étrangers au pays, et par conséquent sûrs d'être accueillis cordialement. Il nous accablera d'obséquieuses prévenances, il étalera à nos yeux les trésors de son instinctive urbanité. Sa prononciation grasseyante et inaccentuée, son débit fade et sans vigueur, nous plairont à force de paroles du cœur ; il nous séduira par la haute distinction de ses manières, et nous initiera aux grandeurs d'une hospitalité depuis longtemps passée de mode en France.

Notre visite est fêtée par les esclaves comme par le maître ; les enfants sollicitent notre intercession pour obtenir la grâce d'un nègre favori menacé de quelque châtiment. Peut-être même, en notre honneur, accordera-t-on une journée entière de repos à l'atelier, qui, sur le soir, nous remerciera de ce repos éphémère au son des tambours et des *chackchaks* [1], en dansant l'impétueux *bamboula* ou le gracieux *calenda* [2].

Le créole, dans ses réceptions, ne connaît point les règles mesquines d'une sordide étiquette. Il se complaît à traiter son hôte avec faste, avec abondance. Les voisins sont invités à un somptueux repas, où brille une vaisselle du plus haut prix, luxe de prédilection aux Antilles. La plus grande tolérance préside à la conversation, et si quelques convives montrent une naïve ignorance de toutes choses, d'autres effleurent rapidement et avec perspicacité les mille sujets qui forment en Europe la base des entretiens. Toutes les opinions s'expriment librement, hormis une seule ; tous les mots peuvent se prononcer, excepté ceux de liberté et d'émancipation. Qu'on se garde bien de la plus légère allusion à l'abolition de l'esclavage, qu'on évite de répéter les noms des illustres négrophiles ; cette idée et ces noms sont proscrits, et l'imprudent qui s'en déclarerait le partisan serait repoussé comme un paria. Le créole ressemble à ces maniaques dont l'esprit est parfaitement lucide, mais qui entrent en fureur quand on les prend au défaut de la cuirasse.

Le préjugé de la couleur est tout-puissant aux Antilles. L'éducation l'infiltre, l'exalte, le consolide, et lutte incessamment contre tout ce qui peut le contrarier : sensibilité naturelle ou doctrines philosophiques. Livrés dès le plus jeune âge aux caprices de leur imagination, libres de la surveillance paternelle, les enfants créoles sont les plus bizarres, les plus fantasques, les plus malicieux des despotes. Tout à l'heure nous les avons vus implorer, les larmes aux yeux, la grâce d'un pauvre nègre ; nous les retrouvons armés d'un fouet, et chassant devant eux des bandes de négrillons. Comment voulez-vous, vous qui les accusez, qu'ils aient assez de force d'âme pour nier la société qui les entoure ? Comment ne seraient-ils pas convaincus de leur droit primordial d'exploitation sur toute peau noire et cuivrée ? S'il doutait un seul instant de la légitimité de son empire, le créole serait perdu. Retiré au fond des forêts vierges, sur une montagne escarpée ou dans la solitude d'une anse sauvage, que d'énergie, d'assurance, d'activité, de confiance en lui-même, ne faut-

[1] Instrument fait avec une petite calebasse.
[2] Danses africaines.

il pas au créole pour se maintenir contre des milliers d'Africains vigoureux et rusés !

La rigueur qu'il déploie quelquefois pour l'affermissement de son autorité chancelante lui a valu une réputation d'insatiable barbarie. On a considéré la race entière comme complice et solidaire des atrocités de quelques hommes. L'opinion calomnieuse et exagérée qui flétrit les créoles comme de cruels tyrans est maintenant à l'état de préjugé ; et ils ont été ainsi, chose remarquable, frappés à leur tour de cette arme terrible dont ils avaient tant abusé avec les sangs mêlés. Cependant, s'il est des maîtres impitoyables, il en est d'autres qui exercent leur empire avec une louable modération. L'intérêt même leur impose la loi de nourrir, de soigner en santé et dans les maladies les esclaves qui les enrichissent, tandis que les producteurs de France, dégagés de toute obligation envers l'ouvrier hors de service, abandonnent ses dernières années à la misère. Les colons ont sur les propriétaires français l'avantage de la logique. Ceux-ci, tout en parlant de droits égaux, de liberté, d'humanité, ne se font aucun scrupule de s'arroger la part du lion dans les bénéfices du travail. Les colons, partisans déclarés de l'exploitation d'une race par l'autre, peuvent être accusés d'oppression, mais ils sont exempts du reproche d'inconséquence.

La pensée de la liberté, prochaine ou éloignée, des noirs, n'est pas la seule qui révolte les colons des Antilles. Ils haïssent, non moins que les négrophiles, les spéculateurs qui ont imaginé d'extraire du sucre de la betterave. Ils dédaignent trop le café de chicorée ou de châtaignes pour s'en inquiéter ; mais le végétal européen qui fait concurrence à la canne leur est odieux à juste titre, et ces ennemis de la liberté des nègres réclament contre la betterave la liberté du commerce. En effet, que le système colonial cesse, et aussitôt la canne triomphe de sa rivale. Du vieux principe qui enjoint aux colonies de ne vendre leurs produits qu'à la mère-patrie, il résulte que les marchands de sucre, protégés par le monopole, maintiennent leur denrée à un prix élevé. Rendez le commerce libre, et dès lors la production quadruplera, la concurrence amènera la baisse du sucre, et l'on cessera d'épuiser des terres à blé en France, où les céréales ne suffisent pas à la consommation, pour établir à grands frais des fabriques de sucre indigène.

Chaque pays a ses produits, et le bien-être général serait intéressé à ce qu'aucun obstacle ne contrariât les échanges. Les restrictions peuvent profiter à quelques privilégiés, mais elles sont toujours nuisibles à la masse, qu'il s'agisse de houille ou de sucre, de laine ou de café, de céréales ou de tabac. En opposition avec les philosophes du vieux monde sur la question de l'esclavage, les créoles sont d'accord sur celle du sucre avec les économistes les plus éclairés.

N'attaquez point les créoles sur le terrain de l'égalité, et vous les trouverez toujours doués d'un jugement sain, d'une imagination ardente, d'une intelligence étendue, développée par la nécessité. Agriculteurs laborieux, ils dirigent les cultures les plus pénibles, et triomphent d'un climat énervant par leur patiente ténacité. Éloignés de tout secours de l'art, ils deviennent, à force d'observation, les médecins de l'atelier, et répartissent aux malades avec discernement les drogues de la petite pharmacie dont chaque habitation est pourvue. A défaut d'ingénieurs et de mécaniciens, ils réparent eux-mêmes les avaries de leurs usines ; les plus rudes épreuves fortifient leur courage, car, isolés par des mornes, des gouffres, d'impétueux torrents, assaillis par ces affreux orages qui font plier les Antilles comme la mâture d'un vaisseau, exposés à être engloutis par les tremblements de terre, ils sont de plus condamnés à soupçonner sans pâlir le poison insaisissable dans chaque mets que leur prépare une main africaine ; ils ont aussi parfois à combattre des bandes insurgées, qui seraient victorieuses si la crainte entrait un seul instant dans le cœur de ceux qui se font craindre.

Trop souvent les créoles tournent contre eux-mêmes leur inébranlable intrépidité, et nous doutons que les arrêts de la Cour de cassation parviennent à extirper le duel des colonies, quoiqu'il y soit beaucoup moins fréquent qu'autrefois. Il y règne sans contrôle, autorisé par les mœurs, toléré par les lois impuissantes. Pour un combat singulier seulement, le créole oublie son orgueil aristocratique. Quand il s'agit de se donner la mort, il s'aligne avec le mulâtre, et s'il repousse la main, il accepte la balle. Une infernale adresse acquise dès l'enfance, et qui accuse une continuelle préoccupation, rend six fois sur dix les rencontres meurtrières. De peur que le combat ne soit interrompu après une première décharge, les duellistes s'arment chacun de deux pistolets. Quelques-uns préfèrent le fusil à cinquante pas. Souvent ils conviennent de parcourir la campagne en marchant l'un sur l'autre, de se servir des accidents de terrain, des arbres et des rochers pour s'embusquer, jouer de ruse ou d'activité, jusqu'à ce que l'un des tirailleurs soit atteint. Dans ces circonstances, les deux adversaires font preuve d'une indifférence cynique, d'une vivacité extrême, d'un coup d'œil infaillible.

Il y a des exemples de duels entre frères. Deux, entre autres, après avoir fait creuser par leurs nègres une longue fosse, se sont placés, le pistolet au poing, sur une planche qui la traversait, et, animés d'une haine d'Atrides, aidés d'une égale habileté, au signal donné, ils ont disparu dans la même tombe, réunis pour la première fois. On a vu des blessés se faire soutenir par leur témoin, tirer à leur tour, et s'évanouir. Il y a quelques années, un vieux planteur, ayant perdu son fils en duel, provoqua le meurtrier : celui-ci se contenta de lui faire une légère blessure, mais le fier vieillard le força de continuer le combat. Ne pouvant se résoudre à tuer le père comme il avait tué le fils, l'adversaire du planteur lui logea successivement plusieurs balles dans les chairs. Enfin, épuisé par la perte de son sang, l'inflexible blessé ajusta son ennemi avec le coup d'œil du désespoir, l'étendit mort sur le sable, et fut lui-même reçu mourant dans les bras de ses témoins.

Quelquefois des duellistes se sont donné rendez-vous sur une habitation, la nuit, pour se trouver en présence le lendemain. Là, en attendant l'heure, ils se livraient au jeu avec frénésie, gagnaient et perdaient des sommes énormes, des nègres, des chevaux, des maisons, et aux premières lueurs de l'aurore ils se rendaient sur le terrain. Contre de telles passions, que peut la jurisprudence Dupin ?

Le jeu a toujours été en honneur aux colonies, malgré les ordonnances prohibitives de 1722, 1744, 1755 et 1781. L'épidémie a gagné jusqu'aux nègres des villes, qui volent leurs maîtres pour jouir des émotions du boston ou de l'écarté ; ce que

LE CRÉOLE
(Petit blanc).

la police punit régulièrement de vingt-neuf coups de fouet appliqués par le commandeur de la geôle.

A la suite de la révolution, la passion du jeu prit dans les colonies une extension singulière, surtout à la Guadeloupe, où l'on voyait de vieilles créoles en délire jouer au *macao* des habitations entières contre des aventuriers nouvellement débarqués. Des joueurs demeurant à la campagne, et ne pouvant tenir cercle tous les jours, prenaient pour partners leurs esclaves. Un créole qu'on a vu, second Chodruc, errer dans les rues de Paris, perdit, au retour d'un voyage en France, ses immenses propriétés, et se rembarqua le soir complétement ruiné.

Il a été longtemps difficile d'obtenir des créoles le payement, soit des dettes de jeu, soit de toutes autres. Les débiteurs, retranchés sur leurs habitations comme dans des châteaux forts, et entourés d'une ligne de nègres éclaireurs, bravaient les assignations et les prises de corps. Souvent même ils recevaient l'huissier à coups de fusil, ou, après l'avoir admis à leur table et largement abreuvé, ils l'attachaient sur un cheval fougueux, à la queue duquel flambait un paquet d'étoupes enflammées. Quand le débiteur récalcitrant était de mauvaise humeur, il s'abstenait de faire lier le Mazeppa de l'assignation, qui ne tardait pas à être précipité dans quelque fondrière. D'autres fois, invité à passer la nuit sous le toit hospitalier de celui qu'il venait saisir, l'huissier couchait à la sucrerie ; mais, dès qu'il était endormi, des cordes passées dans des poulies élevaient doucement son hamac jusqu'à la charpente, et pour peu que le malheureux essayât de se lever dans l'obscurité, il faisait une chute de plusieurs pieds.

La profession d'huissier est moins périlleuse de nos jours ; il n'a pas tant à redouter les créoles proprement dits que les *petits blancs* : on désigne ainsi, dans ces contrées, où l'idée de grandeur est attachée à la richesse, les colons peu soucieux de la fortune, pauvres d'origine ou par suite de leur négligence. Leurs traits hâlés par le soleil les feraient prendre pour des mulâtres, si la peau de leur poitrine découverte n'accusait la blanche origine dont ils s'enorgueillissent. D'humeur misanthropique et bizarre, les petits blancs aiment à courir les grands bois, à se plonger, le fusil sur l'épaule, le coutelas à la main, dans ces forêts primitives si harmonieuses dans leur silence, si peuplées dans leur solitude. La sympathie naïve des petits blancs pour les charmes de la nature et les passe-temps bucoliques en fait des poëtes inédits, ignorants et incorrects, mais doués d'un sentiment délicat et d'une vigoureuse imagination. Parfois, les jours de marché, on rencontre dans les bourgs, rarement dans les villes, le petit blanc escorté de deux noirs, ses compagnons plutôt que ses esclaves. Il a donné un tour à la clef de bois de sa case, et a descendu les mornes pour échanger contre du sel et de la poudre le produit de sa chasse et les beaux régimes de sa bananière.

Ces notions sur les petits blancs complètent ce que nous avions à dire du créole ; mais il nous reste à parler de sa compagne, à laquelle la fougue de son caractère a valu d'être si souvent mise en scène par les romanciers. La femme créole est, en général, d'une taille mignonne et peu élancée ; elle ondule plutôt qu'elle ne marche, en traînant paresseusement les pantoufles qui chaussent ses petits pieds, et sa tournure est alors délicieusement molle et voluptueuse. La régularité de ses traits fins, son teint de convalescente, sa noire chevelure s'échappant de dessous les plis coquets d'un madras, ses yeux de jais tendres et langoureux, ou armés de résolutions sous l'influence de quelque menace passionnée, tout cet ensemble est ravissant à contempler. Mais ses précoces appas, mûris par un soleil des Tropiques, brillent et se flétrissent comme des fleurs dans une vieillesse anticipée.

Bonne et aimante, la créole est néanmoins volontaire et emportée : quand l'impatience ébranle les nerfs de cette femme délicate et gracieuse, de rapides accès de folie la dénaturent, et elle commande parfois d'atroces châtiments dont la pensée la désole ensuite comme un remords. La nombreuse domesticité d'esclaves qui encombre les maisons, et dont l'oisive impéritie embarrasse plus qu'elle ne sert, contribue à entretenir l'irritabilité de la maîtresse du logis. Si madame est étendue sur un sofa, et que son mouchoir soit tombé à ses côtés, elle appelle une servante, qui en appelle une autre, et l'ordre passe de bouche en bouche jusqu'à ce qu'on trouve la femme dont la fonction spéciale est de servir en cette circonstance. Cette subdivision du travail, accompagnée d'une extrême lenteur, soumet la créole exigeante à une torture de tous les instants.

Par une contradiction étrange, c'est dans la classe détestée de couleur libre que la créole choisit sa compagne chérie, son amie de cœur, sa *cocote*; tandis que, couchée nonchalamment, elle se fait chatouiller légèrement la plante des pieds nus par une jeune négresse et qu'un négrillon balance sur sa tête une branche de palmiste, la cocote, assise sur une natte, charme, par mille causeries, les ennuis d'une vie casanière. Cette indispensable favorite de sang mêlé finit toujours, à force d'adresse, par rapprocher les distances, et remplacer l'inégalité sociale par l'égalité de sentiments, d'idées et de goûts. Elle est belle à voir, quand elle est blottie et ramassée sur une natte aux côtés de sa chère *cocote* blanche, qui l'appelle *ma divine*, en écoutant le récit des événements scandaleux de la ville, accompagné de longs éclats de rire. Dans ces communications intimes des deux amies, la rigueur du préjugé disparaît pour faire place à une confiance illimitée. La femme blanche fait taire les ressentiments de rivalité en faveur du besoin d'une société confidentielle Les créoles, étant tous nobles de peau, indépendamment des inégalités de fortune, ne trouvaient pas chez leurs semblables des dépositaires sûrs de leurs plus secrètes pensées. Les femmes recherchent donc les affranchies pour les initier aux petits caprices de leur imagination, aux mystères de leur cœur. De son côté, la mulâtresse est flattée de cette amitié privilégiée, qui l'introduit dans la famille des dominateurs. Les vieilles créoles ont leurs vieilles *cocotes* de couleur qui ont toujours vécu familièrement avec elles, et qui sont pour ainsi dire les registres vivants où ont été déposés tous les petits incidents d'une existence bornée et monotone.

Dans la conversation, la créole est l'antipode de la femme d'Europe. Celle-ci connaît l'art de dire des riens avec vivacité, débite élégamment des banalités de salon, et accompagne le moindre bonjour d'une pantomime animée; la créole, au contraire, tout en rendant des idées poétiques par des expressions faciles et colorées, s'énonce avec une intonation traînante et fade, une lenteur de gestes, qui produisent le désaccord le plus choquant. On s'accoutume difficilement à écouter avec plaisir ces bouches charmantes qu'on aime toujours à voir.

C'est au bal que la créole, faisant trêve à sa nonchalance quotidienne, épanche cette brûlante ardeur qui la consumait intérieurement sans se manifester au dehors. Elle est alors transformée, elle a passé de la végétation à la vie. Au premier signal de l'orchestre, ses organes assoupis se réveillent; l'énergie succède à la mollesse, la passion à la langueur, la fougue à l'énervement. Tour à tour pétulante ou rêveuse, ardente ou rieuse, les yeux étincelants de plaisir ou voilés d'une mélancolique vapeur, effleurant à peine le parquet de ses petits pieds, légers comme l'aile du colibri, elle tourbillonne jusqu'au matin dans la brûlante atmosphère du bal; et le lendemain elle reprend sa torpeur, jusqu'à ce qu'un nouveau soir de fête la rappelle aux danses folles, aux hommages flatteurs, au tumulte harmonieux des salons.

Naguère encore l'éducation des femmes créoles en général se réduisait à ce qu'on enseigne en France aux filles d'ouvriers. Même aujourd'hui, les habitantes des campagnes aux Antilles sont d'une ignorance qui laisse en toute sa verdeur native leur imagination rêveuse. Elles ne cherchent point de distractions dans la lecture; leurs plus grandes récréations sont les parties de bain dans les torrents des vallons ombragés. Les hommes prennent part à ces passe-temps, si doux sous un ciel aussi brûlant; et tous, revêtus de blouses ou de caleçons, se plongent dans les mêmes bassins. Quelquefois on détourne un filet d'eau, et l'on pêche à la main sous les rochers. Puis on savoure le *calalou* et le *matété*, mets favoris que les créoles mangent avec les doigts.

Une grande partie de la vie de la créole se passe dans un hamac. Souvent après le dîner, qui a lieu à une heure, plusieurs femmes se groupent dans une vaste pièce garnie de hamacs sur lesquels elles s'étendent, en laissant pendre une de leurs jambes de manière à toucher le parquet. Là, elles devisent, médisent, boivent de l'eau de coco, mangent des ananas et des barbadines, et finissent par s'endormir au bercement de leur lit suspendu. Le hamac est transformé parfois en véhicule et attaché à un gros bambou, dont les extrémités reposent sur les épaules de deux nègres. Il sert à transporter doucement la créole; mais elle préfère ordinairement exercer sa hardiesse en montant à cheval, et trotte, accompagnée d'un nègre leste et ingambe qui, tenant d'une main la queue de l'animal, et de l'autre un parasol ouvert, garantit des feux du jour la tête de sa maîtresse.

LA CRÉOLE.

A l'époque de l'ancien régime colonial, les créoles étalaient un luxe égal à celui des plus grands seigneurs de France. Dans les rares visites qu'ils rendaient à Paris, ils l'éblouissaient de leur faste imposant. Leur autorité était plus que féodale, car ils possédaient sans contrôle le sol et les nègres, la matière et l'instrument. Au milieu de leurs vastes habitations, à la tête de leurs nombreux ateliers, tenant entre les mains la vie et la mort de leurs milliers d'esclaves, ils avaient le cachet de distinction qui caractérise les vieilles races aristocratiques. La patrie du créole est restée toujours belle, toujours dorée par le même soleil, toujours sous le même ciel d'azur, mais le créole perd chaque jour le caractère qui lui était propre, pour prendre celui que les trafiquants d'Europe lui apportent. La concurrence ruine le commerce des colonies; l'usure rapace s'y introduit; l'égoïsme bourgeois y remplace l'hospitalité sans mesure et sans défiance. L'esclavage, source de la puissance et de la grandeur, est prêt à crouler sous des attaques réitérées. Saint-Domingue, qu'eût conservé Toussaint-l'Ouverture à la France sous l'empire de Napoléon, offre aux noirs esclaves un dangereux exemple d'affranchissement. Le prestige dont était entourée la race blanche disparaît par degrés; et maîtres et esclaves, les yeux tournés vers l'orient, attendent avec terreur ou impatience le vaisseau qui doit apporter la nouvelle de l'émancipation.

ROSEVAL.

LE MULÂTRE.

Citoyens libres des Antilles, émancipés par la loi de 1855, les mulâtres tendent
chaque jour à conquérir dans l'ordre moral l'égalité qui leur est assurée dans l'ordre
politique. Ils doivent originairement leur affranchissement, soit à la tendresse paternelle, soit à une ancienne loi qui déclarait libre le fruit du commerce d'un homme
libre et d'une esclave; mais en présence d'une multitude de nègres courbés sous
le joug par la force du prestige de la supériorité des blancs, ceux-ci ont pensé qu'il
eût été dangereux pour le système qu'ils établissaient, d'octroyer en même temps
l'égalité avec la liberté. Il ne fallait pas détruire chez l'Africain l'idée salutaire de
l'infériorité de son sang, malgré son mélange avec celui du blanc : il fallait que le
sceau de l'origine du mulâtre demeurât indélébile. La liberté de l'homme de couleur pouvait être un avantage naturel, mais ne devait pas être un titre social, et
l'exclusion qui pesait sur lui avait pour but de lui rappeler d'où il venait, tandis
que le noir voyait se perpétuer sa destinée dans cette seconde servitude morale.
En outre, la jalousie toujours croissante des femmes blanches contre leurs rivales
de couleur, concubines de leurs maris, contribua beaucoup à augmenter l'abaissement de cette race. On vit naître et grandir le préjugé de la couleur, cette noblesse

LE MULATRE.

de peau qui a creusé des abîmes entre les races d'hommes qui habitent les colonies ;
rivalités ardentes ; inimitiés envenimées, proscriptions sanglantes, calomnies, in-
justices réciproques ; convulsions stériles , tous les mauvais penchants, tous les malheurs aux colonies ont eu pour instigatrice cette idée qui hante sans cesse l'esprit
du créole pour l'exciter à opprimer, et celui du mulâtre pour entretenir son humeur inquiète et mécontente.

Dès l'origine, pour marquer irrévocablement les limites de cette distinction entre
le blanc et le mulâtre, la législation coloniale promulgua des lois qui excluaient les
hommes de couleur de toutes professions libérales, déterminaient la forme de leurs
vêtements, et indiquaient les places qu'ils devaient occuper dans les places et cérémonies publiques. Les règlements généraux de 1755, 1777, 1779, 1784, leur défendaient de s'appeler entre eux *monsieur* et *madame ;* de s'habiller comme les
blancs, de porter les mêmes noms que les blancs, de se trouver avec les blancs dans
les promenades et autres lieux de réunion. Un arrêté colonial de 1765 leur interdisait les fonctions de notaire, d'avoué, de médecin, de clerc, « attendu qu'il
est impossible de trouver la moindre probité dans une classe aussi vile que celle
des mulâtres. »

En vain l'édit de 1685 avait assimilé les hommes de couleur aux blancs ; celui
de 1775 leur enjoignait d'ajouter à leur nom de baptême un surnom africain, et de
ne point prendre les noms de leurs pères putatifs, « pour ne pas détruire cette barrière insurmontable que l'opinion publique a posée, et que la sagesse du gouvernement maintient. »

Ainsi ces doctrines que l'on combat aujourd'hui étaient jadis professées par le
pouvoir. En 1769, une lettre du ministre de la marine assimilait aux Français les
Indiens de Saint-Domingue. Des hommes de couleur demandèrent à être considérés
comme Indiens ; mais le ministre s'y refusa : « Cette faveur, écrivit-il, détruirait
le préjugé qui établit une distance à laquelle les gens de couleur et leurs descendants ne peuvent jamais prétendre ; il importe au bon ordre de ne pas affaiblir
l'état d'humiliation attachée à l'espèce, à quelque degré qu'il se trouve. »

Dans les théâtres, il y a quelques années encore, la ligne de démarcation était
tracée d'une manière dramatique : le parterre, trône du souverain au spectacle,
était exclusivement occupé par la jeunesse blanche, les premières loges par les
dames de la classe privilégiée, et les galeries supérieures, nommées paradis, par la
foule des peaux de sang mêlé et de nuances diverses. Le riche et le pauvre se
trouvaient forcément confondus dans ces hautes et incommodes régions où l'égalité
de la couleur et de l'origine africaine nivelait toutes les inégalités de détail. Là, l'or
lui-même eût été impuissant à faire changer de place. Le règlement de police
voulait que les mulâtres ne s'occupassent que de ce qui se passait sur la scène et
non pas dans la salle. Sans doute la raison en était tirée de la présence très-rappro-
chée des castes ; situation peu favorable à l'harmonie de l'assemblée et féconde en
saillies d'irritation et en caprices d'amour-propre. Aussi entendait-on souvent des
voix qui, sans égards pour l'action scénique, s'élevaient du parterre ou d'une loge
sur un ton aigre et menaçant : « Mulâtre! s'écriait l'une, pourquoi me regardes-tu ?

— Qu'on chasse, disait l'autre, cette vilaine mulâtresse qui a l'impertinence de ricaner
en me fixant. » Aussitôt un argousin expulsait, aux termes des ordonnances, l'individu
de couleur signalé et coupable du méfait d'un regard quelquefois sans malicieuse
intention, mais, d'autres fois, armé d'une pensée criminelle; c'était quand une
belle *métive*, dans ses atours de madras et de grenats, narguait de l'œil et de la
mine une grande dame créole qui avait contre son mari de trop justes motifs de
jalousie et se voyait provoquer par sa rivale. Dans ce cas grave et autres semblables,
cette dame négligeait rarement d'écrire le lendemain un mot à M. le procureur du
roi, qui, arbitrairement, administrait un ou deux jours de geôle à la triomphante
courtisane.

Dans l'église même, on trouvait d'une part les blancs, et de l'autre les flots de
la population bigarrée. Jusque devant Dieu, l'homme maintenait ce qu'il appelait
les droits de sa suprématie, et le préjugé de la couleur ne pouvait s'humilier devant
l'exemple de toute humilité. Le jour des cendres, et le vendredi saint, sur les marches du maître-autel brillait un crucifix d'argent posé sur un coussin de velours. A
côté se tenaient le curé et son vicaire présentant le Christ à adorer, et distribuant
les cendres de la pénitence aux fidèles blancs. Plus loin, dans une chapelle fort
humble, le crucifix de bois recevait les dévotions de la foule de couleur à laquelle
un prêtre jetait les cendres. Il semblait qu'il y eût deux Dieux, celui des blancs et
celui des mulâtres et nègres; l'un supérieur, l'autre inférieur; l'un d'argent, l'autre
de bois.

Existe-t-il des ressemblances physiques qui expliquent l'aversion du créole,
l'état de paria auquel le mulâtre est condamné? A la première génération, le mulâtre participe à peu près également de son père blanc et de sa mère négresse (il
est assez rare qu'il provienne d'un nègre et d'une blanche). Cependant déjà l'origine
blanche domine dans le teint qui est olivâtre, et dans l'intelligence qui a quelque
chose de plus audacieux, de plus hardi. Le détail des traits de la figure et la chevelure, souvent laineuse, appartiennent à la négresse. A la seconde génération, le
mulâtre se confond presque avec le blanc; les cheveux sont plats, les traits saillants,
les lèvres plus minces. Enfin dans le métis, le quarteronné ou mamelouque, c'est à
s'y tromper, même pour les plus experts en matière de blason de la noblesse de
peau : la trace africaine s'efface et est absorbée dans le caractère du type européen. Et pourtant, le préjugé général, toujours inquiet, a forgé quelques menus
préjugés physiques qui poursuivent le sang jusque dans ses modifications les plus
reculées, et prétendent reconnaître dans des signes ineffaçables et à perpétuité la
présence de l'origine nègre chez un homme qui ressemble parfaitement à un Parisien ou à un Bordelais. Plus tard, nous aurons occasion d'indiquer quelques-uns de
ces indices fantastiques du sang mêlé. Elles ont souvent été la cause de bizarres
accusations et ont amené des situations pleines de saisissants contrastes, et fécon-
des en péripéties dramatiques qui n'appartiennent qu'aux mœurs coloniales.

Sous le rapport moral et intellectuel, le mulâtre tend à se rapprocher davantage
de la source paternelle. Libre du lien matériel qui exerce une influence directe sur
sa forme extérieure, sa volonté d'homme aspire à se rapprocher, ou plutôt à s'assi-

miler à celui qui possède l'autorité et l'instruction. Il est plus actif, moins énervé, et aussi capable que le blanc. Pendant la courte période d'égalité qui s'établit à la Guadeloupe, on vit s'élever des rangs de la caste des mulâtres des hommes qui égalaient, par les sentiments, l'intelligence et les vertus civiques, les meilleurs citoyens blancs, ci-devant privilégiés des colonies. Mais cette époque violente et révolutionnaire fut de courte durée, et les circonstances ne lui permirent pas de se régulariser, de prendre racine dans le sol, et d'améliorer, par le temps, l'industrie, la richesse et l'instruction. Malgré la déclaration du 21 novembre 1801 : « A Saint-Domingue et à la Guadeloupe il n'y a plus d'esclaves ; tout y est libre, tout y restera libre, » le gouvernement rétablit l'esclavage. Le despotisme des colons trouva un puissant auxiliaire dans celui de Napoléon. En retombant sous le joug des vieux privilèges, le mulâtre sentit s'éteindre en lui sa puissante soif de civilisation ; mais, cédant à la force sans se laisser complétement abattre, il a toujours montré une ténacité d'espérance, une vigueur de volonté et un esprit de suite, rares chez les populations énervées des zones tropicales. Il n'a pas cessé de protester en faveur de l'égalité des droits sociaux, et contre le préjugé de la couleur qui le repousse et le mure de toutes parts. Cette voix incessamment élevée, cette persévérance de réclamation et les rudes épreuves qu'elles lui ont valu, épreuves de sang et de mort, renferment des conditions d'un avenir plus digne. Depuis quarante ans, le mulâtre n'a jamais donné sa démission de pétitionnaire, et déjà le droit d'admission à tous les emplois et la jouissance de l'égalité légale eussent couronné sa complète émancipation, si, comme nous l'avons dit, le préjugé de la peau dominant aux colonies ne fût demeuré plus fort que la loi, plus fort même que l'intérêt bien compris des blancs.

Trois causes plus ou moins dépendantes de la volonté du mulâtre contribuent à rendre stérile ce que la loi lui a conféré, et, par là, à entretenir le dédain systématique de la classe blanche. Les deux premières se rattachent l'une à l'autre ; elles se succèdent comme la conséquence du principe ; ce sont la pauvreté et l'ignorance. En général les mulâtres végètent dans les rangs du petit commerce de détail et dans l'exercice peu fructueux des métiers manuels, quoique plusieurs soient propriétaires d'habitations et de sucreries, ou riches négociants dans les villes. La plupart des jeunes gens qui ont reçu une instruction élémentaire et locale occupent les places de commis dans les comptoirs des marchands. Dans ces comptoirs, ils sont forcément assis en présence des blancs, mais, dans ces cas, l'utilité de leurs services fait faire une exception à la règle commune, tant il est vrai que l'orgueil ne peut être combattu et dompté que par l'intérêt. Les plus aventureux se livrent au cabotage et à la contrebande avec les îles voisines, ou bien encore se chargent du transport des denrées sur les différents points de la colonie, à l'aide d'immenses pirogues construites d'un seul tronc d'arbre, ou de vastes embarcations appelés *gros bois*. Quelques-uns vont jusque sur le continent d'Amérique du Sud, montés sur de légères goëlettes, pour y prendre des cargaisons de mules. Ceux qui habitent les bourgs sont presque tous pêcheurs, et fournissent de poisson les habitations de l'intérieur. Les ménétriers, les maîtres de danse, les maquignons, se

recrutent dans leurs rangs, et dans ces divers exercices ils font preuve de beaucoup
de goût, de grâce et d'adresse. Telles sont les occupations auxquelles se livre en général la classe des hommes de couleur libres. L'ignorance du mulâtre, résultant de
la pénurie de ses ressources, le rend incapable, sauf d'honorables exceptions, d'exercer dans les affaires de la colonie cette part d'influence qui appartient aux lumières
d'un esprit cultivé. Il est vrai de dire que la supériorité de son éducation se brise-
rait stérilement contre les répugnances du préjugé décuplées par la jalousie des
blancs.

A ces deux dernières causes vient se joindre la dépravation des mœurs. Il est
sans doute des familles d'hommes de couleur où règnent le bon ordre, la fidélité,
toutes les qualités domestiques ; mais leur exemple est loin d'être universellement
suivi. Le désir insensé de détruire l'influence des épouses créoles, de les combattre
avec les armes que leur a données la nature, porte les mulâtresses à rechercher
l'amour des blancs. Il y a peu de créoles qui n'aient une ou plusieurs concubines
de couleur. Le libertinage, souvent effréné, auquel elles entraînent les blancs est
presque considéré comme normal et hors des atteintes du reproche. Si les femmes
blanches en sont offensées, elles feignent, par fierté, d'ignorer les infidélités mari-
tales, qui deviennent rarement la cause d'une mésintelligence sérieuse.

Les hommes de couleur s'abandonnent trop souvent eux-mêmes à la dissolution. Ce relâchement de mœurs, cet encouragement donné aux passions de la
classe privilégiée, contribuent plus que toute autre cause à entretenir l'orgueil
dédaigneux des blancs et le préjugé de leur supériorité naturelle. Ce n'est pas
que les créoles ne soient eux-mêmes infectés de toutes les corruptions qu'ils reprochent aux mulâtres, mais ils ont soin de les entretenir entre eux, au lieu que
les hommes de couleur acceptent avec une déplorable facilité, jusque dans le sein de
leurs familles, les habitudes débauchées de leurs adversaires. Pour soutenir un
mouvement ascendant dans la situation d'une race d'hommes, il faut de toute nécessité que l'intelligence cultivée et la sévérité des mœurs y concourent également ;
on ne s'abandonne à la corruption et à l'ignorance que lorsqu'on a atteint la puissance et que le moment est venu de la perdre. La débauche est la triste consolation
des races dégénérées. Mais pour que le mulâtre échappe au joug traditionnel des
blancs, il faut qu'il se moralise et s'instruise. Il faut qu'il se montre meilleur que
ceux qui le repoussent avec tant d'orgueil. Les femmes de couleur doivent renoncer à leur vie de séductions et travailler à conquérir l'estime et les respects de ceux
qui ne cherchent qu'à les corrompre et les séduire.

Les mulâtres chérissent par-dessus tout les jouissances vaniteuses de la toilette.
Souvent ils se condamnent aux plus rigoureuses privations pour pouvoir y satisfaire.
Paraître en public avec la mise recherchée et prétentieuse du *faraud*, le dandy d'outre-mer, caracoler sur un cheval fringant devant les dames blanches, faire admirer
la coupe de ses vêtements et la flexibilité de sa tournure cavalière, étaler le nœud
gigantesque d'une volumineuse cravate, frapper l'attention des passants par le son
métallique de ses éperons et le cric-crac de sa botte luisante, tracer, en se balançant,
mille cercles aériens avec sa légère cravache ; enfin exposer à l'admiration de tous

la grappe variée de ses breloques, composées d'une multitude de petits cachets, de
clefs de boîtes, de dents, de petits cocos, de coquillages, de corail végétal et d'*yeux
de bourrique* montés en or, voilà ce qui constitue l'ensemble des passe-temps de
l'homme de couleur oisif, du mulâtre incroyable des colonies. Il est fou de fêtes
et de plaisirs, et ne néglige jamais de prendre part à tous ceux d'où il n'est pas exclu
par les préjugés des blancs. On le voit se pavaner à toutes les fêtes des paroisses,
qui ressemblent beaucoup à nos assemblées de province. Son costume ne diffère pas
de celui des blancs, mais les femmes ont eu en général le bon goût de conserver leur
ajustement primitif, qui consiste en un madras sur la tête, attaché d'une manière
toute particulière, un autre jeté sur le cou, le corset exigu qui maintient les seins,
une chemise plissée et arrêtée aux coudes par des boutons d'or, la jupe d'indienne
ou de mousseline aux éblouissants ramages, de larges pendants et des colliers à
profusion. La tournure des mulâtresses est loin d'avoir l'aisance et la légèreté de
celle des hommes de couleur. Une démarche traînante, la lenteur des mouvements
d'un corps qui semble désossé et un peu jeté en avant, tandis que les deux bras
pliés sont abandonnés à un balancement perpétuel, ces jambes qui fléchissent à
chaque pas, tout cela forme un aspect dégingandé dont la première impression est
défavorable. La femme de couleur a de commun avec la créole de briller à la danse,
de s'animer au son des instruments et des cadences de l'orchestre. Ses mouvements
sont à la fois moelleux et passionnés; elle a en général moins de grâce que la
créole, mais elle l'emporte en ardeur et en force. La chaleur expansive du sang
africain domine dans toutes ses joies. Elle se laisse aller sans retenue à tous les
transports ds ses sens surexcités; elle est plutôt voluptueuse que coquette, tandis
que le mulâtre, moins original et plus imitateur des blancs, ne fait que reproduire la
contrefaçon du créole.

Les joyeuses réunions de la classe de couleur libre étaient autrefois troublées par
la subite irruption de jeunes créoles qui venaient narguer les danseurs et enlever
les danseuses; aujourd'hui, les blancs montrent moins d'impertinence, non par
égard pour les mulâtres, mais parce que ceux-ci, forts de leur bon droit, seraient
disposés à châtier sévèrement d'insultants agresseurs.

Par sa situation intermédiaire, le mulâtre n'est pas seulement en butte aux préjugés systématiques des blancs, mais il encourt la haine des noirs, qui ne lui par-
donnent pas d'oublier sa race pour se rapprocher des maîtres, pour adopter leurs
opinions, leurs habitudes, leur tyrannie. Les nègres qui appartiennent à un
homme de couleur semblent croire qu'ils sont au-dessous des esclaves des blancs.
Les créoles ont soin d'entretenir une salutaire inimitié entre deux races, qui, si
elles se rapprochaient, anéantiraient dans les colonies la domination de la classe
blanche. Quand des insurrections éclatent, l'autorité a toujours la précaution de
faire prendre les armes à la milice de couleur, conformément à cette vieille maxime
despotique : Il faut diviser pour régner.

Sans partager toutes les bizarres superstitions des noirs, les gens de couleur,
entassés dans les villes et les bourgs, sont en général adonnés aux plus mesquines pratiques du culte. Ils ne voient et ne connaissent que les oripeaux de la

religion, dont la parole et le fond ne leur sont jamais enseignés ; l'action de la chaire chrétienne étant nulle aux colonies, à cause de l'état social, qui serait forcément attaqué par l'esprit même de l'Évangile. Le clergé, toujours flexible, se prête volontiers à ces transactions richement récompensées. En retour, la pompe des cérémonies et la minutie de leurs détails suffisent pour éblouir et capter l'imagination d'une multitude nonchalante et impressionnable. Les lumières de la religion ne contribuent donc pas à éclairer l'intelligence du mulâtre et à militer en faveur de ses droits de chrétien et d'homme. Il demeure naïvement pieux ou plutôt dévot, ce qui s'accommode à merveille avec son existence relâchée.

On voit donc que, sous tous les rapports, l'homme de couleur manque d'appuis et de stimulants locaux pour se perfectionner moralement et augmenter la masse de son bien-être matériel ; qu'à ses propres vices se joignent des obstacles indépendants de sa volonté ; qu'avec une immense ambition et une âme vaguement remuante et inquiète, il se débat depuis des générations contre le poids étouffant du préjugé ; enfin, que ceux qui ont eu le malheur d'acquérir en Europe une brillante éducation et puis de retourner aux colonies n'ont fait que se creuser un abîme de douleurs et de désespoir, où s'éteint le reste de leur existence. On rencontre quelques médecins, quelques avocats, quelques hommes lettrés tristes et découragés, ne pouvant pas aborder le plus ignare des planteurs, et, pour comble de regrets, souvent repoussés et calomniés par l'envieuse ignorance des hommes de couleur, leurs pères. Ces malheureux, dérisoirement affublés des nouveaux droits civils et politiques, ne font partie d'aucun conseil colonial et ne seraient admis à aucun emploi public ; ils peuvent être considérés comme les vrais martyrs du préjugé de la peau.

Plusieurs faits dont j'ai été témoin démontrent l'énergique puissance de ce préjugé. En juillet 1828, un procureur du roi de la Pointe-à-Pitre s'opposa à ce qu'on donnât dans un jugement le titre de citoyen à un mulâtre. En juillet 1850, un juge d'instruction qui avait fraternisé avec les gens de couleur fut chassé de la colonie par un arrêté du gouverneur. Peut-être que maintenant l'on ne sévirait plus contre l'imprudent philanthrope qui hanterait des rangs mêlés ; mais l'opinion publique le repousserait avec horreur : l'influence du préjugé de couleur est telle, qu'elle produit dans l'esprit du créole les plus étranges anomalies et fausse ses plus nobles instincts. Dans les villes d'Europe, il compatit aux souffrances du blanc et même du nègre, et voit avec une indifférence glaciale celles de ses compatriotes métis.

Au retour d'un voyage aux colonies, je débarquai à Bordeaux avec un créole de la vieille roche, qui sortait pour la première fois des Antilles. Mon compagnon rencontra plusieurs mendiants, dont un nègre, et leur distribua d'abondantes aumônes. Je lui fis observer qu'il était bon d'être généreux, mais avec discernement : « Ah ! mon ami, me répondit-il, ému jusqu'aux larmes, peut-on voir des blancs pâtir ainsi ! des blancs dans cet état d'abjection !... Ce pauvre nègre aussi me fait peine ! *encore si c'étaient des mulâtres !* »

Il y a quelques années, pendant un séjour que je fis à la Guadeloupe, un inconnu se présenta à mon logement de la calle de l'hôpital, après avoir bien pris soin de savoir si j'étais seul en ce moment. Ayant reçu cette assurance tranquillisante, il entra pour prendre, disait-il, quelques informations sur une personne que j'avais pu voir pendant mon séjour à Paris. Je lui fis la réception affable que d'ordinaire je fais plus particulièrement à l'homme doué des manières et du langage qui annoncent des habitudes délicates. L'inconnu manifesta un étrange embarras, surtout, lorsqu'en m'excusant de le recevoir dans une toilette négligée, je lui présentai un siége et le priai de s'asseoir. Il n'accepta pas de suite mon invitation et parut hésiter avec une certaine confusion. Pendant ce temps, je me retirai dans un cabinet pour me rajuster d'une manière plus décente. L'étranger se tenait debout, appuyé contre la chaise et la tête légèrement inclinée dans une attitude de respectueuse attente. De ma retraite j'eus le loisir d'étudier sa physionomie bien posée. Il était d'assez haute taille, svelte et cambré ; ses traits arrondis étaient revêtus d'un teint pâle comme celui des créoles que les travaux de la campagne n'exposent pas aux ardeurs d'un soleil caniculaire. Ses lèvres, un peu épaisses et colorées d'une nuance bise, laissaient apercevoir des dents blanches et régulières. Sous les dômes de ses sourcils de jais brillaient doucement des yeux noirs dont le blanc était veiné d'or. Enfin une belle chevelure d'ébène, bouclée, achevait de couronner sa tête de cette beauté méridionale et un peu africaine que l'on admire dans les œuvres des peintres espagnols. Ses vêtements étaient élégants et même recherchés. Quand je revins à lui, je lui renouvelai mon invitation de prendre un siége, ce qu'il fit, en laissant percer un éclat de satisfaction qui ne manqua pas de me surprendre à cause du tressaillement dont il fut accompagné. Toute cette émotion chez l'étranger contrastait d'une manière singulière avec l'aisance de son port et le choix heureux de ses expressions, qui accusaient l'homme du monde ou du moins celui qui en avait les allures. Ma surprise ne fit qu'augmenter en observant que ce monsieur devait être mon aîné d'au moins un lustre, ce qui ne contribuait nullement à le rassurer. Mais je m'arrêtai à l'idée d'attribuer son embarras à la timidité de son caractère. Dans cet état de gêne réciproque, la conversation languissante menaçait de s'enrayer, et déjà les sentiments de convenance souffraient dans mon cœur tout candide, lorsqu'il se ravisa soudain et comme avec effort. L'expression d'un bonheur profond irradiait de sa physionomie, et il se mit à causer en fort bons termes de mille choses diverses, car déjà il avait épuisé le sujet de sa visite. J'avais de la bière sur une table ; je lui en versai. Cette fois son émotion fut au comble ; ses yeux trahirent une agitation intérieure que je ne compris pas. Il regarda machinalement autour de lui, se déganta et prit le verre d'une main tremblante, et puis il parut si heureux de mon accueil, qui devait lui être extraordinaire, que le temps s'écoula entre nous en minutes précieuses. Tandis qu'il s'abandonnait sans réserve à toute la chaleur expansive de ce béatifique tête-à-tête, entrent plusieurs jeunes créoles de mes amis, qui venaient me proposer de les accompagner à une partie de campagne.

Cette subite apparition produisit sur l'étranger un effet de confusion étourdissante. Il se leva vivement, repoussa son siége, et, les yeux baissés, fit une très-humble salutation d'abord à moi, puis aux nouveaux venus. Je me hâtai de lui rendre son salut précipité avec une égale courtoisie, mais les autres, roides et hautains, n'eurent pas l'air de le remarquer ; ils se regardaient avec étonnement et indignation. Quoique étourdi moi-même de la brusquerie de ce mouvement, rien ne m'échappa. J'accompagnai mon visiteur jusqu'à la porte, en le priant de demeurer, ce dont il se défendit avec un redoublement de muette humilité où se peignaient des excuses, des craintes et des regrets ; mais cependant en ce moment ses yeux, attachés sur moi, rayonnaient de tendresse et de reconnaissance pour tant de bontés et d'honneurs. « Du moins, monsieur, vous ne refuserez pas de me donner votre nom et votre adresse, lui dis-je. » Encore plus embarrassé, l'inconnu ne répondit que par une nouvelle courbette, qui mimait l'impossibilité où il se trouvait de satisfaire à cette question. Là-dessus il s'esquiva tout ramassé, tout honteux ; au lieu qu'à son entrée, il s'était présenté d'un air de distinction malgré son trouble.

« Parbleu, messieurs, m'écriai-je, en me retournant vers les jeunes créoles, voici un bien singulier personnage ; distingué par l'esprit et les manières, il est d'ailleurs le plus maniaquement timide et embarrassé que j'aie encore rencontré dans votre île.

— Quant à cela, ce ne peut être autrement, répondit sèchement un des jeunes gens.

— Comment! ne pas faire connaître son nom et son adresse, après l'accueil que je lui ai fait, et qu'il mérite à tous égards, je dois le déclarer.

— Il n'oserait les dire ; et vous, mon cher, vous avez grand tort de faire une pareille déclaration.

— Mais je ne vous comprends pas ; que signifient ces paroles sévères et inusitées, cet air soucieux que je ne vous ai pas encore vu? Vous m'alarmez.

— C'est que la circonstance est sérieuse pour vous, et en quelque sorte désagréable pour nous.

— Encore ! Allons, expliquez-vous sur-le-champ. Vous connaissez sans doute ce monsieur. En quoi peut-il vous déplaire?

— La présence de cet individu chez vous, et sur un pied d'égalité, a droit de nous surprendre et de nous affliger surtout.

— Comment ! ce monsieur est fort bien, je vous assure, sauf son excessive timidité. Il est vrai que je ne connais pas le fond de son caractère et ne l'ai vu que depuis quelques instants.

— C'est déjà beaucoup trop.

— Y aurait-il sur son honneur quelque tache odieuse et infamante?

— Non que nous sachions, si toutefois il a de l'honneur.

— Diable ! serait-il alors personnellement dangereux?

— L'impuissance n'est pas dangereuse.

— Est-il fou?

— Ce serait admettre qu'il a eu de la raison.

— Une lèpre contagieuse se cacherait-elle sous les dehors de la santé?

— Oh ! non. Il se porte à merveille ; il est minutieusement propre comme le sont les chats, les lapins, ou autres animaux domestiques.

— Est-il espion ou usurier ?

— Trop gueux pour être l'un, trop repoussant pour être l'autre.

— Enfin, messieurs, qu'a donc cet inconnu qui doit effacer à mes yeux tout ce que j'ai remarqué de bien sur sa personne et dans son esprit ?

— Il est.....

— Le bourreau, je parie, interrompis-je en riant.

— Non, mais il mérite de passer par ses mains comme tous ses semblables.

— Pour le coup, je m'y perds et jette ma langue aux chiens.

— Il est de ceux qui la ramasseraient. Déjà en l'entretenant vous la jetiez large ment, mon cher ami.

— Mais en vérité......

— Allons, il suffit de vous dire qu'il est simplement mulâtre.

— Mulâtre ! lui, mulâtre ! exclamais-je.

— Eh bien, oui, mulâtre. N'est-ce pas assez et même trop ? dit mon imperturbable interlocuteur qui conservait toujours sa mine récalcitrante. »

Je connaissais parfaitement la force et la portée du préjugé ; mais j'étais curieux de l'entendre caractériser et définir sur les lieux mêmes et par un créole pur sang. Aussi eus-je l'air de faire l'ignorant. Et puis d'ailleurs je présentais mon ignorance comme excuse d'avoir manqué à ma dignité de blanc.

« Messieurs, dis-je, je suis désolé de ce qui est arrivé ; mais je vous supplie de me pardonner à cause de mon inexpérience. Je n'ai sur le mulâtre que de très-vagues notions, et je compte sur vous pour compléter mon instruction sur la physiologie de l'espèce et son classement dans la grande famille animale, qui comprend à la fois le plus hideux kalmouck et l'homme caucasien, le type le plus parfait. »

L'ironie de ces paroles ne fut pas le moins du monde sentie par mes interlocuteurs, tant la chose pour eux était sérieuse et solennelle.

« Vous avez bien posé la question, me répondit le jeune créole. C'est un petit traité d'histoire naturelle qu'il faut formuler pour bien connaître le genre mulâtre. Celui que vous avez eu le malheur de recevoir chez vous, à côté duquel vous vous êtes assis, avec lequel vous avez bu (il fit un mouvement de dégoût), que vous avez reconduit avec une politesse et des égards erronés, qui a eu l'instinct de race de ne pas articuler son nom et de disparaître à notre apparition ; cet être, dont le trouble et la confusion trahissaient la conscience de son indignité, cela est un mulâtre métis !

— Mais comment le reconnaître, le distinguer de vous et de moi ?

— Tout blanc, tout semblable à nous qu'il paraisse, c'est connu dans le pays, ça porte du sang africain dans les veines, sang d'esclave, origine de bâtard. C'est connu pour être à la fois une ébauche manquée du créole et un mulet de Guinée.

— Mais à quel signe ?

— A la nuance bise de ses lèvres et à certaines taches à la racine des ongles, répliqua le créole.

— Le portrait que vous venez de tracer, dis-je, manque malheureusement de cette aménité de langage qui vous est ordinaire.

— Pour le mulâtre nous faisons exception. Chez nous, c'est une souillure que son contact. Le tenir à distance, tel est notre principe. Écoutez : s'il vous salue en passant, comme il le doit, faites un geste d'indulgence et de protection. Si vous tombez et qu'il vous relève, remerciez-le d'un mot, par respect pour vous-même, et passez outre ; s'il vous sauve d'un danger de mort, comme tout bon chien doit sauver son maître, jetez-lui votre bourse, livrez-lui votre fortune si bon vous semble ; mais gardez-vous de vous asseoir à ses côtés, de causer avec lui, de jouer avec lui, de manger avec lui, de boire avec lui, de prier Dieu avec lui. Surtout tâchez de ne pas être inhumé côte à côte avec lui.

— Fort bien, voici la première partie de l'exposé des motifs du préjugé de la couleur, lui dis-je ; si vous avez autre chose à m'apprendre, j'écoute avec édification.

— Je crains, reprit-il, que vous ne compreniez pas encore avec netteté la raison toute-puissante de cette réprobation du mulâtre. Elle est pourtant fort naturelle. Nous repoussons le mulâtre parce qu'il est issu de ceux que nous dominons. Participant de la nature du nègre, il doit porter sa part de mépris et d'infériorité. C'est une pierre d'achoppement utile à maintenir entre nous et les esclaves. Elle use en grande partie le choc de l'envie et de l'inimitié de cette multitude, et nous sommes moins atteints par son interposition. Pour tenir le mulâtre à cette place, il nous le faut repousser. Y êtes-vous maintenant ?

— J'y suis. La théorie est suffisamment esquissée. Mais entre nous avouez que c'est une bien grande abomination de mettre des êtres au monde pour les tenir dans l'abaissement. Vous engendrez des parias avec préméditation.

— L'autorité ne s'appuie pas sur le sentiment. Il est vrai que nous avons mis au monde le mulâtre ; mais nous l'opprimons par nécessité de conservation. Car au rebours de l'histoire du vieux Saturne, il dévorerait son père, si celui-ci le serrait sur son sein.

— Mais vous savez aussi qu'enfin Jupiter, Neptune et Pluton finirent par détrôner ce père barbare et à prendre sa place.

— Je conçois l'allusion, continua le créole. Mais parlons de tout cela à huis clos. Ne prenez pas le public pour confident de votre philanthropie, si vous ne voulez pas avoir la tête cassée en duel, pour propagation de mauvaises doctrines tendant au renversement de l'ordre établi. »

Nous nous mîmes tous à rire de cette boutade, et il fut convenu que pour conserver mes amitiés créoles je devrais dorénavant prendre garde aux lèvres bises et à la racine des ongles de ceux qui m'aborderaient.

Malgré le préjugé et les répugnances du créole pour l'homme de couleur, l'avenir des Antilles et d'une partie de l'Amérique appartient à cette race. Quand l'esclavage aura disparu, quand l'instruction et la moralité auront épuré l'intelligence et les mœurs du mulâtre, il remplacera la vieille race européenne, et régnera à son tour.

ROSEVAL.

NÉGRESSE
(Guadeloupe).

LE NÈGRE.

Oui, il est noir ; mais vois le visage d'Othello dans
son âme.
— SHAKSPÈRE. —

Dans cette publication des *Français*, dans une galerie de types populaires, dont les traits les plus saillants forment par leur ensemble la physionomie nationale, en pareille compagnie faire figurer le nègre, peut paraître d'abord à beaucoup de lecteurs une bizarre intrusion, une ombre déplacée qui fait tache. Susceptibles lecteurs, ne vous hâtez pas de proscrire le noir modèle dont nous vous traçons ici l'image. A bon escient je le tiens pour Français, *à fortiori* pour homme, n'en déplaise à Grotius et a Puffendorf, au jésuite Charlevoix et au docteur Virey ; et vous-même bientôt vous lui accorderez sans vergogne droit de bourgeoisie dans notre Musée d'originaux, en attendant que par grâce souveraine du palais Bourbon, on en fasse un citoyen émancipé du fouet. Quant à moi, je ne désespère pas de le voir un jour garde national et électeur. Ses droits peuvent même s'étendre plus loin, pourvu que les lourdes ailes de la liberté soient habilement attachées à ses vieilles épaules d'esclave. Enfin, pour achever de rassurer les consciences ombrageuses, et produire un titre péremptoire en sa faveur, nous rappelons que, par décrets des citoyens Polverel et Santonax, commissaires de la Convention à Saint-Domingue, en 1793, et Victor Hugues, commissaire à la Guadeloupe, en 1794, les nègres sont déclarés Français, et en cette qualité admis à jouir de tous les droits de membres de la grande nation.

Aucune race, même celle des juifs, ne fut tant calomniée. Jamais on ne fit un plus monstrueux abus de la parole et de la plume contre des ignorants condamnés au silence. Cette lâcheté, dont s'est rendue coupable la race blanche d'origine européenne, a eu pour motif l'intérêt. Mais c'est aussi de nos jours que les voix les plus énergiques se sont élevées en faveur de ces serfs avilis. Le vieux serpent de l'intérêt ne se serait-il pas encore glissé au fond de la pensée sainte et sacrée de certains philanthropes ; c'est ce que Dieu seul peut scruter et juger. Nous n'avons qu'un doute timide, doute fort excusable dans ce siècle de charlatans, où beaucoup font métier et marchandise de leur système, de leurs sentiments et même de leur vertu, où pour beaucoup le bien à accomplir n'est plus un but honorable, mais un moyen de célébrité, un moyen lucratif. Que Dieu le père me garde de pareils soupçons, qui touchent aux désespérantes limites de l'athéisme social ; mais au contraire, croyons que la Providence se sert à leur insu des hypocrites comme des justes, des calculs mondains comme des inspirations divines. Puisse donc le nègre profiter utilement de tous ces secours divers, pour passer de l'engourdissement de la barbarie au noble mouvement de l'homme libre ! Cependant cette longue diffamation historique et scientifique dont le nègre a été l'objet n'est pas sans quelque gloire pour son nom. Pour s'être tant occupé de lui, même en mal, il fallait bien qu'il valût encore quelque chose, et qu'on sentît le besoin de justifier, en le calomniant, l'emploi de la force qui l'écrasait. Un certain moine, Gumilla, dans son histoire de l'Orénoque, affirme gravement que les nègres descendent en droite ligne de Caïn, à qui Dieu écrasa le nez, et noircit l'épiderme, pour imprimer sur sa personne le caractère d'assassin. C'est une opinion répandue dans toute l'Amérique, que Satan, après la tentation, fuyant le Paradis terrestre et voulant contrefaire la création de l'homme, secoua de ses ergots maudits le nègre qui, dans sa chute, s'aplatit la face, ce qui est le témoignage de son origine. Le philosophe Maupertuis, dans sa Vénus physique, bâtit sur cette origine un système que la nature de ses explications ne nous permet pas de citer. Enfin, Buffon lui-même, comme Charlevoix, et plus tard Virey, assimile de si près le nègre à l'orang-outang, que le pauvre Africain court grand risque de passer pour bête, si on admettait de semblables assertions. Mais allons de ce qu'on a pu dire et écrire de lui, à ce que l'Européen en a fait. Des souverains modernes ont été obligés de donner des édits pour rendre les nègres à l'espèce humaine ; ainsi on ne les a pas livrés en qualité de monstre au scalpel de l'anatomiste ; dans le passé, ou ne les a pas voués au bûcher de la propagande, on s'est contenté de les rendre esclaves en Amérique, tandis qu'en Asie on les mutile pour les mettre impunément à la tête des harems ; hideux argus, dont la noire laideur est encore destinée à faire ressortir la blanche beauté de l'odalisque. Partout, dans tous les temps, la lourde main de l'esclavage s'est appesantie sur quelques individus, mais il était réservé à l'ère moderne et à la race européenne de plonger dans la servitude l'espèce tout entière, de verser l'Afrique dans le nouveau monde, comme un fleuve vivant sur une plage dépeuplée. L'étonnante facilité avec laquelle s'est opérée cette immense transfusion a pu naturellement faire croire à ceux qui en profitaient, que la couleur de l'épiderme était le signe indélébile de la servitude. Depuis près de quatre siècles que

dure la traite, car elle dure encore en dépit des traités, on a calculé que trente
millions d'Africains ont été transportés dans les colonies de l'Amérique, et que,
vendus, terme moyen, 1,500 francs, cet immense troupeau a produit la somme
énorme de 45 milliards. Chose étrange ! c'est précisément à l'aurore de la civilisation moderne, au moment où la navigation, les sciences, les arts et la politesse
sortaient des ténèbres de la barbarie, que commença à se commettre le plus barbare, le plus monstrueux de tous les méfaits humains. Ce dernier rapprochement
semble avoir échappé à l'éloquent paradoxe du philosophe de Genève. Mais du
temps de Rousseau, l'esclavage des noirs était à son époque normale et silencieuse ;
le monde ne retentissait pas du bruit d'émancipation, on ne trinquait pas à Paris et
à Londres sous l'invocation de Wilberforce et des principes abolitionnistes.

Le Portugal est le premier pays où a été entreprise la traite. Voici ce qu'en dit un
vieux chroniqueur contemporain, Gomez de Zurara, qui a vu ce qu'il raconte. « Un
jour donc, à Lagos (le 8 août 1444), et de fort bonne heure dans la matinée, les
matelots commencèrent à rassembler leurs bateaux et à en faire descendre les captifs. Ils furent tous réunis en une espèce de camp : et c'était chose merveilleuse à
voir. Là donc, il s'en trouvait de presque aussi noirs que les taupes de la terre :
il semblait, aux hommes qui les gardaient, qu'ils avaient devant les yeux l'image
de l'empire inférieur... L'infant était là, monté sur son puissant cheval, et repartis-
sant ses faveurs. De quatre-vingt-six âmes qui lui revenaient pour les droits du
quint, il fit bien vite le partage : et sans nul doute sa principale richesse était en sa
volonté accomplie ; il considérait avec un indicible plaisir le salut de ces âmes qui,
sans lui, eussent été à jamais perdues. » Ainsi, c'est au nom de la religion que commence la traite pour finir par prendre bientôt son véritable caractère. En 1502, les
Espagnols essayent les nègres à Saint-Domingue. Le résultat est tellement satisfai-
sant, que le bon Las Casas, au nom de l'humanité indienne, obtient le privilége d'introduire annuellement quatre mille malheureux Africains. On voit que l'idée première a été faussement attribuée à l'évêque de Chiapa. En 1562, Hawkins, amiral
d'Élisabeth, fait la traite sur une grande échelle et avec une cruauté infernale ; il
est nommé chevalier, puis retourne se faire égorger par sa marchandise de chair
humaine. En 1618, une compagnie de Londres obtient le privilége de la traite.
Sous tous les souverains, le parlement ne cesse de voter des bills pour son entretien. L'Angleterre accapare cette *denrée* vivante. Mais à son tour le Français paraît
sur le marché en 1673. Il fait une convention avec les chefs africains pour la cession
des nègres destinés, comme prisonniers de guerre, au sacrifice de l'anthropophagie.
Lui aussi obtient un privilége. Après la paix d'Utrecht, une concurrence furieuse
s'établit entre les diverses nations qui exploitaient les côtes de Guinée. Ce produit
fut toujours coté avantageusement sur toutes les places de l'Europe et de l'Amérique
jusque dans ces derniers temps. Il a bravé mille secousses industrielles et commerciales, tant la consommation a toujours été grande, le débit prompt et facile. A
Saint-Domingue, à la Jamaïque et à Suriman surtout, la vie du nègre n'était, terme
moyen, que de quinze ans. Cette courte durée d'existence, jointe à la mortalité des
traversées, à la nostalgie, aux maux d'estomac causés par la bizarre manie de

manger d'une espèce de terre glaise, aux *tétanos* et aux empoisonnements, toutes ces causes réunies expliquent la disparition annuelle d'une fraction considérable de la population africaine. Quand la traite était à son apogée de prospérité, il n'y a pas un financier en Europe qui n'ait trempé dans ces *marchés d'or*, suivant l'expression enthousiaste de ces pirates trafiquants. Le *bois d'ébène* rapportait de trop beaux bénéfices pour ne pas inspirer la confiance des capitalistes, et MM. les négriers ont eu la gloire insigne de compter au nombre de leurs commanditaires le grand Voltaire. Oui, M. de Voltaire lui-même. On sait que l'illustre poëte-philosophe se mêlait beaucoup de spéculations et d'industrie, qui lui rapportèrent plus de louis d'or que les éditions hollandaises de ses nombreux chefs-d'œuvre. Eh bien, il existe une lettre de l'auteur de Zaïre, du défenseur de Calas, à un bon et honnête négrier de Nantes, dans laquelle il félicite ce vertueux négociant de l'heureux résultat de ses expéditions à la côte de Guinée, et se réjouit lui-même de voir ses fonds si bien placés, servir encore à arracher des malheureux au cannibalisme. Ainsi, voilà M. de Voltaire négrier anonyme. Certes, les nègres ne se doutaient pas qu'en Europe, un des plus inflexibles défenseurs des droits de l'homme avait fléchi à leur égard au point de spéculer sur la violation de ces mêmes droits. Mais ainsi va le monde, dont la raison n'est que contradictions ; la justice, intérêt. Puis les affaires se faisaient sur des rivages éloignés, les réclamations et les cris de la marchandise se perdaient à travers les distances et les tempêtes de l'Océan. L'oreille n'était pas troublée, la conscience sommeillait doucement sur les sacs d'écus, malgré leur odeur de sang.

C'est de la traite que datent toutes les tribulations terrestres du pauvre nègre. Avec quelques pièces de toile, de la verroterie, des armes, un peu de poudre et beaucoup d'eau-de-vie, le négrier débarque sur la côte d'Ivoire ou à l'embouchure de la Gambie. Il ne tarde pas à se mettre en rapport avec quelque *Daniel* de ces parages, noir despote et voleur de première main qui, bien armé par les Européens, a fait sa provision de prisonniers sur les tribus de l'intérieur. Le marché se conclut, l'échange se fait. Le tyran moricaud, corrompu par les blancs et brigand de son fait, emporte quelques bagatelles pour lesquelles il a livré plusieurs centaines de créatures humaines, ses compatriotes, hommes de sa race, quelquefois ses amis, ses parents. Mais préalablement le prudent négrier a procédé à la visite, dans la crainte de recevoir quelques articles avariés. L'esclave, débarrassé de ses liens, libre de son carcan de sûreté, marche, saute et gambade. On calcule sa vigueur et l'élasticité de ses membres. On examine avec soin ses dents, comme en foire le maquignon examine celles d'un cheval. Puis, garrotté de nouveau, on le transporte et l'emballe à fond de cale, où des *barres de justice* assurent sa soumission. Malgré un exercice journalier sur le tillac et d'abondantes rations, la cargaison vivante descend avec les douleurs et la mort dans son sépulcre mobile. Au milieu d'une atmosphère empestée, le chagrin et le désespoir épuisent les forces et enlèvent l'appétit aux captifs. Mais ce marasme est sans cesse combattu par le stimulant sanglant des garcettes [1].

---

[1] Fouet à neuf branches armées de nœuds que les Anglais nomment *cat of nine tales*, chat à neuf queues.

Bientôt la maladie les décime, et tous les jours quelques cadavres glacés sont jetés en pâture aux requins, qui suivent avec un étrange instinct ce charnier errant. Lorsque la tempête mugit, que les vagues montagneuses précipitent dans des gouffres humides le léger vaisseau chargé de crimes et de douleurs, alors il s'élève de ses entrailles un murmure étrange et terrifiant, plaintes rauques, aiguës, étouffées et pourtant dominant le hurlement des vents, tant il y a de puissance dans la souffrance humaine. On sent sous les pieds la meurtrissure de tant de corps ballottés les uns contre les autres, écrasés, mâchés dans une commune torture. Ceux qui ont succombé à cette terrible épreuve, cadavres agités et roulants parmi les vivants, vont donner la mort à coups redoublés aux faibles et aux enfants. La mère qui a cru protéger son jeune fils dans ses bras, après cette longue lutte, à la fin de la tempête, ne trouve plus que des lambeaux muets collés sur son sein. Le négrier, lui, entend, sans le moindre sourcillement, les plaintes les plus poignantes ; n'a-t-il pas supputé ses pertes dans son compte des bénéfices? Si, n'ayant plus rien à craindre ni rien à espérer, la rage du désespoir exalte les captifs; si avec les tronçons de leurs fers brisés ils tentent d'enfoncer les écoutilles et de s'élancer contre leurs ravisseurs, une fusillade à bout portant sur la noire cohue jette au fond de cale quelques victimes, et avec elles la terreur et la résignation. Ensuite le négrier y descend, suivi de l'équipage, tous gens de sa trempe, et alors les châtiments commencent. Le *cuir noir* y est impitoyablement *passé au rouge*, c'est-à-dire fustigé jusqu'au sang. Non, l'enfer ne renferme pas plus de cris aigus et lamentables, de grincements de dents, de convulsives douleurs que n'en renferment les flancs du navire avec tous ces corps déchirés et pantelants, se tordant sous les supplices. Mais voilà que l'Angleterre, ne trouvant plus d'avantages dans la traite, écoute alors les doléances de quelques négrophiles éloquents, et s'avise de la déclarer piraterie et passible des peines de ses lois maritimes. Si le négrier aperçoit donc à l'horizon une voile de guerre, ayant droit de visite et la force pour l'exercer, s'il distingue le pavillon anglais volant sur ses traces et qu'il lui soit impossible de l'éviter dans l'obscurité de la nuit ou au fond de quelque crique désert, son parti est aussitôt pris : on n'hésite pas entre la pendaison au bout d'une vergue et le sacrifice de quelques centaines de pièces de *casimir noir*, qui ont peu coûté, et qu'on remplacera dans une plus heureuse expédition. Sur-le-champ l'ordre est donnée et on met la main à l'œuvre. Un lourd boulet est attaché au cou de chaque nègre, ou plusieurs de ces malheureux, liés ensemble, sont placés à l'ouverture des sabords. Au signal du capitaine négrier, les matelots les poussent à la mer, dont les profondeurs gardent le secret avec les victimes. Toutes les preuves de la nature de cette cargaison disparaissent dans les flots, les suppliciés et les instruments du supplice. L'Anglais qui arrive ne trouve plus rien que les bourreaux. Le négrier conserve sa vie atroce, mais l'œil de Dieu qui a tout vu marque cette âme maudite pour une heure de jugement où la ruse de l'enfer ne saurait prévaloir. Quand il atteint sa destination, ce qui est l'ordinaire, le négrier a soin de bien préparer sa marchandise, afin de flatter les yeux du chaland. A cet effet, les nègres sont huilés et vernissés pour donner de l'éclat à leur peau ablafardie par le voyage. Ceux qui ont trop maigri sont aussitôt *soufflés* [1] comme des vessies. La toilette achevée, les nègres sont parqués sous un vaste hangar où la foule se rassemble, foule diaprée de mille nuances. Là, la *denrée* est détaillée et adjugée par le commissaire-priseur au plus offrant et dernier enchérisseur. Les échantillons variés des diverses peuplades sont présentés aux avis différents des connaisseurs qui tâtent, dégustent et apprécient le nègre. On étale Bambaras, Tacouas, Nagos, Ibos, Congos et Koromantins. Ces derniers, fiers et intraitables, se pendent volontiers pour retourner au pays dès que l'ennui les saisit. A mesure qu'il achète, le créole distribue quelques vêtements pour couvrir la nudité de ses nouveaux esclaves et les met entre les mains d'un truchement, ancien compatriote d'Afrique, chargé d'instruire les nouveaux débarqués. A l'aide du bambou et de la *rigoise* ou nerf de bœuf, on voit se développer rapidement ces intelligences abruties. Quelquefois une belle négresse de la côte d'Ivoire, à peine sortie de l'enfance, attire les regards et les mises des nombreux amateurs de la beauté d'ébène. Le négrier se pâme d'aise en voyant monter à une somme considérable le prix de cette pièce de premier choix. Mais comme tous les désirs reculent devant un trop fort déboursé, l'heureux négrier se décide à mettre à la loterie sa précieuse pièce de *satin noir*. Cependant toutes les dévotes commères de l'endroit, blanches, mulâtresses et négresses libres, accourent pour nommer ces pauvres païens que le prêtre va baptiser. Cette première marque de sympathie touche tellement les Africains, que dans la suite rien ne leur est aussi cher et aussi respectable que le parrain et la marraine. Ils ne jurent que par eux, mais par une bizarre association, on ajoute aux noms chrétiens les noms tirés de la fable ou de l'histoire, et ce sont toujours ces derniers qui restent aux nègres. Voici pourquoi on rencontre aux colonies tant de Césars, d'Annibals, de Mercures, d'Adonis, de Scipions, d'Apollons. Puis vient l'épreuve la plus douloureuse peut-être : celle de la séparation des mères et des enfants, la dispersion de ceux qui s'aiment et qui ont souffert ensemble, quoique l'excès de tant de misères finisse par endurcir les fibres du cœur et replier les âmes dans un froid égoïsme. Quelquefois des scènes déchirantes ébranlent les entrailles d'airain du négrier lui-même. Alors il se permet un peu de sensibilité, car il a fait une bonne vente, et n'a plus d'intérêt contraire à ces mouvements de la nature.

Maintenant nous voilà aux colonies où le nègre devient une propriété française. C'est là que l'observateur a le loisir et l'occasion d'étudier sa physionomie et son caractère aux prises avec la position que lui ont faite les blancs.

En général, le nègre est d'assez haute taille, droit et bien cambré des reins, mais presque dépourvu de mollets. Ses pieds sont plats, calleux et déformés par l'habitude de marcher sans chaussures. Le type de sa race est empreint sur sa tête laineuse, sur sa face à angle très-aigu, aux pommettes protubérantes, avec le nez camard et les lèvres épaisses. Ses dents, belles et blanches, ses yeux veinés de sang, contrastent d'une manière singulière avec le ton de son épiderme. Cette peau elle-même n'est pas réellement noire, elle est blanche comme la nôtre, mais dessous Malpighi a le premier découvert le réseau muqueux, qui est le principe de sa cou-

[1] Horrible moyen que le lecteur devine.

leur. Rarement le nègre est barbu et ses cheveux ne blanchissent que fort tard. La nature de ses tissus, l'épatement de ses traits et le peu de lumière que reflète son masque noir, sont cause qu'il est difficile de reconnaître son âge entre vingt-cinq et cinquante ans. Quelques peuplades sont dans l'usage de se taillader les joues et le front, d'autres de se tirer la peau au-dessus des yeux, hideux rideaux semblables à la crête pendante du dindon. Comme le costume est inséparable de tout portrait, nous indiquons celui du nègre, quoique fort peu pittoresque. Une casaque de gros drap, un chapeau et un pantalon de toile composent sa toilette ordinaire ; souvent la nature seule en fait les frais, et, suivant l'expression du poëte, il n'est presque vêtu que de sa nudité.

La négresse porte la jupe courte, et la chemise ramassée autour des hanches laisse son torse à découvert ; sa tête est coiffée d'un simple mouchoir d'indienne. Il n'est pas rare de la voir fumant ce qu'on nomme en Europe un *brûle-gueule* ; mais cette allure est celle du travail. Il nous reste à voir le nègre les jours de fête dans toute sa parure recherchée et grotesque.

Dans l'état d'infériorité où il est forcément maintenu, le caractère du nègre est le plus triomphant argument contre les écrivains surtout qui en ont voulu faire le dernier des hommes et le premier des singes. Il est doué de toutes les qualités et défauts, vices et vertus qui constituent l'humanité dans toute sa force du bien et du mal. Tour à tour il est fin et rusé au point de jouer l'imbécile, pour ne pas rendre ce qu'on a droit d'exiger de l'esprit; aimant ou haineux, dévoué ou infidèle, poltron ou brave, vaniteux ou modeste, menteur ou sincère, bavard ou discret, très-voleur et par-dessus tout paresseux à un tel degré, que de ce vice lui est venue une vertu, la sobriété. Il est à remarquer, cependant, que si la haine d'un travail forcé le porte à l'indolence, il montre qu'il est susceptible d'activité, en gagnant de quoi se nourrir, et même économiser un pécule, pendant le *samedi nègre* et le dimanche, les seuls jours de la semaine où il lui soit accordé de travailler pour lui.

Sa somme de labeur, en durée et en efforts, est généralement moindre que celle qui accable les pauvres paysans et manœuvres de nos provinces et les ouvriers de certaines fabriques : le climat ne permettrait pas une application corporelle aussi soutenue. On ne saurait dire pourtant que, dans la hiérarchie du bonheur, le prolétaire français soit placé au-dessous du nègre, car celui-ci est incessamment contraint de faire un triste choix entre le travail et le châtiment. Au point du jour, le claquement retentissant du fouet brise son sommeil et l'appelle au travail; de huit à neuf heures, il est libre et il déjeune; de midi à deux heures il s'occupe de son propre jardin, dîne, dort ou danse. A six, l'atelier, réuni devant la maison du planteur, se prosterne et prie. Le plus âgé commence à psalmodier sur un mode plaintif l'oraison dominicale, la salutation angélique, le symbole des apôtres et la confession des péchés. Le reste des nègres répond à chaque pose : Ainsi soit-il ! C'est comme une sourde plainte de l'âme, entrecoupée d'un cri de douleur. La pieuse cérémonie terminée, tous baisent la poussière, et puis ils vont oublier leurs peines dans le sommeil, cette mort de chaque jour.

Ce n'est point par humanité que les créoles des Antilles ont concédé à leurs esclaves la jouissance du samedi et du dimanche ; c'est pour se dispenser de leur fournir des aliments. Le nègre consacre ces jours à récolter les bananes de son enclos, à vendre ses denrées dans les bourgs du voisinage, ou à savourer le plaisir d'être accroupi au soleil, la pipe aux lèvres et une bouteille de *tafia* entre les jambes. Les esclaves enclins à ce genre de délassement sont nommés plaisamment *papa tafia*. D'autres, à l'exemple des singes ou même des plus fiers hidalgos, livrent leurs têtes peuplées aux recherches de négrillons qui pâturent sur le gibier. Les négresses, armées d'épingles ou d'épines de campêchier, extirpent les nichées de *chiques*[1] qui dévorent les pieds des enfants. Quelques-uns, plus industrieux, fabriquent des paniers caraïbes avec l'écorce flexible du bambou, tracent de grossiers dessins sur des noix de coco vernissées, ou creusent la calebasse pour en former des *couis* et des outres.

Rarement le nègre choisit sa femme parmi les négresses de son atelier. Il préfère la prendre sur une habitation voisine. Ainsi, malgré ses fatigues du jour, il franchit la nuit des ravins et des torrents pour aller à ses rendez-vous

---

[1] Imperceptible insecte qui pénètre entre la chair et l'épiderme, et forme des œufs enveloppés d'une poche. Une vive démangeaison révèle sa présence.

d'amour. Il a horreur de la constance dans ses affections physiques. Ces volages amants se prennent et se quittent au gré de leurs caprices. Sous ce rapport ils vivent en vrais saint-simoniens, n'écoutant et n'obéissant qu'à l'attraction animale. Cette promiscuité est le plus grand obstacle au développement de la population noire. Durant les nuits obscures on est frappé de la multitude de feux errants qui sillonnent les campagnes en tous sens et donnent à ces solitudes le mouvement et l'animation de ces ponts de Paris traversés par de nombreuses voitures allumées. C'est la foule de ces libertins nocturnes, noirs cupidons, armés de leurs flambeaux de *bois-chandelle* ou d'un *poban* rempli de taupins lumineux dont les escarboucles jaunes rayonnent de feux éclatants. Le créole ne s'enquiert nullement d'une paternité impossible à constater. Il ne s'intéresse qu'au négrillon dont la condition suit celle de la mère. Le mariage, lien et première condition de la famille, n'existe pas parmi les nègres. On a vainement tenté de l'établir, et malgré la superstitieuse vénération du nègre pour les prêtres, ceux-ci y ont échoué.

Après le libertinage, la passion dominante du noir est celle de la danse. Les jours de grande fête, quand les ateliers se visitent avec étiquette, ou quand un nègre aisé, qui s'est construit une nouvelle case à deux pièces, invite ses compères du voisinage à venir l'inaugurer, dans ces circonstances on peut voir se dessiner simultanément plusieurs des traits les plus caractéristiques de l'homme noir. Car dans ces journées solennelles il ne s'appelle plus nègre; il affecte de répudier cette dénomination d'esclave qui irait mal à sa joie et à son bonheur. L'homme noir se fait *faraud*, et singe, autant que possible, la tournure des blancs. Un chapeau reluisant, placé de côté sur sa laine crêpue, lui donnerait un air crâne, si ses joues n'étaient pas emboîtées dans les hauts collets empesés de sa chemise, et son cou emprisonné dans les plis d'une énorme cravate blanche ornée de sa rosette. De petites mèches de cheveux, tressés à plat, tapissent ses tempes et son front. Il porte son habit ou sa veste attachée derrière avec son mouchoir, qui fait ceinture. Au-dessous des genoux, son pantalon est serré par une petite ficelle de filaments de *carata* (aloès) afin d'empêcher les maléfices ou *piailles* sur lesquels il passerait de monter plus haut et de le rendre fou. Ses pieds sont invariablement nus. Il s'appuie sur son bâton de liane de persil passée au feu, ou bien encore suspend ses deux mains aux extrémités de cette canne, posée sur ses épaules. Ainsi l'homme noir va, se dandinant, heureux et fier de sa toilette, comme un paon de sa queue. Lorsque ce sont des domestiques qui se rencontrent, ils vont plus loin que les *nègres de terre* (cultivateurs). Ils ne s'appellent que du nom de leur maître, quelquefois par ses titres personnels ou d'emploi ; monsieur le gouverneur, monsieur l'intendant, monsieur le président. La négresse quitte son ajustement habituel pour se parer de sa jupe aux couleurs éclatantes, couvre sa tête d'un madras ou d'un mouchoir blanc, charge ses oreilles de petits morceaux de plomb, au défaut d'or, et son cou de colliers de verroterie et de chapelets de corail végétal. On ne reconnaît plus, dans ce brillant attirail, la femme à la démarche traînante, aux mains suspendues comme les pattes d'un chien

dansant, et qui porte en équilibre sur sa tête anguleuse une corbeille de fleurs et de fruits. Quelquefois un négrillon, cramponné à sa hanche, saisit et presse les longues mamelles qui battent les flancs de la négresse. Dès que la compagnie est réunie, qu'on a défoncé la barrique de rhum envoyée par le planteur, et étalé sur les brasiers des porcs entiers comme les cuisiniers d'Homère ; dès que, dans de vastes chaudières bouillent l'*igname*, la *banane* et le *couzcouz*, que les piments rouges et brûlants comme des charbons ardents sont entassés en pyramides, alors un harangueur prend la parole pour féliciter l'amphitryon. Rien de plus grotesque que l'éloquence de ce noir orateur, avec son patois créole, l'imitation sérieuse des manières et de l'attitude de son maître, ses exclamations bizarres et ses gestes tourmentés pour suppléer à l'absence de la pensée. Puis vient le signal du bal, dont on a fait de nombreuses répétitions en route. On passe successivement du *bel-air* au *chika*, au *calenda* et enfin au *bamboula*.

Le *shakshak*, orné de rubans et de fleurs et manié par les femmes, produit un son peu harmonieux, mais qui se marie à merveille au reste de l'orchestre. Placé à une extrémité du cercle et à cheval sur son instrument, le batteur de tambour joue le rôle principal : tous les yeux sont attachés sur ce bruyant musicien. Ses contorsions convulsives, qui grimacent l'inspiration, ajoutent à la haute admiration des noirs. Il jette un cri, la danseuse part en décrivant lentement un cercle et en imprimant à tout son corps un balancement qui n'est pas sans grâces. Le danseur a bondi au centre ; là, il piétine en tournant sur lui-même et frappe ses cuisses en cadence. Graduellement il s'anime et s'exalte, tandis que la négresse glisse, ondule autour de lui ; un mouchoir blanc agité tantôt en l'air, tantôt pressant sa taille, ressemble à la voile qui entraîne une barque légère. Ce n'est plus l'esclave courbée vers la terre, mais une femme presque embellie par la passion du plaisir. Soumise comme par un charme au danseur, qui occupe toujours le centre du cercle, elle paraît magnétisée par l'éblouissement de ses gestes, de ses poses et de ses bonds qui se succèdent avec une rapidité furieuse. Oui, c'est de la fureur qui tourmente le nègre dans ces ravissants moments du *bamboula*. Bientôt sa vigueur épuisée cède à la violence de ses mouvements : accablé de fatigue, délirant de bonheur, il s'arrête pour présenter au mouchoir de sa danseuse sa figure baignée de sueur.

Les nègres forment un cercle autour des danseurs, et sur des airs français plus ou moins dénaturés, fredonnent des chansons qu'ils composent eux-mêmes. Voici deux échantillons de cette singulière et primitive poésie :

LA NÉGRESSE.

Aᴵʀ *de la Folle.*

Ta, la la la, ta la la la, tendez bamboula [1]. (*Bis.*)
Ah ! oui, moin ka songé, dans savan bitation,
Toute moune té ka couri pour biguiné... mi don,
Pitit béké vini, langage à li si belle !
Dit moin li plis simié ti négresse ki mamzelle.
Li ba moin yon madras ; ça ou vlé moin bali ?
Li ba moin yon doublon, moin bail ça moin tini.
Pitit mouché songez chanson zami lolotte ;
Si ou pas badiné pauv' pitit cher cocotte,
De toute cœur moin kalé aimer pitit béké,
De toute cœur moin kalé aimer pitit mouché.

[1] Ta, la la la, entendez-vous la bamboula ? Ah ! oui, moi, j'y songe, dans les savanes, dans les habitations, tout le monde était à courir pour danser. Voici donc venir petit blanc ; son langage était si beau, il me dit qu'il aimait plus petite négresse que démoiselle ; il me donna un madras, que vouliez-vous que je lui donnasse ? Il me donna un doublon, moi, je lui donnai ce que j'avais. Petit monsieur, songez à la chanson de votre chère amie ; si vous n'abandonnez pas votre pauvre petite cocote, de tout mon cœur j'aimerai petit blanc, de tout mon cœur j'aimerai petit monsieur.

Ta, la la la, ta, la la la, où est bamboula ? Ah ! oui, j'y songe, j'ai quitté l'habitation, et pour venir e

Ta la la la, ta la la la, auti bamboula ? (*Bis.*)
Ah ! oui moin ka songé, moin kité bitation,
Et pour vini voir li, trois jours moin te marron.
Pitit mouché gadez ; Vente moin tini yon bosse ;
Moin tini mal au cœur, mam Bibi dit moin grossé ;
Ti moune la c'est cil à ou ; pitit mouché ka ri ;
Li dit moin : to menti, c'est neg qui papa li ;
Moin ké dit : mamman ou, li ki ba moin leyette ;
Li parlé moin rigoise, li parlé quat piquette,
Et toujours moin kalé pleuré pitit béké,
Et toujours moin kalé pleuré pitit mouché.

Ta la la la, ta la le la, bonsoi bamboula. (*Bis.*)
Ah ! oui moin ka songé, pour you tibrin plesir,
Bon Dié, dépi trois mois pauv' négresse ka soufrr.
Mi Zondo quimbé moin, mi li mette moin la geole
Mandez Vivier pouqui ? li dit moin négresse folle ;
Moin vlé rob satin là, moin vlé yon per zaneau ;
Moin vlé sic à coco, ba moin ti corosole,
Ba moin ti bamboula, ba moin riz calalou.
Ca moin ça dit bon Dié ! gadez zaffaire à ou !
Ca moin vlé c'est pleurer, mourir pour ti béké
Ca moin vlé c'est pleurer, mourir pour ti mouché.

L'ÉTOILE.

Air : *Voyez l'étoile blanche.*

Mi zétoil là li claire [1],
Guettez lumière à li ;
Mais vous et pi li, chère,
'est vous qui pli joli.

voir, j'ai été marronne pendant trois jours. « Petit monsieur, regardez, ma taille s'arrondit ; je me sens mal au cœur ; madame Bibi (sage-femme) dit que je suis grosse. Ce petit enfant-là est le vôtre. » Le petit monsieur se met à rire : « Tu mens, me dit-il, c'est un nègre qui est son père. » Moi je réponds : « Votre maman me donnera une layette. » Lui me parle de rigoise, lui me parle de quatre piquets, et toujours moi je vais pleurer petit blanc, et toujours moi je vais pleurer petit monsieur.

Ta, la la la, ta, la la la, adieu, Bamboula. Oh ! oui, j'y songe, pour un peu de plaisir, bon Dieu ! depuis trois mois la négresse souffre ; voilà Zondo (nom de gendarme) qui m'a prise ; le voilà qui veut me mettre en prison ; j'ai demandé à Vivier (autre nom de gendarme) pourquoi ; il dit que la négresse est follé. Je veux une robe de satin, je veux une paire de boucles d'oreilles, je veux du sucre à coco (un bonbon); donnez-moi un petit corossol, donnez-moi une petite bamboula ; donnez-moi du *calalou.* Que dis-je, bon Dieu ! regardez à vos affaires ; ce que je veux, c'est pleurer, c'est mourir pour petit monsieur.

[1] Regardez l'étoile, elle est claire ; regardez bien sa lumière ; mais de vous et d'elle, ma chère, c'est vous qui êtes la plus jolie.

Visage à vous si belle
A rien pas plus charmant ;
Mais si vous trop cruelle,
Cœur à moi pas content.

Mi zétoil, etc.

Au bal c'est vous la reine ;
C'est ça tout mond' qua dit ;
Mais ça fait moi la peine ;
Ca qu'a faire moi souffrir.

Mi zétoil la, etc.

Ces chants naïfs accompagnent la *bamboula*. De nouveaux acteurs, armés de leurs bâtons, s'élancent à leur tour. Mille voltes, mille attaques, mille parades se succèdent avec une prodigieuse rapidité. Toujours suspendus sur les têtes, ces bâtons croisés forment des voûtes mobiles sous lesquelles les danseurs circulent sans crainte et sans dangers. Mais voici les amateurs passionnés du *sport* colonial qui arrivent, tenant sous les bras leurs coqs de combat armés d'éperons aigus, l'œil enflammé et déjà tourmentés des ardeurs d'une forte infusion de poudre et de piment. Ils se placent sous la feuillée pour que l'ombre des combattants ne distraie pas leur attention. Avec une bruyante loquacité et des gestes emphatiques les amateurs se jettent les défis. Tout l'honneur d'une habitation, d'un atelier va dépendre du courage d'un coq. Couché à plat ventre, chacun tient son champion au niveau du sol, le présente à l'adversaire et tâtonne l'avantage d'une ligne de hauteur pour le lancer dans la lutte. Ce premier coup, d'ordinaire décisif, une fois manqué, alors commence le duel le plus acharné. Rien de comparable au courage de ces nobles oiseaux, si ce n'est la passion frénétique des nègres qui, comme de noirs boas, se tordent et rampent dans la poussière sanglante pour mieux suivre et calculer les évolutions rapides des deux gladiateurs. Dépouillés de leur plumage, sillonnés de blessures, les combattants se tâtent du bec, haussent ou baissent la tête, hésitent, s'aplatissent, puis bondissent en pirouettant. Les nègres ne cessent de les appeler par leurs noms, de citer leurs précédentes victoires, de déclarer qu'ils ne survivront pas à la défaite de *chers yches à moi* (de leurs chers enfants). Si un des héros est atteint d'un coup mortel, il trébuche, mais aux cris lamentables de son maître il se roidit, cherche fièrement, quoique aveugle, son vainqueur mutilé et tombe mort sur l'arène ; heureux s'il n'a pas entendu le chant de victoire essayé par le brave qui survit. Malheur au coq qui, sans combattre, fuit devant l'ennemi ; le nègre honteux, indigné, saisit le poltron, lui enlève ses éperons comme à un chevalier couard, et d'un coup de dent lui tranche la tête, qu'il crache avec mépris.

Mais de toutes les existences humaines, celle du nègre est une des plus exposées aux vicissitudes du sort ; tous ses jours ne sont pas fêtes. Pressé et accablé de toutes parts par mille preuves de la supériorité relative de la race blanche, le nègre accepte, tacitement du moins, sa position d'esclave. Il n'entretient dans son âme qu'une seule pensée de fierté, et c'est relativement aux mulâtres, dont l'ambition ascendante le blesse, qui, plus avancés dans les moyens de la civilisation, ne se contentent pas d'être libres, mais aspirent aussi à supplanter les blancs en autorité et en pouvoir. Les nègres, dit-il, sont une grande nation qui a un grand pays en Afrique, et c'est Dieu qui l'a faite noire ; mais les mulâtres n'ont pas de pays et sont l'œuvre des nègres et des blancs ; ce sont des cadets. Voici où se borne son orgueil de race. En face du blanc, du maître, de l'homme armé de la science, dont il voit les manifestations, le nègre joue de ruse et s'assouplit pour ne pas être brisé. Il a quelque chose de nos paysans les plus ignorants et aussi les plus astucieux, qui ne craignent pas, eux, l'autorité matérielle d'un maître, mais les filets embarrassants, les détours tortueux de la chicane, ce pilori, ce carcan, ce fouet de notre peuple. Ainsi, à une question du blanc, jamais le nègre ne répond directement. Sa pensée s'efface devant celle du maître, comme ses épaules sous les coups. Tout ce que les Jésuites ont inventé de plus subtil n'est qu'un tissu grossier en comparaison des combinaisons déliées et inextricables, des interprétations probables, des déguisements savamment grimés qu'emploient les nègres pour masquer une conduite coupable. Puisqu'il craint, il ment, et il s'est appris l'art du mensonge et la logique du mensonge au point de clouer son contradicteur au silence. Si l'économe de l'habitation demande au cabrouetier pourquoi ses mulets sont couverts de larges plaies, il répond : *Vous taillé* (fouettez) *moi, nègre, quand moi pas travaillé ; moi taillé mulet là, li pas vlé marché ; c'est nègre à moi.* Ici nous croyons devoir placer l'esquisse de ce type de l'économe qui est comme encadré dans celui du nègre, et qui est le véritable distributeur de ses peines et de ses soulagements. En général, son caractère a été fortement modifié depuis une vingtaine d'années, mais il conserve encore des traits saillants et originaux qui le mettent en relief. La grande majorité des économes se compose de jeunes Européens arrivés dans la colonie sans profession, en quête de travail et de fortune. Dès qu'il est reçu sur une habitation, il faut qu'il fasse peau neuve et efface de sa mémoire toutes ses idées sur l'homme et sur ses droits. D'abord il faut qu'il se créolise. Sur-le-champ il doit se tracer une certaine ligne de conduite participant à la fois de celle du maître d'école, car le nègre n'est qu'un enfant robuste, et du sergent russe quant à la discipline nécessaire pour inspirer le respect à des êtres abrutis par la servitude et à qui on a appris à ne comprendre l'autorité que dans la force. Est-il seul en exercice et d'humeur équitable, l'économe ne souffrant pas, ne fait pas non plus retomber son aigreur sur les nègres ; mais quand il est placé sous les ordres d'un planteur exigeant, ou d'un géreur plus exigeant encore, parce que ce dernier vole le planteur, alors l'économe n'est qu'un homme misérable et tourmenté, qui, à son tour, tourmente les esclaves. Il raisonne comme le nègre cabrouetier envers son mulet. Est-il indulgent et facile, le nègre le traite de *mouton france*, et est à la veille de ne pas lui obéir. De son côté, le colon le qualifie de *gâte-métier*, ce qui peut compromettre son avenir. Force donc au malheureux de se montrer d'abord terrible, afin de ne plus l'être dans la suite et de pou-

voir vivre sur cette effrayante réputation. Son zèle ne doit pas laisser l'esclave un
instant dans l'inaction : il le surveille dans la fabrication du sucre, va de la sucrerie aux moulins, aux pièces de cannes où il ne doit jamais s'asseoir.

La nuit il se lève et fait des rondes, épie et fait épier par quelques noirs affidés tout
ce qui se passe sur l'habitation ; il fait son rapport par billet, le matin, en venant
déjeuner avec le planteur qui à peine jette un regard sur cet outil à peau blanche,
destiné à faire fonctionner les autres outils à peau noire, comme le marteau pousse le
clou. A table, il occupe le petit bout, répond par monosyllabes, mange vite, se lève au
dessert et retourne à la piste de l'atelier. S'il a le corps inondé de pluie, les vêtements
transpercés de sueur, les souliers couverts de boue, la figure maigre et hâlée, cela
prouve son activité et fait présager qu'il sera *bon habitant*. Enfin le moment du
repos arrive ; il va oublier ses peines, et se délasser dans les bras d'une sensible
Africaine, qu'il finit ordinairement par acheter. Ne croyez pas que cette négresse
soit plus protégée par l'économe ; au contraire, le plus petit retard causé souvent
par lui-même est sévèrement puni. Le pauvre économe fait *tailler* celle qu'il aime,
dans la crainte des reproches du planteur. Parfois le besoin dénature quelques-uns
de ces hommes jusqu'à en faire des Phalaris au petit pied. Afin d'augmenter les
revenus, ils exténuent les nègres de fatigue et de châtiments, et le propriétaire
absent est fort étonné, au milieu de ses jouissances, de recevoir de temps à autre
la demande d'un supplément de nègres. L'Afrique est une mère féconde, disait
un de ces grands consommateurs de sueurs et de sang africains. Un autre avait l'habitude de ne jamais sortir sans un petit marteau et des pointes dans sa poche, avec

lesquels, pour certaines fautes, il clouait l'oreille au nègre à un poteau dressé pour
cet usage. Quelques exemples d'immersion dans les chaudières bouillantes ont eu
lieu. D'autres faisaient administrer, en punition, trente ou quarante clystères, à des
nègres qui feignaient d'être malades. Mais ce sont là des faits rares et exceptionnels.

Ces châtiments sont en dehors des usages reçus et passés dans les mœurs. Habituellement les nègres sont punis par le cachot, les barres de justice, le carcan de
fer avec des branches de trois pieds, la chaîne, surtout le fouet.

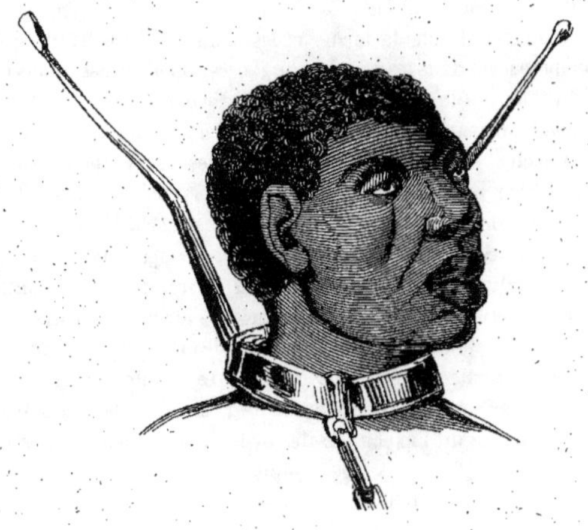

Nous ne citons que pour mémoire le terrible supplice infligé aux nègres marron-
neurs, et qui consistait à avoir le nerf de la jambe coupé. Mais ce supplice, infligé par
les tribunaux, a été complétement abandonné. Le fouet, voici le sceptre des colonies,
le catéchisme et le code correctionnel du nègre. Le condamné, couché à plat ventre et
attaché à quatre piquets ou à une échelle, reçoit sur le corps nu un nombre déterminé
de coups d'un fouet long de sept à huit pieds, fixé à un manche fort court, et que
manie un nègre d'élite, nommé commandeur. Le nombre de coups ne dépasse pas
ordinairement *vingt-neuf*. L'usage le veut ainsi ; mais pour les cas extraordinaires,
le maître peut à volonté en élever le chiffre. En général, l'épiderme du patient est
à peine effleuré ; mais quand le commandeur a reçu l'ordre de *piquer* ou de *tailler*
vigoureusement, la peau se déchire et s'enlève sous cette mèche meurtrière. C'est
ce qui se nomme *passer le nègre au rouge*. Après cette terrible exécution, on a soin
de laver ce corps sillonné et sanglant d'eau de saumure ou d'une décoction de piment, pour prévenir les funestes effets de la gangrène. Les femmes ne sont pas plus
que les hommes à l'abri de ce redoutable châtiment. Il devient quelquefois mortel,

lorsque le nègre a été condamné à la *quarantaine*, ce qui est excessivement rare. Par exemple, pour avoir levé la main sur son maître, crime irrémissible dans un pays d'esclavage, le coupable subit la *quarantaine*, cinq ou dix coups de fouet par jour pendant quarante jours. À la fin le malheureux n'est qu'une plaie dévorée par la fièvre. Tout en maudissant ces coupables, mais rares excès, on doit reconnaître qu'il est presque impossible de se passer de correction physique pour exciter le nègre au travail. Lorsque le commissaire Hugues donna la liberté aux noirs de la Guadeloupe, que d'esclaves il en fit des citoyens cultivateurs et soldats, il fut forcé de substituer au fouet, instrument de la vieille tyrannie, les verges tricolores, emblème de la nouvelle autorité. Les nègres acceptèrent tout naturellement le même châtiment, qui se renouvelait sous la forme et les couleurs du pouvoir révolutionnaire. Depuis l'émancipation dans les colonies anglaises, on n'y a pas moins continué l'ancien régime du fouet, et le génie fiscal et philanthropique de John Bull a transformé le dos du nègre en matière à impôt. Sans parler de l'intéressant *tread-mill* qu'il a introduit, l'ancien maître ou l'entrepreneur des travaux peut, sans le concours du magistrat, faire appliquer un nombre indéterminé de coups de *rigoise*, pourvu qu'il paie l'amende de dix en dix coups. Il y a un tarif légal. Ainsi, comme ses dollars sont toujours de bon aloi, il a soin que les coups soient fermes et consciencieux; la marchandise doit répondre au prix. O misère des vicissitudes humaines! des prêtres de Vaudon, des chefs et des princes africains esclaves aux colonies, sont exposés tous les jours, comme le dernier des Congos, à la discipline du commandeur. Ce fonctionnaire-exécuteur, quoique révocable, exerce en général sa vie durant. Il a la confiance du planteur et de l'économe, fait la police de l'atelier, ne recule jamais devant l'exécution des ordres, *taille* sans hésiter son père et sa mère, sa femme et sa fille, mais quelquefois jette son fouet quand il s'agit de son parrain ou de sa marraine. Ce bourreau, que les Anglais nomment d'une manière pittoresque *driver* (conducteur ou pousseur de bêtes), vit d'ailleurs fort bien avec tous les nègres de l'atelier, qui ne montrent à son égard aucun de ces préjugés que nous entretenons contre ces chevilles ouvrières de la machine judiciaire. Mais qui le soupçonnerait? dans les quartiers et sur les habitations où règne le terrible fléau de l'empoisonnement, les commandeurs sont presque toujours à la tête de l'homicide confrérie. Si le caractère de l'homme en général est un abîme obscur, celui du nègre en particulier présente de bien inexplicables contradictions. Elles éclatent surtout parmi les empoisonneurs.

Cette monstrueuse franc-maçonnerie qui décime la population noire des colonies se divise en deux catégories, les empoisonneurs et les *devineurs* ou sorciers. Ces derniers, qui ne sont que des charlatans, entretiennent les superstitions de nègres et exploitent l'effroi que le poison cause aux planteurs. Ils se chargent de découvrir les lieux où ont été jetés les sorts ou *piailles*, là où les bons et les mauvais *quembois* sont cachés. Ces amulettes, composés de cheveux, de petites pierres ponces, de coquillages et de rognures d'ongles, possèdent une vertu bienfaisante ou malfaisante, suivant les intentions du sorcier. Il en fait commerce parmi les nègres. Quand les troupeaux du planteur périssent par d'étranges maladies qui mettent aux abois la science de tous les Esculapes vétérinaires, il se résout enfin à consulter quelque fameux devineur. Celui-ci, bien payé, aidé d'une foule d'espions, finit par découvrir l'empoisonneur, et si ce dernier appartient à la grande confrérie, le devineur garde le silence ; au contraire, si c'est un pauvre nègre qui s'est avisé de travailler en contrebande, sur-le-champ il est dénoncé. Le fripon trouve toujours moyen de cacher dans sa case quelque *quembois* accusateur, qu'à la suite d'une descente sur les lieux, il présente en triomphe. Les autres nègres de l'atelier sur lesquels les soupçons planaient également sont heureux de voir une victime choisie; quant au devineur, il a détourné l'attention des blancs de dessus les grands meneurs, ses compères, a fait éclater sa puissance, et enfin a profité du métier ; trois buts chers à son ambition. Les empoisonneurs actifs, princes de cette infernale congrégation, sont dispersés dans toutes les colonies. Pour commencer à exercer cette pratique de mort, il faut d'abord l'autorisation d'un ou de plusieurs chefs, et l'aspirant n'arrive à être complétement initié qu'à la suite de nombreuses épreuves graduées d'après une règle absolue. Ils commencent par les bêtes et finissent par l'homme, particulièrement l'homme noir, leur semblable. Inutile de dire à quel état de dépravation et de callosité sont arrivées ces âmes de démons, mais il leur faut une longue étude et d'innombrables expériences pour finir par connaître à fond la manipulation du poison végétal, le seul que ces nègres emploient. Avec le mancenillier et quelques autres plantes vénéneuses des grands bois, ils dosent si habilement leurs potions suivant l'âge, le tempérament et les habitudes de la victime, qu'il est impossible de saisir le point de départ et les périodes de ces affreux ravages qui marchent comme la vie vers une mort lente, quoique anticipée, une mort de tortures sans convulsions; pente horrible vers le tombeau sur laquelle le mourant a l'affreux loisir de calculer le mouvement de sa chute, sans pouvoir se retenir; tandis qu'avec la conscience de son empoisonnement, il ne sait comment voir et repousser cette main noire qui est là, à ses côtés, le soignant et le tuant. Comme nous l'avons déja remarqué, les nègres les plus dévoués, les vieux domestiques de la maison, les commandeurs font partie de la secte. De préférence, ils s'adressent aux esclaves, après avoir anéanti les quadrupèdes. Ils semblent préférer la ruine du maître à sa mort, sa pauvreté à ses souffrances. En général, quand une fois ces miasmes pestilentiels se sont répandus dans un quartier, il est bien difficile de les en chasser. Des ateliers entiers disparaissent, des plantations sont désertées, il ne reste que ces noirs brinvilliers qui finissent par s'empoisonner entre eux. L'ancien supplice du feu ou celui de la cage de fer étaient appliqués à ces misérables quand on pouvait les saisir durant quelque conciliabule nocturne, dans les profondeurs des forêts. Là, ils se réunissent aux *marrons*, et au milieu de cérémonies bizarres et sauvages, souvent atroces, ils reçoivent les initiés et révèlent leurs terribles secrets. Là, on se distribue les rôles dans cette longue et lugubre tragédie, on choisit l'habitation sur laquelle doit s'abattre ce fléau. Il y a quelques années, qu'à la Martinique, une négresse qui ambitionnait de prendre place parmi les chefs se rendit avec sa jeune fille dans un de ces conciliabules. Pour pouvoir franchir tous les degrés de la hiérarchie et se montrer incapable de faiblesse et de trahison, on lui demanda une preuve suprême de son énergie et de son dévouement. Sans hésiter, elle empoisonna sous leurs yeux sa propre fille, qu'elle offrit ainsi comme gage de confiance. Cette épidémie morale est sans doute le résultat de l'abrutissement des noirs, de leur servitude et du besoin qu'a l'homme de se venger par des moyens occultes de la force qui l'écrase. Mais ce qui est vraiment étrange, c'est que ce sont souvent les nègres favoris, comblés des bienfaits du maître, qui se livrent avec le plus d'emportement à ces meurtrières pratiques. Ainsi le nègre environne le créole, son maître, d'un cercle mystérieux de terreur, presque toujours impénétrable aux plus laborieuses enquêtes; c'est comme une tyrannie permanente de l'esclave exercée sur son propre despote. Nulle part la superstition, l'ignorance et la méchanceté humaine n'ont produit un fruit aussi monstrueux.

Plus haut nous avons rappelé l'ancien supplice de la cage de fer, que les tribunaux appliquaient aux empoisonneurs. Il faut le faire connaître pour prouver que souvent la justice égale en atrocité toutes les affreuses combinaisons de ces assassins ténébreux. Une cage de fer de sept à huit pieds de haut est placée au haut d'un échafaud élevé sur le rivage de la mer, en face du quartier où l'empoisonneur condamné a pratiqué ses œuvres diaboliques. Le jour de l'exécution, tous les ateliers sont légalement convoqués pour former public à ces tortures exemplaires. Les blancs, les blanches, les mulâtres et mulâtresses s'y rendent aussi en foule comme sur nos places le peuple des curieux. Dans un pays où la distraction des spectacles est fort rare, on ne néglige jamais d'aller s'émouvoir à ces exécutions, malgré l'appareil sinistre qui les accompagne et les crispantes douleurs qui saisissent les nerfs des assistants. Ici, la mort est un éclair; là, c'est une lutte prolongée, dont les démons seuls ont pu souffler l'idée aux étranges distributeurs de la justice humaine. Les nègres, parmi lesquels se comptent des empoisonneurs inconnus, attendent, couchés, accroupis, dormant et fumant dans une parfaite indifférence. Chose curieuse, leur apathie se manifeste chaque fois qu'il s'agit de les impressionner fortement. C'est un calcul d'antagoniste, une opposition d'inertie. Quand la pirogue qui porte le patient se montre parée de son pavillon noir, la foule frémissante fait un large vide autour de l'échafaud, et les nègres eux-mêmes, dominés par l'attente, commencent à s'émouvoir. On les range aux premières places afin de bien voir, car ce qui va se passer les intéresse particulièrement. Bientôt paraît le condamné vêtu d'une longue chemise blanche, le prêtre d'un côté, le bourreau nègre de l'autre. Celui-ci, au pied de l'échelle qui conduit à la cage, prend sur son dos le misérable, et arrivé au sommet, lui fait faire la culbute à califourchon sur une lame tranchante fixée au milieu de cette cage, et à laquelle sont suspendus des étriers juste de l'extrême longueur des jambes du cavalier; en sorte que celui-ci, pour ne pas éprouver les cruelles atteintes de la lame, est obligé de se roidir sur ses ergots. Des chaînes s'attachent sur cette étrange monture de la douleur et de la mort. De l'eau bien limpide est placée devant ses yeux comme les flots de Tantale. Puis vient la fatigue du jarret, et le malheureux tombe sur sa selle tranchante qui le coupe; puis le soleil caniculaire des tropiques grille sa peau, fait bouillonner sa cervelle. La soif le brûle, et il voit cette eau si belle; sa langue ardente, jaillissant comme celle d'un aspic, lèche la sueur abondante qui découle de son front. Les prunelles de ses yeux se dessèchent à la réverbération des mille facettes de sable du rivage ; les mouches et les moustiques pâturent dans les cavités de ses narines évasées. Ses contorsions convulsives ne font qu'agrandir sa blessure. De l'eau ! de l'eau ! il demande de l'eau, et l'Océan est devant ses lèvres calcinées. Oh ! que ne peut-il y plonger jusqu'à son âme en combustion comme la torche des Furies. Enfin le délire vient à son aide. Il sent moins la fraîcheur des nuits, les ardeurs du jour, les insectes dévorants, la vie enfin, telle que ses juges la lui ont faite ! Martyriser ainsi e plus précieux don de Dieu, la vie ! Ce supplice épouvantable dure deux, trois ou quatre jours, suivant la vigueur et l'énergie du patient. Ensuite, on laisse comme épouvantail les restes hideux suspendus dans la cage, et avec le temps ces ossements, blanchis, ballottés par les vents de la mer, rendent des sons étranges qui font fuir au loin le nègre superstitieux. Mais on comprend que la foule des curieux n'a pas attendu jusque-là pour se disperser devant tant d'horreurs et de souffrances.

Quand la paresse surabonde chez le nègre, ou qu'une humeur inquiète et aventureuse le domine, il *marronne* des plantations aux grands bois, sur les pitons les plus inaccessibles des montagnes. Avec son coutelas il nettoie une clairière près d'un torrent limpide, y sème du maïs, des ignames et de bananiers, se bâtit un *ajoupa* de feuilles de balisiers, allume à l'entrée son foyer formé par trois grosses pierres, et là il vit libre et heureux. Ses visites nocturnes sur les plantations lui procurent mille petites douceurs, du tafia, du tabac et de la poudre quand il possède un fusil. Réunis, les marrons forment un camp et se nomment des chefs. Alors commence en grand la maraude sur les habitations et dans les bourgs, l'embauchage des ateliers. Lorsqu'ils deviennent trop incommodes ou dangereux, les planteurs se donnent rendez-vous sur la lisière des forêts. On fait la *chasse aux marrons*. Les *ajoupas*, les *boucans* mettent sur leurs traces. On les poursuit et les tire comme un gibier. Des limiers les dépistent sous des roches ou au sommet des arbres. Ceux qui sont pris retournent chez leurs maîtres où ils subissent l'inévitable exécution des *vingt-neuf* et un certain temps de chaîne. Pour leur défense, les marrons, du haut des crêtes, roulent des rochers sur leurs envahisseurs qui suivent les vallées profondes, ou bien ils fouillent de larges fossés autour de leur camp et sur différents points des bois. L'intérieur en est hérissé de lames aiguës, d'une espèce d'énormes fougères ; le tout est adroitement recouvert d'une légère couche de terre et de feuillage. Ces piéges sont souvent funestes aux chasseurs. Comme tous les hommes enfants et ignorants, le nègre est infecté de superstitions, dont quelques-unes ne sont pas dépourvues de poésie. Outre sa croyance aux maléfices, il est convaincu que les eaux profondes, les anses solitaires et les grands arbres morts sont hantés par des esprits malfaisants, nommés *Zombis*. Suivant eux, un pacte avec le démon donne le pouvoir de se débarrasser la nuit de l'enveloppe terrestre et de s'élever, pure âme, dans les régions du ciel, mais en conservant l'apparence de la vie. Ce sont leurs *soucouyans*. L'oiseau qui a fixé le chasseur devient invulnérable. Les ouragans et les disettes sont annoncés par un certain cheval blanc, à tout crin, qui descend la nuit des montagnes pour aller se plonger dans le fond de la mer, et qu'un nègre assure toujours avoir vu. L'imagination du nègre se révèle encore dans les chants naïfs dont il accompagne tous ses travaux. Sur un mode plaintif, l'atelier répond par un refrain à la voix de l'improvisateur qui donne le signal. Cette ballade ne se compose que de deux ou trois idées assez imagées, et le thème est un événement récent, triste ou joyeux. Mais c'est dans les variations infinies du musicien-poëte que brille le génie musical des nègres. Le soir, à la belle clarté d'une lune des tropiques, l'Européen nouvellement arrivé et étendu dans une pirogue entend avec surprise le chant des rameurs improvisé en son honneur. Le caractère à la fois sauvage et mélancolique de cette composition s'harmonise merveilleusement avec les sinuosités fantastiques des rivages et le murmure des vagues dans leurs grottes sonores. On reconnaît alors que toute poésie n'est pas reléguée aux classiques lagunes de Venise, ou aux flots azurés de Naples. Le nègre est-il poltron ou brave? Ce n'est pas une question pour le créole, qui professe pour toute peau noire le plus profond mépris, malgré les terribles épreuves de Saint-Domingue et de la Guadeloupe. Pour l'histoire, le nègre bien commandé est un parfait soldat. Il l'a prouvé à *la Croix des Bouquets*, à *la Crête à Pierrot*, au siége *de Gaëte*, et dans les Calabres. A la Croix des Bouquets, furieux et sans armes, ils se précipitaient sur les pièces de vingt-quatre qui les foudroyaient. Plusieurs, qui arrivèrent sur les canons, enfonçaient leurs bras dans les gueules en criant à leurs camarades : *Veni, veni, moi tins bon li*, et ils étaient broyés par la mitraille. Leur chef Hyacinthe, petit nègre très-jovial, passant au milieu des balles, tenant à la main un petit fouet de crin de cheval qu'il remuait avec vitesse en criant aux noirs : *En avant, c'est d'iau, c'est d'iau* (de l'eau) *qui sort des canons, pas gagnez peur.* Qui ne connaît le dévouement héroïque de Delgrès et de ses trois cents noirs, se faisant sauter sur l'habitation d'Anglemont, à la Guadeloupe, plutôt que de renoncer à la liberté. Une foule de braves à la peau d'ébène ont brillé dans nos armées. Toussaint-Louverture, lui, s'est montré intrépide soldat, habile capitaine, sage législateur. Ses ordonnances sont admirables. Barbare, né dans l'esclavage, il a deviné, par la seule puissance de son génie, tous les instincts de la civilisation. Écrivant à Napoléon, son secrétaire lui demanda quel titre il voulait prendre : «Mettez, dit Toussaint, le premier des noirs au premier des blancs.» A son entrée au Port-au-Prince, les blancs accoururent au-devant de lui avec la croix, la bannière et le dais. Ils voulaient l'encenser et le placer à côté du saint sacrement. Le vieux Toussaint, avec son mouchoir blanc sur la tête, son chapeau à trois cornes par-dessus, son habit bleu sans épaulettes, refusa, en disant : *Bon Dieu seul qu'a marché sous dais là. Pour bon Dieu seul vous doit porter l'encens.* Enfin le nègre, comme individu, a fait preuve de son aptitude pour la science, et l'Institut en a compté un parmi ses correspondants. Récemment le premier prix Monthyon a honoré la vertu et le dévouement d'un ancien esclave pour son vieux maître déchu. Mais l'avenir de la race nègre, son avenir de civilisation appartient aux blancs, seuls dépositaires de cette science du perfectionnement des hommes. Toussaint l'avait ainsi compris, mais à la condition de conserver sa liberté conquise. Napoléon ne le comprit pas, *inde mali labes.* Cependant le nègre n'arrivera pas à la civilisation par les mêmes voies que nos vieilles populations européennes. Il ne lui faut pas seulement des lois et des institutions sérieuses avec le don de la liberté, il lui faut encore des fêtes et des plaisirs. On ne parviendra à vaincre la paresse invétérée de ces hommes-enfants que par le puissant stimulant de jouissances qui leur sont si chères. La privation de ces joies doit devenir leur plus énergique châtiment. Mais ici je suis forcé de m'arrêter devant ce nouvel horizon de considérations qui appartiennent à l'avenir du nègre.

ROSÉVAL.

M. LE GÉNÉRAL SAINT-SIMON,

Gouverneur des possessions françaises dans l'Inde, de 1835 à 1840.

L'INDIEN FRANÇAIS.

La péninsule de l'Hindoustan présente les mêmes contours géographiques que le continent africain et l'Amérique méridionale : c'est une langue de terre qui s'avance dans la mer à angle aigu comme une proue de navire. Elle est bornée au nord par le Caucase indien et par les monts Himalaya, les plus hauts qui hérissent la surface du globe ; une des cimes de cette chaîne, le Dawalagiri, véritable roi des montagnes, élève à plus de vingt-quatre mille pieds au-dessus de la mer sa tête superbe ceinte d'un diadème de neiges éternelles. Trois grands cours d'eau se déroulent à la base de l'Himalaya : le Sind, le Gange et le Brahmapoutre. Les Indiens, qui ignorent où ces fleuves prennent leur source, croient qu'ils descendent du ciel, et les regardent comme des envoyés des dieux. Le Sind et le Gange forment, près de leur embouchure, un immense delta pareil à celui du Nil, et leurs eaux sont sujettes à des débordements périodiques comme celles de ce fleuve célèbre *qui submerge l'Égypte afin de la nourrir*. Le Brahmapoutre traverse une contrée si belle, que quelques voyageurs ont prétendu y reconnaître l'Éden de la Genèse, le séjour enchanté d'Adam, le théâtre du premier amour et du premier péché. Le pays qui s'étend depuis le Gange jusqu'au cap Comorin n'est pas moins délicieux. On rencontre à chaque pas des vallons tapissés de lis et de tulipes, ombragés de manguiers et de citronniers ; des campagnes si fertiles, que le cultivateur y peut recueillir tous les ans trois moissons des productions les plus diverses de tous les climats ; puis, çà et là, des solitudes fleuries où paissent des troupes de gazelles qui s'envolent au moindre bruit, aussi légères que ces nuages roses qu'enlève le vent d'orient. Plus loin, ce sont des forêts profondes, dont les tiges enveloppées de lianes et d'herbes flottantes paraissent les tours ou les portiques moussus d'une métropole ruinée ; sous leurs arcades inégales, sous leurs colonnades démesurées, se promènent le tigre royal, à l'œil étincelant, à la démarche fière ; l'éléphant lourd, qui abaisse ou rompt avec sa trompe les cimes des plus grands arbres ; sur leurs faîtes sautent ou se balancent des milliers de singes turbulents, et des nuées d'oiseaux, amoureux du soleil, y étalent avec complaisance leurs ailes diaprées, leur queue d'or ou d'azur. Des groupes d'îles vertes, où les cygnes ont leur nid, parsèment le sein des lacs ; des bosquets de bananiers et d'orangers, entrelaçant leurs branches d'un bord à l'autre, forment au-dessus des rivières des berceaux de feuillage qui protégent le batelier contre les ardeurs du jour. Partout les parfums les plus exquis, les couleurs les plus vives, les murmures les plus voluptueux enivrent et captivent les sens. Des caravanes de marchands et de voyageurs peuplent les routes ; leurs innombrables chameaux portent aux cités opulentes une foule d'objets utiles ou précieux : le riz, les bananes, les noix de coco, les laines de Cachemire, les perles de Manar, les diamants de Golconde. Autant le luxe de la nature décore la surface du sol, autant les trésors de l'art et de l'industrie ornent l'intérieur des villes. La magnificence de leurs pagodes, de leurs palais, de leurs jardins, atteste la richesse des rois qui les ont gouvernées et du peuple qui les habite. Une terre aussi fortunée ne pouvait manquer d'exciter la cupidité des étrangers. De tout temps, l'Inde a été l'objet des convoitises de l'Europe : Alexandre s'en empara ; Napoléon y avait jeté les yeux. Les Portugais, les Hollandais se la sont disputée pendant des siècles ; il était réservé aux Anglais de s'y établir en maîtres absolus, après avoir expulsé tous leurs rivaux. Nous aussi, nous avons essayé de saisir une si riche proie : Louis XIV et Colbert, le grand roi et le grand ministre, qui rêvaient pour la France des plans de domination universelle, jetèrent les premiers fondements de notre puissance dans l'Inde, en créant une compagnie des Indes orientales, à l'instar de celle d'Angleterre, et en couvrant de comptoirs français les côtes de Malabar et de Coromandel. Mais leur œuvre ne leur a survécu que quelques vingtaines d'années, et aujourd'hui Pondichéry, Chandernagor, pleurent, dans la solitude et l'abandon, leur splendeur éphémère. Notre caractère national opposera toujours des obstacles invincibles à quiconque voudra nous entraîner par delà les mers. Nous autres Français, nous ne sommes pas cosmopolites : nous n'émigrons pas comme les Allemands, nous ne nous transplantons pas comme les Anglais ; nous aimons notre patrie par-dessus toutes choses, et tandis que nos voisins d'outre-Manche se répandent et se propagent sans difficulté sous toutes les latitudes, nous, fidèles au sol natal, nous préférons le cours modeste de notre Seine aux vastes flots du Gange et de l'Amazone, et nos humbles coteaux champenois au neigeux Himalaya et au Chimboraço fumant. Nous avons souvent envahi les pays étrangers, mais nous ne nous y sommes jamais fixés ; nous avons fondé de nombreuses colonies, mais nous n'avons pas su en conserver la moitié. Doués du génie qui invente les grandes idées, qui tente les grandes entreprises, nous manquons de la patience qui organise, qui administre, qui perfectionne. Quels rivages n'ont pas retenti du bruit de nos canons? quelles rades n'ont pas été mordues par l'ancre de nos frégates? Plus propres au maniement des armes qu'aux spéculations commerciales, plus avides d'or que d'argent, nous ne savons pas tirer parti de nos conquêtes; quelques pages brillantes dans l'histoire, voilà tout ce qui nous reste de nos expéditions lointaines. C'est un malheur, s'écrieront quelques-uns; c'est un bonheur, leur répondrai-je. Un peuple qui se suffit à lui-même, qui peut se passer de colonies, est assurément plus heureux qu'une nation aventurière qui court chercher son pain au bout du monde, et qui ne peut subsister si tout n'est bouleversé.

Vers la fin du siècle dernier, nos possessions dans l'Inde étaient encore importantes, sinon florissantes. En 1792, nous possédions d'une manière absolue les districts de Pondichéry et de Valdaour, se composant de cent quatre-vingts aldées ou villages, et rapportant 480,000 fr.

La révolution nous les fit perdre. Les Anglais, profitant de l'abandon où nous les laissions, s'en emparèrent et ne nous les restituèrent qu'en 1814; mais le district de Valdaour leur est resté.

Nos établissements dans l'Inde se composent aujourd'hui :

1° Sur la côte de Coromandel : — de Pondichéry et de son territoire, divisé en trois districts, savoir : Pondichéry, Villenour et Bahour ; — de Karikal, et de ses maganoms ou districts ;

2° Sur la côte d'Orixa : — d'Yanaon et de son territoire ; — de la loge de Mazulipatnam ;

3° Sur la côte de Malabar : — de Mahé ; — et de la loge de Calicut ;

4° Enfin, au Bengale : — de Chandernagor et de son territoire ; — des cinq loges de Cassimbazar, Jougdia, Dana, Balassore et Patna ; — et en dernier lieu des loges de Surate, Mascate et Moka.

L'établissement de Pondichéry renferme 81,616 habitants, dont 15,757 peuplent le district de Villenour, et 12,220 celui de Bahour. Ces deux districts ne sont habités que par des cultivateurs, appartenant tous à la race noire, ou *native*, selon l'expression consacrée. Ce sont réellement les paysans, par rapport aux Pondichériens.

Pondichéry en particulier, et y compris ses aldées, compte une population de 55,659 habitants, qui se répartissent ainsi :

Population blanche. 696
Population mixte. 836
Population noire, ou *native*. 52,127
Total. 55,659

La ville de Pondichéry doit sa fondation à un directeur de la compagnie française des Indes orientales, nommé Martin. Le rapide accroissement qu'il lui fit prendre excita la jalousie des Hollandais, qui se liguèrent avec les Anglais, afin de s'en emparer et de la raser. Martin ne fut pas intimidé, et quoiqu'il n'eût que cinquante hommes de garnison, et que les ennemis fussent plus de quinze cents, il se prépara à les recevoir vigoureusement. La supériorité numérique des assiégeants rendit inutiles son courage et son dévouement. Après douze jours de résistance, ce brave fut contraint de capituler, mais il obtint par sa fermeté des conditions honorables (1695).

La paix de Ryswick obligea les Hollandais d'abandonner leur conquête. Martin, redevenu le chef de la ville qu'il avait si héroïquement défendue, employa tous ses soins à l'agrandir et à la fortifier. Cinquante ans après, Pondichéry renfermait une population de plus de cent mille âmes. Les Anglais l'assiégèrent de nouveau en 1748, et ne purent s'en emparer ; ils se vengèrent de cet échec en 1760. Une armée commandée par Cook vint l'investir. Le siége dura sept mois ; quand toutes les provisions de bouche et toutes les munitions de guerre furent épuisées, le gouverneur Lally se rendit à discrétion. Il paya de sa tête cet acte désespéré ; il ne descendit du navire qui le ramena en France que pour monter sur l'échafaud.

Mais laissons pour le moment l'histoire et la statistique, et considérons l'aspect du pays.

Nous sommes en rade devant Pondichéry ; la chelingue ou chaloupe vient nous chercher, conduite par huit ou dix makouas, mariniers de ces parages, noirs comme des statues d'ébène et nus de la tête aux pieds. On est venu nous prendre ainsi à bord, à cause de la barre qui règne sur la côte de l'Inde ; la barre célèbre par les récits des voyageurs, flot impétueux, immense, et auteur d'innombrables naufrages. Avant d'arriver à la plage, nous éprouvons trois secousses ou *trois barres* ; c'est le nombre ordinaire. Nos embarcations européennes ne pourraient résister à ce choc, mais la chelingue est svelte et pointue, longue de vingt-cinq pieds, large de huit, profonde de six. Les planches qui la composent sont cousues les unes avec les autres au moyen de ficelles de cocotier : l'entre-deux est étoupé avec de la bourre de coco. Les mariniers manœuvrent habilement. Le pilote est debout sur l'arrière, dirigeant la chelingue avec un aviron qui tient lieu de gouvernail. Tout en ramant, les makouas exécutent un air monotone et criard, un chant presque obscène, et qu'heureusement les Européens ne peuvent comprendre.

La barre est passée, nous touchons terre. Salut à Pondichéry ! salut à l'Inde !

En sortant des arcades de l'élégant embarcadère, vous traversez le *Cours Chabrol*, promenade magnifique, plantée de filaos, qui va se joindre aux boulevards, et qui entoure toute la ville d'une vaste guirlande de verdure. Devant vous s'étend la place du gouvernement, carrée, régulière, garnie de belles allées de tulipiers toujours en fleurs, encadrée de maisons aux blanches colonnes, aux légères arcades, aux argamasses à balustres [1]. Sur le premier plan, vous apercevez le phare, dont

---

[1] L'argamasse est une terrasse formant la partie supérieure des maisons à l'européenne. Ce mot est une corruption du portugais *argamaça*, qui signifie *ciment, mortier*.

l'érection est due au général Saint-Simon, et le mât de pavillon, qui s'élèvent comme
les deux sentinelles de la ville. Au fond, se trouve la maison *Mouvat,* propriété de
cet Arménien fameux qui vécut si riche et mourut si pauvre. La façade de cette
maison rappelle celle du palais de la Légion d'honneur, à Paris, mais elle est de
plus rehaussée de belles varangues à jour [1]. A droite, l'hôtel du gouverneur, orné
d'une brillante colonnade, et environné de pompeux jardins, apparaît au milieu des
massifs de feuillage comme un fruit gigantesque de quelque arbre inconnu. Vient
ensuite la maison Fallafield, qui possède, elle aussi, sa corbeille de fleurs. Enfin,
vos regards s'arrêtent moins satisfaits sur le grand magasin jaune du commissaire-
priseur, où vont se liquider les marchandises invendues. Ce serait là une triste toile
de fond pour le tableau que nous venons d'esquisser. Heureusement, en perspective,
nous découvrons la magnifique église des jésuites, couronnée de feuillages verts et
ombragée par les cocotiers de la ville noire.

N'est-ce pas là une des plus belles places qui soient au monde? Elle est aussi
l'ouvrage du général Saint-Simon ; avant lui, ce lieu n'était qu'un fouillis d'arbres
et un amas de décombres.

Pondichéry est divisé en deux parties par un canal qui coule nord et sud, parallèlement à la mer. A l'est, sur la place, est la *ville blanche ;* de l'autre côté, la
ville noire. Ces dénominations singulières se rapportent à la différence de couleur
des habitants.

La ville blanche consiste en deux quartiers séparés par la place du gouvernement.
Ces quartiers se composent de quatre rues principales parallèles à la mer comme
le canal, et coupées perpendiculairement par douze autres rues moins importantes,
toutes pareilles, toutes de même largeur, toutes alignées au cordeau, battues en
terre rouge et garnies de trottoirs. Deux d'entre elles se prolongent jusqu'à l'extrémité de la ville noire, dans une longueur de plus d'un mille, et se trouvent conti-
nuées par les belles routes de Villenour et de Valdaour.

Les maisons, au nombre d'environ quatre cent trente-deux, ont toutes des galeries à jour, des varangues, des colonnes, des argamasses et des corbeilles de fleurs.
Elles sont peintes de couleurs différentes et agréables à la vue : les unes en blanc,
les autres en jaune, en rose, en rouge ou en gris. De distance en distance on rencontre des places couvertes d'éclatants tulipiers.

Telle est la ville blanche, droite, régulière et même belle, mais monotone, sans
mouvement et sans ombre, ville où logent l'ennui et le désœuvrement, où la misère marche parée de riches lambeaux, où le vernis brillant dont les maisons sont
enduites sert à dissimuler des crevasses et des trous.

Lorsqu'on apprécie le caractère du Français pondichérien, on ne doit pas perdre
de vue que la colonie a été prise une fois par les Hollandais et trois fois par les
Anglais, qui y ont dominé en dernier lieu pendant trente-quatre années, depuis 1782
jusqu'en 1816. L'heureuse population qui avait vu la grandeur des Français dans

[1] La *varangue* est une galerie ouverte qui règne devant les maisons de l'Inde.

l'Inde a été harcelée, persécutée, et, à diverses reprises, exportée par les conquérants. Une autre génération l'a remplacée. Pondichéry n'est plus cette ville que les
voyageurs du siècle dernier nous représentaient comme un lieu de délices, peuplé
d'habitants doux et polis, et dont une société gaie et élégante faisait les honneurs
aux étrangers. Alors les fêtes, les bals, les concerts, les comédies bourgeoises
égayaient les soirées, et on vantait les grâces, l'esprit, la beauté, les manières exquises des Pondichériennes. Aujourd'hui on sent bien que l'Anglais et sa *fashion*
empesée ont passé par là, et que la Hollande y a envoyé ses enfants graves et tristes.
L'Anglais surtout qui, semblable à un immense polype, s'attache à tous les pays, à
toutes les îles d'un bout du monde à l'autre, pour se les approprier, pour se les
assimiler, l'Anglais a dénaturé les mœurs de la colonie. Un salon pondichérien
ressemble à un parloir anglais, et à l'amabilité d'autrefois a été substitué l'*hu-
mour* factice et insipide du gentlemàn.

Toutefois ne nous hâtons pas trop de passer condamnation sur les créoles ; leur
conduite est excusable à bien des égards ; ils voient les Anglais, riches à millions,
parler de guinées comme nous de *fanons*[1], étaler leur luxe de parvenus devant ces
misérables restes de la malheureuse ville, se pavaner sur leurs chevaux arabes, et
jeter en passant un regard de mépris sur nos cent cinquante spahis et sur nos quatre
ridicules canons de fonte. Comment pourraient-ils, dans de pareilles circonstances,
concevoir une haute idée de la France ?

L'extérieur de Pondichéry est tout anglais, mais ses mœurs intimes, ses habitudes,
ses idées, rappellent des traits propres à une autre nation. Un jour, dans un gala
solennel, au dessert, un nouvel arrivé résuma ainsi le caractère pondichérien :
« Vous êtes, dit-il aux convives, trois quarts Anglais, un quart Malabars et le
reste... Français. »

C'était là une boutade qui ne manquait pas de vérité ; si dans la vie extérieure
on est Anglais à Pondichéry, rentré chez soi on devient Malabar. Je m'explique.

Peu de mères créoles nourrissent leurs enfants. Elles prennent à leur service
une *parchie* (femme du paria), qui se charge d'allaiter leurs héritiers, moyennant
une très-légère rétribution. Abandonné ainsi dès sa naissance aux soins des parias,
l'enfant grandit, joue, mange et dort avec eux. Il s'habitue à cette société, et parfois il crie, épouvanté, lorsqu'une figure blanche s'approche de lui. Souvent on
voit dans les maisons des garçons de huit à dix ans, absolument nus, se rouler
sur les nattes avec les *payas* de la cuisine, ou tremper leurs petites mains dans le
kary des domestiques, et avaler de grandes assiettées de ces décoctions de piment.

Les filles ne quittent jamais la pagne de leurs *ayas* (bonnes), noires parchies,
qui leur parlent malabar à la journée, leur apprennent les coutumes et les jeux
malabars, et leur inoculent les mœurs parias.

L'âge venant, la société et l'amour-propre de caste apportent un léger vernis
européen sur ce fond hindou ; le langage se polit, les allures se francisent ; mais à
l'intérieur, bien peu de choses sont changées. On est chrétien, on observe les fêtes

_____
[1] Monnaie de l'Inde qui vaut 50 centimes.

et les commandements de l'Église, et cependant on a plus que des égards pour les divinités hindoues. Est-on malade, on appelle concurremment le médecin français et le *mestry* malabar ; et si les ordonnances du mestry n'opèrent pas selon les vœux du malade, on s'en va chercher, bien mystérieusement, le sorcier, qui accomplit gravement ses cérémonies et ses enchantements.

Entre eux et dans l'intimité, les créoles parlent ou portugais, ou tamoul, rarement français. C'est en portugais ou en tamoul qu'ils plaisantent, qu'ils se disent les douces gracieusetés. Le français, au contraire, est la langue d'apparat, de société, l'idiome des dimanches, destiné aux conversations gênées et empesées.

Les créoles sont pauvres, et personne, plus qu'eux, ne possède les sentiments de l'amour-propre. Devant leurs compatriotes nouveaux venus dans le pays, ils se sentent humiliés et mal à l'aise. Amour-propre, avons-nous dit? que cette expression est pâle ! Il faudrait dire *passion*, comparativement à l'amour-propre qui nous-mêmes nous domine. Faites tout aux créoles, pourvu que vous ne blessiez d'aucune façon l'engouement qu'ils ont d'eux-mêmes. S'il nous arrive de vouloir montrer quelque supériorité sur eux, nulle injure n'équivaudra à celle-là. Peut-être, au fond du cœur, n'ignorent-ils pas leur petite faiblesse d'esprit ; peut-être se reprochent-ils quelquefois en silence leur morgue et leur vanité ; mais quand ils sont avec des étrangers, rien ne paraît de ces retours à la raison ; et, plus ils manquent de qualités qui font briller l'homme, plus ils sont infatués de leur personne. Leur amour-propre grandit à proportion de leur peu de mérite : on dirait qu'ils comprennent le besoin de se plastronner plus vigoureusement au défaut de la cuirasse.

Ne croyez pas que nous soyons ici calomniateur ni même médisant à plaisir. Comment supporter une telle vanité chez des gens qui ne sont remarquables que par leur ignorance en toutes choses? Certes, il ne faut pas être trop sévère, et les gourmander à propos des sciences et des arts : les Européens eux-mêmes n'y sont pas, en général, très-versés. Mais, chez ces créoles, on ne rencontre pas cette demi-science si commune dans nos pays, cette science de société, que propagent les journaux, les albums et les livres à images. A Pondichéry, ce demi-savant de nos salons pourrait se faire un mauvais parti s'il se hasardait à glisser dans sa conversation avec les créoles quelques mots qui ne leur seraient pas parfaitement connus, s'il voulait leur apprendre une expérience de physique, ou une nouvelle invention. Ils se croiraient mystifiés, ils se fâcheraient, ils crieraient au pédantisme, au mensonge ! — En voici un exemple entre mille. Un Européen voulut un jour expliquer comment, à Paris, on brûlait une sorte d'air inflammable pour éclairer. « Non, répondit-on, c'est du *gaz*. — Eh bien !.... » Ils croyaient qu'il s'agissait de mèches à quinquets en *gaze*.

Il est difficile de pousser plus loin l'ignorance absolue des choses les plus simples.

Le malheur est que l'amour-propre uni à l'ignorance ne produit pas le désir d'apprendre, bien au contraire. De cette alliance si fréquente de deux défauts si tranchés, naît une indifférence aussi profonde que dédaigneuse pour tous les *gens qui savent*. Plutôt que de s'avouer inférieurs, les créoles préfèrent être inquiets et soupçonneux, et n'accueillir que les faux bruits, les cancans, les rapports malintentionnés de ceux qui les flattent. Ils sont facilement les jouets des hypocrites, et rompent avec l'ami le plus ancien et le plus dévoué, sur une calomnie qui leur aura été faite à son égard.

Il faut encore citer, comme conséquence de leur amour-propre, leur aversion extrême pour ceux qui douteraient de la blancheur de leur peau. Allez dire à un Pondichérien qu'il est un *peu brun*, et non pas seulement *coloré par le soleil*, et il deviendra aussitôt votre ennemi implacable. Prétendez un moment qu'il est du sang malabar, et il se vengera.

Tout ce que nous venons de dire à propos des créoles ne nous empêche pas de reconnaître qu'ils ont beaucoup d'esprit naturel, qu'ils possèdent même une imagination vive et ardente, et qu'ils jouissent d'une faculté de compréhension très-active. Aussi leur conversation est animée, leurs manières sont, nous le répétons, douces et affables, leur caractère est facile et enclin à l'intimité. Ils redoutent le travail et la gêne. Ce sont des hommes sociables, dans toute l'acception du mot.

Pour peu que nous vous introduisions dans l'habitation d'un créole, vous vous convaincrez aisément de leur amour de l'indolence et du *far niente*. Il est neuf heures du matin ; déjà la chaleur est accablante, le soleil darde ses rayons et commence à être intolérable. Entrons sans être vu du *pion* [1], qui nous barrerait le passage, en nous disant : *Visite illé* (il n'y a pas de visite). Supposons donc un moment que nous avons forcé la consigne, et que nous nous sommes accordé à nous-mêmes les droits de visite.

Après avoir traversé une cour dont les briques sont brûlantes dès les premières heures de la journée, nous soulèverons doucement les tatys [2] de paille, de rotin, ou de gouy (le vétyver est trop cher pour le pauvre Pondichérien !) ; nous entrerons sous la varangue à jour dont nous vous avons parlé plus haut. Des tapis de rotin [3] couvrent l'élégant pavé. Un tailleur musulman, à la barbe noire, à la figure sévère, est accroupi et travaille dans un coin. Il tient en main une aiguille, et fabrique lui-même son aiguillée de coton dont une extrémité est saisie par son orteil, pendant qu'il roule entre ses doigts son fil improvisé. Dans les bonnes maisons, le maître a un tailleur à l'année, qui lui coûte sept roupies par mois (12 f. 50 c.). A côté de ce tailleur, une ou deux *ayas* (bonnes) tricotent des chaussettes. De grands enfants tout nus se roulent sur une nappe, en se bourrant d'apes [4] chaudes. Les dames de la maison, enveloppées de longs peignoirs, assises dans de grands fauteuils rotinés, et peut-être même accroupies à l'indienne sur la natte, en attendant le déjeuner, causent, bâillent ou sommeillent, tandis que le père, le mari, les frères, dans la même position, en manches de chemise, pieds nus, et n'ayant que

---

[1] *Pion*, domestique chargé d'annoncer les visites, de servir à table, et d'escorter le palanquin.

[2] *Tatys*, rideaux destinés à garantir du soleil. Les riches ont des tatys en vétyver, qu'ils font humecter, et dont ils obtiennent une grande fraîcheur.

[3] *Rotin*. De longues baguettes de rotin, fendues par le milieu et cousues ensemble, font des tapis très-confortables.

[4] Espèces de crêpes faites avec du lait de coco, du riz et de la *manthèque* (beurre fondu), mets détestable, base de tous les déjeuners du pays.

le pantalon mauresque, fument nonchalamment la *chiroute* (cigare) confectionnée par le célèbre *Papa*. — Tous ont déjà pris, dès le grand matin, la tasse de café obligée.

Plus loin, dans le salon, le mêti prépare les *glubes* et les *errines*, et un *boe* (porteur de palanquin) polit, avec une patience vraiment indienne, quelques garnitures en cuivre. Le salon, qui occupe tout naturellement le centre de la maison, est immense, et percé de dix ou douze portes-fenêtres démesurées et toujours ouvertes. Cette pièce ne sert pourtant point à des bals, à des soirées, à de fréquentes réceptions ; c'est comme une place publique, un palier, une galerie, que bien rarement on éclaire, et qui plus rarement encore s'ouvre à une société nombreuse. En effet, dans les maisons indiennes, la varangue est tout : c'est dans la varangue qu'on prend les repas, qu'on se tient habituellement, et que souvent on dort ; là se passe la vie du créole ; l'air y est frais, et un tendre demi-jour y règne constamment.

Les maisons neuves sont *stuquées*, parfois avec luxe et avec art. Le stuc est brillant comme le marbre, et forme des panneaux qui imitent la boiserie. Quand il se fane, se raye et se dépolit, on le recouvre de chaux blanche ou jaune ; mais on ne tapisse jamais de papier les appartements. L'ameublement ne varie ni dans le choix ni dans la forme. Des consoles, des tables de jeu, des canapés recouverts en drap rouge, des fauteuils rotinés en *bith*[1] sombre, et, au milieu, une table portée sur un énorme pied sculpté, voilà tout.

Les portes sont à jour. Leurs immenses panneaux sont formés d'un treillis de rotin qui remplace les vitres. Ainsi, la maison est ouverte à tous les vents, sans réduit, sans boudoir, sans intérieur, sans recoin mystérieux. Une foule de domestiques, d'ayas, de métis, de schocras, de parents, d'amis, de connaissances, la parcourent sans cesse. La nuit venue, chacun se couche pêle-mêle sur des nattes.

Les maisons de Pondichéry ne se composent en général que d'un rez-de-chaussée, exhaussé de quelques marches. Les étages sont un luxe recherché par les étrangers, mais fort peu envié par les créoles, qui n'ont pas assez d'énergie pour monter un escalier, et qui trouvent que les maisons élevées sont trop fraîches, et enfin, qu'une habitation à étage isole nécessairement les maîtres des domestiques, des colporteurs musulmans, et des flâneurs hindous qui garnissent les rez-de-chaussée. Le créole se complaît dans cette cohue. Le fracas qu'elle produit dissipe ses prédispositions à l'ennui. Une maison à étage ! oh ! la vie y est trop triste, trop calme, trop retirée !

Vous êtes sans doute curieux d'examiner une chambre à coucher, et de savoir comment les Pondichériens entendent cette partie si importante de l'habitation. Là encore, point de mystère ; jour et nuit les portes sont ouvertes. Le lit ne peut manquer de fixer votre attention. Ses dimensions promettent le confortable : il a cinq pieds de large sur sept de long. Un seul matelas, recouvert d'une natte de Chine, garnit le fond sanglé. Point de draps ; on ne pourrait les supporter. Mais

---

[1] *Bith*, espèce de palissandre.

remarquez bien quelle légèreté de construction et quelle grâce dans ce lit! Les pieds s'exhaussent d'un mètre au moins, de sorte que le dormeur est placé au niveau des appuis des fenêtres, et reçoit les brises de la nuit. En outre, il peut voir clair, et c'est un grand avantage dans un pays où l'on dort entouré d'animaux de toute espèce. Il faut prendre garde aux serpents qui pourraient se réfugier sous le lit, aux scorpions, aux cent-pieds, aux rats perchals, aux rats musqués qui vous assiégent de toutes parts. On a eu soin d'isoler chaque pied du lit sur de petites îles entourées d'eau, précaution fort utile contre les fourmis rouges ou blanches qui viendraient vous attaquer et vous mordre. Enfin une moustiquaire, une barrière prudente, autour de laquelle bourdonnent en fureur les moustiques avides, aux pattes noires et à la trompe sanglante, vous garantit des piqûres douloureuses et malsaines.

Ainsi bastionné, le dormeur n'éprouve que quelques légères incommodités. Qu'importe que les chauves-souris entrent dans sa chambre et viennent en tournoyant lui faire sentir la fraîcheur de leurs ailes ! Qu'importe que les kankrelats, ces blattes monstres, s'embarrassent dans les plis de ses moustiquaires ! Qu'importe que les corbeaux, réveillés par la faim au point du jour, l'étourdissent par un concert de rauques croassements, ou que les pierrots viennent en troupes se percher sur sa tête ! il est accoutumé à ces désagréments inévitables, et à peine y fait-il encore attention.

Mais de tous ces ennemis domestiques, les plus dangereux, sans contredit, sont les serpents ; on en rencontre à chaque pas, dans chaque coin. Tantôt c'est une dame qui, en ouvrant une boîte à chapeau, pousse un cri d'effroi à la vue d'une *capelle* grise (*couleuvre*, selon les Portugais ; *serpent à lunettes,* selon les naturalistes) qui siffle en dilatant ses larges oreillons ; tantôt c'est un juge ou un prédicateur qui en trouve une dans la manche de sa robe ; ou bien une jeune demoiselle, en entrant dans une chambre, sent l'horrible reptile tomber sur ses épaules ; ou encore un employé, prenant une lanterne, retire vivement sa main que glace le contact redoutable d'un serpent. La morsure de la capelle est incurable, si l'on ne peut se procurer aussitôt l'herbe miraculeuse que les chasseurs seuls connaissent. Il y a environ un an que, traversant un soir la petite aldée d'Oupou-Alum, distante d'une portée de fusil de Pondichéry, j'entendis les cris d'un malheureux qui venait d'être mordu à deux endroits de la main droite par un serpent à lunettes ; cet homme ne survécut pas plus de cinq minutes. Le surlendemain, un accident semblable arriva dans Pondichéry même : un pion de police venait de faire bâtir une paillotte sur un terrain concédé ; il alla, joyeux et plein d'espoir, s'y installer avec sa jeune épouse, âgée de douze ans et enceinte de huit mois. A onze heures du soir, cette pauvre femme fut mordue ; à onze heures et demie, elle était morte. Le médecin voulut, par l'extraction, sauver au moins l'enfant, mais le poison l'avait atteint avant sa mère. La moyenne proportionnelle des décès par suite de morsures de serpents est, pour la ville seule, de vingt-cinq à trente individus par an.

Notre visite aux appartements de luxe ou de repos ne saurait être mieux suivie que par un examen attentif de cet autre lieu indispensable qu'on nomme la cuisine.

La nourriture est en général fort mauvaise, inconvénient qui tient surtout à la qualité très-inférieure de la viande. Le bœuf est adoré, par conséquent peu mangé ; c'est un régal sans pareil que d'avoir sur sa table quelques quartiers de bufflonne, obtenue à grands frais, quoique morte de vieillesse ou de langueur ; de veau et de porc, pas l'ombre ; le mouton, ou plutôt le bélier, est la seule ressource du pays, sous le rapport de la viande.

On se dédommage avec le poisson de mer, qui est à la fois excellent et abondant.

Quant à la volaille, elle est mal nourrie et d'un goût détestable ; cependant, les canards et les dindons font exception. On ignore complétement les légumes, dont l'introduction jetterait pourtant quelque variété dans la cuisine pondichérienne.

Pour comble de malheur, les cuisiniers sont peu habiles, et ne travaillent que par routine. Tous s'imitent servilement, au point qu'il est impossible de distinguer l'œuvre particulière de chacun d'eux. Assistez pendant dix années à tous les grands repas qui se donneront dans la ville, et la carte n'aura point varié. Vous retrouverez toujours les mêmes plats : le potage aqueux ; le bélier bouilli, puis grillé et revêtu de son inévitable gratin aux œufs ; les côtelettes minces, diaphanes et déchiquetées ; les pigeons invariablement sautés dans des casseroles de terre. Vous ne manquerez pas non plus de venir aux prises avec le canard aux olives, avec le dindon mal rôti, avec le jambon rance enduit de graisse jaune, avec les croquettes de riz, les pipangayes, les brèdes vertes ou rouges, les blingelles, les giraumons ; si la table est servie avec luxe, on vous présentera des conserves de calin, ruisselantes d'une graisse qui répugne, parce qu'elle forme assaisonnement aux plats les plus opposés de nature et de goût.

Le *kary* est le mets national du pays. Il se compose d'une sauce dont le safran fait la base principale ; on y joint des *ingrédients,* c'est-à-dire du piment, de la cardamome, du poivre, du sel, du romarin, du lait de coco, de la graine de moutarde, de la coriandre et du cumin. On sert ce plat bien chaud, et, pour en amortir l'excessive énergie, on y mêle du riz cuit à l'eau. Le *cousi* forme une variété du kary. Il existe aussi une sorte de potage qu'on mange dans les bals, ou autres réunions nombreuses, en guise de punch : c'est le *moulegou tanai* (eau de poivre), breuvage très-renommé et qui possède une vertu tout à fait merveilleuse pour rendre des forces aux danseurs épuisés.

Avec une telle nourriture, les créoles sont exposés, outre les fièvres contagieuses, à une foule de maladies. Le médecin français soigne pour la forme, ainsi que je l'ai déjà dit ; on s'en rapporte plutôt au *mestry malabar*, à l'enchanteur ou au sorcier, qui prétendent guérir en récitant des versets du *Veda.*

Telles sont les mœurs et les coutumes de la population blanche ; celles des populations sang mêlé et indigènes, qui habitent la ville noire, vont nous occuper à leur tour.

La ville noire est beaucoup plus grande que la blanche ; elle est aussi plus gaie, plus pittoresque et plus riche dans certains quartiers. Les rues malabares sont toutes alignées, perpendiculaires, et plantées de cocotiers ; aussi, vue de haut et de loin, elle présente aux yeux une superbe masse de verdure entremêlée de paillottes et de tuiles, et même d'argamasses et de colonnes. Elle contient trois mille huit cent trois habitations, dont trois mille cent trente et une sont construites en briques, et six cent soixante-douze en terre. Plusieurs riches Malabars ont bâti de petits palais, parmi lesquels on remarque surtout celui de feu Tirouvingadom, l'ancien président du comité consultatif de jurisprudence indienne. Cette pompeuse demeure, élevée d'un étage, renferme une cour spacieuse et est tout environnée de belles rampes en fer fort ouvragé. Elle est déjà ancienne, et rappelle bien par ses meubles sculptés les beaux temps de la colonie ; quelques consoles dorées, de pur style Pompadour, deux magnifiques bahuts à secrétaire, marquetés en ivoire et représentant des sujets de mythologie indienne, attirent les regards de l'amateur et peuvent être considérés comme deux chefs-d'œuvre du genre *rocaille*.

Après avoir visité ce palais, les étrangers vont voir deux maisons toutes neuves, brillantes de stuc, et qui, de l'avis des connaisseurs, éclipsent l'aristocratique manoir de Tirouvingadom. La première appartient à Kichenasamy ; la seconde, à Tiroumoudy Chetty ; elles doivent leur principale beauté à leurs colonnes en bois de fer rouge d'un seul morceau et d'une taille peu commune.

Les propriétaires de ces deux habitations méritent d'attirer l'attention de l'observateur.

Tiroumoudy est un brave homme qui a fait sa fortune à l'île Maurice ; il possède une habitation de la valeur de 500,000 piastres, un beau trois-mâts, *l'Antoinette*, et d'énormes capitaux. Lorsqu'il se trouve parmi les siens, dans l'Inde, il porte la toque, le chamis, l'angavastiram, les papons comme tous les Malabars. Il mange, d'après les coutumes reçues, du kary, et il se barre le front des lignes blanches sacrées ; seulement, il n'est pas complétement indigène dans son extérieur ; sa tournure a conservé quelque chose d'européen. Tiroumoudy porte cravate ; son cabail, croisé comme une redingote, laisse apercevoir un riche foulard, et il ne se déguise pas au point de ne boire que de l'eau. Mais lorsqu'il habite Maurice, il devient européen autant qu'on peut l'être. Il s'habille à l'européenne, il a table merveilleusement servie, il reçoit dans ses salons les notabilités du pays, depuis les plus riches commerçants jusqu'au gouverneur lui-même. Ce n'est plus T. T [1]. Tiroumoudy Chetty, c'est monsieur Tiroumoudy ; on prétend même qu'il ajoute *Esq.* à son nom, mais c'est peut-être pure calomnie.

Cet homme a une qualité remarquable chez un Indien, il s'est complétement affranchi de tous les préjugés de sa nation. Il prouve que l'Hindou peut se civiliser ; malheureusement il n'a pas beaucoup d'imitateurs.

L'autre propriétaire, Kichenasamy, marche dans la même voie, avec cette différence qu'il n'est pas, ou du moins ne peut paraître aussi philosophe que son ami. Son immense fortune, sa tête ardente, sa haute capacité, en font réellement l'homme le plus influent de l'établissement. Kichenasamy poursuit une idée vigoureusement, adroitement, obstinément, plein d'une noble ardeur et de confiance dans le succès. Il veut affranchir son pays, il veut délivrer ses compatriotes du joug des Européens

____

[1] Tajaid Tamantry.

qu'il méprise et qu'il hait. Et, ici, il faut expliquer nettement la pensée du Malabar. Il s'agit seulement pour lui d'une *émancipation* toute *morale ;* il ne veut pas ôter aux Français leur pouvoir, leurs possessions, en un mot, leur domination. Il sait qu'après eux viendraient les Anglais, ou les Mahrates, ou les musulmans, qui, dans son esprit, sont bien loin de nous valoir. Kichenasamy veut l'*égalité devant la loi,* une représentation nationale; il veut que l'impôt soit logiquement réparti, et que ceux qui le payent soient consultés et puissent donner leur avis. On le voit, c'est le *libéral* du pays.

Les autres maisons des indigènes annoncent leurs mœurs et leur caractère. Elles se composent de galeries intérieures, et de toutes petites chambres enfumées, dans lesquelles un Européen étoufferait. Elles n'ont pas d'ouvertures sur la rue. Dans le poyal seul, l'Indien vit, digère, cause, reçoit, dort et mâche son éternel bétel. Un plan de maison malabare fera comprendre mieux que tout ce que nous pourrions dire la manière dont se logent les Hindous.

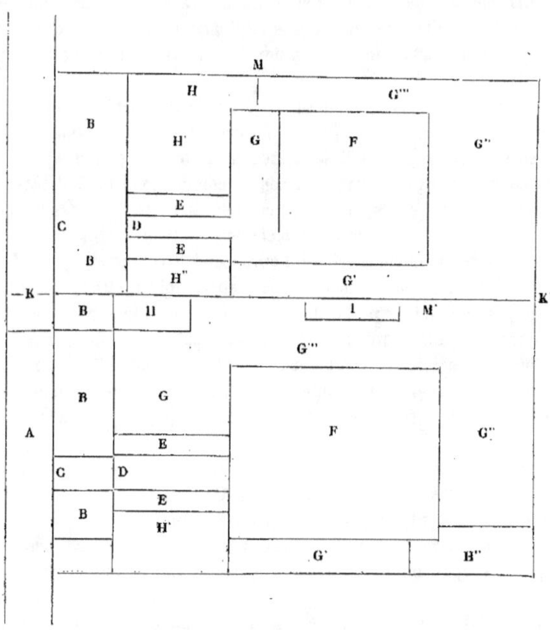

(A) C'est la rue, vous savez? la rue plantée de cocotiers et de porchers, la rue des Brahmes, si vous voulez, ou celle de Tirouvendar-Lavil, ou celle de Candapa.

La première maison (M) est petite, et probablement celle d'un chetty ; habitation commode avant tout. La seconde (M') est plus spacieuse, plus largement distribuée, et suppose nécessairement un plus riche propriétaire ; toutes deux méritent d'être décrites, car toutes deux ont des avantages différents.

Occupons-nous d'abord de la première, pour aller des petites choses aux grandes. Sous les lettres BB est désigné le poyal, ou péristyle, exhaussé de trois pieds, à toit couvert et soutenu par de petits rondins de bois, d'environ quatre pieds de hauteur. Ce poyal a quatre pieds de profondeur ; il est traversé par un passage (C) qui mène à la maison, et qui se compose de deux ou trois marches empiétant parfois sur la rue. Le poyal est le salon de réception. Là, les amis de la maison viennent s'asseoir et parfois passer la nuit, sans seulement prévenir le maître du lieu ; car l'Indien couche où il se trouve, et où la place lui semble bonne.

La porte de la maison (D) est toujours sculptée avec soin, et, en général, couverte de riches ornements d'architecture. De chaque côté de l'entrée (EE) sont deux bancs en stuc qui peuvent au besoin servir de lits de repos ; s'il y a réception, fête ou bal à la maison, c'est là que se placent les musiciens. Ordinairement, ces deux bancs conservent en provision la paille des bœufs. Nous voici, à l'aide du passage, dans une varangue intérieure (G) qui entoure une petite cour (F). Ces varangues sont soutenues par de petits rondins de bois moins bien arrangés que ceux de l'extérieur ; la première mène dans une chambre (H') qui n'a qu'une mince ouverture sur la rue ; une autre (G''') conduit dans une plus grande pièce (H), dont le défaut est de manquer de jour et d'air. C'est une sorte de vaste cabinet noir. Il y a ensuite (G'') la grande varangue qui sert de salon et qui continue celle (G') formée sur la cour par des *allès* ou feuilles de cocotiers tressées. C'est là que se tiennent ordinairement les femmes qui se retirent dans la dernière petite chambre (H'').

Au reste, les appartements ont été si bien disposés que, dans certains cas, on peut improviser une salle fort grande. S'il y a une cérémonie, un mariage ou bien une adoption, on couvre la cour (F) avec des toiles ornées de guirlandes, et là on place le trône où s'asseoient les maîtres de l'habitation. Alors chacun se met à l'œuvre, et toute la maison, femmes, domestiques, bourgeois, maîtresse, prennent part aux préparatifs et préludent par une joie active aux plaisirs qu'ils vont goûter quelques jours après.

La seconde maison est non-seulement plus grande, mais aussi plus fastueuse. La disposition, d'ailleurs, est à peu près la même. Les deux chambres H H' donnent sur la rue, et la varangue G''' forme un magnifique salon avec canapé (1). Les colonnes extérieures et intérieures sont en bois de fer rouge ; elles sont tournées, avec un socle et un chapiteau indien, et garnies d'un cercle en cuivre.

La première maison se louerait deux roupies par mois, la seconde cinq [1].

La ville noire est entourée par un superbe boulevard planté d'arbres, qui vient aboutir au canal de séparation et qui rejoint le cours Chabrol. Derrière ce boulevard, à l'orient et au nord, on voit encore les traces du fossé qui régnait autour de

---

La roupie vaut 2 francs 50 centimes.

la ville lorsqu'elle était fortifiée. Au nord-ouest commence le coteau de sable rouge, d'où les Anglais ont autrefois assiégé Pondichéry. A droite et sur la route de Villenour, se trouve une belle et vaste place plantée de superbes houpés. C'est là qu'on dresse le théâtre lorsque comédie il y a. Plus loin, et en suivant la route de Villenour, on remarque la magnanerie où le gouvernement essaye de faire de la soie ; vient enfin la magnifique filature fondée et dirigée par M. Poulain. Qu'on me permette quelques mots sur cet établissement.

Il y a quelques années, on comprit qu'une filature dans un pays où le coton est à très-bas prix, où la toile se vend cher, serait une excellente spéculation. Des capitalistes essayèrent, et perdirent beaucoup d'argent ; plusieurs tentatives infructueuses s'étaient succédé, les actionnaires avaient perdu courage, on désespérait du succès. Un jeune étranger aborda sur le continent indien. Il avait frappé du pied sur le pont du navire qui l'avait amené, en disant : « J'ai sous mes pieds la fortune du pays. » Il voulait parler des machines à vapeur. A peine établi dans les possessions, il se mit à l'ouvrage. Il employait ses journées à former des ouvriers, entreprise qui rencontrait des difficultés extrêmes ; la nuit, il réglait ses comptes, dressait ses plans. Pendant cinq ans il eut à lutter contre les cabales, contre le manque de fonds, contre les inquiétudes commerciales de toutes sortes. Il triompha enfin, et ceux qui avaient été les plus opposés à l'introduction des machines à vapeur lui durent leur bien-être et leur fortune. Trois mille familles de tisserands vinrent des possessions anglaises demander des terres ; des villages entiers s'élevèrent comme par enchantement. La filature a depuis prospéré sensiblement, ses moyens et ses bénéfices ont doublé. A l'heure qu'il est, deux machines à vapeur fonctionnent, et six cents ouvriers sont occupés journellement, sans compter les tisserands. Les succès commerciaux enfantent la concurrence ; une petite filature rivale s'élève, et la question de la vapeur est définitivement résolue dans l'Inde.

Les deux grandes pagodes sont les plus beaux monuments de la ville noire. La première appartient à la *main droite ;* elle s'appelle Vharada-Baja-Peroumal-Covil, c'est-à-dire pagode du dieu Péroumal, bâtie sur le Baja-Vharada.

Après les pagodes, on doit placer le Bazar, bâti par M. Desbassins : c'est une des constructions les plus belles et les plus vastes qui soient dans l'Inde. Six hangars immenses abritent les innombrables boutiques qu'il renferme. On y fait le commerce en détail. Aussi, l'après-midi, tout s'agite, tout circule en sens divers, acheteurs, marchands et ouvriers. Le *bazar de la viande* est vide et désert à pareille heure ; mais, en revanche, les ferblantiers, les marchands de *chinoiseries,* font sur leurs poyals des étalages artistement combinés. Ce sont des fanaux brillants, de petits tableaux peints sur verre, où les dieux chinois sont représentés en couleur et en or. Pour un Européen, ces objets semblent être d'un bon marché incroyable. Un petit tableau coûte 5 sous. En continuant la promenade, il aperçoit des tasses d'une porcelaine bleuâtre, des papiers de toutes les couleurs et d'une finesse extraordinaire.

Plus loin, dans une petite rue en face, l'éblouissant étalage d'un marchand de cuivreries attirera les regards du voyageur. Les cuivreries ! elles forment le plus grand luxe des pauvres hindous. Cette boutique renferme des *chomboux* sculptés au large ventre, des pannelles en cuivre, dans lesquelles les femmes vont chercher l'eau le matin.

Un hangar contient les grains. Ce ne sont qu'amas appétissants de riz *tchambas* ou de *nély-kar* (espèce de riz). Voilà de quoi nourrir les riches. Mais à côté on vend du *natching*, du *chombou cholon*, pour les repas des classes pauvres, nourriture malsaine et que l'on mange par nécessité.

Nous voici aux assaisonnements. Quelques échoppes sont couvertes de piments de toutes les formes, de toutes les nuances, de gingembre, de poivre, de safran, de cardamome à l'odeur pénétrante. Les personnes d'une constitution délicate éternueraient en passant par là; leur cœur se soulèverait à l'aspect des pots de *menthèque*, ce beurre fondu, rance, nauséabond, qui forme, ainsi que nous l'avons vu, la base de la cuisine hindoue, et que les brahmes mangent avec délices.

Les fruits s'y trouvent selon la saison : tantôt vous achetez des jaquiers monstrueux, de dix-huit pouces de long sur un pied de diamètre, et dont l'intérieur est rempli de gros pepins entourés d'une chair jaunâtre. Une odeur désagréable s'en échappe, et il faut être brahme pour avaler tout entier, au dessert, un semblable fruit. Voyez ces mangues sauvages, rondes et vertes : ouvrez-en une, vous croirez avoir sous les yeux un tampon d'étoupe imprégné de térébenthine de Venise. D'autres mangues greffées sont au contraire délicieuses au goût; elles viennent de Goa, Salem et Hyderabad. Les bananes abondent ainsi que les *hatth's* (atta-pajòm). Ces derniers fruits ont exactement la forme et la couleur d'une pomme de pin. Rien de plus savoureux, de plus doux, de plus délicat.

S'il faut vous parler des légumes, nous vous indiquerons les brèdes, les mourongues, les salades fauchées dès leur naissance, ou plutôt les cotylédons de salades, les blingelles, les giraumons, les concombres, etc., etc. Ce qu'on a de mieux à faire, c'est de s'en abstenir.

Entrons dans le Bazar. Dans de misérables échoppes qui ne valent pas même une roupie, se vendent les poudres rouges ou jaunes servant à faire le *pottun* sacré; la cendre de bouse de vache, à l'usage des lingamistes qui s'en barbouillent la figure et le corps; les cocos, que les passants achètent et mangent en chemin ou sur place.

Tout auprès de cette partie de l'établissement se trouve le bazar des étoffes : là sont entassées les pagnes rouges, blanches, jaunes, à la bordure chamarrée de soie et d'or; — les toques rouges, les chaumins blancs, les angavastirams de mousseline. A l'abri des tatis, qui entretiennent dans ces boutiques une obscurité fort utile au marchand, circule une foule curieuse, tourmentée du démon de la coquetterie, et dont les vœux, pour le moment, ne vont pas plus loin que la robe d'étoffe brochée d'or, ou la toque rouge.

Après les boutiquiers se présentent les marchands ambulants, les jongleurs, les danseurs, les histrions. Ils se tiennent dans la grande place qui s'étend au milieu du Bazar. En ce lieu, la foule est plus compacte, elle devient cohue. C'est un murmure incessant qui ressemble au bruit des vagues de la mer. On se promène, on va, on vient, on vend, on achète, on rit, on cause, on chante, on se dispute. Ici des marchands ambulants font commerce à force de paroles ; là se tiennent en observation des pions de police ; ailleurs un jongleur avale des cailloux et des sabres, et fait danser des serpents, plus loin une bayadère s'apprête à charmer la foule accourue sur ses pas. Combien la tournure de cette femme est étrange ! Au travers de son costume féminin, de ses bijoux en cuivre, et du safran qui *la* colore en jaune vif, on reconnaît ce je ne sais quoi masculin qui trahit le jeune homme. En effet, les bayadères ne sont que des hommes déguisés par tous les moyens possibles, et qui ont le courage de s'arracher les poils de la barbe pour mieux faire illusion.

Écoutez : — la musique du danseur est déjà couverte par l'accompagnement bruyant d'un brahme pandaron qui, revêtu de l'angavastiram orange, s'avance en chantant, et soutenant sa voix nasillarde au moyen de petites cymbales de cuivre qu'il choque les unes contre les autres, ou d'un redoutable tam-tam. Que vous êtes heureux de ne pas entendre les paroles qu'il débite ! Vous ne vous intéressez guère, que je sache, aux infortunes du grand Rama, qui retrouve enfin sa femme, restée au pouvoir du géant Radama, et qui s'en va, consultant partout les habiles et les sorciers, pour savoir si sa moitié est intacte et digne de lui. Dieu vous garde du chant religieux des brahmes !

Mais la foule se précipite hors du grand thana (la prison) ; suivons-la. Le grand thana est, au nord, la limite du Bazar. Nous allons assister à un spectacle nouveau pour nous. Les Hindous vont voir administrer un châtiment judiciaire. Il s'agit d'un voleur de bas étage condamné par le lieutenant de police à recevoir quinze coups de rotin. Déjà le patient est attaché tout nu au poteau fatal ; la baguette siffle dans l'air et va s'amortir sur les reins du condamné : au sifflement a succédé un choc mat, au moment où le coup est reçu. L'exécuteur est un homme adroit ; il sait graduer ses coups et les appliquer de distance en distance, de manière à former sur la peau du patient des espèces d'escaliers. Ce châtiment a un double effet : il est à la fois douloureux et infamant, car jamais les traces des coups ne s'effacent. Le supplice du rotin participe du knout et de la marque, comme vous voyez. Mais, quel qu'il soit, les voleurs ne sauraient s'en effrayer beaucoup, c'est vite fait : et il n'y a pas de danger que mort s'ensuive. La douleur et la honte sont d'ailleurs bien peu de chose pour un Hindou, pour un pariah accoutumé au mal et voleur de profession. Le châtiment est peu efficace. On a vu des gens recevoir le rotin pour la quatrième et même pour la cinquième fois.

La population noire, ou, pour parler avec plus d'exactitude, la population *native*, celle qui n'est pas absolument noire, ni indigène, ni sang-mêlé, ni blanche, et qui cependant renferme tous ces éléments, est divisée en castes, que nous indiquerons légèrement.

Jadis, dans l'Inde (et aujourd'hui en Europe), on n'admettait qu'une division très-simple. Il y avait les brahmes, les kchatryas ou guerriers, les vaissiahs ou négociants, les soudras ou cultivateurs. Puis, on classait ces différentes castes ; on établissait une hiérarchie, avec des distinctions très-prononcées. Ce seraient maintenant autant d'erreurs que de semblables moyens de caractériser la population native. Quelle importance ont les brahmes aujourd'hui ? Ne sont-ils pas, politiquement parlant, bien au-dessous des autres castes? S'ils ont hérité des hautes prétentions de leurs ancêtres, il est bien certain qu'ils ne légueront à leurs descendants que la position la plus précaire, que la misère et le mépris. De même encore, de nos jours, les distinctions entre les soudras et les vaissiahs ont disparu complétement, et ces mots ne sont plus connus que des antiquaires.

Ajoutons que l'Inde est en ce moment fort curieuse à étudier, parce qu'il s'y opère une grande révolution morale. Cette révolution s'accomplit, non-seulement dans les chefs-lieux, dans les grandes villes, mais aussi dans les campagnes les plus reculées, dans des contrées sauvages où chaque génération voit à peine deux figures blanches passer en palanquin ; le mouvement y est sans doute moins prononcé qu'à Pondichéry, à Calcutta, à Salem, mais enfin il existe, et un exemple suffira pour le signaler.

L'Inde, par sa constitution théocratique, n'admettait qu'une seule distinction entre hommes, la noblesse ou, comme on dit dans le pays, *Djat*, la caste. La puissance temporelle de quelques laïques de basse caste n'était qu'un hasard qui impliquait la crainte ou la flatterie, mais jamais le respect. Le radjah, quels que fussent d'ailleurs ses titres, ne parlait qu'à genoux à son brahme gourou. Le brahme était supérieur à tout. Un soudras, le plus riche du monde, ne pouvait jamais obtenir autant de considération qu'un vaissiah, et, à plus forte raison, qu'un kchatryas. Cette distinction était stéréotypée, infranchissable, et n'admettait aucune exception. Point de valeur, d'estime pour l'argent ; il était plus noble de le voler ou de le mendier, que de le gagner peu à peu et misérablement. Il y a mille ans, dans l'Hindostan, un soudras millionnaire n'aurait point osé passer à cheval, en papous même, devant un vaissiah ; il n'aurait pu, sans risquer d'être assommé, se faire porter en palanquin.

Tout est changé. On voit à présent des soudras ayant à leur service des *kchatryas*. Bien plus, dans certains pays, je le répète, un pariah riche, s'il se conduit dévotement, sera aussi estimé qu'un brahme qui, peut-être, viendra lui tendre son écuelle. Au Bengale, à Kassy (Benares), ces nuances seront moins sensibles.

Les brahmes, les premiers dans la hiérarchie des castes, ne sont pas *prêtres*, ainsi qu'on le croit généralement ; loin de là, les *poudjarys*, ou desservants de pagodes, appartiennent très-rarement, et par exception seulement, à cette caste ; j'en ai connu qui étaient pariahs. Certaines prières, il est vrai, certaines cérémonies religieuses ne peuvent s'accomplir sans un brahme pourhoïta, mais le nombre des pourhoïtas est très-restreint, puisqu'il n'y en a qu'une famille par caste.

Les règles des brahmes leur interdisent toutes fonctions, excepté celles de *thasildars*, *maniagars* (chefs de culture), ou de mendiants ; toute autre occupation était déclarée indigne d'eux. Leur influence et leur fortune dépendaient de la dévotion et de la superstition des radjahs, toujours prêts à leur obéir et à leur distribuer mille faveurs et mille présents. Le zèle religieux des Hindous s'est considérablement affaibli, les radjahs ont vu leur autorité baisser devant la puissance britannique, et il n'est plus resté aux brahmes que la dure alternative de mendier ou de mourir de faim. Avec la misère est survenu le mépris général ; leur vie s'est traînée dans l'indolence ; leur ignorance est aussi profonde que leurs mœurs sont corrompues. Pour les sacrifices où on les emploie, ils reçoivent de minces gratifications ; l'offrande qu'on leur jette tombe dédaigneusement des mains de celui qui la donne. « Qu'ils remplissent leur ventre, » c'est leur propre expression, et tout est dit ; pour y parvenir, ils seront bas, méchants, criminels même ; ils se feront les proxénètes des riches, et leur vendront la chasteté de leurs filles.

Çà et là, on rencontre quelques exceptions. Il est des brahmes qui ont compris la triste position de leur caste, et qui se sont appliqués à s'instruire, à cultiver les arts, à faire le commerce. Les indigènes les estiment alors, non comme brahmes, mais seulement comme honnêtes gens.—Leurs collègues les renient, et les appellent avec mépris *porte-toques,* à cause de l'usage qu'ils ont de se coiffer d'une toque.

Le mauvais esprit, l'abjection des membres de cette caste, viennent des principes qu'on leur inculque dès leur enfance. On leur dit : « Tu es un dieu sur la terre, car l'univers est au pouvoir des dieux ; les dieux sont au pouvoir des mantrams, les mantrams sont au pouvoir des brahmes, donc les brahmes sont nos dieux. »

C'est là la traduction exacte du célèbre quatrain du Samscrutam.

On leur dit encore : « Les autres hommes sont placés ici-bas pour être exploités par le brahme. Tout ce qu'ils ont est à lui. Tous les moyens lui sont bons pour reprendre son bien. »

Leur religion, d'ailleurs, n'existe pas en réalité. Dans le for intérieur, ils professent l'athéisme s'ils sont ignorants, le pyrrhonisme s'ils ont quelque science. Pour le reste, ils expliquent à qui veut les entendre quelques fables absurdes, quelques mythes grossiers, et finissent toujours leurs étranges paraboles par ces mots qui sont utiles à leur existence : *Aham-eva-Param-Brahma* (je suis moi-même Para-Brahma).

Dans la conversation, ils parlent avec irrévérence de cette religion sur laquelle ils spéculent, et jurent à tout propos le nom de leurs dieux. Je vis un jour un brahme insulter un paisible poulyar, assis tranquillement les mains sur ses genoux, et sa trompe d'éléphant posée doucement sur son ventre arrondi ; je lui donnai un fanon, il s'anima ; je lui donnai une roupie, et je connus tous les dieux de son panthéon.

Les brahmes sont faux, menteurs, rancuneux et vindicatifs au dernier point ; ils se servent fréquemment des nombreux poisons que produit le pays, et dont ils ont le secret. Ces poisons donnent des maladies lentes et incurables. Les brahmes savourent ainsi plus longtemps les tortures de leurs ennemis.

Les femmes brahmines sont dignes de leurs pères et de leurs époux ; leur immoralité n'a pas de seconde ; elles plaisantent grossièrement en société, elles sont paresseuses et gourmandes autant que leurs maris. Dans les fêtes du pays, les unes et les autres s'acharnent après les comestibles, comme des loups affamés.

Les brahmes ont, en général, le teint clair et cuivré qu'on appelle *rouge* dans le pays ; leurs traits sont réguliers, mais leur taille, quoique bien prise, est loin d'avoir autant de légèreté que celle des Malabars : elle est gâtée par des dispositions à l'obésité. Quoiqu'ils aient la tête nue et rasée, à l'exception d'une touffe de cheveux, ils bravent victorieusement les plus grandes ardeurs du soleil d'été. Un angavastirâm blanc (ou écharpe de mousseline) entoure leurs reins, et, enveloppant leurs jambes, leur forme comme un large pantalon. Ils jettent sur leurs épaules un chaumier blanc qu'ils drapent avec grâce.

Leurs femmes ont une manière particulière d'attacher leur pagne. Les plis, au lieu d'être sur la hanche, sont fixés devant; cette pagne, arrangée en jupon, est relevée au milieu, et découvre les jambes jusqu'aux genoux; l'autre extrémité s'agence sur les épaules comme un châle. Il est rare qu'elles portent des ravouqués ou canezous, selon la coutume des autres femmes malabares. Elles sont, pour la plupart, fort jolies et admirablement faites; leur démarche est gracieuse et libre. Elles sont très-coquettes, et prennent toutes de leur personne des soins qui ne servent pas toujours à les embellir. Ainsi, elles se peignent le corps et surtout la figure avec du safran qui leur donne le teint des gens malades de la jaunisse. Les plus coquettes tracent sur leurs paupières une ligne noire qui fait paraître leurs yeux, déjà très-beaux, plus grands et plus vifs; tous les matins, on les voit se baigner et ajuster leur toilette dans les rivières. D'abord, elles lavent la moitié de leur pagne, tandis que le reste est serré en jupon; elles changent ensuite et lavent l'autre partie. Après cette opération, qui, comme on le pense bien, découvre un peu leurs charmes aux regards indiscrets, elles délayent leur safran et se peignent; puis, elles relèvent leurs cheveux et se tracent sur le milieu du front un cercle rouge (le potton). Si, lorsqu'elles exécutent ces ablutions, elles se trouvent dans un endroit découvert, et surtout exposé à la vue des brahmes, elles déploient une grande pudeur; si elles se croient seules, au contraire, elles se familiarisent facilement avec tel ou tel inconnu qui viendrait à les surprendre, lui font des mines, et n'ont pour lui aucun mystère de toilette. Si, pendant ce temps, un brahme passe, elles s'efforcent de lui faire croire qu'elles ont repoussé l'inconnu, et supportent avec résignation, plutôt qu'avec honte, les injures dont le sage les accable infailliblement, elles et le *grossier faranguy* qui a osé outrager la pudeur des jeunes vierges.

On sait que, d'après les livres religieux des Hindous, les kchatryas (ou guerriers), suivent les brahmes dans la hiérarchie des castes; voici quelques extraits de leur rituel :

« Le vrai kchatrya ne doit connaître que ses armes, ne s'occuper que de la guerre.

« Il doit épargner le laboureur, l'artisan, l'ennemi vaincu qui fait ou demande merci...

« Il doit défendre jusqu'à la mort celui à qui il a promis protection...

« Lorsque le kchatrya va combattre, il a fait le sacrifice de sa vie; il ne peut plus fuir, dès qu'il a vu l'ennemi; il doit vaincre ou mourir.

« La mort la plus désirable pour un kchatrya est celle qu'il reçoit sur un champ de bataille; il va rejoindre Indra dans son hourga (paradis).

« Le vrai kchatrya doit avoir une ambition insatiable; quelques domaines qu'il ait, eût-il un des sept continents, il ne dira jamais : « J'en ai assez. » Quelques monceaux d'or qu'il possède, il ne dira jamais : « J'en ai assez. » Ses voisins sont

HARI-SING, FILS DE RATTINA-SING

Raspoot,

Âgé de 28 ans, né à Mensiour, ancien Jemmedar au service de Masamy Rajha de Kourough, dans la guerre contre les Indoux.

ses ennemis; leurs biens lui appartiennent; partout où luira son shimter, il est maître.

« Il sera soumis aux dieux et aux brahmes, fera souvent le sacrifice de l'Elleani, et comblera les brahmes de ses largesses. »

L'origine des kchatryas remonte à deux mille deux cent cinquante-six ans avant Jésus-Christ. A cette époque, et sous le règne du puissant Ayou, une immense commotion agita la forte nation qui couvrait le plateau de la Tatarie. Du pied du mont Mérou partit une armée d'émigrants, dont une partie se dirigea vers l'est, et alla fonder l'empire chinois, qui garde encore le souvenir du grand roi *You*, tandis que d'autres réfugiés s'abattirent sur le nord-est. Mais ces derniers, par suite de la rigueur du pays, loin d'imposer leur civilisation aux sauvages habitants conquis par eux, s'accoutumèrent aux mœurs et aux habitudes nomades : les Tatares n'en ont pas moins conservé la mémoire de leur roi *Aij*.

Mais l'aîné des fils d'*Ayou*, Bharata, à la tête de son armée, descendit au sud du *Maha-Mérou*, et conquit les immenses plaines de l'Inde, qui de son nom s'appela Bharata-Khandha (ou Bharata Werska). D'autres émigrations dont on n'a pas encore retrouvé les traces positives, peuplèrent l'occident de l'Asie et l'Europe. Une colonie alla même s'établir en Égypte.

Une fois la conquête opérée, les sages, les *lettrés*, suivirent le mouvement. Ils portèrent les lumières de la science et de la religion en Chine, où ils s'appelèrent mandarins ; dans l'Inde, où ils créèrent la caste des brahmes ; en Égypte, où ils reçurent le nom de prêtres ; dans l'Occident enfin, où ils devinrent les *druides*, enseignant le vrai Dieu sous de savantes allégories, se transmettant exclusivement les mystères profonds de la science, et communiquant ainsi entre eux d'une extrémité du monde à l'autre.

Cependant les membres de la caste royale, les *nobles*, continuèrent à gouverner les états conquis, et se partagèrent l'univers en plusieurs royaumes, qui perdirent avec le temps les marques de leur ancienne fraternité.

Chez les *fils aînés de ces nobles*, chez les *lajpoutras* (fils de rois), la tradition existe encore pleine et entière, et parmi les listes des nations émigrantes nous lisons les noms de tous les barbares du Nord, nos glorieux ancêtres.

Voilà quels étaient les rajpouts, les kchatryas, les radjahs, et, comme j'aime à les appeler, les fils aînés de la création.

Les rajpouts habitent principalement le pays nommé Bajpoutra ou Rajathan ; mais néanmoins ils sont répandus çà et là, dans toute l'Inde. On en retrouve dans la plupart de nos établissements. Les rajpouts ont conservé dans toute leur pureté leurs traits primitifs : grâce à leur susceptibilité à l'endroit des mésalliances, on peut les regarder comme de purs rejetons des types de la race caucasique depuis quatre mille ans.

Les soudras (cultivateurs) forment aujourd'hui la grande majorité du peuple hindou : c'est là qu'il faut chercher la nation. Les vellajahs, les cavares, les berges, occupent parmi eux le premier rang, et peuvent être regardés comme les véritables aristocrates du pays. A eux l'instruction, la fortune, la force et la considération générale. A Pondichéry, les soudras, soumis depuis longtemps à nos lois, sympathisent chaque jour davantage avec nos mœurs et nos habitudes si expansives. Ils composent un tiers état qui domine de toute sa supériorité la noblesse et le clergé (les kchatryas et les brahmes). Ils lisent nos journaux, commentent la charte, et suivent pas à pas les progrès de notre civilisation. Quelques-uns d'entre eux, les plus instruits, sont déjà d'opinions assez avancées pour comprendre l'égalité native de l'homme, et combien est funeste et injuste la division des castes. Les sentiments qui remplissent leur vie extérieure sont une exquise politesse, une étiquette compliquée, qui admet peu de familiarité, mais, non plus, jamais de rudesse; et jusqu'à *Je vous hais*, tout se dit chez eux le plus poliment qu'il soit possible. Ils ne tolèrent le tutoiement que dans l'intimité et en famille; la lenteur, la gravité, c'est là que réside le bon ton, et on peut, sans courir grand risque de se tromper, apprécier à la démarche d'un individu son rang et sa position sociale.

Pour exemple de leur politesse, je vais citer quelques-uns de leurs saluts d'après l'étiquette voulue, et suivant le rang des personnes qui les font ou les reçoivent.

Salut familier. — Un ami rencontre son ami dans la rue. S'il y a grande intimité, on étend la main ouverte, ou on la place sur son cœur, et l'on dit : « Ramasamy Poullay, vous voilà ! — Virin, et moi aussi. » Il faut remarquer que, dans ce cas, raccourcir son nom et employer le diminutif est de très-bon genre. Ainsi, dans cet exemple, l'interlocuteur est supposé s'appeler *Virasamyodean*, et il dit simplement en parlant de lui *Virin*, en ne manquant pas, au contraire, de donner scrupuleusement tous ses titres à Ramasamy Poullay, qui, en répondant au salut, ne se nomme plus à son tour que Ramin.

Mais si le salut a lieu entre deux hauts dignitaires, on fera un namaskara un peu plus simple. Il consistera à joindre les mains ouvertes, les doigts touchant le menton. En outre, pour être complet et parfaitement digne, ce salut exigera qu'on élève les mains au-dessus de la tête, après les avoir placées les unes dans les autres. Au reste, d'après la nouvelle mode, on se borne à la jonction des mains, exécutée avec une certaine négligence, qui ressemble fort à de la grâce, si elle n'est pas tout à fait gracieuse. Si l'on adresse le salut à une personne supérieure et très-distinguée, on dira : « Saranam, aya (Salut, respectueux seigneur). » Selon son rang, de peu ou de beaucoup supérieur, la personne saluée rendra le salut à son interlocuteur. Mais un brahme gourou donnera sa bénédiction en disant : « Assirvahdam. »

Il est encore une espèce de salut que l'on considère comme plus respectueux. Il consiste à se mettre à genoux et à prendre les pieds de celui auquel on l'adresse. Ce salut n'a lieu que du père au fils, de la femme au mari, ou bien lorsqu'on sollicite une grâce de la personne qu'on rencontre ou qu'on est venu voir.

Le dernier salut, le plus solennel, le plus grand, le plus humble, est le *sachtango danden*, ou prostration des six membres qui doivent toucher la terre, c'est-à-dire les pieds, les genoux, le ventre, l'estomac, le front et les bras. Parfois, des malheureux, pour demander justice, se jettent à plat ventre, de telle façon qu'on a beaucoup de peine à les relever. Le *sachtango danden* est fait souvent par les radjahs, au moment de livrer bataille. En se prosternant ainsi devant leur armée, ils ont pour but d'exalter le courage de leurs soldats. Chose étrange ! si vous rencontrez un Hindou, et que vous vouliez lui être agréable, il faudra lui dire, après l'avoir salué : « Bonjour, sidam baron, vous avez *mauvaise mine*, vous paraissez malade, — vos affaires vont mal, — vos enfants sont malades. » Il sera enchanté de vous répondre : « Vous êtes trop bon. » Que si vous le félicitez, au contraire, de ce qu'il a bonne santé, de ce qu'il a engraissé, de ce que ses affaires marchent heureusement, de ce que ses enfants se portent bien, ce sera pour lui comme un grossier affront. Mécontent, désespéré, il vous quittera brusquement. Les Hindous se figurent que de tels compliments sont dictés par l'envie, et qu'ils ont pour effet de jeter un sort sur leur prospérité.

Lorsqu'un Hindou rend visite, il faut avoir soin de remarquer quand il a fini, et de le congédier aussitôt, en lui disant : « Revenez, vous me ferez plaisir. » Sinon, sa visite est interminable ; il vous accuse à part lui de manquer de savoir-vivre, et il vous dit enfin : « Voulez-vous me permettre de me retirer ? » A propos de visite encore, il n'est pas inutile d'apprendre à sortir convenablement d'une maison. Le visiteur passe le premier pour s'en aller, mais il doit marcher à reculons pour ne pas tourner le dos à l'hôte qui le reconduit.

Lorsqu'un Hindou voit venir dans la rue quelque personnage marquant, — un Européen, par exemple, — il doit, s'il est à pied, s'arrêter ; s'il a des papous, les quitter ; s'il est à cheval, en palanquin, ou en voiture, il doit descendre. Cependant, cet usage n'est presque plus suivi à Pondichéry, à cause de la haine qui règne entre les indigènes et les Européens.

S'il s'agit de rendre visite à une personne d'importance, il faut nécessairement lui offrir un présent. A Pondichéry, ces présents consistent en simples citrons ou en bouquets, quelquefois on dore le citron. Au jour de l'an, on reçoit ainsi beaucoup de petits citrons jaunes ou dorés. Des corbeilles sont là toutes prêtes, et des domestiques enlèvent les présents à mesure qu'ils arrivent, de sorte que ces corbeilles, semblables au tonneau des Danaïdes, ne sauraient jamais se remplir.

La manière de traiter des Hindous est remarquable. Lorsqu'un Malabar se décide à donner un dîner, c'est pour lui une grande affaire. Le plus difficile, c'est l'article des invitations. Il faut qu'il invite la *famille entière* (et une famille hindoue s'étend *à l'infini*). S'il agissait autrement, il se ferait des ennemis irréconciliables de cousins au vingtième degré qu'il aurait eu le malheur d'oublier. Les invités euxmêmes prononcent l'exclusion de celui qu'ils croient indigne de prendre place à côté d'eux. Les convives rassemblés, on se dispose comme on veut, mais toujours sans parler, et, en général, en se tournant le dos. Les domestiques apportent à chacun sa provision de riz, et l'assaut commence. Pendant le dîner, des bouffons de profession chantent, en nazillant, des chansons graveleuses qui font rire tout le monde, et mettent les convives en belle humeur. La politesse de ces derniers consiste alors à trouver tout détestable, et à combler d'injures le *misérable gargotier*, *l'amphitryon empoisonneur*, qui circule la tête baissée parmi les rangs pressés, et reçoit avec humilité les invectives dont il est accablé de toutes parts.

Souvent aussi, ces dîners se terminent comme celui des Lapithes, par des coups, des mêlées, des combats, qui, en définitive et fort heureusement, sont plus bruyants que meurtriers. En effet, toutes les cérémonies, et spécialement les festins, sont, chez les Hindous, des occasions solennelles où se vident les querelles, où se liquident les rancunes. Ces cérémonies se renouvellent assez fréquemment. On célèbre la naissance des enfants, leur percement d'oreilles ; puis vient l'attache du cordon, à l'âge de sept ou huit ans, chez les brahmes, les kchatryas, les chettys. Le mariage suit de très-près ; on fête ensuite l'époque de la nubilité des époux, et enfin les funérailles des parents.

La convocation aux cérémonies se fait par lettres ou verbalement, toujours avec cette formule : « Seriez-vous assez bon, vous qui êtes sage comme Vigaussouara, qui éclairez des lumières de votre esprit ceux qui vous approchent, comme Mitbra les dieux astres, pour daigner vous charger de diriger la cérémonie que je prépare à l'occasion de... » Quand je dis que la formule est invariable, je ne parle pas de ce protocole qui change si souvent, mais de ces mots *diriger, conduire la cérémonie :* tous les invités reçoivent cette politesse, quoique, par le fait, ils n'aient rien à conduire ni à diriger.

Au reste, toutes ces particularités du caractère hindou ont beaucoup changé. De nos jours, ils se rappellent peu les façons de leurs pères, et les préceptes qu'ils en ont reçus. Les Hindous des côtes ou des grandes villes boivent du vin quand ils peuvent en acheter ; à défaut de vin ils dégustent de l'arack. Presque toutes les castes mangent de la viande de mouton ou de volaille. Les brahmes et les kchatryas ne s'en abstiennent pas non plus ; seulement les premiers agissent en secret.

Lorsque les femmes parlent à des hommes, elles mettent un morceau de leur pagne devant leur figure, pour que leur respiration n'aille pas souiller leurs interlocuteurs. Il leur est expressément défendu d'adresser la parole les premières ; elles doivent attendre avec respect et les bras croisés sur leur poitrine.

Nos saluts européens, même les plus affectueux, paraissent grossiers aux Hindous. Notre familiarité, notre galanterie avec le beau sexe les révolte et les scandalise. Ils ne peuvent s'habituer à nous voir donner le bras aux femmes, causer, danser avec elles dans un salon : jamais ils ne se permettraient d'embrasser en public leur fille, leur sœur ou leur mère. La femme est esclave chez eux, et ils tâchent d'adoucir, par des respects extérieurs et presque illimités, la condition pénible dans laquelle ils l'ont placée. En échange de cette vénération, ils exigent de leurs femmes la vertu la plus austère. Dans une foule tumultueuse, dans les fêtes animées, il est très-rare qu'on les agace seulement. Une jeune fille peut traverser l'Inde d'un bout à l'autre avec plus de sûreté qu'une de nos Parisiennes parcourant les boulevards. Un homme qui oserait dire la moindre plaisanterie à une femme en public, tomberait aussitôt dans le mépris général. Au reste, dans l'Inde comme partout, il suffit de sauver les apparences : on pardonnera plutôt l'immoralité à l'intérieur que la plus petite privauté au dehors. Toutefois, il faut le dire, peu de pays offrent plus que l'Inde la régularité des mœurs et de la conduite. Les exemples de femmes infidèles sont extrêmement rares, et dans ce cas la punition est terrible. La femme est chassée et souvent exclue, ainsi que son complice, de la caste bourgeoise dont elle fait partie. Peine sévère et qui peut être comparée à notre mort civile.

Vous avez pu juger par ces détails les mœurs extérieures et les habitudes des soudras; vous ne connaîtriez qu'à demi la population indigène, si je ne vous faisais pas pénétrer dans le fond de leur caractère, si je n'essayais pas de vous initier à leurs idées religieuses, à leurs opinions, à leurs sentiments.

L'ancienne religion indienne était pleine de grandeur et de poésie. Des fictions et des allégories empruntées pour la plupart à l'astronomie, aux sciences naturelles, touchaient les sens et l'âme de la multitude; mais, aujourd'hui, il n'est peut-être pas un brahme qui ait la clef véritable de la religion dont il est le ministre. Les Hindous ignorent même le nom des principaux dieux qu'ils doivent adorer. Chaque aldée choisit celui d'entre eux qui lui convient. Aussi, à tout instant, des intrigants fondent de nouvelles sectes, et trouvent des prosélytes en grand nombre.

Le trait prédominant du caractère des Hindous, c'est l'avarice et l'amour des richesses. Par un contraste bizarre ils se refuseront le nécessaire quand ils sont en famille; ils se contenteront de misérables *karis* de feuilles de mourounguiers ou de brède; ils boiront du cauge (eau de riz), ils feront abstinence de bétel et de tabac; mais devant les étrangers ils deviendront prodigues et dépouilleront le manteau sordide de l'avarice. On cite des Malabars qui ont dépensé 10,000 roupies (25,000 francs) pour le mariage d'un de leurs parents. Ils dépenseraient 20 ou 50.000 roupies (50,000 à 62,500 fr.) pour bâtir une chauderie, c'est-à-dire une grande maison destinée au service des voyageurs, ouverte à tout venant, et où bien souvent il n'y a pas même un gardien.

Les chettys ou *vaissiahs*, les négociants, apprennent l'avarice méthodiquement et par principes. Aucun intérêt ne les effraye, et ils pratiquent l'usure sur une grande échelle, trafiquant sur les bijoux et prêtant sur gages; ils sont recéleurs de profession, et il y en a parmi eux qui ont à leur solde de petits filous de douze à quinze ans, qui leur rapportent journellement le fruit de leurs expéditions. En 1859, des représentations théâtrales eurent un immense succès à Pondichéry, parce que les intermèdes se composaient de lazzis entre escrocs et voleurs. On ne peut se faire une exacte idée des applaudissements prodigués aux acteurs, et de la joie que ressentaient les spectateurs, en voyant cette peinture fidèle de leurs mœurs.

Néanmoins, tout recéleurs qu'ils sont, les chettys ont acquis une excellente réputation de probité commerciale, et on pourrait déposer chez eux en toute sûreté un lack de roupies. Ils vous paieront scrupuleusement et à époques fixes les intérêts de la somme; ils vous la rembourseront selon le délai que vous leur aurez accordé; — prenez garde seulement aux pièces de monnaie qu'ils vous rendront; examinez bien s'ils n'ont pas remplacé les roupies de Bombay par des roupies de Madras ou par des pièces rognées.

La probité des chettys n'est donc qu'un calcul. Ils comprennent parfaitement que sans confiance il n'y a pas de crédit, et que sans crédit il est impossible de faire quoi que ce soit. Leur intérêt leur fait une loi d'être honnêtes. Sitôt que cette considération cesse, le naturel revient au galop, et ce défaut des chettys, l'amour

du vol, reparaît dans toute sa nudité. De là vient que les faillites sont d'une extrême
rareté dans cette caste.

Une autre passion très-commune chez les Hindous est celle des procès. Ils les
évitent d'abord ; mais dès qu'ils y sont engagés, ils y sacrifieraient jusqu'à leur
dernière cache. Avant de plaider, ils accèdent facilement aux compromis et aux
transactions, et cependant il n'existe pas de tribunal de conciliation à Pondichéry.

La rancune pousse les Hindous aux procès, et ils ne se font pas scrupule d'employer l'arme de la calomnie. Plaider, c'est leur manière de se venger ; une assignation
leur sert de stylet, et tous les moyens leur semblent bons pour nuire à la partie
adverse. Pour comble de malheur, la procédure que nous avons donnée aux Hindous
est désastreuse. Les avocats et les gens d'affaires sont le fléau de la population
native. Avant qu'il y eût des avocats à Pondichéry, le tribunal de première instance
jugeait dans un an environ deux cent soixante-quinze causes. Depuis les avocats,
le nombre des causes s'est élevé quelquefois jusqu'à quatorze cent quatre-vingts !

Les soudras, qui composent la masse du peuple hindou, sont ce qu'on appelle vulgairement de braves gens. S'ils sentent vivement les offenses, en revanche, ils gardent un souvenir ineffaçable des services qu'on leur a rendus ; ils sont reconnais-
sants. Hospitaliers à l'excès, ils ne refusent jamais à manger à un pauvre, quand ils
devraient se priver de leur strict nécessaire. Leur maison n'est jamais fermée à un
parent, à un ami ; et si, dans une famille, un seul membre a de l'ouvrage, il le partage généreusement avec les autres. Je ne rapporterai qu'un exemple de cette vérité.

Un pion nommé Gnauapregassen avait chez lui son frère Tambounaiken et sa sœur
Theresiamah. Son frère lui était devenu étranger, parce qu'il avait été adopté par
un autre chef de famille. La discorde se glissa parmi eux. Tambou et sa sœur inten-
tèrent un procès injuste à Gnauapregassen. Le procès dura deux ans, bien suivi et
poussé avec un acharnement sans égal. Les plaideurs n'en restèrent pas moins sous
le même toit, et le bon Gnauapregassen, qui seul gagnait de l'argent, partageait
toujours avec son frère et sa sœur sa modeste paye de pion.

Autant les Hindous sont constants et généreux dans leurs affections, autant ils
sont terribles et implacables dans leurs haines.

Il y a trois ans, je me trouvais dans les montagnes de Coïmbatour, chez un Français de mes amis, qui avait là un superbe établissement. Parmi ses nombreux domestiques se trouvaient, *aux deux extrémités sociales,* deux hommes qui se détes-
taient cordialement. L'un était un *butler* ou maître d'hôtel, Mahratte de nation,
kchatrya de caste, grand, souple, élancé, et d'une vigueur remarquable. L'ensemble
de ses traits présentait un aspect sévère et imposant ; sa noble figure respirait le
calme qui naît de la force et de la confiance en soi-même ; il élevait peu la voix ;
son commandement, bref et saccadé, se maintenait dans un diapason assez bas,
mais qui n'admettait guère la réplique. Grave dans ses manières et lent dans sa
démarche, il n'entamait jamais de longues conversations, à moins qu'on ne le
plaçât sur le terrain de sa généalogie.

Tous dans la maison obéissaient à Hona-Sing et courbaient la tête devant son
autorité, tous, excepté un pariah, cuisinier subalterne, et qui s'appelait Virin. Son

HINDOU PARIA

orgueil et sa fermeté étaient incroyables. Avec sa face noire et huileuse, son énorme nez rond et relevé, ses grosses lèvres humides de callou, ses yeux d'un noir terne, Virin avait des prétentions, et montrait autant de fierté auprès de ses fourneaux, qu'un Maharadjah assis sur son trône. Virin résistait à Hona-Sing, et, chose inouïe et monstrueuse dans l'Inde, il osait disputer ses droits; il avait ses théories. « Honin, disait-il (il lui refusait le titre de *sing*), est domestique comme moi. On le paie, on me paie; quand j'ai lavé ma vaisselle, je ne lui dois rien. » C'était du républicanisme chez les Hindous, de l'idéologie. Virin aspirait à l'égalité des droits de l'homme.

Vingt fois ce marmiton eût été jeté à la porte sans la haute protection dont l'entourait le cuisinier en chef, seule autorité qui pût balancer le pouvoir de Hona-Sing.

Quant au rajpout, c'était une pensée horrible pour lui que de se voir bravé par un misérable esclave, par un vil pariah.

Un jour, Virin revint du bazar un peu trop *suroxygéné* de callou et d'arack; Hona-Sing lui adressa un reproche; le marmiton lui répondit d'un ton si insolent, que le majordome lui donna un soufflet. « Je vous arracherai votre toque, s'écria le subalterne furieux, je vous jetterai à la tête mes cherepoux » (espèces de sandales, les seules que puissent porter les pariahs). Aucune injure ne pouvait être plus sensible au fier majordome. De son poignard il menaça Virin, qui para le premier coup avec un panier, et se sauva ensuite de toute la vitesse de ses jambes.

Hona-Sing, après cette scène, resta pâle, les yeux en feu et tenant toujours son poignard à la main; on eût dit d'un tigre près de fondre sur sa proie. En nous apercevant, il reprit une apparence de sérénité, remit son poignard dans sa ceinture, et s'expliqua avec beaucoup de calme.

« Il n'y faut plus penser, lui dit son maître, on va chasser Virin.

— N'y plus penser, reprit Hona-Sing d'un air froid, mais sinistre, c'est impossible. Il faut que ce poutchy (vermine) périsse : si je ne me vengeais pas, je serais chassé de ma caste.

— Allons, taisez-vous, dit mon ami, je veux que la chose en reste là; je l'ordonne. »
Entendre, c'est obéir: Hona-Sing n'ajouta pas un mot.

Dans ce moment Virin revenait; on lui donna quelque argent, et il dut partir pour Madras. Le majordome, lui, demeurait immobile, dans la position de respect et de vénération qu'il gardait devant son maître; ses yeux seuls flamboyaient et suivaient tous les mouvements du pariah. Virin partit, et, sous différents prétextes, on retint Hona-Sing à la maison jusqu'au soir. Je me rappelai seulement, dans la suite, qu'à l'instant où Virin prit congé de son maître, Hona-Sing lui dit à demi-voix : « Kabourdar ! » (En musulman : Prends garde à toi !)

Le lendemain, Hona-Sing vint un peu tard à son service; il traînait la jambe droite, et avait une blessure à la joue; du reste, il paraissait joyeux et content. Le long manche d'acier de son poignard était brillant, et tout fraîchement fourbi. Son maître, le regardant fixement, lui dit : « Hona-Sing! où avez-vous été cette nuit? »

Hona-Sing garda le silence.

« Vous n'avez pas passé la nuit sur votre natte? »
Hona-Sing ne répondit rien encore.

« Allez, que je ne vous revoie jamais ! »

Hona-Sing se courba, prit la main de son maître, la porta à son front, et s'éloigna en disant : « Allah blota hée! » (Dieu est grand !)

Au bout d'un mois, je revins dans la maison, et retrouvai Hona-Sing en fonctions comme devant, fier et radieux. « A ce qu'il paraît, dis-je à mon ami, vous avez appris que le pariah était arrivé chez lui sans avaries majeures? Ce pauvre Hona-Sing! et nous l'accusions ! »

— Pauvre Hona-Sing! dites-vous? s'écria le maître ; mais c'est un brigand, un assassin! Jamais Virin n'est arrivé ni n'arrivera chez lui. Ah ! vous connaissez bien peu un rajpout! Il faut cependant convenir d'une chose, c'est que, s'il n'avait pas tué ce malheureux, il eût été chassé impitoyablement de sa caste, damné à tous les diables. Que voulez-vous, on l'a élevé en lui disant que tout rajpout qui se laisse insulter sans se ménager la vengeance renaîtra, après sa mort, sous la forme d'un chien, et n'aura que des os de cadavres à ronger. C'est leur Vedasastra qui leur prêche cette morale ; allez donc leur faire entendre raison !

— Mais au moins, repris-je, vous, le premier magistrat du pays, vous auriez dû punir Hona-Sing.

— Eh ! comment prouver ce que Dieu seul a vu? Croyez-vous que la route de Nellimbourpay soit comme la rue Saint-Honoré? Hona-Sing aura fait vingt milles pendant la nuit; il se sera placé en embuscade sur le passage du pauvre Virin, et l'aura poignardé, puis jeté dans un précipice. Mais il y avait là d'autres bêtes féroces, des tigres, des hyènes, des chacals, des chiens rouges. Le cadavre ne sera pas arrivé en bas.

— Vous pouviez ne pas reprendre ce brigand-là...

— S'il avait subi l'affront sans mot dire, je l'*aurais chassé. Réfléchissez là-dessus.* »

J'ai pesé ces paroles. Dans l'Inde, tuer un pariah n'est pas un crime. « Tout « rajpout qui ne tue pas celui qui l'a outragé sera un infâme ; il sera chassé de sa « caste ; son mariage sera rompu ; ses enfants seront pariahs ; ses biens, confisqués. « Dans l'autre monde, il renaîtra sous la forme d'un renard ou d'un chacal. » Voilà ce que dit la loi religieuse des indigènes. Il faut donc, par-dessus tout, se défier des Hindous *esprits forts, parce qu'ils ont rompu les liens qui les retenaient,* et ne leur ont pas encore substitué *ceux* de la morale, et que, pour un peuple, le fanatisme est encore de beaucoup préférable à l'athéisme.

Cette première anecdote a l'incontestable mérite de toucher du doigt le caractère hindou ; la seconde, que je vais rapporter ci-dessous, achèvera de vous le faire comprendre.

Il existait, il y a quelques années, à Gwalior, une famille de rajpouts, peu nombreuse, mais d'une excellente caste. Le père, appelé Prata-Sing, vieux et infirme, souffrait des nombreuses blessures qu'il avait reçues à la guerre ; il écoutait dévotement la lecture des Vedas sacrés, et apprenait à son fils, âgé de vingt ans, dont le nom était Narsing, les préceptes du Darma-Sastra, touchant les droits, les devoirs et les mœurs des rajpouts du vieux temps. Lakchimy, jeune fille de douze ans, déjà célèbre à cause de sa beauté, complétait la petite famille du rajpout. Comme Prata-Sing appartenait à l'illustre race des sindhia, Lakchimy ne manquait pas de prétendants qui la recherchaient en mariage. Aucun parti ne lui avait agréé encore, lorsqu'un vieux soubedhar (général), alors directeur de la monnaie, et sindhia aussi bien que le père de la jeune fille, se mit sur les rangs et fut accepté. Sentant sa fin approcher, le vieux Prata-Sing fit venir son fils près de son lit de mort et lui confia ses dernières volontés. « Mon fils, lui dit-il, voilà trois mille ans que les sindhi éclairent le Bharata Kauda de leurs vertus comme Mithra de ses rayons ; jamais un seul d'entre eux n'a tourné le dos à l'ennemi, ni reculé à l'aspect du danger. Jamais un seul d'entre eux n'a laissé son yatagan se rouiller tant qu'il a eu quelque outrage à venger. Tu es le chef actuel de notre gotram (famille). Protége tes parents, comme le garoudah fait pour ses petits. Toute insulte reçue par un des sindhi doit te *lancer* dans la vengeance ; car ils sont de ton sang, et sont une partie de toi-même. Veille avant tout sur ta sœur ! Son mari est vieux ; bientôt, peut-être, Yama va l'appeler ; protége Lakchimy comme si tu étais son père. »

Marsing jura par le Maha Parvatta, et ferma les yeux du vieux *Prata-Sing ed sindhia Behadour,* qui alla se réunir au soleil, son ancêtre.

La prédiction du mourant s'accomplit. La jeunesse de Lakchimy ne put réchauffer le sang glacé du vieux soubedhar. Au bout d'une année de mariage, il se coucha pour aller dans l'*Indra-Souarga,* recevoir la récompense des nombreux sacrifices qu'il avait offerts aux dieux, et des riches aumônes qu'il avait distribuées aux brahmes.

Les parents de la caste, aussitôt le soubedhar mort, vinrent à la maison, entourèrent Lakchimy, et se prirent à la consoler. Puis elles s'assirent pour partager entre elles le repas funéraire qui leur avait été préparé, suivant l'usage du pays. Quand le repas fut fini, elles vinrent successivement embrasser la veuve, et la dernière, plus âgée que ses compagnes, l'ayant serrée dans ses bras, la poussa rudement par terre, comme cela se pratique habituellement. Alors elles commencèrent à pleurer ensemble, et, quand le jour parut, elles pleuraient encore. De temps en temps, lorsque la pauvre Lakchimy succombait à la fatigue, on lui faisait prendre un bouillon de safran, dont l'énergique vertu finit par la plonger dans une sorte d'ivresse. Aussi, le matin, quand le brahme gourou vint l'exhorter à remplir son devoir, elle ne put pas le comprendre. Il lui rappela les deux femmes du roi Pandou, qui s'étaient disputé l'honneur de se brûler sur le bûcher de leur mari, et lui assura que toutes les femmes qui agissaient de la sorte étaient destinées à jouir, dans le paradis d'Indra, d'une félicité éternelle et sans nuages. « Vous deviendrez une sainte après ce grand acte de dévouement, ajouta le brahme, vous attirerez toutes les bénédictions de Maha Deva sur vous et sur votre famille. La malheureuse veuve, qui n'entendait rien, promit sans savoir ce qu'on lui demandait. Les préparatifs s'activèrent : un bûcher de bois de sandal fut élevé, et le funèbre Bamba fit retentir la montagne de Gwalior de ses longs gémissements.

Cependant Narsing, tout inquiet de ce qui se passait, cherchait depuis la veille les moyens de parvenir jusqu'à sa sœur. Elle était trop bien gardée pour qu'il pût pénétrer dans sa retraite si on le reconnaissait. Il se déguisa, traversa la foule des brahmes qui ne le reconnurent pas, et, arrivé dans la chambre où se trouvait Lakchimy, la vit couverte de ses plus beaux bijoux, entourée de femmes qui chantaient, de brahmes qui priaient tout haut, de tam-tams, de trompettes. La malheureuse veuve aperçut son frère, et s'alla jeter dans ses bras en criant : « Protége-moi, ils veulent me tuer ! » Lakchimy pleurait et se serrait contre son frère ; mais ils ne furent pas les plus forts ; leurs parents se réunirent, on emporta Narsing de force, et on ne songea plus qu'à hâter l'exécution.

Le corps du soubedhar, paré de ses plus beaux vêtements et de ses bijoux, était exposé sous un pandal de feuilles. Les porteurs l'enlevèrent, et aussitôt le cortége se mit en marche. Lakchimy fut placée dans un magnifique palanquin, et suivit ainsi le corps de son mari. Les éléphants de la pagode, et ceux que le rajah de Gwalior, Daoulet-ed-Sindhia, avait prêtés, formaient comme un rempart autour de la victime. La foule, en voyant passer le cortége, battait des mains, et souhaitait à la *sutti* les délices de l'Indra-Souarga.

La musique et les tam-tams, les coups de fusil, les boîtes empêchaient d'entendre les cris de Lakchimy, et on doubla le pas par crainte de Narsing, qui s'était échappé, et qu'on s'attendait à voir arriver. Lorsqu'on fut près du bûcher, il fallut prendre de force la *sutti*, tant elle se débattait, et la mener vers l'étang où on la plongea tout habillée ; puis on la rapporta en grande pompe, et les brahmes qui la tenaient défaisaient ses bijoux et les jetaient à la foule, comme si c'eût été elle-même. Mais elle ne voulut pas faire les prédictions accoutumées. Lorsqu'elle arriva près du bûcher, elle tomba sans connaissance, et on profita de son évanouissement pour la placer à côté du corps de son mari.

Il fallait se hâter, Narsing apparaissait accompagné de trois amis, les seuls qu'il eût pu réunir. Il arrivait ventre à terre et le sabre levé ; mais il fut repoussé sans peine par la troupe armée de toute la caste, qui même le blessa dangereusement.

Le brahme pourhoïta prononça les prières ou mautrams, et aspergea le corps de tirtam (eau bénite). On répandit la menthèque à flots, et le plus proche parent du défunt mit le feu au bûcher en lui tournant le dos.

Une année s'était écoulée, le char de la grande pagode suivait les rues jonchées de fleurs : il s'arrêtait par intervalles, et les brahmes récitaient leurs mautrams. Le pourhoïta, qui conduisait la fête, marchait à côté du char, distribuant des asservechdams (bénédictions) que les passants, recueillis, s'empressaient de recevoir. Au tournant d'une rue, dans l'angle d'une boutique, un sanassy, presque nu, barbouillé de cendre et de sandal, se tenait debout, à demi enveloppé d'une peau de tigre ; il semblait absorbé dans la contemplation du char. A tous ceux qui lui demandaient des chansons ou des mautrams, il ne répondait rien ; on eût dit qu'il voyait les dieux dans les nuages. On respecta sa divine extase, et le char continua sa marche, traîné par plus de vingt mille hommes.

La lourde machine s'arrêta quelque temps au détour du chemin, car ses roues, étant disposées sur essieu fixe, avaient beaucoup de peine à éviter les obstacles. Néanmoins une violente impression, à l'aide de leviers qui agissaient par derrière, facilita son passage. Dans ce moment le sanassy, se débarrassant de sa peau de tigre, s'élança au milieu de la foule qui, croyant qu'il voulait se jeter sous les roues, lui fit place en disant : « Govindha ! » Quelques minutes suffirent. Le sanassy avait saisi et soulevé le pourboïta, puis l'avait jeté sous une des douze roues du char en criant : « Pour toi, Lakchimy ! »

On voulut l'arrêter, mais son large cimeterre décrivait des arcs de feu au-dessus de sa tête ; il blessa ou tua plusieurs brahmes sans qu'on pût se saisir de lui. Enfin, il fut fait prisonnier, et on le punit de ce meurtre en le murant. C'était Narsing.

On l'entoura d'un mur qui lui montait jusqu'aux aisselles, et on le laissa ainsi en plein soleil, avec des gardiens chargés d'empêcher qu'on ne lui donnât de l'eau. Il ne mourut que le sixième jour, sans avoir poussé un soupir, ni proféré une seule plainte.

Vous le voyez, c'est risquer beaucoup que de blesser un indigène dans son amour-propre ou dans ses affections.

Nous terminerons ces aperçus sur la population native, par un tableau des principales castes qui la composent.

QUADRUPLE DIVISION.	CASTES.	SUBDIVISIONS.	MAIN à laquelle la CASTE appartient.	OBSERVATIONS.
Brahmes....	Veichnavas.....	»	Neutre.	Ils portent sur le front une large raie blanche qui descend perpendiculairement jusqu'à la racine du nez ; de chaque côté, une ligne parallèle, moins large, jaune foncé. Ce signe, qui dessine un trident, s'appelle le nahman, et représente le trident de Vitchnou, comme dieu de l'eau ; il est appelé dans ce cas narayena. Le chef de cette caste est à Hobbalu, dans le nord du Karnatic.
	Smartas.......	»	»	Ils portent sur le front trois lignes blanches, en cendre de bouse de vache avec du sandal pilé, qui s'étendent horizontalement d'une tempe à l'autre, en se courbant, au milieu, vers la racine du nez. Leur université est à Shinna-Gherry.
	Tatouvadys.....	»	»	Ils ont un rond blanc au milieu du front, semblable à un pain à cacheter. Leur université est à Thavanour.
	Outrassas......	»	»	Une seule raie jaune, perpendiculaire, est tracée sur leur front.

Outre ces divisions, tous les brahmes se partagent encore en quatre classes, suivant l'étude des Vedas auxquels ils sont attachés. Il y a donc les brahmes de :

1° l'Ezour Vedam ;
2° Sama Vedam ;
3° Rig Vedam ;
4° Adarvena Vedam. . . . . Les brahmes de ce dernier Vedam sont rares ; il y en a qui ne l'avouent pas : la raison en est que ce Vedam traite de l'art de la magie, et ordonnait d'immoler des victimes humaines dans le sacrifice de l'Ekiam, ce qui fait dire aux brahmes qu'il est perdu. C'est un mensonge : certaines cérémonies exigent la présence de brahmes des quatre Vedas.

QUADRUPLE DIVISION.	CASTES.	SUBDIVISIONS.	MAIN à laquelle la CASTE appartient.	OBSERVATIONS.
Kchatryas...	Rajahs ou Raja-poutras...... Naïrs.........	«	Neutres.	Cette distinction est peu de chose, mais enfin elle existe.
	Comity du Nord.. Comity du Sud...	«	Main droite.	Ces vaissiahs ajoutent à leur nom le mot de *chetty* (marchand). Exemples : Gouroumourty-Chetty, Kengou-Chetty.
Vaissiahs...	Betty........	«	Id.	Je n'affirmerais pas qu'ils appartiennent à la division des vaissiahs ; ils sont en général cultivateurs et chefs d'aldin, tels que pattamaniagars et maniagars (régisseurs et sous-régisseurs). Ils ajoutent à leur nom *retty*. Exemples : Virasamy-Retty.
	Chetty........	Vada Caltou-Chetty............ Sosia Chetty............... Vicravandy Chetty............ Achara Pacatou Chetty..........	Main gauche.	Ce sont les vrais vaissiahs ; ils font en général le négoce, et spécialement celui de changeurs ou de scharaffs, et surtout de voleurs ; c'est ce qu'on appelle banian dans le Nord. Ils ajoutent *chetty* à leur nom. Exemple : Darmaseva-Chetty, Gobalou-Chetty, etc.
Soudras....	Vellajahs........	Tondamanda vellaja. { Melle nattar... Kije nattar.... Poundau made-liar...... Pouneriar..... Karouugougy... Oullour..... } Toulouva vellaja... Sosia vellaja...............	Main droite.	La première caste est la plus estimée *de toutes*, elle est aussi la meilleure et la plus nombreuse. C'est là l'élite de la nation. Les vellajahs proprement dits ajoutent à leur nom *poullay*. Exemple : Ramasamy-Poulle, Kribhnasamy-Poulle. Les modelys ajoutent ce dernier mot ; exemples : Candapa-Modely, Virasamy-Modely (les tisserands vally prennent aussi ce titre). Le mot *poullay* du vellajah, s'écrit *pillay* à la côte d'Orixa.
	Cavarey.......	Valcys hara.................. Paveji hara.................. Calcavarey................. Pedy cara.................. Coveladi cavarey.............. Moutieryar.................. Cannavarou................. Cavarey (proprement dits)........... Vadouvah cavarey..............	Id.	Caste aussi estimée que la précédente. Les cavareys viennent de la côte d'Orixa, et, entre eux, affectent le dialecte thelinga. Ils portent ordinairement le nahman comme les brahmes veichnavas. Ils sont en général très-fidèles observateurs des principes d'abstinence de la chair. Ils ajoutent à leur nom le mot *naik* (chef) Exemples : Sinnaya-Naik, Mouton Keiland-Naik, Gouprayu Naik.
	Yadavas ou bergers.	Sompau edeyer.... Sosa edeyer...... Vadouga edeyer... Siviare edeyer.... } A Pondichéry.. Poumouval edeyer. Tonnati edeyer.... } Dans l'intérieur. Koun edeyer.....	Id.	Bonne caste, dont les membres ajoutent à leur nom le mot *poulle*. Exemples : Tirouvingada-Poulle, Sheimetsamy-Poulle, etc.
	Karkalavar ou tis-serands......	»	Id.	Ils ajoutent, comme les vellajahs, le mot de *modeliar* à leur nom : Virapa-Modelyar, Ramasamy-Modelyar, etc., etc. C'est une caste très-peu considérée, et bien au-dessous des précédentes.
	Pally........	Pally (proprement dits)........... Cavouxden................. Vanuien..................	Neutres.	Caste très-nombreuse et très-importante. Elle était autrefois de la main droite ; on l'a ren-

QUADRUPLE DIVISION.	CASTES.	SUBDIVISIONS.	MAIN à laquelle la CASTE appartient.	OBSERVATIONS.
				due neutre, sa force détruisant tout équilibre. Les pallys sont bons soldats. Les premiers ajoutent à leur nom *cavounden*, ainsi : Sandi-Cavounden ; les autres, *naïker* : Keilnapa-Naiker, Deivanayaga-Naiker, etc.
	Odean.........	«	Main droite.	Jardiniers ; ils ajoutent à leur nom propre le nom de caste : Vellemoutou-Odean, Venguadassala-Odean, etc.
	Vanier.........	Vanier du Sud .... Vanier du Nord..............	Id.	Les huissiers ; basse caste, fort nombreuse. Ils n'ajoutent aucun titre à leur nom ; ainsi : Moutien, Appaou, Iroulapa, etc. Quelquefois on ajoute le nom de caste, et alors il se place avant ; ainsi : Vanier-Canagassabé, Vanier-Sivalinga, etc.
	Sournires ou sanare.	Sournires du Sud. .... Sournires du Nord.	Id.	Basse caste, exploitant les cocotiers, pour en extraire le calou, qu'ils font ensuite fermenter. Ce sont, en général, des hommes forts et robustes. Ils ajoutent à leur nom le mot de *cramany* (prononcer cram'-ny). Exemples : Belevindra-Cramany, Nioutousamy-Cramany, Balakichna-Cramany, etc.
	Moutchy.......	«	Id.	Caste fort intéressante, comprenant les artistes du pays. On dit qu'ils descendent illégitimement des kehatryas. Ils portent le cordon. En tous cas, ils viennent du Nord, et, entre eux, parlent thelingou. Ils sont presque blancs. Ils n'ajoutent rien à leur nom ; ainsi : Parasouramin, Narayena, etc.
Soudras. ...	Kamaler.......	Tatchen...................... Karoumar...................... Tattar...................... Kaïnar...................... Kaïlou tatchen.	Main gauche.	Cette caste est extrêmement nombreuse et fort importante. On l'appelle pantchalas ou les *cinq castes* des métiers à marteaux ; c'est-à-dire 1° les charpentiers (tatchen) ; 2° les forgerons (karoumar) ; 3° orfèvres (tattar) ; 4° chaudronniers et ferblantiers (kaïnar) ; 5° tailleurs de pierre (kaïlou tatchen). Cette caste, généralement méprisée, a pourtant de grandes prétentions, et se pose comme étant au moins égale aux brahmes. Les kamaler ajoutent à leur nom *assary*. Exemples : Cangiamalo-Assary, Appasamy-Assary.
	Id.........	Tattar thelingou.	Id.	Subdivision de la précédente caste, formée de kamaler du nord.
	Korachitty......	«	Main droite.	Marchands de graines oléagineuses, telles que gingely (le same), illoupe, palma-christi ; très-basse caste. Les korachitty n'ajoutent rien à leur nom. Exemples : Pitchekaren, Appaou, etc.
	Pattanavar ou makouas.	«	Id.	Le premier nom est le plus usité dans le Tanjaour. Très-basse caste, composée des pêcheurs en mer, des rameurs, enfin des marins de la côte. Ils n'ajoutent rien à leur nom.
	Simbadavar.	«	Id.	Pêcheurs de rivières, formant probablement une subdivision de la précédente ; cependant elles ont peu de relations ensemble.

QUADRUPLE DIVISION.	CASTES.	SUBDIVISIONS.	MAIN à laquelle la CASTE appartient.	OBSERVATIONS.
Soudras . . .	Vannar.	"	Main droite.	Blanchisseurs ; très-basse caste.
	Barbiers.	Valangey.	*Id.* Main gauche.	Très-basse caste.
		Edougey.	Main droite.	Tisserands de tissus fins.
	Sudar.	"	Neutre.	Marchands de fleurs, pour le service des pagodes et des cérémonies.
	Vansenoumr.	"		
	Seniar.	"	Main droite.	Tisserands en soie.
	Cosavar.	"	*Id.*	Potiers de terre.

CASTES.	DIVISIONS.	MAIN droite ou gauche.	OBSERVATIONS.
— Les castes qui suivent n'appartiennent plus aux soudras. —			
Parialis ou mieux valangaï mouttar (soutien de la main droite).	Vallouven. . . . . Pariahs.	Main droite.	Autrement nommés, par dérision, brahmes pariahs. Le nom officiel et reçu est valangaï mouttar.
Coravas.	(Il existe des subdivisions à cette caste ; je n'ai pu les connaître.)	*Id.*	Caste errante. Les hommes sont terrassiers et vanniers. Elle est abjecte et misérable.
Kalers ou voleurs.	"	Main gauche.	L'une des castes de voleurs. Ils sont errants en général, et se retirent dans les forêts de l'intérieur.
Irouler.	"	*Id.*	Autre caste errante ; profession de voleurs.
Sakkilis ou komboukarens.	"	*Id.*	Cordonniers (sakkilis), et chargés de jouer du tam-tam dans les cérémonies (komboukarens). Caste abjecte et crapuleuse ; elle est le soutien de la main gauche, et est composée d'antagonistes des pariahs.
Tolys.	"	Main droite[1].	Les vidangeurs ; plus abjects encore nécessairement.
Tchandalas.	"	"	Bourreaux ; le dernier échelon des castes.

Apres avoir parlé des créoles et de la population *native,* il nous reste à donner quelques détails sur les individus de sang mêlé. Ils s'appellent entre eux Portugais, ou bien, descendants d'Européens. Les Malabars les nomment *topas,* ou gens portant chapeau, du mot tamoul, *topi,* chapeau.

Il s'en faut cependant que tous ces topas soient d'origine portugaise. Les uns descendent des Anglais, d'autres des Français ; ils sont unis, à cause de leur isolement des autres castes, qui les méprisent, et qui les regardent comme des enfants

[1] Ces expressions : *main droite, main gauche,* indiquent la place que chaque caste occupe à la lecture des *Védas.*

de parlahs. (On sait que les femmes pariahs sont les seules qui se mêlent aux Européens.) Doux et patients, ils travaillent, luttent avec courage, et peu à peu parviennent à acquérir de petites propriétés.

Grâce à l'incontinence des Européens, cette nation des topas augmente de jour en jour dans des proportions inouïes. Elle voit croître sa puissance, et sera plus tard, nous n'en doutons pas, maîtresse de toute la contrée.

A Pondichéry, la classe des topas forme, sans contredit, la meilleure partie de la population. C'est dans cette classe qu'on rencontre le plus de patriotisme et d'amour-propre pour le nom français. Éloignés par la morgue aristocratique des Anglais, flétris du nom de half-cast, qu'une bouche anglaise peut seule accentuer avec l'énergie du mépris, ils n'ont jamais, comme les créoles poudichériens, vécu des allocations de l'honorable compagnie pendant l'occupation ; et ils se rappellent en outre qu'autrefois la France était puissante dans l'Inde. Plusieurs topas ont pris du service dans le bataillon des spahis ; ils composent principalement la compagnie d'artillerie, et manœuvrent d'une façon étonnante. Par malheur, nous n'avons que quatre pièces de canon de fonte, en fort mauvais état, pour gardiennes de nos possessions dans les Indes.

Les topasines ont, ainsi que toute leur race, la peau très-brune, tirant sur le cuivré. Cette nuance rappelle leur origine hindoue, et ne ressemble jamais aux dégénérescences du noir des races africaines, dont on voit tant d'exemples dans les autres colonies. Plusieurs d'entre les topasines ne sont certainement pas plus brunes que nos dames du Midi. Leurs traits sont délicats et fins ; leurs yeux noirs et veloutés, leurs cheveux soyeux, et leurs dents éblouissantes de blancheur. Mais ce qu'elles ont de plus remarquablement beau, c'est la taille, qui a conservé toute la pureté, toute la grâce propre à la race hindoue.

Leur costume est resté tout à fait portugais : il est semblable à celui des dames de Goa. Il se compose de longues robes blanches, bien drapées, avec des châles rouges en manière d'écharpes, ou plutôt arrangés comme des baudriers de sabre. Les topasines aiment beaucoup à se parer de bijoux, et disposent leur coiffure en hauteur, en la rehaussant d'ornements en or, ou du moins en chrysocale. Dès le matin, elles portent des colliers de perles fausses et des souliers de satin blanc.

Le français qu'elles parlent est une espèce de langage créole qui ne ressemble à celui d'aucune des autres colonies, et qui se singularise surtout par des expressions traduites littéralement du tamoul. Elles emploient de fréquentes interrogations, qui ont l'inconvénient de couper les phrases, mais qui leur donnent de la vivacité.

Les topas possèdent un talent qui manque totalement aux créoles, je veux parler du grand art de savoir s'amuser. Oui, tandis que les fiers créoles passent tristement leurs soirées à jouer au whist, à se bâiller au nez les uns des autres ; tandis que le rire est banni de leurs assemblées, que leur porte reste close à la joie, la demeure des *Portugais* retentit des joyeux sous de la musique et du tumulte enivrant des fêtes. Il est nuit ; les lampes aristocratiques de la ville blanche se sont éteintes ; suivons la rue d'Orléans, ou bien longeons le canal. Entendez-vous ces accords dansants, ce bruit confus de pas et de voix ? On danse la tchega. Entrons.

Voyez avec combien de légèreté ce jeune homme à la taille élancée élève ses bras au-dessus de sa tête et rebalance en tournant autour de sa brune danseuse; voyez quelle souplesse dans les mouvements, quelles oscillations hardies! Dansez! dansez, jeunes gens! le pudique municipal n'est pas là, et votre moelleux balancé n'effarouche personne; on y est habitué: c'est la danse nationale.

Que de fois de jeunes créoles, regagnant à huit heures le domicile paternel, précédées du fanal obligé destiné à écarter les terribles *capelles,* ont senti leur cœur bondir en entendant de loin les bruits de bal qui s'exhalaient des joyeuses maisons des topas! Que de fois même ces pauvres jeunes filles, si comprimées, si malheureuses, poursuivies de ces images de fête, ont furtivement déserté leur couche pour aller, pendant que leurs parents se livraient à un sommeil profond, se dédommager, dans une nuit de plaisir, de tant de jours d'ennui!

Les topas sont la dernière des races établies à Pondichéry dont j'avais à vous entretenir. Les juifs, les mahométans, ne s'y trouvent pas en assez grande quantité, et leurs mœurs ne présentent pas des traits assez marqués pour que nous nous y arrêtions. La population des autres villes de la colonie, telles que Chandernagor et Mahé, se compose des mêmes éléments, et offre les mêmes caractères que celle de Pondichéry; chercher à la décrire, ce serait me répéter sans nécessité et sans profit. Je dirai même qu'en esquissant les mœurs de nos possessions, j'ai indiqué sommairement tout ce qu'offre de plus curieux la population de l'Hindoustan en général. Je désire que d'autres observateurs entrent plus avant dans l'étude de ce beau pays qui est si peu connu et qui mériterait tant de l'être. Un temps viendra où son ancienne langue (le sanscrit) sera enseignée dans nos colléges avant le grec et le latin dont elle fournit la clef; un temps viendra aussi où nos poëtes, nos romanciers, nos peintres, iront puiser des inspirations aux rives de l'Inde et du Gange. Quand l'isthme de Suez s'ouvrira devant la proue de nos paquebots comme une porte trop longtemps fermée, quand le court espace d'un mois suffira pour exécuter ce voyage aujourd'hui si long et si pénible, les Anglais ne seront plus seuls à converser avec les brahmes, à explorer les antiques pagodes, à contempler cette solennelle nature; nous aussi nous irons visiter et étudier ce sol sacré. Mais nous le parcourrons en pèlerins plutôt qu'en conquérants; en artistes, en savants, plutôt qu'en industriels; nos possessions, je le crains, ne gagneront pas beaucoup à ces communications plus faciles et plus actives; nous ne nous y fixerons guère plus que par le passé; le séjour que nous y ferons sera semblable à celui d'un grand seigneur dans sa maison de plaisance. Mais la masse de nos connaissances en sera agrandie, et nous pourrons répandre plus abondamment et plus aisément les lumières de notre civilisation parmi cette population encore si arriérée.

EUGÈNE AUBERT.

ELÉPHANT ÉQUIPÉ POUR LA CHASSE.

(Chandernagor.)

CRÉOLE DE BOURBON

LE CRÉOLE DE L'ILE BOURBON.

QUOIQUE séparée aujourd'hui de sa sœur jumelle, l'île de France ; quoique d'une étendue médiocre et ne renfermant guère plus de cent mille habitants, l'île Bourbon est une de nos plus importantes colonies. Pied-à-terre de la France dans l'Océan oriental, où nous avons tant perdu, située sur la route de Madagascar, où il est de notre intérêt d'avoir un jour des possessions, cette île nous offre d'abondantes ressources par la beauté sans rivale de son climat, par l'inépuisable fertilité de son sol, par l'énergie et la vigueur de sa population. Elle est à cent quarante lieues au sud de Madagascar, à sept cent cinquante lieues à l'est-nord-est du cap de Bonne-Espérance, à trente-cinq lieues de la ci-devant île de France, à trois cents lieues de la côte d'Afrique, et à trois mille trois cent lieues environ de Brest. Une comparaison triviale, mais très-exacte, peut donner une idée de sa forme. Qu'on se représente une énorme brioche, un peu elliptique, et portant une tête à chaque extrémité de l'ellipse. Les deux sommets, ou *pitons*, révèlent l'origine de l'île. Le *Piton des neiges*, à l'ouest, élevé de 5,050 mètres, est un volcan éteint ; le second, le *Piton de la fournaise*, situé à l'est, au bord de la mer, et d'une hauteur de 2,200 mètres, vomit incessamment des laves, qui, couvrant les campagnes voisines dans une étendue de trois lieues, ont fait de cette partie de l'île un affreux désert, appelé à juste titre le *Grand-brûlé*. Ce volcan n'a rien de commun avec nos pacifiques Vésuves, dont l'intermittence permet à l'homme de bâtir à leurs pieds, de cultiver leurs flancs refroidis, de regarder dans leur cratère : le *Piton de la fournaise*, presque toujours en activité, ou passant subitement d'un repos apparent aux plus horribles tourmentes, déjoue toutes les prévisions, comble les vallées, aplanit les collines, et entoure ses vastes domaines d'une brûlante et infranchissable barrière. Rarement un voyageur ose s'en approcher. Cependant, quand un explorateur, enhardi par la curiosité, veut visiter ces parages désolés, il prend à Saint-Denis la diligence de Saint-Rose, parcourt, en contournant l'île, les délicieux quartiers de Saint-Benoît, Sainte-Marie, Sainte-Suzanne ; puis, accompagné d'un mulet rétif et d'un noir tout tremblant, il entre audacieusement dans le *Grand-brûlé*. Dès lors plus de végétation, plus de verdure ; des scories anguleuses craquent sous les pas du voyageur et hachent ses chaussures ; d'impénétrables crevasses lui barrent le passage ; des voix souterraines retentissent sous ses pieds ; une épaisse atmosphère l'environne, au milieu de laquelle le nègre croit apercevoir *papa Djomba* et *mama Djomba*, terrible couple de démons. A mesure que le voyageur avance, les précipices se multiplient, les vapeurs s'épaississent ; et après un jour d'inutiles fatigues, il se décide à revenir dans la plaine, les pieds en sang, la tête brûlante, contraint de dire, s'il est consciencieux : « Je n'ai pu voir le cratère. »

J'ai vu le volcan, mais de loin. Nous arrivions de l'est, toutes voiles dehors, bonnettes hautes et basses, poussés par cette belle brise de sud-est qui règne dans ces parages. On vint me réveiller à minuit ; je montai sur le pont, et vis, par le bossoir de bâbord, une gerbe de feu, que je pris, dans le premier moment, pour une aurore boréale ; deux heures après, nous pouvions distinguer une cataracte de lave ardente, de plus d'un mille de largeur, qui s'avançait majestueusement vers la mer, et dont le crépitement parvenait jusqu'à nous.

Le centre de Bourbon est occupé par les *Saluzes*, montagnes noires, nues, décharnées, coupées par de sombres ravins, enveloppées à leur cime par une auréole de vapeurs. Quelques arbres rabougris en parsèment les flancs ; la végétation augmente, à mesure que l'élévation diminue, jusqu'au pied des versants qui s'abaissent vers la mer. Là sont de magnifiques forêts, et, plus bas encore, de riches plantations, des avenues de filaos, des habitations aux formes pittoresques, une incroyable profusion de fleurs et de fruits. De nombreux torrents, prenant leur source dans l'intérieur des terres, sautent de rochers en rochers, et tombent en cascade dans la mer.

La chaleur tropicale de Bourbon est tempérée par la brise du sud-est, que les marins appellent les *vents généraux*, et par la brise de terre qui sort on ne sait d'où, fraîche, embaumée, vivifiante, si douce aux flâneurs du Barachois et aux noirs danseurs des sables. Avec ces avantages, Bourbon est, selon l'expression d'un voyageur, *le temple de la santé*. On n'y connaît ni infirmités, ni maladies endémiques, ni difformités de la taille. Aussi les habitants, en proie à une crainte superstitieuse de ces maladies qu'ils ignorent, ont-ils été prodigues des lois sanitaires les plus absurdes, des quarantaines les plus tyranniques.

Saint-Denis et Saint-Paul sont les principales villes de l'île ; c'est dans la rade de la première, chef-lieu du gouvernement, qu'abordent les navires de commerce. Les rues, toutes plus ou moins inclinées, couvrent un terrain qui va par une pente rapide vers la mer. A l'ouest, sur les bords d'un torrent, est la partie basse de la ville, le quartier de la *rivière,* auquel on descend par une rampe excessivement roide, pavée de cailloux anguleux. A l'est, en remontant la rampe, on trouve de charmantes campagnes qui longent la falaise escarpée, jusqu'au Jardin du roi, si sombre, si frais, et, grâce au zèle de M. Bréon, si riche et si prospère.

Bourbon n'a point d'autre port que la rade de Saint-Denis, dangereuse et perfide, et qui serait funeste à plus d'un navire, sans la sévérité des règlements de port, sévèrement exécutés par l'inflexible *jambe de bois.* Aux premiers symptômes de raz de marée et de mauvais temps, un coup de canon ordonne aux bâtiments de filer leurs chaînes et d'appareiller, et si l'un d'eux osait former le projet d'attendre la bourrasque sur ses ancres, des coups de canon à boulets le forceraient à la retraite. Il est rare que, dans ces appareillages précipités, il n'y ait de fréquents abordages, de nombreuses avaries, qui donnent lieu à des procès savamment exploités par l'humeur chicanière des indigènes. Dangers, avaries et procès pourraient être évités par la construction d'un port à Saint-Gilles, mais l'opposition de Saint-Denis retardera longtemps l'exécution de ce projet.

L'histoire de la colonie de Bourbon formerait la matière d'un ouvrage intéressant ; le cadre de celui-ci nous permet seulement d'en esquisser les principales généralités. Découverte en 1545 par le Portugais don Juan Mascurenhas, le premier Français qu'elle reçut fut M. de Pronis, qui la reconnut en 1642, en allant s'établir à Madagascar comme agent de la compagnie française des Indes orientales. Mis en prison par ses compagnons révoltés, M. de Pronis est délivré par le capitaine Dubourg, arrivé de France avec un renfort de quarante-trois hommes ; il s'empare de douze des mutins, leur fait raser les cheveux et la barbe, et les envoie à *Mascarègne* avec douze négresses, quatre vaches et un taureau. Autour de ces déportés se rassemblent des flibustiers qui prennent pour femmes des négresses de Madagascar. En 1649, M. de Flacourt, successeur de M. de Pronis, donne quelques secours aux colons, et prend solennellement possession de l'île, qu'il appelle Bourbon. Des Français, échappés au massacre du fort Dauphin en 1671, des protestants réfugiés en 1671, accroissent la population, et bientôt se forme une colonie florissante. On y vivait en paix, sans grandes richesses, mais sans grande ambition ; les cases de latanier n'avaient que des portes légères, sans verrous ni serrures ; on plaçait dans une sébile de bois, au-dessus de la porte d'entrée, l'argent que produisait la culture du *petun.* Le vol était inconnu, et l'on pouvait, disait un proverbe, *faire le tour de l'île sans cheval et sans argent,* grâce à l'hospitalité des colons.

La Bourdonnaye, par sa sage et bienfaisante administration, fut le véritable fondateur de la colonie. Comme elle était encore presque déserte, il y autorisa les mariages des blancs avec des femmes noires ou de couleur ; de sorte que les créoles qui avaient des enfants de leurs négresses vinrent chercher à Bourbon une habitation et le sacrement.

Pendant la révolution, Bourbon prit le nom d'île de la Réunion ; les droits civiques y furent accordés à quiconque possédait *un cochon, une poule et deux arbres de bois noir*. La guerre éclata ; après une vigoureuse et longue résistance, Bourbon tomba au pouvoir des Anglais, et ne redevint française qu'en 1815.

En examinant comment s'est constituée cette colonie, nous comprendrons aisément la réputation équivoque qu'ont les créoles de Bourbon, en matière de pureté de race. Ces aristocrates si fiers de leur caste, si dédaigneux, si durs aux pauvres mulâtres, auraient grand'peine à faire preuve de quelques quartiers d'irréprochable blancheur. Un écrivain spirituel, après avoir signalé les nuances forcées de certains *habitants* de l'intérieur, se demande de quelle manière on a pu établir une classe distincte des mulâtres. Il propose d'admettre qu'à une époque quelconque, les Bourbonniens se sont réunis en conseil, et se sont mutuellement délivré des certificats de blancheur, et que ceux-là seuls qui n'ont pu se rendre à l'assemblée sont restés mulâtres, eux et leurs descendants.

Dans les établissements voisins de Bourbon, on dit proverbialement *blanc de Bourbon* pour signifier *gris* ou *noir*. J'entendais un jour, à Maurice, une dame lancer vertement ses blanchisseuses, qui lui apportaient du linge d'une propreté douteuse. « Ça blanc, maîtresse, disaient les négresses avec l'hésitation du mensonge. — Ça blanc ! reprit la dame avec indignation, *blanc de Bourbon, donc !* »

Les mots *noir* et *blanc*, à Bourbon, n'impliquent aucune acception de couleur ; ils ont un autre sens que l'Académie fera bien d'indiquer dans la prochaine édition de son dictionnaire. *Noir* signifie simplement *esclave,* celui ou celle qui ne peut porter de souliers, et l'on voit souvent des négresses d'une blancheur éblouissante. *Blanc* devrait signifier par opposition *homme libre ;* mais les mulâtres n'osent prendre ce titre ; les créoles qui étaient à l'assemblée hypothétique que vous savez, tiennent à le garder pour eux, bien que quelques-uns aient la teinte du bistre ou de la sépia.

Il y a deux classes de créoles à Bourbon, composées, l'une des anciens habitants de la colonie, l'autre des nouveaux venus, des spéculateurs, agents d'affaires, avocats, accourus à la curée. Parmi les premiers se trouvent les descendants des premiers colons, et entre autres la famille Panon Desbassyns, dont le nom se rattache à l'origine de la colonie, et dont un membre, gouverneur de nos établissements de l'Inde, développa les talents et l'énergie d'un excellent administrateur.

Ce sont les créoles, qu'on pourrait appeler de seconde main, qui ont perverti les mœurs patriarcales de la première époque. Aujourd'hui, par suite de leur influence funeste, il n'y a plus à Bourbon ni crédit ni confiance. Les cases sont des palais, palais mesquins, en poutres et en planches, mais prétentieusement décorés, et tapissés de tentures éclatantes, qui représentent en général des chasses au tigre ou des épisodes des *Victoires et Conquêtes*. L'excès du luxe a amené des dettes et des banqueroutes. Le taux énorme de l'intérêt ne peut décider les capitalistes à placer leur argent, car ils savent bien qu'on ne paye jamais à Bourbon, et que sur mille créances souscrites et endossées par les plus riches habitants, pas une, — je n'exagère point, — pas une ne sera acquittée. La démoralisation est telle, que ces vérités n'effarouchent personne ; qu'on en convient en riant, et qu'on répète cyniquement ce proverbe : « Dans l'île Bourbon, les honnêtes gens sont venus à pied. » Écoutez

la conversation de deux Bourbonniens : « Savez-vous que N. entend bien les affaires?
— On le dit. — Oh ! il vient d'en faire une superbe avec X.; il les lui a vendus pas
cher; trois cents piastres chacun [1]. Les quatre noirs sont livrés; mais, bah ! dès le
lendemain, ils étaient partis marrons; ils étaient rentrés à l'habitation de N.: c'était
un tour qu'ils avaient consenti à jouer pour quelques coups de tafia, et comme il
n'y a pas de témoins, X. ne pourra prouver la vente. — Ah ! parfait ! — Oui, mais
à trompeur, trompeur et demi : X. a payé en billets à ordre à quinze jours de date,
et l'on n'a aucun recours contre lui, car tout son bien est sous le nom de sa femme
et de son gendre. »

Les Bourbonniens ont longtemps désiré un conseil colonial, des droits civiques,
et, après les avoir obtenus, ils n'ont pas tardé à en sentir les inconvénients. Ils en-
travent l'administration, et ne créent rien ; ils criaillent, et n'agissent pas ; ils font
au gouverneur une opposition mesquine, qui nuit aux intérêts de la colonie. Ainsi,
ils reconnaissent les hautes capacités de l'amiral de Hell, et cependant ils luttent avec
lui, uniquement pour faire acte d'indépendance. M. de Hell vient-il à préférer, pour
un emploi tout à fait subalterne, un homme de mérite à un paresseux ignorant, les
colons s'en vengent en nommant celui-ci député ! Il ne m'appartient pas d'apprécier
la valeur du système représentatif en France, mais à coup sûr, il est funeste aux
colonies.

Vous entendez souvent à Bourbon des plaintes virulentes contre le commerce
français. Sont-elles légitimées par les faits ? Jugez-en. Les planteurs expédient leurs
sucres à Bordeaux, à Nantes, au Havre, et tirent immédiatement sur les négociants
de ces villes, pour une grande partie de la valeur présumée de leur expédition. Les
traites envoyées en France servent à payer les marchandises qu'on en fait venir. Or,
avant 1830, Bourbon avait adopté avec enthousiasme les nouveaux moulins à vapeur ;
les planteurs en avaient acheté pour des sommes énormes, et avaient donné à compte
les traites tirées sur leurs consignataires. La révolution arrive ; à la suite de quelques faillites, plusieurs traites sont protestées, et la colonie perd environ la moitié
des sucres expédiés en 1829-1850 ; mais d'un côté, profitant des circonstances pour
suspendre ses payements, elle garde toutes les machines dont elle avait fait précédemment l'acquisition, et elle en avait pour plusieurs millions ! Voilà comment le
commerce français a ruiné les Bourbonniens !

Au physique, les créoles de Bourbon ont généralement la taille bien prise, mais le
corps grêle et peu robuste. Cette absence de développement tient à leur précocité.
Environnés dès l'enfance de négresses engageantes et faciles, ils cèdent à l'attrait des
voluptés matérielles, à un âge où les petits Parisiens ne songent encore qu'à jouer à
la balle. Étiolés dès l'enfance par des excès prématurés, ils conservent toute leur vie
une débilité dans la constitution, une mollesse dans la démarche, d'après lesquelles
il ne faudrait cependant pas juger de leur énergie interne, car on les voit fougueux
dans les passions, actifs dans les affaires, intrépides dans les combats.

[1] La piastre vaut 5 francs. Elle est d'un usage assez général, quoiqu'on n'admette dans les comptes
publics que les monnaies françaises.

Ce que nous avons dit de la nature hybride des Bourbonniens est applicable à leurs compagnes, et cependant, grâce à leur vie sédentaire, aux soins extrêmes qu'elles prennent de leur figure et de leurs mains, aux essences qu'elles emploient à profusion, aux bains froids destinés à donner quelques nuances roses à des joues d'un blanc mât, grâce aux ablutions au lait, à la mie de pain, grâce au *trésor de la peau*, à la *pâte des sultanes, des odalisques, des bayadères,* et surtout à la *poudre superfine à la maréchale,* dont on se frotte la figure, la gorge et les bras, elles parviennent à se procurer une blancheur qui éclipse celle même de bien des Françaises. Comment décrire ces visages arrondis, ces noirs cheveux, ce teint pâle, ces chairs délicates, cette peau mince et diaphane, sous laquelle les veines se dessinent en contours azurés? Les femmes créoles ressembleraient à de froides statues, sans leurs grands yeux noirs, humides, veloutés, si étincelants au milieu des plaisirs du bal, à la clarté des bougies. Mais, il faut l'avouer, n'en déplaise aux déclarations contradictoires de quelques observateurs superficiels, les passions que paraissent refléter les brûlants regards des femmes créoles n'existent pas dans leur cœur. Les poétiques éloges qu'on leur a prodigués sont autant de calomnies ; les brûlants récits des romanciers, les peintures des amours désordonnées du beau sexe colonial, sont des inventions totalement mensongères. Au lieu de cette fougue tant vantée par les versificateurs actuels, les dames de Bourbon ont de solides vertus ; au lieu de ce fol emportement qu'admirent les lecteurs d'*Indiana,* elles possèdent les plus précieuses qualités dont puisse s'enorgueillir une mère de famille.

Cette vieille histoire des femmes de Blois sera éternellement neuve. La manie de généraliser est d'autant plus familière aux observateurs, qu'elle dispense d'un examen attentif, et qu'on s'épargne de longs travaux en déduisant tous les faits d'un seul fait. Un Anglais voit une aubergiste rousse et acariâtre, et attribue à toutes les femmes du pays la rousseur et la maussaderie ; Dulaure déterre dans un chroniqueur un crime commis par un prêtre, et s'écrie que tous les prêtres sont des pervers ; un voyageur passe dans les colonies, voit quelques femmes créoles au bal, juge de leur ardeur interne par celle de leur prunelle, et les représente aussitôt comme des femmes capables de faire trois mille lieues pour embrasser un amant. Quant à moi, durant un séjour prolongé à Bourbon, j'y ai étudié le caractère des dames ; je les ai vues, en toutes circonstances, calmes, indolentes, sans exaltation, d'une vertu irréprochable, d'une douceur édifiante. Leurs maris courtisent les mulâtresses, désertent le logis, dépensent leur fortune et leur santé ; elles souffrent en silence et sans colère, avec une admirable résignation. Leurs journées s'écoulent dans une molle apathie. Reposer, les jambes en croix, sur une natte de l'Inde ; entendre raconter par une nourrice, une *nainaine,* ces vieilles légendes si gracieuses dans le patois de l'île; manger en cachette avec une main blanche, *ambrevattes, couscous,* ou *rougail;* contempler ses enfants qui se roulent nus sur la natte ; passer quatre heures, le soir, à composer une éblouissante toilette: telles sont les occupations de la créole, principalement pendant les loisirs de l'hiver. Plus active l'été, elle surveille l'habitation, en dirige tous les détails, en régularise les mouvements, sans bruit, sans embarras, avec la fermeté que donne la certitude du résultat.

MULATRESSE

(Bourbon.)

LE MULATRE.

C'est incontestablement aux mulâtres qu'appartiendra un jour la colonie tout
entière. Ils ne possèdent actuellement que le seizième environ des terres cultivées,
et la huitième partie des esclaves; ils sont réduits, par la répulsion du préjugé,
aux professions de commis marchand, de régisseur, d'économe, de tailleur, de
boucher, de boulanger ou de cordonnier; mais leur suprématie naîtra naturellement de leur nombre et de leurs qualités intellectuelles. Ils ne le cèdent en rien à
la race blanche : ils ont les formes athlétiques et la vigueur propre aux races
croisées; leur imagination est vive et prompte; leur aptitude aux beaux-arts serait
susceptible d'un fructueux développement, si l'opinion ne les confinait dans les
métiers. Ils méritent jusqu'à un certain point le reproche d'apathie; mais ne doit-
on pas attribuer leur paresse au découragement?

Comme tous les parvenus, les mulâtres ont oublié leur origine; ils témoignent
aux noirs au moins autant d'horreur que les blancs eux-mêmes, et si les préjugés
qu'a enfantés l'égoïsme n'avaient fini par le dominer, les colons auraient senti l'impérieuse nécessité de se faire un auxiliaire d'une race intelligente et passionnée. La
réprobation qui frappe les mulâtres est d'autant plus étrange, qu'égaux et même
supérieurs aux blancs en capacité, ils sont parfois d'une blancheur plus authentique.

On voit surtout des mulâtresses, je dirai même des négresses, blanches comme
des cygnes, circonstance qui serait incompréhensible si l'on ignorait les origines de
la colonie. La chevelure d'ébène de ces femmes fait ressortir l'éclat de leur teint;
leurs chaînes d'or, leurs longues boucles d'oreilles, étincellent moins que leurs yeux
noirs et vifs. O beautés à la taille souple, à la démarche coquette, vous êtes quelquefois récemment entrées dans la classe libre par un affranchissement; vos souliers
neufs, douloureuse parure, blessent vos pieds blancs habitués à courir sur le sable
ou le gazon, et dès que vous êtes à l'abri du regard, prenant à la main vos escar-
pins, vous retrouvez les libres allures de votre servitude; vous vous croyez encore
esclaves! Mais ne voyez-vous pas que vous êtes reines; que vous régnez despoti-
quement sur les plus fiers créoles; que vous vous faites servir à genoux par ces
superbes; que vous les persécutez de vos caprices; que vous n'avez qu'à commander
pour voir les plus riches déposer à vos pieds leurs trésors, et humilier devant vous
leur inflexible orgueil!

Etranges créatures! qui pourrait les blâmer de leur inconstance, de leurs galan-
teries, de leurs débauches mêmes! Nous autres d'Europe, gens civilisés, moraux en
théorie du moins, nous ne comprenons pas ce libertinage sans remords, ce calme
dans le vice, cette candeur dans la dépravation! Nous sacrifions aux ruineuses idoles
du quartier Notre-Dame de Lorette avec la conscience de nos mauvaises actions, et

les *impures*, comme les nommaient nos pères, n'appellent pas de la sentence qui les flétrit ; mais les ardentes mulâtresses de Bourbon, ignorantes, sans éducation, sans principes, sans direction morale, s'accoutument dès leur adolescence à n'écouter que leurs passions. Elles ne voient dans le mariage qu'une chaîne dont l'indissolubilité les effraye, qu'une continuité de monotones devoirs qui leur font horreur. Peut-être, si on les avait initiées aux vertus, si l'on avait plié leur âme au joug des lois sociales, elles eussent été de chastes épouses, de bonnes mères, d'honorables ci-toyennes ; mais, dans leur condition présente, elles suivent l'aveugle impulsion de la nature, et n'en reconnaissent point d'autre ; elles se transmettent leurs traditions de dévergondage, ne supposent point qu'il y ait une vie régulière, ne trouvent aucun mal à s'abandonner à ceux qu'elles aiment, et à changer quand elles n'aiment plus. Elles sont franchement capricieuses, infidèles sans perfidie, et toujours dévouées à ceux qu'elles ont choisis… jusqu'à nouvel ordre.

Entre la mulâtresse que nous venons de décrire, et la femme que nous appellerons *négresse blanche,* il n'y a de différence que l'esclavage. La première est chaussée, la seconde va les pieds nus ; l'une domine dans la liberté, l'autre dans l'esclavage : voilà tout. La négresse blanche ne séjourne jamais dans les habitations ; elle habite Saint-Denis ou Saint-Paul. Rarement on l'emploie comme domestique, et la domes-ticité même n'entrave point ses habitudes galantes. Sa maîtresse la laisse libre, lui imposant seulement la condition d'apporter au logis une piastre par jour, sans s'in-quiéter de la manière dont sera gagnée cette somme, évidemment trop élevée pour être acquise honnêtement.

La négresse blanche est d'une fécondité illimitée ; elle étale avec orgueil sa nom-breuse progéniture, en indiquant complaisamment le nom du père de chaque enfant sans se tromper et avec une mémoire imperturbable. Il s'ensuit que les honnêtes propriétaires de négresses blanches gagnent à ce honteux commerce de beaux esclaves blancs, qui plus tard se vendront bien, à moins qu'ils ne soient achetés par les pères, auxquels on sait les faire payer cher.

Du temps où j'habitais Bourbon, brillait à Saint-Denis une charmante négresse blanche, vive, jolie, coquette, fantasque, toute flamme et caprice. Son *li-blanc* était un brave homme qui en était fou, et qu'elle torturait. Il l'avait achetée 550 piastres, et lui avait promis la liberté : c'était un singulier ménage ! Pendant plusieurs années, ils vivaient dans une délicieuse concorde ; on eût pu les citer comme des modèles de constance et de félicité. Tout à coup un caprice bouleversait la tête de Suzanne, il lui fallait des émotions vives, des bals, des excès ; elle s'éprenait d'une indomptable passion pour un ami de son maître, s'agitait, menaçait, grondait, pleurait, trépignait. Le vieux nègre de la maison, le bon Marie-*Zozé* (Marie-Joseph), familiarisé avec ces symptômes, murmurait ces prophétiques paroles : « Mam'zelle Siza li gagne envie couri son la bordée (Mademoiselle Suzanne a envie de courir sa bordée). » En effet, elle annonçait à son maître qu'elle ne l'aimait plus, qu'elle en adorait un autre, et réclamait son affranchissement. Il refusait et l'enfermait ; si elle cherchait à s'enfuir, il rugissait, tonnait, frappait, jetait Suzanne à la porte, en jurant qu'il ne la recevrait jamais. Au bout d'une quinzaine, elle reparaissait ; le maître, inexorable, refusait de la recevoir. Suzanne lui demandait grâce en pleurant, s'accusait avec des cris de désespoir, suppliait qu'on la battît, se meurtrissait le visage, et passait les nuits couchée en travers de la porte, si bien que notre ami D*** se décidait à pardonner.

Pendant une longue maladie de D***, Suzanne le veilla, le soigna avec un infatigable dévouement; jamais femme ne déploya plus de courage, de force, de zèle et d'intelligence.

Toutes les négresses blanches ne sont pas aussi volages que la belle Suzanne. Des capitaines de navires, qui font habituellement le voyage de Bourbon, ont leur mulâtresse à Saint-Denis; ils la quittent pour revenir en France, et sont certains, à leur retour à Saint-Denis, de la retrouver fidèle, pourvu que leur absence ne dure pas plus d'un an : c'est la prescription admise.

LE NÈGRE DE L'ILE BOURBON.

Il nous resterait à parler des noirs de Bourbon; mais, comme ils diffèrent peu de ceux des Antilles et de Cayenne, nous nous contenterons de leur consacrer une rapide esquisse.

L'esclavage n'a pas été aboli à Bourbon pendant la période révolutionnaire; les agents de la république, Bacot et Burnel, qui venaient proclamer l'affranchissement des noirs, ne purent même pas débarquer dans l'île, et l'assemblée coloniale, qui se maintint durant treize années indépendante de la métropole, expulsa de son sein les partisans de la liberté. Il s'ensuit que les idées de servitude sont profondément enracinées dans l'esprit des créoles de Bourbon.

La classe des esclaves à Bourbon est composée d'individus de race noire et d'un petit nombre de gens de couleur. Presque tous descendent de nègres amenés autrefois de la côte d'Afrique, de Madagascar, et principalement de Mozambique. La valeur moyenne d'un noir attaché à la culture, d'un *noir de pioche*, est de 1,500 à 2,000 francs, lorsqu'il a passé quatorze ans, et de 750 à 1,200 fr. lorsqu'il n'a pas encore cet âge. Les ouvriers et domestiques esclaves se vendent proportionnellement à leur habileté, et sont payés jusqu'à 8 et 10,000 francs.

Les nègres de Bourbon sont en général mieux traités que ceux des autres colonies. Les *petits blancs*, qui forment plus des deux tiers de la population, partagent les travaux de leurs esclaves, vivent avec eux dans la fraternité de la misère; et, dans les grandes exploitations, le maître veille assidûment au bien-être de son atelier. Le matin, le créole passe en revue les noirs de son habitation, trie les malades et les envoie à l'infirmerie, visite dans les cases les femmes et les enfants. Il connaît par leurs noms tous ses travailleurs, qui sont parfois au nombre de deux cents pour une seule exploitation. Il les tient en joie pour toute la journée, en leur adressant quelques paroles affectueuses, un compliment sur leur petit jardin, sur les douze coçous que vient de mettre au jour l'énorme truie qui se roule dans le *marigot*. Une truie, *maman la trie*, quelques poules, deux canards, son *lizardin* (son jardin), et *son lacaze*, voilà les richesses du nègre, voilà ce qui suffit pour le rendre heureux.

Les vieux nègres, qui ne sont pas rares, sont exempts de travail à Bourbon, et ont pour unique fonction de protéger les champs de cannes contre la voracité des *martins*[1]; d'effaroucher *li zozo*; ils sont installés avec leurs familles dans leur *lacaze*, ou eux, *si bien dourmi*, entretiennent proprement un jardin d'une étendue convenable, et possèdent quatre canards et deux *coçons*. Ces serviteurs parviennent quelquefois à un âge avancé, qui prouve les bons soins dont ils sont entourés. Sur trois mille quatre cent vingt-six esclaves ayant dépassé l'âge de soixante ans en 1856, il s'en trouvait deux cent cinquante-huit de quatre-vingts à quatre-vingt-dix ans, et vingt-huit de quatre-vingt-onze à cent ans.

Il semble que les créoles, en dépit de leur morgue aristocratique, ne puissent s'empêcher de songer à cette fusion des races au milieu desquelles ont prospéré leurs ancêtres. Ils règnent sur leurs ateliers par la longanimité plutôt que par la violence. Rarement ils infligent des punitions, et ce ne sont pas de ces atroces supplices, de ces exécutions sanglantes, dont s'indigne avec raison la philanthropie européenne. L'auteur de cet article peut, sans manquer aux lois de la modestie, déclarer qu'il n'a point l'âme insensible. Il a vécu dans l'Inde, dans les colonies, dans l'Afrique centrale, et a perdu souvent le peu de patience que le Ciel lui a départi, en voyant l'apathie et la lenteur des noirs de toutes nuances; cependant, il n'a jamais levé la main sur un esclave, et n'a jamais été témoin d'un châtiment qu'on pût qualifier de cruel. Il n'a vu sévir contre des nègres que dans des circonstances où la justice régulière des tribunaux eût été certainement plus sévère que le despotisme colonial. Enfin, il a remarqué que, si des actes de barbarie ont été commis, les auteurs étaient, non pas des créoles, mais des Européens, des parvenus enrichis, et, chose étrange! des hommes arrivés aux colonies avec des convictions abolitionnistes. Il s'opère chez ces théoriciens une si brusque réaction, à la vue de l'abjection, du déplorable abrutissement de la race nègre, qu'ils passent du plus ardent négrophilisme aux excès de la plus rigoureuse tyrannie.

Que le nègre des Antilles soit opprimé, prêt à la rébellion, je ne le contesterai point; mais je puis attester *de visu* que l'esclave bourbonnien est aussi heureux qu'on peut l'être dans un état qui identifie l'homme avec la bête de somme. La proportion de la mortalité, de 1854 à 1858, a été, pour les hommes libres, de 2,51; et, pour les esclaves, de 5,10, sur cent individus. Les affranchissements, qui n'avaient été qu'au nombre de 250, depuis la fin de 1850 jusqu'au 30 novembre 1855, se sont élevés, de cette époque au 51 décembre 1859, au chiffre de 5,292. Les hommes de couleur libres, mais d'une condition inférieure, choisissent souvent

[1] Espèce de sansonnets.

une compagne parmi les négresses, et ces mariages tendent à amener par degrés le rapprochement de deux classes dont les intérêts sont réellement communs.

Ainsi, traités avec ménagements, soignés dans leurs maladies, passablement nourris, les noirs de Bourbon ne rêvent ni l'insurrection ni même l'indépendance, malgré leur supériorité numérique[1]. Ils n'envient guère le sort des *engagés* libres, qu'on recrute parmi les Indiens de la côte d'Orixa, et surtout dans la caste des parias. Leur tranquillité, en présence de l'émancipation de l'île Maurice, fait l'éloge de leurs maîtres, et l'on est forcé d'avouer que, si le principe en vertu duquel ils sont attachés à la glèbe est anormal et vicieux, l'application est du moins humaine et bienfaisante.

CONCLUSION.

Bourbon n'est qu'une petite île, point microscopique perdu dans l'immensité de l'empire britannique oriental ; et pourtant c'est une belle et fertile colonie. Elle a importé annuellement en France, de 1847 à 1858, une moyenne de dix millions six cent cinquante-quatre mille trois cent quarante et un kilogrammes de sucre. Elle produit en abondance la canne, le café, le coton, le cacao, le girofle, le tabac, la muscade, la patate, le manioc, le maïs, toutes les céréales. Les forêts, qui couvrent un peu plus d'un quart de la superficie de l'île, renferment les espèces de bois propres aux constructions et aux arts. Les dépenses des services colonial et militaire de l'île étaient, pour l'exercice de 1841, de 2,886,664 fr., tandis que les recettes locales, les contributions directes et indirectes, le droit de capitation sur les esclaves, les crédits alloués au budget de la marine, ne produisaient que 2,825,545 fr. ; mais la moyenne des droits perçus en France sur les denrées coloniales de Bourbon est de 8,289,815 fr., outre les droits sur les sucres, dont le détail pour cette île n'est pas indiqué dans les tableaux officiels. Nous pouvons donc nous estimer heureux de cette possession, quoiqu'elle soit séparée de l'île de France, jadis le plus beau joyau de notre couronne coloniale. Nous ne quitterons pas la mer des Indes sans te saluer, toi que l'Angleterre nous a ravie, à laquelle ils ont enlevé jusqu'à son nom pour y substituer celui de *Mauritius*, pour te rebaptiser tristement! Les traités de 1815 assurent que tu es anglaise : impudent mensonge diplomatique! comme si un trait de plume suffisait pour rayer une nationalité aussi énergique que la tienne! immorale fiction qui voudrait en vain prévaloir! Quoi! ces belles et nobles familles volontairement exilées de France ont été brusquement déshéritées de leur

[1] Les notices statistiques rédigées au ministère de la marine donnent les chiffres suivants pour la population de 1858 : hommes libres, blancs et de couleur, 56,981 ; noirs esclaves, 42,058! négresses esclaves, 24,105.

nom, et vous dites qu'elles sont anglaises ! Je maintiens qu'elles sont françaises, comme Paris était français, même devant les Cosaques. Le *Port* (Port-Louis), cette ville qui a pour patron un roi de France, semble un magnifique quartier détaché de Paris et transplanté au delà des mers. Les habitants parlent la langue de Molière et de Bossuet, et dédaignent de siffler le jargon sauvage des usurpateurs. Si un Français arrive dans l'île et peut y séjourner quelque temps malgré les persécutions du pro-consul britannique, il tombe au milieu d'un cercle d'amis, au milieu d'une famille. En vain les Anglais s'efforcent d'extirper un indomptable patriotisme, l'île de France, attendant des jours meilleurs, garde dans son cœur un ardent amour pour la mère dont elle a été violemment séparée.

Vous rappelez-vous, chers compatriotes du Port, le moment où le pavillon trico-lore fut arboré sur la maison de notre d'Arvoy : c'était en juin 1840. Que de joies, que d'espérances ! D'Arvoy, qui depuis tant d'années défendait à Port-Louis les in-térêts de la France, sous le modeste titre d'agent français, obtenait enfin la dignité de consul : faible récompense d'un long dévouement, d'utiles services, de zèle in-fatigable. Il y avait enfin un point nominativement français dans une île toute française.

Adieu, Port-Louis, et puissé-je, dans une seconde édition de cette Encyclopédie morale, être appelé à rendre à l'île de France le glorieux titre de reine de nos possessions d'outre-mer ! Que la justice divine éclate, et l'Orient sera délivré ! que les Indous opprimés se lèvent, et le règne de l'Angleterre sur ces parages passera comme un mauvais rêve, sans laisser d'autres traces qu'un souvenir de haine. Adieu l'île de France et Bourbon ! adieu les belles mers des Indes ! Salut au cap des Tourmentes ! Hisse le grand foc ; la brise du sud-est nous pousse, et que Notre-Dame de Bon-Secours nous protége ! Notre navire est solide, et notre brave capi-taine Daniel connaît son métier. Jamais le cap n'a été plus furieux, le vent plus contraire : un mois se passe à recevoir les coups de mer sur le banc des Aiguilles ; mais, je vous l'ai dit, notre navire est solide, et notre brave Daniel connaît son métier.

Saint-Louis (Sénégal), 10 novembre 1841.

EUGÈNE AUBERT.

LE CRÉOLE DE CAYENNE.

L'HABITANT DE LA GUYANE FRANÇAISE.

LA goëlette *l'Iris* venait de prendre son mouillage devant la ville de Cayenne, lorsqu'un léger canot, dans lequel on remarquait un jeune officier de marine, poussa du bord et accosta le rivage. Rodolphe de Larvor avait obtenu de son capitaine l'autorisation d'aller passer quelques jours à l'habitation de M. du Rosier, l'un de ses parents. L'enseigne de vaisseau arrivait dans le pays pour la première fois ; il ne connaissait que de nom la famille de son cousin créole, mais il n'était pas étranger aux mœurs et aux coutumes d'outre-mer. Il avait précédemment visité nos Antilles, et venait de stationner pendant deux ans au Brésil, qui est trop rapproché de la Guyane pour n'avoir avec elle que des rapports de climat. Il savait, d'ailleurs, de tradition maritime, que les planteurs exercent largement l'hospitalité ; et il était certain d'être accueilli avec d'autant plus d'empressement que tout créole est heureux et fier de recevoir dans ses domaines un *Français de France*, surtout quand celui-ci est son allié, quel que soit le degré de parenté. En Bretagne et en Bourgogne on cousine dix fois moins qu'aux Antilles et à la Guyane. Le jeune officier ne fit que traverser la ville, dont les maisons, bâties en bois avec une élégante simplicité, sont espacées et séparées les unes des autres par des jardins.

Leurs toitures d'un brun doré, leurs galeries à jour, et des tapisseries de fleurs, les rendent semblables à des fabriques de plaisance habilement disséminées dans les méandres d'un parc anglais; elles sont ombragées par d'épais massifs de verdure, ce qui donne à l'ensemble un aspect champêtre fait pour séduire des gens qui arrivent du large. Toutefois, la riante cité emprunte un certain caractère monumental à de grandes allées de palmistes chevelus, dont les tiges élancées et les feuilles courbées en panache simulent des colonnades, des arcades et des portiques.

Rodolphe se procura une grande pirogue armée par des nègres esclaves, et partit aussitôt pour l'habitation. Le vent du large, céleste bienfait que les habitants des contrées équatoriales attendent chaque jour comme les Israélites attendaient la manne dans le désert, commençait à rider la mer à son horizon, lorsque la frêle embarcation déborda. A l'aide de larges pagayes, les rameurs lui imprimèrent aussitôt un rapide mouvement; entièrement nus jusqu'à la ceinture, ils se courbaient simultanément en frappant l'eau de haut en bas, tandis que le patron, assis à l'arrière, gouvernait de manière à raser les côtes et à profiter des moindres courants. L'officier admira successivement les rives pittoresques du Tonnegrande et du Tour-de-l'Ile. Une suite non interrompue de merveilles se développait à ses yeux. A des bois impénétrables, dont les lianes vivaces formaient des arceaux de verdure au-dessus de sa tête, succédaient d'immenses clairières ou des sites rocailleux d'un effet sauvage. De temps en temps, sur un coteau voisin, il distinguait une maison blanche entourée de cases et de terrains défrichés. Le patron lui montra en passant la demeure de Billaud-Varennes, dont le séjour à la Guyane a laissé de profonds souvenirs dans toutes les classes d'habitants. Une conversation animée s'engagea dès lors entre les nègres et leur passager. Le noir esclave est causeur et même bavard, il rit souvent et bruyamment, il se lance volontiers dans d'interminables dissertations sur les plus futiles sujets. Il est bien opposé en cela à l'Indien, qui garde le silence et le sérieux absolu des sénateurs romains devant les Gaulois. Par moment, on se croisait avec quelque canot de planteur, les équipages se saluaient et s'interpellaient en passant. C'étaient alors des éclats de voix, des allocutions et des gestes qui duraient jusqu'à ce qu'une pointe de terre s'interposât entre les deux pirogues. La barque poursuivit ainsi sa route et entra dans la Mahury, longeant tantôt des bords animés par l'abondante population d'un grand établissement de culture, tantôt des lieux déserts, où l'on n'entendait d'autre bruit que les cris des hôtes primitifs des forêts. Les singes se suspendaient et se balançaient au bout des longues branches; à travers les feuillages, on apercevait des papegais violacés, des toucans au plumage éclatant, des perruches, des courlious, des agamis et mille variétés scintillantes du tangara, du colibri et de l'oiseau-mouche; parfois un tigre, bondissant dans les broussailles, lançait un coup d'œil féroce sur les navigateurs dont les chansons troublaient sa solitude, et puis s'enfuyait en rugissant; parfois aussi, les anneaux dorés d'un long serpent, sous lequel ondulaient les hautes herbes, apparaissaient entre les branchages épars sur le sol, ou bien encore, un caïman, immobile et souillé d'une épaisse couche de limon, laissait entrevoir son horrible tête.

Le soleil avait disparu derrière les mornes, le court crépuscule des régions équinoxiales venait de commencer; d'immenses chauves-souris velues, qui portent le nom de vampires, traversaient le fleuve en poussant des cris plaintifs; les moustiques et les maringouins s'élevaient par myriades des deux rives et bourdonnaient aux oreilles du passager. Rodolphe, en sa qualité de blanc et de nouveau débarqué, était assailli par ces nuées d'insectes malfaisants ; la position n'était pas tenable, et il était bien décidé à faire halte à la première plantation qu'il découvrirait, quand, à un détour imprévu, tous les rameurs poussèrent un cri de joie : ils venaient d'apercevoir le but de la traversée. Le patron, triomphant, qui, depuis deux heures, répondait au marin qu'on était rendu, se contenta cette fois de faire un geste ; la voile fut amenée et la pirogue s'amarra au lieu de débarquement. Les nègres allumèrent des torches afin d'écarter les serpents, et frayèrent un sentier à l'officier, qui ne tarda pas à entendre les aboiements des chiens de l'habitation. Peu d'instants après, une troupe d'esclaves, porteurs de flambeaux, s'avança à la rencontre de la petite caravane. Leur costume était de la même simplicité que celui des rameurs : une modeste pièce d'étoffe, dans le genre d'un caleçon de bain, formait leur unique accoutrement. Deux ou trois privilégiés portaient des chemises et des pantalons rayés, c'étaient inévitablement des gens attachés au service intérieur du logis. Un grand mulâtre, qui semblait exercer une certaine autorité sur ses camarades, interrogea l'escorte de Rodolphe. Il n'eut pas plutôt appris le nom et les qualités de l'étranger, qu'il se précipita vers la maison principale, autour de laquelle on distinguait un amas de cases et de bâtiments de servitude.

Rodolphe n'eut pas le temps d'en voir davantage ; un jeune colon de son âge accourait à sa rencontre : « Mon cousin, lui dit-il, soyez le bienvenu, entrez dans la salle où la famille est réunie, on vient de se mettre à table pour dîner. Mon père et ma mère vous attendent impatiemment. — Mon cousin Albert? demanda l'officier. — Précisément, » répondit le créole en lui tendant la main. Les deux jeunes gens s'embrassèrent et montèrent ensemble le perron. Albert se retourna cependant, et ordonna au commandeur qui le suivait de faire loger les canotiers de Rodolphe.

L'officier de marine avait à peine interrogé ses compagnons de route sur le compte des habitants du Rosier. Il avait tenu à se réserver une première impression aussi fraîche que possible, sans qu'elle eût été déflorée par une maladroite caricature. Ce fut donc sans aucune prévention favorable ni défavorable qu'il fit son entrée dans la salle à manger. Aussitôt les convives se levèrent avec un joyeux empressement. M. du Rosier se dirigea vers lui, le félicita de son arrivée, et, après un cordial exorde, le présenta à sa famille.

Le maître de la plantation était un homme d'une figure prévenante, et de manières faciles qui ne manquaient ni de convenance ni de dignité. Ce qui frappait surtout en lui, c'était un air de satisfaction intime, résultat évident, non d'une impression momentanée, mais d'un contentement normal et d'une grande confiance en soi. L'habitude de commander en souverain absolu à de nombreux serviteurs lui donnait un certain aspect de majesté patriarcale; sa physionomie ouverte et franche respirait l'énergie, quoique les allures de son corps fussent nonchalantes. M. du Rosier n'avait guère dépassé sa cinquantième année, mais il méri-

tait le nom de vieillard, tant la vie s'use vite sous le ciel des tropiques. Ses cheveux
étaient entièrement blancs, des rides profondes sillonnaient son visage brûlé, son
corps, déjà voûté, avait perdu toute souplesse. Le même effet du climat se faisait
remarquer chez madame du Rosier ; depuis longtemps elle avait cessé d'être jolie, mais
elle était belle encore par la distinction et la pureté de ses traits. Elle ressemblait à
une de ces têtes d'étude d'un caractère élevé, qui ont plus de noblesse que de grâce.
Elle paraissait être l'aïeule de ses jeunes enfants assis à sa gauche et dont elle
s'occupait avec une extrême sollicitude. Grande, maigre, osseuse, elle ne pouvait devoir l'admiration enthousiaste de ses esclaves qu'à un regard assuré, sévère et presque impérieux qui avait conservé le plus vif éclat. Sa figure mélancolique faisait contraste avec la physionomie rieuse d'une jeune fille d'environ dix-huit
ans qui était placée à côté d'Albert. Zoé avait de grands yeux noirs et humides qui se
levaient sans timidité sur l'enseigne de vaisseau, et le forcèrent impitoyablement
plusieurs fois à transporter ailleurs le champ de ses observations. Les joues de la
jolie créole brillaient du plus vif incarnat, son teint était d'une éclatante blancheur,
sur ses tempes se relevaient en épais bandeaux des cheveux soyeux et presque blonds.
Ce genre de beauté est loin d'être une exception à la Guyane ; mademoiselle du
Rosier le possédait au plus haut degré. Française par son père, elle tenait sans
doute de la race hollandaise par quelque rameau de sa généalogie maternelle.
Une grâce séduisante était épandue à flots dans toute sa personne. Sa taille
svelte se dessinait voluptueusement sous le long peignoir appelé *gole*, dans lequel
se drapent habituellement les femmes créoles à l'habitation, lorsqu'on n'attend pas
d'étranger.

  Tandisque Rodolphe s'abandonnait intérieurement au plaisir d'analyser les attraits
de sa jeune cousine, une conversation générale s'était engagée. Il fallut passer en
revue tous les membres de la famille de France, que le vieux planteur prétendait
avoir intimement connus. Albert parlait de Paris, *l'unique rivale de Cayenne*, suivant
le dicton guyanais, mais sur ce point Rodolphe ne parvenait guère à satisfaire son
ardent interlocuteur. Il y avait déjà deux longues années que la goëlette était partie
de Brest, et le jeune colon connaissait trop bien Paris et ses environs pour se contenter
de vagues généralités ; l'enseigne se trouvait souvent obligé de déclarer son incompé-
tence ; Albert souriait alors d'un air de triomphe. Zoé, à son tour, s'adressait directement à l'officier avec une familiarité prévenante ; lui s'ingéniait à répondre délicate-
ment à sa charmante questionneuse. Le dîner n'était pas terminé, que le marin était
ravi au septième ciel, c'est-à-dire éperdument épris de sa cousine. Les choses se passent
toujours ainsi. Lorsqu'on arrive de la mer, le cœur dégagé de toute affection et avec
les meilleures prédispositions sentimentales, — c'était là le cas de Rodolphe, —
il suffit de deux beaux yeux et d'un sourire pour vous transformer d'homme libre
en esclave. Les jeunes filles créoles excellent à faire la traite des blancs. Rodolphe
trouvait de plus un esprit éveillé, une repartie fine et prompte, un abandon merveilleux qu'autorisent les mœurs du pays et que sa bienheureuse qualité d'arrière-
cousin rendait plus complet encore. Il se laissa donc captiver sans résistance. Aussi
était-il singulièrement distrait lorsque les nègres qui servaient à table apportèrent

CRÉOLE DE CAYENNE

le dessert. Les flacons les plus estimés étaient débouchés ; les meilleurs vins de France et d'Espagne, les liqueurs des Antilles, le rhum de la Nouvelle-Grenade, circulaient sans interruption. Ces circonstances multiplièrent l'audace du marin au point qu'il finit par proposer à son tour le toast de Zoé. Sa provocation plut, et chacun lui rendit raison en riant.

Pendant ce repas, qui se prolongea jusqu'à une heure fort avancée, madame du Rosier seule avait presque constamment gardé le silence. De temps en temps, si elle avait un ordre à donner, elle faisait un signe et les esclaves obéissaient à l'instant. Elle n'éleva point la voix une seule fois. Elle se contenta d'un geste pour indiquer que les maringouins devaient gêner les convives, et qu'il fallait les chasser. Aussitôt les petits nègres attachés au service intérieur se roulèrent sous la table pour faire une guerre à mort aux maudits insectes. Il est bon de faire remarquer ici que, pour la même raison, chacun avait déjà les pieds et les jambes renfermés dans de gros sacs, selon l'usage ordinaire du pays.

Cependant les négresses souriaient malicieusement en examinant Zoé et l'officier de marine. La négresse, en sa qualité de femme, a l'esprit infiniment plus délié que celui du nègre ; d'une nature ardente et passionnée, elle s'intéresse vivement à tout ce qui a quelque rapport avec l'amour. Celles qui sont attachées au service des maîtres acquièrent, du reste, assez promptement une finesse propre, qui tient à leur rapprochement d'une classe supérieure ; la plupart du temps, elles font preuve d'une intelligence qu'on s'est trop souvent complu à contester à leur race. D'ailleurs, parmi ces esclaves de choix, il y en a toujours un certain nombre qui ont du sang mêlé dans leurs veines. Les colons cependant parlent d'ordinaire devant elles avec une liberté entière d'expressions, comme si elles étaient incapables de comprendre ; aussi, M. du Rosier, ne prenant aucunement garde aux serviteurs qui l'entouraient, se mit à pérorer sur le texte éternel des propriétaires d'esclaves. L'état du nègre, l'abolition, les philanthropes et tout le reste lui fournirent matière à une dissertation interminable. L'officier ne jetait dans la conversation que le peu de monosyllabes strictement nécessaires pour l'alimenter, il était tout entier à Zoé. Flattée de l'admiration évidente de Rodolphe, elle prenait plaisir à compléter sa facile conquête ; mais l'heure avait marché, madame du Rosier se retira avec ses enfants. La jeune fille la suivit, à regret peut-être, en laissant son cousin savourer un dernier et gracieux sourire.

Albert et son père allumèrent alors des cigares parfumés au carmantin, et en offrirent à leur hôte, qui se hâta de détourner un sujet de lamentations par trop usé. Le marin n'avait pas le temps de parcourir le pays comme il l'aurait désiré, de manière à se former des opinions personnelles ; il ne pouvait donc que recueillir celles d'autrui, en se réservant la faculté de les modifier à son gré. Il se mit aussitôt à interroger M. du Rosier, qui avait fait preuve d'un sens droit dans tout ce qu'il avait dit jusque-là, même en parlant des nègres et des gens de couleur. Le colon de Cayenne, sous ce dernier rapport, est plus avancé qu'aucun autre habitant des colonies françaises. Un esprit de tolérance digne d'éloges s'est développé en lui, presque à son insu. Son mépris pour les affranchis et leur descendance est loin d'être aussi prononcé que celui du créole des Antilles, et le traitement des esclaves est comparativement fort doux.

Ceux-ci jouissent, entre autres priviléges, d'un jour par quinzaine, *le samedi nègre*, qu'il leur est permis d'utiliser selon leur volonté. Un vaste espace de terrain leur est concédé ; ils le cultivent pendant ce jour de vacance, tandis que les femmes s'occupent des soins de la case. Telle est la richesse de la terre, que quelques coups de bêche donnés deux fois par mois suffisent pour fertiliser le champ de l'esclave. Il y recueille une nourriture abondante, et même peut facilement obtenir assez de manioc pour retirer de ce produit un léger pécule, source de mille jouissances incomparables. La précieuse racine, réduite en grosse farine nommée *couac*, lui sert de pain. Quelquefois il en fait de rondes galettes appelées *cassave*. C'est, du reste, sous cette forme qu'il vend ordinairement sa modeste récolte. On sait que la fine fleur de manioc est le tapioca si recherché des gourmets. Les nègres, pour faire leur repas, placent le *couac* dans des demi-calebasses ou *couïs*, et l'y prennent à poignée pour le manger avec la morue et le lamantin dont on leur fait des distributions quatre ou cinq fois par semaine. Ils ont généralement des bananes à discrétion ; enfin, on leur délivre, de temps en temps, les jours de fête par exemple, du lard ou du bœuf salé. Beaucoup de nos paysans d'Auvergne et de Bretagne s'accommoderaient volontiers de la cuisine des esclaves. Le dimanche est, pour ces derniers, un jour de repos complet, que l'ouvrier de Paris pourrait leur envier avec raison, et, pendant la semaine, le travail étant distribué par tâches, un bon nègre peut avoir fini à deux heures de l'après-midi. Le reste de la journée lui appartient. S'il fait plus d'ouvrage qu'il n'était tenu, il reçoit un salaire proportionné en tabac, morue ou tafia ; mais, s'il en fait moins, il encourt la peine du fouet, dont le maximum, aux termes du règlement, est de vingt-neuf coups. Dans quelques habitations, les roucoueries surtout, il y a le soir une ou deux heures de travail dans les cases, que l'on nomme *veillées*. Les nègres soumis à ce régime se plaignent amèrement d'un assujettissement qui les empêche d'aller courir dans les environs, suivant leur usage, et qui est souvent un obstacle à leurs amours. Ils préféreraient de beaucoup une discipline plus sévère, mais qui ne porterait pas atteinte à leur indépendance nocturne.

Ces différents détails étaient donnés à Rodolphe, tantôt par M. du Rosier, tantôt par Albert, qui prit la parole avec un certain empressement, dès qu'on en vint à parler des amours du nègre. — « Mon cousin, dit-il, vous ne pouvez vous faire une idée de l'imprudence de ces gens-là quand ils sont amoureux. Rien ne saurait les arrêter. Ils bravent et nos défenses et les périls de toute espèce pour voler à des rendez-vous donnés quelquefois à plusieurs lieues des cases. Les habitations, vous le savez, sont fort distantes les unes des autres ; souvent il arrive qu'un esclave est épris d'une négresse d'une plantation éloignée. Alors, dès que tout dort, il sort de sa hutte à tâtons, se glisse dans les fourrés avec assez de précautions pour n'être entendu ni des commandeurs ni des chiens de garde, et bientôt il prend sa course à travers les hautes herbes sans crainte des serpents ou des animaux féroces ; nouveau Léandre, faut-il passer une rivière ou un bras de mer, il s'expose gaie-

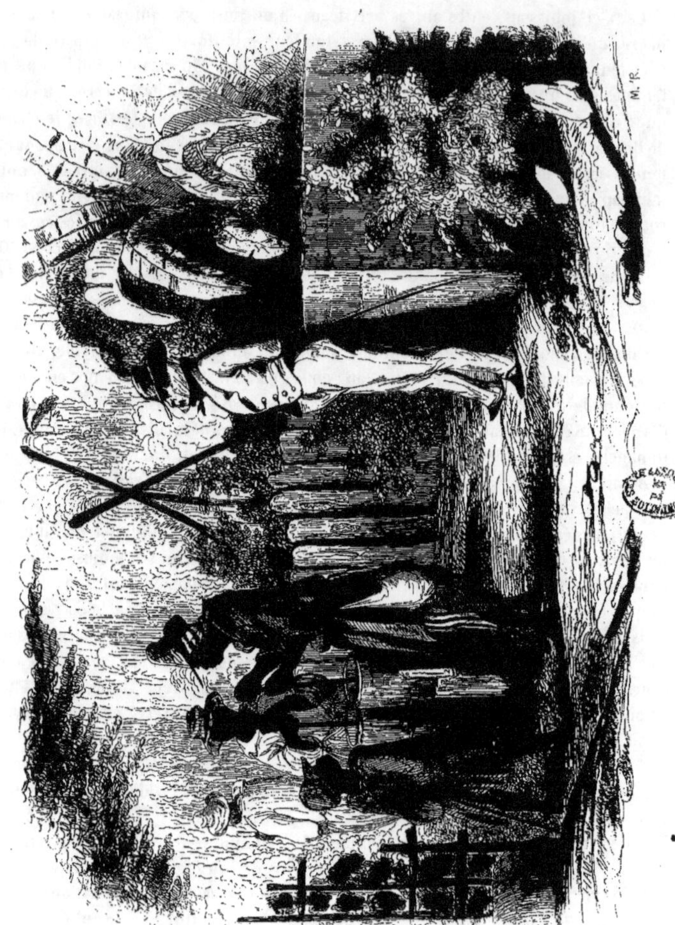

NÈGRES PILANT LE COUSCOUS

ment à la dent du caïman ou du requin dont nos parages sont infestés. L'amoureuse, de son côté, a souvent parcouru de même deux ou trois lieues pour venir
rejoindre son adorateur dans quelque clairière. Mais il faut être de retour avant le
jour ; les amants se séparent après s'être promis une nouvelle entrevue, ils arrivent
l'un et l'autre aux abatis, mourant de fatigue et de sommeil. Le commandeur reconnaît toujours, au premier coup d'œil, celui qui s'est permis une pareille excursion, il le surveille de plus près qu'un autre, pour s'assurer qu'il ne négligera pas
sa tâche. Ces amours ont d'ailleurs un résultat funeste, en invitant les nègres à la
désertion ; aussi est-il bien préférable que l'objet de leur tendresse soit de la même
habitation qu'eux. En ce cas, c'est un lien de plus qui les attache au service du
maître ; la négresse devient la compagne ordinaire de son galant, le couple obtient
facilement la propriété d'une case, et l'on compte désormais un ménage de plus
dans le village. — Mais, se marient-ils ? demanda l'officier. — Rarement, répondit le vieux colon, en ne laissant pas à Albert le temps de reprendre la parole ; le mariage n'est guère possible que sur les habitations placées auprès de la
ville, dans l'île même de Cayenne ou aux confins du quartier de Macouria [1]. Mais
ici l'instruction religieuse des esclaves est fort négligée, ils ne voient de prêtre
qu'une fois par an tout au plus, bien que le préfet apostolique envoie toujours en
mission deux ou trois de ses vicaires dans les divers quartiers de la colonie. Ils
font pourtant la prière assez dévotement, comme vous le verrez ; leur Dieu est le
Dieu des chrétiens, ou du moins ils le croient, quoique, à vrai dire, ils soient plus
qu'à moitié païens. Ils se transmettent traditionnellement des superstitions africaines qui distinguent encore entre eux les descendants de tribus différentes. Ils
ont parmi eux des sorciers et des guérisseurs. Ces derniers sont remarquables
surtout par leurs recettes contre la morsure du serpent. Nous devons nous estimer
heureux lorsqu'il n'y a pas d'empoisonneurs avérés, dont le pouvoir mystérieux
l'emporte sur celui du maître, et qui exercent sur nos bestiaux, nos propriétés,
nos autres nègres même, d'infernales vengeances. Certains planteurs ont été condamnés à ne posséder qu'un nombre déterminé de têtes de bétail ; voulaient-ils
outre-passer la limite, le poison agissait. Tel autre, seul épargné, a vu tous les
siens périr. L'esclave noir est terrible, quand il se sert du suc des plantes vénéneuses pour torturer un maître qu'il se garde bien de tuer. »

Cette dernière particularité ne surprit point Rodolphe, elle existe dans presque
toutes les colonies, et révèle chez le nègre une puissance de volonté supérieure. Il
faut qu'il ait le cœur trempé d'une haine bien profonde, celui qui accomplit
ainsi dans le silence une vengeance inexorable ; il faut qu'il soit bien fort
pour ne jamais trahir le pacte monstrueux qu'il a conclu avec lui-même. Nul,
dans les cases, ne connaît l'empoisonneur. Il a peut-être une femme, un enfant,
une mère qu'il aime ; il a peut-être une amante, il n'a jamais de complice, jamais

[1] Les subdivisions de la Guyane française, comme toutes celles de nos colonies à cultures portent le
nom de quartiers.

de confident. Juge inflexible, implacable bourreau, il respecte les jours de son ennemi, mais son bras s'étend dans l'ombre. Il courbe la tête, mais il frappe comme une plaie d'Égypte, et l'on se dit avec épouvante : « Il y a un empoisonneur dans l'habitation. » Et les esclaves le répètent en tremblant, et les maîtres frémissent d'horreur. Et cependant ce nègre maudit, véritable fléau de Dieu, poursuit pendant toute sa vie son œuvre de ténèbres et meurt en emportant son fatal secret. Au milieu de l'affreux dégoût qu'inspire un être semblable, il existe en vérité quelque chose de sublime ; car cet homme qui a prononcé dans sa propre cause, et qui exécute lui-même l'effrayant arrêt avec une atroce persévérance, cet homme de sang est cruel envers tous, mais il n'est pas injuste envers son maître. Le maître n'est puni que s'il a péché. Leçon terrible ! drame sinistre de toutes les heures, qui rappelle le mystère sacré de la rédemption : l'innocent périt pour le coupable. Le nègre sacrifie jusqu'à ses pareils à un ressentiment dont l'origine est peut-être un instinct généreux. C'est quelquefois aux mânes de sa mère qu'il immole des victimes ; le poison a coulé des lanières du fouet.

A la Guyane, pourtant, de pareils exemples sont plus rares que dans les îles ; les impénétrables forêts sont ouvertes aux nègres marrons ; ils peuvent assez facilement se soustraire au joug, lorsqu'ils en ont la ferme volonté. Il y a même dans l'intérieur, sur le territoire hollandais, deux républiques composées d'esclaves fugitifs dont l'indépendance a été reconnue. Ces peuplades qui vivent sous la sauvegarde des fleuves et des grands bois, portent les noms de Dauka et de Boni, leurs premiers chefs [1]. Mais la plupart du temps les nègres préfèrent le séjour de la plantation à la liberté sauvage, leur paresse même les enchaîne, leurs affections et leurs habitudes sont aux cases où ils sont nés. Et après tout, ce hameau n'est-il pas leur patrie ! Chose bizarre ! ils se glorifient d'être esclaves depuis plusieurs générations ; le noir créole s'estime de beaucoup au-dessus de celui qui arrive directement de la côte d'Afrique. La liberté que désire le nègre n'est plus celle que ses pères ont perdue, le nègre voudrait être blanc, comme le pauvre veut être riche ; le cœur humain est toujours le même, quel que soit le pigment qui colore l'épiderme. Ne vendez donc pas l'esclave, ne l'éloignez pas des lieux qui lui sont chers, conservez-le sur la propriété où il a reçu le jour et où sa mère l'allaita, c'est l'unique moyen d'en faire un membre de la famille créole dont le maître doit être le père. Il est des habitations patriarcales où le trafic de chair humaine n'est plus en usage, où la mère ne se sépare jamais de sa fille, ni le frère de son frère ; là les plus sévères articles du code noir sont mis en oubli, la désertion est extrêmement rare ; le poison ne sévit jamais.

Longtemps l'officier de marine et ses hôtes s'arrêtèrent sur ce sujet que monsieur

---

[1] Vers 1777, une grande quantité de nègres esclaves, sous la conduite d'un chef nommé Dauka, parvinrent à se soustraire à la domination hollandaise et s'enfoncèrent dans l'intérieur de la Guyane. Plus tard, des dissensions s'étant élevées parmi eux, un parti de mécontents, commandé par Boni, se sépara de la peuplade principale. Aujourd'hui les Bonis reconnaissent la suprématie des Daukas, auxquels ils payent tribut. Quelques géographes élèvent jusqu'au chiffre, exagéré sans doute, de 50,000, le nombre de ces nègres libres qui sont établis sur les rives du Maroni.

du Rosier semblait affectionner comme une leçon utile donnée à son fils. Albert sans doute ne partageait pas toutes les manières de voir du vieux colon ; toutefois, il ne provoqua point une discussion intempestive, et même, quand il conduisit Rodolphe dans sa chambre, il ne fit aucune observation, et se contenta de l'inviter à être sur pied de bonne heure. Mais le marin, livré à lui-même, se berça doucement dans des pensées qui éloignèrent le sommeil.

. Le profond touriste aurait dû méditer sur ses divers entretiens de la soirée ; le minois piquant de Zoé l'emporta sur ses projets. En fait de notes, il se borna à rédiger mentalement une déclaration en règle, tout en se tordant sur son lit comme le ministre de Guatimozin sur le gril espagnol. Une chaleur accablante le suffoquait, il se leva, ouvrit ses persiennes, et, comme tous les amoureux, se mit à lancer les plus langoureuses œillades à la face radieuse de la lune guyanaise. Il ne tarda pas à se repentir de cette imprudence ; les maringouins, vengeurs de la chaste Phébé, l'assaillirent avec fureur. Il fut obligé de se réfugier en toute hâte sous sa moustiquaire, mais il était trop tard, il avait un rapport de plus avec l'infortuné Mexicain : son visage et son corps n'étaient plus qu'une plaie. Il ne parvint à fermer la paupière qu'aux premiers rayons du soleil. Pour comble de malheur, Albert vint presque aussitôt interrompre le plus joli rêve du monde : — « Un essaim de créoles, toutes semblables à Zoé, formaient une ronde fantastique autour de l'enseigne ; elles voltigeaient et tournoyaient en bourdonnant à ses oreilles, puis elles le piquaient brusquement avec des aiguillons d'une ténuité imperceptible. » Rodolphe se résigna cependant à ouvrir ses rideaux de gaze, un éclat de rire moqueur accueillit cet acte d'héroïsme ; il se leva d'un bond et alla se regarder dans la glace : il était méconnaissable. Albert riait toujours, mais le marin était consterné ; la pensée de se présenter ainsi défiguré devant sa cousine le pétrifiait. Il eût préféré bien certainement s'exposer au feu d'une escadre entière ; il savait qu'en général auprès des femmes le ridicule est mortel. Or, sa figure bouffie et bourgeonnée avait quelque ressemblance avec un tamis à passer du roucou, son nez avait pris un affreux développement dans tous les sens, ses yeux disparaissaient sous des paupières et des joues gonflées en ondulations comme une assiette d'œufs au miroir. Il fit néanmoins assez bonne contenance et descendit sur le perron, où M. du Rosier l'attendait. Le vieux colon ne retint pas quelques plaisanteries innocentes en apercevant le pauvre martyr ; mais devinant combien cette mésaventure lui était désagréable, il lui dit que madame du Rosier devait certainement avoir en réserve quelque spécifique souverain contre les malencontreuses piqûres.

Les châtelaines des colonies possèdent souvent une petite pharmacie à l'usage du nombreux personnel de l'habitation, surtout lorsqu'elles y passent une grande partie de l'année. Les nègres blessés ou malades viennent les consulter assez volontiers. Elles l'emportent même la plupart du temps sur les guérisseurs toujours fort mal montés en drogues et constamment disposés à rançonner leurs clients.

M. du Rosier fut amené par ces propos à généraliser la femme créole, et il le fit avec une chaleur qui ne paraissait pas de son âge. « On a en France, s'écriait-il, les plus singuliers préjugés sur le compte de nos mères, de nos filles et de nos sœurs ; on exagère leurs défauts ; on se borne à louer avec emphase des charmes extérieurs qu'on ne saurait leur contester. Il n'est pas de sottises que je n'aie entendu débiter par des gens qui posent volontiers l'exception en règle immuable, et poussent l'erreur jusqu'à la calomnie. On a parlé d'une complète dépravation de mœurs qui rendrait ce pays aussi digne du feu du ciel que les villes maudites de la Genèse ; et l'on a confondu dans la même accusation les jeunes filles et les femmes mariées, les familles respectables et celles qui sont à l'index dans la colonie. Oui, sans doute, nous avons de tristes exemples d'une licence que facilite trop la vie à la fois nomade et isolée de l'habitant ; certaines propriétés ont été le théâtre de scandales inouïs, mais on doit jeter un voile sur ces iniquités, et non les produire au grand jour ; on doit gémir de ces infamies qui marchent de front avec la cruauté et la mauvaise foi de quelques planteurs. Grâce à Dieu, je vous le répète, ce sont là de rares, de très-rares exceptions. Si quelque statisticien établissait sur des chiffres une comparaison entre nous et les habitants d'Europe, sous le rapport de la moralité et de l'honneur, je ne doute pas que l'avantage ne restât aux *roués de Cayenne*, comme disent vos marins. Le créole a des goûts de faste qui le ruinent, mais il a le cœur haut placé, et nos femmes ne sont ni des Laïs ni des Messalines. La plupart d'entre elles n'ont pas reçu, j'en conviens, l'éducation française, présent si souvent funeste qui est à la fois l'arbre du bien et du mal ; aussi chercherait-on vainement ici des précieuses et des bas-bleus. Quant aux jeunes filles de la nouvelle génération, qui sont envoyées en France avec leurs frères, elles reviennent instruites, mais non entachées de ces prétentions ridicules qui conviennent si mal à leur sexe. Les unes comme les autres se contentent des dons que le ciel leur a départis : un esprit délicat, une âme sensible, une volonté énergique endormie dans la vie habituelle, mais qui se réveille dans les circonstances graves. La créole, douce et frêle créature toute de volupté et d'abandon, naïve et confiante, est la plus parfaite compagne de l'homme. C'est une enfant insoucieuse qui n'a de passion que pour les plaisirs de son âge, la danse et la parure. Elle n'en est pas saturée, elle n'est point blasée par l'abus des jouissances, et s'y livre avec un merveilleux entraînement.

« Le jour d'un bal, messieurs, vous trouvez nos jeunes femmes plus heureuses, plus vives, plus folâtres, plus aimables qu'ailleurs, et vous osez le leur reprocher, ingrats ! Pour ma part, je n'aime ni les viragos, ni les beaux esprits, ni les guenons politiques, ni les intrigantes et autres espèces plus ou moins estimées qu'on rencontre par centaines dans tous les carrefours de notre chère métropole. Nos créoles savent aimer, il me suffit : mais elles aiment de toutes les forces de leur être, corps et âme, sans arrière-pensée, sans fausse honte ; elles aiment comme il faut aimer, quand on s'en mêle. Enfants, elles ont pour leurs parents l'amour filial le plus exalté ; jeunes filles et femmes, elles se font adorer de leurs frères et de leurs époux ; mères, elles sont sublimes d'abnégation et de dévouement. Car c'est alors, voyez-vous, qu'à tant de langueur, de mollesse et d'abandon succède un changement complet. C'est alors que la faible Guyanaise devient une Lacédémonienne. Vous vous la représentiez étendue dans son hamac, et bercée par sa petite négresse

favorite qui l'évente, et vous vous en teniez là ! Souffrez que je vous la montre,
veuve, à la tête d'une famille nombreuse, et faite encore cependant pour mériter
un tribut empressé d'hommages et d'adorations. Tout à coup, sans hésiter, elle re-
nonce à ce culte dont elle était l'objet, à ces plaisirs dont elle semblait exclusivement éprise, et la voilà partant de Cayenne, avec sa couvée d'enfants, elle vient s'é-
tablir à l'habitation et partager sa vie entre ses devoirs. Sans répudier les pénibles
fonctions d'institutrice, elle prend d'une main ferme les rênes du gouvernement,
elle devient femme virile, elle régit son empire avec une intelligence, une activité,
une habileté qui confondent. La discipline est rétablie dans les cases, deux cents
nègres tremblent sous son regard, et, s'il le faut, elle présidera, sans sourciller,
aux exécutions du commandeur. Cette nonchalante sylphide, qui naguère ne savait
que chanter et sourire, est maintenant mère de famille, et, désormais, c'est une
lionne qui combat pour ses petits. Elle veut rétablir la fortune de ses enfants, elle
veut leur préparer une existence en rapport avec leur naissance, les envoyer en
France pour leur éducation, doter les filles, pourvoir à tout : elle réussit, la forte
mère. Puis, quand elle a rempli sa mission, quand elle a joué son rôle, vient un
gendre ou un fils qui lui succède au pouvoir ; dès ce moment elle s'efface, elle disparaît, elle reprend sa vie d'oublieuse indolence. C'en est fait. Appelez la petite
négresse : — Chère cocote, tendez le hamac à madame ! »

En discourant ainsi, on arriva à l'usine destinée à la préparation du sucre ; les
cannes étaient encore sur pied et les appareils ne fonctionnaient pas. C'était d'ailleurs précisément le *samedi nègre,* les esclaves erraient dans l'habitation, ceux-ci
allant travailler à leur champ, ceux-là confectionnant des ustensiles de ménage,
tous occupés d'intérêts particuliers. M. du Rosier fit alors les honneurs de son établissement avec la complaisance proverbiale du propriétaire campagnard : il montra ses chaudières et ses fourneaux établis dans un vaste hangar bien aéré ; il raconta l'historique de sa petite machine à vapeur qui datait de son règne, et annonça
à Rodolphe qu'elle marcherait le surlendemain. Puis, longeant une grande plantation de girofliers, séparée des champs de cannes par une belle rangée de tamariniers
et de manguiers touffus, les promeneurs se dirigèrent vers les cases nègres.

C'étaient deux rangées de huttes enfumées, couvertes en feuilles de bananiers et
de lataniers, espacées les unes des autres, n'ayant généralement que deux portes
pour toute ouverture, et meublées uniquement de nattes communes, de hamacs et de
calebasses. Des enfants des deux sexes, entièrement nus, se roulaient dans la poussière : quelques vieillards, assis sur des bancs, les gardaient. Quand M. du Rosier
passa, les vieux nègres et les vieilles négresses se levèrent avec respect, les négrillons
se cachèrent précipitamment dans les jambes de leurs grands parents. Le maître
adressa à ces bonnes gens quelques paroles amicales qui furent accueillies avec reconnaissance. Il laissa ensuite son hôte et son fils continuer la promenade, tandis
qu'il allait donner quelques ordres aux commandeurs. Albert conduisit Rodolphe
vers un ruisseau où les négresses profitaient du jour de vacances pour laver leurs
camisas et leurs chiffons. Un bruit confus de battoirs, de voix et de rires s'élevait de
derrière les buissons touffus qui bordaient le torrent. Les deux cousins ne pouvaient

être vus,—le marin arrêta le créole pour écouter : il avait cru reconnaître son nom.
Or, voici ce qu'il entendit :

Oui, ahier mo wouê li comm' li té k'a rivé :   Li çà cousin grand maît' mouché Durosié,
So oueil yé grands, yé bels, li gagné blonds chivé;   Li çà cousin grand madam' Durosié,
Oua wouê so grand barb', yé jouq' en bas so né,   Li çà cousin pitit maît' Albert Durosié,
Li gaing chapeau paill', ké habi galonné   Li çà bonz' ami di tétèche Zoé.
Ahi ! ahi ! abi ! chers amis, z'ott' coutez bon bon,   Ahi ! ahi ! ahi ! chers amis, z'ott' coutez bou bon,
Si z'ott' oulé savé comm' li joli gâçon [1].   Si z'ott' oulé savé comm' li joli gâçon [2].

Ces couplets, dont toutes les baigneuses reprenaient ensemble le refrain, étaient chantés sur un air lent et mélancolique par une voix qui ne manquait pas de douceur. Il est dans les traditions qu'une complainte ainsi faite à la rivière ou aux abatis célèbre les moindres événements de l'habitation. Les deux cousins se trouvèrent bientôt en présence des baigneuses, les unes plongées dans le torrent jusqu'au genou, les autres occupées à étendre le linge sur l'herbe. Bien qu'elles eussent dépouillé jusqu'à leur étroite ceinture, l'arrivée des jeunes blancs ne parut pas les effaroucher. L'improvisatrice était une femme d'environ vingt-cinq ans, grande et encore assez bien faite ; autour d'elle se trouvait un groupe de jeunes négresses et mulâtresses dont les formes, respectées par les corsets et autres inventions malfaisantes, eussent pu fournir de délicieux modèles à un statuaire ; plus loin travaillaient des femmes de trente à quarante ans qu'il nous est heureusement permis de ne pas dépeindre. Un sourd chuchotement et quelques bruyants éclats de rire se firent entendre, et puis la muse africaine ajouta d'un ton malicieux, en regardant fixement Rodolphe :

Bor nous fika, ké mait' Albert, li ka marché   Li pas dromi la nuit, ça qui mound' li chongé?
So oueil yé roug', so visag' tout marqué,   Ahi ! ahi ! ahi ! chers amis, z'ott' coutez bon bon
Moustics ké maringouins ça li yé chicoté,   Si z'ott' oulé savé comm' li joli gâçon [3].

Cette saillie excita l'hilarité générale et ne déplut pas à l'amoureux officier. Il savait, hélas ! combien la naïade disait vrai. Toutefois, les maudites piqûres lui

[1] Oui, hier je l'ai vu comme il arrivait :
Ses yeux sont grands, ils sont beaux, il a les cheveux blonds:
Vous verrez sa grande barbe, il en a jusque sous le nez,
Il a un chapeau de paille et un habit galonné.
Ahi ! ahi ! ahi ! chères amies, écoutez-moi bien.
Si vous voulez savoir comme il est joli garçon.

[2] Il est le cousin de notre maître — monsieur du Rosier,
Il est le cousin de notre dame — madame du Rosier,
Il est le cousin de notre jeune maître — Albert du Rosier.
Il sera le bon ami de la fille de la maison — mademoiselle Zoé.
Ahi ! ahi ! ahi ! chères amies, écoutez-moi bien.
Si vous voulez savoir comme il est joli garçon.

[3] De notre côté, avec monsieur Albert, le voici qui s'avance,
Ses yeux sont rouges, son visage tout taché,
Ce sont les moustiques et les maringouins qui l'ont ainsi piqué,
Il n'a pu dormir cette nuit, à qui a-t-il rêvé?
Ahi ! ahi ! ahi ! chères amies, écoutez moi bien
Si vous voulez savoir comme il est joli garçon.

revenant en mémoire, il pressa son compagnon de retourner à l'habitation, afin de
voir madame du Rosier avant sa fille, s'il était possible. Vaine tentative ! Ainsi que
Jephté revenant de combattre les Ammonites, il reconnut sur le seuil une tête trop
chère. À l'aspect de Zoé, il pâlit et rougit successivement de honte, d'amour et de
dépit, mais ces multiples sensations passèrent inaperçues, comme s'il eût été un franc
nègre ; son épiderme était écarlate. — « Mon Dieu ! s'écria la jeune fille avec bonté,
comme les maringouins vous ont abîmé ! Venez vite chez maman, elle a une eau
précieuse pour ces morsures. »

Il n'y a d'expression en aucune langue pour rendre ce qu'éprouva Rodolphe en
ce moment. Par un bonheur inespéré, contrairement à toutes ses idées préconçues
sur le cœur féminin, il avait échappé au ridicule ; sa reconnaissance envers sa cousine s'éleva tout à coup jusqu'à l'adoration. Se reportant à sa conversation de la
matinée avec M. du Rosier, il enchérissait sur les qualités de la créole dont Zoé
était le type le plus complet, mais il interprétait trop favorablement l'indulgent
accueil qu'il recevait ; il ignorait que les Guyanaises, en cela bien différentes de
leurs compatriotes d'Europe, ne se moquent jamais de celui qu'atteint une des mille
contrariétés de la vie ; elles le plaignent au contraire, elles s'efforcent de le consoler. Rodolphe se faisait illusion, il était heureux. Ce fut en s'abandonnant à ces douces
réflexions qu'il entra dans la chambre de madame du Rosier. La retraite particulière
de la châtelaine était d'une propreté recherchée, mais d'une extrême simplicité, à
peine ornée de quelques méchantes gravures et d'une assez grande quantité d'inu-
tilités parisiennes archidémodées. Le seul objet de luxe était un hamac tissu avec
une délicatesse merveilleuse. L'œuvre patiente des Indiens appendue par ses deux
extrémités servait à balancer les deux plus jeunes enfants de madame du Rosier,
quand Zoé vint réclamer pour son cousin les secours de l'art maternel. Le trop for-
tuné patient devait à sa petite mésaventure d'avoir pénétré dans le sanctuaire ; il y
prolongea son séjour jusqu'à l'heure du déjeuner commun. Mais après le repas,
force lui fut de rester avec M. du Rosier, sous la galerie, où des hamacs étaient
tendus à l'ombre dans un courant d'air frais. — Tandis que les dames regagnaient
leurs appartements pour y passer les plus brûlantes heures du jour, une nouvelle
causerie s'établit entre l'officier et ses hôtes.

Le colon répondait à toutes les demandes de l'enseigne avec une infatigable complaisance ; rien de tel pour un conteur que de se voir bien écouté. Interrogé sur les
antécédents des familles et des fortunes coloniales, il en fit bientôt une question
personnelle ; il raconta depuis l'origine l'histoire du Rosier et de ses propriétaires,
dépeignit le régisseur, qui remplit à la Guyane les mêmes fonctions que l'économe
aux Antilles, passa en revue les événements dont la colonie avait été le théâtre ; enfin,
après s'être fait une part de louanges pour son propre travail à l'habitation : « Plaise à
Dieu, ajouta-t-il, que l'émancipation ne détruise pas l'édifice de fond en comble ! »

Aux dernières paroles de l'habitant, Rodolphe se remit sur son séant pour examiner le jeu des physionomies. M. du Rosier paraissait plus grave que de coutume ;
il était évident que la pensée de l'affranchissement probable des noirs, unie à celle
de l'avenir de son fils, était la cause de sa préoccupation. Albert, au contraire, avait

pris un air sceptique et presque railleur, qui eût fort mécontenté sans doute le vieux colon s'il s'en fût aperçu. La famille du Rosier ne passait à la ville que trois ou quatre mois par an, à l'époque du carnaval et du carême. Albert ne trouvait guère de son goût de vivre ainsi reclus à l'habitation paternelle, il eût bien préféré le genre de vie de ses amis d'enfance, dont les caravanes nautiques étaient une série non interrompue de plaisirs. L'histoire qu'il venait d'entendre, et que Rodolphe avait religieusement écoutée, lui faisait l'effet de la semonce inévitable d'un tuteur de comédie. Il la savait par cœur d'un bout à l'autre ; dans la bouche de son père, elle n'était, pour lui, qu'un argument impitoyable contre toutes les distractions naturelles à son âge.

L'éducation française, loin de faire germer dans l'esprit des jeunes gens créoles des idées d'ordre et d'économie, leur inspire, au suprême degré, le désir de remplacer par des fêtes étourdissantes et une existence voluptueuse les jouissances du monde dont ils se plaignent d'être sevrés. Après avoir à tout propos, pendant leur *exil à Paris,* cité leur pays comme un lieu de délices, à leur retour dans la colonie, ils se lamentent de l'isolement complet dans lequel il faut vivre désormais. Ils regrettent hautement les galops monstres et les dangereux balancés du bal Chicard, les pas hasardés de la Chaumière, les promenades au bois de Romainville, les flâneries du boulevard, et surtout les théâtres. Alors, sous prétexte de prendre quelques délassements bien excusables, ils organisent entre eux une vie d'excursions que favorisent à merveille les usages hospitaliers des habitants. Les obstacles mêmes qui résultent de la disposition des lieux deviennent, de la sorte, des causes de dissipation constante. Le jeu, les dépenses folles, un luxe poussé à l'extrême, les parties en ville et dans les plantations, les amours faciles sur lesquels les pères de famille ferment complaisamment les yeux, sont à l'ordre du jour. De tels excès sont certainement plus nuisibles à la prospérité coloniale que la paresse des noirs et la suppression de la traite.

L'on peut remarquer une différence bien sensible entre les colons contemporains de la révolution française et ceux des générations suivantes. Les premiers, comme M. du Rosier, ont pris à une rude école des leçons d'ordre dont ils savent profiter ; les autres, comme Albert, n'admettent d'autre tradition que celle du règne brillant de Victor Hugues, alors que la colonie était pavée de piastres fortes et de doublons, grâce aux rapides succès des corsaires de Cayenne. Ils oublient trop facilement les années de misère qui précédèrent et suivirent cette courte époque de prospérité. Ainsi l'éducation, qui place le créole au niveau de ses compatriotes européens, sous le rapport de l'instruction, accroît ses goûts de paresse et de plaisir. Aimable, rieur, vif, malgré son indolence, pétulant même parfois, il ne tarde pas à outrer toutes ses qualités innées. Sa fierté se convertit en jactance, son courage en témérité ; il devient fat et irascible ; il pose volontiers en duelliste ; ses bravades ont un faux air des fanfaronnades d'un maître d'escrime. L'âge tempère ces défauts qui, chez quelques-uns pourtant, passent à l'état chronique. L'on a des exemples de vieux querelleurs qui se font un point d'honneur d'une intraitable susceptibilité. Ces gens-là n'en sont pas moins, le plus souvent, d'excellents pères de fa-

mille et des hôtes d'une générosité plus que fastueuse. Les femmes de la dernière
génération, qui n'ont que par exception visité la métropole, sont fatiguées des
interminables récits de leurs maris et de leurs frères sur le compte de la France.
Dans l'intérieur des familles, elles prennent fait et cause pour la colonie, avec la
même chaleur que le créole emploierait à son tour s'il discutait contre un Européen. Elles savent adroitement faire la part de l'exagération, et souvent c'est par
d'imprudentes paroles qu'une loi sur les sucres ou les droits coloniaux arracha à
leurs maris dans un moment d'humeur qu'elles rétorqueront les louanges prodiguées par ceux-ci à la mère-patrie. Les jeunes femmes et les jeunes filles nouvellement revenues d'Europe ne sont pas moins exaltées en faveur de Cayenne, et elles
ont plus beau jeu encore, car elles ont vu. Toutefois, les unes comme les autres
ne prennent pas, d'ordinaire, la peine de discuter avec leurs compatriotes masculins ;
un hochement de tête et un sourire leur disent assez qu'en France ils n'auraient pu
trouver de compagnes mieux faites pour leur plaire. D'ailleurs, si la créole aime
la causerie, elle déteste l'argumentation ; il faut qu'elle puisse écraser son adversaire d'un mot. A défaut d'une repartie sans réplique, elle se tait.

Le beau fils de la Guyane, au contraire, est parleur ; il rapporte de France une
faconde à toute épreuve qu'il exerce surtout envers un hôte curieux. Albert fut
donc enchanté des questions nouvelles que posa Rodolphe, quand M. du Rosier eut
fini son récit. L'officier de marine tenait d'abord à éviter un conflit entre ses deux
cousins, dont il avait aisément pénétré les pensées, et n'était pas moins désireux
d'avoir quelques détails sur le commandeur, cet esclave d'élite qui sert d'intermédiaire entre le maître et les nègres.

La conversation durait encore sur ce nouveau sujet ; Albert dépeignait l'influence
de ce sergent de l'habitation qui a le droit d'infliger certaines peines de son autorité privée, lorsque l'on entendit le son de la cloche qui appelle les nègres à la
prière. Le même mulâtre qui avait reconnu et annoncé Rodolphe à son arrivée
au Rosier entra dans la salle, tenant à la main son grand chapeau d'aouara « Notre
premier commandeur, » dit Albert à son cousin.

Le nouveau venu était un homme d'environ trente-cinq ans, d'une force musculaire évidente, d'une figure intelligente quoique rude ; il était passablement
vêtu d'un pantalon rayé et d'une veste vulgairement appelée *rochambeau.*

« Maître, dit-il d'une voix rauque et caverneuse assez ordinaire aux gens de sa
couleur, maître, c'est l'heure de la prière, et les nègres demandent à danser le kamoungoué ce soir, si vous voulez bien. — Certainement, Anténor ; d'ailleurs c'est
chose convenue, » répondit M du Rosier en descendant de son hamac ; et il conduisit ses hôtes sur le perron. Anténor avait poussé les formes de la politesse au
delà de la limite nécessaire, car la danse avait été ordonnée par le colon lui-même,
et les invitations adressées depuis la veille aux esclaves des habitations voisines.
Le commandeur, qui souvent a vécu dans la *case maît'*, pour nous servir de l'expression par laquelle les nègres désignent la maison du propriétaire, le commandeur qui a partagé dans son enfance les jeux du fils de la famille créole, tient à faire
preuve d'une certaine connaissance des usages de la classe privilégiée. Son langage

est moins mélangé de patois nègre, il s'attache à imiter les blancs, dont son autorité le rapproche. Il affecte vis-à-vis d'eux une urbanité qui contraste avec son costume et sa couleur ; car il arrive fréquemment qu'il est un simple noir, mais doué d'une énergie et d'une force physique qui, jointes à sa bonne conduite, l'ont fait nommer au poste qu'il occupe.

Quand M. du Rosier, Albert et Rodolphe parurent sur le perron, où Anténor les attendait, une grande agitation régnait dans la cour intérieure ; par toutes les allées les esclaves accouraient en foule et se rangeaient en demi-cercle devant la façade de l'habitation ; les vieillards et les enfants, abandonnant les cases, arrivaient au lieu du rendez-vous général, et de temps en temps on entendait le bruit du tam-tam, que le chef d'orchestre ordinaire de la plantation avait déposé à côté de lui. Chaque négrillon, en passant, ne manquait pas de faire résonner le sauvage instrument dont les roulements cadencés devaient tout à l'heure donner le signal de la folie. Au loin, sur la rivière, l'on apercevait des pirogues chargées de conviés, et les nègres du Rosier témoignaient leur joie par des battements de mains et des cris confus. Lorsque madame du Rosier et sa fille vinrent se placer à côté du seigneur suzerain, le silence se rétablit par degrés, Anténor fit l'appel des esclaves, puis retira son chapeau et commença la prière à haute voix en disant : *Au nom du Père, du Fils et du Saint-Esprit. Ainsi soit-il.*

En ce moment, le soleil s'abaissait derrière les grands bois, ses rayons obliques se jouaient au milieu de la foule attentive ; les nègres et les négresses, placés sur deux lignes distinctes et parallèles, s'inclinèrent, tandis que le mulâtre récitait lentement l'Oraison dominicale. L'on n'entendait plus d'autre bruit que le frémissement confus des feuillages dans la forêt vierge, ou le chant de quelque oiseau s'élevant aussi vers le ciel. Rodolphe s'abandonna aux pensées que lui inspirait ce pieux spectacle. Il assistait à la prière commune du maître et de l'esclave, du blanc et du nègre, l'un et l'autre transplantés à mille lieues de leur patrie originaire, l'un et l'autre s'unissant dans le même acte religieux, sur une terre nouvelle, où les accents primitifs de la nature répondaient seuls à la voix du commandeur. Rodolphe tressaillit en entendant celui qui remplissait, dans ces lieux reculés, les terribles fonctions d'exécuteur adresser à Dieu, en présence du juge et de la tribu, ce sublime passage de la plus belle des prières : *Pardonnez-nous nos offenses comme nous pardonnons à ceux qui nous ont offensés.* Il y avait, en effet, un grand enseignement dans ces nobles et simples paroles qui attestent l'oubli mutuel des injures, et dans cette scène à laquelle l'aspect du pays et l'heure du jour donnaient un caractère plus grandiose. L'on aurait pu se croire transporté à d'autres temps en voyant ce peuple demi nu, recueilli pour prier celui devant qui maîtres et esclaves sont égaux. L'officier fut sans doute vivement frappé de ces magnifiques antithèses, car il était encore silencieux lorsque la multitude se dispersa bruyamment pour se livrer à des jeux profanes. Il ne fallut rien moins que la douce voix de Zoé pour l'arracher à ses graves méditations.

Les nègres et les négresses du Rosier couraient dans toutes les directions pour aller au-devant des amis des plantations voisines. A tous moments des pirogues accostaient au bout de l'avenue, et des troupes d'esclaves endimanchés montaient à l'habitation. Le tam-tam faisait déjà entendre son bruit monotone, qui a quelque rapport avec le son des timbales de nos grands orchestres. A la Guyane, cet instrument se compose d'un tronc de palétuvier, naturellement creux et recouvert à l'une de ses extrémités par une peau de biche tendue. La caisse est assez longue pour que le musicien principal, qui la tient entre ses jambes, en ait une grande partie derrière lui. Sur ce bout de tuyau s'escrime, avec deux grossières baguettes, un second ménétrier qui bat à contre-mesure, de manière à imiter le bruit des castagnettes. Les petits nègres criaient et chantaient, la plupart des femmes avaient disparu : elles revinrent bientôt, parées de leurs habits de fête et coiffées de leurs plus éclatants madras. M. et madame du Rosier s'assirent dans la galerie, d'où l'on dominait la pelouse ; les serviteurs de la *case maît'* préparaient des rafraîchissements pour les danseurs, qui ne tardèrent pas à entrer dans le cercle des curieux.

Le kamoungoué est une danse à caractère, qui alarmerait peut-être la pudeur de nos gardes municipaux, mais que l'on ne craint pas de laisser exécuter devant les plus naïves jeunes filles de la Guyane. Zoé était placée entre sa mère et Rodolphe, quand une vingtaine de négresses, agitant des mouchoirs, pénétrèrent dans le rond. Albert se tenait à l'écart, les yeux fixés sur une fille de couleur de dix-sept à dix-huit ans, dont la mise élégante attira l'attention de l'officier de marine. Zilia portait une triple chaîne d'or qui s'enroulait autour d'un cou gracieux, de longs pendants d'oreilles ornés de pierres brillantes se balançaient au-dessus de ses épaules ; elle était costumée avec la coquetterie d'une petite maîtresse. Rodolphe se souvint de l'avoir remarquée à la rivière le matin même, et comme elle souriait en regardant Albert, il s'aperçut que celui-ci rendait sourire pour sourire. Ce petit manége continua sans doute, mais le marin était trop occupé de sa voisine pour y prendre garde plus longtemps, et d'ailleurs l'instrumentiste précipitait ses roulements et ses cadences. L'on approchait du dénoûment, du bouquet. En effet, au commencement, les coups de tam-tam sont mesurés lentement ; les danseuses, rangées sur une même ligne, pénètrent dans le cercle en se donnant des grâces ; chacune d'elles jette son mouchoir à un cavalier qui se place aussitôt en vis-à-vis. Alors commence une pantomime reproduite avec variantes d'un bout à l'autre des deux files, à la grande satisfaction des spectateurs. Le cavalier s'avance d'abord comme un timide suppliant, la danseuse s'approche de lui, puis se recule, l'attire, le repousse, fait la coquette aussi longtemps qu'elle peut : prolonger cette première résistance est son plus beau triomphe. Le danseur pourtant prend successivement des poses langoureuses, passionnées, lascives ; puis il fascine du regard la négresse, et, toujours bondissant, toujours caracolant, il s'élance sur elle, la serre dans ses bras et lui communique peu à peu son exaltation. Parfois la danseuse échappe à tant d'entraînement en jetant son mouchoir à un second cavalier qui s'empare à l'instant de la place du premier. Souvent elle cède, abandonne toute retenue, et stimule à son tour son vis-à-vis par des évolutions étranges et des contorsions à faire peur. Le jeu se prolonge jusqu'à ce que l'un et l'autre ne puissent plus résister aux charmes d'un si violent exercice. Cependant le tam-tam est devenu furieux, l'ivresse s'est communiquée de proche en proche, le délire est général, de nouveaux couples se précipitent dans l'arène, les spectateurs, hors d'eux-mêmes, battent des pieds et des mains, s'agitent convulsivement en imitant les danseurs, crient, hurlent, grincent des dents. Les joueurs de tam-tam, harassés, haletants, sont ceux qui semblent prendre le plus de part à la scène échevelée qui a lieu. Les coups qui tonnent sur l'instrument se succèdent avec une incroyable rapidité, la sueur ruisselle; les porteurs de torches brandissent leurs flambeaux résineux en sautant comme des démons, les étincelles petillent et volent sur cette foule de noirs essoufflés qui sont arrivés au paroxysme de l'accès frénétique. Le chant, intelligible d'abord, s'est converti en cris sauvages ; on ne saurait plus distinguer, à travers la clameur, ni l'air, ni les paroles du kamoungoué, qui du reste se modifie et change suivant les plantations et les époques. Voilà ce qui avait lieu dans la cour principale de l'habitation.

La multitude, comme mordue par la tarentule, était parvenue au dernier période de la passion, à ce moment de rage auquel les Bacchantes antiques déchiraient les profanes à belles dents. Ce tableau mouvant et fantastique méritait bien d'être mis sous les yeux de notre observateur, qui n'avait jamais vu de danse nègre aussi caractéristique. Le kamoungoué est bien plus remarquable, sans contredit, que le *baboul* ou *bamboulas* des Antilles, que les *rôles*, misérable imitation de notre froide contredanse, et même que le *calaguia*, exécuté seulement par un homme et une femme. Le kamoungoué, c'est la grande saturnale de l'habitation entière, le ballet monstre des esclaves, auquel tout le monde prend part, depuis les vieillards à laine blanche jusqu'aux petits enfants encore chauves.

Rodolphe suivait des yeux, avec étonnement, les passes désordonnées des vingt couples principaux, quand Albert fit tout à coup un geste de colère. La contagion avait atteint Zilia : elle avait jeté son mouchoir à un des cavaliers, elle était entrée dans le rond. Le jeune créole disparut alors de la galerie, et l'enseigne le vit se faire jour dans la foule avec la rapidité de l'éclair, prendre la mulâtresse par le bras, et l'attirer, d'un geste de menace, dans un lieu obscur, où il lui reprocha sans doute son imprudent laisser-aller. Cet épisode échappa également à M. du Rosier, qui riait aux éclats, et à sa femme, fatiguée du spectacle de l'orgie nègre. Aussi, peu d'instants après, la châtelaine engagea son mari et ses enfants à rentrer pour le dîner. Tandis qu'Albert observait les mouvements de Zilia avec un intérêt facile à interpréter, Rodolphe avait mis les instants à profit auprès de Zoé. Atteint peut-être de la folie générale, l'officier fut trop éloquent sans doute, car sa jolie cousine en revenant paraissait moins à son aise, et, pendant le repas, elle fut moins agaçante que de coutume.

Le lendemain, pourtant, elle accueillit le marin inquiet de manière à l'encourager dans son audace, et comme la journée du dimanche fut consacrée à des jeux, à de longues causeries dans la salle, à des promenades sous les allées et au bord de la rivière, Rodolphe ne manqua pas d'occasions pour débiter de galants madrigaux qui allèrent *crescendo*, ainsi que la veille les mesures du tam-tam. Une heureuse circonstance s'offrit d'ailleurs pour rendre plus complète encore l'intimité de la jeune fille et de son cousin. Zilia, qui était attachée au service particulier de Zoé, vint la prier, de la part d'une négresse devenue mère depuis peu, de vouloir bien nommer son fils, de concert avec l'officier de marine. La proposition fut accueillie avec un sourire et un regard qui prouvaient que la jeune créole avait peu de secrets pour sa gracieuse camériste. Elle la remercia de lui fournir une si précieuse idée, et courut trouver ses parents; M. et madame du Rosier s'empressèrent d'applaudir au désir de leur fille. D'ailleurs, la présence d'un étranger à l'habitation donne souvent lieu à semblable requête, car c'est une joie bien douce pour la mère esclave que de placer sous la protection spéciale de deux jeunes blancs le pauvre enfant que le ciel lui envoie. La famille se dirigea vers les cases; le nouveau-né reçut le nom de Rodolphe, et eut pour marraine Zoé, qui se trouva ainsi unie à son cousin par un acte de charité chrétienne, par un bienfait commun. Elle promit d'avoir bien soin de la frêle créature que l'officier lui recommandait avec chaleur. Celui-ci était dans le ravissement; il se réjouissait d'autant plus de l'incident du baptême, que la coutume du pays l'autorisait dès lors à échanger avec sa cousine les noms familiers de *commère* et de *compère*. Ces appellations n'ont rien de ridicule à la Guyane, on en fait un usage perpétuel dans les maisons les plus aristocratiques. Après avoir reçu les bénédictions de la mère et de tous les noirs qui se rangeaient respectueusement sur leur passage, Rodolphe et Zoé se dirigèrent vers la pelouse où venait d'arriver une société nombreuse. Le Rosier était envahi par les habitants du voisinage ; la famille de Rougeterre, dont la propriété était située à quelques milles plus bas dans le Mahury, faisait une descente en masse à la plantation. Le même jour, quelques contemporains d'Albert, arrivés de Cayenne, furent aussi accueillis et fêtés comme de vieilles connaissances. Rodolphe fut témoin de la façon dont un créole trouve des ressources dans son terroir : il s'agissait d'improviser un repas splendide pour trente personnes environ. Tandis que madame du Rosier donnait des ordres à la ménagère et au cuisinier, le vieux colon faisait comparaître Anténor devant lui. « Il me faut du gibier et du poisson en grande quantité, dans deux heures, lui dit-il. — Vous en aurez, maît', répondit le commandeur ; Yoyo et le *capitaine* sont partis tous les deux à la pointe du jour, ils seront de retour à temps, soyez-en sûr. » Cette réponse révéla à l'officier l'existence de deux nouveaux personnages fort importants dans l'habitation ; il apprit que tout propriétaire de la Guyane a, dans le nombre de ses gens, un grand veneur et un grand maître de pêcherie, qui doivent approvisionner constamment la *case maît'*, selon les exigences du jour.

Tous deux sont hauts dignitaires dans les cases, et s'y disputent la prépondérance; tous deux jouissent d'une liberté d'action qui leur vaut l'estime des plus belles négresses, et l'envie des plus renommés parmi les noirs. Quoique les avis soient fort partagés à ce sujet, le pêcheur l'emporte, selon nous. Ses excursions le conduisent naturellement dans les habitations voisines, car, soit en descendant, soit en remontant la rivière, il peut également aller relâcher chez les *compères* et les *commères* de sa connaissance; son chemin l'y mène; dans un même jour, il lui est facile, tout en pêchant, d'aller rendre cinq ou six visites différentes. Il n'en est pas ainsi du chasseur, qui, dès le lever du soleil, s'enfonce dans les bois, et ne parvient qu'à grand' peine, en s'éloignant des lieux giboyeux, à pénétrer dans une ou deux plantations, tant est grande la distance qui les sépare les unes des autres. Le pêcheur, du reste, exerce une sorte d'autorité ; il a sous ses ordres un garçon ou *valet,* qui forme l'équipage de sa barque ; il prend le titre éminent de *capitaine,* et ne met que bien rarement la main à l'œuvre. Assis à l'arrière de la pirogue qu'il dirige nonchalamment, il ordonne à son apprenti de pagayer ou de tendre la voile, de préparer les appâts ou de jeter la ligne. Quelquefois même, tranchant du grand seigneur, il se fait déposer au rivage et enjoint à son aide de venir le chercher, une ou deux heures après, avec bonne pêche. D'ailleurs, les comptes du pêcheur sont trop difficiles à rendre pour qu'il s'en inquiète jamais. Le chasseur, au contraire, reçoit un certain nombre de charges de poudre et de plomb dont il doit expliquer l'emploi à son retour ; on le sait habile tireur, et sa maladresse n'est que bien rarement une excuse suffisante. Or, la plus grande partie de l'influence dont jouissent les deux collègues est due à des largesses faites au détriment du maître. Comme ils ont toujours de nombreuses *commères* dans les plantations voisines, et qu'ils leur font hommage des meilleurs morceaux, ils sont obligés d'user de ruse pour dissimuler leur fraude. Le pêcheur a beau jeu, il ne manque jamais de raisons excellentes ; s'il ne revient au logis qu'avec une maigre part de butin, c'est tantôt la houle, tantôt la marée, tantôt le vent, tantôt la lune qu'il accuse ; il se plaint tour à tour des crues d'eau et de la sécheresse. Le maître se résigne à être dupé, jusqu'à ce qu'il acquière une preuve matérielle des rapines de son capitaine de pirogue.

Un vrai colon tient toujours en réserve une collection d'anecdotes sur le compte de ses fournisseurs de gibier et de poisson. Vers la fin d'un grand dîner créole, lorsque depuis longtemps *la pimentade* a disparu de la table, lorsqu'un magnifique *aïmara* rehaussé maintenant par toutes sortes d'épices, ou qu'un beau quartier de biche répandent leur odeur appétissante, la conversation roule souvent sur le pêcheur qui a rapporté dans sa pirogue le monstre marin, ou sur le chasseur qui a abattu dans le bois du morne rouge la pièce de résistance. Quand arriva ce moment à l'habitation du Rosier, les convives, stimulés par les vins délicats de l'amphitryon et par les questions de l'enseigne, ouvrirent tour à tour leur répertoire, qui mit tout le monde en gaieté. Les jeunes gens prolongèrent la séance fort avant dans la nuit ; l'on but, l'on chanta, l'on devisa à qui mieux mieux ; les cigares et le jeu se trouvèrent nécessairement de la partie. Quelques heures de repos suffirent néanmoins pour remettre les joyeux coureurs d'aventures en état de reprendre leur expédition ; car il est à remarquer que, par un mélange de mollesse et d'énergie que nous avons déjà observé dans la femme créole, le jeune colon est à la fois le plus paresseux et le plus actif des hommes. Quand il est nonchalamment couché dans son hamac, le moindre effort, le moindre mouvement lui est odieux ; il faut qu'un esclave l'évente, qu'un autre lui apporte un cigare allumé, qu'un troisième le fasse boire. Tout à coup il se réveille de cet état semi-léthargique et court s'exposer aux plus violents exercices : la chasse, les courses, l'habitation, le trouvent infatigable. Il ne semble pas même souffrir de la privation de sommeil.

Rodolphe et son cousin accompagnèrent les Cayennais dans les plantations voi-

sines; le marin prit part à une grande chasse à la biche, divertissement fort estimé
et plus fréquent sur les bords du Mahury que dans le nord de la colonie. Une meute
de chiens, une troupe de nègres chasseurs guidèrent les jeunes gens à la poursuite
du léger animal, qui fut rapporté en triomphe, ainsi que plusieurs tapirs et une
grande quantité de menu gibier qu'on abattit en retournant à Rougeterre, devenu
le centre des opérations. Cependant l'officier avait hâte de retourner au Rosier ;
chaque instant passé loin de Zoé était dérobé à son amour. Après deux jours de plaisirs étourdissants qui auraient aisément pu se prolonger, il parvint à regagner l'habitation, où la jeune fille l'attendait avec impatience. Il arrive souvent, à la suite
d'un premier jour de fête, que, d'invitations en invitations, on visite toutes les
grandes maisons d'un ou deux *quartiers* de la colonie. Rodolphe en avait assez vu ;
il insista tellement auprès d'Albert, qu'il l'entraîna avec lui, mais il fut convenu
entre eux qu'ils feraient ensemble le voyage de Cayenne, quand le premier partirait
pour rejoindre son bord.

Le marin avait laissé la plantation dans un état de repos complet, il la retrouva
bruyante et animée par les travaux de la récolte. La machine était surmontée d'un
noir panache de fumée, des acons remplis de cannes à sucre abordaient au débarcadère, des nègres les déchargeaient, tandis que d'autres se pressaient aux abatis,
coupant la récolte avec une incessante activité. Tout le temps que dure ce rude
labeur, hommes, femmes et enfants y prennent part ; l'on ne perd pas un instant,
on se remplace aux champs, dans la sucrerie, dans les barques nuit et jour. On se
presse, on se hâte, on se multiplie, car le moindre retard peut causer des pertes
considérables : aussi la récolte des cannes est-elle réputée la plus pénible.

La courte permission de l'enseigne touchait à sa fin : près de dix jours s'étaient
écoulés depuis qu'il avait quitté son bord, il ne lui était plus possible de différer son
départ ; le fatal instant des adieux arriva. Les habitants du Rosier accompagnèrent
leur hôte jusqu'au canot amarré au bout de l'avenue, et là il prit tristement congé de
la famille créole dont l'hospitalité lui avait été si douce. Le baiser de partance fut
échangé sur le rivage. En effleurant de ses lèvres les joues virginales de Zoé, le
marin osa presser une main tremblante, mais la jeune fille fut la seule à s'apercevoir
d'un trouble qu'elle partageait. Puis elle suivit d'un regard humide l'embarcation
qui fuyait à travers les sinuosités du Mahury.

Cependant Albert s'était assis à l'arrière à côté de Rodolphe ; plein de joie d'aller
retrouver à Cayenne tous ses compagnons de plaisirs, il se mit à parler avec une
volubilité fatigante pour le sentimental enseigne. Celui-ci, plongé dans de mélan-
coliques pensées, se bornait à faire de courtes réponses et ne portait qu'une attention
distraite aux divagations du créole. A la fin pourtant, les chansons des rameurs
ayant fourni à Albert un nouveau sujet de dissertation, Rodolphe, presque malgré
lui, fut entraîné à l'écouter : « Il ne faut pas croire, disait-il, que notre patois créole
soit entièrement dénué de charmes poétiques, sa prononciation un peu gutturale lui
donne à mon gré une douceur indéfinissable ; manié par un artiste plus habile que
nos improvisateurs ordinaires, il se plie fort bien à des compositions gracieuses dont
je veux vous laisser juge. Tenez, je vais vous chanter tant bien que mal une ro-

mance faite par un de nos amis et qui est encore fort en vogue à Cayenne. » Albert,
à ces mots, imposa silence à l'équipage de la barque, et avec ce goût musical qui est
inné parmi les colons de la Guyane, il commença comme il suit :

Mo k'a parti, navir la k'a allé,
    Zamie aguié ! zamie aguié !
Laissez mo bô ou visag', ou chivé,
    Zamie aguié! aie! aguié !
Quand m'a là bas, oua chongé mo misér,
Pas blié moa, pas blié ou compèr
Loin di ou trop comment m'a fai rété
    Zamie aguié ! aie ! aguié ¹ !

Mo pâlé ou, mo t'endé ou pâlé,
    Zamie aguié! zamie aguié!
Nous tous les dé contan nous compagnié,
    Zamie aguié! aie! aguié !
Palor fini : à t'hor là mo k'a allé
Ou k'a crié, di l'eau oueil k'a coulé,
Mais ti t'a l'hor, ça blié, ou-a blié,
    Zamie aguié! aie! aguié ² !

Cette petite romance faite dans la première langue qu'eût parlée Zoé, peu d'instants
après des adieux sans retour, avait pour Rodolphe un incomparable attrait. Il la fit
répéter à Albert qui s'y prêta de bonne grâce ; tous deux redirent ensemble le refrain, et
les nègres mêlaient leurs voix à celles des jeunes blancs, lorsque la pirogue débouqua
dans la rivière du Tour de l'île. Une heure après, on passait devant la giroflerie
du général Bernard, l'une des plus belles habitations du quartier de Tonnegrande,
enfin l'on doubla la pointe Tanguy, et le marin aperçut les mâts inclinés de *l'Iris.*
Alors, pensant à celle qu'il ne devait plus revoir, à l'appareillage, à la France, il
soupira et répéta seul les deux premiers vers avec un accent plaintif. « Diantre ! interrompit Albert, vous roucoulez le créole comme un maître. Il est fâcheux qu'avec
de pareilles dispositions vous nous quittiez si vite ; nous aurions fait de vous un
vrai colon avant qu'il fût deux mois. »

L'officier allait répondre, mais au même instant son attention fut attirée par un
grand canot du pays qui voguait vers la ville à force de pagayes. Les hommes qui le
montaient étaient étrangement bigarrés de rouge et de noir : à l'avant de leur
barque on remarquait un tas de paniers et quelques plumages éclatants. « Ce sont
des sauvages, n'est-ce pas ? demanda Rodolphe. — Ça Indien même! répondit le

----

¹
Je vais partir , le navire s'en va ,
    Ma mie, adieu ! ma mie, adieu !
Laissez-moi baiser votre visage, vos cheveux.
    Ma mie, adieu! aie ! adieu!
Lorsque là-bas je songerai à ma douleur ,
Ne m'oubliez pas, n'oubliez pas votre *compére*,
Loin de vous, trop longtemps, comment ferai-je pour rester?
    Ma mie, adieu ! aie! adieu!

²
Je vous parle, vous m'entendez vous parler ,
    Ma mie, adieu ! ma mie, adieu !
Tous les deux nous nous aimons d'une égale ardeur ,
    Ma mie, adieu! aie! adieu!
Mais tout est dit : à cette heure , je pars.
Vous pleurez, des larmes coulent de vos yeux,
Mais tout à l'heure, vous m'oublierez, vous m'aurez oublié:
    Ma mie, adieu! aie! adieu!

patron. — Coupez-leur la route, s'il se peut. — Cou a oulé, maît' (comme vous voudrez, maître), » dit le nègre ; et la pirogue vola à la rencontre de celle des Indiens. Ceux-ci ne daignèrent pas tourner la tête, et continuèrent à gouverner sur la terre, en droite ligne, pagayant toujours avec le même sang-froid et la même ardeur que s'ils n'eussent pas été au terme de leur course. Dans la pirogue, chargée d'objets d'échanges, se trouvait une famille nombreuse. L'indigène de la Guyane, essentiellement nomade, voyage toujours ainsi, emmenant sa femme et ses enfants de la source des fleuves à leur embouchure, et jusque dans la ville des blancs, quand il vient y camper pour quelques jours.

La curiosité de Rodolphe avait été ravivée par un spectacle tout nouveau, elle prit le dessus pour un moment sur ses rêveries amoureuses ; aussi quand les deux cousins débarquèrent, les us et coutumes des naturels leur fournissaient le sujet d'une conversation animée à laquelle le marin prêtait une sérieuse attention.

Les indigènes peuvent être classés en deux catégories, suivant qu'ils vivent dans le voisinage des blancs et enclavés en quelque sorte entre leurs propriétés, ou qu'ils font partie des tribus dont les domaines s'étendent sans bornes à travers l'Amérique méridionale. Les premiers forment une portion distincte de la population guyanaise ; ils reconnaissent la suzeraineté de la France, bien qu'ils aient conservé d'ailleurs une indépendance complète. Leurs mœurs sont paisibles et douces ; ils se nourrissent de chasse et de pêche, et n'ont que par exception une résidence fixe. Quelques familles seulement ont élu domicile non loin des plantations, et y exercent des métiers, comme ceux de potiers et d'ouvriers en paille. Une de leurs industries est la fabrication de ces élégants *pagaras*, sortes de paniers tressés avec une extrême patience, et qui servent de valises, de cassettes et de coffrets dans les habitations. Enfin, il n'est pas sans exemple que les colons engagent des naturels en qualité de chasseurs et de pêcheurs ; mais la fierté des serviteurs ne s'accommode pas facilement de l'omnipotence du maître ; et dès que celui-ci blesse leur susceptibilité, ils disparaissent à jamais dans les bois. En général, l'amour de la liberté suffit pour leur faire repousser les propositions des blancs ; après de courtes stations dans les établissements, ils vont élever leurs carbets au fond de quelque crique déserte.

Les principales tribus auxquelles appartiennent ces Indiens à demi Français, répandus sur notre territoire au nombre de sept cents environ, sont celles des Akokas, des Galibis, des Arroagues, des Émerillons et des Oyampis, que les géographes rangent dans la race caraïbe.

Les aborigènes de la Guyane, qu'ils habitent aux alentours des défrichements ou qu'ils soient plus profondément enfoncés dans les impénétrables forêts du nouveau monde, construisent toujours leurs huttes ou carbets d'après le même système. Fidèles à une immémoriale tradition, ils se logent dans une case aérienne que soutiennent des poteaux plantés en terre. On y monte par une échelle qu'on retire la nuit pour se mettre à l'abri des agressions des bêtes féroces. La toiture est composée de larges feuilles de palmier, qui retombent en s'arrondissant à droite et à gauche du modeste édifice. Le carbet doit à son étrangeté une grâce particulière et une physionomie des plus pittoresques. Élever une pareille demeure est pour une famille l'affaire d'une journée, puis elle l'habite jusqu'à ce qu'une circonstance souvent des plus frivoles la porte à s'éloigner. Alors une pirogue devient son asile. Elle s'abandonne au courant des fleuves qui arrosent la contrée dans toutes les directions; ou bien la petite tribu se charge de ses ustensiles, et femmes, enfants, vieillards, voyagent à travers les bois sous la tutelle des guerriers. Rencontre-t-on un lieu dont l'aspect est agréable et promet l'abondance, on fait halte, un nouveau carbet est planté. L'Indien court à la chasse, sa femme l'accompagne pour ramasser le gibier, et l'on passe encore quelques mois dans la solitude nouvelle que les chefs ont choisie pour résidence. Telle est la vie essentiellement nomade de ces habitants du désert, oiseaux de passage plus inconstants que la brise, insoucieux de la patrie, mais amants passionnés de la plus sauvage indépendance.

Les naturels de la Guyane viennent au monde presque blancs; en peu de jours, ils prennent une couleur bistrée qui ne tarde pas à se convertir en rouge par suite de leur usage de se peindre en roucou. Ils se teignent souvent une partie du corps avec de la vase; la toilette des dames consiste généralement à se barbouiller à grands coups de pinceau le ventre et les cuisses d'un limon bleuâtre et gluant qui devient pour elles le voile de la pudeur. Les Indiens se servent, suivant les tribus auxquelles ils appartiennent, de ces deux éléments de toilette pour s'accoutrer de la manière la plus barbare. Leurs cheveux, lisses et d'un beau noir, sont coupés carrément sur le front et tombent par derrière sur leurs épaules. Les femmes cependant les relèvent assez coquettement en chignon, mais les vieilles négligent souvent un soin pareil. Rien n'est plus hideux à voir que ces respectables mères de famille dans leur nudité presque complète, avec leurs tatouages étranges et leurs lèvres inférieures percées en manière de pelotes; car il est d'usage qu'une ou plusieurs épingles y soient fixées la pointe en dehors. L'épingle n'est pas seulement pour elles un ornement sauvage, comme on pourrait le supposer, c'est encore un instrument chirurgical fort utile. Elle sert à extirper les insectes nommés *chiques*, qui, se glissant entre cuir et chair, se creusent dans les pieds des cellules de la grosseur d'un pois chiche, et produisent bientôt d'intolérables démangeaisons.

Les Indiens sont d'une stature moyenne, d'une constitution robuste et d'une agilité surprenante. Leurs traits, qui se rapprochent de ceux de la race blanche, portent plutôt le caractère de l'astuce que celui de l'intelligence. Toutefois, la figure de quelques-uns n'est pas dépourvue d'une certaine majesté. Ils possèdent tous au plus haut degré cette délicatesse des sens physiques, sorte d'instinct qu'on pourrait appeler une seconde vue, et qui a été célébré par Cooper dans *le Dernier des Mohicans* et *la Prairie*. Les indigènes de l'Amérique centrale ne le cèdent pas à ceux du nord : les Caraïbes et les Delawares mènent une existence analogue; les uns et les autres ont acquis la même habileté pour imiter les cris des animaux, pour observer les lieux et les traces; ils ont également une patience et une finesse merveilleuses; ils manient aussi adroitement la pagaye, les filets, l'arc et les flèches ou le fusil, quand ils sont parvenus à la possession de ce tonnerre des blancs.

Les femmes des tribus qui avoisinent Cayenne sont de beaucoup inférieures aux

INDIEN DE LA GUYANE

hommes, quoiqu'elles aient les cheveux moins roides et la peau extrêmement fine. Généralement elles sont laides, et loin d'être sveltes comme les Indiennes de l'intérieur, elles sont déformées par un développement exagéré de la taille. Elles se font boursoufler les mollets à l'aide de larges tresses qu'on leur tisse dès l'enfance sous le genou et au-dessus de la cheville. L'intervalle qui sépare ces deux jarretières grossit alors uniformément par devant comme par derrière, ce qui donne à leurs jambes, minces du haut et du bas, la forme d'une amphore ou d'une gargoulette, ainsi que l'a spirituellement dit l'auteur de *Cayenne au daguerréotype*.

Le costume des Indiens des deux sexes est, du reste, d'une simplicité primitive : les hommes se drapent avec une certaine grâce de quelque lambeau d'étoffe rapportée de la ville, les femmes portent parfois un étroit tablier en dents de tigre ou de caïman ; toutes se font des bracelets et des colliers avec ces mêmes dents, à moins qu'elles ne possèdent des verroteries brillantes, dont elles sont folles, selon le goût immuable de tous les sauvages du monde. Les parures en plume ne sont plus de mise chez les tribus qui se trouvent le plus fréquemment en contact avec les colons, mais parmi celles qui vivent encore reléguées au delà de nos établissements, et dont on ne voit venir qu'à rares intervalles des députés au centre du gouvernement, les panaches en plumes de toucan et de perroquet, en forme de casques antiques, sont encore usités comme au temps de la découverte.

Les peuplades retirées aux extrémités du territoire colonial n'entretenant que des relations incertaines avec les blancs, on n'a pas une idée exacte de leur importance. L'Indien est trop rusé pour répondre sincèrement aux questions qu'on lui adresse à ce sujet. L'on peut se livrer, d'après ce qu'il avoue, aux conjectures les plus contradictoires. Tantôt, à son dire, les forêts sont inhabitées jusque par delà des fleuves et des monts inconnus qu'il place à des distances incalculables ; tantôt au contraire il laisse à entendre que des nations puissantes et nombreuses couvrent la lisière des grands bois, et que des multitudes humaines peuplent le sol des régions inexplorées jusqu'à ce jour.

En 1624, lorsque les yeux des commerçants de Rouen se tournèrent vers la Guyane, elle avait déjà été visitée depuis plus d'un siècle par plusieurs navigateurs français, et même soixante-dix ans auparavant, quelques tentatives d'occupation avaient été faites par des émigrés calvinistes. Toutefois, ce ne fut que sous le règne de Louis XIII, et grâce à l'impulsion de Richelieu, que se forma une grande société de colonisation sous le nom de compagnie de la *France Équinoxiale*. Deux établissements furent fondés, l'un dans l'île de Cayenne, l'autre sur les bords de la rivière de Surinam. A cette époque, deux nations indigènes, les Caraïbes et les Galibis étaient en guerre. Les Français avaient été accueillis avec douceur par les Galibis, ils prirent parti pour leurs nouveaux alliés qui malheureusement eurent le dessous. Les premiers colons se virent forcés de se réfugier dans l'intérieur des terres, où les débris de la peuplade vaincue leur offrirent une généreuse hospitalité. La France fit plusieurs expéditions, la plupart mal combinées ; l'on évacua entièrement Surinam, dont les Anglais s'emparèrent pour quelques années, et qui tomba ensuite au pouvoir des Hollandais. Cependant, après bien des vicissitudes, la colonie de Cayenne

se constitua plus solidement : les Caraïbes furent expulsés ; les Galibis eux-mêmes,
ne pouvant se plier aux usages de la civilisation, reculèrent devant elle et se retirèrent dans les bois sans cesser d'être nos alliés et nos amis. Cette nation vaincue se
releva de ses désastres et redevint puissante. Sa langue est la plus répandue dans la
Guyane ; les diverses tribus s'en servent pour communiquer entre elles, les missionnaires l'étudient de préférence à tous les autres dialectes. Cependant, il faut
l'avouer, même parmi les Galibis, le catholicisme n'a fait jusqu'ici qu'un très-petit
nombre de prosélytes. Ils ont bien quelques vagues notions de la religion chrétienne,
mais elles sont confusément mélangées de superstitions antérieures à la découverte
du nouveau monde ; ils croient aux charmes, aux philtres et aux enchantements,
comme tous les peuples dans l'enfance. Dès qu'il s'agit d'une expédition importante,
ils consultent leurs sorciers ; enfin le serpent joue un grand rôle dans leurs cérémonies qui, du reste, se pratiquent très-secrètement. Parmi les nations indiennes, il en
est même qui ont conservé des traditions mythologiques particulières ; c'est ainsi
que les Arrowankas, qui semblent être une branche de la famille caraïbe, révèrent
encore, sous le nom d'Amalivaca, un héros antique dont les hauts faits se perdent
dans la nuit des temps.

Les plus belliqueux indigènes sont, sans contredit, les Oyampis, redoutables par
leur habileté à manier le casse-tête ou boutou ; ils habitent aux sources de l'Oya-
pock, d'où ils firent peser autrefois un joug cruel sur leurs compatriotes. Il y a
soixante ans à peine, une tribu voisine leur portait ombrage, ils la convièrent à un
banquet où le *vicou* et le *cachiri* fermentés furent versés à flots, puis quand vint
la nuit, les guerriers, s'armant de leurs terribles massues, massacrèrent tous les
invités. Les fièvres pernicieuses ont vengé les mânes des victimes ; la horde des
Oyampis, plus traitable aujourd'hui, est sur le point de s'éteindre, tandis que les
autres nations prospèrent aux confins de notre territoire.

C'est vers la fin du mois de novembre, au milieu de la belle saison, que les naturels, attirés par l'appât de *l'eau de feu* et des hochets européens, descendent à
l'île de Cayenne. Dès qu'ils ont mis pied à terre, ils envoient demander une audience au gouverneur, qui les accueille toujours avec une dignité bienveillante.
La réception ne manque pas d'une certaine pompe, les sauvages sont mandés, et,
suivant leur immuable coutume, ils traversent la ville rangés sur une seule file,
comme s'ils étaient encore dans les bois, cherchant à se frayer un sentier à travers
les taillis et les lianes. Les personnages de rang inférieur portent les présents ; le
chef de la troupe marche en tête, et quand il a été introduit, il fait déposer aux
pieds de l'autorité française des fourrures des dépouilles d'oiseaux, des pagaras
ou des hamacs, des arcs, des flèches et un casse-tête ; puis il rompt le silence avec
gravité. « Banaré (ami), dit-il, en offrant le tribut de ses richesses, voici nos présents. » Alors une conversation mesurée s'engage entre le mandataire de la peuplade et le gouverneur. Le plus souvent, il est inutile de se servir d'interprète, le
sauvage s'exprime en patois créole légèrement coloré de quelques mots galibis,
et la réponse, bien que faite en français, est parfaitement comprise. Le gouverneur
affecte de traiter d'égal à égal avec le chef indien ; il le félicite des bonnes relations

qui existent entre les deux peuples, et le complimente au nom du roi. Puis des
rafraîchissements sont distribués aux délégués de la tribu, on leur apporte des cadeaux qui consistent en eau-de-vie, étoffes de couleur bleue surtout, verroteries
et bijoux de chrysocale; quelquefois, selon l'importance de la nation, on donne
aux chefs des armes à feu et de la poudre de chasse. Les Indiens passent huit ou
dix jours à Cayenne, logés sous des hangars, où ils pendent leurs hamacs; durant
leur séjour, ils reçoivent une ration de fromage, poisson sec, biscuit de mer et
tafia. Enfin, au moment de leur départ, on charge leurs pirogues de provisions
fraîches, et ils partent enivrés par les liqueurs fermentées dont ils ont fait un abus
incroyable. Quelques jours plus tard, de retour aux carbets de leur nation, ils parleront avec emphase de leur voyage aux établissements des visages pâles. Alors,
montrant à leurs frères les présents qu'ils en rapportent, ils vanteront la générosité du gouverneur, leur ami, et la puissance du grand Manitou français.

Rodolphe assista, presque sans le vouloir, à la présentation et à l'échange des cadeaux qui eut lieu à l'hôtel du gouvernement. Il cherchait le capitaine de *l'Iris*
pour le prévenir de son retour, il le rencontra dans la salle de réception, attendant les Indiens qu'on venait d'annoncer. Le jeune enseigne figura lui-même parmi l'état-major brodé du gouverneur, et grossit par sa présence le cortége des dignitaires coloniaux dont le luxe extérieur inspire aux indigènes tant d'idées de respect pour la richesse et la puissance de la France.

Après la cérémonie, les deux cousins parcoururent ensemble la ville, que le marin n'avait qu'entrevue. Enfin, tandis que le créole allait faire ses visites, Rodolphe
se rendit à bord. Il y trouva la solitude qu'il cherchait. Les officiers, ses camarades,
étaient tous à terre, établis sans doute chez une de ces mulâtresses qui, à Cayenne
comme aux Antilles, sont les hôtesses dévouées de tous les marins. Ces femmes,
dont on ne saurait trop louer les excellentes qualités, sont la ressource de l'étranger, elles l'hébergent, font ses commissions et ses emplettes, lui lavent et lui rac-
commodent son linge, sont constamment à ses ordres. Si, pendant le jour, il ne
sait où aller se reposer ou se rafraîchir, il se rend chez la mulâtresse à laquelle il a
donné sa pratique; aussitôt elle tend un hamac ou déroule une natte, elle apporte
une limonade ou un sangris, et tout cela pour un modique salaire, qui paye à peine
son zèle infatigable, sa constante bonne humeur, son ingénieuse prévenance. Les
femmes de couleur ne sont pas moins hospitalières pour les matelots et les mousses;
elles ont presque toujours à leur offrir quelque goutte de tafia première qualité,
quelque bon fruit du pays. Du reste, si un officier a besoin d'un fidèle messager,
d'un confident discret, pour une mission délicate, il peut s'adresser en toute confiance à sa complaisante blanchisseuse, elle fera l'impossible pour lui.

Rodolphe ne fut pas plutôt à bord de *l'Iris*, qu'il s'accouda sur la lisse et se mit
à penser tristement à Zoé, les yeux fixés dans la direction du Mahury. Après une
heure de méditations profondes, une idée subite l'illumina, il descendit dans sa
cabine, et, durant toute la nuit, travailla sans relâche à un album destiné à sa
jolie cousine. Une pièce de vers faite de verve pour la circonstance servait de
dédicace; il avait choisi ses meilleurs dessins pour les réunir dans l'ordre le

plus galant, il sacrifiait de bon cœur, mais non sans regrets, les souvenirs de deux ans de campagne, le fruit de ses excursions à Rio-de-Janeiro, à Bahia, à Fernambuco.

Le soleil paraissait à peine lorsqu'il se fit jeter à terre ; il lui fallait une pirogue, un serviteur intelligent et initié dans les usages du pays ; il se rendit chez la vieille mulâtresse à laquelle, dix jours auparavant, il avait confié le soin de ses hardes. Cette femme, qu'il avait à peine daigné regarder alors, se mit en œuvre aussitôt ; elle trouva le canot et le patron, elle chargea son propre fils du précieux album. Le petit mulâtre avait déjà dépassé la pointe Tanguy, quand Rodolphe, bien résolu, du reste, à garder son secret, entra dans la chambre d'Albert et le réveilla. « Je veux vous mener ce soir au *yambel*, dit le créole en se frottant les yeux, c'est très-curieux pour vous ; vos camarades y viendront et ne seront pas fâchés, j'imagine, d'y retrouver toutes leurs connaissances. »

Rodolphe savait déjà que le yambel est un bal de mulâtresses, et accepta la proposition avec empressement ; son esprit était plus calme, par suite peut-être de son travail de la nuit ; il lui semblait que son sacrifice serait apprécié par Zoé, il espérait en recevoir la récompense.

Albert le présenta chez plusieurs familles cayennaises ; il fut traité avec la cordialité commune à tous les habitants, qui ne sont pas moins affables à la ville que sur leurs plantations. Ces visites remplirent la journée ; quand vint le soir, une bande nombreuse de jeunes gens du pays et tous les officiers de *l'Iris* se dirigeaient vers la maison où se donnait le bal. Albert connaissait la maîtresse du logis ou du moins celle qui en faisait les honneurs ; car, d'ordinaire, la fête a lieu dans un vaste appartement loué pour la nuit ; les blancs furent placés de manière à ne rien perdre du coup d'œil. La salle était pleine de filles et de femmes de couleur dont les compères se tenaient respectueusement aux portes et aux fenêtres ; il n'est pas dans l'usage que les cavaliers se permettent d'entrer, ils doivent se contenter de faire galerie du dehors. Les invitées étaient toutes dans leurs plus beaux atours, c'est-à-dire mises avec un luxe effrayant, parées de bracelets et de chaînes d'or, de colliers et de pendants d'oreilles enrichis de pierreries, vêtues des plus belles étoffes ; du reste, coiffées de madras éclatants sous lesquels se relevaient en boucles et en bandeaux des cheveux généralement lisses et d'une belle nuance noire. A un signal de la patronnesse, les nègres qui composaient l'orchestre préparèrent leurs instruments ; le tambour de basque et le tambourin roulèrent lentement d'abord, quelques voix de femmes faisaient l'accompagnement. Deux danseuses se levèrent alors et commencèrent lentement et à petits pas une danse de chassés-croisés fréquents, pivotante comme une valse, à poses prétentieuses et à mouvements ondulés du corps qui, parfois, ne manquaient pas de grâce. Peu à peu, la scène s'anima, un nouveau couple de danseuses vint se joindre au premier, puis un autre, puis un autre ; comme dans le kamoungoué le tam-tam accéléra sa mesure, et tout alla *crescendo*. Toutefois l'on ne sortit pas des bornes de la décence ; si les contorsions des actrices devenaient de plus en plus marquées, ce n'était point l'effet de l'ivresse des sens, mais bien plutôt celui d'un sentiment d'amour-propre exagéré. Les mulâtresses

RUE DE CAYENNE

attachent une si grande importance à l'art de bien danser le yambel, qu'un cavalier peut même quelquefois pénétrer dans l'enceinte réservée et venir y parader, seul au milieu de tant de femmes, comme Apollon au milieu des muses, ou bien encore comme un sultan dans son harem ; mais il faut pour cela qu'il jouisse d'une réputation bien établie de beau jambier, de jarret infatigable, de batteur d'entrechats merveilleux, et qu'il la soutienne par une pantomime expressive, un chic et un aplomb outrecuidants. Au fur et à mesure que les danseuses sont lasses, elles regagnent les banquettes, d'autres danseuses les remplacent aussitôt. Tout le temps que dure le yambel, la galerie improvise des paroles sur l'air joué par l'orchestre, si, toutefois, on peut donner un nom pareil à un assemblage de roulements plus ou moins précipités. Le sujet de la chanson est nécessairement l'éloge de celle qui donne le bal, ou la satire sanglante de quelque autre qui aurait refusé cet honneur. Il est de règle en effet que, vers le milieu de la soirée, l'amphitryon, compère de la dame du lieu, aille présenter un bouquet à l'une des matrones présentes ; celle-ci se trouve dans la nécessité d'accepter et d'offrir un nouveau yambel pour quelques jours après. A rares intervalles, les musiciens prennent haleine, les cavaliers profitent galamment de ces intermèdes pour faire circuler des rafraîchissements qui consistent surtout en anisette, dont les mulâtresses sont folles. Il est bien rare que les bonnes filles aient des rigueurs envers celui qui se sert de ce philtre enchanteur pour les attendrir. L'anisette de Bordeaux a fait bien des victimes à la Guyane, et surtout bien des Arianes éplorées, car le séducteur est souvent un étranger, un militaire, un marin, qui s'enfuit en Europe au bout de quelques mois.

Les femmes de couleur se marient quelquefois ; il en est même un certain nombre qui s'élèvent au-dessus de leur origine par une conduite sans tache, et deviennent des mères de famille respectables sous tous les rapports. Malheureusement ce n'est point la règle ordinaire ; la plupart d'entre elles se contentent d'être bonnes et tendres pour des enfants de plusieurs lits et de toutes les nuances, qu'elles traitent avec une parfaite égalité d'affection, en établissant toutefois des priviléges hautement avoués en faveur des filles. Celles-ci sont destinées à leur succéder et à perpétuer la caste ; douces et obéissantes, elles partagent dès l'enfance les travaux de la case ; elles se soumettent aveuglément aux coutumes du pays, et ne songent pas même à se plaindre de l'état d'infériorité qui résulte de leur problématique filiation. Les garçons, au contraire, abusent bien souvent de leur demi-éducation et de la liberté dont ils jouissent ; ils partagent les préjugés des colons envers les esclaves, et se révoltent néanmoins avec une colère mal dissimulée contre l'inégalité de leur condition. Après avoir secoué de bonne heure le joug indulgent de l'autorité maternelle, ils s'abandonnent volontiers à leur ambition qui engendre de fréquents désordres. Leur classe a fourni néanmoins une quantité assez considérable de sujets distingués, qui sont en possession d'une belle fortune légitimement acquise, et qui se distinguent par des mœurs rangées, par une vie tout à fait honorable. C'est surtout à l'égard de ces derniers que d'injustes préventions devaient disparaître et qu'elles disparaissent en effet de jour en jour. Les créoles de la Guyane ont eu l'occasion d'apprécier les services rendus par ces hommes recommandables, et depuis, ils donnent aux habitants des autres colonies l'exemple de la tolérance, ainsi que nous l'avons déjà dit plus haut.

Rodolphe sortit du yambel, qui se termina, selon l'usage, entre onze heures et minuit, en dissertant avec Albert et ses compagnons sur les bonnes et mauvaises qualités des gens de couleur libres. Les officiers, qui connaissaient de longue date les mulâtresses des quatre parties du monde, faisaient leur éloge à outrance. En arrivant à l'embarcadère où l'on devait se séparer, le capitaine de *l'Iris*, qui venait de passer la soirée chez le gouverneur, annonça à son état-major que le départ était fixé au lendemain. — « Dès que les dépêches seraient prêtes, on devait lever l'ancre pourvu que le vent permît d'appareiller. » — A cette nouvelle, Rodolphe pâlit et frissonna, puis, songeant à son aventureux message, il soupira silencieusement ; mais, grâce à l'obscurité, nul ne s'aperçut de son trouble. Les autres marins ne pouvaient maîtriser l'expression de leur joie, les créoles les complimentaient bruyamment, les chargeaient de leurs commissions pour la France, et promettaient leur visite à bord au dernier moment. Albert regrettait tout haut de ne point être du voyage, et félicitait son cousin avec effusion. Celui-ci fit bonne contenance et descendit dans le canot, qui ne tarda point à pousser.

Revenu tout entier à la pensée de ses amours, Rodolphe, quelques instants après, se retirait tristement dans sa cabine, appelant de ses vœux un retard imprévu, un calme plat, une brise contraire, tout ce qui pourrait donner à sa pirogue le temps de revenir. Suspendu entre la crainte et l'espérance, il ne réussit pas à fermer la paupière. Le lendemain, dans l'après-midi, tandis qu'une animation extraordinaire régnait à bord de la goëlette, il se tenait immobile à l'arrière, une longue-vue en main, examinant avec une anxiété croissante tous les bateaux qui débouquaient de la pointe Tanguy. Albert et ses amis avaient envahi le pont du léger navire, une foule de barques du pays se pressaient à tribord et à bâbord, les mulâtresses rapportaient le linge des officiers, rendaient compte des commissions dont elles étaient chargées, vendaient aux matelots des fruits et les petits ustensiles dont ils pouvaient avoir besoin. — Les dépêches arrivèrent. — « A table ! messieurs, dit le capitaine, après le dîner la brise sera ronde et bien faite, nous appareillerons. » Créoles et marins descendirent dans la grande chambre, et l'on commença à boire au prompt voyage de *l'Iris*, à la prospérité de la colonie, à la France, à l'hospitalité cayennaise ; Rodolphe était au supplice.

Au dessert, un mousse entra :- « Monsieur de Larvor, dit-il, on demande à vous parler. » Rodolphe sauta sur le pont. La première personne qu'il aperçut fut Zilia que sa jeune maîtresse avait expédiée en mission auprès de lui. La jolie fille de couleur semblait fière de son ambassade ; elle raconta emphatiquement et avec une foule de détails minutieux le succès obtenu par l'album, elle finit par offrir à Rodolphe un petit pagara d'un travail exquis, qui contenait un mot d'adieux et de remercîment écrit par Zoé. L'officier était ivre de joie : il ne cessait de faire recommandations sur recommandations à Zilia, il la chargeait de transmettre de vive voix à sa maîtresse une foule de pensées tendres et délicates, qu'il n'avait pas osé confier au muet album. La confidente promettait d'être éloquente et persuasive.

elle renchérissait sur l'audace du marin. Cependant le dîner était fini ; Albert monta sur le pont où il ne parut pas médiocrement étonné de rencontrer la camériste de sa sœur : « Que fais-tu ici, Zilia ? lui demanda-t-il. — Je suis envoyée par madame du Rosier, répondit-elle, pour offrir à M. Rodolphe ce qui est dans cette pirogue. » Le bateau était en effet chargé de fruits et de provisions fraîches. « C'est une heureuse idée qu'ont eue mes parents ! » s'écria le jeune créole. Mais comme en ce moment le vent était favorable et l'ancre haute, la conversation fut interrompue, les Cayennais prirent congé des officiers de l'*Iris*, les deux cousins s'embrassèrent, et Albert descendit avec Zilia dans la pirogue du petit mulâtre. Alors, la goëlette, penchée sur la hanche, s'élança vers le large, en caracolant comme une cavale ardente. Rodolphe lisait et relisait le divin billet, et puis, les yeux fixés sur les côtes américaines qui s'effaçaient dans l'ombre, il fredonnait encore d'une voix émue :

> « Mo k'a parti, navir là k'a allé
> Zamie aguié ! aïe ! aguié ! »

Nous pourrions aisément compléter ce récit par une digression maritime sur l'amour colonial, mais la forme que nous avons adoptée ne doit pas nous entraîner hors de notre sujet. Il sera facile, du reste, à nos lecteurs d'achever le roman ébauché : à ceux qui tiennent au bienheureux dénoûment des vaudevilles et des contes de fées, il est permis de supposer que l'amoureux Rodolphe de Larvor s'est hâté de repartir pour la Guyane, où les négresses du Rosier célébreront son union avec leur jeune maîtresse, par les danses les plus échevelées et les hymnes les plus nasillards ; — à ceux qui préfèrent le tragique, nous abandonnerons héros et héroïne également au désespoir, choisissant entre le fer et le poison pour terminer leurs tristes jours ; — si nous pouvons émettre notre avis, nous croyons que de part et d'autre on se consolera ; que Zoé se mariera sous peu de mois avec l'un des amis intimes de son frère, et que Rodolphe acceptera sans hésiter, à son arrivée en France, un ordre d'embarquement pour faire le tour du monde. Quant à Zilia, nous savons de bonne source qu'Albert a la ferme intention de l'affranchir, dès qu'il sera devenu seul possesseur de l'habitation. Elle s'établira nécessairement à la ville en qualité d'hôtesse et de blanchisseuse, et augmentera ainsi le nombre de ces excellentes femmes de couleur, que nous avons montrées si hospitalières pour les marins.

Après cette peinture de mœurs, qu'il nous soit permis d'ajouter quelques considérations générales. Nous devons dire que la Guyane est, sans contredit, celle de nos colonies lointaines qui a les plus belles chances de développement. Sa disposition topographique est également favorable à l'industrie et au commerce, grâce aux rivières qui l'arrosent en tous sens, et, comme autant de canaux naturels, rendent les communications faciles. La fécondité d'un sol vierge en grande partie, et sur lequel il reste encore un champ vaste pour les défrichements de toute espèce, est un élément matériel de prospérité. La variété des cultures met les propriétaires à l'abri du plus redoutable des revers agricoles : la mauvaise récolte. Ainsi, à l'exception de trente ou quarante sucreries, on ne citerait pas plus de trois habitations consacrées à un seul genre de produit. La plupart des planteurs cultivent à la fois le rocou et le coton, le girofle, le cacao et le café. La modération des créoles et leur esprit dès longtemps préparé à la mesure de l'affranchissement en rendront l'exécution moins funeste pour leur pays que pour les autres colonies, car la secousse y sera moins brusque, la révolution mieux préparée. On s'occupe d'ailleurs aujourd'hui d'établir un système de communications régulières à l'aide de paquebots à vapeur entre Cayenne, les Antilles françaises et la métropole. Or, c'est principalement sur cette circonstance que nous fondons notre espoir pour l'agrandissement futur de la Guyane. La fusion des nations indigènes avec les populations originaires d'Europe ou d'Afrique sera, dans un avenir plus éloigné, une nouvelle source d'extension. Par suite des travaux que l'on a exécutés dans certaines parties de la Guyane, le climat est devenu parfaitement salubre. Les grands mouvements de terrain et les dessèchements tendent à assainir le pays de jour en jour ; d'une part, on recule la limite des forêts, de l'autre, on diminue l'étendue des terres noyées. Il nous importe, en outre, de constater un fait : c'est que, malgré la constante élévation de la température, l'air est extrêmement pur à Cayenne ; la fièvre jaune n'y est pas endémique, elle n'y a fait qu'une courte apparition, et l'on peut dire qu'elle n'y a jamais sévi. Les autres maladies y sont moins cruelles que dans la plupart des pays chauds. L'on a cru longtemps que le sol était essentiellement malsain, qu'il s'en émanait des exhalaisons morbides ; la déportation à la Guyane parut un équivalent de la peine de mort ; ce préjugé s'enracina profondément dans les esprits, et l'on se refusa à admettre que l'imprévoyance des premiers émigrants et des exilés, les privations, la nostalgie surtout, la peur enfin, la plus terrible des épidémies suivant nous, firent infiniment plus de victimes que la nature du climat.

L'on a tenté dans nos possessions de l'Amérique du sud divers modes de colonisation ; l'on y a conduit des agriculteurs chinois et malais, des *settlers* des États-Unis, des cultivateurs français, et l'on a rarement eu l'habileté nécessaire pour mener ces entreprises à bonne fin. Nous ne parlerons pas de l'occupation momentanée de l'île de Choisy, dans le lac intérieur de Mapa, où l'on essaya, de 1837 à 1840, de grouper une peuplade de Tapuys ou Indiens de l'Amazone, autour de notre pavillon ; l'on fit fautes sur fautes, et récemment on s'est cru forcé d'abandonner gain de cause aux Brésiliens, nos adversaires, en évacuant un établissement à peine formé. Mais nous ne pouvons omettre la petite colonie de la Mana, qui, après avoir passé par bien des phases successives et toujours malheureuses, est maintenant uniquement composée de noirs sous la direction absolue de madame Javouhey, fondatrice et supérieure générale de la congrégation des sœurs de Saint-Joseph de Cluny. Cette femme énergique a eu la persévérance et l'adresse nécessaires pour atteindre son but. Forcée de renoncer à créer une colonie avec des enfants trouvés, elle a obtenu que le gouvernement lui céderait les noirs de traite, libérés en vertu de la loi du 4 mars 1831. Aujourd'hui cinq cent cinquante nègres se trouvent réunis sous ses ordres ; elle commande en reine dans sa principauté, elle a su préparer ses sujets à une liberté inconnue, par des mesures un peu exclusives peut-être, mais que nous trouvons d'une grande prudence. Les colons et même quelques gouverneurs de la Guyane se sont montrés hostiles au petit village africain, qui a ses canons braqués sur le bord du fleuve dont il porte le nom, et qui est, du reste, en quelque sorte indépendant, sous la dictature d'une religieuse. Mais la sœur était fortement protégée, elle a eu le temps d'organiser régulièrement et presque militairement sa tribu qui prospère, dit-on, au delà de ce qu'on devait raisonnablement espérer. Il y a néanmoins bien des versions à cet égard ; l'empire de madame Javouhey ressemble un peu à celui du docteur Francia, elle ne souffre point qu'on y pénètre. Ses rapports ne sauraient être exempts de partialité. Bien des créoles assurent que l'expérience ne portera aucun fruit, et que la Mana est dans un état de décadence complète.

Quoi qu'il en soit, nous oserons proclamer que cet essai est du plus haut intérêt à nos yeux, et nous ne craindrons pas de dire qu'une belle et noble entreprise a été tentée : fasse le ciel qu'elle réussisse ! Combien n'est-il pas à regretter que celle de Mapa ait si complètement échoué, car alors la colonie française de la Guyane aurait reposé sur les trois grandes races humaines ! Par le développement nécessaire de chacun des établissements, par leur contact futur, par leurs relations présentes, on serait arrivé plus vite à cette grande fusion des familles que nous ne nous bornons pas à souhaiter ni à espérer, mais en laquelle nous croyons, comme nous croyons en Dieu !

G. DE LA LANDELLE.

MULATRE PÊCHEUR DE GUETT-SIDAR.

(Sénégal.)

L'HABITANT DU SÉNÉGAL.

L'AUTEUR croit devoir, en homme consciencieux, déclarer qu'il n'a jamais visité le Sénégal, et qu'il espère bien n'y jamais aller, ayant une aversion naturelle et insurmontable pour la peste, les inondations et les chaleurs de quarante degrés. Il n'aurait donc pas entrepris un article sur la moins connue et la moins explorée de nos colonies, sur la plus défigurée par LES FRANCE *pittoresques* et les *Voyages autour du monde*, s'il n'avait eu de fréquentes conversations avec des Sénégalais et des marins très-instruits de tout ce qui concerne l'Afrique occidentale ; si bien que les présents tableaux se recommanderont par les détails inédits et la plus entière exactitude [1].

Nous avions des établissements au Sénégal longtemps avant d'en avoir fondé en d'autres régions, longtemps même avant la découverte du nouveau monde. Dès 1365, une asso-

---

[1] M. Crampel, ingénieur des ponts et chaussées, a bien voulu revoir mes épreuves, rectifier mes erreurs, et me communiquer des notes nombreuses, des matériaux dont l'importance me fait désirer qu'il publie un jour une notice détaillée sur le Sénégal, où il est fixé depuis douze ans, et dont il a étudié les mœurs en observateur profond et capable.

ciation de négociants rouennais et de marins de Dieppe avait établi des entrepôts de commerce depuis l'embouchure du Sénégal jusqu'à l'extrémité du golfe de Guinée. Les nègres leur apportaient des cuirs, de l'ivoire, des plumes d'autruche, de l'ambre gris, de la poudre d'or, et recevaient en échange des couteaux, des toiles, quelques verroteries, ou de l'eau-de-vie, funeste importation. Plus tard, les trafiquants indigènes devinrent eux-mêmes marchandise, et le prix des cargaisons humaines envoyées aux Antilles grossit les revenus des cinq compagnies qui exploitèrent successivement le Sénégal jusqu'à la révolution. Ces bénéfices trop faciles ayant fait négliger la culture, la colonie conserva un caractère plus commercial qu'agricole.

Conquis par les Anglais au temps de l'empire, les établissements de l'Afrique occidentale nous ont été restitués en vertu du traité du 30 mai 1814, mais la reprise de possession ne s'en est réellement opérée qu'en 1817. Le plus important, l'île Saint-Louis, est situé à l'embouchure du Sénégal. En remontant ce fleuve, vous trouvez sur ses rives les postes militaires de Richard Tol et de Dagana, et le petit fort de Bakel. Non loin de la côte d'Afrique, à trente-huit lieues au sud-sud-ouest de Saint-Louis, est l'île de Gorée ; puis, en avançant au sud, le comptoir d'Albreda, près de l'embouchure de la Gambie, et le comptoir de Séghiou, sur la rive droite de la Cazamance[1]. Tels sont les points où se maintiennent de hardis Français, luttant avec désavantage contre le climat meurtrier de la zone torride, déterminés à faire fortune ou à mourir. De toutes parts ils sont bloqués par la destruction : durant les huit mois de la saison sèche, une intolérable chaleur brûle le sol ; pas une goutte de pluie ne rafraîchit l'atmosphère, les vents de mer apportent le soir une humidité malsaine ; ou le vent de terre, l'*harmattan*, se précipitant sur Saint-Louis après avoir traversé le Sahara, emplit l'air des tourbillons d'un sable fin et brûlant. Pendant la saison des pluies, de juin en octobre, les fleuves et leurs bras ou *marigots* sortent de leur lit ; les *grains* ou *tornados* déchirent les nuées ; la pluie tombe en intarissables cataractes. Les marécages qui environnent Saint-Louis, les eaux qui s'infiltrent dans son territoire sablonneux, favorisent le développement des fièvres, des maladies de foie, des dyssenteries, et, depuis 1830, la fièvre jaune s'est manifestée à Saint-Louis et à Gorée. Aussi n'est-il pas étonnant, avec tous ces fléaux, qu'en 1838 la proportion des naissances aux décès ait été de 1 à 19 pour les habitants européens.

La population totale de la colonie était, au 31 décembre 1837, de dix-sept mille six cent quarante et un individus, dont cent quarante blancs seulement, cinq mille sept cent douze noirs ou hommes de couleur libres, mille six cent quatre-vingt-treize *engagés à temps*, et dix mille quatre-vingt-seize captifs de case. Quoiqu'on parle à Saint-Louis la langue française concurremment avec le dialecte yoloff, quoique le Code civil y ait été promulgué le 5 novembre 1830, et que l'administration soit analogue à celle des autres colonies, le Sénégal ne peut être que nominativement français.

Saint-Louis, appelé en yoloff *N'dard*, repose, à cinq lieues au-dessus de l'embou-

---

[1] Gorée, en yoloff *Ber*, est un petit îlot dont la hauteur, récemment mesurée au fil à plomb par l'ingénieur anglais Spalding, est de quatre-vingt-quinze pieds, et non de trois cents, comme l'avance l'auteur du *Voyage pittoresque autour du monde*. L'air en est frais et salubre, mais le peu de largeur des rues, la poussière, les amas d'immondices, l'odeur des poissons qu'on expose au soleil sur les *argamasses* (terrasses), celle des cuirs verts étendus sur les places, et de trois grands parcs à cochons, l'encombrement de la population sur un étroit espace, toutes ces causes neutralisent les avantages de la situation. — Le comptoir de Séghiou appartient à une société dont le siége est à Saint-Louis.

chure du Sénégal, sur un banc de sable qui n'a guère plus de deux mille cinq cents mètres de long, et de sept cents mètres de large. Elle se divise en trois quartiers, le nord, le milieu, et le sud, ou, en langue yoloff, *Lodonc*, *Kertianne* et *Sidone*. Ce dernier, le plus populeux et le plus commerçant, renferme l'église catholique, les magasins, parcs et casernes d'artillerie, le marché, l'hôpital, les écoles mutuelles, une batterie de huit pièces de vingt-quatre, et un vieux cimetière, où repose le général Blanchot, qui, gouverneur du Sénégal pendant longues années, a laissé un nom vénéré. C'est à *Sidone* qu'attérissent les embarcations qui viennent de Kayor, chargées de passagers ou de produits. *Kertianne*, le quartier du milieu, comprend le tribunal, les prisons, le port, les magasins de la marine, une seconde batterie, la caserne d'Orléans, construite en 1829, les fondations de celle de Nemours, et l'hôtel du gouvernement, dont la masse blanche se détache sur un fond de verts palétuviers. Dans le quartier de *Lodone*, habité par l'aristocratie commerciale, sont les directions du génie et des travaux maritimes, l'hôtel de l'administration de la marine, le Trésor, une caserne d'infanterie, la mairie, une mosquée en construction, un corps de garde, une indigoterie transformée en caserne et abandonnée plus tard; une petite poudrière, et les ruines d'une autre qui, édifiée à grands frais en 1856, s'écroula deux ans après.

Les rues de Saint-Louis sont régulièrement tracées; elles ont été nivelées depuis 1850, et un mélange solide de briques et de chaux pilées a remplacé leur sol sablonneux où l'on entrait jusqu'à la cheville. Leur longueur moyenne est de huit ou six mètres, selon qu'elles sont longitudinales ou transversales. Toutes portent des noms de victoires navales, d'anciens ministres de la marine, de gouverneurs et maires, de saints patrons du pays ou de négociants presque aussi vénérés. La plupart des habitations sont des cases de terre et de paille hachée, arrondies en forme de meule, et couvertes de roseaux : les cases en briques se sont toutefois multipliées depuis que l'état a accordé une prime à leurs constructeurs. Les maisons européennes n'ont qu'un étage; elles sont entourées d'une galerie en maçonnerie, ornées parfois de colonnades, et de fenêtres pourvues de vitres, qu'on a depuis peu substituées aux volets. Tous les toits sont plats, de sorte que si l'on signale en mer un bâtiment venant de France, les habitants, impatients d'avoir des nouvelles de la mère-patrie, se groupent aussitôt sur les terrasses, et attendent que le nouveau venu ait communiqué. Mais, hélas! souvent les ras de marée le forcent de s'éloigner, d'aller relâcher à Gorée, et les dépêches n'arrivent que par le courrier, qui, longeant à pied la côte pendant trois jours, va de Gorée au chef-lieu de nos possessions.

On ne trouve à Saint-Louis ni cercles, ni cafés, ni hôtels, ni spectacles, ni réunions, ni routes frayées, ni promenades, ni jardins, sauf celui de l'hôtel du gouvernement, assez agréable dans la saison des pluies. Une loge maçonnique, établie jadis dans un vaste local, avec billard, a cessé de donner signe de vie. L'imprimerie n'a pas encore pénétré dans cette partie du globe, et la bibliothèque, composée de bouquins déterrés dans les archives, et confiée à la garde du directeur de l'intérieur, manque de visiteurs et de livres. Un chirurgien de marine, M. Thévenot, avait ouvert, il y a quatre ans, un cours de chirurgie qui a été fermé au bout de quelques leçons. Ainsi point de distractions dans cette terre ingrate; aucune des jouissances que donnent la société, les arts, l'étude, ou même la nature. Accablés par le climat, les habitants blancs vivent dans un état de torpeur, laissant la besogne aux jeunes habitants qu'ils emploient à titre de commis. Ils ne s'évertuent que pour *aller en rivière*, faire la traite de la gomme avec les Maures du désert. Alors ils se revêtent du *taraclaye*, le manteau indigène, remontent le Sénégal sur de grandes embarcations, et échangent la gomme contre des *guinées* (toiles bleues), des armes, de la poudre, des verroteries et du tabac en feuilles.

Les colons des Antilles règnent en tyrans orgueilleux sur des contrées dont ils ont exterminé la race aborigène, et où quiconque n'a pas la peau blanche ne saurait être libre sans avoir été esclave ; mais les blancs sénégalais, exempts de tout préjugé de caste, trop peu nombreux pour être despotes, ne séparent pas leurs intérêts de ceux des autres habitants. On voit à Saint-Louis et à Gorée des hommes de couleur investis des fonctions municipales, honorables et honorés. Les Européens n'hésitent pas à prendre les mulâtresses pour femmes, et les recherchent toujours ardemment pour maîtresses. Outre les mariages valides suivant le Code civil, il en est d'autres, autorisés par les coutumes du Sénégal, et qui rappellent le *concubinat* romain. Quand un blanc ou un mulâtre veut contracter une union de cette espèce, il demande la jeune fille aux parents; la valeur des présents de noce est discutée ; on les remet en guise de dot à la future, que les parents amènent à l'époux, voilée et escortée de ses amies. Ils prennent place avec elle à un banquet nuptial, et dès lors, sans autre formalité, la voilà mariée, portant le nom de celui qui l'a choisie, reconnue par tous comme son épouse, en pratiquant les devoirs, enchaînée par des liens durables, à moins que de graves causes de mécontentement mutuel ne fassent une nécessité du divorce. Un ancien usage veut que, le lendemain des noces, de vieilles commères, parentes de la mariée, emportent les draps du lit nuptial, et en fassent une exhibition publique; mais diverses considérations restreignent chaque jour le nombre des partisans de cette inconvenante cérémonie.

Les mulâtres riches sont plus indolents encore que les blancs ; ils passent leur vie étalés sur des canapés, assaillis par des mendiants maures, qui, en leur *palabrant* longuement, en leur promettant des marchés avantageux, en obtiennent toujours des présents. Les mulâtresses, appelées *signares*, de mot portugais *senora*, ont beaucoup moins d'originalité que leur en ont prêté les romanciers et les voyageurs. Ce sont des femmes froides et nonchalantes; voilà tout. Les vêtements qu'on leur attribue, le madras assujetti sur la tête par un bandeau doré, le collier de sequins, les babouches de maroquin brodé, ont été abandonnés pour les robes et les chapeaux de la rue Vivienne. Les *signares*, qui jadis se couvraient d'or et de bijoux, mettent présentement leur orgueil à en parer leurs *rapareilles*, les servantes noires qui les accompagnent à la messe. Elles n'ont d'autres occupations que la surveillance de leurs fileuses de coton et de leurs tisserands, et les soins toujours infiniment prolongés de leur toilette.

Les mulâtres et les noirs font la traite de la gomme, ou des peaux de bœufs, confectionnent des briques, élèvent des troupeaux, pêchent avec des *zagaies* et des lignes dormantes, servent comme *laptots* à bord des caboteurs, sur le Sénégal et le long des côtes, ou cultivent les *lougans* (les champs des environs). Dans le courant de mai, vers le commencement de la saison pluvieuse, les noirs, armés d'un *killer* (bâton de sept pieds de long, terminé par un croissant de fer), font dans le sable des *lougans* des trous espacés de quelques décimètres; des enfants, marchant lentement derrière eux, y jettent des graines de mil, qu'ils recouvrent avec le pied. Au mois de juillet, des nègres et des négresses s'emploient à éloigner par leurs cris les oiseaux qui menacent les plantes naissantes. A l'heure de la moisson, on coupe les têtes des épis, et quand les tiges ont été desséchées par le soleil, on les brûle sur pied pour engraisser le sol. Voilà toute l'agriculture des noirs.

On compte parmi les Sénégalais des menuisiers et des maçons habiles, qui, initiés à la civilisation au temps de la république, ne connaissent que les mesures décimales. Les charpentiers indigènes, sans aucun principe de dessin, construisent des yoles, des cutters, des goëlettes, dont les formes élégantes étonnent les officiers de notre marine. Les forgerons n'ont pour instruments de travail qu'une petite bigorne, un creuset, un marteau, quelques limes, et un soufflet de deux outres de peau de bouc; assis à terre, ils se servent, en guise d'étau, de l'orteil et du deuxième doigt, et cependant, avec ces mesquines ressources, ils fabriquent non-seulement d'excellents outils d'agriculture, mais encore des bijoux élégants et délicats.

Malgré cette habileté, on regarde comme viles et déshonorantes les professions de forgerons, de cordonniers et de tisserands; ceux-ci tissent des bandelettes de coton de neuf à dix centimètres de largeur, et d'une longueur indéterminée, et les réunissent pour former des morceaux d'étoffe appelés *pagnes*, principal et presque unique vêtement des noirs. Quand des fils de laine ou de soie, artistement mêlés au coton, se combinent en dessins multicolores, ces *pagnes* acquièrent une valeur qui peut s'élever jusqu'à 500 et 400 francs la paire, et les plus riches nègres ne dédaignent pas de s'en parer. Les tisserands cumulent avec leur métier celui de *griots*, c'est-à-dire qu'ils chantent, dansent, et font des vers en yoloff. Point de cérémonie, de noce, de circoncision, sans qu'ils y figurent avec le *balofon*, le piano sénégalais, composé de bois, de fil de coton et de calebasses suspendues. Ce sont les bardes de l'Afrique occidentale.

Les indigènes professent presque tous la religion mahométane, et en suivent assez régulièrement les pratiques Ils ont quatre fêtes principales : le *Kauri*, le *Tabaski*, le *Gamou* et le *Tamkaret*. Le *Kauri* précède le jeûne et dure trois jours. Pendant les cinq jours du *Tabaski* (la pâque musulmane), chaque famille consomme des moutons élevés spécialement pour cette fête, et tous les vrais croyants s'assemblent tous les matins au lever du soleil. Le *Gamou*, espèce de carnaval, transforme les places en salles de bal, où les danses se prolongent durant huit jours, au son du *tam-tam* et du *tama* [1]. Le *Tamkaret* répond à notre jour de l'an.

C'est à leurs *marabouts* que les mahométans confient l'éducation des enfants. On voit tous les matins les écoliers errer de porte en porte en récitant des versets du Koran, pour recueillir les dons volontaires de la population musulmane, au bénéfice de leurs instituteurs, dont ils sont pour ainsi dire les esclaves. Après avoir débité et fait débiter aux moins habiles quelques versets du livre sacré, l'élève, par ordre de la maîtresse, va chercher de la paille, de l'eau, du bois et même vendre des denrées. Malgré ces services, les parents payent au pédagogue, quand l'éducation est terminée, un salaire assez considérable en produits, bœufs ou *captifs*.

A l'âge de douze ans, les enfants mahométans sont circoncis avec une grande solennité. La circoncision est suivie de quarante jours de fête, pendant lesquels ils logent chez le marabout qui a pratiqué l'opération. Ils y vivent aux frais de l'île tout entière, car ils ont le droit singulier d'enlever sur la voie publique les poules, canards, chèvres, porcs et autres animaux domestiques, sans qu'on ose se formaliser de ces rapines. A l'expiration de la quarantaine, ils se promènent par la ville, portant au bout de longues perches les têtes des bêtes qu'ils ont volées.

Les marabouts débitent des talismans appelés *grisgris*, qui préservent des balles, de la morsure des caïmans et des maléfices, et qu'ils troquent contre du mil, des *guinées*

---

[1] Le *tam-tam* est un long tambourin; le *tama* est un tambour plus petit, dont les deux peaux réunies par des cordes peuvent être plus ou moins tendues.

bleues, des bœufs ou des captifs. Certains musulmans portent à la guerre jusqu'à cinq kilogrammes pesant de *grisgris*.

Les esclaves sénégalais sont appelés *captifs* ou *captifs de case*. On pourrait croire au premier abord qu'il n'y a entre eux et les esclaves en général qu'une différence nominale, comme entre les gendarmes et les municipaux. Mais ce serait une grave erreur. L'esclavage, violemment implanté aux Antilles, ne s'y maintient que par la violence. Imbus malgré eux des idées européennes, les colons semblent penser qu'un système dont ils reconnaissent la monstruosité ne peut subsister sans le plus absolu despotisme, sans les plus inflexibles rigueurs. Au Sénégal, la servitude est aussi ancienne que le monde ; c'est un reste de la civilisation primitive, qui, après avoir rallié autour d'elle les plus forts et les plus intelligents, mit en dehors du droit commun la masse domptée par la force. Le captif sénégalais suit la condition de son père et de tous ses ancêtres ; il n'a pas été arraché à sa terre natale, il est héréditairement façonné à l'obéissance ; il aime le maître qui le nourrit, dans la maison duquel il est né, de la famille duquel il fait partie ; et le maître, chrétien ou mahométan, le traite avec une douceur paternelle, lui donne le *couscous* quotidien, le soigne dans les maladies. Notez encore que les esclaves des Antilles bêchent la terre au soleil, toujours sous l'œil du maître ou d'un farouche commandeur, tandis que les captifs sénégalais, employés au service des personnes, au cabotage, à la pêche, à la fabrication des briques et de la chaux, à la garde des troupeaux, à différentes professions manuelles, ont, par la nature même de leurs occupations, moins de fatigue et plus d'indépendance.

Outre les captifs, il y a au Sénégal, depuis 1818, une classe *d'engagés à temps*. A cette époque, on avait entrepris des essais agricoles et fondé plusieurs établissements, partagés en quatre cantons ou quartiers. Après qu'on eut gaspillé des sommes considérables en plantations de cotonnier, d'indigotier, de caféier, de canne à sucre, de poivrier noir, etc., la rareté des pluies, l'action desséchante du vent d'est, les débordements, le haut prix de la main-d'œuvre, déterminèrent, en 1850, l'abandon de toutes les cultures. Le système de l'*engagement à temps* leur a survécu. Le gouvernement, voulant favoriser les tentatives des colons sans faciliter la traite, permit d'introduire des noirs dans les possessions françaises, à la condition qu'ils seraient immédiatement affranchis, mais qu'ils demeureraient quatorze ans au service de celui qui débourserait le prix de leur rachat. Depuis la cessation des travaux d'agriculture, le nombre des *engagés à temps* a graduellement diminué ; il n'était plus, à la fin de 1857, que de 1,693, dont 1,592 à Saint-Louis, et 101 à Gorée. Cinquante-neuf engagements seulement avaient été contractés dans l'année.

La principale nourriture des habitants de Saint-Louis est la farine de mil pilé, le *couscous*, auquel on mêle l'*aloo*, condiment tiré des feuilles du boabab, le fruit de cet arbre (*bouij*, ou pain de singe), ou bien du lait aigri, des tamarins et des graines de cotonnier. On mange le *couscous* avec la volaille, le poisson, et les *machoirons*, lanières de viande desséchée au soleil.

Les aliments de première nécessité, le pain, le beurre salé, la graisse, l'huile, les légumes, sont au Sénégal d'un prix assez élevé, car tout vient de France, jusqu'aux farines. On ne voit à Saint-Louis de légumes frais que ceux qu'on cultive dans les jardins de M. Bertheloot, de l'île de *Bokambaye* et de l'île de Sor (en yoloff, *Ten Diguenne*). Les noirs des villages de *Gandiolles*, établis à l'embouchure du Sénégal, sur le territoire du *Kayor*, fournissent aux colons des pastèques, des melons et des tomates.

Comme il est difficile de préserver les farines des grandes chaleurs et de la voracité des insectes, le pain est toujours détestable à Saint-Louis, quoiqu'il faille le payer 40 centimes le demi-kilogramme. Les vins de Bordeaux sont à bon marché, mais on les perd par le coulage, si on ne les met tout de suite en bouteilles. Quant aux vins de Provence, presque toujours frelatés, ils tournent promptement, et la commission sanitaire en fait jeter annuellement des tonneaux dans le fleuve [1]. La viande de boucherie est invariablement de mauvaise qualité ; le bœuf coûte 50 centimes le demi-kilogramme, le mouton 50 centimes ; le porc, qui vient de Gorée, où il abonde, 75 centimes. On se procure de chétives volailles pour 50 centimes, et de superbes canards pour 1 fr. 25 centimes. Les Maures pasteurs des environs apportent au marché du lait, du beurre, des veaux, et, en quantité considérable, des sangliers, des biches, des pintades, des outardes, des poules de Pharaon, des lièvres, des bécasses et bécassines ; mais l'excessive chaleur les oblige à vider et à dépouiller le gibier ; et cette opération, faite malproprement, diminue l'excellence de la marchandise. En outre, jusqu'à ce qu'on établisse un marché couvert, les malheureux Sénégalais seront exposés à manger des viandes d'une fraîcheur plus que suspecte.

Quittons maintenant la partie centrale de la colonie, et jetons un coup d'œil sur les nations éparpillées autour d'elle, les *Yoloffs*, les *Peuls*, les *Mandings*, les *Saracolets* et les *Ghiiolas*. Toutes vivent en bonne intelligence avec leurs colons ; mais tantôt il a fallu acheter l'appui des souverains par des *coutumes*, c'est-à-dire des présents annuels en marchandises, sabres, pistolets, fusils, corail, *guinées* bleues, eau-de-vie, miroirs, fer en barre, etc. [2] ; tantôt on a livré aux Maures des guerres sanglantes, pendant lesquelles les meurtrières ardeurs du soleil n'ont pas empêché nos soldats d'envahir les contrées ennemies, et de revenir toujours victorieux.

Les noirs yoloffs occupent, sur la rive gauche du Sénégal, les pays du *Walo*, du *Kayor*, du *Baol*, et du *Syn*, dont les chefs respectifs prennent les titres de *Brach*, de *Damel*, de *Téyn* et de *Bour*. Ce sont les plus beaux et les plus robustes des noirs, mais aussi les plus paresseux et les plus pillards, car ils volent des pieds et des mains. Ils s'adonnent à la chasse et à la pêche, abandonnant aux esclaves la culture des *lougans*, souvent pillés par les *Kiédou*, soldats du *Damel*.

Les possessions des *Peuls* ou *Fouls* s'étendent depuis la limite supérieure du *Walo* jusqu'au pays de *Galam*, et comprennent le *Fouta*, le *Kasso*, le *Bondou*, le *Fouta-Dialon* et le *Fouladou*. Le chef religieux de chaque état, l'*Emir-el-Moumenym*, vulgairement *Almany Fouta* (prince des fidèles), est élu par un conseil de nobles (*Kiernos*). La race des *Peuls*, de couleur cuivrée, est active et laborieuse. Leurs villages s'élèvent au milieu de *lougans*, où la terre, fertilisée par le travail, produit en abondance le riz, le maïs, l'igname, la patate, la pistache de terre ou arachide, l'espèce de melon dont on mange la graine sous le nom de *béraf*, et principalement le mil.

Les noirs *mandings* habitent les rives de la Gambie et le haut Sénégal ; ils négligent la culture pour l'éducation des bestiaux, et celle-ci pour le commerce. Les *Mandings Bam-*

---

[1] Cette commission est nommée par le gouverneur, et composée du maire, du chirurgien chargé du service de santé, du directeur de l'intérieur, d'un capitaine au 3ᵉ régiment de marine, du commissaire de police et du voyer. Elle se réunit une fois par semaine, et fait de fréquentes visites dans les cases des noirs.

[2] La valeur totale des *coutumes* a été, en 1858, de 41,000,000 de francs.

barras, qui sont maîtres du *Kaarta*, au nord du Sénégal, apportent à Saint-Louis beaucoup de *morfil* (ivoire). Ils ont avec la Nigritie des relations commerciales étendues; et non moins zélés missionnaires qu'habiles trafiquants, ils cherchent, dans les voyages qu'ils entreprennent, à propager la religion de Mahomet.

Le pays de *Galam*, divisé en deux provinces, dont les chefs se nomment *Tonka*, est habité par les noirs *Saracolets*. A l'ordre qui règne dans leurs maisons, à la régularité de leurs mœurs, aux écoles publiques que tiennent leurs marabouts, on a jugé qu'ils étaient les plus civilisés de toute la Sénégambie.

Les *Ghiolas*, établis au sud de la Gambie, s'occupent principalement du commerce avec l'intérieur.

Sur la rive droite du Sénégal, errent trois grandes nations nomades, les *Bracknas*, les *Dowiches* et les *Trarzas*. Elles se divisent en *tribus des princes, tribus des guerriers non tributaires, tribus des guerriers tributaires, tribus religieuses*, et *tribus des captifs de la couronne*, toutes commandées par des *scheiks*. Ces peuples, montés sur des chevaux rapides, vont d'oasis en oasis, emmenant à leur suite leurs chameaux et leurs bœufs, et campent sous des tentes de poils de chameau. Ils récoltent la gomme blanche sur l'*uereck*, la gomme rouge sur le *nebueb*, dans les vastes forêts d'*El-Hebiar*, de *Sahel* et d'*Al-Fatack*; et tous les ans, du 1er janvier au 1er octobre, leurs caravanes l'apportent à l'une des trois *escales* désignées pour ce trafic, l'escale des *Trarzas-Darmankous*, celle du *Désert* ou des *Trarzas*, et celle du *Coq* ou des *Braknas*. Ce commerce a donné, en 1853, quatre millions quatre cent soixante-cinq mille huit cent cinquante-sept kilogrammes de gomme.

La présence d'une colonie française exerce une influence salutaire sur les indigènes. Des noirs et des mulâtres s'instruisent dans les deux écoles gratuites ouvertes à Saint-Louis en 1817, et dans les deux écoles de Gorée. Les sœurs de Saint-Joseph de Cluny dirigent celles des filles avec zèle et patience. On élève régulièrement à Saint-Louis quatre fils des chefs indigènes, qui y sont gardés en otages, et retournent, quand leur éducation est terminée, porter à leurs compatriotes les connaissances qu'ils ont acquises.

Il est vrai qu'une faible minorité profite de ces avantages intellectuels, mais un contact perpétuel avec les Européens introduit dans les masses demi-sauvages les lumières et les ressources d'une société supérieure. Que la colonie du Sénégal, si vieille et si neuve à la fois, reçoive un renfort d'émigrants actifs, qu'elle se développe malgré le climat, qu'elle dompte les eaux par des digues, qu'elle assainisse le pays, qu'elle modifie le sol par des travaux assidus, et peut-être aura-t-elle un jour la gloire d'avoir civilisé l'Afrique.

E. DE LA BÉDOLLIERRE.

HOMME DE SAINT-PIERRE.

L'HABITANT DES ILES SAINT-PIERRE

ET MIQUELON.

Humble débris de la puissance française dans l'Amérique septentrionale, l'archipel Saint-Pierre et Miquelon, situé à cinq lieues au sud de l'île de Terre-Neuve, est sans contredit la plus ignorée de nos possessions d'outremer ; et c'est là cependant que se trouve aujourd'hui le centre de notre plus grand mouvement maritime. C'est là que se donnent rendez-vous, chaque année, de nombreux bâtiments dont les équipages sont fraternellement accueillis par une population de compatriotes placés en quelque sorte aux avant-postes de nos grandes pêches. C'est là que vit, sous un ciel gris et lourd, au milieu des brumes et des glaces, une poignée d'obscurs travailleurs que les guerres ont souvent forcés d'abandonner leurs tristes cabanes pour regagner le sol de la mère-patrie, et que la paix a toujours trouvés prêts à s'exiler de nouveau pour concourir, par des efforts constants, au progrès d'une de nos plus utiles industries nationales.

La pêche de la morue occupe annuellement quatre cents navires français montés par douze mille hommes ; la valeur moyenne de son produit est estimée à 7,500,000 francs ; on peut juger, d'après cela, de l'importance d'un commerce bien inférieur sans doute à ce qu'il fut autrefois, mais qui est encore du plus haut intérêt pour le pays, surtout en ce qui concerne le développement de la marine.

Avant de nous occuper de la petite colonie de pêcheurs et d'ouvriers fixés sur les îles Saint-Pierre et Miquelon, avant de peindre les mœurs simples de cette tribu laborieuse qui rend tant de services à nos marins, qu'il nous soit permis de jeter un regard en arrière, et de recueillir quelques documents historiques sur l'île de Terre-Neuve et ses dépendances.

Lorsque Christophe Colomb eut découvert le nouveau monde, on lui disputa jusqu'à sa pénible gloire ; on prétendit de toutes parts qu'il avait eu des devanciers, et ces bruits, que ses ennemis accréditèrent pendant sa vie, acquirent plus de force encore après sa mort. On assura que l'immortel Génois avait eu connaissance de l'existence de ces régions que son génie seul lui fit pressentir, et chaque nation attribua à quelque aventurier inconnu l'honneur d'avoir vu le premier les côtes du continent américain. Parmi ces versions rivales, celle qui prit le plus de consistance est relative à un pilote biscayen qu'une tempête avait poussé, disait-on, sur les rivages occidentaux de l'Atlantique, et qui, à son retour en Europe, était mort dans la maison de Colomb en lui laissant la carte et le journal de son voyage. Bien qu'une pareille assertion fût loin d'être prouvée, bien qu'elle eût été démentie par plusieurs contemporains de la découverte, Fernand Lopez de Gomara, dans son *Histoire des Indes,* en fit un sujet d'une accusation formelle, que d'autres écrivains répétèrent avec plus de détails.

« Les marins basques, suivant eux, s'apercevant que les baleines s'éloignaient de leurs côtes à certaines saisons, s'étaient appliqués à chercher la retraite de ces cétacés ; ils arrivèrent ainsi jusqu'au Canada. Ayant trouvé, sur le banc de Terre-Neuve et dans le voisinage, une grande abondance de morue, ils continuèrent de s'y rendre de temps à autre. Et le pilote dont parle Gomara était naturellement un descendant de ces hardis pêcheurs qui avaient rencontré les parages où pullule la morue, en poursuivant la baleine à travers l'Océan. »

Ainsi, selon des auteurs trop prompts à adopter une opinion qui entache la renommée du plus vénérable et du plus illustre des navigateurs, l'existence historique de Terre-Neuve remonterait à la fin du quatorzième siècle. Du reste, ce serait peu encore auprès de la version de Forster, qui prétend que dès le temps de la découverte du Groënland par le chef norwégien Éric Rauda ou Tête-Rousse, c'est-à-dire en 980, l'Islandais Biorn, et après lui Leif, fils d'Éric, poussèrent leurs explorations jusqu'à cette île. Terre-Neuve a donc son époque fabuleuse qui se rattache à celle des expéditions nautiques des Scandinaves racontées par Snorro Sturleson dans le *Saga* ou *Chronique du roi Oloüs.* La contrée visitée par Biorn fut appelée *Vinland,* et Forster ajoute qu'en 1121, un évêque, nommé Éric, y passa du Groënland pour convertir les naturels au christianisme.

Quoi qu'il en soit de ces récits, et de plusieurs autres relatifs à l'île merveilleuse d'Estotiland, *fertile et riche en or,* dans laquelle on a aussi voulu reconnaître Terre-Neuve, à des époques bien moins reculées, de nombreuses contestations se sont élevées au sujet de sa découverte. Les Anglais l'attribuent au Vénitien Jean Cabot, auquel Henri VII accorda, en 1496, une patente pour aller chercher de nouvelles terres en Amérique. Ils assurent que leurs vaisseaux furent les premiers et long-

temps les seuls qui s'occupèrent de la pêche des morues. Les Portugais disent
qu'en 1500, Gaspard de Cortéreal, gentilhomme de leur nation, aborda à Terre-
Neuve, visita toute la côte orientale de l'île, et de là poussa jusqu'à la grande
rivière du Canada et au Labrador.

Enfin les Français, à leur tour, réclament en faveur du Florentin Giovani Verrazini
que François Ier envoya faire un voyage d'exploration. Ce navigateur atterrit sur les
bords de la Floride, et continua vers le nord-est jusqu'au 50e degré de latitude
septentrionale, ce qui fait environ sept cents lieues de découvertes, qu'il appela
Nouvelle-France. En 1525, il arriva à Terre-Neuve, dont il prit possession avec le
cérémonial d'usage, en sa qualité de lieutenant et de délégué du roi ; et c'est lui
qui la nomma. Déjà le baron Lévi, dès 1518, avait découvert une partie du Canada ;
Jacques Cartier de Saint-Malo, de son côté, visita tout le pays avec soin, et donna
une description exacte des îles, des côtes, des détroits, des golfes, des rivières et des
lacs qu'il avait reconnus.

On se rappelle le mot de François Ier qui disait plaisamment : « Quoi! le roi
d'Espagne et celui de Portugal partagent tranquillement entre eux le nouveau
monde sans m'en faire part! Je voudrais bien voir l'article du testament d'Adam
qui leur lègue l'Amérique. »

Jacques Cartier seconda parfaitement les intentions du roi ; le hardi Malouin fit
trois voyages successifs au Nord-Amérique, où, avec l'aide du comte de Roberval, il
jeta les fondements de la domination française. Après la mort de Verrazini, massacré
par les sauvages, il se fixa, avec quelques-uns de ses compagnons, à l'île de Terre-
Neuve. La seule occupation de ces colons était la pêche, qui prit depuis un notable
accroissement sous la protection de Henri IV, et à la faveur de nos nouveaux établissements du Canada et de l'Acadie. La plupart de nos provinces maritimes expé-
dièrent alors des bâtiments dans ces parages, qui n'avaient d'abord été fréquentés
que par les Basques et les Normands.

La puissance jalouse de l'Angleterre avait compris les avantages attachés à la
colonisation d'un vaste territoire entouré de baies sûres et profondes, et qui commande ce grand banc où se fait la plus abondante pêche du globe. Par suite de concessions imprudentes, la possession de Terre-Neuve devint commune à l'Angleterre
et à la France, et, plus tard, le traité d'Utrech (1713) en assura la propriété exclusive au gouvernement britannique. Peu à peu, toutes nos belles colonies du Nord-
Amérique tombèrent au pouvoir de nos insatiables ennemis. Enfin, de ces immenses
contrées où la suzeraineté française a laissé des souvenirs si vivaces et si touchants,
même parmi les peuplades barbares, il ne nous reste qu'un faible archipel, dont le
sort est de nous être enlevé dès que la guerre maritime se déclare. Les îles de Saint-
Pierre, Miquelon, et Langlade ou petite Miquelon, et quelques îlots groupés autour
d'elles, composent désormais notre unique domaine dans ces régions où le pavillon
de la France flottait jadis en souverain.

Saint-Pierre, résidence officielle du gouvernement, doit son importance à une
rade vaste et bien abritée et à un port ou barachois qui peut contenir jusqu'à
soixante-dix bâtiments de commerce. Cet avantage tout maritime l'a nécessairement

fait préférer à Miquelon, qui est cependant plus considérable et moins stérile. L'île aride et rocailleuse l'a emporté sur sa voisine, et elle est devenue le siége des autorités coloniales. Le sol et ses rares produits sont comptés pour rien par une peuplade de pêcheurs qui ne vivent que de la mer. Le seul mobile de leurs actions, les seuls faits qui les intéressent sont la direction des vents ou des marées, l'approche et l'intensité des brumes, les mouvements du poisson et les nouvelles de la pêche.

Langlade était autrefois séparée de Miquelon par un bras de mer assez large ; mais le fond, s'étant élevé graduellement, est maintenant au-dessus de la surface des eaux, en sorte que les deux îles n'en forment plus qu'une seule. Il y a peu d'années encore que des bâtiments anglais munis de vieilles cartes se sont perdus sur la langue de terre basse et sablonneuse qui les unit entre elles.

L'histoire de ces îles ne présente quelque intérêt qu'à partir de l'époque où elles devinrent le refuge des colons français de Terre-Neuve. Les Anglais s'en rendirent maîtres en 1778 et y détruisirent tous nos établissements. Les habitants, au nombre de douze cents, furent forcés de se retirer en France. Le traité du 23 septembre 1783 nous rendit Saint-Pierre et Miquelon. Les anciens colons retournèrent dans leurs îles dont les Anglais s'emparèrent de nouveau en 1793. Tous les dix ans les pauvres pêcheurs voyaient ruiner leurs chétives bourgades au moment où elles commençaient à renaître de leurs cendres.

En 1802, le traité d'Amiens remit les pêcheries françaises sur le même pied qu'avant la guerre, mais en 1805 elles retombèrent encore au pouvoir de l'ennemi. Enfin en 1816 on équipa une expédition pour aller occuper de nouveau notre archipel abandonné, et les déportés de 1794, au nombre de six cent cinquante, formant cent trente familles, y furent ramenés aux frais du roi. Cette malheureuse population, ballottée de l'un à l'autre hémisphère par tant de révolutions successives, revint se fixer dans ses îlots sauvages, pour continuer sa lutte éternelle contre la misère, les rigueurs de l'hiver et la fureur des éléments.

L'île de Saint-Pierre, qui a environ quatre lieues de circonférence, est inculte et montagneuse. Elle est formée d'énormes blocs de rochers entassés et cimentés entre eux par des croûtes de lichens qui remplissent les anfractuosités. L'imprudent qui se fie à ce terrain uni et compacte en apparence, est exposé à disparaître tout à coup. Une profonde crevasse s'ouvre sous ses pieds, et il roule dans un précipice caché sous un amas de mousse et de feuilles entrelacées. Le roc est couvert, en quelques endroits, d'une très-mince couche de terre noire où croissent des broussailles de sapin et des ronces dont la triste verdure et le faible développement attestent assez le peu d'aliments qu'offre un fond si rare. Çà et là se trouvent d'étroites plaines bourbeuses où végètent des plantes grasses et aquatiques. Plus loin des ravins marécageux donnent cours aux eaux provenant de la fonte des neiges ; ils aboutissent à des étangs dont le trop plein se jette à la mer.

Tel est le récif qui est le chef-lieu de nos établissements de pêche ; c'est là que, dans une petite ville bâtie près du barachois, séjournent des autorités fières sans doute de leur importance locale. A ce bout du monde oublié, il y a aussi des intrigues pour la prépondérance et le pas dans les cérémonies, des pouvoirs rivaux et

FEMME DE SAINT-PIERRE

une guerre intestine entre les hauts et puissants seigneurs du cru. Mais quand César a déclaré qu'il aimerait mieux être le premier dans un hameau que le second dans Rome, peut-on reprocher au vieil officier de marine en retraite qui gouverne Saint-Pierre et Miquelon avec le titre de commandant particulier, d'être heureux et fier de sa suprématie transatlantique? Les autres personnages marquants de la colonie sont : un sous-commissaire de marine remplissant les fonctions d'inspecteur colonial ; un commis de marine, chef du service administratif, et quelques employés subalternes du commissariat ; un chirurgien de la marine de première classe, chirurgien en chef et chargé de l'intendance sanitaire, un chirurgien de troisième classe en sous-ordre ; un capitaine de port ; un trésorier ; un juge de première instance faisant office de notaire ; un curé avec le titre de préfet apostolique, et un vicaire.

Une brigade de gendarmerie compose toute la force armée du pays.

La petite ville n'a que deux rues, non pavées, qui suivent à peu près le sens de la côte. Elle est défendue par un méchant fortin appelé fort d'Italie, et qui a pour toute artillerie deux vieux canons sans affûts. L'hôtel du gouvernement, situé en face du débarcadère, très-près de la grève, est le principal édifice de la cité. Il est à un étage et construit en bois. Quatre pièces de quatre braquées en batterie sur sa terrasse lui donnent un certain air de majesté belliqueuse, moins propre à inspirer le respect qu'à faire naître une ironique pitié. Du reste, cet hôtel a le mérite de renfermer un billard, unique délassement des infortunés que le sort exile dans cette moderne Sériphe.

L'on remarque encore à Saint-Pierre la boulangerie attenante à la maison du commandant, deux grands magasins appartenant à l'état ; et l'hôpital desservi par quatre sœurs de Saint-Vincent de Paul et quelques infirmiers. Il peut contenir une cinquantaine de lits destinés aux matelots, aux employés et aux indigents de la colonie. Près de l'hôpital, se trouve une école de jeunes filles dirigée par des religieuses. Enfin, il y a une église, petite chapelle fort simple, parfaitement bâtie en bois comme tous les établissements et les maisons particulières ; elle est assidûment fréquentée par les pêcheurs et leurs familles ; pendant les gros temps, les femmes vont y prier pour leurs fils et leurs maris exposés dans de frêles barques à être chavirés par les vents ou engloutis par les lames ; après le retour dans le barachois, souvent les marins s'y viennent agenouiller avant de rentrer dans leurs cases. Des ex-voto appendus à ses murs attestent la piété de la population qui tous les dimanches s'y réunit en habits de fête pour les offices divins. Le peuple matelot de Saint-Pierre et Miquelon a conservé au delà des mers la foi qui soutient et l'espérance qui console. Les paroles du vieux prêtre de cette paroisse française, reléguée à huit cents lieues de la métropole, sont religieusement recueillies ; elles raffermissent le courage du pauvre colon, elles l'aident à supporter le poids de sa vie de privations et de périls.

Les maisonnettes, dont les Américains apportent les matériaux, ont un aspect de propreté agréable. Elles se composent d'un fort échafaudage de poutres et de solives doublement bordé de madriers peints en dehors et tapissés au dedans. Les cheminées sont en briques ; les charpentes, solides et capables de résister à la pression des neiges sous lesquelles l'île entière reste ensevelie pendant une partie de l'hiver. Enfin

les toitures sont faites de petites planches de chêne clouées à recouvrement, minutieusement ajustées, et barbouillées d'une épaisse couche de couleur ardoise. L'on
prend ces précautions, moins contre le froid que contre une sorte de neige appelée
poudrin ou *poussinière,* qui, semblable à la poussière la plus fine, se glisse dans les
maisons en dépit des doubles vitraux dont chaque croisée est garnie. Les Miquelonnais ont emprunté à la langue maritime presque toutes leurs expressions particulières; ils ont donné à leur neige ténue et pénétrante le même nom qu'à cette
pluie subtile que les vagues, en se brisant, répandent sur les côtes et à bord des navires.
Le poudrin tombe si abondamment, que fort souvent, en une seule soirée, il obstrue
toutes les portes. Le sol s'élève ainsi subitement à la hauteur des mansardes ou des
toits, et les voisins réunis à la veillée se voient forcés de sortir par les fenêtres ou
les cheminées pour regagner leurs gîtes. Heureusement la blanche surface se glace et
devient solide en peu d'instants. Dans une maison située entre cour et jardin, il
existait au fond de la cour une fontaine d'eau de source qui ne gelait jamais ; la
chute de la neige ayant obstrué le chemin, les gens du logis creusèrent une espèce de
tunnel qui allait jusqu'à leur fontaine. La voûte était diaphane comme un verre laiteux, et cependant assez résistante pour qu'on pût marcher dessus sans aucune crainte.

Bien que les îles Saint-Pierre et Miquelon soient situées par le 47e degré de latitude, c'est-à-dire environ trente lieues marines plus au sud que Paris, leur température est à peu près celle de Stockholm ou de Christiania. L'on sait que la bande isotherme qui passe en Europe, au 60e degré de latitude, comprend dans l'Amérique
septentrionale Terre-Neuve et ses dépendances. Avec des jours égaux en longueur
à ceux de France, ces îles sont une seconde Norwége où les phénomènes de l'hiver
ont la même rigueur que dans les sombres régions d'Odin. Vers la fin de novembre, une immense barrière de glaces, que les marins nomment banquise, se dresse
autour de Terre-Neuve, dont la plupart des baies deviennent inabordables. A partir du rivage, jusqu'à trois lieues en mer, s'étend une ceinture de monts gigantesques, aux formes étranges et fantastiques. Les premiers bâtiments qui arrivent d'Europe l'année suivante (ce sont d'ordinaire les Basques) ne peuvent parvenir à se
frayer un chemin à travers ces dangereux blocs flottants, et s'y amarrent jusqu'à ce
que la banquise vienne à se rompre. Alors ils se hasardent dans les canaux ouverts
devant eux, et atteignent ainsi, le plus souvent, les côtes, le long desquelles le dégel est déjà terminé. Cependant les communications des îles françaises avec le reste
du monde ne sont pas interrompues. Les courants éloignent les bancs glacés de
leurs havres, et la navigation n'est guère suspendue que pendant les trois mois de
février, mars et avril ; ce qui arrive uniquement parce que les bâtiments destinés à
recueillir et transporter les produits ne partent de France qu'au commencement
du printemps. Cette question a été le sujet de bien des attaques de la part des adversaires de nos pêcheries permanentes, et a donné lieu à des dissertations d'un
intérêt vital pour les colons de Saint-Pierre et Miquelon. Il a été démontré que le
reproche d'être hors d'état de faire le commerce durant la majeure partie de l'année était dénué de fondement, et ne devait pas leur être adressé. Néanmoins,
comme tous les habitants des pays froids, ils mènent deux existences bien dis-

tinctes : l'une d'intérieur et d'isolement, lorsque l'hiver vient les emprisonner dans leurs demeures ; l'autre, de mouvement et d'activité, lorsque la belle saison rouvre la pêche, et que plus de trois mille bâtiments accourent de tous les points du globe sur le grand banc et dans les rades de Terre-Neuve.

Jusqu'à présent, nous ne nous sommes occupé que de Saint-Pierre, nous n'avons fait que nommer Miquelon et Langlade ; mais traversons quelques milles de mer qui séparent cette dernière de l'extrémité nord-ouest de l'île capitale, et mettons pied à terre sur un sol moins désolé. Des bois de sapins et de bouleaux, peu vigoureux mais épais, couronnent les hauteurs de Miquelon, qui est grande comparativement, car elle a près de quinze lieues de tour. Langlade en a huit ou neuf. De beaux cours d'eau où l'on pêche la truite saumonée, de vastes prairies susceptibles de culture, dans lesquelles la fraise croît indigène, des pâturages pour les bestiaux et des plaines marécageuses abondantes en gibier, font de Miquelon un paradis ter- restre pour celui qui sort de Saint-Pierre, dont la nudité lugubre et les rochers d'un gris rougeâtre jettent la tristesse dans l'âme. Langlade surtout est fertile et bien boisée ; depuis peu d'années elle est habitée par des agriculteurs venus de France, qui ont défriché des terrains et qui élèvent des bêtes à cornes et même des chevaux. C'est grâce à ces rares cultivateurs que les provisions sont devenues, même à Saint-Pierre, d'un prix aussi modéré qu'en Normandie ou en Bretagne. Les habitants ne sont plus obligés d'avoir recours, comme autrefois, aux Anglais de Terre-Neuve ; ils sont désormais affranchis de la ruineuse assistance de leurs voi- sins. La création de trois ou quatre fermes, due à M. Brue, l'un des derniers gou- verneurs, a été du plus heureux secours pour la colonie. L'île de Miquelon est di- rigée par un commis de marine qui a sous ses ordres quelques gendarmes. Un chirurgien de troisième classe, aidé par des religieuses, y fait le service de santé.

Nous ne citerons que pour mémoire, et afin de compléter la description topogra- phique de notre archipel septentrional : l'île du Grand-Colombier, espèce de morne, refuge ordinaire des madres, des godes et des pingouins macareux qui s'y trouvent en assez grande quantité pour dérober entièrement la vue de la terre ; — l'île Verte, peuplée d'alcyons et d'eiders, oiseaux dont on tire l'édredon ; — l'îlot Vainqueur, fertile en pâturages où l'on récolte en juin et juillet une sorte de framboise appelée *plats de bière* par les colons ; — enfin l'île aux Chiens, habitée par quelques pêcheurs et tapissée de lambeaux de verdure.

Ajoutons encore que les îles Saint-Pierre et Miquelon sont très-accidentées, et que l'on y rencontre une foule de sites pittoresques d'un aspect grave d'ensemble et beau de détails. Au commencement de l'été, quand le rideau de brouillards se dé- chire et qu'un pâle rayon de soleil vient se jouer sur les montagnes couvertes de neige, l'admirateur de la nature contemple souvent de larges effets de lumière. En premier plan, les lames bleues se brisent aux grèves ; autour des criques sablon- neuses, s'élèvent en amphithéâtre des terrains tourmentés comme par des convul- sions volcaniques ; et plus loin des rochers sombres et des arbres couverts de mousses dorées se détachent sur un fond du blanc le plus éclatant.

De semblables points de vue sont communs dans ces parages, mais les brumes

les dérobent presque toujours aux regards. Même pendant les mois les plus beaux
de l'année, l'atmosphère se charge tout d'un coup d'épaisses vapeurs, et le pêcheur,
entouré d'écueils, redoute la rencontre des navires dont le choc menace sa fragile
embarcation. Aussi, que d'heures d'angoisses pour la famille du colon absent, quand
il est surpris au large par ces brumes soudaines qu'amènent les vents de sud-est!
Elle se porte aussitôt sur le rivage et prête l'oreille au bruit du large ; elle est aux
écoutes pour entendre le son de la trompe dont le marin égaré se sert pour se faire
reconnaître. Si la conque retentit, on lui répond de terre, et les signaux succèdent
aux signaux sans interruption. Quelquefois le bruit s'éloigne ; une profonde terreur
s'empare de l'âme de ces vieillards, de ces femmes, de ces enfants rassemblés sur la
rive ; mais le plus souvent la clameur s'approche, et le bateau triomphant rentre
dans la darse protectrice. Alors c'est une joie des plus vives, on accourt au-devant
des matelots, on les fête, on les embrasse comme si l'on eût été séparé d'eux par
une longue absence. C'est qu'il arrive aussi bien des fois que les chaloupes ne peuvent regagner le port et périssent en sombrant au large.

L'habitude de *corner*, pour nous servir du mot propre, est générale dans le pays.
Les jours de brouillards, les hurlements des *corneurs* se mêlent aux sifflements des
vents ; tout autour des îles jusqu'à plusieurs lieues en mer, la sinistre voix des
trompes marines se perd dans les airs, et il est digne de remarque que ce lugubre
signal de détresse perce toujours à travers la tempête et retentit à une immense distance. Peut-être les vibrations sont-elles rendues plus sonores par l'état même de
l'atmosphère, c'est du moins ce que tendraient à démontrer les fréquentes et dramatiques expériences des pêcheurs de Saint-Pierre et Miquelon.

Enfin les barques sont arrivées saines et sauves, elles se sont amarrées à l'abri,
femmes et enfants s'empressent d'aider les marins à décharger le poisson. On le
traîne dans les *chaufauds* (échafauds ou ateliers établis sur les côtes), on l'apprête,
et puis on l'étend le long des *graves* (sortes de terrains unis sur lesquels on a
disposé à l'avance des cailloux ou galets, et même du menu bois).

« S'il est une population laborieuse et digne d'intérêt, dit à ce propos M. Marec,
dans une savante dissertation concernant nos grandes pêches, c'est assurément celle
du rocher de Saint-Pierre, qui, par l'activité constante de ses habitants, offre le
spectacle d'une ruche d'abeilles. »

Pendant cinq mois de l'année, c'est-à-dire depuis la fin de mai jusqu'au milieu
d'octobre, ils sont exclusivement occupés de la *récolte* et de la préparation de la morue, au moyen de laquelle ils se procurent à grand'peine de quoi vivre pendant les
sept autres mois. Souvent même leurs efforts n'y suffisent pas, et quand l'hiver vient
les condamner à l'inaction, ils périraient de froid et de faim, si le gouvernement
ne leur fournissait quelques rations de bois et de farine.

Pour apprécier dignement les services rendus par la colonie de Saint-Pierre et
Miquelon, il faut se rappeler que ce faible débris de nos anciens et vastes domaines
de l'Amérique septentrionale est à la fois une *fabrique* et un *entrepôt* de morue
précieux à la France, un port d'où l'on expédie des chargements à la Martinique, à
la Guadeloupe, et même à Bourbon, un débouché commercial plus considérable qu'on

ne le croit généralement, et un lieu de relâche assuré pour les nombreux navires que nous envoyons tous les ans sur le grand banc et à l'île de Terre-Neuve.

La population, du reste, en faisant abstraction des employés, se subdivise en trois classes : les *pêcheurs sédentaires,* au nombre de huit cents environ, qui sont ceux dont nous nous sommes surtout occupé jusqu'à présent; puis trois ou quatre cents *pêcheurs hivernants,* qui s'adjoignent aux premiers et partagent tous leurs travaux pendant une ou plusieurs années ; et enfin trois cents *passagers,* qui ne séjournent dans les îles que durant la saison des pêches.

C'est au moyen de ce surcroît temporaire de marins et d'ouvriers que la petite colonie parvient à équiper une cinquantaine de goëlettes pontées, et près de trois cents embarcations baleinières ou warys, qui vont pêcher sur les fonds avoisinants, et jusque dans les havres de Cod-Roy et de Saint-Georges (à la côte occidentale de Terre-Neuve). Elle occupe cinq cents personnes aux manipulations des chaufauds et des graves, et emploie, en outre, plus de mille marins et de cinquante navires français à exporter directement aux Antilles les produits de sa pêche particulière.

Ceux des colons sédentaires qui ne sont pas pêcheurs proprement dits, quoiqu'ils partagent cette dénomination avec leurs compatriotes, exercent tous des professions relatives à la marine. Les femmes même travaillent aux agrès et aux voiles ; les charpentiers, les calfats, les forgerons sont nombreux à Saint-Pierre, et quand un bâtiment vient se radouber dans le barachois, il y trouve toutes les ressources qu'offrirait un de nos ports d'armement.

Pendant trois ou quatre mois, la rade est couverte de navires : les uns chargés de sel, de farine, d'eau-de-vie et d'objets manufacturés ; les autres venus pour prendre des cargaisons de morue. Disons en passant que, malgré les franchises et les immunités exceptionnelles dont jouissent les îles Saint-Pierre et Miquelon, le commerce des Anglais et des Américains entre à peine pour un quart dans les importations, dont la valeur s'élève à *plus d'un million* en ce qui concerne la France.

Au moment du concours des navires sur la baie, la petite ville s'anime et devient bruyante, les marins étrangers envahissent les cabarets du pays, et souvent la gendarmerie ne peut parvenir à maintenir le bon ordre. Le gouverneur requiert, dans ce cas, l'équipage d'une petite goëlette de guerre, spécialement attachée au service de la station locale. Après avoir passé la première moitié de la saison dans les baies désertes de Terre-Neuve ou sur le banc, les matelots de long cours ont besoin de plaisirs et d'orgies, et troublent le repos de la paisible bourgade. Une rixe et une arrestation nocturne, un de ces épisodes si communs dans nos ports, sont les grands événements de l'été, qui servent de texte ordinaire aux longs récits de l'hiver.

Mais il est une scène d'une nature bien différente, qui se reproduit presque tous les ans ; scène touchante et primitive qui fait encore l'éloge des mœurs patriarcales du colon, et dont l'origine pieuse se rattache à l'époque où tous les Canadiens étaient sujets du roi de France. Le souvenir de ces temps ne s'est pas effacé de la mémoire des sauvages : après tant de révolutions et de bannissements, après de si longues séparations, ils se rappellent toujours leurs frères de France, dont ils ont embrassé la religion sans renoncer toutefois à l'existence libre et nomade de leurs aïeux.

Les Gaspésiens ou Micmaks (Souriquois) habitaient jadis la côte orientale du Canada et les îles voisines. Aujourd'hui, ceux d'entre eux qui étaient chrétiens, se sont réfugiés à Terre-Neuve. La tribu expatriée, qui a suivi de loin l'exil des colons français de l'Acadie [1], veut que ses dépouilles mortelles dorment sur la même terre que celle de ses compatriotes blancs. Au retour du printemps, une flottille de pirogues indiennes vient s'échouer aux graves des pêcheurs ; ce sont les naturels qui descendent en pèlerinage à Saint-Pierre, amenant avec eux leurs morts et leurs nouveau-nés. Une croix de bois à la main, ils se dirigent vers la ville, entrent dans les cases des habitants, les saluent du nom de *frères,* et leur demandent à boire, à manger et à reposer sous leurs toits. Toutes les cases leur sont ouvertes, les pêcheurs accueillent avec joie ces hôtes simples qui n'ont oublié ni les traditions du passé ni la langue de leurs anciens maîtres. Puis, tous ensemble, se rendent à la chapelle ; les enfants des sauvages sont baptisés par le prêtre catholique, l'office des morts est récité en commun pour les trépassés, et l'on va processionnellement au cimetière, afin d'inhumer, dans une terre bénie, ces indigènes fidèles, même après le dernier soupir, à leurs nobles sympathies et à leurs sentiments religieux. Au bord d'une fosse profonde, lentement fermée, Indiens et pêcheurs s'agenouillent et prient pour les âmes des défunts. Une modeste croix, plantée sur cette vaste tombe, apprend à l'étranger le lieu où gisent à jamais les ossements des fils chrétiens de l'antique famille de Lennappe [2]. Ainsi, les plus puissants des liens, la foi et la charité, unissent encore de nos jours les descendants des naturels de l'Acadie et les neveux de ses anciens colons.

Les Miquelonnais, qui forment un peu plus de la moitié de la population sédentaire, sont issus sans mélange des Acadiens, tandis que les habitants de Saint-Pierre sont de race acadienne mêlée de sang normand. Des Basques et des Bretons ont aussi droit de cité dans la petite bourgade ; mais les Indiens n'établissent pas de distinctions entre les uns et les autres, ils les savent tous catholiques et Français d'origine, ils leur demandent, également à tous, l'hospitalité pour eux-mêmes, et des prières pour leurs morts.

Lorsque le devoir sacré est accompli, que les honneurs funèbres ont été rendus aux mânes de ses pères, que l'eau lustrale a coulé sur le front de ses enfants, le naturel retourne à ses canots, les décharge et offre au colon, en échange de produits manufacturés, des peaux de renards argentés, d'ours, de martes, de rats musqués et de castors. Peu de jours après, les frères rouges donnent le baiser d'adieu à leurs frères blancs, remontent dans les pirogues, et s'éloignent pour retourner dans la grande île de Terre-Neuve.

La domination anglaise n'a pu détruire chez cette peuplade reconnaissante le souvenir de notre règne sur son territoire. Les indigènes ont malheureusement appris quelle différence réelle a toujours existé entre notre conduite envers les habi-

---

[1] L'Acadie, aujourd'hui Nouvelle-Écosse, appartient à l'Angleterre, et fait partie du Canada.

[2] Les peuples de la famille Lennappe ou Algonquino-Mohegane, dont les Gaspésiens font partie, sont les mêmes, selon Vater, que les Chippaways-Delaware, encore nombreux dans le Canada.

tants des pays conquis et celle de nos rivaux d'outre-mer. Les paroles du grand roi,
recommandant à ses vice-rois et gouverneurs de ménager ses bons et loyaux sujets
de la Louisiane et du Canada, de les traiter avec justice, humanité et douceur, de
respecter leurs usages, leurs propriétés et leur indépendance, retentissent encore
dans les cœurs des Indiens du nord Amérique. Et si nous ne craignions de nous
laisser entraîner hors de notre sujet par des réminiscences qui nous ont profondément ému bien des fois, nous pourrions citer des traits nombreux de protection
accordée par les sauvages des rives des grands lacs à des émigrés aventurés dans
leurs contrées, à des prisonniers français déserteurs, et à des fugitifs que la tyrannie britannique forçait d'abandonner Québec, Montréal ou les bords des Trois-
Rivières.

Mais il est temps de revenir à Saint-Pierre. — L'été y rend toutes les industries
florissantes; des canots sillonnent la rade, accostent aux quais, chargent, déchar-
gent et transbordent les marchandises, ou bien gagnent la pleine mer pour conduire les marins aux fonds de pêche. Dans les ateliers et aux alentours du port, les
ouvriers des professions maritimes se multiplient pour faire face à leurs nombreux
engagements. Ici l'on dégrossit des espars, là, on ajuste des pièces de mâture,
plus loin on répare un navire abattu en carène. Les sécheries sont le théâtre d'une
activité sans égale : on empile, on emboucaute, on emmagasine la morue apprêtée;
on fait subir les opérations nécessaires à celle mise récemment à terre. De toutes
parts retentissent les chants des matelots qui virent aux guindeaux de lourds appareils, ou qui établissent les huniers : ceux-ci, pour aller directement en France,
ceux-là pour faire un rapide voyage à la Martinique, et revenir bientôt prendre
une nouvelle cargaison. A chaque moment des voiles sont signalées, l'on apprend
ce qui se passe au grand banc et à Terre-Neuve, la population s'intéresse vivement
aux moindres détails. C'est de la *récolte* qu'il s'agit, et l'habitant est aussi attentif
à ces faits de mer, que le fermier aux pluies ou aux chaleurs qui fécondent ses semailles et aux orages qui menacent ses sillons jaunis.

Et pourtant ce n'est pas au colon lui-même que reviendra la meilleure part de
ses rudes labeurs. On pourrait à bon droit lui appliquer le *sic vos non vobis* de
Virgile, car il est à la fois victime des spéculations des armateurs et d'une législation vicieuse. Dix ou douze maisons de commerce, qui exploitent la pêche locale,
en retirent les profits les plus clairs; les dispositions fiscales, favorables aux pêcheurs en général, n'accordent pas à ceux des îles la prime ordinaire, qui leur serait cependant de la plus stricte nécessité. Aussi les rations délivrées par l'État dans
les moments de disette ne sont-elles pour eux qu'une faible compensation du tort
causé par une exception funeste et basée sur des considérations erronées. Afin de
soutenir la concurrence des navires équipés dans nos ports, ils se voient contraints
de livrer leur triste et seule richesse, *la morue,* à un prix désastreux. Et encore,
ce prix est-il fixé par la partie intéressée à la réduction des tarifs, c'est-à-dire en
vertu d'un règlement que dictent les négociants eux-mêmes et qu'approuve ensuite
le ministre de la marine. La conséquence rigoureuse d'un pareil ordre de choses
est la plus profonde misère pour les véritables travailleurs. L'on a depuis longtemps

proposé les moyens de remédier aux abus, on a réfuté victorieusement toutes les imputations calomnieuses dirigées contre la colonie. On a démontré qu'elle a été accusée à tort de fraude, d'impuissance productive et commerciale, d'inutilité pour la marine ; puissent les voix généreuses de ses défenseurs ne pas être toujours étouffées par ceux que des motifs personnels portent à maintenir les mesures en vigueur ! Puisse l'habitant de Saint-Pierre et Miquelon prendre part à la prime d'encouragement dont il est injustement privé, et dont nous reconnaissons la haute sagesse en thèse générale ! La navigation, l'industrie et le commerce ne peuvent se passer d'une allocation qui nous permet de lutter avantageusement avec les Américains et les Anglais. Du reste, selon des hommes éclairés qui ont sondé les arcanes d'une question financière si compliquée, « les travaux, les transactions et les mouvements de capitaux [1] auxquels l'exploitation des grandes pêches donne lieu, procurent à l'État en contributions perçues une large compensation des charges qu'elles lui imposent. » Ajoutons, enfin, que ces frais, qui s'élevaient, dans le principe, jusqu'à 1,500,000 francs, ont été considérablement réduits depuis 1816 par des ordonnances successives.

Tandis que le port de Saint-Pierre, sorti de la léthargie de l'hiver, s'anime, vit et s'agite, les mers avoisinantes sont couvertes de navires de toutes les nations, parmi lesquels les Français forment, comme on l'a vu, une minorité considérable. Nous ne saurions passer sous silence ce grand mouvement maritime qui a tant de rapports avec la petite colonie. Jetons donc un coup d'œil sur Terre-Neuve où nous jouissons encore de l'usufruit temporaire d'une vaste étendue de côtes [2]. Les mêmes traités qui nous ont départi les îlots de Saint-Pierre et Miquelon nous concèdent des droits de pêche exclusifs depuis le cap Saint-Jean, à l'est (en remontant par le nord), jusqu'au Cap-Raye, au sud-ouest de l'île, mais il ne nous est permis de fonder aucun établissement durable entre ces limites.

En juillet, août et septembre, les bâtiments expédiés de France viennent mouiller en foule dans les rades de la côte orientale où se trouvent la plupart de nos pêcheries. Sur la partie occidentale les travaux commencent en avril et finissent avec août. Une station militaire, dont le point central est la baie de Croc, veille activement aux intérêts de nos marins et défend l'abord de leurs havres à tous les pêcheurs étrangers.

Les équipages terre-neuviers sont très-nombreux, et les emplois de leur personnel extrêmement variés. Un navire de trois cents tonneaux, par exemple, est monté par quatre-vingt-dix hommes, dont soixante et quelques sont constamment en mer ; le reste est occupé à terre à la préparation du poisson. Parmi les premiers, les uns, choisis dans l'élite des matelots, arment les bateaux *seineurs*, qui prennent la morue au moyen de filets ou *seines* traînant au fond ; d'autres, dans le bateau *capelanier*, sont destinés à recueillir le *capelan*, petit poisson qui sert d'appât ; d'autres enfin s'embarquent dans les bateaux pêchant à la ligne et montés chacun par deux bons

[1] 12 à 13 millions, sans parler du coût primitif des navires.
[2] Plus de deux cents lieues.

marins et un novice. Les gens détachés à terre se subdivisent également en plusieurs classes ; ainsi, les *décolleurs* sont chargés exclusivement de couper la tête des morues, qui passent aussitôt entre les mains des *trancheurs*, hommes spéciaux, adroits et ordinairement marins, dont les fonctions consistent à ouvrir et vider le poisson. Le second capitaine, les officiers et quelquefois le chirurgien font partie de ces derniers. Quant aux plus jeunes et aux moins exercés, sous la dénomination de *graviers*, ils portent la morue à la sécherie, la traînent, la lavent, l'étendent et la salent sous l'inspection du *maître saleur*. Sur cette grande quantité d'individus, on doit avouer que le septième environ se croit étranger au matelotage, bien que la loi de l'inscription maritime les atteigne tous en qualité de mousses ou de novices. Le peuple de notre littoral nomme *terre-neuvâs* ces manœuvres pêcheurs qui s'embarquent uniquement pour les expéditions à Terre-Neuve. Toutefois, beaucoup d'entre eux se forment peu à peu à la navigation et rendent plus tard d'utiles services dans la marine royale. Il en est de ceux-ci comme des *passagers* ou *compagnons pêcheurs* dont nous avons parlé en dénombrant la population de Saint-Pierre. Ce qu'ils regardent d'abord comme une industrie momentanée, finit par être leur seul métier. Le passager et le terre-neuvâ sont partis sans trop savoir ce qu'ils allaient faire à la pêche, si ce n'est gagner tant bien que mal un modique salaire. Ils reviennent en France où ils se trouvent inscrits sur les redoutables contrôles des *classes*. En se voyant pris dans un réseau dont ils ne savent briser les mailles de fer, ils font contre fortune bon cœur, et acceptent, en désespoir de cause, le cotillon goudronné, les droits à une pension alimentaire sur la caisse des invalides de la marine, et, en attendant, la vie nomade de l'Océan. Ils s'étaient enrôlés comme *décolleurs* l'an passé, ils s'engageront comme *trancheurs* l'année prochaine.

Quant aux *pêcheurs hivernants,* presque tous sont déjà marins quand ils vont s'établir à Saint-Pierre ; ils veulent échapper aux *levées* de l'État et ramasser un certain pécule en naviguant *à la part* sur les goëlettes et les barques du pays, mais il est rare qu'ils accomplissent leur projet en tous points. Placés dans la position de fournis à fournisseurs, vis-à-vis des négociants qui les emploient, ils consomment au fur et à mesure leur faible gain, tout devient la pâture de l'armateur. Il leur est impossible de réaliser les moindres économies, et, au retour du voyage, après avoir usé deux ou trois années de leur vie aux plus périlleuses fatigues, la pauvreté les force à partir de nouveau.

Nous ne ferons que citer les navires qui pêchent *à la ligne de fond,* sur le grand banc , — cette immense montagne sous-marine, où la morue pullule en si grande abondance que depuis trois siècles de guerres acharnées, l'on n'a pas remarqué dans sa quantité la moindre diminution. Les bâtiments, rudement traités par des lames très-dures et des coups de vent fréquents, relâchent généralement à Saint-Pierre et y déposent leurs cargaisons assez promptement complétées. Quelques-uns cependant retournent en droite ligne dans ceux des ports de France où, depuis peu d'années, on a aussi formé des établissements de sécherie.

Notre petit archipel, si populeux et si actif pendant l'été, doit être considéré encore avec intérêt sous le rapport de sa végétation à la même époque. Dans les ravins de

Miquelon et les endroits cultivés, ce qui se borne pour Saint-Pierre à d'étroits jardins de terre rapportée , tout semble sortir du néant et s'élancer vers la vie avec passion. Au contact d'une température parfois aussi élevée qu'en France, la nature se réveille en sursaut, et enfante avec d'autant plus de vigueur, que les beaux jours ont moins de durée. Les bourgeons se développent en une nuit, la séve circule et monte avec force, la croissance et la maturité des plantes sont rapides, une chaleur fécondante pénètre les arbres, les fleurs et les fruits. Mais les produits trop hâtifs manquent de saveur, les roses et les œillets n'ont que de faibles parfums, et les habitants les moins étrangers à l'horticulture ne peuvent obtenir que des légumes fades auprès des nôtres.

C'est une fête réelle pour les colons que le moment où leurs îlots se parent de verdure et de fleurs; ils oublient alors les sombres nuits d'hiver où, accroupis autour d'un pâle foyer, ils réparaient les filets, les lignes et les hameçons; ils ne songent plus à ces tristes journées, où, bravant l'intempérie des éléments, ils allaient poursuivre sur les neiges, au péril de leur vie, la perdrix, le moyac et le canard de roche.

La brume, si souvent fatale au Miquelonnais désorienté dans sa barque de pêche, n'est pas moins funeste au chasseur. Quand elle confond tous les objets sous son voile opaque, malheur à celui qui s'est laissé entraîner trop loin du bourg. Le poudrin a effacé la trace de ses pas, il ne peut plus reconnaître son chemin, erre au hasard dans un horizon étroit et triste comme un cercueil, et périt souvent de froid à peu de distance des habitations. Sa famille tremble et frémit d'inquiétude, mais nul ne peut maintenant aller à sa rencontre; on se borne à tirer des coups de fusil par les cheminées afin de lui indiquer la direction de sa demeure.

Ces terribles brouillards frappent encore l'habitant dans son unique industrie. Ils détériorent complétement le poisson en l'empêchant de sécher. La morue gâtée de la sorte est dite *brumée,* elle n'a plus de valeur marchande. Le pauvre pêcheur perd ainsi tout à coup le fruit de son labeur, et qui sait si demain le soleil se montrera radieux ? qui sait si les mêmes pertes ne doivent pas être occasionnées par un nouveau vent de sud-est? Malgré cela, les soins vigilants de la population, et sa longue expérience des travaux de sécherie font que la morue de Saint-Pierre et Miquelon est plus estimée qu'aucune autre dans le commerce, et surtout aux Antilles, où cette denrée est de première nécessité pour la nourriture des esclaves.

Lorsque la rade se dégarnit et que les passagers abandonnent la colonie, le pêcheur sédentaire, en voyant approcher l'instant où il sera confiné dans sa case, se hâte d'aller chercher à Miquelon du lard et du beurre pour l'hiver. Chacun se fournit de gibier, de volailles et d'énormes quantités de viande qu'on suspend aux fenêtres des mansardes. Les provisions ne tardent pas à être parfaitement gelées, et pourraient se conserver ainsi jusqu'au printemps. Afin de les couper en morceaux, on est obligé de se servir de la scie.

Le colon, retiré dans son intérieur, sort rarement du petit cercle qui renferme toutes ses affections. L'hiver est l'époque où l'on s'occupe surtout de l'éducation des enfants ; car, l'été, ils suivent leurs parents dans les embarcations ou sur les graves.

C'est autour des petits poêles de fonte, allumés dans la salle commune, que les mères de famille leur apprennent de bonne heure la résignation et la patience. Quelques lectures rompent la monotonie de la longue réclusion ; des travaux d'aiguille sont l'occupation des jeunes filles, pendant que les garçons étudient ou aident les vieillards à la confection des objets nécessaires à la pêche prochaine. L'habitant a toujours un nombre considérable d'enfants ; pour lui, comme pour le pasteur des temps antiques et le paysan de nos campagnes, ils sont une richesse dont il se fait gloire. Aussi la population fixe s'est-elle accrue de près d'un quart depuis notre dernière prise de possession. Le climat, du reste, est très-salubre, bien que la froidure dépasse quelquefois 25 degrés centigrades au-dessous de zéro, tandis que la chaleur s'élève, vers le mois d'août, jusqu'à 24 degrés. Les vieillards sont très-nombreux, et l'on n'a d'autre exemple de maladies graves que celles engendrées par la misère et la mauvaise qualité de nourriture. Le régime des plus pauvres, qui consiste uniquement en morue et poissons secs, donne lieu en effet aux mêmes accidents que peut causer l'abus des viandes salées. L'antidote et le remède du scorbut et des autres maux du même genre se trouve heureusement dans la boisson ordinaire des habitants, le spruce, ou *sapinette,* que chaque famille prépare chez elle.

La sapinette est une décoction de copeaux, de branches, de feuilles et surtout de jeunes pousses de sapin qu'on fait bouillir d'abord avec quelques poignées de genévrier dans une vaste chaudière. Après avoir retiré le bois, on transvase le résidu dans une barrique où l'on jette de la mélasse, de l'eau-de-vie et du biscuit pilé, afin d'accélérer la fermentation. Au bout de vingt-quatre heures, le résultat des opérations est potable ; mais les étrangers ne s'habituent pas aisément au goût prononcé de térébenthine qui domine dans le mélange. Cette liqueur précieuse au colon, à la fois saine et économique, est à peu près le seul produit particulier au pays, à moins qu'on ne veuille compter comme tel une sorte d'herbe assez fade qui y sert de thé, et qu'on nomme *thé de James.*

On a pu voir qu'il n'y a pas à Saint-Pierre, et encore moins à Miquelon, de société proprement dite. La tribu de pêcheurs a les mœurs simples des races primitives. Le colon nous rappelle OEil-de-Faucon, le personnage favori de Cooper. Comme le sauvage auquel il a succédé dans ces froides régions, il ne connaît que la chasse et la pêche ; sa cabane est un wigwam où il vient se reposer de ses travaux ; il ne comprend d'autre réunion que celle du dimanche à la chapelle, il méprise les orgies des matelots français ou américains, il ne fraye pas avec les marchands et les industriels qui arrivent de France pour spéculer sur sa misère et lui vendre fort cher de méchantes pacotilles. Ceux-ci, peu nombreux d'ailleurs, ne séjournent jamais longtemps sur les îles. Ce qu'on pourrait appeler le *monde* se réduit donc à quelques familles d'employés, mais elles sont fort rares ; la plupart des agents du gouvernement ne veulent pas faire partager à leurs femmes l'exil auquel ils sont condamnés, et les laissent en France. L'existence de tous en est d'autant plus triste. Ils ne trouvent autour d'eux aucune des ressources de la vie, pas même d'auberge où ils puissent prendre leurs repas, ce qui les oblige souvent à faire leur cuisine eux-mêmes, et à s'occuper des plus infimes détails d'un ménage de garçon. Le seul

plaisir qui leur reste est la chasse, dont on connaît les périls. Pourtant, pendant
que la population est tout entière sur les graves, ils s'y livrent avec fureur, et descendent quelquefois à Miquelon, où l'on rencontre le renard et le loup marin, fort
recherché à cause de sa fourrure. A certaines époques, ils chassent aussi l'outarde,
la bécassine, ou, à leur défaut, le calculo et le goëland, qui abondent toujours aux
bords de la mer. Les employés font volontiers aussi la pêche dans les étangs et les
rivières de Langlade, que leur abandonnent sans partage les infatigables moisson-
neurs de morue. Une petite maison de campagne appartenant au gouverneur est
alors le point de rendez-vous dans cette dernière île, mais les absences ne sauraient
être longues, car les devoirs du service rappellent bientôt chacun à son poste et à
ses ennuis.

Pour habiter notre archipel terre-neuvien, il faut, ainsi que le pêcheur, porter à
l'excès l'insouciance commune à tous les matelots, ou bien être doué d'une de ces
natures contemplatives qui, se renfermant en elles-mêmes, sauraient trouver le désert au milieu de nos plus bruyantes cités.

G. DE LA LANDELLE.

LE CORSE

LE CORSE.

Avant de dire ce qu'est le Corse, et, pour le mieux voir sur le théâtre où, comme les autres hommes, hélas! il s'agite, aime, souffre et naît pour mourir, disons un mot de son île, considérons un moment les lieux où il porte à sa manière le joug des passions, et le poids du jour et des labeurs imposés à l'homme de la main de Dieu.

La Corse, sur qui le front couronné de lumière du plus glorieux de ses fils a projeté un reflet immortel, est une des trois îles principales de la Méditerranée proprement dite. Depuis 1769 seulement elle fait partie de la France. Elle est située dans la mer de Toscane, entre les 41 et 43 dégrés de latitude septentrionale, et les 26° 10′—27° 15′ de longitude, au nord de la Sardaigne, dont elle n'est séparée que par un détroit large de trois lieues, appelé *Bocche di Bonifacio*. Elle a pour limites, au nord, la mer Ligustique, la ville, l'état et le golfe de Gênes; la mer Tyrrhénienne ou de Toscane, le Siennois et le patrimoine de Saint-Pierre, au levant; le détroit ou bras de mer dont nous venons de parler, qui la sépare de la Sardaigne, au midi; au couchant enfin le golfe de Lyon et la mer Baléarique; — à vingt lieues de Livourne, trente-sept d'Antibes, cent vingt-cinq de Tunis, deux cent soixante-trois de Paris.

Sa figure a été comparée par les géographes de l'antiquité à une écaille de tortue coupée en deux dans sa longueur.

Du cap Corse à Bonifacio, qui est la ville la plus méridionale de toute l'île, sa plus grande longueur est d'environ quarante-trois lieues de France ; sa plus grande largeur, du golfe de Sagone à Aleria, d'environ vingt lieues. Belin évalue sa superficie à quatre cent quatre-vingts lieues carrées.

La nature a donné à la Corse des golfes et des ports vastes et sûrs. Porto-Vecchio, le golfe d'Ajaccio, celui de Sagone, de Calvi et de San-Fiorenzo sont les plus considérables.

Les villes principales sont Bastia, Ajaccio, Corte, Bonifacio, Sartène, Calvi et San-Fiorenzo.

La population totale de l'île s'élève, d'après les derniers recensements, à deux cent sept mille huit cent quatre-vingt-neuf habitants.

Une chaîne de montagnes partage l'île dans sa longueur du nord au sud. Cette chaîne commence à la piève d'Ostriconi, et s'étend jusqu'auprès des Bouches-de-Bonifacio. A l'ouest elle a pour limite la mer, et à l'est les montagnes du second ordre. Celles-ci commencent au cap Corse, suivent les pièves de Nebio-Petralba, Bigorno, Rostino, Vallerostia, Bozzio, Venacco-Serra, et une partie de celle de Castello.

La plus haute montagne de l'île est le Monte-Rotondo, qui s'élève à deux mille sept cent soixante-trois mètres au-dessus du niveau de la mer. Ses principales rivières sont le Golo, le Liamone, la Restonica, le Tavignano, le Rizzanese et le Fiumorbo ; le Golo et le Liamone sont seuls navigables dans un court espace.

Le Monte-Rotondo renferme à son sommet un lac de forme elliptique qui peut avoir cent soixante toises sur son grand diamètre, et cent sur l'autre ; sa profondeur est inconnue ; il n'a qu'une issue sur la piève de Venaco pour l'écoulement de ses eaux.

Au nord du Monte-Rotondo, il y a plusieurs petits lacs continuellement glacés et entourés d'une neige perpétuelle. Les seuls végétaux qui se trouvent sur le sommet de cette montagne sont la petite marguerite, la violette double et simple, et le leucoïum marinum. Ces fleurs épanouissent vers la fin de juillet au bord et dans la neige même.

Les lacs les plus considérables de la Corse renfermés dans des granits sont celui du Monte-Rotondo, ceux de Nielucio, del Mello, de Cavaciole ; ces trois derniers forment la source de la rivière de Restonica. Il y a ensuite celui de Creno, de peu d'étendue, mais très-encaissé ; l'eau qui s'en écoule est une des sources du fleuve Liamone. Le lac Nino est le plus grand de tous quant à sa surface ; mais il n'a pas de profondeur. On doit plutôt le regarder comme une vaste prairie submergée. — Le fleuve Tavignano prend là sa source au midi, et le Golo au nord par des filtrations à mi-côte. Il faut aussi mentionner les étangs de Biguglia et de Diana, dont le dernier fournit d'excellentes huîtres.

La plupart de ces lacs se trouvent au centre de la Corse, renfermés dans les montagnes de granit les plus élevées.

Dans ces montagnes graniteuses, on trouve deux sources d'eau chaude minérale, l'une à Guagno, l'autre au Fiumorbo ; leur chaleur égale va, au thermomètre de Réaumur, de 44 à 45 degrés.

Dans un endroit du Niolo, appelé *Valle dello Stagno*, il y a différentes espèces de jaspes incorporés sans suite dans les granits et les porphyres. On y trouve aussi des agates par petites ramifications tortueuses et interrompues.

Quant à la partie du côté de l'Italie, les montagnes secondaires y sont adossées à celles de granit.

La Corse, dans sa direction du nord au sud, a ses rivages plus ou moins exposés à la force des vents. Ceux de l'ouest en éprouvent deux, dont l'impétuosité est extrême : le *maestro*, ou *maestrale*, qui n'est autre que le *mistral* de Provence, ou nord-ouest, et le *libecio* ou ouest-sud-ouest. Le rivage oriental en reçoit aussi deux dominants, le *greco* ou nord-est, et le *sirocco* ou sud-est. Ce dernier est un fléau pour les pays méridionaux.

Au golfe de San-Fiorenzo, la petite chaîne qui commence du côté de la tour de Farinole, et s'étend entre le rivage et le vallon d'Oletta, est formée de couches parallèlement inclinées vers la mer d'environ trente degrés. La nature de cette pierre calcaire est la même que celle de Bonifacio : elle est blanche, feuilletée, contenant beaucoup de corps marins, et fournissant pour bâtir d'assez bon moellon et de médiocre chaux. La continuité de formation de cette chaîne calcaire est actuellement interrompue par des amas de cailloux, de granits, de laves, de porphyres, etc., amenés dans le golfe par des torrents, et rejetés en monticules par les vagues de la mer.

Dans l'ancienne division de la Corse, la côte ou partie orientale se nommait, dans la langue du pays, *Banda di dentro ;* la côte ou partie occidentale, *Banda di fuori*. Chacune de ces parties était partagée en deux par les hautes montagnes qui traversent l'île dans sa largeur, appelées par excellence *i monti*. De là la division la plus commune et encore ordinaire de l'île en deux parties principales, *di qua dai monti*, c'est-à-dire en deçà des monts, et *di là dai monti*, au delà des monts (respectivement à Bastia, ou quelquefois à la situation de ceux qui parlent).

Ces deux parties principales étaient divisées en dix juridictions, dont sept de la partie du nord, ou *di qua dai monti*, savoir : Bastia, Nebio, Capo-Corso, Aleria, Corte, Calvi, Balagna ; et trois de la partie du sud, Ajaccio, Vico et Sartène. Outre ces juridictions, il y avait sept fiefs, dont trois relevaient de Bastia, et quatre d'Istria [1].

Ces juridictions étaient divisées en pièves. Nous francisons le mot : on dit en italien *la pieve* au singulier, et au pluriel *le pievi*. La piève est un certain canton renfermant un ou plusieurs villages ou paroisses, autrefois relevant d'un curé principal appelé *pievano*. On comptait cinquante-quatre pièves dans toute l'île, dont trente-huit de la partie de Bastia, et seize de la partie d'Ajaccio, répondant à peu près aux cantons actuels.

Ces pièves étaient divisées en trois cent quarante-deux paroisses, dont deux cent cinquante-deux au nord, c'est-à-dire du côté de Bastia ; et quatre-vingt-dix au sud,

---

[1] C'est une petite ville féodale (de *signori*), située *di qua dai monti*, aux confins de la province d'Ajaccio et de celle della Roca.

du côté d'Ajaccio. Chaque curé de ces paroisses [1] relevait du curé *pievano* ou supérieur [2], lequel relevait à son tour de l'évêque. — La subdivision des pièves, paroisses principales ou cantons, en simples paroisses (*parocchie*), avait été introduite pour multiplier dans ce pays montueux les églises et chapelles suivant les besoins de la population [3].

La Corse a été successivement acquise et perdue par les grandes nations de l'antiquité. Les Phocéens les premiers s'y établirent; ils en furent chassés par les Tyrrhéniens, qui, dans la suite, la cédèrent aux Carthaginois. Ceux-ci, à leur tour, durent la céder aux Romains, qui la possédèrent jusqu'à la chute de l'empire. Dans les siècles qui suivirent, elle fut d'abord envahie par les Goths, ensuite par les Sarrasins et les Maures d'Afrique. Délivrée de ceux-ci par Pepin, roi des Francs, elle fut donnée à l'Église. Au temps d'Étienne IV, entièrement purgée de barbares, elle fut possédée comme fief de l'Église par Hugo Colonna, et par les comtes de sa famille qui lui succédèrent. Mais les discordes et les troubles ayant exigé une autorité plus forte, elle fut donnée par Urbain II aux Pisans, à qui, après une longue et rude guerre, elle fut enlevée par les Génois, sous lesquels elle n'a cessé de s'agiter, jusqu'à ce que, cédant à l'ascendant supérieur de la grande nation, elle ait uni pour toujours ses destinées à celles de la France.

Les guerres continuelles dont l'île a été le théâtre, les moyens employés par les conquérants pour l'assujettir, les discordes, les haines, les inimitiés privées, l'abaissement des familles indigènes, la destruction fréquente des archives publiques, sont autant de causes qui expliquent la nuit qui enveloppe l'histoire de la Corse à toutes les époques. Nous essayerons cependant d'exprimer rapidement ses principales vicissitudes.

La Corse était connue chez les Grecs sous différents noms. La plupart des historiens, Hérodote en tête, lui donnent le nom de *Cyrnos;* Lycophron l'appelle *Kerneatis;* le Scholiaste de Callimaque, *Tyros;* Étienne de Byzance, *Cyrnos* et *Corsis.* On croit que c'est elle qu'Ovide désigne sous le nom de *Teraphne.* Cependant, les deux noms sous lesquels elle fut le plus communément désignée dans l'antiquité furent *Cyrnos,* chez les Grecs, et *Corsica,* chez les Latins. Sénèque la nomme de la sorte :

Corsica, quæ graio nomine Cyrnus eras, etc.

Des premiers temps de la Corse, nous ne savons rien avec certitude. A quelles tribus appartenaient ses premiers habitants? de quel rivage et dans quel temps s'y étaient-ils rendus? étaient-ils de la même race que les premières populations de la Sicile, de la Sardaigne et des îles Baléares? C'est sur quoi l'histoire se tait. Les hommes qui les premiers la peuplèrent y avaient été portés probablement des

[1] Parocco.
[2] Pievano.
[3] Il y avait cinq évêchés en Corse sous l'ancien régime, savoir : celui de Mariana (transféré à Bastia) celui d'Aleria ou Campolora, celui de San-Fiorenzo, celui de Calvi, et celui de Sagona (transféré à Ajaccio).

rivages de l'Italie, sur ces larges radeaux formés de troncs d'arbres réunis et sou-
tenus par des outres enflées de vent, sur lesquels des populations entières, dans
les temps antiques, proscrites ou cherchant fortune, s'abandonnaient aux flots, et
effectuaient d'aventureuses migrations vers des rivages inconnus. Mais personne
de nous ne dit quels étaient ces hommes. Hérodote et Strabon nous les peignent
seulement comme des hommes sauvages, violents, livrés à des habitudes de brigandage et à la piraterie, genre de vie auquel les conviait la nature même de leur île,
couverte au dedans de broussailles et de bois, pourvue sur ses bords d'anses, de
baies et de golfes formant des ports naturels, et comme défendue par les nombreux
promontoires qu'elle projette dans la mer.

Strabon observe de plus que ces peuples étaient doués de tant de force et de
vigueur, qu'ils combattaient corps à corps avec les bêtes fauves. Ce caractère d'intrépidité dans l'exercice de la piraterie et des rapines est encore de nos jours celui
des peuples barbares. Ce fut originairement le caractère des anciens peuples de la
Grèce, des Chaldéens, des Égyptiens et des Hébreux. L'intrépidité, au reste, n'est
pas le seul mérite des peuples qui vivent de brigandage. « L'esprit n'en est point
opposé à de certaines vertus morales, dit Montesquieu ; par exemple, l'hospitalité,
très-rare dans les pays de commerce, se trouve admirablement parmi les peuples
brigands. »

Lorsque les triumvirs romains se partagèrent l'empire du monde, la Corse échut à
César, des mains duquel elle passa à Sextus Pompée, fils du grand Pompée, avant de
tomber au pouvoir d'Auguste. Sous celui-ci et sous le règne de ses successeurs, des
préfets annuels gouvernèrent la Corse en leur nom. Peu d'événements marquèrent
cette période ; seulement l'île paraît avoir été alors un lieu d'exil. Sénèque y fut
relégué comme soupçonné d'être trop familier avec la veuve de Domitius, son bienfaiteur, Caligula régnant. Dans cet exil, Sénèque écrivit plusieurs ouvrages remarquables qu'il adressa à divers de ses amis (à Polybe, entre autres, et à sa mère Helvia), dans lesquels il se plaint vivement du climat barbare et des habitudes féroces
des hommes parmi lesquels on l'avait relégué ; il laisse surtout éclater ces plaintes
dans le huitième chapitre de son livre *de la Consolation*, dédié à Helvia, sa mère
bien-aimée.

Sénèque a placé en tête de ce livre deux épigrammes qui peignent la Corse sous
les plus sombres couleurs. La première lui est adressée sous forme d'apostrophe
(*ad Corsicam*) :

A LA CORSE.

« Corse, terre jadis habitée par le colon phocéen ; Corse, qui sous un nom grec
fus Cyrnos ; Corse, plus petite que la Sardaigne, plus étendue que l'Ilva[1] ; Corse,
percée de fleuves poissonneux ; Corse terrible quand s'allument les premiers feux
de l'été, plus cruelle lorsque le chien sauvage erre la gueule ouverte : épargne ceux

[1] L'île d'Elbe.

que l'exil a jetés ou plutôt inhumés dans ton sein : que ta terre soit légère aux cendres des vivants ! »

Dans la seconde, il est parlé de la Corse seulement à la troisième personne (*de Eadem*) :

SUR LA MÊME.

« La Corse barbare est enfermée dans des rochers escarpés, horrible et pleine de lieux déserts ; l'automne y est sans fruits, l'été n'y donne point de moissons, l'hiver y manque des dons de Pallas ; aucun printemps ne s'y couvre d'ombrages agréables ; nulle herbe ne croît sur ce sol malheureux ; point de pain, point de pures eaux ; rien de ce qui est le plus nécessaire à la vie : ici seules sont ces deux choses, l'exilé et l'exil. »

« Là, dit-il encore autre part, la première loi est de se venger, la seconde de voler pour vivre ; la troisième de mentir ; la quatrième de nier les dieux. »

> Lex prima ulcisci ; lex altera vivere furto ;
> Tertia mentiri ; quarta negare Deos.

Évidemment l'exil avait étreint un bandeau noir sur les yeux du philosophe hispano-romain, et c'est à travers ce bandeau qu'il voyait la Corse. — Pendant huit ans entiers Sénèque vécut là exilé, confabulant avec ses amis d'Italie pour charmer les ennuis d'une solitude que l'ambition et le regret de Rome paraissent lui avoir rendue si pesante. Il habitait dans la province du cap Corse une tour qui, de son séjour, reçut et conserve encore le nom de Tour de Sénèque (*Torre di Seneca*), et dont on voit les ruines sur une colline située presque au centre de la piève du même nom (*cantone di Seneca*). — On sait que la veuve de Domitius, remariée à l'empereur Claude, appela de l'exil et tira de l'armée Sénèque et Burrhus, pour leur confier l'éducation de son fils Néron, qu'elle s'était promis dès lors d'élever à l'empire. Sénèque quitta la Corse après un séjour de huit années révolues, au commencement de la neuvième [1].

Nous ne suivrons point l'histoire de la Corse sous les diverses dominations auxquelles elle fut soumise, pour en venir vite aux causes qui, dès le seizième siècle, la mirent en rapport direct avec la France, et préparèrent de loin sa soumission à celle-ci.

Henri II, roi de France, en guerre avec l'Empire, fut excité par un Corse nommé Sampiero di Bastelica [2], à faire la conquête de la Corse. Sampiero de Bastelica,

---

[1] On ne saurait s'en rapporter, sans doute, aux boutades d'un exilé ; mais on ne peut nier que *ulcisci* ne soit encore pour le Corse *prima lex*. La *Torre di Seneca* est située au sud du Monte degli Olmi, entre ce mont et le Monte delle Ventegiolle, à l'extrémité orientale de la commune de Pino, au nord du golfe d'Aliso, à l'est de Punta Minervio.

[2] Bastelica est une petite ville *di là dai monti*, dans le voisinage de Celavo et d'Ornano, de la juridiction d'Ajaccio.

par quelques-uns appelé Sampiero d'Ornano, parce qu'il avait épousé Annina (avec l'aspiration corse Vannina), fille et héritière de François, de la maison d'Ornano, famille très-ancienne et très-noble, était entré au service de France en 1540. François 1er l'avait fait colonel en 1542 pour sa belle conduite militaire. Il s'était distingué dans les troupes françaises en cette qualité, principalement en 1542, au siége de Perpignan, où il accompagnait le dauphin ; au siége de Landrecy, en 1545, et au combat de Vitry en Artois, en 1544. Sampiero promit à Henri II une facile expédition. Le roi s'y prépara. Il se lia avec la Porte Ottomane dans ce but. Il en obtint une flotte de soixante-quinze voiles. La guerre d'Italie l'avait déjà rendu maître du pays de Sienne ; il y recruta quatre mille hommes, et, avec ces forces réunies, il tenta la conquête de la Corse. Le vaillant Paul de Termes était le généralissime de l'armée franco-italienne ; il avait pour lieutenants deux Corses, Sampiero et Giordano Orsini. La bonne volonté des habitants de l'île seconda, comme l'avait promis Sampiero, l'expédition des Français, et en peu de temps toute l'île fut entre leurs mains, à l'exception de la ville de Calvi.

Les Français furent maîtres du pays pendant près de six ans ; mais, par un des articles du traité conclu le 5 avril 1559 entre Henri II et Philippe II, roi d'Espagne, à la suite de la bataille de Saint-Quentin, il fut stipulé que Sa Majesté Très-Chrétienne, en faveur de cette paix et pour le plus grand repos de la chrétienté, recevrait les Génois en sa bonne grâce et amitié, et leur restituerait toutes les places occupées par ses armes dans l'île de Corse, sous diverses conditions y stipulées.

Ce traité fut reçu en Corse par le cri : « *Salva la fede, piutosto il Turco* (Sauve la foi, plutôt le Turc !) » Énergique expression de la haine des Corses contre les Génois. Sampiero Corso, cependant, ne se tint pas pour battu. Il courut le monde dès cette année 1559, cherchant et suscitant partout des ennemis aux Génois ; il s'adressa successivement à Catherine de Médecis, à Antoine, roi de Navarre, au dey d'Alger, au padischa de Constantinople. Telle était sa fureur contre les oppresseurs de son pays, qu'il tua sur ces entrefaites sa femme Vannina, pour cela seul qu'il la soupçonna, non sans cause, il faut bien le dire, de vouloir traiter avec eux. Elle avait quitté la Corse dans son absence pour se retirer à Marseille avec ses deux fils, Alfonso et Anton' Francesco, encore en bas âge. De là elle se disposait à passer à Gênes, lorsque Sampiero, qui était alors à Alger, en fut averti. Il envoya à Marseille en toute hâte Antonio da San-Fiorenzo, un de ses plus fidèles amis. Celui-ci arriva à Marseille un soir assez tard, et, fatigué du voyage, remit au lendemain à aller voir Vannina. C'était justement le lendemain, de très-grand matin, que Vannina devait s'embarquer pour Gênes sur un vaisseau français. Quand il la chercha, elle était partie. Antoine l'apprit à son grand déplaisir ; mais il n'y avait guère que quelques heures qu'elle avait mis à la voile. Il courut au port, et trouva d'aventure un autre bâtiment français prêt à lever l'ancre pour la même destination. Il s'y embarqua avec ses seules armes et de l'or, cachant au capitaine la cause de son voyage. Le hasard fit que le bâtiment sur lequel il était, plus fin voilier, ou ayant pris une meilleure route, atteignit, à la distance à peu près de cent cinquante milles en mer, celui sur lequel étaient Vannina et ses enfants.

Antonio da San-Fiorenzo gagna le capitaine de son navire, et ne perdit plus de vue celui qui portait la femme de Sampiero. Celle-ci cependant, mais surtout son confesseur et le père Michel' Agnolo Ombrone, qui l'avaient poussée, à l'instigation des Génois, à ce malencontreux voyage, voyant ce navire toujours derrière eux, et qui les suivait comme leur ombre, s'alarmèrent et se firent débarquer à Antibes. Antonio s'y fit débarquer après eux, avertit l'autorité militaire, fit arrêter la malheureuse Vannina et la ramena lui-même par terre à Aix pour y attendre les ordres de son mari. Sampiero s'était hâté de quitter Alger, et il venait d'arriver à Marseille ; il accourut à Aix. A Alger, un Corse nommé Pier Giovanni l'avait rempli de soupçons jaloux en lui disant qu'il ne s'étonnait pas du projet de Vannina, s'étant depuis longtemps aperçu qu'elle lui était infidèle ; Sampiero avait fait, il est vrai, justice immédiate du propos en tranchant de sa main la tête à Pier Giavanni. Mais il n'en était pas moins resté en proie à de sombres desseins. La fuite de Vannina, la cause qui lui avait fait rechercher le séjour de Gênes, l'avaient exaspéré. Il ramena Vannina d'Aix à Marseille, où il l'étrangla de ses propres mains. On dit que Vannina, au moment où elle vit qu'elle n'échapperait pas à la fureur de son mari, se jeta à ses genoux, et le pria de lui donner au moins cette joie, avant de mourir, de l'appeler encore une fois sa dame et sa souveraine. Sampiero le fit, mais il n'en acheva pas moins le tragique sacrifice. Les sénérissimes seigneurs génois pouvaient s'applaudir : ils avaient provoqué l'acte, et mis ce souvenir poignant dans la vie de leur plus irréconciliable ennemi [1].

Sampiero, ayant inutilement sollicité partout des secours, résolut, à quelque temps de là, de délivrer seul son pays. Il rentra dans l'île le 10 juin 1564, accompagné de vingt-huit officiers français. La nation corse salua son retour d'unanimes acclamations, et l'élut sur-le-champ pour son général ; en peu de temps presque toute la population de l'île s'unit à lui et réduisit les Génois à un état misérable. La république de Gênes fit diverses expéditions dans l'île, mais elle fut battue dans toutes. A l'arrivée cependant du vieux Andréa Doria et de quelques troupes espagnoles, ses affaires reprirent vigueur. Doria attaqua les troupes corses au moment où celles-ci, extrêmement affaiblies, attendaient des secours de France. Sampiero, malgré tout, soutenait dignement sa levée de boucliers, lorsqu'il fut tué par un de ses propres serviteurs, appelé Vittolo, le 17 janvier 1567. Il avait, dans les premiers jours du mois, envoyé au delà des monts deux nouveaux généraux, Federigo d'Istria et Anton' Guglielmo Bozi. Lui-même s'y portait de sa personne avec Andréa Gentili di Brando, un de ses meilleurs officiers, lorsqu'au passage de Cauro, il fut attaqué par le Génois Raffaele Giustiniani, à la tête d'un détachement de cavalerie. Sampiero se défendit ; mais Vittolo l'avait vendu, et avait promis de le livrer aux Génois, dans cette rencontre. Deux Corses d'une famille d'Ornano rivale de la sienne étaient avec

---

[1] « Vannina était partie sans la permission de son mari, disent en Corse les gens du peuple : Sampiero a bien fait de lui tordre le cou. »

Giustiniani. Giovan' Antonio d'Ornano s'étant précipité sur lui, Sampiero essaya en vain de faire partir son arquebuse ; elle ne prit pas feu. On sut depuis que Vittolo, qui l'avait chargée, avait mis exprès la balle avant la poudre. Sampiero blessa cependant Giovan' Antonio à la gorge d'un coup d'estoc ; mais quelque désordre s'était déjà mis dans ses rangs, et, au moment où il animait les siens, et se préparait lui-même à charger les Génois, il tomba frappé dans les épaules d'un cou d'arquebuse que lui déchargea Vittolo par derrière, presque à bout portant.

Les trois frères Michel' Angelo, Giovan' Antonio et Francesco survinrent en ce moment, et lui coupèrent la tête, qu'ils portèrent en triomphe à Ajaccio au commissaire de la république, Francesco Fornari, qui y figurait pendant que son collègue Pietro Vivaldi siégeait à Bastia. Vittolo suivit les Génois de Cauro à Ajaccio, et alla recevoir à Gênes le prix de sa trahison [1]. — Alfonso Ornano, l'aîné des fils de Sampiero, quoique de la première jeunesse encore (il n'avait que dix-huit ans), se mit à la tête des affaires de la nation, et donna pendant six à sept ans les mêmes occupations que son père à la république. Mais à la fin, par la médiation du pape Pie V et de Girolamo Leoni, évêque de Sagona, envoyé à cet effet à Bastia, Alfonso fut amené en 1569 à abandonner la cause de l'indépendance et se retira en France avec ses partisans. — Les divers mouvements des Corses pour se soustraire à la domination génoise avaient duré environ dix-sept ans.

Sampiero, le héros et l'âme de l'insurrection durant ces dix-sept années, était un homme d'un grand courage, d'une bravoure et d'une constance éprouvées. De Thou l'appelle *vir bello impiger et animo invictus*. Sa mémoire est restée vivante et chère aux Corses. En revanche, ils ont en exécration celle de son assassin Vittolo [2]. Sampiero fut la souche des Ornano de France. Alfonso, son fils aîné, prit le nom de sa mère, suivant un usage assez commun en Corse ; il entra au service de Charles IX en 1570. Henri IV le nomma maréchal de France le 6 septembre 1595, et lui donna, quatre ans après, la lieutenance générale du gouvernement de Guyenne. Il mourut à Paris, le 21 janvier 1610, quelques mois avant l'assassinat du roi. Il avait eu plusieurs enfants, dont l'aîné, Jean-Baptiste d'Ornano, fut fait aussi maréchal de France sous Louis XIII, en 1626, et mourut le 4 octobre de la même année sans laisser de postérité.

La Corse demeura aux mains des Génois, à son corps défendant et rongeant son frein, de cette époque jusqu'en 1725, pendant l'espace de plus de cent cinquante ans. Mais, en cette année, la tyrannie de Gênes leur étant devenue insupportable, les Corses se soulevèrent. — L'île était ruinée, dit un historien ; n'importe, les Génois exigeaient d'elle des contributions excessives. Les Corses étaient de temps immémorial dans l'usage de faire eux-mêmes le sel nécessaire à leur consommation ; le *Stagno di Diana,* où il s'en forme de soi par la seule action du soleil, fut mis en ferme réglée ; Gênes s'empara de ce monopole : elle établit une gabelle où les Corses étaient tenus d'aller prendre leur sel au prix fixé. On exigeait d'eux qu'ils

---

[1] Voyez Filippini, l. IX, p. 487 et suiv.

[2] En dialecte corse, *Vittolo.* — Depuis ce temps on appelle, en Corse, *vittuli* tous les traîtres.

n'exportassent leurs produits que dans les ports de Gênes, où ils étaient réduits à les vendre à vil prix. Dans une famine, on leur enleva tous leurs blés pour Gênes, et on les abandonna eux-mêmes aux angoisses de la faim. La justice n'était pas mieux administrée. Les juges génois les condamnaient ou les acquittaient sans appel et suivant leur bon plaisir, *ex informata conscientia*. On condamnait aux galères sur les plus légers prétextes; le juge, pouvant remettre les peines, faisait trafic de ce pouvoir. Si les Corses adressaient leurs réclamations au sénat, il était convenu d'avance que c'était un peuple indomptable, indigne qu'on écoutât ses plaintes. La politique génoise ne faisait aucun effort pour diminuer le nombre des assassinats, le fisc s'enrichissant des procédures criminelles. La loi d'ailleurs ordonnant la confiscation des biens de l'assassin, chaque meurtre était une source nouvelle de richesses pour les coffres de la république [1]...

Les griefs étaient profonds, la mesure comblée. Les prêtres couraient les campagnes, excitant le peuple à s'armer; ils prenaient pour texte de leurs sermons le mot du dernier des Machabées : *Qui non habet gladium, vendat tunicam suam.* Les habitants des pièves d'au delà des monts chassèrent les premiers les autorités génoises. L'insurrection fut générale en 1726. Les Corses s'armèrent de toutes parts, se donnèrent des chefs et commencèrent cette guerre qui s'est continuée jusqu'à la cession définitive de l'île à la France. Les Génois appelèrent d'abord à leur secours l'empereur Charles VI, qui leur envoya des troupes et des généraux. Vaincus, les Corses se virent privés de leurs chefs Andréa Ceccaldi, Luigi Giafferi et Domenico Raffaeli. On les conduisit prisonniers à Gênes, où ils n'obtinrent que difficilement du sénat leur liberté garantie cependant par le général vainqueur.

Les troupes impériales avaient évacué l'île le 5 juin 1733. Elles étaient à peine parties que les commissaires génois recommencèrent à gouverner avec la même violence et la même injustice qui avaient motivé la première insurrection. Les mêmes causes produisirent les mêmes effets ; six mois ne s'étaient pas écoulés que de nouvelles séditions éclatèrent. On était au commencement de 1734. Les habitants de la piève d'Orezza commencèrent les premiers. Ils ne tardèrent pas à être suivis par plus des deux tiers des autres pièves, tant en deçà qu'au delà des monts. Giovan' Giacomo Castinetto, homme puissant et accrédité dans le district du cap Corse, se mit à la tête de ceux de son pays. Ginastro, Gentili, Ornano, Maldini et plusieurs autres furent déclarés chefs des insurgés, chacun dans son district. Jusque-là il n'avait pas été question, de la part des Corses, de se gouverner eux-mêmes : ils avaient bien témoigné mille fois de leur haine pour la domination génoise; ils avaient paru désirer ardemment que quelque autre puissance voulût les délivrer de ce joug ; mais ils n'avaient pas encore brûlé leurs vaisseaux, lorsqu'au commencement de 1735 les principaux chefs résolurent d'opposer république à république, et formèrent le dessein d'établir dans l'île une espèce de gouvernement aristo-démocratique, sous la protection directe de l'Immaculée Conception de la Vierge Marie. On convo-

---

[1] On compta, au commencement du siècle dernier, en Corse, dix-sept cents assassinats dans l'espace de deux années.

qua à cet effet une assemblée générale des pièves de l'une et de l'autre partie de
l'île. Chaque communauté y envoya un député, et tous ensemble convinrent des
nouvelles lois suivant lesquelles le royaume et république de Corse serait gouverné
à l'avenir. Andréa Ceccaldi, Giacinto Paoli et don Luigi Giafferi furent élus primats
du royaume et décorés du titre d'altesses royales. L'acte fut proclamé le 30 janvier
1755, à Corte [1].

Le 17 mars, les lois et statuts des Génois furent brûlés devant le peuple assemblé
sur la place publique de Corte. Les écussons portant la croix de Gênes, avec la men-
songère inscription : *Libertas,* furent partout martelés. On en découvre encore
quelques vestiges sur les tours ou maisons carrées de quelques *luoghi.* Les commissaires de la république se virent repoussés de partout. Pendant deux ans les chefs
corses soutinrent la lutte avec vigueur; et rien n'annonçait que Gênes pût réduire
la Corse par ses seules forces, lorsque, pensant élever sans doute plus haut leur
pays et le mieux mettre en état de se suffire à lui-même, les Corses étonnèrent l'Europe en se donnant un roi. Ils choisirent un baron westphalien, que quelques-uns
des principaux chefs nationaux avaient connu à Gênes peu auparavant. Ce baron,
dont la vie avait été, à ce qu'il paraît, assez orageuse, se nommait Théodore-An-
toine de Neukhoff ou de New-Hoffen; il était du comté de la Marck dans le cercle de
Westphalie. Se trouvant à Gênes en 1752, il s'était lié avec plusieurs Corses de distinction. C'était un aventurier de belles et attrayantes manières, d'un agréable
abord, s'exprimant bien en italien, et doué d'une vivacité singulière. Il fit sur eux
une vive impression. L'idée leur vint de le proposer pour roi à leurs compatriotes.
Voyant en lui un homme hardi, entreprenant, ambitieux et résolu, très-capable de
risquer sa vie, seul bien à peu près que lui eût laissé la fortune, au service de son
ambition, ils le jugèrent merveilleusement propre à assurer l'indépendance de la
Corse, et l'on convint de l'élever à la royauté. Les notables des villes principales préparèrent les esprits et toutes choses en conséquence. Le comte Domenico Rivarola,
qui, comme l'abbé Orticoni, était l'agent de la junte corse en Toscane, prit une
assez grande part à ces préliminaires. Théodore, après avoir tenu plusieurs conférences à Livourne avec Orticoni, Rivarola, et quelques autres notables corses, passa
à Tunis, muni de lettres de recommandation pour le consul d'Angleterre. Ce n'était
pas à l'aventure que Théodore avait choisi Tunis pour concerter son expédition ; il
avait ses vues, et des vues que le succès justifia, sur le bey de cette régence. Il
en obtint diverses audiences intimes, et là encore son éloquence eut un plein succès; il exposa au bey et à son conseil tous les avantages que le gouvernement de
Tunis pourrait tirer d'une alliance avec la Corse, où la voix des chefs nationaux
l'appelait, lui Théodore, à exercer la puissance royale, et fit si bien, que la régence
consentit à lui fournir un secours considérable, consistant en dix pièces de canon,
quatre mille fusils, 10,000 sequins marqués, plus une certaine somme de demi-
sequins et de quarts de sequins de Barbarie ; trois mille paires de souliers, sept cents

---

[1] Rien de plus curieux que les vingt-deux articles de cette constitution, que l'on peut voir tout au long
dans Giovachino Gambiagi, t. III, p. 71 et suiv.

sacs de blé, et une assez grande quantité de munitions de bouche et de guerre ; le tout pouvant s'élever à la somme d'un peu plus d'un million d'écus.

Théodore aborda, le 12 de mars 1736, au port d'Aleria, sous pavillon britannique, vêtu d'un long habit écarlate doublé de fourrures, couvert d'une vaste perruque, d'un chapeau retroussé à larges bords, portant au côté une longue épée à l'espagnole, et à la main une canne à bec de corbin, en guise de sceptre. Les Corses le reçurent comme un libérateur, et Théodore fut élu et proclamé roi dans un congrès de la nation, assemblé à cet effet, le 15 avril suivant, à Alessani. A cette occasion fut promulguée une nouvelle charte constitutive de la Corse, délibérée et votée par ses représentants, et que le nouveau roi jura solennellement d'observer [1].

Théodore entra aussitôt en campagne et eut d'abord assez de succès, malgré tous les efforts de Gênes, qui l'injuria et le fit calomnier à beaux deniers comptants par toute l'Europe. Pour inspirer plus de respect, Théodore s'entoura d'une cour, créa une noblesse, et fit battre monnaie en son nom. Il fit battre peu de pièces en or et en argent, mais en revanche beaucoup en cuivre ; les vieilles chaudières et les marmites des habitants des pièves de Sartène et d'Alessani furent mises, dit-on, en réquisition pour cela. Sur la face était un écu entouré de palmes et surmonté d'une couronne royale aux lettres T. R. (*Theodorus rex*). Au revers on lisait : *Pro bono publico Re. Co.* (*Regni Corsicæ*). Quelques-unes portaient : *Pro bono et libertate*. La fantaisie d'avoir de ces monnaies fut si vive en Europe, que le petit nombre de celles en or et en argent furent vendues jusqu'à quatre et cinq sequins pièce. A Naples, il en fut fait quelques imitations, que les faussaires, profitant de la mode, vendirent à haut prix. L'irritation des Génois naturellement s'en accrut. Ils interprétèrent le T. R. des monnaies corses par *tutto rame*, ou bien par *tutti ribelli*. Théodore cependant traitait avec Gênes en roi qui entend être pris au sérieux. Ses dépêches à la république portaient en tête : « Théodore Ier, roi de Corse, au doge et au sénat de Gênes, salut et patience. » Elles étaient datées de son camp devant Bastia [2].

Cependant la royauté de Théodore ne put tenir bon en Corse ; il sentit, l'année même qu'il en prit possession, que le nerf de la guerre lui manquait, et résolut d'aller intéresser à sa fortune royale quelques juifs hollandais de ses amis. Il quitta en effet la Corse cette année-là même, et n'y put plus rentrer, malgré les secours considérables en argent qu'il trouva en Hollande, où les juifs en question lui prêtèrent 6,000,000 de francs. De retour en Italie, au moment où il allait mettre à la voile pour la Corse, il fut arrêté à Naples, s'en échappa, se réfugia à Londres, et y mourut au mois de décembre 1746, après avoir été tiré d'une prison pour dettes

---

[1] L'acte d'élection et de proclamation du roi Théodore n'est pas moins curieux que la pièce que nous avons mentionnée ci-devant, mais tiendrait trop de place ici. On peut le voir aussi dans Cambiagi, t. III....

[2] TEODORO I, re di Corsica, al doge e al senato di Genova, salute e pazienza. — Di nostro campo innanzi Bastia. — On peut voir les différents actes rendus par le roi Théodore en Corse, dans Cambiagi, t. III, entre autres celui par lequel il institue un ordre de noblesse et de chevalerie, p. 109, et l'ordonnance qui règle le mode de gouvernement du royaume en son absence (*per lo governo del suo regno in sua lontananza*), p. 119. — Cette dernière pièce est datée de Sartène, 10 novembre 1736.

où ses créanciers l'avaient fait jeter, par les soins d'Horace Walpole, au moyen, dit-on, d'une souscription qu'il fit remplir en sa faveur. Théodore n'avait joui effectivement de sa royauté, sur les lieux, qu'un peu plus de six mois. On l'enterra dans l'église de Sainte-Anne, à Westminster, et l'on grava sur son tombeau ces deux vers :

Fate pour'd its lesson on his living head :
Bestow'd a kingdom, and deni'd him bread.

« Le destin fit peser ses leçons sur sa tête tandis qu'il vécut : il lui donna un royaume, et lui refusa du pain [1]. »

Cependant la guerre de l'indépendance corse contre les Génois était soutenue par les chefs nationaux, malgré toutes les traverses. Elle s'était compliquée, dès 1757, de l'intervention de la France. Le 12 juillet de cette année, en effet, avait été signé, à Versailles, un traité par lequel Louis XV s'engageait à réduire les Corses à l'obéissance. Un corps de troupes de trois mille hommes se disposa à passer en Corse à cet effet, sous le commandement du comte de Boissieux.... Les Corses s'affligèrent vivement de cette intervention. Leurs sympathies pour les Français s'étaient manifestées dès le temps de Sampiero. Ils adressèrent au roi de France un mémoire d'une éloquence mâle, fière et agreste, et qui les peint bien, où ils exposaient d'une manière énergique leur misère et la tyrannie des Génois.

« Sire, abandonner sans réserve notre sort à la libre et entière disposition de Votre Majesté, disaient-ils dans ce mémoire, c'est le plus cher et le plus ardent de nos désirs ; mais, s'il nous faut résoudre à baisser de nouveau la tête sous le joug des sérénissimes seigneurs génois, c'est la plus cruelle de toutes les tortures que puissent éprouver et la raison et la volonté d'autant que nous sommes. *Durus est hic sermo, et quis potest illum audire?*

« Pardonnez-nous, Sire, de ne pouvoir, sans de si tristes plaintes, marcher au sacrifice ; mais si vos ordres souverains nous obligent absolument de nous soumettre aux seigneurs génois, allons, buvons, à la santé du très-chrétien et très-invincible Louis, ce calice amer, et mourons. Les armes de la France pourraient-elles nous livrer à une mort plus cruelle que le joug des Génois? »

C'était encore le *salva la fede, piutosto il Turco*. C'était dire aussi au roi de France : Nous vous combattrons à regret, mais nous vous combattrons.

« Ce mémoire, dit un historien, était accompagné d'un projet d'accommodement,

[1] Voltaire, dans *Candide*, a placé le roi Théodore parmi les six rois détrônés avec lesquels Candide et Martin soupèrent à Venise. — Il restait un sixième monarque à parler. Messieurs, dit-il, je ne suis pas si grand seigneur que vous ; mais enfin j'ai été roi tout comme un autre, je suis Théodore. On m'a élu roi en Corse, on m'a appelé *votre majesté*, et à présent à peine m'appelle-t-on *monsieur*. J'ai fait frapper de la monnaie, et je ne possède pas un denier ; j'ai eu deux secrétaires d'état, et j'ai à peine un valet. Je me suis vu sur un trône, et j'ai longtemps été à Londres en prison sur la paille ; j'ai bien peur d'être traité de même ici, quoique je sois venu comme vos majestés passer le carnaval à Venise (*Candide*, c. XXVI). — Le nom du roi Théodore est resté vivant dans la mémoire des Corses, et les gens du peuple y disent souvent : *Al tempu del re Tiudoru*, à peu près comme on dit en Espagne : *En el tiempo de la reyna Maricastaña.*

qu'ils suppliaient le roi de vouloir bien ratifier. La cour en trouva les conditions trop fières pour un peuple tel que les Corses ; on en fit rédiger un dont les dispositions paraissaient assez justes ; mais il exigeait préalablement que les Corses livrassent leurs armes, et ils refusèrent de s'y soumettre. Ainsi la guerre commença avec tout le fanatisme d'une nation désespérée... »

La guerre commença sous les plus sanglants auspices. Un corps de quatre cents Français fut surpris et égorgé à Borgo, dans la piève de Mariana. Le comte de Boissieux fut réduit à s'enfermer dans Bastia. Boissieux en mourut, dit-on, de chagrin, au commencement de 1739. Il fut remplacé par le maréchal de Maillebois, qui soumit l'île dans l'année même. Giafferi et Hyacinthe Paoli, les chefs des Corses, la quittèrent, et se réfugièrent à Naples. Cependant de nouveaux troubles éclatèrent dès 1740, sitôt après le départ des Français. L'incompatibilité d'humeur des Génois et des Corses était constatée. Les circonstances de la guerre qui suivit ce nouveau soulèvement ne sauraient être rapportées ici. Il nous suffira de dire que, de cette année 1740 jusqu'à l'arrivée dans l'île de M. de Marbœuf, en 1764, les Corses ne cessèrent de protester dignement, les armes à la main, contre la domination de Gênes, sous des chefs nationaux élus dans leurs assemblées populaires. Le nouveau commandant français, M. de Marbœuf, se distingua en Corse par un mélange de douceur et de fermeté qui l'y fit redouter et aimer à la fois des habitants, et y commanda en chef jusqu'en 1768, année fameuse dans les fastes de l'île, par le traité de cession conclu à Versailles, sous le ministère de M. de Choiseul. M. de Marbœuf en reçut la nouvelle au mois de juillet 1768 ; mais les Corses ne se soumirent point d'abord aux dispositions de ce traité. M. de Chauvelin, envoyé dans l'île en cette même année pour en négocier la soumission, irrita les Corses en affectant un mépris insultant pour leur chef. Paoli se prépara à la guerre, et publia une proclamation digne d'un compatriote de Bonaparte : « Unissons nos efforts, disait-il, afin que les Français ne puissent envahir notre pays, et nous traiter ensuite comme un troupeau de bêtes qu'on a vendues au marché. La justice de notre cause est connue de tout l'univers. Dieu a protégé nos armes durant quarante années. Tout acte injuste est étranger au cœur de Louis XV ; le sort que nous subissons ne peut être que le fruit des intrigues de nos ennemis. Nous ordonnons à tout le peuple d'être en armes et toujours prêt à marcher au premier commandement. »

Chauvelin commença les hostilités. Les Corses tinrent bon dans le premier moment. Il voulut forcer les défilés ; les Corses le repoussèrent avec perte. Quelques-uns de ses meilleurs officiers furent tués dans les premières rencontres. Le comte de Marbœuf lui-même reçut un coup de fusil à l'épaule. Le comte de Vaux remplaça Chauvelin ; il avait servi sous Maillebois ; il était habile et entreprenant, et se trouvait à la tête d'une armée de vingt-deux mille hommes. Il mena vivement la guerre. Les Corses s'y comportèrent bravement ; mais ils eurent le dessous, et leur généralissime Paoli, à qui le général français avait enlevé successivement toutes ses positions, fut contraint de capituler. Le comte de Vaux avait commencé ses opérations au mois d'avril ; au mois de juin tout était terminé ; c'est de ce moment que la Corse appartient à la France. — En cette même année 1769, le 15 d'août, naissait dans une simple

maison d'Ajaccio le futur dominateur de la France et de l'Europe, Napoléone
Buonaparte, fils de Carlo Buonaparte, l'un des braves qui avaient combattu, sous la
bannière de Paoli, pour la cause de la liberté. — Pasquale Paoli, son frère Clemente
et quelques-uns de leurs partisans s'embarquèrent à Porto-Vecchio sur un bâtiment
anglais qui les conduisit à Livourne, d'où Pascal se retira à Londres. La guerre
de l'indépendance corse n'avait pas duré moins de quarante-quatre années, depuis
le premier soulèvement de la piève d'Orezza jusqu'au départ de Paoli, de 1725 à
1769.

Ce fut une période remarquable dans l'histoire de la patrie de Napoléon, que celle
de ces quarante-quatre années. Dans les vicissitudes de guerre et de négociations
qui la marquèrent, s'illustrèrent particulièrement les Paoli (Giacinto et Pasquale),
les Giafferi, les Matra, les Gafforio. Comme Sampiero Corso, ce dernier périt
assassiné [1]. Gafforio était un médecin, mais qui, comme le Calabrais Giovanni di
Procida, avait toutes les qualités d'un général et d'un chef politique. Son dévouement égalait son courage. Gafforio était de Corte. Corte ayant été pris par les
Génois, Gafforio les y attaqua; il avait un enfant fort jeune, que les Génois avaient
fait prisonnier avec sa nourrice. Ils voulurent tirer parti de cet enfant et l'attachèrent,
au moment où le général corse se disposait à leur livrer l'assaut, à la partie des palissades la plus exposée. Les soldats corses n'osaient faire feu; mais Gafforio, renou-
velant le trait d'Alfonse Perez de Guzman, surnommé le Bon, au siége de Tarifa,
ordonna de continuer l'attaque : par un bonheur singulier, le fort de Corte fut
emporté et l'enfant détaché sain et sauf des palissades. Cet enfant fut ensuite
colonel du régiment provincial de Corse, et maréchal de camp. — La famille Gafforio n'a jamais fait recrépir la façade de sa maison qui porte encore les marques
de ce siége fameux; elle est criblée de coups de fusil et d'espingole.

La conduite de Pascal Paoli, dans toute cette guerre, fut celle d'un patriote et d'un
homme de bien. On trouve en lui plus d'un trait du caractère mâle et simple de
Washington. Appelé, en 1755, par la nation qui venait de témoigner de sa résolution de ne point céder aux Génois par tant d'années d'une guerre vive et bravement soutenue et qui lui avait coûté des flots de sang, à exercer sur elle les pouvoirs de généralissime ou de suprême condottiere, comme l'appellent les écrivains
nationaux (*avendo eletto Paoli per supremo di lei condottiere*), Paoli commanda
les armées, présida les assemblées et les juntes de la Corse avec une habileté digne,
non d'une meilleure cause, mais d'un meilleur sort. Il y aurait beaucoup à dire
sur cet homme qui ne fit jamais, dans le long exercice d'une puissance d'autant
plus légitime qu'elle lui était conférée par le libre suffrage de ses compatriotes, que
ce qu'il crut pouvoir contribuer ou tourner au profit de la cause commune, et
comme citoyen et comme soldat. Paoli, après avoir combattu avec des succès
divers, et montré un égal courage dans la bonne et la mauvaise fortune, voyant que

[1] Le 3 octobre 1755. On donna à l'assassin le sobriquet de Bis-Caïn (*Bis-Caino*). Ses descendants portent
encore aujourd'hui le nom de *Biscaini*. L'assassin reçut, selon l'usage, un emploi de la république de
Gènes.

les forces de la France, à qui la république de Gênes avait transféré tous ses droits sur la Corse, l'emportaient dans son pays, préféra le quitter que d'y vivre sous un autre gouvernement que celui qu'il avait essayé d'y établir, et il alla vivre chez un peuple qui avait ses sympathies, à tort ou à raison, pour avoir favorisé plus d'une fois les projets des patriotes corses contre ceux des puissances qui tentaient de s'emparer de leur pays. Paoli se réfugia en Angleterre, où il est mort, après avoir tenté de faire passer la Corse sous l'égide de la liberté ou de la domination anglaise. Que d'autres jugent sévèrement le patriote Paoli ; pour nous, nous le comprenons à notre manière, qu'il serait trop long d'expliquer ici, et nous n'avons que des paroles d'éloges pour ses pures intentions en tout ce qu'il a essayé de faire pour son pays, heureusement ou non, aux diverses époques de sa vie.

Dans tout ce qui précède, on voit les Corses jaloux de leur liberté jusqu'à la rage, rebelles à tous les jougs qu'on a voulu leur imposer, *et jugum ferre pariter dolosi*. Mais, par ce côté, ils ressemblent plus ou moins à tous les peuples qui ont énergiquement résisté à l'oppression étrangère. Des mœurs particulières, cependant, les distinguent entre tous les autres. Ces mœurs se sont surtout conservées dans la classe qui habite les campagnes, et plus particulièrement les montagnes du centre de l'île. Je trouve dans des notes, dès longtemps et sur les lieux recueillies, un fidèle portrait de cette partie des habitants de la Corse, composée presque entièrement de bergers et de laboureurs. L'habitant d'Ajaccio et de Bastia n'a presque plus aucun de ces traits de mœurs ; car le temps et les progrès intellectuels ont donné aux villes de la Corse la même physionomie qu'à celles du continent. Le citadin corse était un Italien passionné, au langage véhément, mais un Italien, au dernier siècle ; c'est maintenant un Français, à quelques habitudes locales près, qui le distinguent à peine de vous ou de moi. Mais suivez les chemins mal frayés qui mènent des villes de la côte aux pièves de l'intérieur, quel contraste frappant ! Voyez ces costumes pittoresques et à demi sauvages ; voyez ces figures hâlées que le soleil a brunies, quelquefois d'un jaune pâle-verdâtre ; ces hommes robustes, mais petits, avec des cheveux crépus d'un noir éclatant, un nez d'aigle, les lèvres minces et serrées, les yeux grands et vifs, la mine fière et haute, farouche et sombre bien souvent ; ces hommes barbus, *pinsuti*, comme on les appelle du bonnet pointu qu'ils portent sur la tête (*bareta pinsuta*), le fusil sous le bras, la cartouchière à la ceinture, le pistolet au côté : ce sont des bergers et des montagnards corses. Voici ce qu'en disent les notes dont je vous ai parlé plus haut, dont la place est toute marquée dans cette caractérisation du Corse indigène, et que je transcris, ou à peu près, tant elles se trouvent être exactes encore en ce moment.

Les bergers, ou plutôt les pâtres corses, sont un peuple de nomades dispersés sur la surface de l'île sans autre but que d'exister, sans autre règle que leurs convenances. Les uns sont propriétaires de leurs troupeaux, les autres n'en sont que dépositaires, à la charge de tenir compte au maître de la moitié du profit ; condition qui a pour toute garantie la conscience du pâtre. Ils errent l'été sur les montagnes, l'hiver dans les plaines et les vallons ; tantôt seuls, tantôt plusieurs ensemble, mais toujours suivis de leurs familles. Ils construisent des cabanes, les aban-

donnent pour en construire d'autres, sèment quelquefois un peu de blé ou d'orge
à l'endroit où ils se trouvent, mangent des châtaignes et du gibier, boivent du lait,
fabriquent des fromages qu'ils envoient vendre dans les villes. On pourrait les comparer aux Bédouins ou aux Tartares, s'ils avaient des chefs et formaient des tribus
un peu considérables; mais chacun d'eux ne reconnaît pour supérieur que la coutume et sa volonté.

Dans les forêts résineuses, avant ces derniers temps, les pâtres, dans leurs promenades vagabondes, nourrissaient leurs troupeaux avec les rejets tendres des
jeunes pins, qui, n'ayant pas encore le degré d'amertume qu'ils prennent en grandissant, sont pour les ruminants une nourriture attrayante. Ce qui échappait à leur
dent meurtrière, ils l'écrasaient avec leurs pieds; et leurs conducteurs, animés
d'un esprit de dévastation, et toujours munis d'une hache qu'ils portaient à la
ceinture, coupaient les jeunes baliveaux, afin de se procurer des rejets plus tendres
pour l'année suivante.

Lorsque le pâtre corse voulait éclairer sa cabane, il attaquait le plus bel arbre
pour se procurer un morceau de bois résineux; s'il voulait se chauffer, il mettait
le feu au pied d'un mélèze de vingt toises de haut; s'il avait besoin d'un peu d'argent, il choisissait entre les jeunes plants, coupait les plus beaux, et allait les vendre,
ou à des gens qui avaient à refaire un plancher, ou à d'autres qui font trafic de
cette marchandise avec des patrons de barque. Au temps de la séve, il dépouillait les jeunes pins de leur écorce, et la vendait aux pêcheurs pour teindre leurs
filets. Sa manière de fabriquer le goudron n'était pas moins barbare : il faisait
des entailles à des arbres vivants, et mettait le feu au pied, pour accélérer l'écou-
lement de la résine.

Telles étaient les mœurs des sauvages habitants des pièves avant que la civilisation française y eût apporté quelques modifications; telles sont encore celles des
pâtres de l'Aragon et de l'Estramadure, de la Sardaigne et de la Calabre. On dirait
des hommes d'une même race, que rien ne peut détourner de vivre comme vivaient
leurs aïeux.

La civilisation française, disons-nous, a modifié, mais non changé les mœurs
du paysan et du pâtre corses. Tandis que dans les villes le Corse a toutes les manières du Français ou de l'Italien civilisé, et ne se distingue du Parisien ou de
l'habitant de la Touraine que par quelque accent italien que l'éducation continentale efface même chez plusieurs, le paysan et le pâtre corses, fidèles à la tradition, rejettent avec obstination les idées françaises, les nouveaux usages, et jusqu'aux procédés perfectionnés de l'industrie. A quiconque veut introduire quelque
amélioration dans leur agriculture, par exemple dans la fabrication des étoffes
qu'ils tissent eux-mêmes, ils répondent : *Ce n'est pas la coutume.* Ce mot dit tout,
et ferme la porte à toute amélioration.

Ainsi, encore aujourd'hui, pour obtenir une bonne récolte aux moindres frais
possibles, le laboureur corse, usant d'un procédé tout primitif, met le feu à ces sortes
de forêts naines qu'on appelle des *maquis.* Dans l'origine, le maquis était une forêt
vierge; pour s'épargner la peine de l'abattre et d'y faire place nette pour l'agricul-

ture, à une époque qui se perd dans la nuit des temps, quelqu'un s'avisa de consumer par le feu une certaine étendue de bois. La terre, fertilisée par les cendres, se prêta d'elle-même à la culture, et se couvrit d'une riche moisson. La récolte levée, il abandonna le fonds pour passer à un autre, suivant l'usage des nomades ; mais, comme l'homme primitif n'avait pas enlevé les cépons et les racines qui avaient résisté à l'action du feu, ces cépons et ces racines repoussèrent bientôt ; des cépées épaisses s'élevèrent et formèrent des taillis fourrés et touffus qui, en peu de temps, acquirent une hauteur de deux ou trois mètres. Les bois de l'île une fois consumés de la sorte de place en place, le laboureur nomade revint aux terrains abandonnés, où, dans l'intervalle, avaient repoussé pêle-mêle toutes les espèces qui naguère composaient la forêt, et il les soumit à la même opération. Cela s'est pratiqué ainsi de père en fils jusqu'à nos jours, malgré toutes les défenses. Aussi le maquis joue-t-il encore un grand rôle chez les Corses. C'est la patrie, ou mieux le patrimoine des bergers, le refuge des bandits, la citadelle d'où ils traitent à coups de fusil, de puissance à puissance, avec les collets jaunes (c'est le nom que les montagnards donnent aux voltigeurs corses chargés de poursuivre, dans l'intérieur de l'île, leurs compatriotes brouillés avec la justice, parce qu'un collet jaune pare leur habit brun d'uniforme). On voit des maquis si épais, que le cerf et le mouflon, pour s'y réfugier, sont réduits à chercher au loin une clairière. Le Corse, quand il se détermine à mettre un maquis en valeur, le consume par le feu à la faveur des clairières ou de quelques trouées pratiquées dans les intervalles fourrés.

Dans quelques pièves, le Corse emploie volontiers trois saisons sur quatre à ne rien faire, à patiner ses armes, à jouer aux cartes et aux osselets, à s'accompagner de la *citra*, guitare corse à six cordes, que l'on pince avec une plume, à combiner des projets ambitieux ou quelque plan de *vendetta*. Son ambition se borne communément, comme celle de tous les hommes chez qui l'esprit de famille ou de tribu est vivace encore, à désirer une nombreuse descendance, beaucoup d'enfants mâles surtout ; et, au défaut de ce moyen de considération, des gendres vigoureux, sobres, patients, exercés au tir et au poignard, et bien apparentés. Son manoir ne présente rien de superflu pour lui, rien de commode pour nous. Rarement des fenêtres, jamais de cheminée. Le feu est au milieu. Au-dessus du feu est une claie servant à sécher les châtaignes et à boucaner la viande. Autour du feu, l'hiver, sont les pieds de toute la famille, qui, la nuit, dort habillée et armée en temps de guerre, presque nue en temps de paix. Point de lit, point de chaises, point d'armoire, point de pétrière.

Quelques peaux de mouton garnies de leur laine, quelques pannetières de peau de chèvre débourrée, mais non mégie ; quelques outres de bouc, dont une est destinée à pétrir le pain ou la galette, et à broyer les olives quand on fait de l'huile ; quelques nippes de femmes, une serpe, une escopette, une cartouchière à ceinturon (*carghera*), un ou deux pistolets, un baril défoncé, une ou deux gourdes plates, un ou deux vases de terre, une marmite de cuivre, un long couteau à gaîne terminé en carrelet, enfin une petite boîte d'onguent gris ou de staphisaigre ; tel est, en général, le ménage d'un Corse, à quoi l'on peut ajouter son habillement, qui consiste en un casaquin noirâtre, une brayette et des beillards de même, le tout en poil de chèvre ou en laine de mouton d'une étoffe filée et tissue par la famille mais sans avoir été cardée, car *ce n'est pas la coutume;* un bonnet noir et pointu, en velours de Gênes, avec des agréments; un manteau brun à capuchon, très-épais, tissu ou plutôt cordé dans la famille et souvent sans couture (*pilone*), qui, comme le burnous de l'Arabe, sert à la fois de couverture et de matelas; enfin une chaussure de peau écrue de cochon ou de sanglier, faite par lui, ou bien une paire de souliers de pacotille, qu'il ressemelle au besoin. Plusieurs de ceux qui habitent proche des villes substituent une veste, une culotte et des guêtres de même étoffe, au casaquin, à la brayette et aux beillards. L'exemple des Génois les porta à la fin à enjoliver cet accoutrement avec du velours bleu et des passements jaunes. Aux environs de Bastia, la plupart ont un chapeau, mais sans déroger au bonnet de velours noir, qu'ils réservent pour le dimanche, et auquel le plébéien porte beaucoup de vénération, parce que les deux premières castes, les *signori* et les *caporali* s'en décoraient anciennement par un privilége exclusif[1].

Dans les mœurs du Corse, la *vendetta* joue un grand rôle. Cet usage est invétéré dans les pièves de l'intérieur de l'île. Le Corse civilisé des villes de la côte lutte vainement, de concert avec l'autorité française, contre le terrible préjugé du sang et des vengeances de famille. Quand un Corse a eu un coup de sang, expression consacrée et pleine de bienveillance, ordinairement accompagnée d'un *povero giovane!* *pover' uomo!* pauvre jeune homme! pauvre homme! *ebbè un colpo di sangue*, il a eu un coup de sang, pour dire qu'un homme en a tué, ou a tenté d'en tuer un autre; le meurtrier s'enfuit à la montagne pour échapper à la rigueur des lois, et le voilà *bandito*, banni ou bandit, comme on voudra. Il a désormais deux périls également grands à éviter: les poursuites de l'autorité et celles des parents de l'homme qu'il a tué, et celles-ci ne sont pas pour lui les moins dangereuses.

Quand on a un ennemi, dit un proverbe corse, il faut choisir entre les trois S, *schiopetto, stiletto, strada* (fusil, stylet, fuite). Dans toute *inimicizia di sangue*, il faut que le Corse ait sa *vendetta* de quelque manière. S'il n'en vient pas à la pierre à fusil (*scaglia*), ce sera le poignard qui officiera: balle chaude ou fer froid (*palla calda u ferru freddu*). — « Si je meurs, je te pardonne; si je vis, je t'assomme, » est encore un de leurs proverbes les plus usités[2].

Telle est la force de ce préjugé que, chez les hommes des castes campagnardes et chez les habitants des montagnes, rien n'a pu le vaincre jusqu'ici; plus que le duel n'est dans nos mœurs, la *vendetta* est dans celles du Corse. C'est pour lui plus qu'un point d'honneur, c'est un devoir sacré, et comme l'accomplissement d'un

---

[1] Les *signori* étaient les descendants des seigneurs féodaux de l'île; les *caporali*, ceux des chefs des communes élus dans les premiers mouvements de la liberté nationale. Les familles des *signori* et celles des *caporali* se disputaient la prééminence nobiliaire.

[2] Se muoiu, ti perduno; se campu, ti lampu.

commandement religieux, une vertu de famille[1]. Les faits suivants parleront plus éloquemment que tout ce que nous pourrions dire.

Peu de temps après la retraite des Anglais, lorsque les municipalités corses se reconstituèrent, deux hommes eurent une dispute sur une place publique. L'un reprocha à l'autre de n'avoir pas encore vengé la mort de son frère. Des magistrats corses, témoins de la querelle, conduisirent en prison, non pas celui qui faisait le reproche, mais celui qui l'essuyait.

Un jeune Corse, soldat depuis plusieurs années dans un régiment français, étant à la parade à Toulon, aperçoit parmi les spectateurs un de ses compatriotes qui, autrefois, avait tué un membre de sa famille. Il sort de son rang, jette son fusil, tire de sa poche un poignard, l'étend mort, et prend la fuite.

Un prêtre, chargé depuis quatorze ans d'une vengeance de famille, rencontra l'ennemi à la porte d'Ajaccio, tout près du corps de garde, et le tua d'un coup de pistolet. Un parent du mort, que le hasard amenait, tua le prêtre d'un coup de fusil, et passa son chemin. Les deux tués furent portés en terre à l'instant, suivant l'usage des villes ; le laïque toutefois ne fut qu'enterré dans la nef dé San-Francesco, tandis que le prêtre (*monsignor l'abbate*, comme l'appelaient les citoyens présents) était inhumé dans la cathédrale, avec cérémonie, sous le grand autel, à cause de son caractère sacré.

Les principes de la *vendetta* sont ceux-ci :

Une fille se trouve-t-elle enceinte, son père, son frère, ou, au défaut de l'un et de l'autre, son plus proche parent lui demande le nom de son séducteur. Si elle refuse de le nommer, elle est tuée. Si elle le nomme, et qu'il ait une femme, ou que, n'en ayant point, il refuse, soit d'épouser la fille, soit de la faire épouser par un de ses parents ou par tout autre qui soit agréable à la famille offensée ; ou enfin si ni lui ni aucun des siens ni aucun de ses amis ou de ses protégés n'est jugé digne de l'alliance, son arrêt de mort est prononcé. Quand il sera tué, l'honneur de le venger sera déféré à son plus proche parent, à moins que celui-ci ne soit trop vieux ou trop jeune ; et ainsi de suite. Mais, si la circonstance du meurtre est assez favorable pour que la *vendetta* puisse être exercée sur-le-champ, le parent, proche ou éloigné, qui voit l'action, doit, sous peine d'opprobre, en immoler l'auteur à l'instant même.

Mille complications résultent d'ailleurs de cet état de choses.

Chose singulière ! chez ces mêmes hommes, quiconque a un ennemi secret ou déclaré, n'est nulle part plus en sûreté que dans la maison de cet ennemi. A-t-il besoin d'être aidé, secouru, accompagné dans un passage dangereux, l'ennemi est tout prêt. Il prend ses armes, marche avec lui, le protége contre toute insulte, le

---

[1] De là le *rimbecco*, ou reproche fait à celui qui n'accomplit pas ce devoir.—*Rimbeccare*, en italien, signifie renvoyer, riposter, rejeter. Dans le dialecte corse, cela veut dire : adresser un reproche offensant et public. — On donne le *rimbecco* au fils d'un homme assassiné en lui disant que son père n'est pas vengé. Le *rimbecco* est une espèce de mise en demeure pour l'homme qui n'a pas encore lavé une injure dans le sang. La loi génoise punissait très-sévèrement l'auteur d'un *rimbecco*. (P. Mérimée, dans *Colomba*.)

dépose en lieu sûr; et s'il était étranger, et qu'il connût assez peu les lois de l'honneur chez les Corses, pour offrir une récompense, le protecteur la refuserait avec une obstination que rien ne pourrait vaincre.

En cette coutume, la morale du Corse s'approche, comme on voit, de celle de l'Arabe du désert.

Couper les arbres, ravager les moissons, éventrer les bestiaux, incendier les maisons et les huttes, étaient les moyens qu'une famille employait contre une autre pour venger une offense qu'elle n'aurait pas jugée digne de mort d'homme. Mais la coutume qui autorisait à se dévaster de famille à famille n'admettait point le vol en ces occasions, à moins que la famille dont on détruisait les propriétés ne fût tout entière de race étrangère. Il n'en était pas ainsi quand la guerre se faisait de faction à faction, de peuplade à peuplade. Alors le pillage était de droit commun, non moins que le ravage, le massacre, le viol et l'incendie.

C'est ordinairement en Sardaigne que se retirent les contumaces, à qui leur famille ne peut envoyer une pension suffisante pour les faire vivre dans l'oisiveté sur le continent. Dès qu'ils ont abordé dans cette île, leur personne est en sûreté. On leur prête un asile respecté de chacun. S'ils manquent d'argent, le Sarde leur en fournit, dans l'espoir qu'il sera remboursé avec le produit des brigandages qu'ils exerceront sur leur terre natale, ou de toute autre façon.

Le court intervalle qui sépare la Sardaigne de la Corse est encore diminué par quantité d'îles qui occupent le détroit. Ces îles, appelées Taphriennes par les Grecs, Buccinaires par les Latins, sont au nombre de dix[1], sans y comprendre beaucoup d'îlots et d'écueils. Tout ce petit archipel relevait autrefois de la ville de Bonifacio. Jamais les droits régaliens n'en furent contestés par les Sardes au gouvernement génois. Aussitôt que le traité de cession fut conclu entre la France et la république de Gênes, l'administration française s'empressa de faire rassembler tout ce qu'on put rencontrer de notions sur le territoire de Corse et ses dépendances. Les renseignements recueillis sur les îles des Bouches de Bonifacio attestèrent tous qu'elles avaient toujours fait partie du domaine de Bonifacio, qu'elles ne reconnaissaient point d'autre chef-lieu, tant au civil qu'au spirituel, et que le commissaire de cette juridiction leur avait toujours administré la justice; que depuis un an environ seulement, les trois îles de Spargi, la Maddalena et Santo-Stefano étaient occupées par les troupes du roi de Sardaigne, et que de ce moment elles avaient cessé d'être dépendantes de Bonifacio. C'est donc par surprise, au moment où les troupes françaises commençaient à s'établir sérieusement en Corse, que la Sardaigne s'est emparée de ces îles. Elle a cru ce moment favorable pour s'approprier ces parages qui se trouvaient à sa convenance; elle a établi son droit sur la proximité de ces îles, et, au préalable, elle en a pris possession.

La moitié de ces îles est pourvue d'eau douce. Elles sont fertiles en froment d'ex-

---

[1] La Maddalena, — la Cabrera, — la Rizzola, — Santa-Maria. — Spargi, — Isola-Piana, — il Cavallo, — il Budello, — il Laveso, — Santo-Stefano.

cellente qualité, et habitées par environ cent trente familles, dont l'agriculture est la principale occupation. Les Buccinaires ont parmi leurs voisins la réputation d'être le petit peuple le plus brave de la Méditerranée; telle était, dit-on, la renommée de leur bravoure, que les gouvernements barbaresques avaient défendu à leurs corsaires d'y pratiquer des descentes.

Capraïa, quoique située à neuf ou dix lieues de la Corse, vers les côtes de l'Italie, faisait aussi partie de ses dépendances, et a subi la même fortune que les Buccinaires : c'est un rocher de cinq lieues de tour, habité par un millier de personnes : tous les hommes sont marins, et il y en a qui, par le commerce, ont acquis une honnête aisance. Les femmes sont habillées à la grecque, avec des tuniques et des pantalons : elles sont d'une extrême propreté, quoiqu'elles travaillent aux vignes, seule espèce de culture du pays, et qu'elles aillent nu-pieds. L'île de Capraia est un vrai rocher, on y trouve très-peu de terre. Toutes les vignes, qui sont très-petites et pour ainsi dire en miniature, sont de terre rapportée des différents endroits de l'île. Ce soin regarde les femmes, leurs maris étant continuellement en mer, et ne faisant rien lorsqu'ils sont à terre. Quand une femme veut en accuser une autre de paresse, elle dit qu'elle n'est pas bonne *a tenere il suo uomo alla Piazza*, c'est-à-dire à laisser son homme sur la place à fumer et à ne rien faire. Le vin de Capraia est excellent, et le miel d'un goût exquis. On y trouve une quantité prodigieuse de lapins et de perdrix rouges. Il y a un joli fort bâti dans le roc, et qui commande le port et le village. Depuis 1814, l'île appartient au roi de Sardaigne; mais les habitants regrettent toujours de ne plus appartenir à la France, et quelques familles aisées ont émigré, et sont venues s'établir à Bastia.

Les Corses ont une manière particulière d'honorer les morts, un peu affaiblie dans le voisinage des villes, mais qui subsiste encore tout entière à la campagne et surtout dans les pièces de l'intérieur. Dans la plus grande pièce de la maison, on couche le mort sur une table, le visage découvert; des cierges brûlent autour de la table. Cependant, la famille du mort, sa veuve, ses fils et ses filles, les amis de la famille, hommes et femmes, sont rassemblés pour lui faire honneur. Les hommes se rangent d'un côté de la chambre, à part, et se tiennent debout, la tête nue, les yeux fixés sur le cadavre, dans un profond recueillement. Chacun, en entrant, s'approche du mort, le salue (à Bocognano on l'embrasse), fait un signe de tête à la veuve ou aux enfants, puis va prendre place dans le cercle sans proférer une parole. De temps en temps un des assistants rompt le silence solennel pour adresser quelques mots au défunt : — « Pourquoi as-tu quitté ta bonne femme? dit une commère. N'avait-elle pas bien soin de toi? que te manquait-il? pourquoi ne pas attendre un mois encore? ta bru t'aurait donné un fils [1]. »

C'est le moment où l'inspiration commence à agiter les *voceratrici* — *buceratrici*, disent les Corses. Ce sont des femmes connues pour leur talent poétique, qui com-

---

[1] Mérimée, *Colomba*. — Dans les pays méridionaux, les juifs observent encore un usage analogue : ils se rassemblent autour de leurs morts, et leur adressent force apostrophes et force questions semblables : — « Que te manquait-il? etc. »

posent dans le dialecte corse. La complainte ou lamentation en vers qu'elles im-
provisent au moment dont il s'agit s'appelle *vocero* en italien, *buceru*, *buceratu*,
sur la côte orientale, *ballata*, sur la côte opposée. *Vocerar*, c'est prendre et porter
haut la parole, s'animer, parler avec chaleur, de *vociferare*. D'ordinaire, c'est la
femme ou la fille du mort qui chante la complainte funèbre [1].

Comme chez tous les peuples du Midi, l'usage des abréviatifs est fort commun
en Corse : on y dit *Pè* pour *Pietro*, *Pepe* pour *Giuseppe*, *Cecca* pour *Francesca*,
plus singulièrement encore *Mariantocè* pour *Maria-Antonia-Francesca*. Le dialecte
corse est un italien corrompu, fort proche parent du patois de Naples et surtout du
sicilien. Ainsi, comme dans le patois napolitain, on dit *haggio* pour *ho*, *haggia
pazienza*. En beaucoup de mots l'*u* est substitué à l'*o* comme dans le sicilien :
l'haggio truvatu, je l'ai trouvé ; *so bè duve lu truverò*, je sais bien où je le trou-
verai ; *terzu*, *quintu*, *cantu*, *capitulu*, troisième, cinquième, chant, chapitre [2].

La musique corse (on sent qu'il ne s'agit pas ici de celle des villes, où Rossini
est connu comme à Paris ou à Bologne) est aussi d'un caractère particulier et fort
remarquable. Le Corse des pièves se plaît aux longues cantilènes plaintives dont
la dernière note se prolonge mélancoliquement. Ce sont presque toujours des chansons d'amour, d'un mode fort simple et tout primitif, mais qui jettent dans l'âme
je ne sais quoi de triste, et malgré nous nous font pleurer. Il faut avoir entendu,
le soir, quand la lune monte à l'horizon et argente mollement les flots à peine

[1] Mérimée, *loc. cit.*

[2] La ressemblance est si grande entre les deux dialectes, que parfois telle strophe d'un poëte sicilien, ou.
rice versa, d'un poëte corse, se trouve être à la fois en dialecte corse et en dialecte sicilien dans une étendue de huit vers. En voici un exemple :

> A tempu, chi lu tempu 'un' era tempu,
> Lu munnu era una cosa imperceptibili,
> Chi ghia granciuliuliannu a tempu a tempu
> 'Ntra la sfera unnu stannu li possibili :
> Nun c'era all'ura stu tardu o pirtempu ;
> Nun c'eranun occhi, nè cosi visibili ;
> Ma senz' essiri c'era lu gran Nenti,
> Nudu, crudu, spiritu, urvu, e scuntenti.

Il en est de même de l'octave suivante :

> Standu cù l'occhi à la mia donna intenti
> Mi dissi un jornu Cuppidu : chi guardi ?
> Arrassati mischinu, chi nun senti
> Chi mentri appoghi tù, lu cori s'ardi ?
> Ed iu rispusi : abruxa , haia turmenti.
> Sailta à posta tua, dubla li dardi ;
> Pirchi murendu iu muriró cuntenti
> Tantu mi sunnu duci li soi sguardi.

Deux langues, à vrai dire, peuvent se ressembler de plus loin. C'est ainsi que j'ai vu à Voltri, en Ligu-
rie. au bas d'une image de la Vierge, patrone des mariniers (*madona dei marinari*), l'inscription suivante, à la fois en latin et en italien :

> In mare irato, in subita procella,
> Invoco te, nostra benigna stella !

agités par le vent de la nuit, retentir au loin les sons tristes et doux de ces longues cantilènes corses, pour concevoir l'effet singulier qu'elles produisent, et tout ce qu'elles portent dans l'âme d'inexprimable mélancolie. C'est un plaisir mêlé de je ne sais quelle vague appréhension, sous l'influence duquel on s'attendrit et pleure sans sujet, comme aux refrains du *zendani*, ce mode primitif de la musique des Moghrebyns, sous la tente des Arabes ou sous les nouaïls des Khabiles. Les paroles, en rapport d'ordinaire avec la musique, sont le plus souvent en rimes suivies, comme dans la chanson d'amour si connue dans les vallées d'Ornano et de Bastelica :

Specchiu delle zitelle della pieve
Piu biancu de lu brucciu e de la neve. ..

« Miroir des jeunes filles du canton, plus blanche que le brocchio et que la neige..... »

Telle est, marquée de ses traits généraux, l'énergique figure que nous avions à peindre. C'est plus qu'un type de province, c'est un type de nation. En beaucoup de points, la rudesse de cette figure s'est adoucie ; mais ce qui a persisté, résisté à tout, chez le Corse, c'est l'esprit de *vendetta* ; il a survécu, comme nous l'avons dit, à la double influence des Corses des villes et de l'autorité française, qui ont tout mis en œuvre pour le faire disparaître, pour en atténuer du moins les terribles effets. C'est là ce qui caractérise encore le Corse proprement dit, le Corse des pièves du littoral et de la montagne. A de fréquents intervalles, de nouveaux faits viennent nous le montrer sous ce jour sinistre. C'est le plus souvent quelque vieux bandit corse qui répand le sang de son ennemi dans un duel de vingt, de trente ans, toujours précédé d'une déclaration de guerre, parce qu'un affreux préjugé lui en fait un devoir, mais qui respecte son bien, sa fortune, sa femme et ses enfants. La *Gazette des Tribunaux* est pleine tous les jours de semblables récits, qui témoignent de la ténacité du Corse dans les farouches habitudes de la *vendetta*.

CHARLES ROMEY.

BIBLIOTHÈQUE NATIONALE
FONDATION SMITH-LESOUËF
No
Imp.

CONCLUSION.

La publication des Français est terminée. Après trois années d'un travail opiniâtre, l'éditeur se trouve heureux de pouvoir adresser ses remercîments au public bienveillant qui, pendant cette longue et pénible tâche, l'a si obligeamment soutenu, encouragé, aidé de toute manière ; aux littérateurs qui ont contribué à cette œuvre avec un empressement et une supériorité de talent que la France seule peut produire ; aux artistes, dessinateurs et graveurs qui ont enrichi le texte de leurs charmantes et consciencieuses productions.

Si la publication des Français s'est timidement annoncée en quarante-huit livraisons devant faire un volume, il faut s'en prendre à la variation des événements, aux chances des opérations de cette nature, à notre temps enfin où l'on bâtit trop souvent sur le sable, et où l'on n'ose songer à édifier quoi que ce soit de durable, dans l'incertitude du lendemain. Le public a approuvé l'idée, a favorisé l'exécution ; l'éditeur a élargi son cadre, et au lieu de laisser quelques portraits fugaces se perdre dans l'immense tourbillon quotidien qui engloutit toutes choses, il a cherché à réunir les physionomies les plus saillantes de cette époque, pour en faire un portrait des mœurs contemporaines, amusant pour le présent, instructif pour l'avenir.

Rien alors n'a été épargné pour répondre à la puissante sympathie dont la publication était l'objet ; toutes les classes de la société ont été explorées, les salons les plus élégants, les bouges les plus honteux, les plus nobles sentiments de la nationalité, les plus sales instincts du vice, les plus touchantes émotions du cœur, les plus affreux débordements de la débauche, tout a été sondé avec la patience et la résignation de l'opérateur, qui conduit d'une main sûre le scalpel à travers les tissus gangrenés de la plaie qui va être dénudée, mais que toute la science du praticien ne guérira pas.

Ouvrez donc ce livre, cherchez-y tout ce que le cœur humain peut éprouver de sensations, tout ce que l'intérêt personnel, le dévouement, l'égoïsme, l'amour, la haine, la pudeur, la dépravation, l'athéisme, la charité, l'ignorance, l'amour de l'étude, les bons et les mauvais instincts peuvent engendrer, vous l'y trouverez ; la société y est reflétée tout entière, et si, dans ce miroir moral, quelques rayons blessent les vues délicates, il faut s'en prendre non pas à l'œuvre, mais aux originaux eux-mêmes.

Était-ce une publication opportune à mettre au jour, que cette encyclopédie universelle, indiscrète à beaucoup d'égards, mais toujours exacte et prudente ? Personne n'en disconviendra ; l'époque actuelle est une époque de doute, d'analyse, de scepticisme, les intérêts les plus divers sont en présence, les éléments les plus antipa-

thiques fermentent dans le vaste creuset de la civilisation ; il a donc été facile de
saisir toutes les facettes du cœur humain, de reproduire toutes les nuances de ce
prisme si éblouissant et si trompeur. On s'est mis à la besogne , et quels artisans
ont commencé cette rude journée ? l'élite de la littérature, les observateurs les
plus patients, les plus brillants écrivains , les plus profonds scrutateurs des travers
humains ; car il est glorieux de le penser, toutes les célébrités de ce temps se sont
empressées de s'inscrire dans cette galerie physiologique.

Si nous voulions entrer dans les détails d'exécution, il nous serait facile de dire
avec quelle patience de bénédictin M. de BALZAC cisèle ses portraits, combien de
fois il remet sur le chantier son travail, et combien de fois aussi, quand on croit
tout terminé, il reprend encore son œuvre pour lui faire subir les épreuves du
laminoir le plus strict, ne livrant ainsi sa pensée à la lumière du jour que lorsqu'il
la trouve complète et irréprochable. La fécondité merveilleuse de M. J. JANIN éton-
nerait l'imagination ; nous dirions, par exemple, comment son secrétaire, entrant
chez lui sans jour désigné, passe huit heures à écrire sous sa dictée sur un sujet
donné sans une seule rature et à travers les conversations les plus entraînantes ;
comment une phrase, interrompue par la visite de la danseuse qui va enivrer tout
un monde de ses succès, est reprise sans hésitation, sans même le rappel du mot où
l'interruption a eu lieu. Prodige de la pensée humaine, qui suit sa route sans écueils,
sans obstacles, comme la souveraine pensée guide le monde à travers les siècles
vers sa destinée future. La plume de TIMON dévoilerait ses plus secrets mystères, et
l'esprit aurait peine à concevoir le prodigieux travail qu'exige cette facilité séduisante qui domine le lecteur malgré lui, et l'éblouit par la vivacité des saillies,
la profondeur des aperçus, la netteté de la forme. M. BERTHAUD, le poète des
instincts populaires, ramènerait à lui les plus ardents partisans de l'aristocratie par
la chaleur et la fécondité de sa parole ; son élaboration jaillit en effet comme les feux
d'un volcan et pénètre avec la puissance du fluide électrique : on est heureux de retrouver dans le courageux lapidaire qui sait extraire de si brillantes pierreries des
plus fétides bourbiers, toute l'élévation du génie, toute la délicatesse des plus exquis
sentiments. Mais où nous arrêterions-nous s'il nous fallait redire toutes les émotions
que nous avons éprouvées au contact de cette brillante et énergique littérature, surgie
de tous les rangs, depuis l'élève de rhétorique jusqu'à l'académicien, depuis la modeste ouvrière jusqu'à la grande dame *présentée à la cour?* Assurément, l'histoire de
ce livre enfanterait le plus beau livre de cette époque, et elle ne serait pas la page
la moins glorieuse dans les fastes de notre nationalité! Comprend-on en effet
qu'à point nommé un essaim de littérateurs d'un talent et d'une verve incontestables
se soit rué dans tous les sens sur ce bon peuple de France, et l'ait analysé, disséqué
avec toute la patience et toute la précision du plus rigide observateur? Chaque
classe de la société a trouvé son peintre, peintre bien souvent inconnu jusqu'alors,
mais que ce point de départ a conduit avec bonheur aux rangs élevés de la littérature ; et c'est là un des plus glorieux résultats de notre publication ; la voie de la célébrité est si épineuse, que nous sommes heureux et fiers d'avoir aplani quelques-
unes des aspérités qui hérissent ce rude sentier.

Nous devons des remercîments particuliers à M. Ém. DE LA BÉDOLLIERRE, aussi habile à faire passer dans notre langue, qu'il manie avec une rare facilité, les beautés des langues étrangères dont il a fait une étude spéciale et approfondie, qu'à saisir les travers, les habitudes sociales de notre époque ; il nous a offert le trop rare exemple d'une de ces intelligences qui unissent à la puissance de l'imagination un savoir immense, un jugement sûr et une expérience laborieusement acquise.

Nous pourrions encore lever les portières de l'atelier, et écrire des pages bien curieuses sur la carrière de nos artistes les plus célèbres et les plus populaires. Qu'il nous suffise de dire que la bienveillance chez eux est compagne du talent, et que si la France est fière de l'artiste, le contact de l'homme privé est rempli de charme et d'aménité. Il existe des ateliers de peinture où l'on a peine à comprendre tout ce qui s'y dépense d'esprit, de verve, de franche et loyale gaieté ; ce sont autant de foyers où se conserve avec amour ce feu sacré du génie dont les rayons vivifient chaque jour les plus obscurs recoins de notre beau pays. GAVARNI, par exemple, modèle d'élégance et de distinction, spirituel entre tous, trace sans étude, et de mémoire, ses plus frappants portraits, privilége merveilleux du talent le plus délicat et le plus profond de ce temps-ci. CHARLET, non moins habile à tenir la plume qu'à préciser les contours d'un original imaginaire, trouve dans ses souvenirs l'exacte ressemblance du modèle reproduit par l'écrivain, avec une facilité et une verve que l'âge ne fait qu'allumer. Parlerons-nous de MM. TONY JOHANNOT, E. LAMI, BELLANGÉ, tous noms célèbres dans la peinture contemporaine, et qui sont inscrits au livre de vie ; de MM. PAUQUET, MEISSONNIER, DAUBIGNY, TRIMOLET, et tant d'autres jeunes peintres qui sont venus à nous avec confiance, sûrs d'un bon accueil et auxquels il ne manque que la sanction des années pour être placés au premier rang ? Tant de noms illustres déjà exigeraient une plume à la hauteur de leur talent, et nous sommes loin de nous croire capable de les célébrer dignement. Mais ce que nous ne pouvons passer sous silence, c'est le soin avec lequel chacun a étudié le caractère qu'il devait représenter. Tous les types de provinces sont des figures d'habitants de chaque contrée pris sur nature. Pour en donner un exemple, les deux Indiens représentent deux serviteurs de M. de Saint-Simon, ramenés par lui de Pondichéry. Les Créoles nègre et mulâtre ont été dessinés dans le pays par un jeune peintre qui a désiré rester inconnu. Les Bretons, les Normands, les Gascons, les Picards, et tant d'autres encore ont été l'objet de voyages spéciaux, d'études sur nature, car nous avons eu soin, pour les textes comme pour les dessins, de choisir autant que possible des indigènes de chaque province. L'homme de Concarneau est le portrait d'un fermier du peintre ; la vue du manoir est celle du lieu natal de l'auteur du Breton ; et ainsi de chaque dessin qui n'a jamais obtenu la moindre concession à la précipitation ou au hasard.

Nous ne pouvons clore cette rapide esquisse sans rendre un éclatant hommage aux soins persévérants de M. PAUQUET. Nous pouvons dire avec assurance que tous ses dessins sont des portraits ; il a inspecté les prisons, visité les plus sales repaires de la misère et de la débauche, et aussi les plus élégants rendez-vous de la fashion, et chacun de ses dessins peut être consulté en toute confiance : c'est la nature, c'est la vérité !

Le mouvement intellectuel produit par la publication des FRANÇAIS a dépassé tout ce que l'on pourrait croire si la France n'était en quelque sorte le centre lumineux qui vivifie toutes les facultés intellectuelles du monde pensant.

L'Angleterre, l'Allemagne, l'Italie et l'Espagne ont traduit les textes des FRANÇAIS. Les *Belges peints par eux-mêmes*, les *Hollandais peints par eux-mêmes*, les *Russes peints par eux-mêmes*, ont pris naissance au même berceau que les *Enfants peints par eux-mêmes*, les *Animaux peints par eux-mêmes*, et ces éphémères *Physiologies* aussitôt mortes que nées, mais dont l'éclat passager a démontré combien était féconde la source ouverte par notre publication.

Dirons-nous enfin le chiffre énorme des manuscrits qui nous ont été envoyés, et nous croirait-on, si nous portions à trois mille le nombre des textes lus et examinés, et parmi lesquels ont été triés les quatre cents qui composent le livre ; ce serait l'exacte vérité. Les neuf volumes comprennent la matière de *cinquante volumes* ordinaires : il est peu de sujets de mœurs qui n'y aient été traités ; les volumes de province contiennent à eux seuls une histoire morale de la France entière, et les tables des matières, faites avec tout le soin possible, facilitent les recherches du lecteur. Nous croyons donc avoir rempli avec conscience toutes les conditions d'une publication aussi compliquée dans ses détails, aussi importante dans son ensemble.

Une œuvre de cette nature ne peut disparaître en un jour, nous avons foi dans sa durée. Sous l'apparence d'une légèreté qui n'est que dans la forme, les esprits sérieux ont trouvé de graves sujets de méditation, et nous pensons avoir justifié le titre d'Encyclopédie morale du dix-neuvième siècle dans toute son étendue et sa rigueur.

Qu'il nous soit permis de rendre un affectueux témoignage de reconnaissance à MM. nos correspondants qui nous ont honoré de leurs avis, de leurs encouragements et de leurs critiques. La bienveillante persévérance du plus grand nombre a été extrême, et nous ne saurions trop les en remercier. Puissions-nous, en finissant cette publication, avoir convaincu MM. les souscripteurs que suivre avec constance des œuvres importantes, c'est favoriser le développement du mouvement intellectuel, encourager les artistes, et faciliter les progrès qu'un éditeur abandonné à ses propres forces ne pourrait jamais réaliser.

L. CURMER.

Cachet de la Bibliothèque nationale.

BIBLIOTHÈQUE NATIONALE
DONATION
SMITH-LESOUËF
No ......

TABLES

DES MATIÈRES

DES

FRANÇAIS.

ORDRE DES TABLES.

1° Table des articles selon leur ordre dans chaque volume.
2° Table alphabétique des noms des auteurs.
3° Table alphabétique des sujets traités dans la publication.
4° Table des articles classés selon leur nature.
5° Table alphabétique des noms des dessinateurs.
6° Table des livraisons dans l'ordre de publication.

Signes abréviatifs.

La publication est divisée en huit volumes : cinq volumes comprennent tous les types généraux ; les trois autres sont destinés aux types de province et aux colonies.

T. I. signifie Tome Premier.

P., T. I. signifie Province, Tome Premier.

Pr. signifie Prisme.

PREMIÈRE TABLE.

BIBLIOTHÈQUE NATIONALE — FONDATION SMITH-LESOUËF — N°

TABLE DES ARTICLES

SELON LEUR ORDRE DANS CHAQUE VOLUME.

PREMIER VOLUME.

DEUXIÈME VOLUME.

TROISIÈME VOLUME.

QUATRIÈME VOLUME.

CINQUIÈME VOLUME.

PREMIER VOLUME DE PROVINCE.

DEUXIÈME VOLUME DE PROVINCE.

TROISIÈME VOLUME DE PROVINCE.

LE PRISME.

DEUXIÈME TABLE.

ORDRE ALPHABÉTIQUE DES NOMS DES AUTEURS.

TROISIÈME TABLE.

TABLE ALPHABÉTIQUE

DES SUJETS TRAITÉS DANS LA PUBLICATION.

QUATRIÈME TABLE.

TABLE

DES ARTICLES CLASSÉS SELON LEUR NATURE.

CINQUIÈME TABLE.

TABLE ALPHABÉTIQUE DES NOMS DES DESSINATEURS.

SIXIÈME TABLE.

TABLE DES LIVRAISONS DANS L'ORDRE DE PUBLICATION.

Noms des auteurs : MM.

Numéros d'ordre des livrais.	TYPES.	NOMS DES AUTEURS.	Tomes.	Feuilles.	Prisme.
1	l'Épicier	De Balzac	I	1	
2	la Grisette	Jules Janin	id.	2	
3	l'Étudiant	E. de la Bédollierre	id.	3	
4	les Femmes politiques	Cte H. de Viel-Castel	id.	6	
5	le Débutant littéraire	Albéric Second	id.	5	
6	la Femme comme il faut	De Balzac	id.	4	
7	le Médecin	L. Roux	id.	14	
8	la Garde-Malade	Mad. de Bawr	id.	17	
9	le Rapin	J. Chaudes-Aigues	id.	15	
10	la Figurante	P. Audebrand	id.	13	
11	les Collectionneurs	Cte H. de Viel-Castel	id.	16	
12	l'Avoué	Altaroche	id.	18	
13	les Duchesses	Cte de Courchamps	id.	15	
14	la Cour d'assises	Timon	id.	9	
15	la Mère d'actrice	L. Couailhac	id.	10	
16	—		id.	11	
17	l'Horticulteur	A. Karr	id.	12	
18	une Femme à la mode	Mad. Ancelot	id.	8	
19	l'Infirmier	P. Bernard	id.	25	
20	le Joueur d'échecs	Méry	id.	26	
21	l'Invalide	Lorentz	II	28	
22	la Grande Dame de 1830	Mad. de Longueville	I	24	
23	le Mélomane	Albert Cler	id.	22	
24	la Maîtresse de table d'hôte	A. De Lacroix	id.	27	
25	la Sage-Femme	L. Roux	id.	23	
26	le Canut	J. Augier	P. I	36	
26 b	la Chanoinesse	E. Regnault	I	23	
27	l'Employé	P. Duval	id.	38	
28	le Pensionnat de filles en provinces	Kéarnot	P. I	19	
29	le Maître d'études	Nyon	id.	42	
30	l'Ami des artistes	Francis Wey	id.	30	
31	la Femme sans nom	Taxile Delord	id.	31	
32	—		id.	31 bis / 52	
33	l'Âme méconnue	F. Soulié	id.	39	
34	le Député	E. Briffault	id.	21	
35	la Femme de ménage	C. Rouget	id.	41	
36	le Spéculateur	Vte d'Arlincourt	id.	47	
37	la Femme de chambre	A. Delacroix	id.	29	
38	le Pair de France	Marie Aycard	id.	35	
39	l'Élève du Conservatoire	L. Couailhac	id.	34	
40	—		id.	33	
41	la Fruitière	F. Coquille	id.	45	
42	l'Ecclésiastique	A. de Laforest	id.	40	
43	le Chasseur	E. Blaze	id.	26	
44	le Commis voyageur	B. Perrin	id.	44	
45	la Revendeuse à la toilette	Arnould Frémy	id.	48	
46	le Viveur	E. Briffault	id.	46	
47	l'Agent de change	F. Soulié	II	6	
48	le Conducteur de diligences	Hilpert	id.	15	
49	la Nourrice sur place	A. Achard	I	37	
50	l'Avocat	Old Nick	II	9	
51	le Pêcheur à la ligne	Brisset	id.	18	
52	l'Institutrice	Mad. L. Colet	id.	10	
53	le Postillon	Hilpert	I	36	
54	le Précepteur	S. David	II	24	
55	le Ramoneur	Arnould Frémy	I	19	
56	le Modèle	E. de la Bédollierre	II	5	
57	l'Humanitaire	R. Brucker	id.	3	
58	Introduction	J. Janin	I	a. b.	
59	l'Agent de la rue de Jérusalem	Duranlin	II	41	
60	le Gamin de Paris	J. Janin	id.	21	
61	la Demoiselle à marier	Mad. Anna Maria	id.	22	
62	—		id.	23	
63	la Loueuse de chaises	F. Coquille	id.	4	
64	Table. — Jeune Fille	E. de la Bédollierre	I	48	
65	le Maître de pension	E. Regnault	II	20	
66	la Lionne	E. Guinot	id.	2	
67	le Croque-Mort	Petrus Borel	id.	16	
68	—		id.	17	
69	l'Écolier	H. Rolland	id.	13	
70	le Notaire	De Balzac	id.	14	
71	le Correspondant dramatique	Ch. Friès	id.	38	
72	le Gendarme	Ourliac	id.	7	
73	le Facteur de la Poste aux lettres	Hilpert	id.	8	
74	le Joueur de boules	B. Durand	id.	37	
75	le Poëte	E. de la Bédollierre	id.	11	
76	—		id.	12	
77	le Garçon de bureau	Billioux	id.	27	
78	la Cantatrice de salon	M. de Flassan	id.	26	
79	le Maquignon	A. Dubuisson	id.	40	
80	le Rhétoricien	E. de Valbezen	id.	31	
81	l'Herboriste	L. Roux	id.	32	
82	le Garçon de café	Ricard	id.	39	
83	la Demoiselle de compagnie	Cordelier de la Noue	id.	6	
84	le Compositeur typographe	J. Ladimir	id.	59	
85	le Sportsman parisien	D'Ornano	id.	55, 55 b	
86	—		id.	56	
87	l'Auteur dramatique	H. Auger	id.	42	
88	l'Usurier	Jousserandot	id.	43	
89	le Chicard	Taxile Delord	II	46	
90	—		id.	47	
91	le Sociétaire de la Comédie-Franç.	L. Couailhac	id.	23	
92	le Cocher de coucou	—	id.	19	
93	l'Invalide	E. de la Bédollierre	id.	29	
94	—		id.	30	
95	l'Homme à tout faire	P. Bernard	id.	33	1
96	Introduction	Tissot	id.	a.	2
97	—		id.	b. c.	»
98	la Vieille Fille	Marie d'Espilly	id.	43	3
99	le Défenseur officieux	E. Dufour	id.	44	4
100	Monographie du Rentier	De Balzac	III	1	5
101	—		id.	2	»
102	la Sœur de charité	L. Roux	id.	8	6
103	la Portière	H. Monnier	id.	5	7
104	le Canard	G. Delmas	id.	6	8
105	—		id.	»	9
106	la Ménagère parisienne	Brisset	id.	5	10
107	les Dévoués	Berthaud	id.	25	11
108	Table des Matières		II	48	12
109	la Modiste	Maria d'Anspach	III	14	13
110	le Séminariste	J.-J. Prévost	id.	16	14
111	le Rat d'Opéra	Théophile Gautier	id.	32	18
112	les Mendiants	Berthaud	id.	10	16
113	—		id.	11	»
114	—		id.	12	17
115	la Bouquetière	Me Mélanie Waldor	id.	17	15
116	le Jardinier de cimetière	E. d'Anglemont	id.	24	19
117	la Maîtresse de maison	A. de Circourt	id.	19	20
118	le Bourgeois campagnard	F. Soulié	id.	4	21
119	le Flâneur	A. Delacroix	id.	9	22
120	l'Habitant de Versailles	Arnould Frémy	P. II	1	23
121	l'Homme du peuple	L. Gozlan	III	35	24
122	—		id.	36	»
123	le Médecin de village	Ecarnot	P. I	2	25
124	le Chef d'orchestre	Legoyt	III	37	26
125	le Contrebandier	V. Gaillard	P. I	7	27
126	—		id.	8	»
127	le Bourreau	Félix Pyat	III	18	28
128	le Directeur de théâtre en province	Perlet	P. I	4	29
129	le Pharmacien	E. de la Bédollierre	III	39	30
130	—		id.	40	»
131	la Fille d'auberge	F. Coquille	P. I	3	31
132	le Fat	E. Foa	III	38	32
133	les Forçats	Dauvin	P. I	9	33
134	—		id.	10	»
135	l'Amateur de livres	Ch. Nodier	III	36	34
136	les Forçats	Dauvin	P. I	11	35
137	—		id.	12	»
138	le Touriste	Roger de Beauvoir	III	27	36
139	l'Elu du clocher	Martin	P. I	3	37
140	l'Homme de lettres	E. Regnault	III	20	38
141	—		id.	29	»
142	le Vicaire de province	A. Chevalier	P. I	15	39
143	le Figurant	E. Arago	III	20	40
144	les Douairières	A. Nettement	id.	21	»
145	le Braconnier	Lavallée	P. I	11	41
146	les Douairières	A. Nettement	III	22	42
147	le Chaperon	A. Delrieu	id.	25	»
148	le Lutteur	H. Rolland	P. I	13	43
149	le Commissaire de police	A. Dufaï	III	44	44
150	le Lutteur	H. Rolland	P. I	16	45
151	le Garde du commerce	A. Leclerc	III	33	46
152	les Banquistes	E. de la Bédollierre	P. I	17	47
153	—		id.	18	»
154	la Demoiselle de comptoir	L. Roux	III	30	48
155	le Provençal	Taxile Delord	P. II	10	49
156	—		id.	10	»
157	les Agents d'affaires	G. Delmas	III	18	50
158	le Provençal	Taxile Delord	P. II	11	51
159	l'Habitant des Landes	V. Gaillard	id.	15	»
160	la Femme adultère	H. Lucas	III	34	52
161	le Religieux	G. Daley	P. I	20	53
162	—		id.	21	»
163	le Commissionnaire	L. Roux	III	51	54
164	les Gens de mer	De la Landelle	P. I	22	55
165	—		id.	23	»
166	le Phrénologiste	E. Bareste	III	15	56
167	les Gens de mer	De la Landelle	P. I	24	57
168	—		id.	25	»
169	l'Habitué du Luxembourg	J. Arago	III	41	58
170	les Gens de mer	De la Landelle	P. I	26	59
171	—		id.	27	60
172	l'Habitué des Tuileries	J. Arago	III	42	61
173	les Gens de mer	De la Landelle	P. I	28	»
174	—		id.	29	»
175	le Chiffonnier	A. Berthaud	III	45	62
176	Table des matières		id.	46	63
177	le Griset du midi	Dauriac	P. I	6	64
178	les Détenus	Moreau Christophe	IV	1	

Numéros d'ordre des livrais.	TYPES.	NOMS DES AUTEURS. (MM.)	Tomes.	Feuilles.	Prime.
179	les Détenus.	Moreau Christophe.	IV	2	»
180	les Baleiniers.	Niho-Touka.	P. I	50 a.	65
181	le Journaliste.	J. Janin.	III	a.	66
182	—		id.	b.	»
183	les Baleiniers.	Niho-Touka.	P. I	51 c.	67
184	le Journaliste.	J. Janin.	III	c.	68
185	—		id.	d.	»
186	—		id.	e.	»
187	la Bordelaise.	A. Detrieu.	P. I	52	69
188	les Détenus.	Moreau Christophe.	IV	3	70
189	—		id.	4	»
190	le Paysan des environs de Paris.	L. Couailhac.	P. II	2	71
191	les Détenus.	Moreau Christophe.	IV	5	72
192	—		id.	6	»
193	le Champenois.	A. Ricard.	P. II	3	73
194	les Détenus.	Moreau Christophe.	IV	7	74
195	—		id.	8	»
196	Fin du Champenois.	A. Ricard.	P. II	4	75
197	les Détenus.	Moreau Christophe.	id.	9	76
198	—		id.	10	»
199	le Franc-Comtois.	Francis Wey.	P. II	6	77
200	les Détenus.	Moreau Christophe.	IV	11	78
201	—		id.	12	»
202	le Languedocien.	E. de la Bédollierre.	P. II	6	79
203	la Misère en habit noir.	B. Maurice.	P. II	48	80
204	Fin du Languedocien.	E. de la Bédollierre.	P. II	7	81
205	—		id.	8	»
206	le Garçon d'amphithéâtre.	P. Bernard.	IV	46	82
207	—		id.	47	»
208	le Normand.	E. de la Bédollierre.	P. II	16	83
209	le Gniaffe, suite.	Pétrus Borel.	IV	48	84
210	le Normand.	E. de la Bédollierre.	P. II	17	85
211	le Contrôleur des Contrib. dir.	F. Soulié.	IV	49	86
212	le Normand.	E. de la Bédollierre.	P. II	18	87
213	la Dévote.	J. Janin.	IV	17	88
214	—		id.	18	»
215	le Normand.	E. de la Bédollierre.	P. II	19	89
216	le Directeur de théâtre à Paris.	E. Guinot.	IV	19	90
217	le Normand.	E. de la Bédollierre.	P. II	20	91
218	—		id.	21	»
219	le Tyran d'estaminet.	Ch. Rouget.	IV	21	92
220	le Normand.	E. de la Bédollierre.	P. II	22	93
221	—		id.	23	»
222	la Maîtresse de maison de santé.	F. Soulié.	IV	44	94
223	l'Auvergnat.	A. Legoyt.	P. II	24	95
224	—		id.	25	»
225	la Religieuse.	Maria d'Anspach.	IV	22	96
226	l'Auvergnat.	A. Legoyt.	P. II	26	97
227	—		id.	27	»
228	la Religieuse.	Maria d'Anspach.	IV	23	98
229	l'Auvergnat.	A. Legoyt.	P. II	28	99
230	la Religieuse.	Maria d'Anspach.	IV	24	100
231	l'Auvergnat. — Le Solognot.	F. Pyat.	P. II	29	101
232	—		id.	30	»
233	les Enfants à Paris.	Brisset.	IV	20	102
234	le Basque.	V. Gaillard.	P. II	12	103
235	le Beauceron.	Noel Parfait.	id.	13	»
236	les Pauvres.	Moreau Christophe.	IV	13	104
237	les Pauvres.	Moreau Christophe.	IV.	14	110
238	le Beauceron.	Noel Parfait.	P. II	14	105
239	les Pauvres.	Moreau Christophe.	IV	15	106
240	—		id.	16	»
241	le Limousin.	E. de la Bédollierre.	P. II	31	107
242	le Second Mari.	F. Soulié.	IV	25	108
243	le Limousin.	E. de la Bédollierre.	P. II	32	109
244	les Cris de Paris.	J. Mainzer.	IV	26	110
245	le Forésien.	L. Roux.	P. II	33	111
246	Fin du Forésien.	L. Roux.	id.	34	»
247	le Pâtissier.	MM.	IV	27	112
248	le Gascon.	J. Mainzer.	P. II	35	113
249	—	Ourliac.	id.	36	»
250	le Porteur d'eau		IV	28	114
251	—	J. Mainzer.	id.	29	»
252	le Flamand.		P. II	37	115
253	la Laitière	F. Wey.	IV	30	116
254	le Marchand de coco.	J. Mainzer.	id.	31	»
255	le Vendéen.		P. II	38	117
256	les Goguettiers.	P. Bernard.	IV	40	118
257	—	A. Berthaud.	id.	41	»
258	le Bressan		P. II	39	119
259	l'Éditeur.	F. Wey.	IV	42	120
260	le Diplomate.	F. Regnault.	IV	43	»
261	Fin du Vendéen.	Cte de la Rivallière.	P. II	40	3 et 4
»	le Bressan.	P. Bernard.	id.	40	»
262	le Marchand d'habits.	F. Wey.	IV.	52	Titre, faux titre et couverture.
263	Fin du Bressan.	J. Mainzer.	P. II	41	
264	le Berruyer.	F. Wey.	Id.	42	
265	le Marchand de mottes.	F. Pyat.	IV.	53	
266	l'Enfant de fabrique.	J. Mainzer.	P. I.	55	
267	le Botaniste.	Arnould Frémy.	IV.	50	
268	Suite de l'Enfant de fabrique.	Le doct. Villemin.	P. I.	54	
269	le Raccommodeur de faïence.	Arnould Frémy.	IV.	54	
270	le Chaudronnier.	J. Mainzer.	Id.	55	
»	le Rémouleur.	—	Id.	55	
»	le Marchand de parapluies.	—	Id.	55	
»	le Marchand de peaux de lapin.	—	Id.	58	
271	Fin de l'Enfant de fabrique.	—	P. I.	55	
272	Suite du marc. de peaux de lapin.	Arnould Frémy.	IV.	56	
273	le Cafetier. Couverture du vol. 4.	J. Mainzer.	Id.	57	
274	le Picard.	—	P. II.	43	
275	Fin du Cafetier.	F. Wey.	IV.	58	
276	le Vitrier.	J. Mainzer.	Id	39	
»	Frontispice, titre, faux titre et table des matières du 4e vol.; titres des vol. 1, 2 et 3.	—			

Numéros d'ordre des livrais.	TYPES	NOMS DES AUTEURS	Tomes.	Feuilles.
277	Fin du Picard	F. Wey.	P. II.	44
»	le Bourguignon.	Fertiault.	Id.	41
278	la Femme de province.	H. de Balzac.	P. I.	1
279	Suite du Bourguignon.	Fertiault.	P. II.	45
280	le Missionnaire.	Taxile Delord.	P. I.	57
281	—		Id.	38
282	Fin du Bourguignon.	Fertiault.	P. II.	46
283	Suite du Missionnaire.	Taxile Delord.	P. I.	39
284		Taxile Delord.	id.	40
285	Fin du Missionnaire.	—	id.	41
»	l'Aubergiste.	A. Achard.	id.	41
286	le Comédien de province.	L. Couailhac.	id.	42
287	le Mineur.	Fertiault.	id.	44
288	Fin du Comédien de province.	L. Couailhac.	id.	43
»	Fin du Mineur.	Fertiault.	id.	43
289	le Garde-Côte.	Ch. Rouget.	id.	48
290	le Caraco.	A. Achard.	id.	46
291	Fin du Caraco.	—	id.	47
»	le Rédact. de journal en province.	R. Brucker.	id.	47
292	Fin du Rédacteur.	—	id.	48
»	les Ouvriers du fer.	E. de la Bédollierre.	id.	48
293	Fin des Ouvriers du fer.	—	id.	49
»	le Poitevin.	Ourliac.	P. II.	47
295	—	—	P. II.	48
296	—	—	P. II.	49
297	Fin du Poitevin.	—	P. II.	50
»	et Introduction.			
298	Table des matières, titre, frontispice, couverture, t. I, Province.			
299				
300	Table des matières, titre, frontispice, couverture, t. II, Province			
301				
302	l'Armée.	E. de la Bédollierre.	V.	1
303	le Breton.	M. A. de Courcy.	P. III	1
304	l'Armée.	E. de la Bédollierre.	V	2
305	le Breton.	M. A. de Courcy.	P. III	2
306	l'Armée.	E. de la Bédollierre.	V	3
307	le Breton.	M. A. de Courcy.	P. III	3
308	l'Armée.	E. de la Bédollierre.	V	4
309	le Breton.	M. A. de Courcy.	P. III	4
310	l'Armée.	E. de la Bédollierre.	V	5
311	le Breton.	M. A. de Courcy.	P. III	5
312	l'Armée.	E. de la Bédollierre.	V	6
313	le Breton.	M. A. de Courcy.	P. III	6
314	l'Armée.	E. de la Bédollierre.	V	7
315	le Breton.	M. A. de Courcy.	P. III	7
316	l'Armée.	E. de la Bédollierre.	V	8
317	le Breton.	M. A. de Courcy.	P. III	8
318	l'Armée.	E. de la Bédollierre.	V	9
319	le Breton.	M. A. de Courcy.	P. III	9
320	l'Armée.	E. de la Bédollierre.	V	10
321	le Breton.	M. A. de Courcy.	P. III	10
322	l'Armée.	E. de la Bédollierre.	V	11
323	le Breton.	M. A. de Courcy.	P. III	11
324	l'Armée.	E. de la Bédollierre.	V	12
325	l'Algérien.	Félix Mornand.	P. III	12
326	l'Armée.	E. de la Bédollierre.	V	13
327	l'Algérien.	Félix Mornand.	P. III	13
328	l'Armée.	E. de la Bédollierre.	V	14
329	l'Algérien.	Félix Mornand.	P. III	14
330	le Garde national.	Legoyt.	V	21
331	—	—	id.	22
332	l'Algérien.	Félix Mornand.	P. III	28
333	le Garde national.	Legoyt.	V	23
334	l'Algérien.	Félix Mornand.	P. III	29
335	—	—	id.	30
336	le Garde national.	Legoyt.	V	24
337	—	—	id.	25
338	l'Algérien.	Félix Mornand.	P. III	31
339	—	—	id.	32
340	le Bas bleu.	J. Janin.	V	26
341	—	—	id.	27
342	l'Algérien.	Félix Mornand.	P. III	33
343	—	—	id.	34
344	le Bas bleu.	J. Janin.	V	28
345	—	—	id.	29
346	l'Algérien.	Félix Mornand.	P. III	35
347	—	—	id.	36
348	le Belle-Mère.	Anna Marie.	V	30
349	le Tailleur.	Roger de Beauvoir.	id.	31
350	le Créole.	Roseval.	P. III	37
351	—	—	id.	38
352	Fin du Tailleur.	Roger de Beauvoir.	V	32
353	la première Amie.	Paul de Kock.	id.	33
354	le Nègre.	Roseval.	P. III	39
355	—	—	id.	40
356	le Maître de chausson.	T. Gautier.	V	34
357	le Sergent de ville.	Armand Durantin.	id.	35
358	Fin du nègre.	Roseval.	P. III	41
359	le Jésuite.	Ed. Lassène.	V	36
360	Fin du Jésuite.	—	id.	37
361	la Halle.	J. Mainzer.	id.	38
362	Marchande de poisson.	—	id.	39
363	Introduction.	Delâtre	id.	a
364	Carte de France.	—	id.	»
365	Portrait de Napoléon.	—	id.	»
366	le Juif.	Cerfbeer de Medelsheim	V	22
367	—	—	id.	23
368	—	—	id.	24
369	le Roussillonnais.	A. Achard.	P. III	12
370	Fin	—	id.	13
371	le Béarnais.	Old-Nick.	id.	14
372	Fin.	—	id.	15
373	le Dauphinois.	G. Daley	id.	16
374	Fin.	—	id.	17

Numéros d'ordre des livrais.	TYPES.	NOMS DES AUTEURS.	Tomes.	Feuilles.
		MM.		
375	l'Habitant de Pondichéry. . . .	Eugène Aubert.	P. III	42
376	—	—	id.	43
377	—	—	id.	44
378	—	—	id.	45
379	l'Habitant de l'Ile-Bourbon. . .	—	id.	46
380	—	—	id.	47
381	l'Habitant des iles St-Pierre et	De la Landelle.	id.	53
382	Miquelon	De la Landelle.	id.	54
383	l'Alsacien.	E. de la Bédollière.	id.	19
384	l'Habitant du Bourbonnais. . .	A. Legoyt.	id.	20
385	—	—	id.	21
386	l'Habitant de la Guyane. . . .	De la Landelle.	id.	48
387	—	—	id.	49
388	—	—	id.	50
389	—	—	id.	51
390	la Marchande de Friture. . . .	J. Mainzer.	V	40
391	les Maraichers.	J. Mainzer.	id.	41
392	March. d'Ustensiles de ménage. .	J. Mainzer.	id.	42
393	le Lorrain.	E. de la Bédollière.	P. III	18
394	le Propriétaire.	A. Achard.	V	43
395	les Ecoles militaires.	É. de la Bédollière.	id.	15
396	—	—	id.	16
397	—	R. de Labarre.	id.	17
398	—	—	id.	18

Numéros d'ordre des livrais.	TYPES.	NOMS DES AUTEURS.	Tomes.	Feuilles.
		MM.		
399	les Ecoles militaires.	R. de Labarre.	V	19
400	—	—	id.	20
401	Population de la France.	A. Legoyt.	id.	a.
402	—	—	id.	b.
403	—	—	id.	c.
404	—	—	id.	d.
405	—	—	id.	e.
406	—	—	id.	f.
407	—	—	id.	g.
408	—	—	id.	h.
409	—	—	id.	i.
410	—	—	id.	j.
411	Titre et Frontispice		P. III	
412	Table des Matières.		id.	
413	Titre et Frontispice		V	
414	Table des Matières		id.	
415	l'Homme sans nom.	Taxile Delord.	id.	44
416	— fin. . . .	—	id.	45
417	l'Ouvrier de Paris.	Brisset.	id.	46
418	le Corse.	Ch. Romey.	P. III	47-55
419	—	—	id.	56-57
420	l'Habitant du Sénégal	E. de la Bédollierre.	P. III	52
421	Le Roi.	Jules Janin.	V	k.
422	—	—	id.	l.
	—	—	id.	m.

FIN

DES TABLES.

Bibliothèque Nationale [stamp]

III.

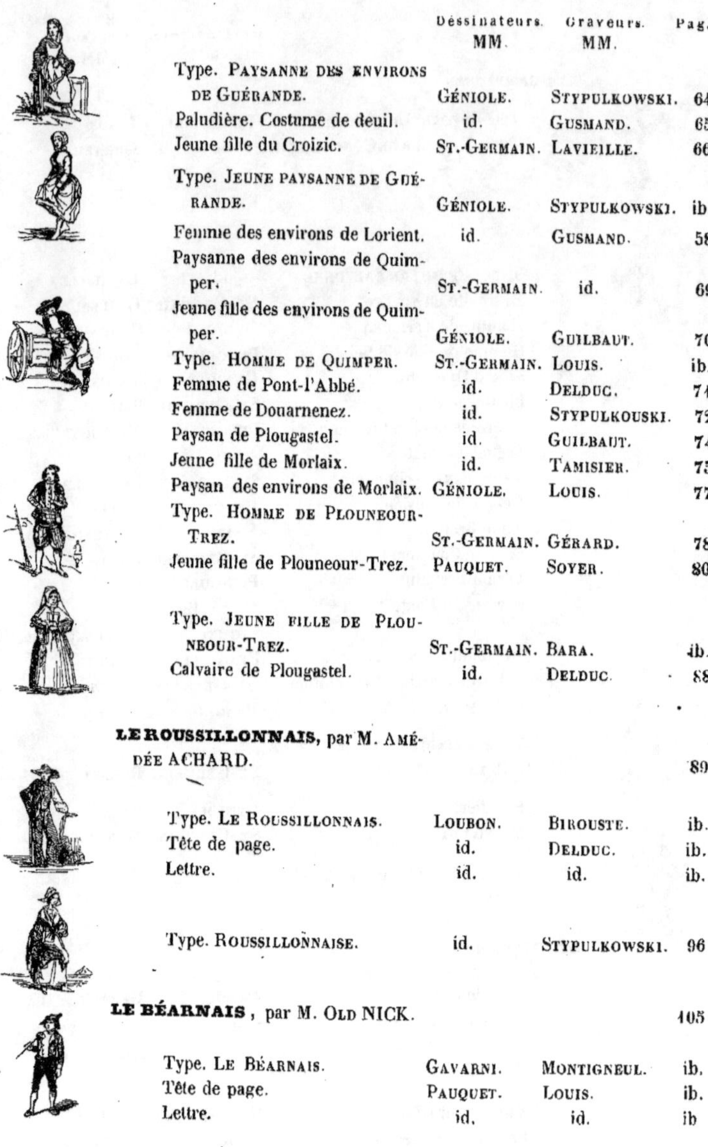

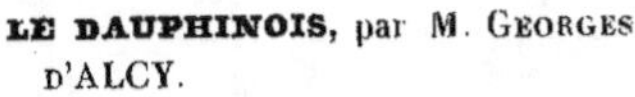
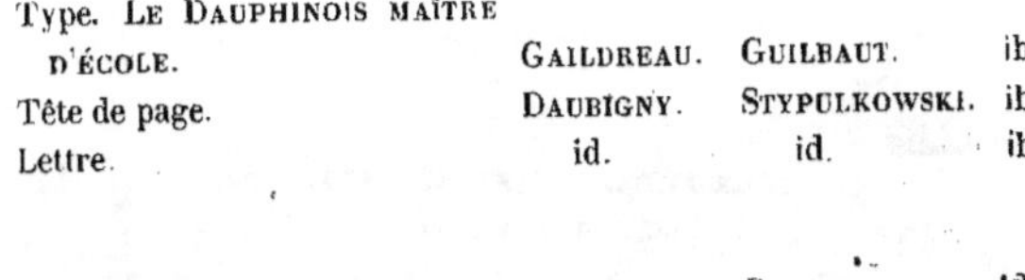

BIBLIOTHÈQUE NATIONALE · FONCTION · imp.

Pauquet.

P. III.